N° 2 • NOVEMBRE 2022

ANNÉE ZÉRO

CHARLES PÉGUY (1873-1914)

À SALMAN RUSHDIE

SOMMAIRE

CAHIER ZÉRO

CAHIER ANALYTIQUE

CAHIER CRITIQUE / 279

CAHIER BAYROU

CAHIER SUEUR

CAHIER MAUVE

Péguy par David Lanaspa, juin 2022.

YANN MOIX

OUVERTURE

Après Gide, Péguy. Ils n'ont rien à voir. L'un est solaire, l'autre pluvieux ; l'un est nombreux, l'autre solitaire ; l'un est affable, l'autre colérique. Surtout, si Gide écrit une langue « classique », toute de souplesse et de linéaments, Péguy s'exprime dans une langue moderne, inventée par lui, toute de rudesse et d'à-coups. À ma gauche, un chantre de la volupté aux mille visages ; à ma droite, un extracteur de vérité sans autre masque que sa seule figure. Calme là, colère ici. Mais tout cela fait deux œuvres qui, contemporaines entre elles, sont contemporaines de nous. Nous voulons, avec Péguy, grâce à lui, réveiller les morts : des noms perdus dans l'oubli, qu'il aura combattus et poursuivis de ses invectives magnifiquement fâchées ; des noms illustres aussi – comme celui de Jaurès.

Un peu partout, au sein de maintes chapelles, souvent antagonistes, le spectre de Péguy remue : de l'extrême gauche à la droite souverainiste, on agite son œuvre comme si on l'avait lue, ce qui n'est pas le cas. *Année Zéro* souhaite épargner à ses lecteurs la comptabilité, fastidieuse, de ces récupérations politicardes, idéologiques, médiatiques qui entretiennent avec l'œuvre de l'Orléanais un douteux commerce. Ce qui nous intéresse, c'est la littérature : Péguy lu « d'homme à homme », comme il eût tant souhaité qu'on envisageât la géniale somme qu'il nous laisse.

Son humour, dévastateur et méconnu, sa prose, plus souvent mélancolique qu'assassine, sa poésie, moins rabâcheuse que ne le clame la légende (elle est tout le contraire), sa culture, phénoménale, ses saillies de potache, ses fulgurances de penseur hors pair, ses intuitions inouïes sont là, à notre disposition. Mais cette œuvre, profuse et « quinzainière », impressionne le quidam. Notre souhait est d'accompagner le lecteur dans ses arcanes, de le guider dans ses corridors, de lui faire visiter les multiples salles aux trésors. Péguy est un homme, plus en vie que la plupart des vivants que nous avons l'occasion de croiser, qui dit ses quatre vérités à l'humanité. Oui, il l'insulte. C'est qu'il en attendait davantage, c'est qu'il en espérait plus. Péguy nous prend par le col et nous crie dessus. On appelle cela un prophète, mais le mot lui va mal. Péguy était un honnête homme. Cela ne paraît rien. Mais qui nous dit qu'il n'était pas, dans son genre, le dernier de cette race ?

CAHIER ZÉRO

Péguy en 1877

Quand le feu prend à la maison, la question ne se pose pas de savoir pourquoi on accourt, mais ceux qui accourent ont justement le droit de poser des questions à ceux qui n'accourent pas.

Préparation du congrès socialiste national

YANN MOIX

PÉGUY VIVANT

PROPOSITION DE BIOGRAPHIE PÉGUYENNE

7 janvier 1873. Naît à Orléans au 50, rue du Faubourg Bourgogne, dix mois avant la mort de son père.

1879. ***6 ans.*** Entre à l'école primaire de la même rue. Est vite considéré comme un élève prodige. Travaille au rempaillage des chaises avec sa mère. Sa grand-mère lui conte régulièrement la vie de Jeanne d'Arc.

1884. ***11 ans.*** Premier dans toutes les matières, obtient son certificat d'études primaires. Entre à l'école primaire supérieure.

1885. ***12 ans.*** Repéré par le proviseur, saute une classe. Obtient une bourse municipale d'externe. Est exonéré de demi-pension. Entre au lycée d'Orléans, où il fait là encore des étincelles. Effectue sagement sa première communion. Passe en cinquième haut la main.

1886. ***13 ans.*** Rafle tous les premiers prix sans exception, y compris celui d'instruction religieuse. Passe en quatrième sous les applaudissements.

1887. ***14 ans.*** Rafle *presque* tous les premiers prix, y compris celui d'instruction religieuse, n'obtenant qu'un deuxième prix en histoire-géo et en musique vocale. Entre en troisième par la très grande porte.

1888. *15 ans.* Obtient tous les premiers prix, y compris celui d'instruction religieuse. Lui est dressé un tapis rouge pour son entrée en seconde.

1889. *16 ans.* Ne recueille, tombé malade, que cinq premiers prix et trois accessits. Est admis en rhétorique.

1890. *17 ans.* Refuse de traiter le sujet du concours général au prétexte qu'il ne présente aucun intérêt. Entre en classe de philosophie.

1891. *18 ans.* Est reçu bachelier, option lettres. Reçoit huit premiers prix. Quitte Orléans et entre en « première vétérans » de rhétorique au lycée Lakanal de Sceaux afin d'y préparer le concours de l'École normale supérieure de la rue d'Ulm. S'initie aux questions sociales. Son palmarès de fin d'année s'avère moins impressionnant que celui des années orléanaises.

1892. *19 ans.* Échoue d'un demi-point au concours de l'École normale supérieure. Lance une souscription auprès de ses condisciples pour soutenir la grève des mineurs de Carmaux. Signe son devancement d'appel au 131e régiment d'infanterie à la caserne Coligny du faubourg Bannier, comme Marcel Proust deux ans plus tôt et Albert Ayler soixante-dix ans plus tard.

1893. *20 ans.* Se présente de nouveau, encore officiellement sous les drapeaux, à l'École normale supérieure où il échoue, cette fois d'un quart de point, à l'admissibilité. Passe soldat de 1re classe, puis caporal. Entre en classe préparatoire au lycée Sainte-Barbe avec accès aux cours de khâgne du lycée Louis-le-Grand. Rencontre les frères Tharaud.

1894. *21 ans.* Est enfin reçu à l'École normale supérieure où il s'accomode du bizutage. Se rend à Orange pour voir Mounet-Sully dans *Œdipe Roi*. Assiste au Français à *Antigone* avec Julia Bartet, qu'il admire. Se rend presque chaque dimanche au Louvre.

1895. *22 ans.* Se passionne pour le théâtre (Sophocle, Corneille, Racine, Shakespeare) et la musique. Découvre Wagner à l'Opéra. Est précepteur à Semur-en-Auxois, Côte-d'Or. Effectue une période d'instruction militaire. Obtient le grade de sergent. Se met en congé de l'École normale, contre l'avis du directeur, pour travailler sur sa *Jeanne d'Arc*. Visite Domrémy, Maxey, Vaucouleurs. Regagne l'École normale pour y entamer sa deuxième année. Redemande un congé pour continuer de rédiger sa *Jeanne d'Arc* chez sa mère, à Orléans, où il passe finalement l'année scolaire. S'initie à la typographie.

1896. *23 ans.* Fonde un groupe socialiste à Orléans. Prend de plein fouet la mort de son meilleur ami, Marcel Baudouin, décédé d'une typhoïde pendant son service national. Effectue une nouvelle période d'instruction militaire. Est autorisé à redoubler sa deuxième année à la rue d'Ulm.

1897. *24 ans.* Pousse son prosélytisme socialiste à l'extrême. Signe, de ses seules initiales, son tout premier article – consacré à l'économiste Léon Walras – dans *La Revue socialiste*. Achève le manuscrit de *Jeanne d'Arc*. Épouse Charlotte Baudouin, la sœur de son ami disparu. Démissionne de l'École normale supérieure. Signe, sous le pseudonyme de Pierre Deloire, son premier ouvrage, *De la cité socialiste*. Fait paraître sa *Jeanne d'Arc*, qui porte les noms de « Marcel et Pierre Baudouin », et dont un seul et unique exemplaire, sur mille, trouve preneur. Est nommé sous-lieutenant de réserve. Commence à récolter des fonds dans l'intention de créer un « journal vrai ».

1898. *25 ans.* Intervient publiquement dans l'affaire Dreyfus, dans laquelle il voit l'occasion de réaliser cette révolution socialiste à laquelle il aspire. Donne des articles engagés à de nombreuses revues. Écrit une « lettre ouverte » à Émile Zola. Ouvre, grâce à la dot de sa femme, une « librairie socialiste », la librairie Georges Bellais, en plein Quartier latin. Devient père pour la première fois avec la naissance de son fils Marcel. Commence à publier dans la prestigieuse *Revue blanche*, où on lui confie une rubrique intitulée « Notes politiques et sociales ». Abandonne, échouant à l'agrégation de philosophie, l'idée de devenir professeur. Se lance à corps perdu dans le combat dreyfusard.

1899. *26 ans.* Sollicite l'aide financière de ses amis socialistes, dont Léon Blum, pour endiguer les pertes – substantielles – de sa librairie. Crée la Société nouvelle de librairie et d'édition, qu'il quittera rapidement, bien décidé malgré les réticences de Lucien Herr, bibliothécaire à l'ENS et « ami », à fonder sa propre revue. S'établit à Gometz-le-Châtel.

1900. *27 ans.* Accouche de la toute première livraison, grâce à mille francs alloués par la mère d'un camarade, des hyper-dreyfusards *Cahiers de la Quinzaine*, dont la rédaction s'installe chez son ami Jules Isaac. Herr refuse de lui prêter main forte.

1901. *28 ans.* Déménage pour Orsay. Installe ses *Cahiers* au 8, rue de la Sorbonne, dont ils ne bougeront plus. Accueille son deuxième enfant, Germaine. Déjeune avec Jean Jaurès dans un « restaurant coopératif » du Quartier latin.

1902. *29 ans.* Sollicite auprès de Henri Bergson, qu'il admire, un texte pour ses *Cahiers.*

1903. *30 ans.* Est père pour la troisième fois: c'est un garçon, Pierre. Parvient, via Alexandre Millerand, à faire entrer les *Cahiers de la Quinzaine* à la bibliothèque de la Chambre.

1904. *31 ans.* Donne une conférence sur « l'anarchisme politique » dans le cadre de l'École des hautes études sociales, fondée par son amie Dick May. Visite l'exposition des Primitifs français au Louvre. Effectue une nouvelle période militaire.

1905. *32 ans.* En réponse à *Leur patrie* de Gustave Hervé, publie *Notre patrie*, son premier chef-d'œuvre. Adresse, persuadé de l'imminence d'une déclaration de guerre allemande, un courrier alarmiste à Georges Clemenceau. Demande à être maintenu en tant qu'officier réserviste dans l'armée active. Est élevé au grade de lieutenant de réserve.

1906. *33 ans.* Fait la rencontre de Maurice Barrès, cousin par alliance de son ami polytechnicien Charles Lucas de Pesloüan. Embauche pour l'été Jacques Maritain à l'administration des *Cahiers*. Part en manœuvres effectuer ses « vingt-huit jours ».

1907. *34 ans.* Confie à Maritain, sous le sceau du secret, son retour à la foi. Surmené, tombe malade. Séjour à Saint-Jean-de-Braye, puis au Tréport. Pose pour le peintre Pierre Laurens. Cherche, désespérément, à obtenir un prix de l'Académie française.

1908. *35 ans.* Emménage à Lozère. Est terrassé par la grippe, puis par la jaunisse. Traverse un grave épisode dépressif. Effectue une nouvelle période militaire. Découvre les *Nymphéas* de Monet. Hésite, lessivé, à devenir professeur d'Université. Contracte une angine sévère.

1909. *36 ans.* Sa femme, malgré l'insistance appuyée de Maritain, refuse de faire baptiser leurs enfants. Reçoit par presse interposée des louanges de Barrès.

1910. *37 ans.* Barrès publie deux articles qui « lancent » enfin Péguy, presque totalement inconnu. Adresse un exemplaire dédicacé de sa *Jeanne d'Arc* de 1897 à Bergson. Initie son fils Marcel, qui comme son frère et sa sœur ne fréquente pas l'école, au grec ancien. Publie *Notre jeunesse*, son deuxième chef-d'œuvre. Se résout au mariage de la jeune Blanche Raphaël, dont il est fou amoureux, avec le peintre Marcel Bernard. Publie son troisième chef-d'œuvre, *Victor-Marie, comte Hugo*. Prend acte du désabonnement d'Alfred Dreyfus aux *Cahiers de la Quinzaine*.

1911. *38 ans.* Se voit promettre par Barrès une élection à l'Académie française. Publie un recueil de ses meilleurs textes aux éditions Grasset. Effectue une nouvelle période d'instruction militaire. Rejoint, aux côtés d'André Gide, le comité de direction de la Ligue pour la culture française. Tombe encore malade. Connaît une rechute dépressive. Publie coup sur coup deux autres chefs-d'œuvre : *Un nouveau théologien, M. Fernand Laudet* et *Le Porche du mystère de la deuxième vertu.*

1912. *39 ans.* Désireux de prier pour son fils Pierre frappé par une fièvre typhoïde et torturé aussi par l'amour irréciproque et impossible qu'il voue à Blanche Raphaël, se rend à Chartres en pèlerinage, accompagné le premier jour par son jeune ami Alain-Fournier. Publie *Le Mystère des saints innocents*, son sixième chef-d'œuvre. Bergson refuse à Péguy l'autorisation de publier dans les *Cahiers* une de ses conférences. À bout de forces, envisage de devenir bibliothécaire à l'École polytechnique ou conservateur de la bibliothèque Mazarine.

1913. *40 ans.* Enchaîne de nouveau deux chefs-d'œuvre : *L'Argent* et *L'Argent suite*. Devient président d'honneur d'une équipe de rugby composée d'écrivains et d'artistes. Pèlerinage à Chartres, accompagné par son fils Marcel sur un morceau du parcours. Emménage à Bourg-la-Reine. Enseigne le latin à Germaine et à Pierre. Publie *Ève*, œuvre limite.

1914. *41 ans.* Se voit consacrer une « matinée poétique » au prestigieux théâtre du Vieux-Colombier où Jacques Copeau soi-même lit ses textes. Effectue un ultime pelerinage à Chartres. Est consterné autant qu'attristé par l'échec de son fils aîné au baccalauréat. Le lendemain de la mobilisation générale, loue un fiacre à la journée et passe faire la paix avec ceux de ses amis devenus au fil du temps des ennemis. Quitte Paris le 4 août pour Coulommiers puis pour le front de l'Est. Écrit à Blanche Raphaël, devenue Blanche Bernard, qu'il n'est jamais parvenu à désaimer, des lettres qui resteront sans réponse. Le 5 septembre, après avoir prié à l'aube devant la Vierge d'une petite chapelle, prend à Villeroy le commandement de sa section après la mort de son capitaine, et, au beau milieu d'un champ de betteraves, reçoit une balle allemande en plein front.

Péguy en 1886

Irons-nous souffler sur des flammes de cierge au seuil des interdits ?

Lettre du provincial

YANN MOIX

LE DÉPAYSAN

ENTRETIEN AVEC MARIA DE FRANÇA

Péguy ?

Péguy ! Je suis un fanatique de Charles Péguy. Je suis le seul péguyste que je connaisse à aimer *tout* Péguy chez Péguy. Les autres trient, chipotent, prennent des pincettes. Les amis de Charles Péguy ne sont jamais amis entre eux – c'était déjà le cas de son vivant. Il y a les ex-trotskystes à moustaches qui vénèrent le premier Péguy théoricien de la cité harmonieuse et du paradis socialiste, mais ne lui pardonnent pas sa foi recouvrée ni ce qu'ils croient être son amour de la guerre. Il y a les philosophes réactionnaires qui, en professionnels de la décadence annoncée, admirent le Péguy antimoderne qui fait ses humanités et leur semble – ils ont tort – tirer à boulets rouges sur le présent. Il y a les catholiques plus ou moins intégristes et les grenouilles de bénitier qui, aveuglés par ses fulgurances mystiques, fabriquent un Péguy sulpicien qui empeste l'eau bénite et l'encens. Il y a les vieux croûtons fascisants, fascinés par le Péguy façonné dès 1941 par Péguy fils, Marcel, qui détourna l'œuvre du père pour en faire une allégorie pétainiste. Il y a la gauche française, qui aime bien sa proximité avec Jaurès mais qui déteste sa finale exécration de Jaurès. Il y a la droite française qui pense que son amour de Jeanne d'Arc et de la nation en fait un homme de droite.

Il y a les traditionalistes qui se persuadent que Péguy aimait les traditions. Et les anarchistes convaincus qu'ils ont affaire à un Louise Michel masculin. Il y a les politiciens roublards – parfois *un peu* cultivés – qui voudraient appliquer son génie à la République actuelle, pour en dénoncer les errances et en élever le niveau. Il y a les pamphlétaires approximatifs qui, séduits par sa colère permanente, voudraient le confondre avec Léon Bloy, et l'amalgamer peut-être à Céline. Il y a les normaliens curieux qui, après cent ans de mépris, découvrent émerveillés sa puissance de raisonnement et voudraient en faire un nouveau Bergson. Il y a les étudiants talmudistes, qui entendent en faire une excroissance de Benny Lévy ou un prophète quasi-biblique. Il y a les houellebecquiens, qui le portent aux nues, enfin, parce que Houellebecq, entre deux bouffées de Gitanes, a décrété qu'il adorait Péguy. Le point commun entre tous ces admirateurs, ces exégètes, est qu'ils ne l'ont sans doute jamais lu.

Péguy est-il *oui ou non* illisible ?

Péguy n'est pas illisible : il est illu. La plupart des péguystes ont prélevé dans cette œuvre, qui ne supporte pas la citation et se dresse tout entière contre l'extrait, des morceaux choisis qui sont toujours mal choisis précisément parce qu'ils mettent l'œuvre en morceaux. Péguy eût vomi ces âmes sensibles : il eût voulu qu'on prît tout, ou rien du tout. Tous ces péguystes du morcellement, du chipotage, du tri écologique, de la ponction maniaque, sont en réalité, malgré leurs déclamations et leurs cris d'amour, des ennemis personnels de l'auteur de *L'Argent.* Il n'y a pas un Péguy qui ferait plaisir à M. Plenel et l'autre à M. Finkielkraut.

Péguy est fou d'égalité, cette égalité il l'a voulue politique – c'est ce qu'on appelle à tort le Péguy de gauche. Il s'aperçoit que la République égalitaire est sans cesse bafouée par ceux qui l'incarnent et la représentent, et qu'il dénonce – c'est le Péguy pamphlétaire. Cette égalité, il s'agit donc de la trouver ailleurs :

l'époque moderne étant enlisée selon lui dans le scientisme et la technologie, il propose de chercher l'établissement d'une société juste dans la mémoire des hommes, véritable lieu de la pensée. Car pour Péguy, comme pour Heidegger plus tard, la science non seulement ne pense pas, mais est le contraire de la pensée – c'est le Péguy philosophe. La seule chose qui ne varie pas, c'est la pensée humaine, léguée par les juifs – c'est le Péguy philosémite – et les Grecs; cette pensée est véhiculée par la parole – c'est le Péguy philologue –, dont la disparition, du moins l'altération, peut mener à la catastrophe – c'est le Péguy prophète.

Cette parole est la même de la Bible à Bergson en passant par Homère, Corneille, Balzac ou Hugo: elle réveille le révolu – c'est le Péguy révolutionnaire. Et nous apprend que l'égalité entre les hommes – mais aussi la fraternité, et la liberté – est en vérité une expérience transcendante: «Avant le commencement sera le verbe» – c'est le Péguy de la foi. La cité socialiste idéale, c'est dans l'intemporel qu'elle aura lieu. Par la mystique et non par la politique. Mais la mystique ne se situe pas strictement au ciel. La partie temporelle du ciel est là, sur terre: c'est la nation, car la nation ce sont des hommes ensemble, qui vivent et se battent et meurent ensemble – c'est ce qu'on appelle à tort le Péguy de droite. Reste un Péguy que nul n'a jamais vu, ni réellement compris, hormis quelques-uns: le Péguy à hurler de rire. Le Péguy comique. Le Péguy, non plus de Plenel ou de Finkielkraut, mais ce que j'appellerais le Péguy de Luchini. Lequel l'a mis dans sa bouche sur scène sur mon récurrent conseil. Et il a fort bien fait.

Les gens ne l'ont donc pas lu, ne le lisent donc pas, ne veulent donc pas le lire vraiment...

Vous-même, vous m'avez avoué avant cet entretien que vous n'aviez fait que le «parcourir». Ce numéro d'*Année Zéro* voudrait rectifier le tir: qu'enfin Péguy jaillisse comme une source. C'est simple: je le classe, avec confort, avec culot peut-être, mais avec une assurance très tranquille, aux côtés de Céline et de Proust. Péguy est excessif, excessivement excessif. Surtout, pardonnez le cliché, Péguy est un écrivain vivant. Il nous parle. Et il nous parle *en ce moment*. C'est un homme qui nous parle en direct. C'est très rare, dans la littérature, quelqu'un qui écrit en parlant, qui parle en écrivant, qui *nous* parle à ce point.

Nous parle-t-il parce qu'il n'aurait personne d'autre à qui parler ?

Ce n'est pas très gai, ni très drôle : mais il faut bien admettre, en effet, que Péguy n'a d'autre interlocuteur que son lecteur. Et encore ! Pas le lecteur de son époque, de son temps, qui, lui, dans le meilleur des cas a choisi de l'ignorer. Généralement, la lecture des *Cahiers de la Quinzaine* signés de son nom est abandonnée au bout de quelques pages, parfois de quelques lignes. C'est très étonnant, parce qu'un homme qui vous parle directement, en direct, en temps réel, ce n'est pas si courant, je le répète. Lorsque généralement cela est le cas, on sent bien que quelque part il y a de la triche, je veux dire : de l'art. Que l'auteur « qui nous parle » essaie malgré tout, voulant coûte que coûte faire « œuvre » : il triture, il coupe, il « monte » – pour parler comme au cinéma. On sent qu'il y a dessous tout cela un édifice, une architecture. Que ça résulte d'un plan. Péguy, lui, ne fait pas de plan, surtout pas, il déteste.

« Jamais de plan », écrit-il quelque part.

« Tu as un discours singulier, lit-on en 1901 dans *Casse-cou*. On ne voit pas que tu suis aucun plan. Et cependant je me ferais un scrupule je ne dis pas de supprimer, mais de déranger un mot de ce que tu dis. » Tout est dit. Mais ce qui est encore plus impressionnant, c'est qu'il nous parle « grandeur nature » – c'est cela que j'appelle « en temps réel » : avec la vraie durée de sa pensée, sans la machiner, sans l'usiner. À choisir, il préfère dilater que rétrécir, car Péguy est un interlocuteur qui, s'il n'aime pas démontrer, adore convaincre. C'est un obsessionnel, un têtu, jamais un obtus. Enfin, et c'est aussi ce qui me séduit chez ce génie, il est toujours emporté par sa plume : il ne sait jamais ce qui va jaillir de lui. Péguy est un aventurier de la pensée. Il avance en elle, c'est-à-dire en lui, à ses risques et périls, ne sachant pas ce qu'il va y découvrir. Il assume, ne triche pas et, comme on progresse courageusement au coupe-coupe dans une jungle pleine de dangers, ne rebrousse jamais chemin. Il ne se censure pas, il continue jusqu'au bout, il déroule jusqu'à l'extrême limite – suivant leur déploiement naturel – sa pensée, sa phrase, sa logique, parfois jusqu'au délire... Mais voici qu'apparaît, derrière et après cette extrémité, au-delà de la limite ultime, quelque chose qui s'appelle l'horizon. Et Péguy, tirant une réflexion jusqu'à son paroxysme le plus inouï, le plus vertigineux, découvre – presque à son insu – un horizon nouveau. Sa littérature crache du feu. C'est un dragon.

Dans tous les livres aujourd'hui consacrés à Péguy, les spécialistes – appelés « péguystes », ce que Péguy aurait simultanément détesté et adoré : il aurait trouvé grotesque de faire école, mais en même temps aurait reproché à chaque « péguyste » de l'être insuffisamment, ou plutôt : incorrectement – nous rappellent, avec raison, qu'il n'a jamais été un catholique intégriste ni un précurseur du fascisme. Cela m'ennuie d'avoir encore à le préciser, mais je vais le faire, et ce numéro d'*Année Zéro* s'efforcera de le montrer : Charles Péguy était religieusement irrécupérable et politiquement inclassable. Enfin, il fut l'un des rares écrivains non-juifs à avoir combattu avec autant de virulence, et d'obstination, l'antisémitisme de cette Belle Époque plus purulente que belle.

Nous reviendrons sur son combat contre l'antisémitisme. Je voulais d'abord vous demander comment vous aviez découvert Péguy ?

Je vais commencer par une explication toute géographique. Les lieux, chez Péguy, ne sont jamais innocents. Il y a dans son œuvre des passages magnifiques sur la Beauce, ses promenades sur le plateau de Saclay en compagnie de son camarade Daniel Halévy. Et puis il y a les noms, non seulement de villes, mais de lieux-dits, de bourgs, de villages : Olivet, Jargeau, Ingré, Cléry-Saint-André, Meung-sur-Loire, Saint-Jean-de-la-Ruelle, Vendôme... J'ai grandi dans ces lieux. Pour les lecteurs, ce ne sont que des noms. Pour moi, ce sont des paysages, des clochers, des fleuves, des chemins boueux, des senteurs, des maisons, des flaques d'eau, des averses et des gens. Surtout, un jour, alors que, dans une rédaction, je m'étais amusé à écrire en multipliant les « répétitions » de mots, ma professeure de français de quatrième au collège Dunois – Mme Cuisiat – avait inscrit dans la marge : « Cesse de faire du Péguy, je t'en supplie ! » Cela m'a intrigué parce que si, bien sûr, je connaissais le nom et même le visage de Charles Péguy grâce à mon sacro-saint Petit Larousse illustré édition 1974, je n'avais jamais lu une traître ligne de lui. Je dis « répétitions », mais ce mot, pour ce qui concerne le style de Péguy – je ne parle pas du mien en quatrième, tout simplement atroce –, me paraît impropre.

Impropre ? Péguy ne pratique-t-il pas la répétition ? Il est pourtant connu pour cet effet stylistique qu'il a, d'une certaine manière, « breveté » et que lui ont d'ailleurs emprunté d'autres écrivains, comme par exemple, selon son propre aveu, Thomas Bernhard.

Il ne s'agit pas tant de répétitions que d'une écriture hélicoïdale, spirale, enroulée, qui ne revient jamais au point de départ. Une écriture qui se rafraîchit en direct, se renouvelant en même temps qu'elle se fait. Bref, quand je suis allé trouver ma professeure, je lui ai demandé pourquoi elle avait inscrit cette étonnante supplication en marge de ma copie. Sa réponse ne se fit pas attendre : « Parce que Péguy est illisible. » Cette réputation d'illisibilité m'a tout de suite attiré. Tels sont les adolescents, qui cherchent à voir de près ce que les adultes tentent d'éloigner d'eux. Cet interdit n'était pas moral, comme c'était notamment le cas de Gide, ou de Sade, mais strictement littéraire. Ce qui est peut-être plus intrigant, plus excitant encore. Je suis donc allé *voir*. Et sa soi-disant « illisibilité » m'a aussitôt enchanté, émerveillé – dépaysé. Je me souviens aussi qu'avait été publié, quelques mois plus tôt, le terrible livre de Henri Guillemin sur Péguy. Le feuilletant à la librairie Loddé, je m'aperçus que l'historien suisse en remettait une couche sur cette fameuse « illisibilité ». S'agissait-il d'un complot ? C'était fantastique : Péguy semblait avoir tout le monde contre lui. Il ne m'en fallait pas plus pour décider de l'adorer. C'était la première fois – et sans doute la dernière – que je tenais entre les mains une « biographie haineuse », genre qui manifestement n'a pas fait florès. Ce sont Henri Guillemin et Mme Cuisiat qui m'ont jeté dans les bras de Péguy, qui de plus était orléanais comme je l'étais moi-même.

J'ajoute, car cela a beaucoup joué également, que les titres de ses ouvrages ne laissaient pas de me fasciner : *Le Porche du mystère de la deuxième vertu*, *La Tapisserie de Notre-Dame*, *Présentation de la Beauce à Notre-Dame de Chartres*, *Victor-Marie, comte Hugo*, ça « claquait ». Enfin, *last but not least*, mon attirance pour lui fut amplifiée, fut aggravée par « l'introuvabilité » de ses ouvrages. Après maintes recherches – et je puis vous assurer que j'étais déjà quelqu'un d'obstiné –, j'ai commencé à comprendre qu'il n'avait pas écrit de « livres » au sens où on l'entendait habituellement. Il n'était pas « romancier », avec tous ses romans en Livre de poche ou en Folio, comme Malraux, Sartre ou Mauriac. Il avait été gérant d'une revue dans laquelle il avait publié ses textes : les *Cahiers de la Quinzaine*, épuisés, jamais réédités. Tout cela commença à m'obséder – ce « mystère Péguy ». Je savais qu'il était d'Orléans, comme moi, je savais aussi qu'il était mort à la guerre, mais, dans un premier temps, il m'était impossible techniquement d'avoir accès à celui qu'on ne voulait surtout pas que j'imite ni, en réalité, que je lise. Quel formidable défi pour un adolescent.

Collection complète des *Cahiers de la Quinzaine* acquise par Yann Moix en 2002.

Comment, du coup, êtes-vous parvenu à vos fins ?

Direction la bibliothèque d'Orléans ! « Salle Georges Bataille », rue Dupanloup... L'œuvre de Péguy avait en réalité été publiée par Gallimard dans les années 1930. J'étais donc sauvé. J'ai commencé, je ne sais pourquoi, par la poésie. J'y ai découvert une force sans pareille. Cela opéra comme une sorte de transe intérieure. Surtout, Péguy parvenait à charger de mystère, de magie, des lieux que je connaissais et qui, jusque-là, ne m'avaient transmis qu'un insondable cafard – les châteaux de la Loire, par exemple, les forêts de Sologne ou les plaines de la Beauce, avec leurs champs de blé d'une tristesse infinie. Je me souviens être entré dans son œuvre par les *Tapisseries*. Puis avoir lu toute sa poésie d'une seule traite, *Ève* compris. Je venais pratiquement d'achever tout Gide et je me sentais un peu orphelin. Il me fallait enfourcher coûte que coûte un nouveau cheval. Peu après, je suis tombé sur un drôle de livre, publié en 1972 dans la « collection blanche » de chez Gallimard, à la *NRF*. Son titre me sembla « décalé », comme on dirait aujourd'hui mais comme on ne disait pas en 1983 : *Véronique*. J'ai d'abord très naïvement cru à un roman d'amour. Je suis tombé de haut lorsque j'en ai découvert le contenu – un opus asphyxiant, étouffant, sans espaces, sans chapitres, sans retours à ligne, tout d'une traite. Un ouvrage, surtout, sans le moindre rapport avec le titre du livre. Cela était propice à attiser la curiosité. D'autant plus que, chez mes géniteurs, lire était une activité strictement interdite. Il fallait uniquement faire des mathématiques. À la bibliothèque, j'étais en sécurité. Si ceux qui m'ont mis au monde m'avaient vu avec un Péguy en main j'aurais passé un très sale quart d'heure – coups de rallonge électrique, coup de poing dans la figure, coup de pied dans les côtes– et le fascicule aurait été immédiatement détruit par le feu ou jeté à la poubelle. Mes géniteurs pratiquaient sur les livres que j'aimais un autodafé systématique. Je dévorais Péguy là même où, trente ans plus tôt, Georges Bataille avait travaillé comme conservateur.

Donc, à 15 ans, 16 ans, vous lisez Péguy... Et vous y êtes revenu plus tard, j'imagine.

Vous imaginez bien. J'y suis en effet revenu en 1993, lorsque j'étais étudiant à l'Institut d'études politiques de Paris, puis, cette fois pour une lecture vraiment intégrale et au scalpel, ligne à ligne, avalant d'un coup – mais sur dix-huit mois environ – les quatre volumes de la Pléiade en 2002. Enfin, une quatrième lecture, plus espacée celle-là : ma lecture des *Cahiers de la Quinzaine* dans leur édition originale, puisque j'ai la chance d'en posséder l'intégrale, c'est-à-dire les 229 fascicules s'étalant de 1900 à 1914. Mais je souhaiterais ouvrir une courte parenthèse au sujet de *Véronique* – qui est en réalité un livre portant un titre que Péguy n'a pas, n'aurait pas choisi, et qui au surplus n'est qu'un morceau de son grand œuvre inachevé *Clio* : j'avais adoré, dès ces jeunes années, l'idée de faire parler l'histoire. *Clio* reste d'ailleurs aujourd'hui un des textes de Péguy que je préfère avec *Par ce demi-clair matin*, *Deuxième élégie XXX* et *Un nouveau théologien, M. Fernand Laudet*. Je précise également que j'étais tombé, au milieu de ces années 1980 où je le découvris, sur le *Péguy* de Roger Secrétain, maire d'Orléans de 1959 à 1971. J'en ai, depuis, mesuré les limites et les approximations, mais à l'époque, Secrétain m'avait intelligemment servi de guide dans mon périple au pays de Péguy. Vint ensuite le livre de Simone Fraisse, paru au Seuil en 1979 dans cette collection que j'adorais, « Écrivains de toujours ». Un très beau petit livre, riche en illustrations, que je suis miraculeusement parvenu à sauver des fureurs domestiques. Si, de tout cela, nous faisons le bilan, j'aurai lu tout Péguy au soleil, en terrasse d'un café, sur des plages, à la piscine, dans des avions, au Brésil... Ce n'est pas un hasard : Péguy détend, il est estival, solaire, joyeux. Il rayonne.

C'est un merveilleux compagnon de voyage. Rien chez lui n'est triste, ni sinistre, ni glauque : même lorsqu'il est désespéré, un rire se détache, qui lamine la volonté imminente d'en finir. Même si je pense que Péguy s'est suicidé – j'y reviendrai. Mais c'était pour que son œuvre émerge enfin – sans lui. L'écriture était terminée. C'était à la lecture de prendre le relais. La part écrite n'est rien sans la part lue. Nous sommes là pour ça. Moi, en tout cas.

Je vois sur votre visage, je lis dans vos yeux votre passion pour Péguy. Je comprends mieux, quand je vous regarde et vous écoute, pourquoi vous avez « craqué » au sujet de ce numéro deux d'*Année Zéro* qui, vous l'aviez répété et promis un peu partout, devait soi-disant être consacré à une écrivaine. Et plus précisément à Marguerite Yourcenar. Étant une lectrice passionnée de Yourcenar, je vous avoue que j'ai été un peu déçue lorsque vous m'avez appelée pour un entretien sur... Péguy ! Vous n'avez pas tenu parole. Or, je crois que votre ami Péguy, de ce que j'en sais pour avoir – du mieux que j'ai pu, du plus vite que j'ai pu – préparé cet entretien alors que j'étais en train de relire *Mémoires d'Hadrien*, n'aimait pas beaucoup les gens qui ne tiennent pas parole.

Vous avez raison, il détestait cela. En 1900, dans *Communications*, il écrit : « C'est ce que tu as voulu dire. Ce n'est pas ce que tu as dit. » Toute son œuvre est basée sur la parole. La parole donnée, la parole divine, la parole sacrée, la parole qui tourne au discours – qu'il exprime un peu différemment, en disant que la mystique se transforme en politique sous l'effet de ce qu'il nomme la modernité, ou les temps modernes, ou l'époque des modernes. « Ni modernité, ni modernisme », clame-t-il dans *Deuxième élégie XXX*, œuvre posthume de 1908, comme je vous l'ai dit un de mes textes préférés – si ceci toutefois pour Péguy a un sens, lui chez qui, à mon avis, il faut tout prendre comme si tout ce qu'il a écrit ne formait qu'un seul et même texte, qu'un seul et même livre. Même s'il n'aime rien tant qu'à se contredire. Je n'aime d'ailleurs que les gens qui se contredisent. Ceux qui ne sont jamais longtemps d'accord avec eux-mêmes. C'est pourquoi, après Gide, chantre absolu de la contradiction, j'ai décidé, par un processus je vous l'accorde assez peu démocratique, de consacrer cette livraison de notre revue à Péguy plutôt qu'à Yourcenar.

Nous connaissions le salaud sartrien, l'homme de la mauvaise foi. S'il y avait un « salaud péguyen », ce serait peut-être celui-là : celui qui, dans le sens que je viens de dire, ne tient pas parole. Non ?

Mille fois d'accord. Celui qui ne tient pas parole, c'est l'homme moderne. Ne pas tenir parole, cela signifie chez Péguy un nombre de choses en apparence différentes, mais qui finissent par se recouper. L'homme qui ne tient pas parole, cela désigne, de manière toute triviale, pour commencer, celui qui est incapable de retenir sa parole. À savoir, celui qui parle trop, celui-là donc qui peut trahir, consciemment ou non, avec la volonté de nuire ou pas, mais aussi, ce qui préfigure Heidegger – philosophe qu'annonce en bien des aspects Péguy –, celui qui parle pour ne rien dire, qui bavarde, qui produit du bruit, qui ferait mieux de se taire. Ne pas tenir parole, c'est enfin et surtout, je le répète, renoncer à la mystique pour s'engoncer dans la pire chose qui soit, la politique – entendue chez Péguy au sens d'une démission de la pensée individuelle, unique, singulière, errante, pour embrasser une pensée consensuelle, panurgique, communautaire et dogmatique. La première forme de pensée, la pensée mystique, celle qui jaillit de soi comme un événement, est universelle. L'autre, la pensée politique, qui est celle du rabâchage et de la remâchée de la ligne du parti auquel on appartient, est creuse et anémiée. Le « salaud péguyen », si on s'amusait à le définir, ce serait celui qui, même s'il n'est pas militant politique en tant que tel, appartient à un parti, même s'il ignore de quel parti il serait le membre. Péguy enseigne qu'il ne faut être affilié qu'au parti de soi-même. Il sait néanmoins à quel point la tâche est ardue. Il sait même qu'elle est impossible. On appartient toujours à un parti, fût-il absurde.

« J'appartiens au parti des hommes de quarante ans », écrit-il en 1910 dans *Victor-Marie, comte Hugo.*

Oui. Et c'est un parti un peu triste que ce parti-là : celui des hommes qui sont englués, étant donné leur âge, dans des habitudes dont, sûrement, ils ne pourront plus se départir. « Le premier point de notre programme, écrit-il et qui restera certainement le meilleur, sera que nous n'aurons plus jamais des matins triomphants. » Au-delà de l'humour, toujours présent chez Péguy, et d'une certaine trivialité souvent malignement entretenue, on comprend parfaitement ce que signifie cette saillie : qu'à partir de quarante ans, il devient presque impossible de se désengluer de sa propre façon de penser. On commence à s'engoncer dans une manière de confort. C'est une manière de premier chapitre de la mort.

Pardon de vous couper dans votre élan, mais ce n'est pas la première fois que je vous entends dire que Péguy « préfigure Heidegger »... Pourriez-vous être plus précis ?

Ah, mais je ne la « tente » pas. Je la fais ! Je l'établis. Ce que Péguy écrit sur la technique, sur la science, qui toutes deux s'entredigèrent pour faire oublier l'être profond des choses, est la marque d'un véritable précurseur de Heidegger. Péguy a multiplié les passages – jusqu'au burlesque le plus échevelé, le plus dément, justement – sur la mathématisation de la nature, montrant qu'un abus de formules et d'équations contribue à travestir, sinon à prostituer le réel. *Heureux les systématiques*, texte de 1905 publié après sa mort, mais aussi *Deuxième élégie XXX*, également posthume, de 1908 – œuvre d'une grande puissance –, ou ses *Notes pour une thèse*, toujours posthumes, de 1909, montrent son souci de penser la science et son rapport à la réalité. Dans ce dernier ouvrage, on se surprend à trouver des réflexions qu'un Wittgenstein, sans doute, un Russell, ou un Popper, un Canguilhem, un Bachelard, auraient lues avec intérêt. Écoutez ce passage, aux accents quelque peu humiens : « Il faut surtout se garder de dire que dans l'empirisme il s'agirait d'une expérience particulière et dans la science d'une expérience générale. Il est évident en effet qu'une expérience est toujours particulière. Un laboratoire, un appareil de laboratoire est évidemment particulier. Le savant aussi est particulier, est un homme particulier et il ne peut être que particulier. Une *expérience* est donc toujours particulière dans sa matière, dans son auteur, dans son instrument. Mais elle est générale. Une expérience scientifique est générale dans son objet, dans son intention, dans son arrière-pensée, en ce sens qu'elle est organisée, préparée, combinée et surtout découpée dans le réel, dans l'univers du réel, de manière à donner à certaines questions générales une réponse, à apporter à certaines hypothèses générales une confirmation ou une infirmation particulières, mais indifférentes à leur particularité, à leur partialité, donc à ce qu'elles ont précisément de particulier, de spécial, de partial. Il ne faut donc pas dire que l'expérience de l'empirisme serait particulière seule et que l'expérience de la science expérimentale serait générale, mais il faut dire que l'expérience de l'empirisme est en effet particulière, et que l'expérience de la science expérimentale est aussi particulière dans tous ses agrès, mais que cette dernière, mais que cette deuxième seule est la préparation générale, étant d'intention générale, et qui revient à dire que seule elle est organisée, communiquable [*sic*], communiquée scientifiquement. » Magistral.

Il n'est sans doute pas fortuit que Péguy, comme Heidegger, ait tant dressé les louanges du sacro-saint travail manuel ?

En effet, c'est là la seule manière, pour eux, d'avoir accès, malgré les différences lexicales avec lesquelles ils l'expriment, à la « réalité du monde sensible », pour reprendre une expression que l'on retrouve, telle quelle, dans *Un essai de monopole* en 1904. Ceux qui réfléchissent aux questions épistémologiques, notamment à la guerre entre les réalistes, les anti-réalistes et les empiristes, devraient trouver beaucoup de profit et de plaisir à lire dans les écrits de Péguy des considérations pionnières sur le sujet. Je veux bien qu'on fasse de Péguy un écrivain de la « terre », mais il serait absurde, comme l'ont fait maints commentateurs, d'en faire une sorte de version énervée, « punk », de Barrès. Ce qu'entend faire Péguy, c'est mettre en évidence notre éloignement du réel. Le réel, selon lui, se trouve essentiellement dans le travail, l'artisanat, l'effort physique, la promenade : il est non pas un réceptacle passif qui sert de décor à nos activités, mais il est ce qui propose une sorte de résistance, fructueuse, à ces activités. Le menuisier « dialogue » avec le bois : mais ce dialogue ne s'instaure qu'au prix d'une longue pratique de la matière, d'un respect pour elle, on pourrait presque dire : d'une écoute. Il s'agit d'une collaboration entre la matière et celui qui la travaille. La matière « bois » ne se livre pas comme ça, elle n'est pas à vendre, il n'y a pas avec les choses, la pierre, le blé, le vent, la terre, l'eau de pluie ou des océans, que sais-je, un rapport de force, un commerce irréciproque dans lequel tous ces éléments seraient soumis, sinon violés. C'est pourquoi Péguy déteste tout ce qui exerce sur la « nature » une forme de violence, d'irrespect, de cynisme que résument, par exemple, les notions de profit ou de rendement. Le « réel », pour lui, est ce qui n'a aucun compte à nous rendre et refuse de se prostituer. Tout ce qui cherche à le tordre, à le convertir en quelque chose qu'il n'est pas, à le défigurer, à le travestir ou à l'utiliser apparaît comme un scandale, un sacrilège, une faute. Le réel ne s'exploite pas. Le réel ne se dompte pas. Il s'apprivoise.

Il s'en explique très clairement dans *Heureux les systématiques* : « Étant donnée la réalité, complexe, double, on peut définir un système : ce qui reste quand un systématique a passé par là ; étant donnée une réalité, immense, naturellement, un système est ce qu'un systématique a pu voir, a pu retenir dans sa courte vue ; ou même, et en dehors de tout cela, ce qu'il a pu fabriquer avec sa courte imaginaire ; appliquez-vous à suivre, autant que vous le pourrez, comme vous le devez, dans toute sa complexion, la réalité même; respectez, autant que vous le pourrez, comme vous le devez, fidèlement, pieusement, la réalité: vous êtes un homme méprisable, et votre nom même succombe avant vous; pourquoi vous retenir, puisque vous vous êtes conformé à la réalité: puisque vous avez dit la même chose que la réalité, ce que vous avez dit, on est sûr par là même que la réalité l'a dit beaucoup mieux que vous.» Puis: «Un système est une réalité tronquée.» Encore plus loin: «Heureux les systématiques; ils ont pris le bon parti de mépriser eux-mêmes la réalité.»

Quelles sont les pratiques, quelles sont les disciplines qui, aux yeux de Péguy, «martyrisent» ce réel?

Ces disciplines sont les mathématiques, la physique, l'industrialisation, la technique, la technologie. Tout ce qui, avec le maximum d'efficacité, recherche le gain financier. Mais aussi l'histoire, très positiviste à son époque, qui, voulant calquer sa méthodologie sur celle des sciences, fait fausse route et, au lieu que de rendre compte de la complexité du réel qu'elle est incapable de restituer, le découpe en lamelles pour spécialistes qui la rendent abstraite et la dévitalisent. Dans *Clio*, Péguy donne la parole à l'histoire. Laquelle confesse qu'elle est une femme infidèle, et que seule la mémoire compte, parce que la mémoire permet d'oublier, de ne conserver que l'essentiel. Alors que l'histoire, pour sa part, retient tout, et c'est une tragédie: on capitalise les détails, on empile, on se noie sous les archives. Or, il est impossible d'archiver le réel.

L'ennemi numéro un de Péguy est donc la pensée positiviste.

Exactement. Si l'on s'amusait à chercher un «contraire» à chaque écrivain, chaque philosophe, chaque penseur que nous aimons – mais ce petit jeu serait lui-même très «positiviste»! –, le «contraire» de Péguy serait sans conteste Auguste Comte. Péguy exècre les modélisations, par les Frisons au nord, les Saxons à l'ouest et les Francs au sud. Soumise d'abord par César (57 av. J.-C.), puis par les Francs et par Charlemagne, qui y accéléra la christianisation, elle fut englobée en 843 dans la Lotharingie, et son histoire se confondit longtemps avec celle des fiefs (Flandre, Hainaut, Hollande, Brabant, etc.), qui finirent par être réunis aux mains de la maison de Bourgogne, puis de la maison d'Autriche. Charles Quint, prince des Pays-Bas (1516-1555), érigea le pays en cercle d'Empire et favorisa son essor maritime et commercial. Philippe II (1555-1598) vit se dresser contre lui les provinces calvinistes du Nord, qui formèrent les Provinces-Unies (1579). A la mort de Philippe II, celles-ci furent perdues pour l'Espagne, mais leur indépendance ne fut définitive qu'au traité d'Aix-la-Chapelle (1648). Les Pays-Bas méridionaux restèrent soumis à l'Espagne, qui y favorisa la Contre-Réforme catholique; en 1713, ces provinces passèrent à l'Autriche, dont le joug, notamment sous Joseph II, provoqua des émeutes (1787-1789), prélude à l'occupation, puis à l'annexion de la Belgique par la France. (V. BELGIQUE.) Sous l'impulsion de Guillaume Ier de Nassau et de son fils Maurice, puis d'Oldenbarnevelt et de Jean de Witt, les Provinces-Unies prirent conscience de leur force. Le pays devint une grande puissance maritime et commerçante, qui jeta les bases de son empire colonial des Indes. Rival de la France et de l'Angleterre, il joua un rôle important au XVIIe s. et lutta, non sans gloire, contre Louis XIV. Après Guillaume III (1672-1702), en faveur de qui le stathoudérat fut déclaré héréditaire, et qui devint roi d'Angleterre en 1689, les Provinces-Unies entrèrent en décadence. En 1786 Guillaume V, déchu, fut rétabli avec l'aide anglaise; les patriotes, réfugiés en France, favorisèrent l'invasion des Français; au traité de La Haye (1795), les Provinces-Unies devinrent une république sœur et alliée de la République française, la République batave (1795). Elle fut transformée en royaume de Hollande pour Louis Bonaparte (1806), et finalement annexée à l'Empire français en 1810. Après la bataille de Leipzig (1813), les coalisés créèrent un royaume des Pays-Bas, qu'ils offrirent à Guillaume Ier de Nassau. Le traité de Vienne, en 1815, lui adjoignit la Belgique, union précaire, qui s'effondra en 1830. (V. BELGIQUE.) Au cours des guerres révolutionnaires et impériales, les Hollandais ont vu s'effriter leur empire colonial. A la mort de Guillaume III (1890), l'absence d'héritier mâle amena la séparation du Luxembourg. Sous le long règne de Wilhelmine (1890-1948), les Pays-Bas restèrent neutres durant la Première Guerre mondiale. Pendant la Seconde, ils ont été envahis et occupés par les Allemands jusqu'en 1945. Aussitôt après, le problème indonésien se posa, aboutissant à la formation de la république indépendante d'Indonésie (1949-1950). Après l'abdication de Wilhelmine, sa fille Juliana a été intronisée en 1948; cette même année entra en application la convention douanière du *Benelux*. Depuis, les Pays-Bas, où le parti populaire catholique a pris la direction des affaires, sont entrés dans les organisations européennes (C. E. C. A., 1951; Marché commun, 1957).

PAZ (La), v. de Bolivie, à 3 658 m d'alt. et à l'est du lac Titicaca; 110 000 h. Siège du gouvernement de la République. Archevêché. Université. Centre commercial.

Phot. Karsh-ambassade du Canada, A. D. P.

Lester B. PEARSON

PAZ DEL RÍO, v. de Colombie, dans la Cordillère orientale. Sidérurgie.

PAZZI, famille gibeline de Florence, rivale des Médicis. En 1478, un de ses membres, IACOPO, ourdit contre Laurent et Julien de Médicis la *conspiration* dite *des Pazzi*. Le meurtre de Julien de Médicis entraîna une répression immédiate.

PEACOCK (Thomas Love), écrivain anglais, né à Weymouth (1785-1866). Il a raillé dans ses poèmes et ses romans les excès du romantisme (*l'Abbaye de Cauchemar*).

PÉAGE-DE-ROUSSILLON (Le) [38550], comm. de l'Isère (arr. de Vienne), près du Rhône; 5 765 h. (*Péageois*). Industries chimiques.

PÉAN (Jules), chirurgien gynécologue français, né à Marboué (Eure-et-Loir) [1830-1898].

PEANO (Giuseppe), logicien et mathématicien italien, né à Cuneo (1858-1932). On lui doit un système de signes permettant d'énoncer des propositions logiques et mathématiques sans recourir au langage ordinaire, ce qui contribua à fonder une axiomatique totalement symbolisée.

PEARL HARBOR, rade des îles Hawaii (île d'Oahu), où une flotte américaine fut attaquée et détruite par les Japonais le 7 décembre 1941, ce qui détermina l'intervention des Etats-Unis dans la Seconde Guerre mondiale.

PEARSON (Lester Bowles), homme politique canadien, né à Toronto (1897-1972). Libéral, il fut Premier ministre de 1963 à 1968. (Prix Nobel de la paix, 1957.)

PEARY (Robert), explorateur américain des régions arctiques, né à Cresson Springs (1856-1920). Il est arrivé le premier au pôle Nord, en 1909.

Peau-d'Ane, conte de Perrault, en vers (1715).

PEAUX-ROUGES, nom donné parfois aux Indiens de l'Amérique du Nord.

PECHAWAR. V. PESHĀWAR.

PECHELBRONN, écart de la comm. de *Merkwiller-Pechelbronn* (Bas-Rhin). Anc. exploitation de pétrole.

PECH-MERLE, site du Quercy (Lot, comm. de Cabrerets). Caverne ornée de nombreuses peintures préhistoriques.

PÉGUY

PECQ (Le) [78230], comm. des Yvelines (arr. de Saint-Germain-en-Laye), sur la Seine; 13 824 h.

PECQUENCOURT (59146), comm. du Nord (arr. de Douai), sur la Scarpe; 9 025 h. (*Pecquencourtois*). Eglise des XIIe, XIIIe et XVIe s. Houille.

PECQUET (Jean), médecin et anatomiste français, né à Dieppe (1622-1674). Il découvrit les canaux chylifères. (Acad. des sc.)

PECQUEUR (Constantin), économiste français, né à Arleux (1801-1887). Il dénonça les conséquences de la propriété privée et de la concentration industrielle.

PÉCS, v. de la Hongrie méridionale; 145 000 h. Université. Houille. Métallurgie. Chimie.

PEDRELL (Felipe), compositeur et musicologue espagnol, né à Tortosa (1841-1922). Il a publié de nombreuses anthologies d'œuvres classiques (Cabezon, Victoria) et folkloriques.

PEDRO Ier. V. PIERRE Ier.

PEEL (*sir* Robert), homme d'Etat anglais, né à Chamber Hall (1788-1850). Plusieurs fois Premier ministre, il obtint l'émancipation des catholiques, organisa le parti conservateur, rétablit l'*income tax* et fit voter en 1846 le *bill d'abolition* des droits de douane sur les blés.

PEENEMÜNDE, port d'Allemagne orientale, sur l'estuaire de la *Peene* (riv. tributaire de la Baltique; 180 km). Base d'expérimentation d'engins téléguidés (V1 et V2) pendant la Seconde Guerre mondiale.

Peer Gynt, drame lyrique et satirique d'Ibsen, avec une musique de scène de Grieg (1867).

PÉGASE. *Myth. gr.* Cheval ailé, né du sang de Méduse, tuée par Persée. Ayant d'un coup de sabot fait jaillir la source Hippocrène, on a fait de lui le symbole de l'inspiration poétique.

PÉGASE, constellation de l'hémisphère boréal.

PÉGOUD (Adolphe), aviateur français, né à Montferrat (1889-1915). En 1913, il fut le premier à abandonner son avion pour sauter en parachute; il réalisa le premier looping. Mort en combat aérien.

PÉGUY (Charles), écrivain français, né à Orléans (1873-1914). Dreyfusard militant, il professa un socialisme personnel et fonda les *Cahiers de la quinzaine* (1900). Profondément mystique, il revint à la foi catholique et fit de 1912 à 1914 plusieurs pèlerinages à Notre-Dame de Chartres. Tué dès le début de la bataille de la Marne, il laisse une œuvre de poète, de polémiste et d'essayiste qui illustre la renaissance du spiritualisme français et où la prose ample, les vers redondants ont un mouvement épique et prophétique (*le Mystère de la charité de Jeanne d'Arc*).

PEI-HO. V. HAI-HO.

PEI-P'ING. V. PÉKIN.

PEÏPOUS (*lac*), ou **lac des TCHOUDES,** lac du nord-ouest de l'U. R. S. S., qui se déverse par la Narva dans le golfe de Finlande.

PEÏRA-CAVA, localité des Alpes-Maritimes (arr. de Nice, comm. de Lucéram). Station d'altitude (1450 m) et de sports d'hiver.

PEIRCE (Charles Sanders), philosophe et logicien américain, né à Cambridge, Massachusetts (1839-1914). Il a joué un rôle important dans le développement du calcul des relations.

PEIRESC (Nicolas Claude FABRI DE), numismate et astronome français, né à Belgentier (Provence) [1580-1637].

PEIXOTO (Floriano), homme d'Etat et maréchal brésilien, né à Maceió

La page du « Petit Larousse illustré 1974 » où figure Charles Péguy.

les schématisations, les abstractions, les équations, les démonstrations. Lorsque vous menez une démonstration mathématique, le chemin est à parcourir, certes, mais il est figé. Il est prédessiné, un peu comme le trajet de la promenade de Kant. « Pré-conçu », au sens strict. Comme une idée préconçue. Il est tout fait, comme une idée toute faite. Il est tracé à l'avance. Péguy a cela en horreur. Il a insisté sur le fait qu'il préférait, de loin, « pas de pensée du tout qu'une pensée toute faite ». C'est-à-dire *habituée*. Une manière, pour Péguy, comme il le dit clairement dans *Rectifications* à l'hiver 1900, « d'éviter ainsi le vieillissement automatique, l'encroûtement, la stérile contemplation de soi ».

Péguy déteste la pensée mathématique...

Comme personne ! Publiant dans ses *Cahiers*, en décembre 1901, un ouvrage de Georges Delahache portant le titre *Juifs*, Péguy, dans une présentation liminaire qu'il en fait, indique que « ce mémoire surprendra les personnes habituées à traiter les questions en partant de certains postulats, de certains dogmes, de certains mots. L'auteur n'a pas transféré dans le réel, ajoute-t-il, un judaïsme ou un internationalisme formel ». Cette introduction trahit la méfiance, pour ne pas dire le dégoût, de Péguy pour la façon par trop hypothético-déductive dont la pensée humaine aime à se faire fonctionner elle-même. Il y a d'ailleurs nombre de passages géniaux dans son œuvre où il ne craint pas de se moquer, sur des pages et des pages, des équations mathématiques, en en écrivant lui-même. Oui, il déteste le « discours » mathématique. Pour une raison évidente qui est que la démonstration du théorème est *toujours déjà là*. Pour Péguy, on ne pense pas vraiment si on est le même au début et à la fin de la démonstration. La pensée de Péguy perpétuellement se contredit, se corrige, s'essaie, revient en arrière... Pourtant, Péguy ne rature pas. Il est très intéressant de jeter un œil sur ses manuscrits. Il laisse des grands blancs pour pouvoir faire des rajouts. Pour lui, c'est le cheminement qui compte, jamais l'objectif, jamais le but. Pour Péguy, dès lors qu'on pense en vue d'un but, on n'est plus un penseur. C'est pour ça qu'il est particulièrement violent avec les démagogues. C'est pour ça que le style de Péguy est si erratique, parce qu'il se corrige, sans rature, sans retour en arrière, en même temps qu'il pense. Tant que Péguy n'écrit pas, il ne sait pas ce qu'il pense.

Le Péguy que vous me présentez sous ces traits-là, un Péguy en quelque sorte « heideggérien », ne semble guère conforme à celui que l'on connaît, que l'on croit connaître, du moins de « réputation ». Il diffère en tout cas de celui que l'on enseigne – ou enseignait – au collège, au lycée, à l'université.

Le Péguy dont je vous parle, et qui croyez-moi est un peu plus intéressant que le proto-trotskyste hystérique que veut en faire Plenel ou le réactionnaire-figaro-magaziné écumant que veut en faire Finkielkraut, est proche de Heidegger. Mais aussi de Bataille, de Ponge, de Kafka, parce que pour lui aussi, les nouveaux prophètes peuvent et doivent être des écrivains. Il est proche de Kertész, d'Aragon... Péguy nous dit : « Avant le commencement sera le Verbe »... C'est presque du Heidegger dans le texte ! Parfois, relisant Péguy, je ne parviens même pas à croire que Heidegger ne l'ait jamais lu, tellement leur voisinage intellectuel est ténu.

Les deux ont d'ailleurs été influencés par Bergson.

Influencés et *impressionnés* par Bergson. Pourtant, ni l'un ni l'autre n'étaient précisément, loin s'en faut, des hommes impressionnables. Péguy assistait régulièrement aux cours de Bergson au Collège de France et Heidegger l'avait quant à lui étudié au scalpel. Péguy lance, à babord : « Avant le commencement sera le Verbe » ; Heidegger, à tribord, clame : « Le mot donne l'être » – cela se trouve dans *Acheminement vers la parole*. Voici le passage *in extenso* : « Du mot, la pensée l'équilibrant en toute rigueur, il ne serait plus jamais permis de dire : il est – mais au contraire : il donne (*es gibt*) ; et cela non pas au sens où "il y a" des mots, mais où le mot même donne (*das Wort selber gibt*). Le mot : ce qui donne. Donne quoi ? Suivant l'expérience poétique et suivant la plus ancienne tradition de la pensée, le mot donne : l'être. » Je répète, Péguy, en écho : « Avant le commencement sera le Verbe ». Il faut faire entrer ces deux phrases en résonance. C'est cela qu'il s'agit d'interroger.

« Cela », c'est la « parole » ?

Oui. C'est la « parole ». Dans le poème, la parole donne toujours l'Être. C'est ce que nul mieux que Ponge, à mon sens, n'a compris. Pas même Char. « Acheminement vers la parole »... Vers la *parole* et non pas la *langue*, comme l'ont parfois mal traduit les heideggériens, pourtant émérites, des années 1950. La parole, c'est ce qui se transmet ; c'est le contraire de ce qui fait bloc, c'est le contraire de ce qui fait obstacle. La parole est ce par quoi la vérité se transmet au lecteur, qui, chez Péguy, est un lecteur qui écoute, un lecteur auditeur. Péguy et Heidegger, par la question, par le questionnement, veulent inlassablement « remonter à la source même, vers la pensée qui pense la vérité ».

Que faut-il entendre ici, exactement, par « à la source même » ? Quelle est au juste cette source ?

« À la source même » : afin de retrouver l'étonnement premier, du temps où le mot donnait immédiatement l'Être, du temps où le mot et l'être étaient encore dans un rapport d'enfantement. « Le vieil Hugo, écrit Péguy en juin 1912 dans *Dialogue de l'histoire et de l'âme charnelle*, voyait le monde comme s'il venait d'être fait. J'entends comme si dedans et ensemble lui Hugo, fragment, fraction du monde (le plus important), venait d'être fait. C'est naturellement la seule manière de le voir.» Puis, il ajoute: «Toute la force de son génie, qu'il voyait le monde non pas comme nous, surtout non pas comme moi l'histoire, non pas comme un objet connu, habitué, non pas comme un objet habitué de regard habitué, mais comme premier, lui(-même premier), comme l'objet premier d'un regard premier, comme un objet tout vert, comme l'objet tout nouveau et neuf et tout vert d'un regard tout nouveau et vert, d'un regard tout neuf. Il voyait le monde comme s'il venait enfin de venir au monde.» Il s'agit de comprendre les choses, nous dit ici Péguy, non pas seulement comme si Victor Hugo venait de venir au monde, mais comme si le *monde* venait de venir au monde. On voit donc que l'histoire est ici associée à l'habitude, à la sclérose, quand la parole du poète est ici mode de rafraîchissement total, mode de connexion avec l'étonnement premier, avec le Verbe originel du monde originel. La parole restitue ce monde; mieux: elle le re-présente à nous; l'histoire, elle, n'est qu'accumulation de connaissances volumineuses et jaunies. C'est *Geschichte* contre *Historie*.

Historie, c'est l'histoire comme science... L'histoire «positiviste» en quelque sorte. Et _Geschichte_, si je peux m'exprimer ainsi, serait l'histoire «au sens large»?

Historie est l'histoire comme science avec les méthodes que cela implique. *Geschichte*, c'est l'histoire «au sens large» comme vous dites, celle qui concerne l'existence humaine en tant qu'elle est le principal événement qui «fait» l'histoire. C'est ce qui «a lieu». C'est ce qui advient. Or, si le discours de l'historien est là pour traiter le passé en scientifique, c'est à la parole de dire l'existence humaine. La littérature est l'une des possibilités de cette parole. *Geschichte* vient de *geschehen*: une «aventure», l'aventure de l'homme. L'histoire, ainsi définie, n'est pas la science historique, mais interroge la «structure aventuriale», elle pense ce mode de *l'advenir*. Elle est concernée, non par les dates et les événements, les sacres des rois, les révolutions, mais par les «conditions de possibilités temporelles existentiales», dit Heidegger. C'est-à-dire «acquérir une entente ontologique de l'historialité [*Geschichtlichkeit*]», indique-t-il dans *Être et temps.* L'histoire comme *Geschichte* n'est plus l'histoire telle qu'on l'enseigne, celle des historiens: elle se penche sur l'historialité du Dasein, c'est-à-dire sur le fait que le Dasein soit temporel, et que c'est la raison pour laquelle il est historial. Non pas seulement temporel au sens où il est assis, où il est posé dans le temps comme une pierre posée sur une date du calendrier – ce qu'il est, de toute façon –, mais temporel au sens où il est le lieu, lui le Dasein, d'une temporellité originelle. «L'histoire, qui a lieu dans le temps, dit encore Heidegger, toujours dans *Être et temps*, est l'aventure spécifique du Dasein existant, de sorte que cette aventure qui s'est "passée" et qui s'est, en même temps, "transmise" [le mot est lâché!] et qui se poursuit toujours dans l'être-en-compagnie, prend, au sens fort du mot, le nom d'histoire.» Et Heidegger, dans une manière de révolution copernicienne de la temporalité, se pose logiquement la question suivante: «Le Dasein ne devient-il historial qu'en s'impliquant dans les circonstances et les événements? Ou bien l'être du Dasein est-il avant tout constitué par l'aventure de telle manière que c'est seulement parce que le Dasein est, en son être, historial que quelque chose comme des circonstances, des événements et des destinées sont ontologiquement possibles?»

Ce que vous nous dites, c'est donc que la Clio de Péguy souffre précisément, elle qui se comprend elle-même comme *Geschichte*, d'être appréhendée par les historiens - par les modernes, comme il le dirait -, comme *Historie*.

Voilà, c'est exactement ça. «Je suis bien forcé de tout savoir, c'est mon métier. Ce n'est pas gai», se lamente Clio dans *Clio, Dialogue de l'histoire et de l'âme païenne* pendant les grandes vacances de 1913. C'est devenu son métier, mais ce n'était pas, nous répète-t-elle via Péguy, sa vocation, sa nature. « L'historique, tout l'historique, défini comme historique, est véreux », poursuit Clio. Puis elle accouche de cette fulgurance géniale : « L'événement est véreux. » Et pour bien distinguer, à son tour, *Geschichte* de *Historie*, Péguy, toujours fabuleux ventriloque de Clio, lance : « Des millions d'hommes inexplorés sont morts. » La réalité de l'aventure humaine est, ainsi, oubliée par les historiens au profit d'une science chrono-logique. « L'idée du mouvement logique, si je puis dire, mitraille Clio-Péguy, son orgueil total et son orgueil échelonné, son orgueil d'escalier et son orgueil d'échelle, c'est qu'à chaque fois sachant plus, à chaque fois ainsi il sait mieux. Jamais le mouvement logique ne s'est montré plus indigent. »

L'idée de Heidegger d'une historialité du Dasein, sur un Dasein qui possède sa propre « temporellité », existe bel et bien chez l'auteur de *Clio* et cette temporalité n'est, chez Péguy également, pas la même que celle de l'histoire : « Ces malheureux supposent, mon ami, leur système suppose que le temps serait uniquement un temps pur, un temps géométrique, un temps spatial, une ligne absolue, infinie (au moins par sa terminaison, si je puis dire, sinon par son origine), un temps imaginaire, arbitraire, imité de l'espace, fait comme un espace, fait à l'image et à la ressemblance de l'espace, un temps fait, factice, arbitraire, trop bien fait, une pure ligne pure, parfaitement continue, parfaitement homogène, au long de laquelle, comme au long d'un espalier temporellement infini, un progrès perpétuellement croissant s'inscrirait en une courbe perpétuellement montante. Je ne veux point me donner le ridicule, mon ami, de refaire l'*Essai sur les données immédiates* [c'est là que Péguy, en quelque sorte, injecte la temporellité du Dasein], ni de le retrouver, ni de le découvrir. Ni *Matière et mémoire*. » Et Péguy reprend, écoutez bien : « Le temps homogène et le temps spatial nous le connaissons : c'est très précisément le temps de la caisse d'épargne et des grands établissements de crédit. » L'histoire des historiens, pour Péguy, est conçue comme quelque chose qui tient de la capitalisation. Or, cette capitalisation est contraire à toute possibilité de transmission. Rien ne se transmet plus difficilement, disait Malraux, qu'un héritage. L'héritage, même, est par nature ce qui ne peut pas se transmettre.

D'où le choix de Péguy pour la poésie – pour la littérature.

Parfaitement. La littérature au sens où l'entendait Bataille. Pour Bataille, la littérature n'est pas une « entrée en soi » comme on l'entend souvent de la bouche même des écrivains, mais, bien au contraire, la plus extrême, la plus brutale, la plus excessive des sorties de soi. Le « ek » de « ek-sistence » poussé à son paroxysme. « La poésie et l'art, écrit André Breton dans *Arcane 17*, écrit en 1944 et publié à New York en 1945, garderont toujours un faible pour tout ce qui transfigure l'homme dans cette sommation désespérée, irréductible que de loin en loin il prend la chance dérisoire de faire à la vie. » Il ajoute : « Là aussi le temps presse : il s'agit de faire rendre à la sensibilité humaine tout ce qu'elle peut donner. » Propos qui résonnent avec ce passage de *L'Idiot de la famille* de Sartre : « À cette époque, Flaubert est catégorique : la poésie est une aventure silencieuse de l'âme, un événement vécu qui est sans commune mesure avec le langage. » La littérature a plus à voir avec l'ek-sistence qu'avec le langage. Sartre, encore : « Flaubert déclare que, par cette redescente nécessaire vers l'expression verbale, le poète s'abaisse, abaisse la poésie. » Et plus loin : « Ce qu'il faut comprendre, ici, c'est que le jeune Gustave fait usage des mots mais qu'il ne parle pas. » Seule la littérature parle, seule la poésie parle : seule la parole parle. Seul le silence, quand il est parole, parle. Les juifs connaissent bien la parole, car cette parole, ils l'ont écrite ! On sait qu'il y a dans le judaïsme la Torah écrite et la Torah orale, la loi écrite et la loi orale – il faudrait en réalité parler de « Torah orale écrite » et de « Torah orale orale ». La parole pourrait recevoir de nous cette définition : oralité orale ou bien oralité écrite. Levinas dit encore : « La vérité du monde des écrits est elle-même accrochée à la vérité de la parole et s'y transcende en quelque manière. »

Par parole, autrement dit, il faut entendre « ce qui est hostile à toute forme de rétention » ?

Oui, et c'est là, justement, que Péguy rencontre Heidegger : l'histoire est rétention, la mémoire est fluidité, autrement dit : transmission. Il ne s'agit donc pas, pour Clio, d'avoir un passé, ce qui serait synonyme de lourdeur, mais d'être son passé – et d'être présentement son propre passé. Non pas se confondre avec lui, mais d'être une part de lui. Non pas « avoir été » mais « être été ». L'histoire est ce qui a un passé – ou qui nous fait avoir un passé –, la mémoire est ce qui est un passé – ou qui nous fait être un passé. Il y a une différence entre le passé – en allemand : *das Vergangene* – au sens de révolu, d'irréversible, d'irrévocable, et donc de livrable à l'histoire, de comestible pour l'histoire, et le passé qui est en nous au sens où nous sommes quelque chose qui se continue sans cesse – en allemand : *das Gewesene* –, quelque chose qui fut, mais est actualisé à la seconde où je vous parle : quelque chose qui fut mais n'a pas cessé d'être, ne cesse pas d'être, et ne cessera pas. Il y a là une substitution de l'être à l'avoir au sujet du passé : « avoir un passé » devient « être son passé ». C'est ce que Heidegger appelle le « changement de temporellité ». Mon passé, autrement dit – et *avec* jeu de mots –, est présent en moi. Il n'en aura jamais fini en moi. Souvenons-nous de cette phrase de Faulkner : « *The past is never dead. It's not even past* », « Le passé n'est jamais mort, il n'est même pas passé » Et souvenons-nous de cette extraordinaire phrase de Rosenzweig, au sujet de la parole : « La langue débusque même dans le passé le fragment de devenir, le fragment de pas-encore qu'il contient. » Le passé n'a pas tout dit. Le passé n'a pas tout révélé. On pense encore au Nietzsche du *Gai Savoir* : « Nul ne peut prévoir tout ce qui deviendra encore de l'histoire. Le passé demeure peut-être encore essentiellement inexploré ! » Le passé ne s'est pas encore totalement révélé en moi. Pour cela, il a besoin du présent, de mon présent. En allemand, on ne dit pas « j'*ai* 20 ans » mais « je *suis* 20 ans » – « *Ich bin 20 Jahrealt* », en anglais, idem – « *I am 20* ».

Les kabbalistes juifs décrivent souvent les *sefirot* comme les différents degrés de la révélation de Dieu dans l'émanation et la création, c'est-à-dire du Néant divin – *aïn* – jusqu'à la présence de Dieu – *shekhinah* –, lieu de la figure personnelle de la divinité. Dans le monde dit « de l'émanation », les mêmes kabbalistes ont défini ce qu'ils nomment la « Couronne suprême » – *keter eliyon* –, encore appelée la « volonté primordiale » ou, je viens de le dire, le Néant. Ce *keter eliyon* représente la source de toute volonté, la volonté pure au sein de l'Être, celui, comme dirait Heidegger, qui pousse l'être à ek-sister, à se propulser hors de soi. On l'appelle aussi *ehyeh* – je serai. Être étant entendu comme : à-venir. Dans le célèbre « *ehyeh asher ehyeh* », Exode, 3, 14, la traduction qu'on rencontre parfois, à savoir « je suis ce que je suis », n'est pas bonne. Il faudrait traduire : « je suis : je serai ». C'est, autrement dit, l'ouverture à la transcendance, c'est là que l'on reçoit la lumière, c'est le lieu de l'homme comme projet. C'est le lieu de « l'ici et maintenant » où le maintenant, comme le dit Husserl, est une « multitude d'intentionnalités ». Il s'agit d'assumer l'instant sans le parasiter – dans le monde de l'émanation, le présent n'est pas une coupure avec le passé et l'avenir, mais en aucun cas le passé ne doit venir l'alourdir. En hébreu, d'ailleurs, « présent » se dit *réga*. Ce qui est la même racine que *ragoua* : tranquille, paisible. Pour Rabbi Nahman de Braslav, *keter* signifie « être prêt à être » dans l'instant, dans le maintenant. Cela pose donc la question d'une présence du passé dans le maintenant, contre l'idée d'un encombrant fardeau de dates, de connaissances, d'archives. Heidegger et Péguy, chacun à leur manière, entendent faire apparaître – et c'est ce qui concerne le *keter* – l'être dans sa temporellité, *Temporalität* en allemand, et non pas dans sa temporalité, *Zeitlichkeit.* Le passé, pour Heidegger comme pour Péguy, n'est pas tant à comprendre dans le temps, qu'à partir du temps, comme quelque chose de conditionné par le temps, traversé par le temps, travaillé par le temps, contaminé par le temps, relié au temps, connecté au temps.

La parole, le génie de la parole, a non seulement pour principe de s'asseoir sur la mémoire afin que la transmission du monde originel au monde moderne soit possible – bien que le monde moderne soit défini par Heidegger et Péguy comme le monde d'une transmission défectueuse, puisque la parole est sans cesse mise à mal par la science –, mais la parole a même pour devoir de s'opposer de toutes ses forces à l'histoire, à lui « désobéir », dit Péguy. « Je suis si puissante, mon ami, dit Clio, dans *Dialogue de l'histoire et de l'âme charnelle*, qu'en un sens il suffit de me désobéir, un homme, une œuvre, un temps, et de manquer à cette loi universelle du vieillissement, pour que ce soit le génie même qui passe par l'échancrure de cette désobéissance. Je suis si grande que de me manquer de respect, d'être insolent avec moi, de me faire une injure, la plus grave, de me taire, de m'oublier, de me passer par prétérition, par profits et pertes, de feindre que je ne sois pas, c'est atteindre à la plus haute fortune, temporelle ; au génie ; c'est se conférer, par un coup d'État, la plus haute fortune temporelle, une fortune qui (dé)passe le temporel sans doute. » Le génie de la parole est là, qui nous indique que le temps n'est plus un décor pour des événements, un réceptacle pour des sacres, des batailles, des épidémies, des conquêtes, des trahisons, des amours, mais que le temps est ce qui anime les êtres ; et que les êtres sont, eux, les véritables lieux du temps. Le temps n'est plus un lieu pour l'être – temporalité –, mais l'être est un lieu pour le temps – temporellité. Péguy et Heidegger opposent l'histoire, cet « avoir », cette capitalisation, cet amassement de passé, cette temporalité, à la mémoire, cet « être », cette temporellité. La temporellité, c'est l'avancée dans le présent, c'est la projection vers le futur, c'est aussi la possibilité de se retourner vers le passé : c'est un « hors de soi ». Le passé de la temporellité, nous dit Heidegger dans *Être et temps*, c'est un passé qui « ouvre la voie ».

La mémoire, comme il en va pour les ondes, permettrait ainsi non pas de restaurer le passé mais de le « propager »…

De le propager, *c'est-à-dire* de le préserver, de le garder intact – non pas intact en exhaustivité, non pas intact dans les faits, les événements, non pas intact dans l'exactitude, mais dans les implications de ces faits, dans la digestion et la sensation des événements datés. La mémoire fait « quitter », fait « déloger » leur date à ces événements. La mémoire défactualise, déhistorise, déhistoricise, désévénementise. Elle pousse l'événement passé à être un peu plus que lui-même, à être davantage qu'un événement. Par la mémoire, l'événement devient quelque chose d'autre. Il mute. Il change de statut. Densifié par la symbolique qu'il a inspirée, suscitée, il devient quelque chose de supérieur à lui-même. Par la mémoire le fait historique s'élève. Il n'est plus répertorié quelque part, en un point immuable et fixe sur l'échelle chronologique, mais se promène, mais se balade sur l'axe du temps pour parvenir à toujours exister présentement. Il essaie toujours de nous joindre. Il est toujours joignable. Il est là. Détaché de sa date de naissance, transformé, transfiguré, schématisé, filtré, mais flambant neuf. Il n'a pas pris une ride. Il n'a pas vieilli : seul vieillit, comme la ruine qu'il aspire à être, le « passé historique ». On en revient toujours à *Clio, Dialogue de l'histoire et de l'âme païenne* : « Je suis une pauvre vieille femme sans éternité : moins que rien ; une loque ; un vieux chiffon de femme. Orgueilleuse, et creuse, de tant de passé, à ce que je dis, je suis donc sans (aucun) avenir. J'ai mis tout mon bien en viager. Moi, l'histoire, je trompe le temps. »

Mais que faire par exemple de la tradition ? Se situe-t-elle du côté de la mémoire ?

© Emma Henry

Yann Moix consultant les lettres de Charles Péguy à Blanche Raphaël au Centre Charles Péguy d'Orléans, le samedi 9 avril 2022.

Non. Contrairement à ce que nous pourrions croire, la tradition fait barrage à la transmission. Heidegger, qui n'oublie jamais aucun aspect d'une question, se penche sur le problème dans *Être et temps* : « La tradition, fait-il remarquer, en venant y exercer sa domination, rend d'abord et le plus souvent ce qu'elle "transmet" [il met des guillemets à *transmettre*] si peu accessible qu'elle l'occulte bien plutôt. Elle livre ce dont elle s'empare au "cela-va-de-soi" [thème récurrent chez Péguy] et barre l'accès aux "sources" originales [obsession chez Péguy, on vient de le voir à travers l'exemple de Victor Hugo] d'où les catégories et concepts traditionnels ont été tirés pour une part de manière légitime. La tradition va même jusqu'à faire entièrement perdre mémoire [tout est dit !] qu'ils ont eu une telle origine. Elle conforte dans l'absence de tout besoin d'y revenir au point qu'un tel retour ne s'entend même plus comme nécessaire. La tradition coupe l'historialité du Dasein de ses racines jusqu'à ce que celui-ci ne tourne plus son intérêt que vers des types, des courants et des points de vue possibles pour philosopher dont il va pêcher la variété et le pittoresque dans les cultures les plus éloignées et les plus étranges, cherchant à se cacher par là son manque de base. En conséquence, le Dasein, tout a son intérêt historique et à son ardeur pour "l'objectivité" d'une interprétation philologique, en vient à ne plus entendre les conditions les plus élémentaires qui seules rendent possible un retour positif au passé dans le sens d'une appropriation productive [expression importante !] de celui-ci. » La tradition, pour Heidegger, c'est ce qui, tôt ou tard, dégénère en lieux communs – ces mêmes lieux communs que dénonce fréquement Péguy dans ses dégagements sur l'habitude et les habitués.

L'histoire veut donc se souvenir de tout, quand la mémoire est une des modalités de l'oubli. C'est ce que veut signifier Péguy ?

Oui, mais attention : un oubli qui se souviendrait.

Allons bon.

Un oubli, plus exactement, qui ne retiendrait que l'essentiel – cet essentiel qui doit être transmis. Lorsqu'on lit Péguy, il faut toutefois faire attention à la terminologie ; quand il condamne cette rétention, il emploie le mot de « mémoire », mais il faut en réalité entendre « histoire ».

C'est un cauchemar ! [Rires]

La mémoire allège, quand l'histoire accumule. La mémoire sert à oublier. J'ai retrouvé une interview de Pierre Boulez, sur le site de l'Ina, où il dit ceci : « La mémoire chez moi me préserve d'accumuler. On accumule beaucoup trop de connaissances. Et à mon avis, c'est le signe des civilisations qui meurent. » Propos que je voudrais accoler à ce qu'écrit Chateaubriand dans ses *Mémoires d'outre-tombe* : « Une chose m'humilie : la mémoire [au sens de surcharge, et donc d'histoire] est souvent la qualité de la sottise ; elle appartient généralement aux esprits lourds, qu'elle rend plus pesants par le bagage dont elle les surcharge. » Il faut insister sur ce dernier mot : « surcharge ». Je me souviens, aussi, de Roger Martin du Gard, notant ce qui suit dans son Journal – vous le trouverez à la date du mardi 26 août 1919 : « Nous sommes tous des fleurs de musées et de bibliothèques, il faudrait nous refaire une virginité de sauvages. Peut-être la guerre n'a-t-elle pas assez détruit de passé ?... »

Et écoutons maintenant, de nouveau, le Péguy du *Dialogue de l'histoire et de l'âme charnelle*, qui nous dit exactement la même chose : « Là est le secret, le principe, la force, l'économie, l'hygiène du génie ; cette singulière force de jeunesse : manquer de mémoire, n'avoir pas de mémoire ; ou plus exactement manquer de la mémoire, n'avoir pas la mémoire. » On voit bien, ici, que c'est le processus de souvenance, que c'est le trop-plein d'hypermnésie qui est condamné – et donc l'histoire telle que nous l'avons définie –, et que par conséquent Péguy est partisan de la mémoire comme oubli, contre l'histoire comme rétention exhaustive et maniaque, frein à toute transmission possible. « Ne traîner pas derrière soi, poursuit Péguy, cette lourde masse, ce train de chemin de fer, ce train de marchandises, traîné, déroulé derrière soi sur les rails comme un annelé, comme un gros annelé aux segments parallélépipèdes, comme un gros segmenté, comme un ruban annelé métallique et lourd fidèle et déroulé tout au long de la voie (ferrée), ferraillant aux aiguilles et qui fait badaboum aux plaques tournantes, ce lourd et ce trépidant arriéré. »

Voilà en effet qui est clair. Et distingue ce qui se transmet de ce qui ne se transmet pas.

Yosef Hayim Yerushalmi, dans *Zakhor, histoire juive et mémoire juive,* rappelle, en écho avec ce que vient de nous décrire Péguy, que « ce dont les juifs du Moyen-Âge se "souvenaient" entretenait sinon aucun lien, du moins peu de rapports avec ce que nous entendons communément par "connaissance historique". Les juifs, dit-il, qui à la synagogue portaient le deuil du Temple, connaissaient tous la date du mois de sa destruction, mais je doute que, pour la plupart, ils aient su ou voulu savoir l'année exacte où furent détruits le premier Temple ou le second, pour ne pas parler des manœuvres ou des armes qui furent employées. Ils savaient que le Temple avait été détruit par les Babyloniens, puis par les Romains : mais ni Babylone ni Rome n'avaient pour eux de réalité historique. Les souvenirs organisés par les lamentations d'une très grande poésie [ah ! mot important] étaient élémentaires et émouvants, mais formulés [autre mot important ! vous voyez, il dit « formuler » et non pas « définir »] selon des modes qui échappent à notre notion de "connaissance de l'histoire". » Quant à Rosenzweig, auquel j'aimerais beaucoup, un jour, consacrer un numéro d'*Année Zéro*, il écrit : « En général, nous mélangeons sans cesse les grands événements de notre histoire, les trois délivrances des trois exils. Nos fêtes, par exemple, sont-elles des fêtes du souvenir ? Les fêtes "historiques", justement, non. Le jour du souvenir s'appelle justement la fête messianique. »

Pourquoi le mot de « formule » employé par Yerushalmi est-il si important ?

C'est précisément là ce qui sépare la parole du discours. La parole est formulation. Je m'explique. Prenons une huître, par exemple. Exemple pongien s'il en est... L'huître, la vraie huître, la chose huître – la vérité de l'huître – peut être occultée au sens où elle n'a pas encore été du tout dévoilée, comme dirait Heidegger. Un poète comme Ponge ne prétend pas que l'huître n'a jamais été dévoilée : sans doute elle l'a été, il y a bien longtemps – elle a été usée, plutôt, ensevelie, « enfouie », pour parler comme Péguy. En terminologie heideggérienne, l'huître a « dévalé à nouveau dans l'occultation ». C'est pourquoi Ponge, quand il écrit un texte intitulé « L'huître », tente de la désenfouir avec des formules qui la réveillent – il s'agit d'entendre « formule », ici, quasiment au sens d'une formule magique qui redonnerait la vie à un défunt, la chair à un squelette, à un fantôme, le visage à un spectre, le volume à un ectoplasme, une formule comme on en use pour faire jaillir un génie d'une bouteille dans les contes orientaux.

Il ne s'agit pas d'une formule mathématique, mais d'un assemblage de mots qui délivre quelque chose.

Un assemblage de mots, c'est-à-dire de mots mis dans un certain ordre et seulement dans cet ordre. « Comment une expression est-elle belle ? » s'interroge Francis Ponge dans *Pour un Malherbe*. Réponse : « Quand elle peut être comprise comme une loi éthique et esthétique : une formule d'art poétique. » Et quelques pages plus tôt, il écrit : « Pratique du langage : Il s'agit moins pour nous de poésie que de Parole (prosaïsme résolu, mais d'une telle rigueur qu'en naît une nouvelle forme de poésie, l'oraculaire, l'art de la formulation». Saisir le sens de l'être, pour Péguy, mais aussi pour Ponge, pour Heidegger, passe par le sens de la formule. Formuler, c'est donner forme. C'est redonner forme, sa forme, ici, à l'huître devenue informe parce que trop habituelle, trop banalisée. La formule, surtout, est parole. Parole miraculeuse qui ouvre l'huître ou délivre le génie de la bouteille: parole accidentelle, ou exceptionnelle: «Parfois très rare une formule perle.» C'est dans «L'huître», *Le Parti pris des choses*. Le génie qui apparaît, cela semble bien être le génie de Ponge lui-même: «une formule perle» est une formule – et même une perle de formule. Ponge utilise jusque dans une formule le mot de «formule». Le texte intitulé «L'huître» est lui-même la formule «complète» de l'huître. Les mots sont assemblés par Ponge, sur chaque ligne, et dans chaque paragraphe, selon un ordre très précis, comme doivent être précisément agencés dans une formule magique les mots que l'on doit prononcer pour ouvrir le sésame.

Le danger, ici, c'est l'oubli...

Oui, l'oubli de la formule oubliée, quand plus rien ne s'ouvre. La terreur de Péguy est la même que la terreur de Ponge: l'oubli. Quand je dis que la mémoire est l'art d'oublier, je dois dire qu'elle est l'art d'oublier le superflu, le superfétatoire – ce qui entre dans le détail, ce qui alourdit et empêche la pensée; la mémoire est un filtre. Il ne s'agit pas d'abolir le passé, mais de le faire vivre sous forme de présent, de le *présenter*, de le «présentifier». Ce, en tant qu'il peut aider à comprendre le maintenant – sachant, ce qu'on oublie trop souvent, que la réciproque est également possible. Ainsi, Gershom Scholem, en pleine montée du nazisme, écrit à Walter Benjamin: «La catastrophe a certes pris une dimension historique universelle, qui nous permet désormais de comprendre 1492 [expulsion des juifs d'Espagne].»

Tout, ici, repose évidemment sur le mot « désormais ».

Bien sûr ! 1492 attendait, de présent en présent, son intelligibilité en 1933. 1492 était une date vivante, remplie si l'on veut d'une sorte d'énergie potentielle qui n'attendait qu'une chose : se transformer en énergie cinétique. 1492 n'était autrement dit pas isolée dans le passé, momifiée dans les siècles abstraits des manuels, mais là, en latence d'intelligence, en attente de lecture, prête à exploser comme une grenade, inentamée, fraîche, intacte et conservée, inédite encore. 1492, d'une certaine manière, n'avait pas terminé sa course, elle n'avait pas fini d'avoir lieu, ou plutôt elle n'avait que cela : avoir eu lieu, attendant son tour, attendant le jour où elle libérerait toutes ses radiations, où sa vérité enfin se dévoilerait. Il faut s'élever au-delà et par-dessus les lieux et la date de 1492 pour comprendre 1492. Il s'agit de parvenir à 1933 pour que 1492 se libère, livre son être, scintille dans sa lisibilité. 1492 a quitté la place fixe, figée, morte que « l'histoire scientifique des chroniqueurs », pour reprendre l'expression de Rosenzweig, lui avait attribuée, comme on accroche une toile dans un musée. Péguy, faisant parler Clio, toujours, dans *Dialogue de l'histoire et de l'âme charnelle* : « Je suis une pauvre femme. En somme je suis une pauvre femme. Tout ce que je puis faire, moi, vous le savez, c'est d'enregistrer quelques résultats. Quand ils sont bien acquis, bien figés, bien arrêtés, bien cadrés, bien enregistrés, bien encadrés, – bien morts. » Puis : « Moi, l'histoire, je sais beaucoup par cœur. Vous l'avez tant dit, avec tant de colère, qu'il faut bien que ce soit un peu vrai. Le fait est que moi l'histoire je ne saisis pas les mouvements. Oh non, non, pas les mouvements. Voyez-vous, moi l'histoire je ne suis pas bergsonienne. Il y en a assez de dames qui sont bergsoniennes. Je ne veux pas faire une dame bergsonienne de plus. » Il poursuit : « Les mouvements ce n'est pas mon affaire. Non ce n'est pas mon genre. Ça n'entre pas dans mon genre de beauté. Et puis ça n'est pas mon métier. Vous ne l'avez que trop dit : moi je suis une dame de l'enregistrement. Il me faut

« Je suis un fanatique de Charles Péguy ».

un guichet, un petit guichet et des cadres. Je suis l'employée en chef des employées de l'enregistrement. La réalité, le mouvement, ce n'est pas mon office. La source, je ne bois pas à la source. »

1492, donc, c'est un peu comme la Joconde, qui était appelée à rester toujours dans la même pièce, au même endroit...

Immobile dans l'espace et dans le temps du passé. Rosenzweig, d'ailleurs, résume tout cela d'une manière fracassante et définitive – bien que nous soyons justement en train de nous méfier du définitif ! – quand il se penche sur la notion d'histoire. « On demande, écrit-il dans *L'Écriture, le verbe et autres essais* : est-ce dans le passé, dans le présent, dans l'avenir : était, est, sera, déjà ou encore [1933 était-elle déjà dans 1492 ? 1492 est-elle encore dans 1933 ?]. Ce déjà ou cet encore, ce plus ou ce pas encore, ce sont les grandes turbulences à l'horloge de l'histoire universelle. » Et il a un peu plus loin cette formule extraordinaire, que Péguy aurait largement pu faire sienne, et qui fait écho à la lettre de Scholem à Benjamin : « La parole [cela a été traduit par « langue », mais il faut bien sûr traduire par « parole »] débusque même dans le passé le fragment de devenir, le fragment de pas-encore qu'il contient. » Pour Rosenzweig, la mémoire permet ainsi au passé de se « mettre à jour » – au sens strict – , d'exprimer le présent que ce passé contenait en germe. « Voici, ajoute-t-il, comment la parole nous fait vivre l'histoire : nous y étions. » Cette phrase est fondamentale.

Que signifie-t-elle ?

Elle signifie que l'histoire, qui a trait au discours – discours du témoin, discours scientifique de l'historien –, nous rappelle sans cesse que nous n'étions pas là. Tandis que la mémoire, qui est véhiculée par la parole, nous invite sans cesse à être là. C'est ce que Bataille appelle précisément l'expérience intérieure – la communicabilité d'une expérience que la parole finit par nous faire vivre. Quand Jünger est soldat, il est dans la guerre en faisant son métier de soldat : être dans l'action ; il ne peut nous faire voir la guerre car il la fait, il est occupé à la faire. Tout au plus peut-il témoigner, c'est-à-dire nous exclure comme n'ayant pas été à sa place. Tandis que Jünger écrivain, par son lyrisme même, permet de dévoiler la vérité de la guerre ; la vérité de la guerre a attendu son heure, sa parole, et voilà qu'au lieu de discourir de la guerre, Jünger *parle* la guerre.

On pourrait s'amuser, ce que Péguy fait sans arrêt, à dénoncer ce qui freine la transmission, et à pointer ce qui au contraire la permet, la facilite. Parmi ce qui l'empêche, il y a donc l'histoire, mais il y a aussi le dessin, la métaphore, l'illustration, la représentation, l'icône – la parole juive a été inventée contre l'idolâtrie, ne jamais l'oublier, Exode : « le peuple voit les voix », c'est la parole qui donne à voir – , mais aussi la digression, le monument, la commémoration – qui n'est en réalité qu'une « historification » –, le plagiat, l'hommage, le cliché, l'image d'Épinal, les détails, les précisions, la biographie, l'autobiographie, l'exactitude, la figure, les formules toutes faites, l'objectivité, la colère, le proverbe, le mensonge, la rhétorique, l'éloquence, les menaces, les injures, l'ironie, la haine – chez les juifs, la haine gratuite est un péché aussi important que l'idolâtrie –, la péroraison, l'indignation, la compassion, etc.

Et qu'est-ce qui la facilite, cette transmission ?

La mémoire, donc, la parole, le pastiche, le palimpseste, la sélectivité, l'esquisse, la vérité, la liturgie, le rite, le symbole, la prière, la circoncision, le vêtement, la codification, le paradigme, le schéma, la lecture publique, la confrontation, le commentaire, la subjectivité, l'humour, etc. Je reviens brièvement à l'idolâtrie, dont Maïmonide, citant le Talmud, rappelle ceci : « Qui reconnaît l'idolâtrie est comme celui qui renie la Torah tout entière. » L'image, c'est ce qui fige. La figure, étymologiquement, c'est ce qui est figé. La mémoire a choisi la parole parce que la parole ne fige rien, ce qui n'est pas le cas de la formule toute faite – ceci dit, la définition du dictionnaire fige également, définir signifiant « ce qui fixe ». Comme Heidegger, comme Péguy, Maïmonide fait de la formule toute faite, du cliché, une image – et donc quelque chose qui a trait à l'idolâtrie. La parole est fluidité, le cliché au contraire tient du solide. Le verbe clicher provient d'ailleurs de l'onomatopée « Klitch », qui exprime le bruit de la matrice sur le métal en fusion. C'est un terme technique de typographie qui signifie « fabriquer l'empreinte d'une forme en y coulant un métal fusible permettant [c'est ça qui est important] d'obtenir une planche solide ». Là, effectivement, est le danger du cliché – danger que Péguy a parfaitement perçu : le cliché solidifie ce qui était liquide. Le cliché empêche la transmission : il bloque tout mouvement, toute avancée, toute échappée. Le mot cliché renvoie bien évidemment aussi à l'image : le mouvement de la vie, fluide, se trouve figé sur la photographie.

Dans son *Épître sur la persécution*, qui date de 1162-1163, Maïmonide note : « Voici un homme qui a écrit ces nobles citations comme des formules toutes faites [on dirait du Péguy !] ; il n'a pas pris soin de les écrire au brouillon puis de les corriger, parce qu'il n'avait aucun doute à propos d'une question sur laquelle il n'était pas nécessaire de revenir ; et il a transmis cette réponse à un homme qui l'a diffusée [mot important] et il a obscurci avec ses paroles [même remarque] le cœur des hommes. » Puis Maïmonide cite les Psaumes : « Il répandit les ténèbres et fit régner l'obscurité. » Voyez encore les dégâts, chez Kafka, dans la *Lettre au père*, quand c'est un cliché de judaïsme qui se « transmet » – je mets évidemment des guillemets à « transmet ». Il en a fallu, à Kafka, du temps, des heures d'étude, pour pouvoir écrire un jour : « Je suis une mémoire devenue vivant. » Toute la phrase reposant, ici, sur le « devenue ». « Point de transports, écrit Valéry dans *Tel* – ils transportent mal. » Voilà ce qu'il s'agit de dire des clichés.

Dans *Clio*, celle qui s'appelle l'histoire se plaint, je le répète, d'être traitée en *Historie*, elle qui se rêve *Geschichte*. Car Clio regrette, j'enfonce le clou, que les historiens fassent de l'histoire cette science qu'elle est devenue. Elle regrette que le discours l'ait emporté sur la parole, et l'exactitude, cette obsession moderne, sur la vérité. «Je me *livre à des travaux*, dit Clio, à ces travaux ingrats qui me consument comme un sable altéré, je me consume dans ce désert sans fin. Je présente ainsi un spectacle lamentable, je fais un objet pitoyable, à voir, qui briserait le cœur le plus dur.» Plus loin: «J'aime beaucoup mes jeunes amis. Je les estime presque. Mais quand on leur donne des recherches à faire, quelquefois on ne les voit jamais revenir. Ils prennent au sérieux, au pied de la lettre, mes enseignements, mes célèbres méthodes. Pour moi je suis sotte, vous le dites, vous le savez, mais je ne suis tout de même pas aussi bête que vous me faites. Je sais très bien, parfaitement je sais que jamais on n'en sortirait. Aussi mes bons élèves, c'est pour cela que mes meilleurs élèves n'en sortent pas. Ceux-là je les méprise, beaucoup, et je les estime ensemble et autant. Je les méprise infiniment parce qu'ils me prennent au sérieux, les malheureux, et mes enseignements et mes méthodes, et que naturellement ils ne peuvent pas s'en tirer. Les sots. Nous savons bien que s'il fallait *épuiser* la LITTÉRATURE d'un homme et d'un sujet avant d'en écrire, avant d'en enseigner, avant d'en traiter, avant d'en faire un livre, un cours et conférences, une note même pour les *Archiv* et une imperceptible notule, avant d'en penser même, s'il fallait aussi et encore épuiser la réalité d'une question, hein, ça nous mènerait loin. Nul ne verrait jamais le bout de rien. Nul ne verrait la fin du commencement. N'est-ce pas, il faut se faire une raison. Quand je parle d'épuiser une question, tout le monde comprend bien qu'il ne s'agit pas de la réalité, de mon ennemie, de ma grande ennemie la réalité, tout le monde entend que je ne parle pas, que je ne pense pas à épuiser cette odieuse réalité. Cette odieuse femme. Cette femme éternelle. Parce que tout le monde est bien gentil avec moi. Qu'il ne s'agit que de perlustrer, d'arroser du regard, de parcourir un certain nombre, généralement énorme, de monuments. Du moment que c'est gros, pour moi c'est *comme si* c'était complet. Un livre, un ouvrage, un travail énorme ne peut pas ne pas être épuisant. Il inspire une sorte de respect, et d'effroi, comme je le veux, non seulement qui me suffit, mais qui remplace avantageusement pour moi le respect de la réalité. La paix régnait, et tout le monde était content. Le contentement planait. Seulement il y a ces veaux, qui ne veulent rien savoir, ces jeunes veaux, *vituli*, nos jeunes amis, *vitelli*, nos jeunes camarades, qui font semblant de ne pas comprendre, des godelureaux enfin, des jouvenceaux, *juvenci*, des béjaunes, qui se mêlent de vouloir épuiser *réellement* la réalité. Alors on ne les voit jamais revenir. Vous comprenez. »

À vous écouter, on a l'impression que Péguy fait ainsi partie d'une sorte de famille d'écrivains qui vous sont chers, qu'il s'y « range » naturellement. Famille qui compterait Kafka, Heidegger, Bataille, Ponge... C'est pour le moins inattendu.

Je place en effet Péguy dans la continuité – mais sans que le mot de continuité n'implique évidemment quoi que ce soit de *chronologique* – de Kafka, de Ponge et de Bataille. Chez Kafka, la parole est le lieu de la transmission. Son œuvre tout entière explore la parole à la fois comme mode de transmission, comme contenu de la transmission, et comme transmission elle-même : et, même, comme transmission de la transmission – comme transmission « au carré ». Kafka montre très bien que le Verbe, celui de la Bible ou de l'écrivain, est le seul capable de dire la mémoire, de présenter le passé – non pas d'aller du présent vers le passé, mais de ramener le passé dans le présent, de le « présentifier ».

Vous voulez dire que chez Kafka, la littérature est ce qui prend le relais de la parole biblique...

En effet. Kafka rectifie l'absence d'héritage du père par une judéité textuelle, romanesque. Kafka dit : je vais continuer le chemin de la Bible et du Talmud avec d'autres moyens, les miens – la littérature. Ponge prend le relais : pour lui, seule la parole poétique – pardonnez la tautologie – permet le dévoilement de la vérité de l' Être et ce, par formulation des choses.

Chez Ponge, la littérature « prend le relais » de la science, en quelque sorte.

C'est exactement ça. Ponge rectifie les incapacités de la physique à faire émerger la vérité d'une goutte d'eau, ou, pour reprendre notre exemple de tout à l'heure, d'une huître. Ponge dit : je vais continuer le chemin des sciences physiques, ou naturelles, qui justement ne cheminent pas, ne savent pas cheminer, par mes propres moyens : la poésie. C'est dans et par la poésie que, pour lui, les choses se dévoilent. Ponge met parfaitement en évidence que la définition est l'ennemie, et qu'il faut urgemment lui substituer, comme nous l'avons vu, la *formulation*. Le Verbe exige, après avoir cheminé, un retour au pays natal, à la contrée : la contrée, c'est le pays vu frontalement, lorsqu'on y revient. Ainsi la parole, via ce qu'on appelle la « langue », par exemple. Mais on ne peut pas s'arrêter là, il s'agit d'aller plus loin.

Comment ça ?

Cette parole, elle se doit de prendre des risques, de s'approcher de *l'impossible*. Dire le verre d'eau, ou le bois de pin, c'est bien, c'est déjà beaucoup, c'est même beaucoup plus que ce que l'on peut croire, et c'est beaucoup également de dire, comme Kafka n'a cessé de le faire, la première et la deuxième destruction du Temple. Mais la parole se doit d'aller *encore plus loin* que le verre d'eau et que le Temple détruit : elle doit dire le viol, l'inceste, la torture, les violences sur les enfants, la mort, le terrorisme, la Shoah, dût-elle pour cela utiliser le silence –

non pas faire le silence sur le dire, mais dire le silence. Trouver la parole pour le parler – ce qui est ni plus ni moins le rôle de la littérature. C'est cette expérience que Bataille – même si hélas il n'aborde jamais la question de la Shoah, ou si rapidement, dans une note de bas de page d'une note de lecture consacrée à David Rousset – nous invite à faire. Expérience qu'il baptise « l'expérience intérieure ».

Chez Bataille, si je continue avec mon histoire de relais, la littérature « prend le relais » du silence, donc…

À ses yeux, elle doit parler le silence en allant au-delà de ce qui se tait. Pour Bataille, le silence parle. Il a quelque chose à nous dire. Il faut donc trouver son alphabet, le dialecte, si l'on veut, dans lequel il s'exprime. C'est un travail inouï. La littérature, vous savez, ce n'est pas ce pauvre imbécile de Bernard Werber et ses misérables fourmis de supermarchés ! Ce n'est pas de la « lecture » avec des gentilles histoires dedans pour se désennuyer sur la plage. C'est une recherche permanente pour, par exemple, dire avec des mots le silence dans lequel les victimes, les horrifiés, les suppliciés se voient pétrifiés. Bataille nous dit : je vais continuer le chemin du silence pour voir jusqu'où ce silence va ; et, je suis sûr, poursuit-il, qu'après le silence il n'y a pas rien, qu'après le silence il y a un « dire » possible, et que c'est ce « dire »-là la littérature.

« L'expérience intérieure »…

Oui, mais l'expression « expérience intérieure » peut porter à confusion – car cette expérience ne vaut que si elle est *communicable*. L'intérieur dont parle Bataille, contrairement à ce qu'on peut croire, c'est aussi, pour ne pas dire d'abord, l'expérience qui se déroule à *l'intérieur* du *lecteur*. L'expérience mystique est communion, l'expérience intérieure est communication – nous sommes tous des suppliciés en lisant Bataille.

Ainsi, Kafka – pour les *sources* de la parole, qui vient de la parole juive, et de la transmission de cette parole – et les juifs ont inventé les modalités de cette transmission. Puis Ponge, pour le *genre* de cette parole : elle est poétique, ou n'est pas. Et enfin Bataille, pour les *possibilités* de cette parole, qui parvient à s'arracher à notre quotidien pour s'en aller fouiller les extrêmes, les abords de l'impossible…

Ce que les snobs de tous bords appellent généralement « l'ineffable » ou encore « l'indicible » : et qui ne l'est pas. Les œuvres complètes de Bataille sont là pour nous montrer que la parole sait « donner à voir ». La différence entre montrer et donner à voir est d'ailleurs un sujet de réflexion passionnant. Kafka, Ponge, Bataille… Beau tiercé. On aurait pu s'arrêter là : sources, transmission, genre, extrémités. Car tous trois, Kafka, Ponge et Bataille ont dressé leurs cathédrales géniales pour la parole, c'est-à-dire contre une seule obsession : lutter contre l'oubli. Inventer, plutôt, un oubli intelligent, un oubli intelligible. Tous les trois nous révèlent ceci : la mémoire, ce n'est pas savoir retenir, c'est savoir oublier. Oublier, savoir oublier demande, en effet, du génie. Nous n'avons pas le droit d'abandonner la responsabilité de l'oubli à n'importe qui.

On aurait pu s'arrêter là, donc… Mais…

Mais il aurait manqué quelqu'un dans notre galerie. Et il aurait manqué quelque chose. Il aurait manqué quelqu'un qui s'interroge aussi sur les sources de la parole, sur sa transmission, sur les modalités de celle-ci et ses extrémités – quelqu'un de génial, lui aussi, qui a réfléchi sur les origines du Verbe, sur l'oubli, sur l'ensevelissement des choses, sur la science et ses errances. Et sur le silence. Ce quelqu'un, c'est Charles Péguy.

Quant à Bataille, Péguy le côtoierait donc par son interrogation sur l'impossible ?

Sur le dire d'un ailleurs, oui, sur la parole d'une transcendance qui n'est peut-être pas aussi verticale qu'on le croit : une « transcendance horizontale » qui fait de Péguy non pas un homme de Dieu, mais un homme de l'homme. Quand Péguy, par exemple, recouvre la foi, en 1907, je pense qu'il s'agit en réalité de la foi en l'homme. Péguy n'est pas athée, mais aucun écrivain n'est athée : Péguy croit en une transcendance sur la terre ; le ciel est ici ; la mystique est dans le temporel, et l'intemporel est également niché dans le « maintenant ». Il nomme « monde moderne » tout ce qui, sur terre, empêche l'intemporel de jaillir, et la transcendance d'avoir lieu. Dieu, pour Péguy, n'est pas une entité éternelle et céleste, Dieu n'est pas même divin : Dieu, pour Péguy, est la manifestation par laquelle l'homme peut rester ou devenir humain. Dieu, pour Péguy, est un mouvement d'accomplissement qui fait de l'homme un homme entier, comme dirait justement Bataille.

Vous paraissez faire beaucoup d'efforts pour « athéiser » Péguy coûte que coûte. Je me trompe ?

Vous vous trompez. L'« athéiser », comme vous dites, serait une absurdité... Mais il s'agit tout de même de comprendre ce qu'est sa foi, ce que signifie chez lui la transcendance : un Dieu à côté, mais pas au-dessus ; un Dieu juif, en réalité – quand celui qui est au-dessus est toujours diabolique. Un Dieu juif qui est à côté de nous, cela a un nom : cela s'appelle généralement le Christ. Jamais le mot de « chrétien » n'aura eu plus de sens pour un écrivain, ni même peut-être pour un homme, que dans le cas de Charles Péguy. Mais on prendra bien soin de ne pas confondre le mot « chrétien » avec le mot « chrétien », si j'ose dire.

J'avoue que vous m'avez perdue... [Rires]

Je m'explique. Pour Péguy, être chrétien c'est se « débarrasser » de Dieu au seul profit du Christ, c'est se délester du poids, ou du non-poids du Père, pour ne considérer que le Fils. Comme si le divin n'avait été qu'une phase transitoire pour parvenir à l'humain – à cet humain-là, qui mettra toujours la faiblesse au-dessus de la force et l'humilité devant la gloire. C'est le Christ arraché au divin qui fonde la foi de Péguy; c'est quand le Christ n'aura strictement plus rien de divin, justement, que l'homme pourra commencer, ou recommencer. Car l'homme a trop tendance à faire le contraire du Christ: l'homme, à l'inverse de Jésus, n'aime rien tant qu'à se prendre pour un dieu. L'homme cherche la mystique là où elle ne se trouve pas. L'homme politique, tout-puissant, se prend pour une divinité: il devrait au contraire se prendre pour une humanité. L'homme d'Église, tout autant; et je ne parle pas du scientifique. Le monde moderne est, paradoxalement, un monde athée mais qui tend à fabriquer, qui veut de toutes ses forces fabriquer du divin. Créer sans cesse des dieux. La foi, au contraire, consiste à délaisser le divin pour construire l'humain. La foi de Péguy n'est pas une montée, c'est une descente; et, ensuite, une marche horizontale.

On retrouve-là le grand thème péguyen de «mystique qui vire en politique», que beaucoup, notamment chez les journalistes, sortent comme un mantra, mais dont on a le sentiment qu'ils ne savent pas forcément, du moins pour une poignée d'entre eux, ce que cela signifiait réellement pour Péguy...

«Je ne veux rien devoir à aucun journaliste», écrit Péguy dans *Entre deux trains*. Il s'en méfiait – à raison – comme de la peste et, pour tout dire, les détestait. Seul peut-être Bloy, parmi ses contemporains, les aura méprisés davantage que lui. Passons. Quand il nous dit que la mystique se transforme en politique, il dit en même temps que la politique se transforme en mystique: le pouvoir et la force, la gloire et la puissance sont ce qu'ont en commun les hommes modernes et les cléricaux. La foi ne saurait être dans l'Église, car l'Église est dressée vers le haut , vers un Seigneur que Péguy ne reconnaît pas. La parole de Péguy nous dit qu'il faut recommencer l'homme, ici sur la terre : recommencer l'humanité – et c'était déjà son obsession à 25 ans, dans sa petite plaquette sur la société socialiste, sur la société idéale. Il y a eu un premier commencement, avec l'avènement du Verbe, du Christ ; il faut désormais recommencer ce commencement, établir un deuxième commencement – ce deuxième commencement commençait justement avec l'impossible de Bataille : après le Christ, tout au bout du Christ, que trouve-t-on ? Dieu ? Non : réponse de Bataille, et aussi, selon moi, réponse de Péguy, je le répète : tout au bout du Christ, on trouve l'homme, l'homme entier.

Vous me disiez, avant que nous ne commencions cet entretien, que la pensée de Péguy était une « pensée commençante »...

À moins qu'elle ne soit une « pensée recommençante ». Sa parole, son écriture, sont une parole et une écriture commençantes, une parole et une écriture recommençantes. Recommencer le Christ dans l'homme, recommencer le Verbe dans l'homme. Ce, dans une époque, dans un monde qui ne peut le permettre aisément : le monde de la technologie, de la vitesse, de la perte des repères, de l'ironie et de l'argent. La foi de Péguy est inscrite dans sa parole : une assignation à soi, à être ce qu'il est, et qui l'exhorte, *hic et nunc*, à dévoiler la vérité, à la dire, et à la transmettre. « Dire la vérité, toute la vérité, rien que la vérité, dire bêtement la vérité bête, ennuyeusement la vérité ennuyeuse, tristement la vérité triste. » Telle est la profession de foi, célèbre, des *Cahiers de la Quinzaine*. Le mot « Dasein », chez Heidegger, ne veut pas dire autre chose que cela : pour que la transmission soit possible nous devons « être là », « *da sein* », mais mieux, nous devons être *ce là*. Heidegger parle, dans les *Beiträge,* d'une « assignation à l'estre qui signe cet être-le-là que nous avons à être – assignation qui nous met en demeure d'opérer la fondamentation de la vérité ». Et il ajoute : « De cette Parole doit être dit : pas de place, là, pour décrire et pour expliquer, ni pour proclamer et enseigner ; la Parole ne se trouve pas ici face-à-face avec ce qui est à parler ; au contraire elle est elle-même ce qui est à parler à titre de pleine essence de l'estre. » Il va s'agir, avec Péguy, de recommencer, en dehors de tout système, ce qu'il y a, comme dit Heidegger, « de plus matinal dans le matinal ». Surtout, on peut dire de la pensée de Péguy qu'elle est une pensée de l'usure.

Pourriez-vous développer cette idée ?

Je vais la développer en partant d'une phrase de Jean Baudrillard. Dans *Cool Memories IV*, il écrit : « Ce qui est utile est utile à quelque chose. Mais ce qui est inutile – est inutile à quoi ? À rien. Mais, du rien ou du quelque chose – quelle est la fonction la plus utile ? »

On reconnaît bien là l'humour et la profondeur de Baudrillard.

N'est-ce pas ? C'est en effet très fort. La notion d'utilité est un angle assez pertinent pour essayer de décrypter le monde – ce fut l'une des obsessions de Bataille, chez qui l'utile empêche l'existence et le dépassement. Bataille lui opposait la notion de dépense – d'infinie gratuité, antidote à l'esprit de sérieux. Cet esprit de sérieux qui freine l'excès, freine l'arrachement de soi à soi, bloque toute possibilité d'expérience intérieure, autrement dit de fréquentation des frontières de l'impossible. L'utile en appelle à l'outil, l'outil à l'ustensile, l'ustensile à l'usager ; l'usager, à l'usage ; l'usage, enfin, à l'usure. Péguy n'a finalement qu'une ennemie : l'usure. Son œuvre tout entière est dressée contre cela : l'usure. L'usure de la pensée, l'usure des mots. L'usure du temps sur les mots. L'usure, aussi, en tant que « profit retiré de l'argent prêté » ; c'est-à-dire l'intérêt. Péguy, ennemi de l'épargne : Péguy n'épargne pas, ne s'épargne pas. Il se dépense. « User, usure » : voilà qui peut introduire le lecteur curieux dans l'œuvre de Péguy. Voilà, aussi, ce qui va changer un peu : habituellement, Péguy est immédiatement appréhendé par la foi, ou par l'idéologie.

Autrement dit : par la mystique, ou bien par la politique. Son « grand sujet »...

Absolument. Péguy a compris la leçon chez Renan. La politique est relative, la mystique est absolue. On ne mêle pas la pesanteur et la grâce, puisque la pesanteur gagne toujours. La grâce élève, la politique rabaisse. Si la foi rencontre le discours, elle devient, une fois souillée, un discours sur la foi. C'est la porte ouverte à tous les djihadismes. Ceci étant dit, je me refuse à reconnaître ce Péguy réduit à des questions de croyance ou de foi. Je m'y refuse catégoriquement : Péguy est avant toute chose un penseur. Je ne dis pas : un philosophe, mais un *penseur*. Comme Heidegger, comme Nietzsche, comme Montaigne étaient des penseurs. Penser, c'est s'inventer, par l'art de se perdre, une destination qui nous était inconnue avant que nous ne nous soyions mis en marche. Péguy marchait pour marcher, non pour arriver, parvenir, atteindre. Quand il se rendait à Chartres, ce n'était pas Chartres qui l'intéressait : il savait très bien ce qui l'y attendait, il savait parfaitement que la cathédrale ne s'était pas envolée depuis la dernière fois, mais les pas qu'il faisait sur la route, lesquels déliaient sa pensée, provoquaient ses intuitions, produisaient ses fulgurances. Lorsqu'on lit son œuvre, qui est celle ne l'oublions jamais d'un « quinzainier », c'est-à-dire d'un journaliste, on voit, je le répète, que jamais il ne revient en arrière, ne se rature : il continue d'avancer, et tant pis si le chemin n'est pas le plus court, ni le terrain le plus plat, ni la météo la plus clémente. « Moi-même j'ai varié. Je suis en variation », lance Deloire à son cousin dans *Compte rendu de congrès* à l'automne de 1901.

Vous dites que Péguy était « journaliste », mais il ne l'était sans doute pas au sens traditionnel du terme... En tout cas pas au sens que nous prêtons aujourd'hui à ce mot.

Non, et vous avez raison de le souligner. Péguy déteste les « hommes pressés », parangons selon lui de cette modernité qu'il blâme dans tous ses écrits. C'est pourquoi, je le redis, il est quinzainier. C'est important. C'est là une fréquence qui lui permet d'avoir du recul et de réfléchir sur tel ou tel événement. « Je ne suis pas quotidien, dit-il dans *L'Affaire Téry*. Je ne suis pas tenu de traiter les questions que je n'ai pas étudiées. » Bref. Ce qu'il est important de saisir, c'est que l'esprit de système lui était insupportable. Je sais bien que nombre de philosophes, et de renom, sont dépourvus d'un système philosophique clos – Jankélévitch, Bergson, Kierkegaard –, mais enfin je préfère employer le mot de « penseur » parce que la pensée est mouvement erratique, quelque chose qui va par monts-et-par-vaux. « *Holzwege* », mot qu'a utilisé Heidegger pour titre d'un de ses livres les plus fameux, cela signifie « par monts-et-par-vaux » et non pas, comme cela a été fort mal traduit, « chemins qui ne mènent nulle-part ». Ce n'est pas parce qu'on prend des chemins de traverse qu'on ne sait pas où l'on va, ni vers quoi on se dirige, ce n'est pas parce que, marchant, allant, on ignore dans quel but l'on marche, vers quelle destination l'on va, que nous allons « nulle part ». C'est absurde. C'est même strictement l'inverse, à vrai dire : c'est parce que nous ne savons pas où l'on va que, précisément, on arrive quelque part, mais un « quelque part » qui n'était pas prévu à l'avance, un « quelque part » dont nous n'avions pas même l'idée qu'il pût exister.

Péguy écrit-il comme il pense, un peu au hasard ? C'est la sensation qu'on a immédiatement quand on le lit, ou essaye de le lire…

C'est ça. Au hasard de la plume, sans jamais savoir où cela va le mener. Il improvise. Comme philosophe, il est plus proche de Charlie Parker que de Kant. D'ailleurs, vous connaissez sa célèbre saillie contre l'homme de Königsberg : « Le kantisme a les mains pures, mais il n'a pas de mains. » La pensée, chez lui, chemine. Elle oublie toujours ses objectifs premiers, ses missions commandées, une fois qu'elle se met en marche. Par monts et par vaux : c'est ainsi qu'il s'agit de penser. Le dogme est un cliché : il fige les choses, plie le réel à ses exigences de glace. Le discours – politique, scientifique, religieux, économique, culturel – est un cliché, qui met le réel, ce grand oublié permanent, dans une cage idiote, dans une geôle prétentieuse où les concepts, tous usés avant même qu'ils ne servent, essaient de faire rendre gorge à la nature, aux choses, et ce, toujours au détriment de la vérité. Si Péguy ne supporte pas Kant, c'est parce que Kant prétend que la réalité est inaccessible. Pour lui, c'est le contraire : seule la réalité est accessible – sauf qu'on ne sait pas la *voir* ni l'appréhender simplement, humainement, naturellement. Tout ce qui prétend l'envelopper, la théoriser, la poser sur un présentoir, ou l'enfermer dans le vivarium des théories, des principes, est un mensonge. Un combat existe, de l'exactitude contre la vérité. Les positivistes entendent faire de la nature qui nous entoure le réceptacle de leurs mesures, de leurs équations. Ils sont dans le faux, s'insurge Péguy : rien ne se mesure ; c'est la démesure qui dit le monde. La pensée ne démontre pas, elle cherche. C'est une pensée du questionnement. Et le questionnement, par définition, n'est « pas une œuvre mais un chemin », comme disait Heidegger.

« Il y a un certain monde, écrit Péguy dans *Note conjointe sur M. Descartes et la philosophie cartésienne*, texte posthume de juillet 1914, un univers de la pensée. Sur la face de ce monde peuvent se dessiner des géographies. Dans la profondeur de ce monde peuvent s'approfondir et se graver des géologies. Le public pour ainsi dire toujours croit et les philosophes presque toujours croient qu'ils se querellent les mêmes terres. Ni les uns ni les autres ils ne voient pas qu'ils s'enfoncent dans des continents disparates. » Il avait, quelques lignes plus tôt, écrit ceci : « Les grands philosophes sont des explorateurs. Ceux qui sont grands ce sont ceux qui ont découvert des continents. Ceux qui ne sont pas grands ce sont ceux qui n'ont pensé qu'à se faire recevoir solennellement en Sorbonne. » Dans *Victor*

Hugo classique, un autre texte posthume de mars 1914, il dit encore : « Une grande philosophie, c'est celle qui emporte un morceau. » Puis : « Une grande philosophie n'est pas celle qui a le plus de vérité, c'est celle qui a le plus de réalité, le plus de prise et le plus d'emportement, le plus d'étreinte et le plus de saisie. C'est celle aussi qui suit le plus, à la piste, à la trace. » Ou ceci, enfin : « Une grande philosophie n'est pas celle qui a le plus de vérité. C'est celle qui marque, qui ouvre une race mentale nouvelle, une race nouvelle de pensée. » Un penseur, c'est un homme, c'est une femme qui n'a pas besoin de la philosophie pour penser – c'est un homme, c'est une femme pour qui toute catégorie est déjà un échec de la pensée, puisque la pensée est une échappée, une évasion, non seulement d'un cadre, d'une tradition, d'une école, d'une spécialité mais de soi-même. Par l'écriture, qui se fait parole, Péguy comprend qui il est : il ne sait pas ce qu'il pense tant qu'il ne l'a pas inscrit sur la page : autrement dit : aucun sujet ne lui est intelligible tant qu'il n'a pas été *parlé*. Que la littérature soit « écrite », puis « imprimée », n'est en réalité qu'une phase transitoire de son existence ; elle est toujours destinée à devenir une parole, une parole au sens vocal et sonore du terme – destinée à être dite, prononcée, relayée, transmise.

La Torah orale n'est écrite que pour être fixée, mais fixée pour redevenir apprise et apprise pour être transmise.

Vous tapez dans le mille. Le livre n'est qu'un état, un stockage en latence, en attente de délivrer ses déflagrations. Ici, seule la fluidité compte. « Celui qui de nos jours, écrit Nietzsche dans ses *Fragments posthumes*, parle ou entend parler d'Eschyle, de Sophocle ou d'Euripide pense d'abord involontairement à eux comme à des lois de la littérature, parce qu'il a appris à les connaître par le *livre*, dans l'original ou en traduction : mais c'est à peu près comme si quelqu'un parlant de *Tannhäuser* n'entendait par là rien de plus que le livret. Il faut donc parler de ces hommes non comme des librettistes :

mais comme des compositeurs d'opéra. » Il faudrait, en réalité, voir tous nos écrivains comme des vivants qui sont là, et chantent ou nous parlent – de vive voix. Telle est une des grandes particularités de Péguy, qu'on a l'impression qu'il est là, à côté de nous, ou en face de nous, et qu'il nous parle. Nous entendons sa voix. Et si nous l'entendons, c'est parce que, comme dans une conversation, nous ne pouvons jamais deviner à l'avance le déroulement à venir : Péguy nous parle en temps réel. L'homme ne peut être que s'il écrit sa parole – qui sera, ou non, dite ensuite. Toute pensée préméditée n'est plus de la pensée. Tout système est la négation de la pensée. Ainsi, pour Péguy, la philosophie elle-même, comme chez Heidegger, comme chez Ponge, comme chez Bataille, peut apparaître comme le contraire de la pensée. « Nous absorbions intégralement les ou la métaphysiques de nos maîtres, écrit-il en 1913 dans *L'Argent*, et également intégralement la métaphysique de nos curés. Aujourd'hui je puis dire sans offenser personne que la métaphysique de nos maîtres n'a plus pour nous et pour personne aucune espèce d'existence. » Il ajoute : « Nous ne croyons plus un mot de ce qu'enseignaient, des métaphysiques de nos métaphysiques qu'enseignaient nos maîtres. »

Et dans cette impossibilité de croire, il y a, induite, la contamination de la pensée philosophique par son usure.

Voilà. Il faut repenser de zéro. Recommencer la pensée là où les Grecs nous l'avaient laissée, et, si possible, dans l'état où ils nous l'avaient léguée. L'entreprise est délicate. Il faut avoir l'oreille. Il faut s'arracher au monde moderne et établir une nouvelle façon de voir, aussi nouvelle que l'ancienne. Heidegger dans les *Apports à la philosophie* entend tout recommencer, car la philosophie n'est plus audible : « Étant donné que tous les mots fondamentaux sont usés jusqu'à la corde, dit-il – et on croirait là entendre Péguy –, et que notre rapport au mot est réduit en poussière, les intitulés ont perdu leur puissance. »

L'usure et le verbe « user » seraient donc une excellente manière de faire connaissance avec Péguy...

Évidemment. Prêtons l'oreille à ce que nous dit Péguy dans *Victor-Marie, comte Hugo*, publié en 1910 : « Toute tragédie de Racine repose sur un plan, sur un tracé ; et cela devient vite fatigant. » Toute la pensée de Péguy, ou presque, est contenue dans cette phrase. Le plan, dont Péguy est l'ennemi...

Et puis le plan, d'une certaine manière, fatigue.

Le plan fatigue. Le plan use. Le plan use la pensée : la pensée, dès lors qu'elle doit suivre un schéma préétabli, se lasse, se vide, ne se surprend plus, ne s'étonne plus jamais. Plus rien n'en jaillit. Et, surtout, elle ne lui laisse plus le droit, pourtant essentiel, pourtant vital, de se contredire. Dire, c'est aussi se contredire. Faire retour sur ce qui, par nous, vient d'être dit. Et c'est pourquoi, notamment, la science ne pense pas : une théorie ne se contredit jamais ; une théorie n'est contredite que par une autre théorie. Alors que la pensée entend qu'une théorie se contredise elle-même, à l'intérieur d'elle-même, par elle-même, d'elle-même. Une théorie doit cesser d'être cohérente, par conséquent elle doit cesser d'être. Un système n'a accès à la pensée que s'il se dote des moyens de sa propre destruction.

Le tracé, c'est également la nécessité rétrospective de l'œuvre – et des œuvres complètes. Mais l'expression « œuvres complètes » n'a de sens que si les œuvres ont été préméditées, par conséquent édictées avant d'avoir été commencées, par conséquent mortes avant que d'avoir vécu. Les œuvres ne sont complètes que parce que la mort, en réalité, en a décidé ainsi : il n'y a aucune raison pour qu'une œuvre s'interrompe, mais surtout, il n'y a aucune raison pour que la pensée, et même la parole, ne soient enfermées dans une œuvre. Le mot « œuvre » constitue en soi un problème ; le problème du figé, le problème du monument. La parole est vivante et non monumentale –

elle est fluidité, elle est transmission. L'œuvre est le contraire de la parole. Elle est morte. C'est une matière morte, qu'on ne retouche plus, à laquelle on ne retranche ni n'ajoute plus rien. Et elle est monument. Péguy partage avec Heidegger cette conception de leur travail: «*Keine Werke, sondern Wege.*» Ce qu'on peut traduire, même si ça ne sonne pas très bien en français, par «pas d'œuvres, mais des chemins».

«Même couronnée de succès, nous dit Heidegger dans les *Beiträge*, cette tentative [de refondre la philosophie en dehors de la métaphysique, et même, en réalité, la pensée en dehors de la philosophie, puisque la philosophie a fini par se confondre avec la métaphysique] – conformément à la primordiale avenance (*Grundereignis*) de ce qu'il s'agit de faire accéder à la pensée – ne peut réussir que si est abandonnée toute fallacieuse prétention à devenir une "œuvre" dans le style de ce qui a eu lieu jusqu'à présent. La pensée à venir (*das künftige Denken*) pour-suit les pensées (poursuite qui adopte, pour autant qu'elles sont considérées en tant que formant un seul tout, l'allure propre des pensées elles-mêmes) – à travers quoi la région jusqu'alors partout en retrait de la pleine essence de l'estre est parcourue de part en part, parvenant ainsi seulement à s'allégir [néologisme signifiant: ôter à quelque chose tout ce qu'il a de pesant], et atteignant à son plus propre caractère d'avenance.»

Que signifie exactement *Ereignis* ?

Ereignis est le mot qui, selon les termes de Heidegger lui-même, «mène sa pensée». On peut dire que la parole qu'a voulu développer puis transmettre Heidegger est non seulement contenue dans ce mot, mais est ce mot. *Ereignis* est, si l'on veut, l'ensemble des chemins empruntés par Heidegger (et on devrait ajouter: empruntables – il ne les a pas tous parcourus) pour dire sa pensée et penser son dire. Il s'agit même, carrément, de dire «empruntables», car l'*Ereignis*, ce sont les chemins que l'Être a à sa disposition pour dire l'être. Une des modalités de ces chemins, très restrictive, très naïves est ce petit concept d'œuvre, qui semble bien étriqué au regard de la pensée, d'une part, mais au regard de la pensée de l'Être, d'autre part – car cette pensée de l'Être n'est pas épuisable par la seule pensée du penseur. Retenons que l'*Ereignis* – « avenance » – est une consécration de la mobilité par rapport à la fixité, de l'errance par rapport au tracé, de la parole par rapport à la géographie, c'est-à-dire au discours. Dans *Ereignis*, il faut entendre que ce n'est pas simplement une parole du Dasein – l'homme – sur l'être, qui se déploie, mais de l'Être lui-même, que ce soit ou non à travers le Dasein – sur l'homme. Péguy n'est pas un penseur de la conclusion, mais du suspens. Il chemine, donc. Il est là pour réveiller, avec des erreurs, avec des errements, avec des errances, les questions enfouies sous le cliché, sous l'habitude, ou sous l'évidence.

Pour vous, Péguy n'est donc pas tant un éveilleur qu'un « réveilleur ».

C'est exactement ça. Quelqu'un qui ne supporte pas les siestes, la somnolence, tout ce qui est de l'ordre du sommeil. Ce lieutenant, levé à toutes les aurores, et mort à l'aube de son siècle, s'est insinué jusqu'à nous, et ce n'est pas pour délivrer des somnifères, mais pour nous signifier des urgences, nous dessiner des imminences. Péguy est de garde ; depuis tout ce temps, il est de permanence, il fait le guet pour nous. Que dit-il ? Qu'a-t-il crié, dans son silence de mort, pendant que nous nous détournions de son nom, de son œuvre, de sa présence ? Il disait, mais à sa façon répétitive, éberluée, massive, aberrante, et comique, et burlesque, que la guerre est toujours déjà là. Sur la quatrième de couverture d'un *Cahier de la Quinzaine*, Péguy, dans une fausse publicité, dit : « Nous ne vous offrirons pas de réveil-matin ». Normal : il vient nous réveiller, lui, au clairon et à l'heure du clairon, en sursaut, hirsute lui-même, les godillots crottés, pour nous alerter sur ce dangereux cocktail, celui qui mélange, dans la plus impensable des confusions, la politique et la mystique.

Péguy par Yann Moix. Encre de Chine. 2006.

Péguy donne un cours, et non seulement un cours libre, mais un libre cours.

Un libre cours qui veut poser les questions les plus éculées de manière inédite. Il ne nous dit rien d'autre quand il entend nous faire relire Homère comme s'il venait de sortir en librairie. Il ne nous dit rien d'autre lorsque, au nom de la transmission de la parole, il nous demande de nous méfier de ces classiques qui, abîmés par des siècles de glose, ont « couché avec tout le monde » et ont été vidés de leur sève. La parole est dans les grands textes; ces grands textes sont fragiles car susceptibles d'être détruits par les interprétations, les professeurs, les mauvais lecteurs. Or, abîmer la parole, c'est détruire irrémédiablement la source. Avoir accès à la parole, entendre la parole – afin de la transmettre –, c'est donc d'abord et avant tout savoir lire. « L'homme, dit Pascal, écrit Péguy dans *Dialogue de l'histoire et de l'âme charnelle* en 1912, l'homme n'est ni ange ni bête, et le malheur veut que qui veut faire l'ange fait la bête. Il faut entendre cette pensée, il faut lire ce texte, comme tous les grands textes, dans son mot à mot même, dans sa plus grande, dans sa plus extrême littéralité. Dans sa littéralité la plus pure. Il faut se garder surtout, il faut se garder comme du feu d'entendre un texte, un grand texte, de le lire dans des sens de littérature, dans des sens littéraires, d'élégance littéraire, dans des sens de tropes et de métaphores; s'il y en avait un, c'est lui, qui se gardait du malin et du langage figuré. Il faut donc prendre, il faut donc lire un texte dans toute sa pureté, dans toute sa littéralité. »

Péguy travaillait-il son style ?

J'ai cru longtemps que ce n'était pas le cas. Je me revois dire à des journalistes, à des gens qui me posaient la question, que Péguy n'a pas de style fouillé, qu'il « obtient » son style au débotté sans le « rechercher ». C'est une bêtise que j'ai dite là. Je ne crois plus cela. Du tout. Je pense aujourd'hui que Péguy creusait sa phrase, la travaillait vraiment. D'ailleurs, si j'avais été plus attentif, j'aurais relu, ou me serais souvenu, de ce passage d'*Encore de la grippe*, paru en 1900, où il évoque sans ambiguïté aucune cette passionnante question : « Je ne sais pas ce que c'est qu'un style qui n'est pas travaillé, qui n'est pas voulu. Ou plutôt, je crois savoir que ce n'est pas un style. On se moquerait beaucoup d'un sculpteur qui taillerait un Balzac sans s'en apercevoir. Pourquoi veut-on que l'écrivain taille et découpe sans l'avoir voulu ? Laissons ces plaisanteries. Je ne prétends pas que le travail puisse rien tirer du néant, du moins le travail humain, et c'est le seul que je connaisse. Mais je n'ai jamais rien vu de sérieux que l'auteur n'eût pas travaillé. » Puis, plus loin : « Et le génie exige la patience à travailler, docteur, et plus je vais, citoyen, moins je crois à l'efficacité des soudaines illuminations qui ne seraient pas accompagnées ou soutenues par un travail sérieux, moins je crois à l'efficacité des conversions extraordinaires soudaines et merveilleuses, à l'efficacité des passions soudaines, – et plus je crois à l'efficacité du travail modeste, lent, moléculaire, définitif. »

Péguy était-il soucieux de la cohérence « interne » de son œuvre ?

La question est excellente parce qu'il a fait beaucoup d'efforts pour essayer de nous persuader que cette œuvre était « tout d'un bloc », ce qui est vrai en ceci qu'elle est à lire entièrement, mais précisément parce qu'il est passionnant d'en relever les contradictions et les changements de cap. Rien n'est plus dangereux que d'isoler chez Péguy des passages. Les extraits de lui, pris au petit bonheur la chance, peuvent illustrer tout et son contraire. On ne s'est d'ailleurs pas privé de le faire, à droite comme à gauche, et même au centre. C'est une erreur magistrale car sa pensée est faite de boucles, de nuances, de loopings. Péguy change devant nos yeux comme une pièce de monnaie qui reflète le soleil, certes, mais à différentes heures de la journée. Oui, tout le monde s'arroge le droit de récupérer Péguy. Rien n'est plus simple. Il suffit de piocher un passage au hasard dans cette œuvrefleuve. Mais le problème de cette œuvre, justement, est que si vous ne la lisez pas dans son intégralité, de la première à la dernière ligne, vous risquez de lui faire dire non seulement des bêtises, mais le contraire même de ce qu'elle dit. Si l'on sort les phrases de leur contexte – et il y en a chez lui des centaines que l'on pourrait imprimer sur des tee-shirts –, on risque de s'exposer au ridicule. Les Résistants ont repris une phrase de lui, dans laquelle il disait qu'il fallait résister, ne jamais se laisser faire, sauver l'honneur de la France ; or, cette phrase venait d'un petit mot à son typographe, dans lequel Péguy se plaignait qu'il en avait assez des coquilles, et qu'il fallait résister à ces saboteurs qui mettaient en jeu la réputation de ses fameux *Cahiers* ! Ainsi, la Résistance et la collaboration ont tenté de se l'annexer. C'est le seul qui ait fait à la fois la joie de Maurras, de Pétain et de De Gaulle.

Quant à une pensée parfaitement homogène et continue, c'est exclu, on l'a vu, en ce qui le concerne. À ses débuts, le jeune Péguy est athée comme un singe, par exemple, tandis qu'à la fin de sa si courte vie – je rappelle qu'il est mort à quarante-et-un ans –, c'est un Péguy à la foi fervente qui s'exprime. De même avec le socialisme, cette utopie de ses premiers pas d'écrivain engagé, qu'il réfutera non sans violence par la suite. La difficulté, pour les lecteurs de Péguy, est, ainsi, de trouver un continuum intellectuel entre le socialisme des débuts et le nationalisme de la fin. Mais il faut tenir compte de son passage permanent de la politique à la mystique et de la mystique à la politique. Le premier livre de Péguy s'appelle *De la cité idéale*, ladite cité étant un paradis communiste avant l'heure. Sa mystique est déjà contenue dans cet ouvrage politique, robespierriste. L'équité est bonne pour les bourgeois, ce qui compte avant tout, c'est l'égalité. Rien ne doit dépasser. Mais cette cité idéale est aussi à mettre en rapport avec la cité céleste de Saint Augustin. Petit à petit, Péguy se dépolitise et se « mysticise ». Jusqu'à devenir un hérétique, d'ailleurs, puisqu'il veut revenir à l'Enfant Jésus, au dénuement, plutôt qu'à l'encombrant et fanfaron folklore ecclésiastique.

Il se méfie en effet de l'Église, à laquelle il dénie toute légitimité… Il « reste au porche »…

La foi, hurle-t-il, n'existe qu'au-dehors des instances rigides où le Christ n'est plus qu'un pantin cloué; or, clame Péguy, le Christ n'est pas un homme punaisé : c'est un enfant volatil, c'est la version enfantine du Saint-Esprit. Pour Péguy, la foi, c'est le génie retrouvé des enfances, avec les quartiers de cette enfance, les prodigieuses naïvetés de cette enfance, et la collection de fulgurances que l'enfant contient. Seul l'adulte, cet enfant raté, est capable de cliché. Or, le cliché, ce lieu commun à tous ceux qui ont oublié ce qu'ils furent, c'est l'ecueil à conjurer. Le cliché, c'est précisément ce qui est cloué, ce qui est immobile, ce qui est fixe, ce qui est empêché. Péguy met toujours en garde avant de mettre en joue.

Dans son œuvre, *Cahier* après *Cahier*, le politique fondrait donc selon vous comme neige au soleil, ainsi que son socialisme, qui deviendrait si j'ose dire chrétien.

Péguy considère qu'il est de son devoir mystique de sauver la France, qui devient éternelle : un paradis, à la fois sur terre comme au ciel. Et selon moi, sur le champ de bataille, il s'offre à la France. Mais il n'en reste pas moins que si, officiellement, Péguy revendique une cohérence « interne », comme vous dites, dans les faits il s'en moque. Il est indifférent, à vrai dire, à l'anarchie de ses traces de pas sur le sol : si ceux-ci ne laissent pas l'empreinte d'une belle ligne, d'une belle courbe géométrique parfaitement lisible, eh bien tant pis. L'égarement, l'errance, l'erreur, c'est encore et toujours cela qu'on appelle penser : parce que c'est également cela qui s'appelle vivre. Les systèmes clos, pour lui, respirent la naphtaline et la mort. Il a consacré à ceux qu'il nomme les « systématiques » des pages inoubliables d'une extrême acuité et d'une violence magnifique. Il est normal que chez un esprit si pragmatique la pensée suive les soubresauts des événements et le relief de l'actualité. « Le réel est plus fort que nous tous », écrit-il dès 1900 dans *La Préparation du congrès socialiste national*. Dans *Encore de la grippe*, il dit : « Pardonnez-moi sur ce que le réel n'est pas seulement fait pour se conformer à nos découpages. Mais ce sont nos découpages qui parfois sont conformes aux séparations du réel, et souvent sont arbitraires. » La phrase est géniale, aussi, pour d'autres raisons : elle est programmatique, en quelque sorte, de la recherche épistémologique à venir, notamment de la lutte, en physique, entre les réalistes et les anti-réalistes. Il y a beaucoup de réflexion épistémologique dans l'œuvre de Péguy, ce qu'on sait peu. Il offre une constante matière à penser sur ce qu'est le réel, là encore avec des prémonitions, des intuitions, des fulgurances qui forcent le respect. Il a de ces illuminations propres à ceux qui « cheminent » !

Et une pensée qui chemine évite l'usure...

Oui. Et évite de fatiguer. L'usure, c'est la diminution de la pensée, quel que soit le support de cette pensée : la pensée théorique des théories, la pensée systématique des systèmes, la pensée contenue normalement dans le mot. La pensée prévisible, la pensée sans suspens, la pensée déterminée à l'avance : c'est ce que Péguy repousse. Et l'on comprend mieux son aversion pour ce qu'il nomme « le monde moderne » quand on aborde Péguy par l'usure. Le monde moderne est, pour lui, le monde de l'usure. Non pas un monde neuf, comme on pourrait le penser, mais un monde usé au contraire. Et, pour mieux dire : un monde usant. Ce que Péguy reproche au monde positiviste, au monde scientiste, c'est son incapacité à penser. Celui qui doit effectuer une démonstration mathématique suit un plan déterminé, ou en tout cas doit défricher, découvrir une détermination qui lui préexiste, d'une part ; et, d'autre part, il part du principe que lui-même ne changera pas, ne sera en rien un autre, n'aura en rien évolué pendant toute la durée de la démonstration. Cette fixité, cette constance, cette immobilité, cette immuabilité : voilà contre quoi Péguy va se battre – il va lutter contre la nécessité. Péguy est là pour nous « arracher à » – pour nous déraciner. « Déraciner » : nous arracher à la méthode de Racine, nous arracher au plan, à la préméditation, à la prévision. Comme Corneille, que Péguy vénérait ! C'est pourquoi j'aimerais beaucoup que nous intitulions cet entretien « Le dépaysan ». Péguy nous arrache à notre terre, à notre terreau, à la même vie toujours recommencée, recommençante, prévisible et prévue.

Et vous voyez que, dès lors qu'on choisit une introduction à la lecture de Péguy par l'usure, tous les clichés sur Péguy tombent aussitôt : nul n'est moins traditionaliste que Péguy, nul n'est moins enferré dans un sol que Péguy, nul n'est moins enraciné, statique, hiératique, rigide que Péguy. Il ne fut pas un auditeur de Bergson pour rien : Péguy, c'est le mouvant. Mais un mouvant qui doit d'abord s'extraire. S'extraire du sol natal, quitte à y revenir. S'extraire de la répétition, alors que ceux qui ne l'ont pas lu, ou qui le lisent trop vite, ont l'impression qu'il est l'écrivain de la redite, du bégaiement, de la redondance. Péguy ne se répète jamais : il nous montre la difficulté qu'il y a à se déraciner, il nous exhibe la force nécessaire pour s'arracher à la pensée toute faite. L'usure réside dans l'impossibilité de tout jaillissement. La mort de la pensée, c'est la permanence. C'est ce qui est statique. La pensée, c'est ce qui empêche l'ensevelissement. C'est ce qui réveille et se réveille – c'est ce qui est contraire à l'oubli. L'usure crée l'oubli, car l'usure est fondée sur le réflexe, sur le mécanique, sur l'obéissance passive au perpétuel même, à la photocopie du même. Et c'est là que Péguy intervient : il est l'homme du commencement. Et veut bien être l'homme du recommencement : mais pas de la répétition. Répéter, c'est reproduire à l'identique ; recommencer, c'est le contraire de la reproduction et le contraire de l'identique. Le recommencement ne préjuge ni du déroulement, ni de l'issue. La répétition est aliénation, le recommencement est liberté. *Clio, Dialogue de l'histoire et de l'âme païenne*: «*Si tu meurs*, avait dit Agamemnon à Ménélas, ou plutôt *Si tu mourais et que tu remplisses le destin de ta vie*. Combien est beau dans Homère le détachement du fruit prématuré; le sort précoce; l'arrachement de celui qui ne remplit pas le destin de sa vie.»

User signifie «faire usage de, se servir de», mais aussi «avoir à sa disposition, jouir de». Tous les démons du monde moderne sont installés dans cette définition. «Faire usage»: le monde est devenu un moyen, il est en quelque sorte devenu jetable – on ne se veut pas concerné par les générations futures. Mais le «jouir de» montre également que nous ne nous sentons pas concernés par les générations passées: jouir, c'est l'avènement de l'instant, du présent dans ce qu'il a de plus présent. De plus instantané. Jean-Claude Milner a écrit un livre qui, à mon avis, possède un titre éminemment péguyste: *L'Arrogance du présent*. Le présent fait le malin sous le seul prétexte qu'il se situe à la pointe du temps, tout en haut, tout au-dessus sur la pile du temps et des années écoulées. Le moderne est celui qui fait commencer le monde – et l'intelligence, et l'intelligibilité de son monde – avec, sinon sa propre naissance – encore que –, du moins la naissance de la société dont il est le fruit. «Nous croyons tous plus ou moins obscurément, écrit Péguy en 1904 dans *Zangwill*, que l'humanité commence au monde moderne, que l'intelligence de l'humanité commence aux méthodes modernes; heureux quand nous ne croyons pas, avec tous les laïques, avec tous les primaires, que la France commence exactement le premier janvier dix-sept cent quatre-vingt-neuf, à six heures du matin.»

«Se servir», autre aspect de «user»: c'est l'égoïsme, ici, qui entre en jeu – et l'individualisme, cette forme d'athéisme particulière où l'athéisme devient égothéisme: ce n'est pas que Dieu n'existe pas, c'est que Dieu, c'est moi. La pensée de Péguy se dresse de toutes ses forces contre l'égothéisme : « Dieu nous garde, écrit-il dans *Un nouveau théologien, M. Fernand Laudet*, paru en 1911, de cette pensée que nous vaudrions mieux que les autres. Mieux que personne. C'est peut-être la pensée dont j'ai le plus horreur. Le cœur humain a ses secrets. Il a ses détours. Autant je tiens à être d'une race éminente, d'un peuple éminent, parce que c'est vrai, autant je tiens à ce que cette race, à ce que ce peuple soit contraire, ou peut-être plutôt par le même mouvement, autant je tiens aussi à ce que dans cette race, dans ce peuple, une fois dans cette race, une fois dans ce peuple, nous n'y soyons pas plus malins que les autres. »

« Plus malin que les autres », « faire le malin » : c'est là qu'est le mal, c'est là qu'habite le diable.

En effet, c'est là où je voulais en venir. Le diable ne loge plus dans les Enfers, mais dans cette – moderne – opération qui consiste à se mettre au-dessus des autres, au-dessus de la mêlée, de se faire être dieu, non dieu de soi à soi, non pas simplement un dieu pour soi, mais de soi aux autres, faire de soi le dieu de soi et des autres. La technologie permet cette illusion d'être le maître du monde, quand chaque indifférent objet – je pense au smartphone – est individualisé, personnalisé. Ce que nous voulons aujourd'hui édicter, ce n'est plus, comme le disait Baudrillard, le règne de l'individualisme de masse, mais le règne de l'égothéisme de masse. La massive négation de la masse. Du temps de Baudrillard, il s'agissait d'être différent de tous les autres, et la société de consommation proposait de la différence à outrance, à savoir : l'industrialisation de la différence. Il fallait que le bien de consommation le plus répandu soit à même de pouvoir nous distinguer de tous ceux qui consomment la même chose. Mais nous sommes déjà parvenus plus loin : nous n'exigeons plus seulement d'être celui qui a été choisi pour se distinguer des autres, ces autres qui forment la masse : nous exigeons d'être l'élu. Nous avons franchi une étape qui relève quasiment de la mystique : l'appelé, l'élu, celui qui se situe *au-dessus*. Non plus l'individu de Baudrillard, qui avait le droit d'avoir une opinion, un avis distinct du voisin, de l'ensemble de tous les voisins – sachant que le voisin, c'est toujours l'autre, que le subsidiaire, c'est toujours l'autre –, mais l'individu d'aujourd'hui, moins de quinze ans après la mort de Baudrillard, c'est celui qui a raison sur tous les autres.

C'est celui qui postule qu'il ne se trompe pas, que tous sont dans l'erreur, sauf lui.

Oui. On pourrait appeler cela de l'autofanatisme. C'est cela, faire le malin : s'élever comme seule autorité au-dessus de ses semblables. Et le lieu du Mal, du malin, est l'époque qui se prête le plus à cette tentation : c'est l'époque qui permet à ce penchant de se développer et de s'épanouir. Dans l'Apocalypse d'Esdras, Lucifer est décrit comme celui qui parvient à s'élever jusqu'au ciel avant de descendre dans l'Hadès. Lucifer : celui qui veut être plus brillant, plus lumineux que les autres – en particulier que le soleil. Dans Esdras : « son œil est décrit comme une étoile qui apparaît à l'aube », c'est-à-dire qu'il y a compétition pour briller non seulement davantage, mais avant tout le monde. Une étoile du matin, qui apparaît avant le soleil lui-même. Le mal, c'est l'autocélébration, c'est l'autofanatisme. Et comme tous les fanatismes, il est fait de clichés. Le mal ne peut se situer du côté de la parole : son écosystème est le discours, car le discours appartient à l'image, à l'iconographie – le discours est précisément de l'ordre du tracé. Du toujours déjà là, figé. Le mal est photographie, car la célébration du moi par la parole, cela sait donner de la littérature. Tandis que la célébration du moi par le cliché, cela donne le nazisme, au pire, et cela donne le selfie, au mieux.

« Faire le malin », pour Péguy, serait donc une des choses les plus graves qui soient.

Oui, puisque cela équivaut à figer le monde dans une idéologie, c'est enfermer le réel dans une théorie, c'est emprisonner la pensée dans une opinion, et cette pensée est d'autant plus ficelée, menottée, empêchée, que l'opinion – ou l'idéologie, ou la théorie – se place au-dessus de toutes les opinions contemporaines ou passées. Le malin est celui qui se place « au-dessus de ». Dans l'expression « malin comme un singe », Péguy aurait surtout vu que le singe se croit plus intelligent que l'homme parce qu'il le contemple d'en haut, depuis son arbre – le singe, à l'origine, était considéré comme un animal diabolique. En allemand, « au-dessus » se dit « *über* », et « mal » – au sens de faire le mal – se dit « *Übel* ». On ne peut pas ne pas prendre en compte, même si l'on ne connaît pas l'étymologie exacte de « *Übel* », la proximité de ces deux mots. Le mal se situe au-delà, et sa première caractéristique, avant même qu'il n'ait détruit quoi que ce soit, est celle-là : venir d'abord, être le premier, être au sommet.

Le dicton dit : « Le mieux est l'ennemi du bien »…

Sentence parfaite, en réalité, pour ce que je cherche à exprimer ici. Le Mal, avant tout, avant d'avoir, si j'ose dire, commencé à faire le mal, se reconnaît à sa façon de se positionner comme meilleur que le Bien, comme devant lui, comme au-dessus de lui. « Je ne veux pas que nous soyons meilleurs que les autres, reprend Péguy à la fin d'*Un nouveau théologien, M. Fernand Laudet*, dans la race française. S'il y a quelqu'un qui tient à ne pas être meilleur que les autres, c'est moi. Et comme j'aime à partager je tiens beaucoup aussi à ce que les autres ne soient pas meilleurs que les autres. » Ici, nous sommes – malgré les apparences, des apparences qui ne payent pas de mine – déjà de plain-pied dans la mystique péguyste.

Revenons au verbe « user », si vous le voulez bien. Car, en bon péguyste, vous ouvrez peut-être là un peu trop de chemins !

Je faisais des travaux pratiques! [Rires] Mais d'accord! « User »... « Avoir à sa disposition », disions-nous : le monde est une réserve perpétuelle de biens de consommation, dans laquelle, non sans arrogance, nous puisons infiniment. Dans laquelle nous sommes habitués à puiser, sans jamais nous étonner de rien, et sans jamais questionner l'évidence de ce donné – qui, en réalité, n'a rien d'évident. « De se faire, écrit Péguy dans *De la situation faite à l'histoire* en 1906, fût-ce de très loin, les annonciateurs, fût-ce très isolés, les préparateurs d'un autre monde, quel qu'il fût, il aurait toujours été meilleur que ce monde moderne, les introducteurs, fût-ce très lointains et très perdus, de n'importe quel autre monde, à venir, d'un tiers monde, d'une tierce création, d'une tierce Rome. Tout eût mieux valu, et infiniment, que ce monde moderne, historique, scientifique, sociologique, incurablement bourgeois. » Or, le bourgeois, c'est celui qui use. Et c'est celui qui se sert, qui asservit. « User », cela signifie aussi « passer son temps à faire quelque chose ». Le bourgeois, pour Péguy, est le véritable protagoniste du monde moderne, il l'incarne à la perfection : le bourgeois est là pour passer le temps. Et le monde moderne s'offre comme autant de manières de passer le temps. Péguy annonce, dès lors, la société du divertissement : primordiale est la jouissance dans ce monde à notre disposition, et non content de jouir de l'espace, du volume, de la quantité, nous jouissons du temps. Le temps de celui qui souffre est un contenu ; le temps de celui qui s'amuse est un contenant. Le temps du paysan, de l'artisan, et même du soldat est un contenu. Le temps du bourgeois, le temps du monde moderne est un contenant.

On peut dire la même chose de l'espace : l'espace de celui qui se tue au labeur, l'espace de l'ouvrier est un contenu, comme l'est l'espace de l'agriculteur ; tandis que l'espace du rentier, ou du bourgeois, est un contenant, un réceptacle, un décor aux aventures de l'ego. Ego jusque dans la signature des œuvres, quand il serait plus juste de ne parler que d'une signature générique, qui transmet son génie par la parole et dévoile la vérité, indépendamment de celui qui, momentanément, lui prête son nom. « Quand nous ne connaissons pas le nom d'un auteur, écrit Péguy dans *Zangwill*, nous commençons par nous méfier ; et par nous affoler ; nous nous inquiétons ; nous courons aux renseignements ; nous nous trouvons ignorants ; nous sommes inquiets ; nous demandons à droite et à gauche ; nous perdons notre temps ; nous courons aux dictionnaires, aux manuels, ou à ces hommes qui sont eux-mêmes des dictionnaires et des manuels, ambulants ; et nous ne retrouvons la paix de l'âme qu'après que nous avons établi de l'auteur, dans le plus grand détail, une bonne biographie analytique sommaire. » Ici, on voit que Péguy parlerait volontiers, également, d'Internet, de Google, de Wikipédia. « C'est là, continue-t-il, une idée moderne ; c'est là une méthode toute contemporaine, toute récente. »

On voit, chez Péguy, quelles sont les deux usures en compétition. L'usure bourgeoise est « usage de » à son profit : usage évident, usage arrogant de l'espace, usage évident, usage arrogant du temps. L'espace et le temps sont des modalités de la présence de l'individu dans le monde – et non pas les modalités d'une présence au monde. Et puis, il y a l'autre usure : celle qui épuise. L'ouvrier épuise son temps à la tâche. Il s'use à la tâche. La pensée de Péguy traduit, sans cesse, ces deux usures. Il établit un lien de cause à effet entre les deux, mais pas simplement de manière pré-marxiste – il en fait un questionnement de l'Être. Péguy dit l'usure, et disant cette usure, il dit l'usage que certains font du monde pendant que ce même monde use ceux qui n'en usent pas. Il y a ceux qui usent du monde et ceux que le monde use. La vérité, pour Péguy, éclot dans la pensée de ce rapport entre usage et usure, entre utilisation et détérioration. Son génie, précisément, est de donner à ce questionnement une profondeur rarement atteinte, car ces deux termes, il les pense à neuf – et sa pensée essaie de nous dire que la vérité de l'Être n'est ni du côté du bourgeois qui use du monde comme d'un jouet, ni du côté du paysan, si le paysan ne se réveille pas. L'usé doit se réveiller – le paysan doit se dépayser. Et ce paysan, ce n'est pas simplement l'agriculteur, l'homme de la campagne : ce paysan c'est nous, c'est celui qui subit le monde moderne, et qui par conséquent, le subissant, est le seul à devoir et pouvoir le penser. Le paysan, c'est toute personne qui, par exemple, refuse de se laisser mener, dominer par l'argent, par la société de consommation, par la société du spectacle – le paysan qui tente de penser cette domination est un *dépaysan*. Péguy est le plus grand d'entre eux. Il annonce Jean Baudrillard, bien sûr, il annonce André Breton, ou Georges Bataille, et il annonce Martin Heidegger. Quant à la foi de Péguy, elle doit elle aussi se comprendre comme proximité avec une pensée qui réfute l'usage, « l'ustensilisation » du monde. Cet usage du monde à des *fins utiles* est le contraire du monde poétique. Nietzsche écrivait déjà, dans *La Naissance de la tragédie*, que la théorie et la tragédie étaient antagonistes – la science faisant du réel un réservoir ou un laboratoire. « Il existe, disait-il, un éternel combat entre conception théorique et conception tragique du monde », et ajoutait : « Il ne sera possible d'espérer une renaissance de la tragédie que du jour où l'esprit scientifique aura atteint ses limites et où, la preuve en étant administrée, sa prétention à une validité universelle sera anéantie. » La science, elle aussi, fait la maligne – en cela, elle fait partie intégrante du monde moderne. Elle exige d'incarner la seule validité possible, la seule légitimité valable, la seule validité légitime. Mais la science n'exige pas simplement de nous d'être reconnue comme au-dessus du reste : elle l'exige de la nature, elle l'exige de la réalité.

Ce faisant, elle rend possible la technologie...

Technologie qui repose sur l'illusion que la théorie a, en amont, donné toutes les autorisations, validé toutes les audaces et tous les aveuglements et toutes les aberrations à l'avance.

La science fait la maligne. Écoutons encore Nietzsche : « Les sciences de la nature ont une incroyable force de destruction de la culture. » Cela signifie qu'elle vaut davantage à ses propres yeux que la poésie, par exemple, mais aussi qu'elle a les moyens de dominer, en plus de la parole, en plus de la tragédie, en plus de la poésie, la réalité réelle : la catastrophe de Fukushima est l'exemple le plus récent des conséquences d'une telle arrogance, d'une telle illusion. « J'entends par esprit scientifique, poursuit Nietzsche, cette croyance, venue tout d'abord au jour dans la personne de Socrate, dans la pénétrabilité de la nature et dans la vertu de panacée du savoir. » Péguy n'est pas simplement l'ennemi du procédé, il est celui du processus – en particulier, scientifique.

Du processus logique…

Et de « l'automatisme intellectuel » comme il l'exprime au printemps 1902 dans un *Cahier de la Quinzaine* intitulé *Personnalités*. Et, douze ans plus tard, au printemps 1914, dans *Note sur M. Bergson et la philosophie bergsonienne*, voici ce qu'il nous dit : « C'est un préjugé, mais il est absolument indéracinable, qui veut qu'une raison raide soit plus une raison qu'une raison souple ou plutôt qui veut que de la raison raide soit plus de la raison que de la raison souple. C'est un préjugé, qui a cours et qui fleurit sur toute la ligne. Il règne, il est indéracinable. » Et il poursuit ainsi : « C'est le même préjugé qui veut qu'une logique raide soit plus une logique qu'une logique souple. Et qu'une méthode scientifique raide soit plus une méthode, et plus scientifique, qu'une méthode scientifique souple. Et surtout qu'une morale raide soit plus une morale, et plus de la morale, qu'une morale souple. C'est comme si on disait que les mathématiques de la droite sont plus des mathématiques que les mathématiques de la courbe. Il est évident au contraire que ce sont les méthodes souples, les logiques souples, les morales souples qui sont les plus sévères, étant les plus serrées. Les logiques raides sont infiniment moins sévères que les logiques souples, étant infiniment moins serrées. *Les morales raides sont infiniment moins sévères que les morales souples*, étant infiniment moins serrées. Une logique raide peut laisser échapper des replis de l'erreur. Une méthode raide peut laisser échapper des replis de l'ignorance. Une morale raide peut laisser échapper des replis du péché, dont une morale souple au contraire épousera, dénoncera, poursuivra les sinuosités d'échappements. C'est une logique souple, une méthode souple, une morale souple qui poursuit, qui atteint, qui dessine les sinuosités des fautes et des déficiences. C'est une morale souple qui épuise les sinuosités des défaillances. C'est dans une morale souple que tout apparaît, que tout se dénonce, que tout se poursuit. Dans un compartimentage raide il peut y avoir impunément des manques, des creux, des faux plis. La raideur est essentiellement infidèle et c'est la souplesse qui est fidèle. C'est la souplesse qui dénonce. Contrairement à tout ce que l'on croit, à tout ce que l'on enseigne communément, c'est la raideur qui triche, c'est la raideur qui ment. Et c'est la souplesse non seulement qui ne triche pas, non seulement qui ne ment pas, mais qui ne laisse pas tricher et qui ne laisse pas mentir. La raideur au contraire permet tout, elle ne signale rien. Dans une malle moderne vous pouvez empiler tous les voiles de lin de la supplication antique. Si ces voiles font des faux plis à l'intérieur de la malle, rien n'en paraît sur le couvercle. » « *Keine Werke* », non… Pas d'œuvre.

Péguy est quinzainier : il préfère interroger le monde en « journaliste », avec toutes les nuances qu'il faut – nous l'avons vu – apporter à ce mot, qu'en auteur pontifiant…

Mais les *Cahiers* eux-mêmes sont encore trop « œuvre » pour Péguy ! Écoutons-le encore, tout jeune, en 1900 – il a vingt-sept ans – dans *Deuxième série au Provincial* : « Quand nous donnerons des travaux de science ou des œuvres d'art – inclassables ou classées drame, romans ou poèmes – le cahier

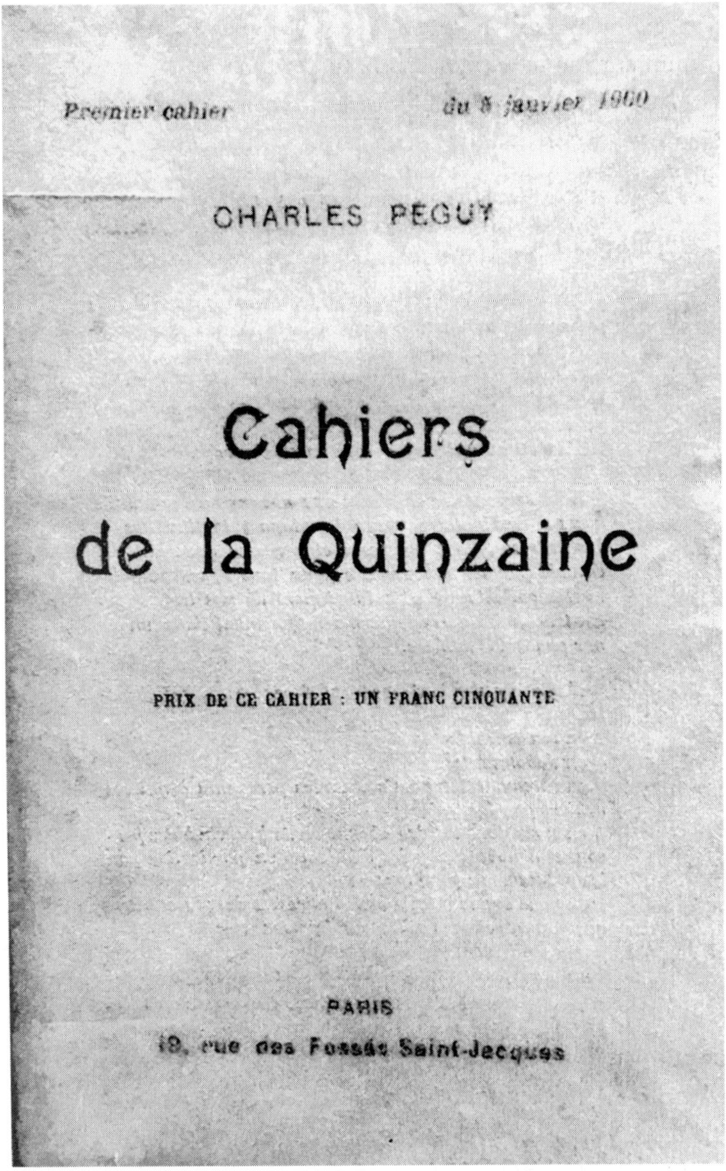

Premier cahier du 5 janvier 1900

CHARLES PEGUY

Cahiers de la Quinzaine

PRIX DE CE CAHIER : UN FRANC CINQUANTE

PARIS
19, rue des Fossés Saint-Jacques

Exemplaire du premier numéro de la première série des *Cahiers de la Quinzaine.*

sera vraiment pour le travail et pour la beauté une œuvre indépendante, pure et libre. Libre de nous. Et en ce sens il ne sera plus un cahier que pour l'administration. » S'alléger, même d'un périodique ; ne *jamais* faire d'œuvre – mais diffuser une parole : telle est l'obsession de Péguy. L'Université ne peut ainsi plaire à Péguy, qui est pire que le lieu de l'œuvre, puisqu'elle est le lieu de l'étude de l'œuvre – et le lieu de l'usure de l'œuvre ; l'usure de l'œuvre par la glose ; le lieu de la mise à mort de l'œuvre, de la parole contenue dans l'œuvre – mise à mort par dessèchement. « Rien, écrit-il, n'est aussi dangereux que la fausse culture. Et il est malheureusement vrai que presque toute la culture universitaire est de la fausse culture. » Usure de la culture, culture de l'usure. « L'idée moderne, la méthode moderne revient essentiellement à ceci, lit-on dans *Zangwill* : étant donnée une œuvre, étant donné un texte, comment le connaissons-nous ; commençons par ne point saisir le texte ; surtout gardons-nous bien de porter la main sur le texte ; et d'y jeter les yeux ; cela, c'est la fin ; si jamais on y arrive ; commençons par le commencement, ou plutôt, car il faut être complet, commençons par le commencement du commencement ; le commencement du commencement, c'est, dans l'immense, dans la mouvante, dans l'universelle, dans la totale réalité très exactement le point de connaissance ayant quelque rapport au texte qui est le plus éloigné du texte ; que si même on peut commencer par un point de connaissance totalement étranger au texte, absolument incommunicable, pour de là passer par le chemin le plus long possible au point de connaissance ayant quelque rapport au texte qui est plus éloigné du texte, alors nous obtenons le couronnement même de la méthode scientifique, nous fabriquons un chef-d'œuvre de l'esprit moderne ; et tant plus le point de départ du commencement du commencement du travail sera éloigné, si possible étranger, tant plus l'acheminement sera venu de loin, et bizarre ; – de tant plus nous serons des scientifiques, des historiens, et des savants modernes. » Et souvenons-nous de l'avertissement de Nietzsche: «La culture classique est toujours en danger de dégénérer en érudition honteuse.»

Pour résumer tout ce que vous venez de dire, on peut dire que l'ennemie principale de Péguy est l'usure du monde. L'usure sous toutes ses formes.

Oui, son usure, au sens d'usurier, au sens capitalistique du mot. Son usure, au sens où l'on en use comme d'un moyen... Son usure au sens où la nature, comme chez Heidegger, est renvoyée à son caractère strictement utilitaire, autrement dit, la nature comme point d'appui de la technique; la nature, également, comme réserve, comme mise en stock d'énergie potentielle – c'est le cas des barrages, célèbre exemple pris par Heidegger. Nous pouvons prendre l'exemple, aussi, des centrales nucléaires. Souvenons-nous de la phrase de Baudrillard précédement citée: «Ce qui est utile est utile à quelque chose. Mais ce qui est inutile – est inutile à quoi? À rien. Mais, du rien ou du quelque chose – quelle est la fonction la plus utile?» Ce qui rend le mieux compte du monde, pour Péguy, ce n'est pas cette vision scientiste de la nature, qui nous prive de la compréhension de l'univers, qui nous coupe de l'univers, mais c'est la poésie – au sens de parole poétique. Il y a, pour lui, dans la poésie, la perspective, comme chez Ponge, d'une possible harmonie.

On fait souvent de Péguy un écrivain «de la guerre». Pour quelle raison selon vous?

Sans doute parce qu'il y est mort, bien sûr, même si nous n'avons, hormis quelques lettres, que peu de prose de lui sur la Grande Guerre. Mais oui, la guerre, la paix sont des sujets qui le hantent très tôt, et dont ses *Cahiers de la Quinzaine* se nourrissent en abondance à partir, notamment, de la crise dite «de Tanger», en 1905, où Péguy voit, de manière assez nette – même s'il n'est pas le seul – 14-18 se profiler. Pour Péguy, la paix n'est pas le contraire de la guerre. La paix est la version invisible à l'œil nue de la guerre. La guerre est là, partout, tout autour. Ne confondons pas la guerre et le conflit ; le conflit est une des modalités de la guerre ; et la paix, justement, est elle aussi une de ses modalités. Il s'agit de se battre : pour ses idées, mais aussi pour gagner son pain. Nul n'est plus sensible que lui aux petites choses de la vie, à la misère, à la détresse, au pavé froid des rues, à ceux qui crèvent la faim ; aujourd'hui, il prendrait son bâton de pèlerin pour défendre les exilés, et donnerait de nombreux coups, tous azimuts, de ce bâton sacré.

Mais il y a autre chose qui relie Péguy à la guerre : c'est le polémiste. Étymologiquement, cela nous ramène à la guerre puisque ce terme signifie « combattant », « guerrier ». Péguy est sans arrêt en colère ; il ne parle pas seulement *de* la guerre : il parle *la* guerre. Et même : Péguy est une guerre à lui seule. Une guerre qui parle. Son coup de génie est que son arme, et ce n'est jamais dit, n'est pas l'insulte, mais l'invective ; et cette invective, ce n'est jamais dit non plus, est formulée avec un humour qui n'est comparable qu'à celui d'un Rabelais ou d'un Céline. On a retrouvé une lettre où Céline assure qu'il lit Péguy de près – dans une autre, il est vrai qu'il en dit pis que pendre. Céline lui a beaucoup pris, c'est évident, dans cette liberté de nous parler comme à un copain. Il lui a emprunté le soliloque. Dans *D'un château l'autre*, Céline passe les cent premières pages à radoter... Ce qui les rapproche aussi, c'est l'humour. On ne me croit jamais : mais Péguy est à hurler de rire. Ses répétitions, ses trouvailles, cette façon qu'il a de ne s'adresser qu'à lui-même ou à Dieu parce qu'il a bien compris qu'il n'avait strictement aucun lecteur, produisent un effet comique prodigieux qui côtoie la folie. Il y a aussi les catalogues analytiques des *Cahiers de la Quinzaine* où il délire sur les sommaires des numéros. La « redondance » contribue évidemment à l'effet comique. Quand on répète mille fois la même chose, ça finit par produire quelque chose. Même là, Péguy chemine, au sens, cette fois, où il ne s'arrête pas en chemin ! Jamais ! Pendant des dizaines de pages d'affilée il peut décliner les adverbes. On se dit que ce n'est pas possible, qu'il ne va pas oser. Et il ose.

Bref, je n'ai pas peur de le dire : Charles Péguy est sans doute un des auteurs les plus drôles de toute l'histoire de la littérature – française, pas française. De cet aspect de l'auteur d'*Ève*, on ne parle presque jamais. Il a un sens inouï du burlesque. Au vrai, je n'ai jamais su séparer la littérature de l'humour.

J'ai l'impression que vous aimez encore plus Péguy que Gide. Ce qui est peu dire, vous concernant !

J'aime sa façon de mordre le jarret des médiocres. Quand il se saisit d'une proie, comme notamment dans ses fameux *Cahiers* de « personnalités », il ne la lâche plus. Péguy est un combattant. Qui, par parenthèse, ne supporte pas que l'on prenne sa défense ; seule l'attaque lui sied. Ceux qui l'injurient, il les tue. Ceux qui le réfutent, il les assassine. Ceux qui le contredisent, il les abat. Sa prose est militaire ; elle sent la poudre de son canon intime. Péguy fait des morts sur le passage de sa plume. Il mitraille, il tire, il fait des cartons. Tous ses ennemis sont rangés dans son œuvre ainsi que les cadavres dans la chambre froide. Péguy, essoré par son époque, par la bêtise de son temps, n'a de cesse que de sauver sa pauvre et misérable peau ; pour ce, il tue tout ce qui le contrarie.

Oui, il parle souvent de faire des « personnalités ». Il y a même un *Cahier de la Quinzaine* dont *Personnalités* est le titre. Qu'est-ce que ça signifie, exactement, « faire des personnalités » ?

Ça signifie s'en prendre à quelqu'un. Non pas s'en prendre à quelqu'un gratuitement, mais en fonction, bien entendu, de ce qu'il incarne, symbolise, représente. Les proies de Péguy sont en général des personnages qui, malgré ou en raison de leur pouvoir, sont des êtres veules, lâches, traîtres ou falots.

Des médiocres, des imposteurs, mais qui ont suffisamment d'entregent, de réseau, de réputation, pour faire des dégâts. Il a déchiqueté Jaurès – auquel il a reproché de s'être galvaudé dans la politique politicienne –, réduit Gustave Hervé en lambeaux – dans un texte posthume intitulé *Hervé traître* – assassiné le si populaire dessinateur Christophe – *M. Georges Colomb*, en 1902 –, laminé Lavisse et Guesde. Entre autres!

Quel est le ressort de cette puissance verbale et de cette énergie pamphlétaire?

Un subtil alliage de la sincérité et de la mauvaise foi. Et aussi, pour être honnête, d'une étrange, d'une amusante perversion de son esprit: Péguy, au fond, se réjouit *in petto* d'être déçu par les gens, ce qui lui permet de les prendre à partie par la suite. Il trouve qu'autrui est toujours décevant par rapport à sa propre cause. Il n'avait aucun humour sur l'affaire Dreyfus. Il s'est brouillé avec beaucoup de gens à ce sujet. Il fallait toujours aller beaucoup plus loin. Et bien sûr, il a reproché à Jaurès de tomber dans la politique politicienne. Aux yeux de Péguy, on n'est jamais suffisamment pur, jamais suffisamment courageux, jamais suffisamment honnête. Il y a un côté Robespierre chez lui. Son œuvre s'explique aussi beaucoup par l'intolérance, mais une intolérance géniale. La mystique vire peut-être à la politique, mais son intransigeance vire à l'intolérance.

Un peu comme Bloy… Est-ce la pauvreté qui les rendait ainsi?

La situation financière de Péguy n'était pas aussi lamentable qu'il le laisse entendre çà et là. Contrairement à Bloy, qui végéta toute sa vie, l'auteur de *L'Argent* n'était pas misérable. Il avait certes un train de vie assez réduit mais avait les moyens de s'offrir une femme de ménage et habitait le plus souvent des maisons bourgeoises. Des compagnons de route ayant des moyens finançaient les *Cahiers de la Quinzaine*. Malgré tous ses efforts pour nous faire croire à son indigence, Péguy était fort loin d'être à la rue. Ce qui est extravagant, chez lui, c'est que souvent on le surprend à se fâcher des gens susceptibles de le tirer de l'embarras. C'est peu de dire qu'il y avait du masochisme chez cet homme.

Il avait un côté suicidaire, en somme... C'est plutôt courageux, finalement.

Péguy était davantage suicidaire dans son écriture que dans le réel. Dès qu'il prenait le stylo, c'était plus fort que lui : il lâchait les fauves. *Un nouveau théologien, M. Fernand Laudet* devait au départ être une petite réponse à un stagiaire d'une revue catholique et c'est devenu un des plus grands livres de littérature sur la mystique ! Péguy ne se trompait pas trop quant aux ordures, d'ailleurs : le petit stagiaire en question, François Le Grix, étant devenu par la suite un collabo dans les années 1940.

Il était quand même difficile à vivre, difficile à suivre.

Ce n'est pas faux. Il ne supportait pas, par exemple, qu'on le défende. Il s'est souvent brouillé avec des amis qui, dans tel ou tel combat, se rangeaient à ses côtés et à ses conclusions. Péguy estimait que si quelqu'un le défendait à sa place, cela laissait supposer que lui n'était pas capable de le faire tout seul. Insupportable pour son orgueil ! Chez Péguy, la vanité est nulle, mais l'orgueil est infini. Et puis, il y a autre chose : si on le défend, c'est que peut-être l'ennemi a raison. Si on répond à l'ennemi, on le crédibilise comme adversaire. Mot d'ordre de Péguy, donc : « Défense de me défendre ! » [Rires]

Il faut dire qu'il était très capable de se défendre lui-même au plan intellectuel.

Oui, évidemment. Péguy est un des plus grands esprits du XXe siècle. Comme tous les génies, c'est un solitaire.

Un promeneur solitaire à la Jean-Jacques ! Il détestait les regroupements, sauf une fois par semaine dans la minuscule boutique des *Cahiers*. Quand un groupe de personnes pensait la même chose que lui, ça le dérangeait. Tous ceux qui pensaient penser la même chose que Péguy s'en sont mordu les doigts, d'ailleurs. Je pense à Georges Sorel. C'est qu'ils n'avaient pas évalué l'esprit de contradiction du patron ! Le seul avec lequel il ne s'est jamais brouillé, c'est André Bourgeois, son vieux condisciple du lycée d'Orléans, qui l'a secondé aux *Cahiers* du début à la fin.

Mais les « personnalités », cela peut être aussi des anonymes, non ?

Pas vraiment. Ce sont souvent des gens connus. Mais là où vous avez raison c'est qu'en revanche ses victimes ne sont pas forcément célèbres. Disons qu'elles ont pignon sur rue ou qu'elles incarnent quelque chose qui les dépasse. Un ministre, un employé, un grand poète mort ou un petit journaliste vivant, lorsque Péguy les mord au jarret, n'ont plus que leurs yeux pour pleurer. Ses dents peuvent rester plantées dans la chair pendant cinquante, cent, deux cents pages. C'est très jouissif. Péguy, tout en joie de pratiquer ces exécutions, eût sans doute aimé employer son temps à autre chose. Mais, hélas, constate-t-il, il y a été « contraint » *de facto*, non à cause de son caractère seul, mais des événements eux-mêmes : « Quand donc je dis, explique-t-il dans *Personnalités* en avril 1902, que je déplore les personnalités que je fis, j'entends que j'aimerais mieux ne pas les avoir faites, que j'aimerais mieux ne pas avoir eu à les faire, j'entends qu'il est déplorable que certaines personnes ou certains individus ou le jeu des événements ou l'âpreté du réel m'aient contraint à faire ces personnalités. J'ai pitié de moi-même. Juste assez. Pas trop. J'aimerais que cela n'eût pas eu lieu. Mais je ne puis me blâmer en arrière. Je ne puis me blâmer d'avoir fait ce que je croyais dû. Je le ferais encore si j'avais à le faire. » Extraordinaire !

C'est vrai que c'est drôle... J'avoue. De même, quand une question l'exaspère, qu'un sujet le titille, il l'étudie sous tous ses aspects, il ne s'arrête jamais.

C'est un homme de forage, il creuse jusqu'à ce que jaillisse le pétrole, mais en réalité le pétrole ne cesse de jaillir de partout, et Péguy continue de forer! Vingt, trente, quarante pages pour faire la peau à un imposteur, pour se payer un « spécialiste de », un cuistre, un glosateur, un universitaire, un député pacifiste ou un sénateur véreux, non seulement cela ne lui fait pas peur, mais ça lui fait plaisir. Il y a une joie enfantine dans cette écriture qui ne se lasse jamais d'enfoncer le clou. Péguy, c'est cela qui m'est si précieux, si cher, *ne sait pas s'arrêter*. Les blagues les moins courtes sont avec lui toujours les meilleures.

Moi qui vous connais un peu... Vous êtes un peu comme lui, non ?

Et comment! Je peux passer cinq ans, dix ans, avec la même plaisanterie en bouche. Sans jamais m'en lasser. Péguy ne se lasse pas, c'est un auteur du prolongement, du « jusqu'à-plus-soif », du « qui-m'aime-me-suive » et de la saturation. Un régal. C'est jouissif. Son long dégagement sur la notion de sac à dos, ou sur ce que les exégètes de Balzac ont fait de Balzac et de son œuvre sont à mourir de rire. Lorsque j'entends parler de Péguy par la bouche de ceux qui s'en réclament et sont censés le connaître, je ne reconnais pas celui que j'ai lu, lis, lirai encore. On construit, reconstruit sans cesse un Charles Péguy travesti par la gravité, la solennité, qui est à l'inverse de ce qu'il est. S'il revenait parmi nous, il serait atterré par la morgue, l'intellectualisme, le catéchisme mondain de ceux qui utilisent toute la journée son nom comme on brandit un pauvre mantra. Les « péguystes » que nous nous trimballons, çà et là, et qui nous rebattent les oreilles avec leur « cher Péguy » en opérant de malhonnêtes effets zoom sur les parcelles de son œuvre qui servent leur idéologie à eux, en font – malgré leur athéisme d'extrême

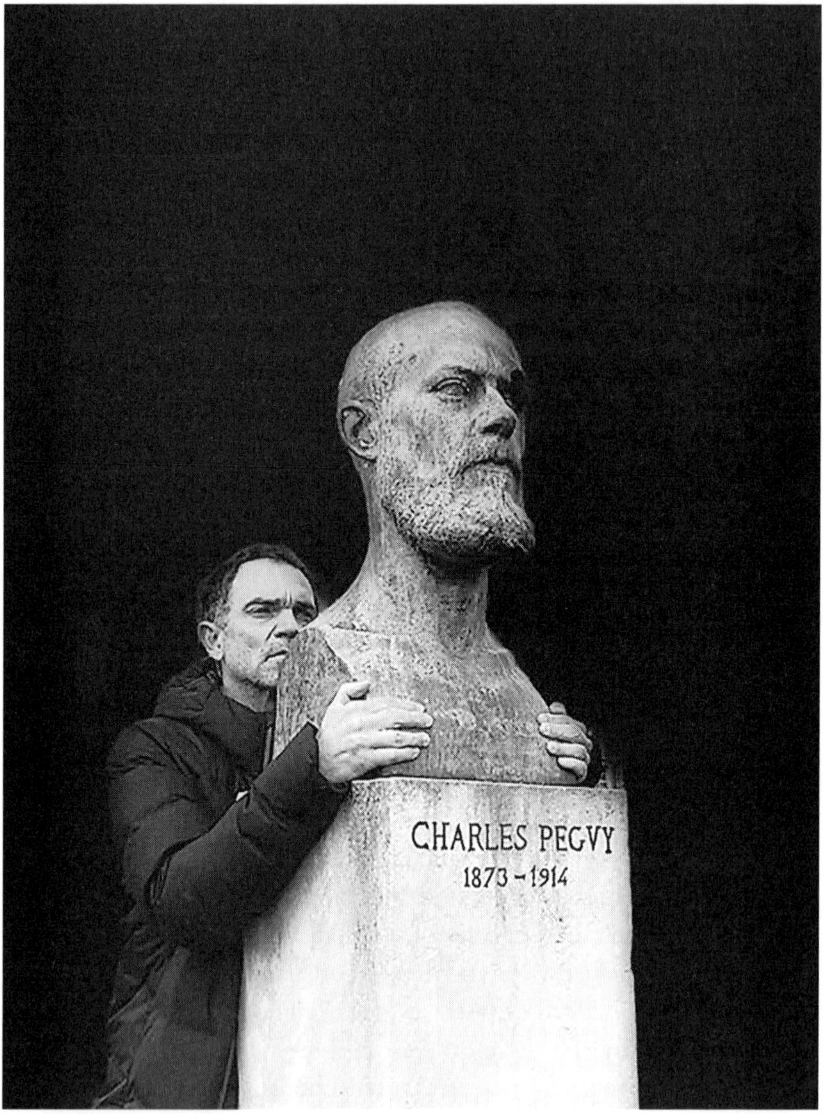

Yann Moix auprès de la statue de Charles Péguy. Orléans, samedi 9 avril 2022. Ce buste a reçu, pendant la seconde guerre mondiale, un éclat d'obus au niveau du front, à l'endroit exact où Péguy fut atteint en 1914 par la balle ennemie qui le tua.

droite ou d'extrême gauche – leur dieu total, mais je mets ma main au feu que, si Péguy avait été leur contemporain, ils l'auraient jalousé, envié, et par conséquent conspué. Surtout, l'auteur de *L'Argent* et de *Clio* – et c'est le plus important, et c'est ce qui me réjouit – aurait refusé de leur serrer la main. Il aurait détesté qu'on récupère sa pensée. Pour lui, une pensée, c'est un homme. Il avait en horreur les disciples, les suiveurs, les récupérateurs. Des gens comme Alain Finkielkraut ou Edwy Plenel sont les ramasse-miettes du péguysme. Ce que ces deux « forts en gueule intellectuels » ne voient pas, c'est que le péguysme, précisément, n'existe pas. Accoler un « isme » au nom de Péguy est une hérésie.

Mais nous ne sommes pas là pour parler d'annotateurs anecdotiques et passagers : il vaut mieux, comme c'est le cas d'ailleurs pour n'importe quel auteur, lire Péguy lui-même plutôt que ces copistes de seconde zone qui, auprès de lui, font figure d'avatars de série B. Eux, commentent, glosent, expliquent, cancanent, discutent, bavardent. Ce sont, pour reprendre une expression de leur soi-disant idole, des « gens qui parlent de tout ». Mais ils ne disent pas grand-chose. Plenel et Finkielkraut devraient se sentir concernés, pour peu qu'ils les consultent *vraiment*, un jour que la télévision et les mondanités leur en laisseront le temps, par quelques pages de *Notre jeunesse* : « les hommes en vue, journalistes, publicistes, conférenciers », ce sont eux, « tout ce qui parle et tout ce qui cause, tout ce qui écrit et tout ce qui publie », c'est encore eux, « les apparents », c'est toujours eux. Ne leur en déplaise, ils incarnent à la perfection – quelle ironie, n'est-ce pas ? – ce que Péguy abhorrait de tout son être.

***Le Mécontemporain*, de Finkielkraut, que j'ai lu pour préparer cet entretien, est tout de même un bon livre.**

Autant lire Péguy lui-même, non ? Lorsqu'on demandait à Sacha Guitry : « Quel livre lire sur Voltaire ? », il répondait : « Lisez Voltaire ! » Et puis il faut se fader l'écriture de

Finkielkraut, qui a l'élégance et la grâce d'un parpaing. Merci bien. Lisez Péguy !

Vous êtes dur.

Je suis comme je suis. Plenel et Finkielkraut, qui sont les deux faces d'une même médaille – l'un très à gauche, l'autre très à droite, plus encore à droite, peut-être, que le premier n'est à gauche –, ne sont pas les seuls, hélas, à se trouver dans cette situation bien navrante. Ils croient l'avoir lu, le connaître intimement, mais leur ventriloquie maladive les trahit : leur Péguy est un ressassement d'extraits convenus. Ils me font penser à des spécialistes des Beatles qui ne connaîtraient, l'un que « Let It Be », l'autre que « Michelle ».

Vous faites, là, vous aussi, des « personnalités » !

Je ne fais que leur dire en face ce que Péguy leur jette à la figure *Cahier* après *Cahier* sans que ces pauvres sacristins du « péguysme » s'en aperçoivent. Contrairement à ces dérisoires imitateurs, Péguy, lui, ne parle pas pour parler. Il parle pour *dire*. C'est une parole écrite, à la manière de la Bible, du Talmud. « Comment feras-tu pour écrire, demande Pierre Deloire à Pierre Baudouin dans *Casse-cou*, impatient que tu es, et grand amateur des phrases parlées, qui vont plus vite. »

J'ai remarqué, à propos de Péguy, que vous préférez dire ses « livres » plutôt que ses *Cahiers*. Pourquoi ?

Parce que cette présentation en « cahiers », qui n'a d'intérêt à vrai dire que pour les collectionneurs, les spécialistes et les historiens, n'en a aucun pour le lecteur d'aujourd'hui. Je vais même plus loin : quiconque est curieux de connaître son œuvre pourrait être démotivé par cette présentation. Lire des cahiers peut donner la sensation que, sans contexte, nous allons être perdus dans d'inactuelles considérations, pour parler comme Valéry, et que nous n'aurons peut-être pas le savoir requis pour profiter de son génie. Je pense, pour ma part, qu'il faut, dans un premier temps du moins, faire fi de l'environnement historique de cette œuvre, et prendre le risque de la lire – quitte à « rater » tout un pan de sa raison d'être – comme quelque chose de parfaitement contemporain.

C'est d'ailleurs ainsi que Péguy voulait qu'on lise. Il y a ces fameuses lignes sur Homère, où il recommande chaudement de lire l'*Odyssée* comme si l'ouvrage, vous l'avez dit au début de cet entretien, venait de sortir en librairie.

Oui. Et ce conseil de lecture que je donne ici se justifie d'autant mieux que Péguy décolle généralement de l'actualité qui a servi de prétexte à son inspiration, à sa verve, à son « cahier ». Et ce, pour plusieurs raisons : soit il généralise son propos, soit son esprit d'escalier le mène ailleurs – par monts et par vaux, il va, il trotte, il se promène –, soit, tout en revenant de temps en temps à son « sujet », il s'octroie des pages entières qu'il consacre à tout autre chose tout simplement parce qu'il en a ressenti l'envie. Péguy fait ce qu'il veut. Il ne rend de comptes à personne. Je crois aussi – il est naïf, mais jusqu'à un certain point – qu'il était lucide sur le fait que les *Cahiers* signés de lui n'étaient pas tellement lus : savoir qu'on écrit dans le vide, pour soi seul, pour Dieu seul, ou pour le lecteur de 1982 – Péguy évoque 1982 et sous sa plume, il est vrai que cela « sonne » bizarrement –, libère sans doute quelque peu.

Péguy, à mesure que ses écrits se succèdent, me fait penser à Bobby Fischer qui ne se trouvait plus aucun adversaire à sa mesure, si ce n'est Dieu : voyant qu'on ne lisait pas les *Cahiers de la Quinzaine* où il avait écrit, réduit à une solitude complète, n'ayant plus personne à qui parler, Péguy s'est mis à dialoguer avec Dieu. C'est aussi pour cela qu'il recouvre la foi en 1907. Ce n'est pas un délirant, mais ses textes s'emballent tout de même ! Il est très décomplexant : il se permet tout. Je pense en outre qu'il n'est pas à l'abri d'une certaine folie. La folie de celui qui n'a plus d'interlocuteur.

Vous aimez aussi Péguy pour ses prises de position sur les juifs.

Oui. Péguy le réveilleur nous réveille aussitôt qu'un juif est menacé, vilipendé, harcelé. Il fut presque le seul, de son temps, à crier son amour de ce peuple universel qui inventa la Parole pour l'offrir aux hommes. Péguy, non seulement n'a jamais flirté avec l'antisémitisme de près ou de loin, mais il écrit dès ses débuts, dans un merveilleux passage de *Communications*, qu'il défendra les juifs jusqu'à y laisser sa vie. Il voit en eux une part de l'universel humain qui n'a pas de prix. Son œuvre tout entière atteste d'une lutte farouche contre l'antisémitisme qui est, sans doute, le grand combat de sa vie. Les traces de cet engagement, dans le sillage évidemment de l'affaire Dreyfus, apparaissent dès février 1898, dans un article de *L'Essor*. Le jeune Péguy, 25 ans, s'indigne – cela rappelle par ailleurs des faits récents particulièrement malheureux – de ce que de soi-disant « socialistes », dont d'anciens boulangistes, mais pas uniquement, non seulement aient pris position contre le capitaine injustement accusé, mais aient crié « Mort aux Juifs ! » dans la rue. Ces prétendus socialistes sont vilipendés avec violence par le futur gérant des *Cahiers*. Péguy, chantre de ce qu'il nomme une « cité harmonieuse », qui n'est autre que l'utopie socialiste enfin réalisée, veut accueillir tous les peuples. Dans *Marcel, premier dialogue de la cité harmonieuse*, écrit cette même année 1898, on lit que ladite cité doit faire de la place, en son sein, à « tous les hommes de tous les pays, des pays pauvres et des pays riches, des pays déserts et des pays peuplés », mais aussi « à tous les hommes de toutes les races ». Et là, Péguy, qui n'exclut évidemment pas les juifs de sa cité, bien au contraire : « tous les hommes de toutes les races, les Hellènes et les Barbares, les Juifs et les Aryens, les Germains et les Slaves, tous les hommes et tous les langages », etc.

Je crois même que les animaux sont appelés à faire partie de cette « cité harmonieuse »...

Exact ! « Et ainsi tous les animaux sont devenus citoyens de la cité harmonieuse, parce qu'il ne convient pas qu'il y ait des animaux qui soient des étrangers. » Fascinant, n'est-ce pas ? Fascinant et actuel. On devine, et je m'en réjouis, l'accueil qu'aurait fait Péguy aux migrants, pour lesquels je me suis tant battu et me bats tant encore, quand on voit que, pour lui, même les animaux relèvent de cette catégorie ! « Aucun vivant animé n'est banni de la cité harmonieuse. » Péguy, précurseur de l'œcuménisme animaliste ! Les antispécistes peuvent aller se rhabiller ! Ce Péguy-là est celui du messianisme socialiste : « Et bien loin que dans la cité harmonieuse les âmes soient toutes pareilles entre elles parce que tous leurs sentiments sont harmonieux, les âmes harmonieuses naissent et croissent personnelles en force et en beauté, chacune selon ce qu'elle est. » Si ce ne sont pas là les temps messianiques, qu'est-ce donc alors ?

Péguy est donc, et la chose est suffisamment rare à l'époque pour le souligner, un écrivain « philosémite » ?

Je n'aime pas ce mot de « philosémite ». Il me met mal à l'aise. J'ai toujours la sensation, l'entendant, qu'il sonne comme la forme inversée de l'antisémitisme. Un jour, dans une formule que je trouve très inspirée – mais il a le chic pour les formules inspirées –, Sollers a dit que Drieu ne pouvait pas être collabo tout simplement parce qu'il était nazi. Je dirai que Péguy, d'une certaine façon, était juif. « Je suis un juif aux psaumes », confie-t-il à son camarade Edmond-Maurice Lévy. Lequel ajoutera : « Péguy sans ses amis juifs ne serait pas devenu Péguy. Je lui expliquais la Bible, le sidar de la semaine. » Et non seulement Péguy a toujours été entouré d'amis juifs mais, de plus, il parvient à faire vibrer en lui comme personne le christianisme et le judaïsme. Il ne les oppose pas, mais les marie. Loin de toute rupture paulinienne ou même de théorie de la « greffe », il fait du christianisme une suite naturelle du judaïsme. Il en fait une possibilité, non pas de progrès – surtout pas – mais de renouvellement du judaïsme. Il retourne à la source. Et cette source, pour lui qui n'est pas un homme de conversion, est le catholicisme.

Mais j'ajouterai que ce en quoi, véritablement, il me semble plus juif que simplement, que bêtement, que platement – je commence à m'exprimer comme lui, mon Dieu ! – « philosémite » c'est qu'il n'aime pas *indistinctement* tous les juifs. Aimer indistinctement tous les juifs au seul prétexte qu'ils sont simplement juifs serait douteux. Cela voudrait dire, par exemple, si l'on poussait cette logique à ses extrémités, qu'il faudrait être plus clément avec un violeur juif qu'avec un violeur qui ne l'est pas. Absurde. Péguy, à l'instar, par exemple, de Benny Lévy, qui vous le savez est un de mes maîtres, se montre sévère – et on aurait presque envie de lui dire : de quel droit, cher monsieur ? – envers les juifs refusant d'accepter leur judéité, de même qu'avec les juifs sécularisés, avec les juifs autrement dit « déserteurs ». Même avec eux, Péguy se montre sans concession. Même et surtout avec eux, il ne prend pas de gants. On trouve ainsi un exemple de la façon dont Péguy « enguirlande » sans vergogne les juifs dans un article de *La Revue blanche* paru en septembre 1899 et intitulé « L'affaire Dreyfus et la crise du parti socialiste » – à ne pas confondre, bien entendu, avec « La Crise du Parti socialiste et l'affaire Dreyfus » publié antérieurement sur le même support [Rires] : « Il y a presque dans tous les pays un nombre assez restreint de Juifs qui gagnent et un nombre assez considérable de Juifs qui pâtissent. Sauf de très honorables exceptions, les premiers s'intéressèrent beaucoup moins que les seconds à la cause de Dreyfus et à sa personne. »

Un autre exemple d'absence de philosémitisme mécanique, et par conséquent de respect envers ce qu'on appellerait aujourd'hui « la communauté », est donné dans

Communications, dixième cahier de la première série, cahier que j'aime personnellement beaucoup pour des raisons que l'on verra dans la partie critique de ce numéro : « Le 24 août au matin, note Péguy, je prierai tous ceux de mes amis, tous ceux de mes camarades, et aussi tous ceux de mes adversaires et de mes ennemis qui sont juifs, et même les juifs qui me sont indifférents de vouloir bien se transporter en masse, dans ma maison familiale, sise en campagne, à la Croix des Chaffauds. Excellente position militaire. » Qu'est-ce à dire ? Que Péguy, quand bien même certains juifs lui hérissent le poil, et peuvent être littéralement des *individus* qu'il déteste, place *quoi qu'il arrive* l'antisémitisme au plus haut de ses combats. Un « philosémite » n'oserait pas dire d'un seul juif qu'il est son ennemi. Vous percevez la différence ? Et si Péguy se place derrière le peuple juif dans son ensemble, c'est parce que, surtout, il les sent en danger, en grand danger : il a bien compris que l'affaire Dreyfus était un tournant, une date-clef susceptible d'annoncer des jours plus noirs encore. Il écrit, comme Benny Lévy, qu'il n'y a pas de « question juive », supposant sans doute, implicitement, sans faire de ventriloquie, que ce serait une réponse qui serait à chercher dans le judaïsme – une réponse, non à une « question juive », mais à une « question universelle ». La question du Mal, pour dire les choses rapidement.

Mais, je le répète, Péguy a la préscience que les juifs vivent avec une épée de Damoclès au-dessus de leur tête, que la malédiction qui pèse sur eux est hélas loin d'avoir épuisé toutes ses ressources – et que tel sera le cas tant qu'ils seront voués à une diaspora sans fin. Péguy pointe au surplus, comme le fera un peu plus tard un Gershom Sholem, les risques que représente à ses yeux l'assimilation, autrement dit la disparition pure et simple des juifs par dissolution dans une masse et un tout indifférents qui les digérera. S'il n'y a pas de « question », il y a un problème. Et ce problème doit être envisagé avec sérieux et humanité. En 1907, dans *Un poète l'a dit*, texte retrouvé après sa mort et fort peu connu, fort peu cité, il écrit des lignes inoubliables et d'une faramineuse puissance. Jugez-en plutôt: « Ce que vous voulez, notez-le bien, ce que vous demandez, ce que vous exigez de lui, d'elle, de ce peuple et de cette race, aujourd'hui dans la dispersion, ce que vous lui demandez, faites-y bien attention, au fond, ce n'est rien de moins que de n'être pas elle-même, de n'être toujours pas elle-même, c'est-à-dire, en définitive, de n'être pas. »

Il faudrait également, bien sûr, parler longuement de l'admiration fascinée qu'eut Péguy pour Bernard Lazare qu'il érigea à l'altitude d'un saint et dont il relia le prénom et le nom par un tiret, comme dans « Jésus-Christ » ! Oui, trouvaille extraordinaire, Péguy n'écrit pas « Bernard Lazare », mais « Bernard-Lazare ». « L'honneur d'avoir fait l'affaire Dreyfus, dit de lui Péguy en juillet 1910 dans *Notre jeunesse*, lui collait aux épaules comme une chape inexpiable. Suspect surtout, solitaire surtout dans son propre parti. Pas un journal, pas une revue n'acceptait, ne tolérait sa signature. On eût pris peut-être à la rigueur un peu de sa copie, en la maquillant, en l'avachissant, en la sucrant. Surtout, en enlevant, en effaçant cette diablesse de signature. » Terrible. La figure de Bernard Lazare est une figure christique, car il est seul contre tous. Et plus terrible encore, ce si amer constat: « On lui en voulait surtout, les Juifs lui en voulaient surtout, le méprisaient surtout parce qu'il n'était pas riche. Je crois même qu'on disait qu'il était dépensier. » Et alors Péguy lâche cette phrase inouïe: « C'était un homme qui avait la main ouverte. » Bernard-Lazare « *le charbon ardent sur la lèvre prophète* » ou le grand juif misérable à la munificence christique... Il fallait le trouver. Fantastique. Bouleversant.

Pour Péguy, le judaïsme se jette dans le christianisme comme un fleuve dans un estuaire. C'en est la continuité logique et non la contradiction. Avec Péguy, le chantre de la cause juive, la personne de Bernard Lazare devenu « Bernard-Lazare » devient tout d'un coup un saint catholique. Autre trouvaille, infiniment contestable et d'ailleurs infiniment contestée: pour Péguy, le plus grand apostat dans l'affaire

Dreyfus, c'est peut-être Dreyfus lui-même. Il ne tolère pas que Dreyfus accepte les excuses du ministère de la Guerre. Accepter d'être réintégré, c'est accepter le bannissement, la punition. Accepter la punition, c'est accepter la faute. Il reproche en fait à Dreyfus d'être en deçà de l'Affaire.

J'ajoute, pour terminer sur ce sujet, que deux mois avant sa mort au front, au mois de juillet 1914, dans sa posthume – là encore – *Note conjointe sur M. Descartes et la philosophie cartésienne*, Péguy continue à penser, à sa si singulière, à sa si peu philosémite mais à sa si juive façon, le destin du peuple de Moïse, évoquant, puissamment, « le creusement de l'incurable souci du peuple d'Israël, ce creux de moelle qui court au long du creux de la tige de cette longue race ». « Et par Jésus, poursuit-il, la greffe incurable de ce souci sur les troncs plus drus de la force française. Ainsi est née la plus belle race de peine qui soit jamais venue au monde. » Je vous relis cette phrase incroyable à la pulsation effrayante et inouïe : « Ainsi est née la plus belle race de peine qui soit jamais venue au monde. »

Daniel Halévy a dit à la mort de Péguy : « Je ne pleurerai pas son héroïque fin. Il l'a cherchée, il l'a trouvée, il était digne d'elle. Ne le plaignons pas. Cette mort, qui donne à son œuvre le témoignage, la signature du sang, il l'a voulue. » L'honneur de l'écrivain est-il de donner à son œuvre « la signature du sang » ? Comment comprenez-vous cela ?

Je suis d'accord avec Halévy à 100%. Péguy s'est suicidé, aucun doute là-dessus. Il est mort par la France et non pour la France. Il a voulu s'alléger, donner un maximum de lisibilité à son œuvre. La seule manière de le faire était de se supprimer physiquement pour qu'il reste autre chose que sa parole. J'en suis convaincu. Il y a des lettres où il parle de supprimer sa femme, ses enfants et lui-même ensuite. Péguy a toujours voulu mourir de manière glorieuse, c'était une obsession. Il était en réalité en proie à un immense chagrin d'amour : Blanche Raphaël, une des stagiaires des *Cahiers de la Quinzaine* que lui avait présentée Jacques Maritain. Les pèlerinages à Chartres n'étaient peut-être pas effectués pour des raisons mystiques mais à cause de cette fille qui lui battait froid. Si Blanche Raphaël avait répondu à Péguy au front, peut-être ne serait-il pas mort exprès au début de la guerre. Ça, combiné à un état d'épuisement absolu lié à quinze ans de gestion des *Cahiers de la Quinzaine* de 1900 à 1914... Au moment où éclate la guerre, il se trouve en permanence dans un état de solitude qui n'est humainement pas soutenable. Dans sa propre famille, personne ne l'écoute. Dans son propre milieu, personne ne le lit. Dans sa propre époque, personne ne l'entend. Pourquoi ? Parce qu'il rebute le lecteur, il est vrai. Mais parce qu'il a *toujours* raison. Dès 1905, je l'ai dit, il s'était préparé au combat contre l'Allemagne. C'était un homme d'échéance, de résistance, de promptitude. Il n'a jamais vécu que dans le pire, au centre du pire : son meilleur ami est mort à vingt ans, sa femme ne lui a jamais procuré de bonheur, et son seul amour l'a éconduit. Il s'est débattu entre des problèmes d'argent, des soucis domestiques et des pépins de santé. Les quatre mille pages qu'il nous laisse furent arrachées au forceps d'un quotidien abrutissant.

Péguy était donc, en 1914, dans une impasse totale ? Et ce serait laissé mourir ?

Péguy est resté debout face au feu des Allemands pendant une vingtaine de minutes alors que les autres soldats étaient couchés. Péguy s'est fait tirer comme un lapin. Mais il a choisi sa mort – la phrase d'Halévy est parfaite –, il a voulu sa mort, il a voulu celle-là, ce jour-là. Il a été communier la veille dans une petite chapelle. Tout était prêt. Dans les milieux péguystes, cette thèse est considérée comme scandaleuse. Il y a, dans Pirandello, cette phrase issue des toutes dernières pages d'*Un, personne et cent mille* : « Si je me dépouillais ainsi, si je ne m'opposais à rien, c'est que désormais tout ce qui offrait un sens et une valeur pour autrui m'apparaissait comme infiniment lointain ; et non seulement j'étais détaché de moi-même et de toute chose qui fût mienne, mais j'éprouvais l'horreur de rester *quelqu'un*, qui que ce fût, en possession de quoi que ce fût... Ne souhaitant plus rien, je n'avais plus qu'à me taire. »

Comment pourriez-vous, en quelques mots, nous dire, en conclusion, ce qu'il faut savoir, retenir de Péguy ?

Que la vérité ne peut se dire que dans la contradiction, le tâtonnement, l'errance, l'erreur – un chemin, oui, mais un chemin où il s'agit de se perdre soi-même. Qu'une pensée digne de ce nom n'est faite que de questions incessantes et jamais de réponses permanentes. Que celui qui trouve est un mort vivant, un « moderne », un « systématique ». Que l'homme de système égale l'homme du système. Que qui mesure égale celui qui compte. Que qui compte égale celui qui épargne. Que qui épargne égale celui qui s'épargne. Péguy ne vomit rien tant que la rétention, que la collection, que la capitalisation. C'est un homme qui se répand, qui se donne, qui se voue. C'est un héros du don. Il donne. Il abreuve de cadeaux ; il offre, il s'offre. Sa mort au front en fut la preuve ; il a donné sa vie à la France et sa pensée à des *Cahiers*, des petites publications impeccables publiées toutes les deux semaines, parce que penser, c'est penser à partir du monde tel qu'il va, ce n'est pas produire seul, dans l'isolement de son génie présupposé, des propositions logiques sur l'univers et ses lois. L'univers, d'ailleurs, n'a pas de lois : il n'est composé que de chaos ; il est guerre. Tout est guerre. Péguy nous réveille quand l'entropie du monde semble maximale.

« Je ne suis pas haineux, disait-il. Je suis haïssant. » Formule fantastique ; cet homme n'avait pas la rancune des brouilles qu'il déclenchait, des violences qu'il prodiguait, des gifles qu'il distribuait, des grenades qu'il dégoupillait. La haine est un sentiment honorable tant qu'elle exprime une vérité qui ne peut plus se taire; mais il s'agit de la dépasser – elle doit être passagère. Au prochain *Cahier*, on conspuera un autre lâche, un autre salaud.

Si nous trouvons Péguy parmi nous aujourd'hui, c'est que c'est lui qui a fait le chemin jusqu'à nous. Il est à peu près indispensable, à vrai dire. Sa voix nous aide à faire entendre, avec une autorité qui ne cesse de s'affirmer, celle de ceux qui en ont marre de subir les approximations de l'époque, et les raccourcis. Péguy, qui vomissait la modernité, exécrait la technologie, et quand le téléphone sonnait dans la petite boutique des *Cahiers* sise en face de l'immense Sorbonne qu'il défia toute sa vie, il refusait de décrocher. Il n'aurait pas supporté ces messageries dont le principe repose sur un minimum de mots; les réseaux sociaux lui auraient donné l'image d'un dépotoir, ce que sans doute ils sont. Il aurait eu le courage, lui, de dénoncer les communautés, les rassemblements d'intérêts. Il n'aurait pas supporté que des humains puissent se réunir par couleur, par handicap, par drame, par origine, par condition. C'était peut-être un « haïssant », mais jamais il n'aurait mené un combat parce que ce combat le concernait personnellement. Il aurait trouvé cela obscène. Du monde d'aujourd'hui, où la nuance se meurt tous les jours et où le crachat groupé cherche chaque jour une victime toute neuve à immoler publiquement, il aurait dénoncé l'insupportable suffisance des nantis, la pornographique arrogance des élites; mais, surtout, il aurait vilipendé cette machine à produire des victimes qu'est devenue notre société. Péguy ne supportait pas que l'on se plaigne sur son propre sort. Quand il le faisait, c'était non sur le sien, mais sur celui des *Cahiers* – qui publiaient aussi des textes avec lesquels il pouvait être en profond désaccord. Péguy se plaignait d'abord et avant tout sur le sort des autres. Il y avait du saint chez ce génie – pour lui, le saint était au génie ce que le ciel était à la terre.

Avons-nous besoin de lui en ce moment ?

Nous avons besoin de lui, en ce moment, et de tous bords, parce que nous n'en pouvons plus que chaque individu revendique sans interruption la reconnaissance de sa seule souffrance, de sa tare propre, de son handicap particulier, aveugle aux maux qui lui sont étrangers, inconnus ou indifférents. Péguy nous rappelle qu'un monde n'est jamais fait de la coexistence d'égoïsmes plaqués, mais d'ouverture enfantine (christique) à l'autre – cet autre qui nous ressemble justement parce qu'il est différent. Cet autre mérite de l'empathie, de l'aide, du secours, parce qu'il représente une possibilité de nous-même, un avatar que nous eussions pu être mais qu'il a été à notre place. Le seul moment où tous ne font qu'un, c'est donc dans la guerre, quand les hommes sont mobilisés, et qu'ensemble, comme un seul homme, ils doivent partir au front. C'est une vraie communauté que celle-là, qui défend jusqu'à la mort quelque chose en laquelle elle croit. La véritable confrérie est celle des frères d'armes, dont les corps seront rassemblés sous la terre – nous ne voulons pas de Péguy au Panthéon, ou alors avec tous ceux de sa section qui sont tombés avec lui ce jour du 5 septembre 1914, à Villeroy, et parmi lesquels il dort aujourd'hui. Péguy est sorti des décombres, et il faut saluer cette résurrection. Mais ne parlons pas seulement de son amour pour Jeanne ; parlons aussi de sa passion pour le cinéma. De son amitié pour Bergson. De son respect pour Millerand. Il s'agit de nettoyer cette vieille figure d'un Charles Péguy qui n'exista jamais et fut, aux alentours des sales années de la France, inventée de toutes pièces par les ordures collaborationnistes.

Il faut, ne serait-ce qu'une fois dans sa vie, aller saluer Péguy, un jour de pluie et de vent, sur la Grande Tombe où il repose. C'est un lieu austère et beau, mais Péguy était un homme facétieux, joyeux, drôle. Il faisait des imitations. Ce n'était pas ce petit homme pieux et sinistre dessiné par des grenouilles de bénitier ; il priait, mais s'amusait surtout – son pays fut la France, et la littérature de cette France ; mais ce fut surtout l'enfance, tant il était resté potache. Sa paroisse était celle de l'Enfant-Jésus. C'était un gamin. On ne parle jamais de l'immaturité gombrowiczienne de Péguy. Or, Péguy n'était pas un homme du sérieux. À vrai dire, il se riait de tout. Il rigolait. Comme chaque homme, il avait peur de la mort, et c'est ainsi qu'il est allé la regarder en face, comme pour en abréger l'insupportable et permanent magistère. Nous sommes allés chercher Péguy parce qu'il nous dit que le monde, livré aux exigences et aux lois de la gravité, c'est-à-dire aux adultes, est toujours déjà en péril. L'enfance, c'est le lieu où cette chose n'existe jamais : l'argent. L'argent est la manifestation première de la modernité. L'argent appelle l'argent, à l'infini – et il n'est gourmand que de sa propre inflation. Ce qui devait être un moyen est devenu une fin ; et c'est lui qui a fini par souiller le monde, où les guerres, malgré tous les travestissements qui les déguisent en conflits – ethniques, religieux –, ne se font plus qu'en son nom. Péguy nous apprend qu'un génie n'est pas intemporel, mais actuel. Chez lui, nous allons puiser la vérité qui nous fait peur et le courage qui nous manque. Son message est clair : dépensez-vous. Apprenez à vivre sans compter. Cessez d'avoir peur de vos actes, de vos mots, de « déraper ». N'ayez pas peur de la peur. Celui qui se retient, celui qui se contient, celui-là est déjà mort.

Entretien réalisé à Paris, le mercredi 9 février 2022.

Péguy en 1891

J'en ai assez des anonymats et des pseudonymats. Je n'en peux plus.

Pour moi

YANN MOIX

PÉGUY, DERNIER MATIN

EXTRAIT DE *NAISSANCE*

Péguy avait envie de mourir comme on a envie de naître. Sortir du monde avec l'énergie, égale mais inversée, qu'on met à y venir. Ses os, son crâne, ses globes oculaires, ses omoplates, la plupart de ses coudes, l'immense majorité de ses cartilages avaient fait leur temps sur la terre : il s'agissait de les rendre, de les déposer sur une petite table en peuplier baumier (prétentieux feuillu des Amériques ramené à davantage d'humilité par le chancre bactérien) à l'entrée de la mort – à la façon des prisonniers qui, avant de gagner pour la première fois leur cellule, ont pour obligation de se délester du dérisoire contenu de leurs pauvres poches. Peut-être, pensa le lieutenant Péguy, faudrait-il construire autour de mes restes (cheveux, ongles, plexus brachial, phalanges, péroné) une sorte de musée : ici mes yeux, à côté de mes yeux ma barbe, barbe sur le menton prélevée, menton que vous pouvez admirer – pas de photos s'il vous plaît – sur le petit présentoir à votre gauche.

Ces restes, continua-t-il pour lui-même, nous pourrions tout aussi bien les cuisiner, accompagnés de vin bourru – décoction de froment, fleurs de sureau. Faire tremper les yeux de Péguy avec ses os brisés, dans la même marmite, simplement pour les faire gonfler, les effrayer encore, les ramollir absolument. Les jeter à bouillir dans une casserole, ajouter une crosse de jambon découpée sur la cuisse gauche à l'aide d'une scie sauteuse (penser à la munir d'un déflecteur de copeaux qui empêchera les lambeaux de chair, les éclats de muscles et de nerfs et de tendons, les giclements de sang de dévier vers toi) – ainsi qu'une grosse gousse d'ail.

Péguy, tu vas. Tu *y* vas. Excentrique Péguy, mais sévère. Péguy comique, mais ferme. Fou Péguy, mais sérieux. La barbe dorée par endroits, roussie à d'autres. Tu en as marre d'être dans l'*hic et nunc*. Quand notre vie commence, l'infini nous enveloppe, situé au-dessus de nos têtes, sous nos pieds, devant, derrière nous, isotrope – partout. À mesure que nous avançons dedans le temps, l'infini se rétrécit, on lui modèle une forme et, sans le vouloir ni même le savoir, on le limite en le façonnant, on le restreint tout aussi infiniment : au mieux, on se dessine un couloir pour accomplir notre terrestre temps, un cul-de-sac au pire, un corridor si exigu que nous n'en pouvons plus supporter l'étroitesse, la longilignité (apparente ou non), la monotonie.

Du capitaine Péguy congé prit. Il ferait réveiller ses troupes à 4 h 30. La campagne serait froide et bleue. En attendant, il s'esquivait, vêtu d'une capote encore trempée de sa sueur. Il avait repéré, sur le chemin tout à l'heure – tandis que le sergent-chef Roussel s'était plaint de coliques néphrétiques –, une chapelle minuscule et délabrée. Il y retournait – oui, le lieutenant Charles Péguy opérait son Retour.

Il traversa des feuillages qui crissèrent et, sous la blanche lumière de la lune, paraissaient compliqués. Un petit bois accompagna ses pas, sûrs et humides, vers un sentier oublié par le monde : carrefour sans panneau, où s'amoncelaient des pierres concassées, irrémédiablement inutiles, et poussaient des chardons. Le silence : composé de murmures – de glissements. Péguy savait, parmi les courbes fougères, que l'âge de la culture touchait à sa fin, que les incultes allaient s'emparer bientôt du pouvoir. Il aimait cette nuit et les étoiles de cette nuit. Le monde lui sembla pris en charge par des ombres. Il franchit un talus, évita une flaque de boue. Se fausserait-il compagnie ? Non : c'est à sa non-existence qu'il allait mettre un terme. Il voulait-allait se rassembler, se ressembler. Il venait de comprendre ce qu'il était, qui il devait être, ce qu'il eût dû être, ce qu'il aurait été. Des grandes fleurs, des branchages, des touffes, de la terre. Il pensa à Blanche Raphaël, sa petite stagiaire des *Cahiers*: ses grands jabots de dentelles, sa robe à prismes. Il la revit, son frais menton appuyé sur le dos de sa main, parlant d'un texte de Suarès consacré à Jean-Jacques. Ses beaux regards, lavés de bleus.

Dans cette petite chapelle en débris, cassée, il entra. Sa mort, en ce petit matin, était encore un nouveau-né. Elle tenait tout entière au creux de sa main. Sa mort, pour l'instant, faisait la taille, non encore d'un noyau d'abricot, mais d'une perle d'huître. Elle avait toute la journée devant elle pour grandir, accroître sa circonférence. Vers 10 heures, elle serait déjà enfant, bien nourrie – elle aurait eu le temps de devenir plus rose et grasse. À midi, ce serait une adolescente en plein épanouissement (joufflue, remplie d'entrain, semblable à un dahlia pourpre parmi les tirs des canons antiaériens et le poison des gaz).

Des orties poussaient sur la pierre. C'était partout moussu – lichen. Vitraux et champignons. Catéchisme et fissures. Des statuettes qui ne voyaient plus rien. Des anges manchots, fracassés. Une statuette, polychrome, un retable du XIVe siècle, l'Assomption. Un saint Louis au sourire écorché. Des éraflures, du verre brisé. Des petits bancs cassés. Universel teint de lessive. Tessons, graviers. Moisies choses. Bleuâtres pissenlits. Détrempé paradis. Péguy tenait dedans ses mains nues, sans trop le serrer, un bouquet de mimosas. Il le déposa aux pieds de la Vierge à l'Enfant – Vierge craquelée, Enfant souillé, délavé, passé. Catacombe de chapelle – tout était écrasé. Péguy garda le silence. La Vierge s'était décrochée: il la replaça au-dessus de lui.

Sa mort commença à se faire de plus en plus nette. Ses traits (les traits de sa mort) s'enrichirent peu à peu d'une précision triomphante et c'est sa vie (la vie de Péguy) qui bientôt fut contaminée par la brume, se para de flou, hésitant dans ses contours.

C'était un homme pauvre, sauf maintenant – tout à l'heure au combat, il irait rendre son âme à cet Enfant. Une grande joie commença. Ses bottes étaient sales. Péguy était seul au monde, écrasé par une vie sans espoir qui s'était tue – un autre horizon, sous ses yeux lentement fermés, se déployait. L'Enfant, l'Enfant de l'hostie, comme à l'aube du christianisme, l'irradia. Le soleil se lèverait dans une heure – il serait radieux. Parmi les futaies humides, il y aurait du sang. Dans la chapelle qui fut son dernier monde, où il était à la fois humble et principal, le lieutenant Charles Péguy s'agenouilla puis commença sa messe. Il irait voir le jour au ciel. Vint l'instant de la communion. Ses mains étaient des mains jointes. Sa figure était blanche, hâlée par un fragment de bougie qu'il alluma avec son avant-dernière allumette. Un rayon de paix l'étonna. S'il avait parlé, il eût senti un sanglot dans sa voix. Les larmes n'étaient pas dans ses yeux. Aucune prière distincte ne parvint à ses lèvres (mauves, gercées). Tout chez lui *suppliait*.

Naissance, Grasset, Paris, 2013.

PIERRE MASSON

ANDRÉ GIDE – CHARLES PÉGUY : UNE DIFFICILE ALLIANCE

C'est probablement par l'intermédiaire de son beau-frère Marcel Drouin qu'André Gide fut mis en relation avec Charles Péguy. Péguy était entré en 1894 à l'École normale supérieure de la rue d'Ulm où Drouin, cacique de sa promotion et futur agrégé de philosophie, se trouvait depuis deux ans. Après le «J'accuse» de Zola, Drouin s'était lancé avec Péguy, Lucien Herr et Charles Andler dans la lutte dreyfusarde, rejoint timidement par Gide. Quand Péguy lance ses *Cahiers de la Quinzaine*, en 1900, Drouin et Gide en sont les lecteurs et bientôt les soutiens, lorsque les difficultés financières, qui ne cesseront jamais, se font pressantes. En octobre 1902, Drouin écrit à Gide: «Je crois qu'il faut aider Péguy. Il me donne l'action n° 101. Ça n'annonce pas un fort succès.» En 1905, Gide, Drouin et Jean Schlumberger souscrivent à l'appel de Péguy pour transformer les *Cahiers* en société par actions. Le 31 mai, Péguy envoie à Gide une lettre qui montre qu'ils se sont déjà rencontrés:

> Cher monsieur,
> Nous vous inscrivons donc pour l'action n° 25; ceux de nos commanditaires qui le peuvent nous font les sommes à mesure qu'ils s'inscrivent; nous leur donnons un reçu provisoire; ce reçu sera transformé en action nominative entièrement libérée à la date officielle de la constitution; [...] Je vous ai manqué un jour que j'étais allé pour vous voir, il y a deux ou trois ans; j'aurais été content

de causer un peu avec vous ; mais peut-être, en effet, vaut-il mieux travailler que de causer [...].

Tel n'est pas l'avis de Gide, qui dès le lendemain sonne chez Péguy, mais en vain, comme nous l'apprend son *Journal* : « J'ai trouvé ce matin toutes les portes fermées : celle de Welter, du Mercure, de Péguy, chez qui j'avais affaire. » Il relance alors Péguy qui lui répond le 10 juin :

> Cher monsieur,
> Ce projet répond surtout à un impérieux besoin des *Cahiers* ; il faut croître ou périr, c'est le sort inéluctable ; j'en suis inquiet moi-même, croyez-le bien ; je tiens beaucoup à causer enfin avec vous ; et le plus tôt que vous pourrez ; je pense que la semaine prochaine sauf lundi je serai tous les matins aux *Cahiers* à neuf heures ; votre Charles Péguy

Des contacts doivent alors se nouer, car deux ans plus tard, nous voyons Gide jouer les rabatteurs en abonnant aux *Cahiers* – à ses frais – un beau-frère et une amie de sa femme, et écrivant à Péguy qu'il est « très heureux d'avoir trouvé deux nouvelles places où jeter la bonne semence ». Protestant dissident, il pouvait se sentir des affinités avec Péguy, qui s'était tenu jusque-là à distance du catholicisme. Alors que la revue à laquelle il avait longtemps collaboré, *L'Ermitage*, venait de mourir, et que le projet de lancer *La Nouvelle Revue Française* n'était pas encore formé, Gide put être tenté de devenir, au moins ponctuellement, un collaborateur des *Cahiers*. Le 15 février 1908, il écrit à Péguy :

> L'article que je prépare sur la correspondance de Dostoïevski, pour *La Grande Revue*, en me faisant travailler à neuf une figure en compagnie de qui je vis depuis dix ans, me donne l'idée de présenter cet « homme illustre » dans vos *Cahiers*. Déjà vous m'aviez demandé si quelque monographie-biographique ne me tenterait pas – et vous savez quel plaisir j'aurais à collaborer aux *Cahiers*.

Mais le sujet était déjà retenu par André Suarès, et l'étude de Gide parut donc comme prévu à *La Grande Revue*.

Pour autant, Péguy aurait volontiers obtenu le ralliement de Gide à ses *Cahiers*. Quand il sut que Gide avait enfin achevé, après six ans de travail, sa *Porte étroite*, il prit la plume à son tour, le 13 janvier 1909 :

> Mon cher Gide,
> Avez-vous examiné une combinaison en participation où vous feriez les frais d'un cahier de *La Porte étroite* et où dès lors je pourrais la publier en surnombre dès la présente série ?
> Je n'essaierai point de vous faire croire que ce serait un service que nous vous rendrions, ce serait au contraire un grand service que vous nous rendriez.
> Examinez-en les données et venez encore me voir un jeudi, vous trouverez un homme extrêmement fatigué mais redevenu solide, qui a seulement horreur d'exercer toujours ce métier de quémandeur.
> Je suis votre ami bien dévoué
> Charles Péguy

Mais cette fois, c'est Gide qui déclina la proposition, car la toute jeune *NRF* était en train d'éclore, et elle avait bien besoin du roman de Gide pour paraître avec un peu d'éclat. Le 16 janvier, Gide répondit :

> Il est trop tard hélas ! J'ai maintenant donné mon livre à Jean Schlumberger, pour *La Nouvelle Revue Française* qu'il crée et dirige avec quelques amis dévoués et dont le premier N° va paraître en février. C'est une revue dont les prétentions matérielles sont très modestes, mais que nos bonnes volontés réunies vont rendre, je l'espère, assez solide, et que nous estimons très nécessaire, les autres revues « littéraires » nous paraissant déplorablement galvaudées.
> Je sais par Drouin que vous allez mieux et que vous avez pu recommencer de travailler sérieusement. Oui certes j'aurai plaisir à vous revoir, et malgré tous mes regrets de ne pouvoir vous apporter, ainsi que je l'eusse fait bien volontiers, ma *Porte étroite*, je pense pouvoir venir un instant jeudi prochain.
> Bien affectueusement vôtre,
> André Gide

À défaut d'une collaboration, c'est donc une cohabitation qui va s'établir entre les deux revues. Dans le titre de celle de Gide, Péguy peut retenir l'adjectif « française » qui entre en résonance avec son propre nationalisme, et de son côté, l'équipe de *La NRF* trouve profit à affirmer son identité en soutenant certains aînés.

En juin 1909, Péguy, toujours en difficultés financières, lance un appel « à nos amis, à nos abonnés ». Son ancien camarade Marcel Drouin lui apporte son soutien en donnant, dans *La NRF* de novembre, une longue étude élogieuse consacrée aux *Cahiers*, dont la presse se fait l'écho. Dans le même numéro, Gide publie un article, « Nationalisme et littérature », où, tout en refusant l'étroitesse de vue des maurrassiens, il se montre compréhensif à l'égard de leur besoin d'idéal. Péguy continue ainsi, temporairement, de lui apparaître comme un allié possible, qu'on peut servir mais aussi dont on peut se servir. Deux épisodes vont le montrer.

Il y a d'abord l'affaire des lettres de Charles-Louis Philippe. Ce jeune écrivain, peintre des milieux populaires, ami de Gide et espoir de *La NRF*, venait de mourir prématurément. Toute l'équipe se mobilisait pour lui rendre hommage, avec la préparation d'un numéro spécial, mais aussi de publications complémentaires, d'un roman inédit et de diverses correspondances. Gide va ainsi proposer à Péguy, le 24 janvier 1910, de publier les lettres de Philippe à sa mère :

> Cela ferait un *Cahier* admirable. Je voudrais savoir si « en principe » vous seriez disposé à les prendre. Nous voudrions tout à la fois les éditer, car il serait extrêmement regrettable qu'elles soient perdues – et pourtant ne pas les mêler au restant de sa correspondance, en raison de leur caractère et de leur intimité. Il me semble que chez vous leur pudeur serait à l'abri. Je n'ai pu les lire sans une émotion profonde ; elles sont d'une édifiante beauté.

Cette affaire va durer plus d'un an, pour finalement échouer en raison des droits demandés par la mère de Philippe, à Péguy qui n'en payait jamais.

Ensuite, une véritable entreprise de séduction, menée par Gide, ne va pas obtenir un résultat beaucoup plus satisfaisant. Elle trouve son origine dans la parution, dans les *Cahiers* du 11 janvier 1910, du *Mystère de la charité de Jeanne d'Arc*. Gide le lit au début de février, et se dit, auprès de Jean Schlumberger, « bouleversé, retourné, capoté par la *Jeanne d'Arc* de Péguy ». Il va aussitôt écrire un long compte rendu admiratif, auquel il donne, pour marquer la spontanéité de son enthousiasme, l'allure d'un extrait de journal. Mais d'abord, le 6 février, il tient à prévenir Péguy de ce cadeau en préparation :

> Cher Péguy, cher ami,
> Vous avez écrit une œuvre admirable. Plutôt que de la lire précipitamment, j'ai préféré en reculer la lecture de quelques jours. À présent, à la campagne, j'y suis profondément plongé. J'étais à peine à la fin du dialogue avec Hauviette que je reprenais le tout pour le lire à haute voix à ma femme. Je le lui lis sans en sauter un mot. Vous auriez ri, hier soir, à écouter cette lecture qui s'achevait, se perdait dans les sanglots. Je vous quitte à présent pour en parler dans mon « Journal sans dates ».
> Ah ! pouvoir admirer qui l'on aime... Je vous remercie, cher Péguy, de me donner cette grande joie. Voici longtemps qu'un livre ne m'avait apporté une émotion aussi forte. Au revoir.
> Vous savez que je suis votre ami
> André Gide
>
> Vous savez que c'est un gros succès ; tous ceux avec qui j'aime à parler en parlaient avec enthousiasme, avant mon départ de Paris. Drouin se désolait d'avoir écrit son article « trop tôt » !!!

Gide s'engage alors dans une véritable campagne. D'abord il prépare le terrain, dès le 11 février, en commandant dix exemplaires du texte de Péguy, afin de l'expédier à ses relations les plus marquantes, et il le fait savoir à Péguy, tout en lui suggérant de se montrer coopérant en retour :

> J'écris à Claudel, à Jammes, à Verhaeren, à Elskamp, à Ghéon, etc., en leur envoyant votre livre.
> Sans doute mon article vous vaudra-t-il l'attention de quelques autres lecteurs; achevez de les conquérir en nous donnant quelque belle chose à *La N.R.F.*
>
> À jeudi prochain sans doute, car j'ai encore quelques renseignements à vous demander.

Le même jour, il a fait une visite à Péguy, dont il rend compte à Jean Schlumberger: «Intéressante visite à Péguy; pour sa copie à lui il faudra revenir à la charge; je crois qu'il est très disposé à se la laisser arracher, mais qu'il ne la donnera pas de lui-même.» Il retourne chez Péguy une semaine plus tard, sans doute pour faire miroiter aux yeux de Péguy l'éclat de l'article qu'il prépare. La veille, il écrivait à Schlumberger: «J'irai demain chez Péguy, vers 5 heures. Péguy vous dira sans doute de lui-même son désir d'avoir à sa disposition un assez grand nombre d'ex. du n° contenant mon article sur lui. Puisse cet article ne pas trop le décevoir!»

Cet enthousiasme de Gide ne signifiait pas un ralliement au catholicisme auquel Péguy était en train de revenir, mais une convergence intellectuelle à l'égard d'un besoin d'idéalisme pour une France jugée menacée par un réalisme étriqué. Deux écrivains en particulier représentaient à ses yeux cette menace. Barrès d'abord, à l'égotisme de qui Gide s'était d'abord identifié, avant de s'insurger contre sa doctrine de l'enracinement utilitaire dans les traditions nationalistes. Remy de Gourmont ensuite, avec qui il avait dû partager la direction de *L'Ermitage*, et dont il faisait sa cible préférée, raillant son matérialisme réducteur. Précisément, il s'apprêtait à donner à *La NRF* un article offensif contre Gourmont, quand il décida de le reporter au mois suivant, et de donner la priorité à Péguy, pour un éloge qui se concluait sur une interpellation de Barrès.

Il entrait donc du calcul dans l'enthousiasme de Gide, qui

n'empêchait pas la sincérité de son éloge. D'abord, sur le plan des idées, il parlait à Schlumberger, le 12 février, de « notre position, qui est bien aussi celle de Péguy ».

Ensuite, Gide était avant tout un dévot de l'art; en Péguy, il voyait une nouvelle figure à installer dans le paysage littéraire français, aux côtés de Claudel et de Saint-John Perse qu'il s'efforçait d'intégrer à l'équipe de *La NRF*. Si l'on compare son étude de *Jeanne d'Arc* à celle que donne Barrès, ou à celle de Marcel Drouin sur les *Cahiers*, on voit que Gide est le premier à s'intéresser à l'originalité du style de Péguy, au point d'en produire un véritable pastiche :

> Le style de Péguy est semblable à celui des très anciennes litanies.
> Il est semblable à ce chant que les enfants pauvres de Rouen, selon une antique coutume, viennent chanter très vite et sur une voix suraiguë, au jour des Rois, quêtant de porte en porte. [...]
> Il est semblable aux chants arabes, aux chants monotones de la lande; il est comparable au désert; désert d'alfa, désert de sable, désert de pierres...
> Le style de Péguy est semblable aux cailloux du désert, qui se suivent et se ressemblent, où chacun est pareil à l'autre, mais un tout petit peu différent; d'une différence qui se reprend, se ressaisit, se répète, semble se répéter, s'accentue, s'affirme, et toujours plus nettement; on avance. Qu'ai-je à faire de plus de variété! [...] comme la flûte arabe la même phrase, presque la même, durant presque tout le concert; comme le croyant la même prière, durant tout le temps d'oraison, ou du moins presque la même, un peu différemment intonée, presque sans qu'il s'en doute, et comme malgré lui, qui recommence encore, et où sa foi ne s'épuise pas encore. Mots! je ne vous laisserai pas, mêmes mots, et je ne vous tiendrai pas quittes, tant que vous aurez encore quelque chose à dire.

Gide était persuadé que Péguy allait accueillir cette bouffée d'encens avec reconnaissance. Apparemment, il n'en fut rien. En juillet 1922, il remâchait encore cette déception devant Maria Van Rysselberghe : « Il avoue avoir été vraiment blessé parce que Péguy ne lui avait fait aucun signe après l'article de complet éloge qu'il fit de *Jeanne d'Arc*. » De plus, Péguy allait continuer à éluder sa participation à *La NRF*, malgré les relances de Jacques Copeau.

Malgré cela, Gide et ses amis continuent de traiter Péguy en ami et en allié possible, au moment où l'évolution politique et religieuse de celui-ci commençait à lui aliéner d'anciens compagnons de route. Le 21 avril 1910, Gide écrit à son ami Henri Ghéon : « Péguy, qui vint me voir avant-hier, s'affecte beaucoup de voir se tourner contre lui l'ancien parti sorbonnien-dreyfusard ; il organise sa défense, dit : "Je garde *Le Temps* comme dernière arme : ne pourriez-vous travailler Mme de Noailles"..., etc. Du train dont il marche, je lui donne six mois pour se brouiller avec les parents Laurens. » Et un mois plus tard, il propose au même Ghéon « d'organiser, avant [s]on départ pour Cuverville, une rencontre avec Péguy sous les ombrages d'Orsay ?... c'est-à-dire une visite, tous deux ensemble, à Péguy... ? » C'est que Gide ne désespérait pas encore de voir Péguy publier les lettres de Charles-Louis Philippe à sa mère. De son côté, Péguy n'hésitait pas à utiliser cette relation pour maintenir ses affaires à flot. L'idée lui était venue de proposer sa *Jeanne d'Arc* au jury du prix Goncourt, et il avait chargé son ami Georges Sorel de solliciter l'appui de Gide ; le 29 mai, Sorel écrit à Gide :

> Vous connaissez probablement quels sont les terribles embarras financiers au milieu desquels se débat Péguy ; si on parvient à lui faire attribuer la succession de Jules Renard, on assurerait son existence matérielle qui est aujourd'hui si précaire. Vous n'êtes point membre de l'académie Goncourt, mais vous avez acquis dans les lettres une situation telle que votre opinion peut avoir une influence décisive sur le vote de plusieurs membres de cette société ; [...] Vous pouvez imposer votre arbitrage contre l'autorité duquel aucun écrivain sérieux n'osera certainement protester. Vous êtes arrivé à un degré qui vous impose l'obligation d'exercer un magistère littéraire et je suis persuadé que les amis de Péguy ne feront pas en vain appel à votre noble impartialité.

C'était mal connaître Gide que de le supposer capable de se mêler de ces jeux mercantiles. Le 20 octobre, il note : « Péguy qui vient me relancer à la villa pour voir qui je pourrais atteindre de ceux qui voteront pour le prix Goncourt ou de la *Vie heureuse*. Funeste invention que ces prix ! Voici ce pauvre Péguy qui depuis quinze jours ne fait plus que monter des étages, sonner aux portes, etc. »

L'année 1910 est jalonnée par des rencontres, Gide se rendant chez Péguy ou le retrouvant en compagnie de Ghéon. Mais s'il continue de lire avec intérêt les textes de Péguy, il laisse à Marcel Drouin ou à Henri Ghéon le soin de les commenter, remettant toujours à plus tard le moment d'en parler. Même, un certain agacement commence à se manifester dans ses lettres. Ainsi, le 26 octobre, à Ghéon :

> Ne te retiens pas pour parler du *Cahier* de Péguy ; je te laisse la plume. Mais combien il m'intéresse d'en parler avec toi ! Je suis un peu gêné par le perpétuel « en fonction de » – que j'y sens, et qui fait, au-dessous de cet apparent *décousu*, une motivation secrète, des plus intéressantes certes, mais pas très *gratuite*.

Et le 8 novembre, Gide écrit à Péguy pour lui dire... qu'il a des choses à lui dire :

> Je vous en prie, convenez d'un jour avec Ghéon où je viendrais vous voir à la campagne après avoir déjeuné à Orsay. J'ai mille choses à vous dire. [...] Longuement causé de vous ce soir avec Paul Laurens. [...]
> Voudrais vous parler aussi des prix de *Vie Heureuse* et Goncourt. Tournez-vous plutôt du côté du 1er – (je crois). Moi qui lis très lentement, j'ai lu votre dernier cahier d'une seule haleine !!! ne m'interrompant qu'à midi pour manger un morceau. Tant à vous dire.

À quoi Péguy répond avec une chaleur que les circonstances expliquent sans doute :

Mon cher Gide,
Votre lettre m'a fait beaucoup de bien. Ce cahier, que vous avez lu d'une traite, était aussi sorti d'une traite et m'a foutu complètement par terre.
Les quelques mots que vous avez dits de Racine dans votre « Baudelaire » sont d'une ouverture et d'un avenir infini.
Si cette lettre vous parvient demain, samedi matin, et si vous avez besoin de rester chez vous ce demain matin pour travailler, j'y passerai certainement sur les dix heures. Je tiens beaucoup à vous voir le plus tôt que je pourrai. Je suis votre affectueusement dévoué.

Finalement Péguy ne va obtenir aucun prix, et ses relations avec Gide semblent se raréfier. Chacun se consacre à sa revue, ayant apparemment renoncé à attirer l'autre dans son camp. Gide observe Péguy à distance, notant, en décembre 1910 : « Péguy est une manière de Bernard Palissy qui jette au feu ses amitiés pour alimenter son four. » Lorsque Péguy, en juin 1911, ayant vainement tenté d'obtenir le Grand Prix de Littérature de l'Académie française, doit se contenter du prix Estrade-Delcros, Gide le félicite avec un peu de condescendance :

Mon cher Péguy
Enfin, c'est toujours ça.
N'importe ! J'aurais voulu pouvoir féliciter l'Académie d'une manière plus complète. Mais il m'est bon de pouvoir penser à vous avec moins d'angoisse.
Vous me savez bien affectueusement vôtre.

En septembre, la publication de *Un nouveau théologien, M. Fernand Laudet* manifeste de façon éclatante et polémique le retour de Péguy à la foi catholique. Pour réagir, Gide va profiter de la parution en octobre d'un autre texte, où Péguy semblait être resté fidèle à lui-même – manière discrète de suggérer son désaccord :

Mon cher Péguy,
Vous êtes décidément un prodigieux bonhomme ! Ce *Porche du*

Mystère de la Deuxième Vertu m'épate peut-être plus encore que le *Mystère de la Charité*. Je l'ai lu hier soir tout d'une haleine, comme il faut vous lire, et toute affaire cessante. Il me semblait être à l'orgue et jouer une fugue de Bach. Le temps m'a manqué de venir aux *Cahiers* ainsi que je me l'étais proposé. Il m'était revenu qu'on vous avait redit que j'avais trouvé que vous aviez tort de publier le *Cahier* sur Laudet. J'ai pu dire à Sorel que j'avais craint que vous ne vous fissiez du tort; ce qui n'est point la même chose; et même de cela je ne suis plus bien persuadé. Il n'en reste pas moins que j'ai lu ce *Cahier* avec l'animation la plus vive; c'est un des plus intéressants que vous ayez écrits.

Au revoir. À bientôt tout de même. Et très vôtre.

Mais chez d'autres lecteurs des *Cahiers*, la réaction est plus brutale; certains fidèles de Péguy, mais attachés plus encore à la laïcité, rompent avec lui de façon éclatante. C'est le cas de Paul Desjardins, intellectuel influent qui venait de créer les Décades de Pontigny, dont Gide et ses amis étaient partie prenante. En novembre, cette affaire prend un tour polémique: un article du journaliste Jean Variot, attaquant Desjardins, entraîne la réaction de Copeau dans *La NRF*; un duel est alors évité de justesse entre Variot et Copeau, et même avec Gide. Les choses en restent là, mais dans les rangs de *La NRF* circule le soupçon que Péguy aurait pu être l'inspirateur de Variot, pour se venger de Desjardins. L'affaire était picrocholine, mais désormais la méfiance était installée de part et d'autre, comme le montre une autre anecdote encore plus dérisoire: en mai 1912 paraît *Le Mystère des saints innocents*, où Péguy insère, sans indiquer sa source, une citation d'un récit de Gide récemment paru, *Isabelle*. Gide note:

Assez embarrassé par la citation que fait Péguy d'une phrase d'*Isabelle*, dans *Le Mystère des saint innocents*. Il prend la phrase, la met en italiques; mais rien n'indique que ce soit une citation. Il compte néanmoins sur ma reconnaissance. Mais je ne sais quoi lui dire; et, dans l'incertitude, me tais.

Or de son côté, Péguy va s'étonner que Gide ne l'ait pas remercié pour ce qu'il considérait comme un hommage...

En juin, quand il s'agit de fixer la rémunération que *La NRF* doit proposer à Péguy pour publier *Clio*, c'est Gide qui la limite à 400 francs, sur quoi Péguy renonce à donner son texte. Gide et Péguy ne sont pas brouillés pour autant, ils continuent de se croiser, en particulier chez leur ami commun, le peintre Paul Laurens. Mais leurs trajectoires intellectuelles sont désormais bien distinctes, et l'on ne trouve plus mention de Péguy dans le *Journal* de Gide, jusqu'à la date du 18 septembre 1914 : « Ce matin, dès avant 8 heures, une dépêche que porte le petit-neveu de la directrice des postes : "Charles Péguy mort devant ennemi Argonne". C'est Théo qui me l'envoie. »

Trente ans plus tard, dans la préface à son *Anthologie de la poésie française*, Gide va avoir des mots très durs envers la poésie de Péguy, écrivant que « ses alexandrins en général, et en particulier ceux de son *Ève* si souvent cités et si opportunément loués, [sont] parmi les plus mauvais qui jamais aient été bâclés dans aucune langue. La Foi les dicte : il faut la Foi pour les goûter. » Mais un peu plus tôt, dans la France pétainiste, il avait rendu à l'homme un hommage qui montrait bien par où il avait pu se sentir proche de lui, ne voulant retenir que le « premier Péguy », celui de la dissidence et de l'insoumission :

> « Notre » Péguy, ce petit soldat de grand cœur, de bonne volonté, pourtant simple, mais de tempérament cabré, humble devant Dieu seulement, mais en conteste avec les hommes, et protestant devant l'autorité, je ne suis nullement certain qu'il reconnaîtrait pour « siens » nombre de ceux qui se réclament à présent de lui. S'il vivait encore, ce dreyfusard, ce chrétien fervent qui passait outre les sacrements, ce révolté contre les orthodoxies, que dirait-il de se voir adopté par tant de bien pensants qui ne retiennent de lui que ce qui convient à leurs vœux ?

Péguy par Léon Deshairs, 1894.

ÉRIC THIERS

LE PARTI DES HOMMES DE QUARANTE ANS

> Je vais fonder le grand parti des hommes de quarante ans. Le premier point de notre programme et qui restera certainement le meilleur, sera que nous n'aurons plus jamais des matins triomphants »
>
> Charles Péguy, *Victor-Marie, comte Hugo*

> Entrer dans une œuvre, dans une vie, dans la contemplation d'une vie, avec amitié, avec fidélité, avec même une sorte de complaisance indispensable, non seulement avec sympathie mais avec amour »
>
> Charles Péguy, *Clio*

« Quarante ans est un âge terrible. [...] Car c'est l'âge où nous devenons ce que nous sommes[1]. » Cette sentence tombe sous la plume de Charles Péguy dans *Victor-Marie, comte Hugo*, en 1910. C'est un Péguy de trente-sept ans qui s'exprime alors, un Péguy qui aura à peine dépassé la quarantaine lorsqu'il meurt à Villeroy le 5 septembre 1914. Ce faisant, il choisit de s'exposer en dévoilant ce qui constitue son noyau le plus dur et le plus enfoui. Comme une boule d'énergie noire, tapie, à l'œuvre dans les tréfonds.

Péguy le créateur

Péguy est un créateur libre et puissant, que l'on a trop souvent rangé dans des cases préfabriquées, trop étroites pour un auteur unique par son propos et son style. Puisant à la source de sa vie personnelle, n'hésitant pas à traduire les mouvements intimes qui l'animent, il monte à l'universel, de telle sorte que la lecture de ses textes s'apparente à une conversation avec un ami exigeant et bienveillant qui, de page en page, conduit à s'interroger sans prétention mais avec profondeur sur la condition humaine. En cela, Péguy s'inscrit dans une lignée. Celle de Montaigne, de Pascal mais aussi d'un Kafka ou d'un Pessoa.

Il faut revenir ici sur plusieurs idées reçues. Péguy est souvent présenté comme un poète catholique et un patriote mort pour la France, ce qui est un fait. Laissons de côté la légende noire de Péguy colportée par ceux qui ne l'ont pas lu, mais aussi par l'un de ses fils mêmes. Ils en font un nationaliste belliqueux, voire un préfasciste au motif qu'il aurait été à la fois nationaliste et socialiste. L'Amitié Charles Péguy, que j'ai l'honneur de présider, n'a eu de cesse depuis 1942, date de sa création par Auguste Martin dans la clandestinité, de lutter contre cette postérité malheureuse. Il faut sans cesse marteler la vérité : Péguy fut un dreyfusard ; il livra une bataille sans merci contre l'antisémitisme et les totalitarismes qu'il a vus venir avant les autres. Dans *Notre jeunesse*, en 1910, il fit un immense bras d'honneur aux maurrassiens et barrésiens qui tentaient de le récupérer alors qu'il était revenu à la foi chrétienne. Il faut bien constater que l'on a aussi encore tendance à ramener sans cesse l'œuvre de Péguy à ses textes poétiques témoignant de son christianisme. Il illustrerait ce retour à la religion de plusieurs écrivains au tournant du précédent siècle. C'est certes vrai mais on ne peut le réduire à cela. De même on a tendance à faire de lui un auteur « à citations ». On publie des anthologies de ses textes. Certaines sont essentielles pour pénétrer une œuvre complexe, comme celle, fondamentale, de Jean Bastaire, *Péguy tel qu'on l'ignore*. Il faut avouer que la plume de Péguy est acérée et forte et que ses formules lapidaires font mouche. Mais le lire par extraits, c'est prendre le risque de passer à côté de ce qu'il nous a légué. Enfin, on le voit également comme un pamphlétaire, un manieur d'idées, un journaliste, un philosophe, un politique, un critique et même un théologien. Il est tout ça. Et c'est ce qui le rend passionnant. Mais on ne peut s'arrêter là.

Ce qui nous touche plus encore, c'est qu'il est un écrivain, c'est-à-dire un créateur. Alors qu'il semble embrasser le siècle qui s'ouvre, qu'il voit apparaître et annonce les dictatures, les totalitarismes, les guerres modernes (il faut revenir à ses textes sur les peuples opprimés et massacrés : Juifs, Arméniens, Africains...), on passerait à côté de son œuvre si on ne saisissait pas à quel point il est un écrivain personnel, qui puise dans sa vie intérieure et traduit par la force du langage et du style, dans un même mouvement, le plus intime mais aussi le plus universel, ce qui est le propre de la littérature. En une quinzaine d'années, il publie l'équivalent de quarante mille pages de Pléiade pour l'essentiel dans sa revue les *Cahiers de la Quinzaine.* Au fil de l'eau, en prise avec l'événement, il a l'ambition de saisir le monde par le langage. Mais, ces quarante mille pages peuvent aussi et surtout être lues comme une très longue confession, une forme de journal intime. Il n'a de cesse dans les textes de la dernière partie de sa vie d'annoncer qu'un jour, l'âge venant, il publiera ses Confessions ; viendra le temps des confidences, nous dit-il, mais en réalité, écrivant cela, il décrit ce qu'il est justement en train d'accomplir. Cet écrivain hors normes nous montre l'écriture se faisant. Et ceux qui critiquent paresseusement ses textes comme alourdis de répétitions, de redites, de tâtonnements, n'ont pas compris que son style singulier est la vision sans fard d'une écriture en action, presque comme un flux de conscience totale, élargie, saisissant entièrement les mondes intérieur et extérieur qui s'interpénètrent, tentant de les articuler au prix d'un effort épuisant, pour traduire en mots ce flux. En cela, cette écriture est vivante. En réalité, en traitant de l'actualité, de l'événement, de la politique, de ses contemporains, en proposant à ses lecteurs de l'époque et d'aujourd'hui une formidable comédie humaine avec des personnages comme Jaurès, Lavisse, Laudet...

transformés en grotesques, Péguy pose une seule et grande question : comment s'ordonner au monde ?

Charles Péguy a tenté de résoudre cette énigme par bien des voies. D'abord par la politique, que ce soit à travers le socialisme, le dreyfusisme, le patriotisme, ou tout simplement, pour embrasser l'ensemble, la République. Car qu'est-ce que la République, la nation, le socialisme, le dreyfusisme sinon une manière de trouver sa place dans le monde et de lui donner un sens ? Ainsi la République est-elle, au-delà d'un régime politique, un idéal et une immense machine à conjuguer l'individu et la communauté. Elle ouvre pour chacun la perspective de l'émancipation et de l'épanouissement, non pas dans l'isolement, mais par l'inscription dans une communauté humaine, forte de son passé, insérée dans le présent et se projetant vers l'avenir. À son échelle, c'est cette cité que Péguy a voulu fonder avec la communauté des lecteurs des *Cahiers de la Quinzaine*. Son retour au christianisme, alors qu'il approche ces fameux quarante ans, procède du même mouvement. C'est une manière – plus ample, plus profonde – de s'ordonner au monde au-delà de la seule question politique et sociale. Enfin, et surtout, vient la littérature : la plus grande opération consistant à articuler, je l'ai dit, le singulier et l'universel. C'est à travers elle – cet acte de création – qu'il va tenter de trouver la voie pour approcher ce mystère.

Le secret universel

Ce détour nous semblait indispensable pour comprendre le secret que Péguy a mis au jour : « Il a quarante ans, il *sait* donc[2]. » Car, il le dit lui-même, il s'agit là du « grand secret, de toute créature, le secret le plus universellement connu et qui pourtant n'a jamais filtré, le secret d'État entre tous, le secret le plus universellement confié, de proche en proche, de l'un à l'autre, à demi voix basse, au long des confidences, au secret des confessions, au hasard des routes et pourtant le secret le plus hermétiquement secret [...] le secret qu'on n'a jamais écrit[3] ».

Mais quel est donc ce secret universel, que chacun découvre mais qu'il conserve au fond de son cœur silencieux ?

Ce secret, révélé aux hommes de quarante ans ou à ceux qui s'en approchent, est simple et terrible. Il passe par une prise de conscience qui décape. Le temps n'est plus aux espoirs, à cette infinité des possibles qu'est la vie. L'homme de quarante ans comprend une première chose : « D'abord il sait qui il est[4]. » Quelle affirmation vertigineuse ! Savoir ce que l'on est : « [il] sait ce que c'est que Péguy[5] ». Mais qu'est-il ce Péguy ? Gardons la réponse pour un peu plus tard. Nous sommes rendus ici témoins d'une manifestation de la vérité. Reprenons le fil : « Quarante ans est un âge terrible. Car il ne nous trompe plus. Quarante ans est un âge implacable. Il ne se laisse plus tromper. Il ne nous en conte plus. Il ne cache rien. On ne lui cache rien. Il ne nous cache plus rien. Tout se dévoile ; tout se révèle. Tout se trahit. Quarante ans est un âge impardonnable, ce qui, dans le langage du peuple, [...] veut dire qu'il ne pardonne rien. Car c'est l'âge où nous devenons ce que nous sommes[6]. » Et sous forme de conclusion : « Ce n'est point à quarante ans qu'on se refait une vie[7]. »

Mais quelle est cette révélation simple et terrible ? La voici : l'homme de quarante ans « sait que *l'on* n'est pas heureux. Il sait que depuis qu'il y a l'homme nul homme n'a jamais été heureux. Et il le sait même si profondément, et d'une science si entrée dans le profond de son cœur, que c'est peut-être, que c'est assurément, la seule croyance, la seule science à laquelle il tienne, dans laquelle il se sente et il se sache engagé d'honneur, la seule précisément où il n'y ait aucun entendement, aucun masque, aucune connivence[8] ».

Lisant ces lignes, on aurait vite fait de considérer assez banalement que, pour reprendre un terme contemporain, Charles Péguy a connu une « crise de la quarantaine ». On n'aurait pas tort. Les termes mêmes qu'il utilise laissent entrevoir une forme d'état dépressif, attesté par les témoins. On peut en trouver les causes dans des difficultés financières, de couple, une passion amoureuse inassouvie, le poids de la menace de guerre, l'absence de reconnaissance… Péguy évoque lui-même « l'affreuse mélancolie de l'homme de quarante ans[9] ». Il faut savoir que, dès sa jeunesse, Péguy a choisi de se maintenir dans ce qu'il nomme « l'axe de détresse » : il ne faut jamais cesser de combattre le scandale de la misère ; mais ce n'est possible qu'en demeurant, lucide, dans cet axe de détresse en renonçant au confort d'une carrière ou d'un établissement. De là naît une inquiétude constante. Péguy est l'homme inquiet, celui qui ne connaît pas de repos.

Être heureux ? Est-ce d'ailleurs si désirable pour lui ? Péguy entretient un rapport ambigu avec cette idée. Au fond il n'y croit pas ; peut-être par l'incapacité profonde qui lui est faite d'être heureux. À tel point qu'il écrit : « L'homme heureux est toujours coupable. Au moins d'être heureux. Mais c'est le plus grand des crimes[10]. »

Si l'on s'arrêtait là, on aurait déjà fait justice à Péguy et à son œuvre. Il n'est donc pas que cet écrivain catholique, patriote, dont l'image s'est forgée au fil des décennies, image parfois figée alors qu'il était tout d'animation. Par la divulgation de ce secret universel il se met à hauteur d'homme, témoin de cette fraternité intime qui unit.

Une jeunesse trompeuse et perdue

Mais pourquoi l'homme de quarante ans se voit-il ainsi universellement révéler cette impossibilité insurmontable d'être heureux ? C'est ici que la pensée de Péguy déploie toute son amplitude. Comme on l'a vu, c'est un dévoilement qui s'opère. Le rideau se déchire. La jeunesse, qui se distingue de l'enfance, est le temps de l'illusion. L'entrée dans la vie est marquée par la découverte du monde, au sens mondain du terme. On joue une comédie. On débarque à Paris. On est vert. L'homme de quarante ans se souvient : « Il sait aussi que Péguy c'est cet ardent et sombre et stupide jeune homme, dix-huit vingt ans, qu'il a connu quelques années tout frais débarqué à Paris. Il sait aussi qu'aussitôt après a commencé la période on serait presque forcé de dire, quelque répugnance que l'on ait pour ce mot, en un certain sens la période d'un certain masque et d'une certaine déformation de théâtre *Persona*, le masque de théâtre[11]. » Cette période qui le sépare de son enfance et qu'il contemple sans aménité en se retournant sur son passé, Péguy la désigne comme une « période intercalaire ». L'homme de quarante ans « sait enfin, il sait aussi que toute la période intercalaire ne compte pas, n'existe pas, qu'elle est une période intercalaire et de masque et il sait que la période de masque est finie et qu'elle ne reviendra jamais[12] ». Le masque est le temps du jeu, du carnaval social, mais aussi l'objet qui nous protège et nous empêche de bien voir. L'usage des pseudonymes dont Péguy est friand rappelle d'ailleurs celui, bien plus fou, des hétéronymes par un autre maître de l'intranquillité, Pessoa. Derrière ces masques, qui donc se cache ? Personne, répondrait Pessoa.

Le propos de Péguy sur sa jeunesse est ambigu. Péguy porte sur elle un regard désabusé. Il écrit que la Sorbonne, l'École normale supérieure et les partis politiques ont pu lui dévorer sa jeunesse mais ne lui ont pas dévoré le cœur. Pourtant, pointe ici un regret douloureux sur cette période qui ne reviendra jamais. Dans *Victor-Marie, comte Hugo* en 1910, ou dans *Clio* en 1913, année de ces quarante ans, c'est à une cérémonie des adieux qu'il nous convie. Car « [le] vieillard se promène au long de sa vie. Il regarde au long de sa vie. C'est la voie ferrée. Mais l'homme de quarante ans voit que sa jeunesse vient juste de lui échapper, et qu'il a perdu sa jeunesse ; *amisit ac perdidit* ; et il se demande ce qu'il a fait de sa jeunesse et il voit qu'il a perdu sa jeunesse[13] ». Et le relais doit passer à une autre génération. « Une vie ne se fait pas deux fois, une vie ne se joue pas deux fois. Une vie ne se refait pas. Les jeunes gens sont jeunes, mon ami, et nous nous sommes des hommes de quarante ans. Un homme qui ferait deux fois, qui recommencerait, qui vivrait, qui jouerait deux fois sa vie ne serait point un homme, une misérable créature pécheresse et précaire ; un chrétien ; il serait un être imaginaire, un Faust. Un homme qui aurait le droit, qui aurait ce pouvoir extraordinaire de recommencer, il ne serait point un homme, il serait un dieu, mon ami[14] », écrit-il. Ces mots sonnent comme ceux de Thomas Mann quelques années plus tard, dans *Considérations d'un apolitique* : « La quarantaine est un âge critique ; vous n'êtes plus jeune, vous vous apercevez que votre avenir n'est plus l'avenir général et n'est plus le vôtre. Vous devez mener votre vie jusqu'au bout, une vie que le cours du monde a déjà dépassée. Des éléments nouveaux qui vous nient ont surgi de l'horizon, sans pouvoir d'ailleurs contester que cet horizon serait différent, si vous n'aviez pas existé. La quarantaine, un tournant de la vie – et ce n'est pas une mince affaire [...] quand le tournant de notre vie personnelle s'accompagne des roulements de tonnerre d'un tournant universel et qu'on en prend l'effroyable conscience[15]. »

Mais si l'homme n'est ni Faust, ni Dieu, mais une misérable créature précaire, cela signifie-t-il qu'aucun nouveau bourgeonnement n'est possible ?

Le retour de l'enfance

Cette jeunesse fut un égarement, peut-être un divertissement. Voici le temps de la désillusion et du retour sur soi, à soi. C'est le moment pour Péguy de revenir à ce qu'il « est », comme si un noyau dur, stable, impérissable le composait en réalité. Plongé dans le désarroi, Péguy se recentre sur ce qu'il est ; et ce qu'il est est ce qu'il a toujours été. Autour de trente-trois, trente-cinq, trente-sept ans, comme il l'écrit, montrant ainsi que cela lui est venu de manière diffuse, « il a retrouvé l'être qu'il est, et il a retrouvé d'être l'être qu'il est, un bon Français de l'espèce ordinaire, et vers Dieu un fidèle et un pécheur de la commune espèce[16] ». Lorsqu'il écrit qu'il sait (en lui) qui il est, il ajoute : « Il sait notamment que Péguy c'est ce petit garçon de dix douze ans qu'il a longtemps connu se promenant sur les levées de la Loire[17]. » Comment ne pas penser alors à ces mots tirés de *L'Argent* : « Rien n'est mystérieux comme ces sourdes préparations qui attendent l'homme au seuil de toute vie. Tout est joué avant que nous ayons douze ans[18] » ?

Ce retour à l'enfance n'est pas seulement une introspection, comme un travail auto-analytique. L'enfance de Péguy est bien plus que l'enfance de Péguy; c'est un monde, en réalité, un autre temps, perdu comme un âge d'or. Avant les combats de sa jeunesse, avant l'affaire Dreyfus, avant tout ce qui suivit, il y aurait eu un monde harmonieux, celui de son enfance, à un moment et dans un lieu donnés. Le moment est celui de ce début de la IIIe République; ce lieu est le faubourg Bourgogne à Orléans. Péguy écrit: « Nous sommes les hommes de notre laborieuse enfance. Nous sommes les hommes de notre laborieuse adolescence. Nous ne sommes nullement les hommes de notre jeunesse abusée[19]. » Péguy se qualifie aussi d'« enfant arriéré » qu'il a « toujours été[20] ». Et son ami Halévy note que « Péguy veut décrire ce Paradis que naguère, enfant, à chaque jour de l'an, il souhaitait à sa grand-mère[21] ». Un Paradis fait d'innocence, d'authenticité et de travail.

L'enfance renvoie à la figure maternelle qui se dédouble au travers de la mère et la grand-mère de Péguy. Dans un texte de jeunesse, aussi beau que méconnu – *Pierre, commencement d'une vie bourgeoise* –, qu'il ne publia pas, Péguy évoque sa lignée, celle de paysans du Bourbonnais, des « gueux », comme son arrière-arrière-grand-père qui vivait comme au Moyen Âge et des grands-oncles « partis en Russie avec le grand Napoléon et qui n'étaient pas revenus[22] ». Par sa grand-mère, qui a passé beaucoup de temps avec lui et constitue une figure de référence, Péguy noue un lien avec ce lointain passé. Il se l'approprie et s'inscrit dans sa propre lignée. Mais ce monde de l'enfance va au-delà du premier cercle familial. C'est celui des enseignants qui incarnent la République et rendent possible l'émancipation des enfants pauvres. On a bien sûr en tête les « hussards noirs », ces maîtres d'école, beaux, sveltes, sévères, sanglés dans leur uniforme[23]. Le temps est alors aux humanités, dans lesquelles Péguy voit la marque du monde ancien, et à la transmission.

Son enfance est aussi un lieu inscrit dans une époque, espace et temps concordant: Orléans, au tournant des années 1880, avant la venue du monde moderne. Une ville, avec ses paysages –

les levées de la Loire –, qui s'incarne pour Péguy dans un peuple de travailleurs, sa mère rempailleuse de chaises, mais aussi le cantonnier, le forgeron voisin, Louis Bottier qui l'initia à Hugo, dans « une cité laborieuse[24] », solides, durs à la tâche, heureux de leur sort avant que le monde moderne ne les livre à la domination absolue de l'argent – on dirait aujourd'hui de la finance. Ces gens-là avaient une dignité. Ils étaient d'une belle noblesse. « Nous avons connu un honneur de travail exactement le même que celui qui au Moyen Âge régissait la main et le cœur[25] », écrit-il. Le travail est un honneur vers lequel convergent tous les honneurs : c'était « une décence » et « une finesse de langage » ; « travailler c'est prier [...] et l'atelier était un oratoire[26] ». Péguy lui-même se présente comme un travailleur-né, ce qui est la stricte vérité quand on mesure l'ampleur de son œuvre. Enfant, il n'aime rien tant que travailler ; à tel point que l'on peut se demander s'il était vraiment enfant : « Je n'aimais pas beaucoup jouer parce que cela n'est pas utile et même n'est guère amusant ; [...] j'aimais encore mieux travailler. [...] j'aimais travailler bien ; j'aimais travailler vite ; j'aimais travailler beaucoup[27]. » Charles, enfant, orphelin de père, petit homme de la maison, était sérieux et presque déjà adulte en somme.

L'époque que Péguy évoque est d'ailleurs plutôt le début d'une « période ». Comme à son habitude, Péguy aime recourir à des couples de mots ou de notions comme « mystique et politique », « spirituel et temporel », « mémoire et histoire »... Pour lui, il existe une rythmique des peuples entre périodes et époques, comme en acoustique des ventres et des nœuds, avec des points de soulèvements, des points de crise, et des mornes plaines, comme des points de suspension[28]. Alors que les époques sont des moments où l'événement surgit et donne à l'histoire son relief, les périodes sont des « paliers, plus ou moins longs, des calmes, des bonaces qui apaisent tout pour un temps plus ou moins long[29]. » Or, Péguy considère qu'il est né juste au début d'un « immense plateau », celui de la IIIe République, qui elle-même fête ses quarante ans comme il le souligne au début de *Notre jeunesse*. La

République a cet âge terrible. Et Péguy a été installé, inscrit dans le fil du temps à ce moment-là. Arrivé à quarante ans, il essaie de comprendre, avec sa génération « à quel moment du monde nous venons au monde[30] ». C'est sa génération qui est placée à cet endroit temporel. Et il le déplore : « Nous vieillissons en plaine, et sur cet immense plateau[31]. » Il a le sentiment d'être venu au monde trop tard, juste après la clôture d'un cycle historique exaltant, plein de mouvements passionnants. Pourtant, à cette période trop tranquille qui lui pèse – son engagement dreyfusiste s'explique aussi par cette volonté de s'affronter à l'événement – succédera une époque dont il fut la première victime.

On pourrait s'étonner qu'à peine sorti de ses vingt ans, il éprouve avec *Pierre* le besoin de fixer sur le papier cette enfance qu'il a quittée. C'est une manière de rester ancré dans ce qui fut la fin d'une époque. À la quarantaine, il y reviendra comme si un pont était lancé entre *Pierre*, écrit au tournant de 1899, et *L'Argent*, paru en 1913. L'enfance est bien un point de départ et une ligne d'horizon. Un monde ancien auquel il n'appartient plus et qui n'existe sans doute plus. Avec l'âge, et sa propre marginalisation dans une société intellectuelle parisienne, il dit se sentir redevenir paysan, non du Danube mais « simplement de la vallée de la Loire[32] » ; « Je serais un grand sot de ne pas me laisser faire, de ne pas me laisser redevenir, reconquérir paysan[33] » (qu'il n'a jamais véritablement été). Il y a là un besoin de racinement, de placentation, comme un retour aux sources de ce fleuve fidèle à lui-même et en perpétuel mouvement. Identique à jamais et toujours différent.

La paternité

Quel est donc l'événement qui a déclenché cette prise de conscience chez Péguy ? Qu'est-ce qui l'a conduit à découvrir le terrible secret universel ? Sans doute porte-t-il depuis l'origine cette détresse. Elle le taraude et lui tourne autour comme le *black dog* qui tourmentait Churchill. On l'a dit, les échecs, les dépits se multiplient. Les combats l'ont usé, épuisé. Il se sent vaincu, en tire gloire, mais en souffre, aussi. La prise de conscience s'est nouée autour d'un événement particulier qui bouleverse tout : la paternité.

On connaît la formule : « Les pères de famille, ces grands aventuriers du monde moderne[34]. » Selon son habitude, Péguy semble pratiquer le paradoxe. Il n'est qu'apparent. Tout comme le commerçant ou l'artisan et contrairement au fonctionnaire, au rentier ou au moine, le père de famille n'est pas assuré de son pain et, en cela, pour Péguy, il mène une véritable vie chrétienne[35]. Son inquiétude viscérale se trouve démultipliée alors qu'il devient chargé d'âme. Avec détresse et tendresse, il se soucie de la santé de ses enfants, à une époque où les maladies emportent si rapidement les plus jeunes. N'est-ce pas pour appeler la protection de la Vierge sur l'un de ses fils atteint de typhoïde en 1912 qu'il partira sur la route de Chartres, ouvrant la voie au pèlerinage devenu traditionnel ?

Dans cette relation entre le père et ses enfants, le rapport asymétrique n'est pas celui que l'on croit. Selon un thème cher à Péguy, le fort a besoin du faible pour se rehausser et espérer. C'est bien la petite fille Espérance – la plus faibles des trois en apparence – qui conduit ses deux grandes sœurs que sont la foi et la charité. Mais cette relation inversée est ambiguë. L'enfant est celui qui permet encore d'espérer, tout en étant le sujet même de l'inquiétude. Ainsi le père est-il celui qui appartient entièrement à ses enfants. Placé au cœur de cette tension, le père – homme de quarante ans – retrouve des réflexes d'un animal qui veille sur sa progéniture. « Cet homme [celui de quarante ans] a naturellement un fils de quatorze ans. Or il n'a qu'une pensée. C'est que son fils soit heureux. Il ne se dit pas que ce serait la première fois ; que ça se verrait. Il ne se dit rien du tout, ce qui est la marque de la pensée la plus profonde. Cet homme est ou n'est pas un intellectuel. Il est ou il n'est pas philosophe. Il est ou il n'est pas blasé. (Blasé de peine, c'est la pire débauche). Il a une pensée de bête. Ce sont les meilleures. Ce sont les seules. Il n'a qu'une pensée. Et c'est une pensée de bête. Il veut que son fils soit heureux. Il ne pense qu'à ceci, que son fils soit heureux. Il a une autre pensée. Il se préoccupe uniquement de l'idée que son fils a (déjà) de lui, c'est une idée fixe, une obsession, c'est-à-dire un siège, un blocus, une sorte de scrupuleuse et dévorante manie. Il n'a qu'un souci, le jugement que son fils, dans le secret de son cœur, portera sur lui. Il ne veut lire l'avenir que dans les yeux de ce fils. Il cherche le fond des yeux. Ce qui n'a jamais réussi, ce qui n'est jamais arrivé, il est convaincu que ça va arriver cette fois-ci. Et non seulement cela, mais que cela va arriver comme naturellement et planement. Par l'effet d'une sorte de loi naturelle. Or je dis, dit l'histoire, que rien n'est aussi touchant que cette perpétuelle, que cette éternelle, que cette éternellement renaissante inconséquence ; et que rien n'est aussi beau, et que rien n'est aussi désarmant devant Dieu, et c'est ici la commune merveille de votre jeune Espérance[36]. »

Le père est tiraillé entre la détention du secret universel et cette obsession (une pensée de bête, animale, qui l'assiège) de voir ses enfants heureux. Cette confidence de Péguy, intime, impudique, renvoie à l'universelle condition humaine. Cette tension se résout une fois de plus, par l'espérance qui n'est plus seulement celle de la victoire sur la mort, mais la conjuration du secret universel. Nous portons l'espérance, renouvelée de génération en génération, que nos enfants, eux, échapperont au sortilège. Plus encore, ce sont les enfants mêmes qui portent l'espérance. Ils sont l'espérance. Par l'idée que le maléfice du secret universel pourrait être conjuré, ils sont tous la petite fille Espérance, incarnée. En cela, le retour à l'enfance auquel procède le Péguy de quarante ans est certes le dernier effort de mémoire – on y reviendra – mais aussi une tentative de retrouver cet état d'enfance, celui où le petit Péguy, orphelin de père, fut aussi une espérance, mais avortée. Le regard du fils qui juge son père, évoqué par Péguy, renvoie non seulement à la grande question de la postérité qui le taraude, mais aussi à l'impossibilité dans laquelle, enfant, il fut mis de juger son propre père, le disparu.

Cette question de la transmission et du jugement du fils est très présente chez un Péguy qui estime que : « Tout père sur qui son fils lève la main est coupable : d'avoir fait un fils qui levât la main sur lui[37]. » Cela est d'autant plus troublant que la postérité de Péguy fut salie par l'un de ses fils, Marcel. En 1941, dans la préface à son livre *Le Destin de Charles Péguy*, celui-ci fait de son père le précurseur du national-socialisme, un raciste et un antisémite, ce qui est évidemment aussi honteux qu'insensé. On est toujours trahi par les siens.

Le devoir d'un père est de comprendre que les enfants ont leur propre vie, que leur installation dans le monde leur est propre, qu'elle n'est pas le prolongement de la sienne. Ce lâcher-prise, auquel même Dieu le Père s'oblige en laissant aux hommes la liberté, est un immense effort à faire sur soi. Péguy écrit ainsi : « On ne s'installe qu'une fois dans la vie. On a déjà eu tant de mal à s'installer. D'abord alors on veut que cette installation compte pour toute la vie. Serve pour toute la vie. Et on y réussit tant bien que mal. On ne veut pas *recommencer la vie*. Puis on aime les enfants. On les aime mal. Donc on les aime mal. On croit que c'est de l'amour et de la paternité, on croit que c'est de l'amour paternel que de vouloir, que de leur faire que leur vie soit la prolongation de la nôtre. Que notre installation compte pour eux. Serve pour eux. Que notre compte compte pour eux. Laissons nos enfants s'installer pour eux, compter pour eux, commencer pour eux. Ils ont sept ans. Ils ont douze ans. Laissons-les faire leurs comptes, qui nous chassent[38]. »

Peut-on finalement parler, pour Péguy, d'un « retour à l'enfance » ? Il serait plus juste d'écrire que c'est l'enfance qui est de retour, par le biais de ses propres enfants, par le désarroi qui est le sien et la volonté de trouver refuge dans un monde harmonieux sublimé. On pourrait même considérer que cette enfance n'est jamais partie. Elle était là, tapie, réfugiée dans le noyau dur de l'être. La période du masque a semblé la tenir à distance mais elle demeurait enfouie, prête à ressurgir. Le thème du ressurgissement est d'ailleurs cher à Péguy. Il perçoit l'histoire du monde comme résurgence régulière et inattendue de sources profondes, qui caractérise d'ailleurs la révolution. Tel en est ainsi pour les individus.

Vieillir

Dans plusieurs textes et principalement dans *Clio*, Péguy distingue la mémoire et l'histoire. La mémoire saisit un courant de vie en plongeant au cœur de l'événement. Elle lui est « centrale et axiale[39] » alors que l'histoire est parallèle à l'événement. Elle le longe mais ne le pénètre pas. « La mémoire consiste essentiellement, étant dans l'événement, avant tout à n'en pas sortir, à y rester, et à le remonter en dedans[40]. » Or, l'événement fait ressurgir toute une mémoire engloutie. Ce passé encore vivant remonte, se rafraîchit au contact de l'événement, abolissant le temps en quelque sorte dans une communion entre le passé et le présent. Pour Péguy, il s'agit là d'une opération de mémoire et de vieillissement.

Le vieillissement est l'obsession métaphysique de Péguy. Il est une corruption, une dégradation, presque inexorable, qui touche tant chaque individu que le monde, et contre laquelle il faut sans cesse lutter. Mais ce vieillissement est aussi lié à la lutte vitale pour se remémorer. Vieillir c'est à la fois se figer et lutter contre cette pétrification. Mais une fois qu'on est devenu vieillard, que la pétrification a eu lieu, le passé n'est plus qu'un bloc mort. « Au lieu de s'enfoncer dans la mémoire, [le vieillard] *fait appel à ses souvenirs*. À une remémoration organique il préfère un retracé historique. » Pour dire les choses sans fard, Péguy nous fait ici le portrait du « vieux con », figé dans ses souvenirs, eux-mêmes emprisonnés dans une gangue historique.

Pour Péguy, quarante ans est le dernier moment où l'homme peut encore faire mémoire de lui-même. Or, « descendre en soi-même, c'est la plus grande terreur de l'homme[42] ». La mémoire est une opération vivante qui se distingue de l'histoire. Le vieillard (après quarante ans !) n'est plus dans la mémoire. Devenu vieux, il ne sait plus ce que c'est que vieillir. Toute la tragédie de l'homme de quarante est ici, au bord de la vie, à l'extrémité du monde des vivants. « Le vieillard [...] ne sait pas ce que c'est que vieillir (il ne sait plus), (heureusement), il ne connaît, il n'entend plus rien au vieillissement. Mais l'homme de quarante ans, qui se sent exactement sorti de sa jeunesse, et qui regarde en soi sa jeunesse perdue, celui-là sait ce que c'est que de vieillir et le vieillissement[43]. » Il est encore lucide, voyant et combattant.

Car « [l]'homme de quarante ans est chroniqueur et mémorialiste comme l'homme de vingt ans est poète. Mais après vingt ans l'homme n'est plus poète et après quarante ans l'homme n'est plus mémorialiste. [...] L'homme de quarante ans est juste assez engagé encore sinon dans sa jeunesse du moins dans la mémoire immédiate de sa jeunesse pour y être encore, pour en être encore, pour être encore dedans. Et pour savoir qu'il n'en est plus, qu'il n'y est plus et qu'il est après et qu'il n'en sera plus jamais. Lui-même il sent qu'il va devenir historien et en lui-même il fait ses adieux à la mémoire et à ce qui était antérieur à l'histoire et à ce qui lui demeure intérieur. Il ne se demande plus, il sait ce que c'est, puisque c'est fini[44]. »

La cinquantaine heureuse ?

Puisque « c'est fini », faut-il conclure de tout cela que nous sommes condamnés au malheur ? Péguy est ambivalent et manie aussi une forme d'ironie. Devenir vieillard peut être un lâche soulagement. Après avoir affronté l'axe de détresse courageusement, après avoir mené les combats, après avoir découvert le grand secret universel, on pourra enfin se laisser aller. Car est-il humainement possible de se maintenir éternellement sur la ligne de front ? « Que serait-ce de l'homme si on suivait l'arithmétique et si cette affreuse mélancolie de l'homme de quarante ans devait non seulement se continuer mais s'accroître et se multiplier par dix de décade en décade. Heureusement il n'en est rien [...] et le quarantenaire ne devient pas cinquantenaire : il devient historien. [...] La vie serait insoutenable si cette mélancolie devait s'accroître à proportion. Mais voyez ce qui se passe [...]. Cette mélancolie non seulement ne dure pas, non seulement ne persiste pas. Et encore plus non seulement elle ne s'accroît pas. Mais elle devient vite méconnaissable à elle-même et le cinquantenaire et l'homme qui a passé la quarantaine ne la reconnaît même plus. Dieu a fait à l'homme la grâce de le faire historien. Et c'est même la plus grande grâce que Dieu ait faite à l'homme et la plus grande miséricorde : que de le faire historien[45]. » Et alors « [l]'homme ensuite redevient très gai. Heureusement. La vie est déjà insoutenable quand on est "très gai". Que serait-ce si en outre on était mélancolique. Rien n'est gai comme un historien. D'ailleurs il est constant que rien n'est gai comme un fossoyeur. Et c'est le même métier. Rien n'est gai comme le vieillard qui évoque ses souvenirs. Mais l'homme de quarante ans n'évoque pas ses souvenirs. Il invoque sa mémoire[46] ».

La cinquantaine devient même une seconde jeunesse (ce qui n'est pas une seconde enfance) : « Cinquante ans est un âge moins terrible. On nous le dit de toutes parts et je crois que ce n'est pas seulement pour nous rassurer. Quarante ans est le commencement du devers, le commencement de l'autre versant. Quand je vois la solidité assise d'un Millerand, ce buste carré, ces épaules carrées, ce front carré, cette volonté carrée, ce jugement carré, assis comme une lourde table de chêne, cette énergie presque rude et presque comme sommaire, ces yeux plantés, sous une énorme arcade, sous cette broussaille de poils gris, ce regard bleu, gros, plein de force, je me laisse aller à croire, je crois volontiers que ce n'est qu'un temps, qu'il y a une deuxième jeunesse. Et quand je vois notre grand Laurens, le plus jeune de nous tous, je me laisse aller à compter que peut-être il peut être donné à un homme de conduire son œuvre peut-être pour ainsi dire presque jusqu'à son plein achèvement[47]. »

Seuls quelques-uns échapperont à la gaieté car ils échapperont à cet état de vieillard historien. Ils sont l'exception, poètes à leur manière, mais poètes de la mélancolie. « L'homme qui est poète à vingt ans n'est pas poète, il est homme ; s'il est poète après vingt ans, alors il est poète. Pareillement l'homme qui est mémorialiste à quarante ans n'est pas mémorialiste, il est homme ; s'il est mémorialiste après quarante ans, alors il est mémorialiste. » Ceux qui réussissent à résister au vieillissement sont des génies : « Le génie mémorialiste consiste premièrement comme l'autre à ne pas vieillir en ce sens de ne pas perdre de ses forces pour l'opération de remémoration, deuxièmement au contraire à vieillir, à savoir vieillir exactement, pour ne pas devenir historien[48]. »

On sait que Péguy n'eut pas la chance d'atteindre cet âge béni, ou maudit on ne sait. L'événement en décida autrement. Et pour l'éternité Charles Péguy a quarante ans.

1. *Victor-Marie, comte Hugo, Cahiers de la Quinzaine*, XIIe série, 1er cahier, 23 octobre 1910, *Œuvres en prose complètes III*, Paris, Gallimard, « Bibliothèque de la Pléiade », 1992, p. 170.
2. *Clio*, juillet 1913 (posthume), *Œuvres en prose complètes III*, op. cit., p. 1132.
3. *Ibid.*, p. 1133.
4. *Ibid.*, p. 1132.
5. *Ibid.*
6. *Victor-Marie, comte Hugo*, op. cit., p. 170.
7. *Ibid.*, p. 198.
8. *Clio*, op. cit., p. 1133.
9. *Ibid.*, p. 1192.
10. *Les Suppliants parallèles, Cahiers de la Quinzaine*, VIIe série, 7e cahier, *Œuvres en prose complètes II*, Paris, Gallimard, « Bibliothèque de la Pléiade », 1988, p. 353.
11. *Ibid.*, p. 1132-1133.
12. *Ibid.*, p. 1133.
13. *Ibid.*, p. 1191.
14. *Victor-Marie, comte Hugo*, op. cit. p. 167.
15. *Considérations d'un apolitique*, 1918, Paris, Grasset, 2002, p. 21.
16. *Clio*, *op. cit.*, p. 1133.
17. *Ibid.*, p. 1132 .
18. *L'Argent, Cahiers de la Quinzaine*, XIVe série, 6e cahier, 16 février 1913, *Œuvres complètes en prose III*, op. cit., p. 785.
19. *Ibid.*, p. 823.
20. *Un nouveau théologien, M. Fernand Laudet, Cahiers de la Quinzaine*, XIIIe série, 2e cahier, 24 septembre 1911, *Œuvres complètes en prose III*, op. cit., p. 481.
21. Daniel Halévy, *Péguy et les Cahiers de la Quinzaine*, Paris, Grasset, 1941, p. 309.
22. *Pierre, commencement d'une vie bourgeoise*, janvier 1899 (oeuvre posthume), *Œuvres complètes en prose I*, Paris, Gallimard, « Bibliothèque de la Pléiade », 1987, p. 148.
23. *L'Argent* , op. cit., p. 801.
24. *Ibid.*, p. 791.

25. *Ibid.*, p. 790.

26. *Ibid.*, p. 792

27. *Pierre...*, op. cit., p. 152-153.

28. *Clio*, op. cit., p. 1204-1205.

29. *Notre jeunesse, Cahiers de la Quinzaine*, XIe série, 12e cahier, 17 juillet 1910, *Œuvres complètes en prose III*, op. cit., p. 16.

30. *Victor-Marie, comte Hugo*, op. cit., p. 269.

31. *Clio*, op. cit., p. 1207.

32. *Victor-Marie, comte Hugo*, op. cit., p. 179 et 170-171.

33. *Ibid.*, p. 29.

34. *Ibid.*, p. 330.

35. *Ibid.*, p. 329-330.

36. *Clio*, op. cit., p. 1134.

37. *De la situation faite au parti intellectuel dans le monde moderne, Cahiers de la Quinzaine*, VIIIe série, 5e cahier, 2 décembre 1906, *Œuvres complètes en prose II*, op. cit., p. 538.

38. *Victor-Marie, comte Hugo*, op. cit., p. 270.

39. *Clio*, op. cit., p. 1177.

40. *Ibid.*

41. *Ibid.*, p. 1191.

42. *Ibid.*, p. 1190.

43. *Ibid.*, p. 1191.

44. *Ibid.*, p. 1192.

45. *Ibid.*

46. *Ibid.*, p. 1192-1193.

47. *Victor-Marie, comte Hugo*, op. cit., p. 330.

48. *Ibid.*, p. 1193.

CAHIER ANALYTIQUE

Péguy en 1894

Jamais la grammaire n'a fait faire une seule page.

Compte-rendu de Congrès

DOMINIQUE JAMET

LE FILS AU NOM DU PÈRE

« Ah quel malheur d'avoir un fils ! », aurait pu dire Charles Péguy s'il avait assez vécu pour découvrir l'idée que Marcel Péguy, son fils aîné, se faisait de lui, et l'image qu'il en proposait au public. Mais Péguy était mort depuis vingt-sept ans, tombé au champ d'honneur, sur les bords de la Marne, face à l'ennemi, lorsque Marcel, touché par la grâce de la Révolution nationale, cette « divine surprise », l'annexait au régime de Vichy sans plus de vergogne qu'un Poutine rattachant l'Ukraine à la Russie. Décidément infecté par l'esprit du temps, le Marcel, poussant encore un peu plus avant sur le chemin des contre vérités, fût-ce avec les meilleures intentions du monde, allait jusqu'à écrire : « Le racisme de mon père est essentiellement chrétien et son christianisme est essentiellement raciste. » On était en 1941. Un vent mauvais soufflait et emportait très loin des têtes plus solides et mieux faites que celle du fils indigne.

Il va de soi, pour peu qu'on se donne la peine de le lire, que Péguy (le père) est essentiellement chrétien. Il devrait aller de soi que le christianisme de Péguy est essentiellement chrétien. Pour ce qui est de la race, le défenseur passionné de Dreyfus, l'ami fidèle de Bernard Lazare, le camarade de combat de Léon Blum, le disciple de Bergson, en homme de son temps, emploie le mot sans complexe et sans arrière-pensée. Mais quand il parle (fréquemment) de race élue, de race des prophètes, de race de David, l'auteur de *Notre jeunesse* n'assortit pas son propos de considérations « scientifiques » sur les gènes, la forme du crâne, du nez ou des oreilles, mais saisit généralement l'occasion d'affirmer son tropisme philosémite et son attachement, son rattachement au grand arbre judéo-chrétien. Ne pas confondre, justement, la première avant-guerre, la Deuxième Guerre mondiale et ce début de XXIe siècle.

On ne comprend pas Péguy, on ne connaît pas Péguy si l'on ignore, si l'on oublie à quel point il est de son temps et de son pays, à quel point il se mêle des querelles, à quel point il se mêle aux querelles de son pays et de son temps.

National et socialiste avant 1914, ce n'est pas national-socialiste. Péguy est national. Profondément. La terre et les morts. La France, charnellement, viscéralement aimée. Patriote. Sans nuance. Sans restriction. « Un mauvais citoyen, écrit-il, est de la cité. Un bon étranger n'en est pas. Un mauvais Français est français. Un bon Allemand n'est pas français. » Xénophobe, donc. En tout cas germanophobe. Comme Maurras. Comme Barrès. Mais ce n'est pas à la langue allemande, à la culture allemande, à une nature allemande qu'il en a. Il voit l'Allemagne telle qu'elle est en effet. Le matérialisme allemand, le bellicisme allemand. L'empire allemand. L'impérialisme allemand. La menace allemande. Il croit à la guerre, il accepte la guerre, il veut la guerre. Parce qu'il y voit l'occasion de la Revanche. Et s'il se sépare de Barrès et de Maurras, ce n'est pas sur ce point mais seulement parce qu'il est prêt à faire cette guerre qu'il annonce et qu'il désire, n'ayant pas la malchance, contrairement au futur rossignol du carnage et au fondateur de l'Action française, d'être affligé, comme le premier, d'un souffle au cœur et, comme le second, d'une surdité qui les rendent impropres au service des armées.

Péguy n'est pas commode. Péguy ne se laisse pas appréhender. Péguy est divers et contradictoire. Ou il apparaît tel, ce qui n'est pas tout à fait la même chose. Car s'il est éminemment un esprit critique, s'il cherche la contradiction et assume ses contradictions, celles-ci obéissent toujours à une logique, à sa logique, et expriment le plus souvent une continuité, le refus de changer en fonction des changements de la mode et du monde.

Socialiste proclamé, il s'éloigne peu à peu des socialistes et de celui qui incarne le socialisme français, Jean Jaurès, dont il est le compagnon de lutte avant de devenir le détracteur puis l'implacable ennemi. Pourquoi ? Justement au nom du socialisme, proudhonien, libertaire, individualiste, inorganisé dont il voit avec consternation la pureté originelle, la mystique s'abîmer avec son héros dans les compromis, les alliances, les combinaisons, le Parti, la politique. S'il tire à vue sur le camarade Jaurès, c'est finalement au nom du vrai socialisme, du socialisme idéal, du socialisme idéal qui n'a pas de poings, mais une âme. Le vrai socialiste, c'est lui.

Comment, homme de gauche revendiqué, enfant de l'école laïque, boursier, normalien, intellectuel, bref homme de gauche revendiqué et reconnu pour l'être, inventeur et thuriféraire des « hussards noirs de la République », peut-il afficher sa conversion au catholicisme et rejoindre ainsi les talas et les calotins dans leur combat rétrograde ? La foi est alors un marqueur de la droite. Mais ce chrétien ardent fait profession de n'aller jamais à la messe, d'ignorer les sacrements, de préférer les pèlerinages solitaires aux processions moutonnières et les rempailleuses de chaises aux tiares, aux mitres et aux crosses et Jeanne d'Arc à l'évêque Cauchon. Ce fidèle est d'abord un dissident.

Soldat – lieutenant dans la réserve –, il est rebelle à toute discipline. Destiné à n'être pas compris, et patient organisateur de son isolement, de sa solitude, c'est en vertu de la haute idée qu'il se fait de l'armée – de l'armée idéale, de l'armée républicaine – qu'il a combattu au temps de l'affaire Dreyfus les galonnés et les étoilés qui couvraient du manteau mensonger de l'honneur la Vérité toute nue, qu'ils prétendaient obscène. Enfin, comblé de voir advenir un conflit nécessaire dont la France, croit-il, sortira meurtrie mais grandie, il se décrit comme « soldat de la République pour le désarmement général et la dernière des guerres ». Où l'homme, selon qui « il est difficile de voir ce qu'on voit, mais plus encore de dire ce qu'on voit », ne se montre pas visionnaire.

Retour sur la Révolution nationale. Comment Marcel Péguy, exégète borné et tendancieux de l'œuvre et de la vie de son géniteur, a-t-il pu être aveugle au point d'imaginer que Charles Péguy, outre le peu d'affinités qu'il aurait eues avec le régime de Vichy – son origine, son orientation, ses dérives –, aurait pu s'en accommoder, voire le servir, lui qui avait écrit : « Je suis du côté de ceux qui ne se rendent pas » ?

SERGE GROUARD

UNE POLITIQUE DE L'HONNEUR

J'ai découvert Péguy à Sciences-Po. À l'époque où cette école dispensait ce que l'on pourrait appeler la culture de l'honnête homme ou quelque chose d'approchant. Je l'ai découvert avec d'autres auteurs grâce à l'un de ces professeurs qui vous marquent et que je remercie encore, Raoul Girardet.

J'ai découvert Péguy mais je ne le connais pas pour autant. Je l'ai lu mais je n'ai pas tout lu. Tant s'en faut. Je n'ai donc aucune légitimité pour en parler si ce n'est l'amitié qui m'a fait accepter de lui consacrer quelques pages. Je ne prétends donc à aucune exégèse savante. Simplement dire ce que j'aime chez Péguy, ce qui me touche, ce qui m'inspire en tant que citoyen et élu de notre belle République de France.

Pour cela, j'ai privilégié *L'Argent suite*, pamphlet de haut vol où Péguy règle certes quelques comptes en passant mais avec autrement plus de panache que les petites vulgarités actuelles. J'y ai vu, non pas ce qui serait un système politique péguyste, parce que j'ai le sentiment que Péguy justement n'en a pas, mais une pensée puissante qui défie l'usure du temps.

Péguy, c'est d'abord une pensée libre, totalement libre. Alors que bien souvent, l'essayiste, le politologue, s'inscrivent dans le cadre contraignant d'une école de pensée voire d'une idéologie, Péguy y semble par choix étranger et presque, par provocation, réfractaire. Il dispose de ce pragmatisme qui privilégie l'analyse du réel sur le diktat du dogmatisme. Et ce réel, loin d'affadir la pensée, en constitue les fondations en même temps que la charpente.

À l'aveuglement qu'entraîne le dogmatisme, Péguy oppose la lucidité que permet le pragmatisme. C'est ce pragmatisme qui va l'amener à rejeter ses premières amours socialistes et pacifistes pour sublimer le sursaut national lorsqu'il considère que la patrie est en danger. La menace allemande après le coup de Tanger de 1905, parce qu'elle devient une évidence, doit naturellement appeler une riposte nationale qui s'impose à tout le reste.

Alors Péguy ose. Au nom de l'intérêt supérieur de la nation et de rien d'autre, il se fâche. Il ose se fâcher et ce, avec beaucoup de monde. La gauche socialiste bien sûr. Et si le propos se teinte malgré tout d'une pointe d'admiration, il pourfend sans appel un Jaurès dont il assimile le pacifisme à une trahison, laquelle ne peut entraîner que l'humiliation : « Il ne faut pas se dissimuler que la politique de la Convention nationale, c'est Jaurès dans une charrette et un roulement de tambour pour couvrir cette grande voix. » À l'époque, on ne fait pas de quartier ! Que dirait-on aujourd'hui de tels propos ? Il se fâche aussi avec une autre partie de la classe politique, à droite celle-là. Celle que l'on pourrait appeler, avec la prescience de ceux qui transcendent leur époque, la droite collaborationniste. En tout cas, il la voit ainsi, celle du détesté M. Thiers parce que celui-ci a tourné les armes de la France non pas contre l'ennemi prussien mais contre d'autres Français, peu importe qu'ils aient été communards. Ceux-là voulaient se battre. Et, par conséquent, ceux-là seuls sont dignes. « Je suis pour la politique de Proudhon et pour la politique de Blanqui contre l'affreux petit Thiers, celui qui ne se rend pas à raison contre celui qui se rend à raison. »

Alors pourquoi, grands dieux, n'a-t-on pas lu et écouté Péguy ? Notamment dans les sombres années 1930, lorsqu'une fois de plus le démon du renoncement agitait la France.

Lorsqu'aux funestes coups de force hitlériens, la politique française ne savait répliquer que par de vaines rodomontades. « Nous ne laisserons pas Strasbourg à la portée des canons allemands », pour reprendre le sinistre Daladier au moment de la remilitarisation de la Rhénanie. Le tout se terminant dans la franche veulerie des accords de Munich. Et pourquoi faut-il toujours que la lucidité soit minoritaire, voire marginale face à l'aveuglement si largement partagé ? Et pourquoi faut-il toujours que cette lucidité, celle d'un Louis Barthou qui en est sans doute mort, celle d'un Charles de Gaulle et celle d'un Paul Reynaud se noient dans le flot insupportable des moqueries des mêmes idiots qui ne sont en rien utiles ? Comme ce jour de funeste débat à la Chambre des députés lorsque Reynaud, suppliant le législateur de créer le fameux corps blindé mécanisé défendu par de Gaulle, se fit conspuer et, terrible inversion des rôles, traiter d'imbécile.

Et parce que, plus d'un siècle plus tard, les mêmes questions agitent notre société, une fois encore, relisons Péguy en refusant de céder aux modes dominantes et faux débats microscopiques dont notre pseudo-intelligentsia a le secret, pour leur privilégier, si possible, l'analyse lucide de notre monde incroyablement incertain et dangereux. Car les menaces sont de nouveau bien là. Elles ne sont plus allemandes bien sûr. Je nous laisse réfléchir à leur actualité.

Cette liberté et cette lucidité sont le fait d'un homme qui connaît et aime l'histoire et nous en propose une certaine lecture. Ce n'est pas un hasard si Péguy fait référence, et pas qu'une fois, à Michelet. Comme lui, il personnifie la France. « L'Angleterre est un empire, l'Allemagne un pays, la France est une personne », écrivait Michelet pour qui l'identité de notre pays est à chercher dans une filiation : « Nous sommes les fils de ceux qui par l'effort d'une nationalité héroïque, ont fait l'ouvrage du monde. »

Péguy voit le temps long, sans lequel l'analyse du présent perd l'essentiel et se limite à la surface des choses, donc à l'incompréhension. Il serait presque braudélien en cela, Charles Péguy. Parce qu'il décèle, dans l'histoire de France, les invariants de la patrie en danger.

« Celui qui défend la France est toujours celui qui défend le royaume de France... Valmy et Jemmapes sont les droites filiales de Patay. Elles n'en sont pas seulement les filiales temporelles, ce qui est de toute évidence, elles en sont aussi les filiales et presque les filiales spirituelles. » Et quelques lignes plus loin : « Ce Louis XVI était un gros, un doux, un bon, un pacifiste, un débonnaire et un humanitaire. Un philosophe. Roi fainéant, il fut déplacé par la jeune République comme les derniers Mérovingiens, devenus fainéants, furent déplacés par les jeunes Carolingiens, comme les derniers Carolingiens, devenus fainéants, furent déplacés par les jeunes Capétiens. La République fut la quatrième dynastie, forte dans sa jeunesse. » Il serait fort tentant de poursuivre ! Comme la IVe République, devenue (rapidement) fainéante fut déplacée par la Ve République, forte dans sa jeunesse...

Sans doute, cette historiographie-là ne plairait guère à nombre d'historiens qui pourraient y voir une instrumentalisation, en tout cas, l'empreinte d'une forte subjectivité, plutôt que l'analyse froide et objective des faits. Ils auraient probablement raison. Il y a là une part de vision romanesque qui d'ailleurs était au goût du jour de l'époque, esprit de revanche oblige. Est-elle pour autant plus subjective que d'autres ? Le recul nécessaire à l'approche historique ne saurait le dire à coup sûr. Mais ce qui est sûr, c'est que cette approche me plaît. Parce qu'elle donne du sens, parce qu'elle réunit plus qu'elle ne divise, parce qu'elle apporte des racines et de la fierté dans un collectif qui en est trop dépourvu. Et parce que j'aime cette fierté et ces racines lorsque résonnent les noms de Patay, de Jeanne d'Arc, de Valmy et plus tard et après, du plateau des Glières et de Jean Moulin. Et parce que je pense, comme Péguy, que ces noms-là peuvent réunir toute une communauté nationale et même bien au-delà tant ils sont les hérauts des causes les plus nobles. Alors, au fond, peu importe que cela soit exact ou non, car l'histoire, même lorsqu'elle prétend à la rigueur scientifique, ne peut être, parce qu'elle est histoire humaine écrite par des hommes ancrés dans leur temps, que subjective.

Et si Péguy fait autant référence à l'histoire, c'est pour mieux, me semble-t-il, faire émerger son propos politique et peut-être le cœur de son raisonnement politique, au moins dans ses derniers écrits. Et quelle actualité encore !

« La République une et indivisible, voilà ce qui est sorti de la Déclaration des droits de l'homme et du citoyen. C'est de cette République-là que nous sommes républicains. D'autant que rien n'est aussi monarchique, et aussi royal, et aussi ancienne France que cette formule. »

« La République une et indivisible, c'est notre royaume de France. »

Il y a ici comme une transcendance. Peu importe au fond le régime, ce qui compte est ce qu'il représente, ce qu'il incarne, ce qu'il défend. Ce qui compte, c'est la matrice. Et la République est le prolongement de la monarchie et non une rupture avec elle.

Débat suranné, entendra-t-on. Aucun intérêt fustigera-t-on. Le propos est de circonstance, dans ce moment de l'histoire où s'opposaient encore les tenants d'une restauration monarchique et les défenseurs de la jeune République. Et de fait aurait-on raison d'y voir un débat daté et par conséquent une pétition de grand principe de Charles Péguy.

Pour autant, je ne peux que m'interroger sur une certaine actualité. Non pas en ce qu'il conviendrait de rallumer la mèche bien éteinte de la querelle des systèmes mais parce que, dans sa vision, il me semble que Péguy en appelle au dépassement, justement, de la querelle au profit de la réconciliation. De cette réconciliation dont la France a de nouveau grand besoin tant les antagonismes sont forts et la désunion menaçante.

À bon entendeur salut ! À tous nos supranationalistes, à tous nos régionalistes, à tous nos communautaristes, pourquoi voudriez-vous que votre modèle soit finalement plus abouti que celui de Péguy, lentement maturé par des siècles d'histoire ? En quoi vos nouvelles entités seraient-elles davantage porteuses de ces valeurs que nous défendons de liberté, d'égalité et de fraternité ? Est-ce parce qu'elles seraient imparfaites, qu'il faudrait pour le coup renverser le modèle luimême ?

La République est imparfaite, comme toute construction humaine. Mais celle que je lis dans Péguy me donne envie de continuer. Envie de la défendre. Envie de la partager avec tous les petits Français. Mais pas dans une nostalgie sans issue. Pas dans une « dernière classe » d'Alphonse Daudet lorsque tout un monde s'effondre et qu'il ne reste plus que la dignité du professeur pour le transmettre dans un dernier pleins et déliés. Non. Dans un projet. Fort, puissant et mobilisateur. Pas dans la déconstruction que veulent les ignorants. Mais pour une nouvelle page d'une grande histoire.

Et puis, ultime enseignement que je crois le plus fort. Il n'y a pas un système politique chez Péguy comme il y a une construction doctrinale chez Maurras, comme il y a une pensée nationaliste chez Barrès. Il y a juste une politique péguyste. Et celle-là vaut tout le reste et bien au-delà. Et elle a un nom, cette politique : c'est une politique de l'honneur. « C'est un système fort connu et que l'on a toujours nommé le système de la paix à tout prix. C'est un système où l'honneur est moins cher que la vie. On peut le déterminer d'un mot en disant que c'est un système qui prend exactement le contre-pied du système cornélien... Mais d'autant que l'honneur est plus cher que la vie. Mais d'autant que l'honneur est plus cher que le jour : voilà la formule cornélienne ; l'échelle des valeurs cornéliennes. »

Et l'on touche là à l'essentiel de Péguy : « un système de valeurs morales auquel il rattache sa conception de la Patrie »

(Raoul Girardet, *Le nationalisme français*, Seuil, collection « Points histoire », 1983).

La boucle est bouclée et le drame approche. Parce que le drame c'est que cette politique-là est toujours et encore minoritaire.

Minoritaire dans les temps ordinaires de la petite tambouille politique. Mais minoritaire aussi, hélas, dans les temps les plus rudes lorsque l'outrage exige pourtant le sursaut au-delà de nos médiocrités humaines et de nos troubles comportements.

Sursaut johannique devant Orléans assiégée et cependant résistante. Mais tragédie par l'abandon de l'honneur dans le feu d'un bûcher de Rouen que le toujours petit roi de Bourges n'a pas pu, pas su, ou plutôt pas voulu empêcher.

Sursaut, il est vrai, de tout un peuple en 1914. Mais à quel prix ? La mort dénombrée par millions et celle du soldat Péguy, une balle au front. Comme si l'histoire ne pouvait être que tragédie.

Sursaut d'un seul ou presque un certain 18 juin 1940 quand il n'y avait plus rien. Juste « l'honneur, le bon sens, l'intérêt supérieur de la patrie ». De Gaulle avait lu Péguy ! Mais combien étaient-ils avec lui ? Combien de parlementaires pour refuser les pleins pouvoirs à Pétain ? Quatre-vingt pas un de plus. Toujours minoritaires !

Alors, faudrait-il se résoudre à l'admettre et renoncer ? Faudrait-il accepter que le parti de l'honneur soit toujours minoritaire ? Trente années de vie politique me font en avoir peur. Je connais « les poisons et les délices du système » liés à cet « aveuglement » dont parlait si bien Marc Ferro, un autre grand historien. Je crains la vacuité des choses et la futilité de nos ambitions.

Vient le doute. Un Péguy qui croyait à la puissance de la pensée réfléchie et des mots justes qui l'accompagnent, qui puisait sa force dans le combat des idées, nourries par la connaissance et la raison, a-t-il encore sa place dans une société où tous les avis se valent et s'étalent, où celui du crétin du coin rivalise avec celui du prix Nobel, où le sabir des réseaux sociaux fait florès, où le mensonge fait référence pourvu qu'il fasse le buzz ? Au fond, j'ai bien peur que non.

Admettre peut-être. Mais renoncer, non. Justement pour l'honneur. Pour cet esprit de résistance qui est peut-être la marque ultime de Péguy. Parce qu'il y a eu un Bernanos pour oser écrire « nous croyons qu'il existe un honneur de la politique » au moment des funestes accords de Munich, parce qu'il y a eu une Jeanne d'Arc devant Orléans et un de Gaulle à Londres. Parce que les défaites du moment sont autant de victoires posthumes.

ALAIN CARIGNON

LE BRUIT ET LA FUREUR DE NOTRE TEMPS

La langue « ignoble » de la race, l'opposition à l'intellectuel et à l'argent, Péguy vire infréquentable. Le socialisme des origines, celui de la pureté et des refus du compromis : il pourrait être récupéré par la gauche extrême. La voix de Péguy est entièrement contenue dans le bruit et la fureur de nos affrontements d'aujourd'hui. D'un siècle à l'autre le parti des rêveurs et celui des réalistes s'opposent avec violence. Face à une menace sourde que peu de personnes nient, mais que certains plaident soluble dans l'empathie et la force de la bienveillance, d'autres jugeant inévitable de l'affronter armés, nous connaissons aujourd'hui les mêmes affres, traversons les mêmes incertitudes , la même violence des débats.

Penseur hard, Péguy peut être successivement classé d'un versant à l'autre de ces continents. Ça explique aussi son petit nombre de partisans : il perd de chaque côté du fait de son opposé. Dans l'ordre chronologique il est avant tout un socialiste intransigeant, qui lâche carrière et avenir personnel pour sa cause. Sur le front de gauche, pressé, il abandonne vite la routine et les accommodements pour l'accomplissement total et sans rémission. Une sorte de Régis Debray qui prend les armes par les *Cahiers de la Quinzaine*, mais un Régis Debray qui se sépare rapidement de ses amis, de son camp, pour demeurer fidèle à son inspiration initiale. Péguy ne met pas trente ans pour écrire *À demain de Gaulle*. À vingt-cinq ans il rompt déjà avec Jaurès, les dérives politiciennes ou totalitaires du socialisme.

Le cheminement intellectuel de Debray, Finkielkraut, Julliard, Onfray et de tant d'autres, Péguy l'accomplit très vite. Devenu amant brûlé de passion pour la Nation : « regardons la maîtresse réalité », lance-t-il pour expliquer sa conversion. Il inverse la priorité de ses planètes intérieures, en témoigne à chaud puis s'engage pleinement. Ça se terminera mal pour lui. Son intransigeance obstinée, austère, impressionne mais éloigne aussi. À fond dans nos radicalités, il vit dans la conscience d'un danger civilisationnel qui détermine tout pour lui. Il se mue en brasier écrivant.

Contrairement à beaucoup d'habités par une cause, la pureté de Péguy n'est pas dangereuse. À l'opposé de l'inquisition et de l'esprit policier : il se l'applique simplement à lui-même avec rigueur. Il n'excommunie pas. Il affronte les Torquemadas de sous préfecture qui appellent à chasser l'hérétique. Il ressemble aux agitateurs du tocsin désignés fascistes et racistes, jetés hors du champ républicain. Chacune de ces voix singulière est seule, cherche à sauver sa peau en récusant toute appartenance à un camp « national » qui a toujours mauvaise presse. La pensée dominante, même minoritaire, impose déjà sa loi implacable. Pour elle, l'histoire ne sera plus tragique. Le mimétisme des siècles donne le vertige.

Sa recherche intraitable de la vérité irrite, dérange. Surtout qu'il oppose les faits à l'image et s'en tient aux premiers envers et contre tous, face à l'aveuglement des clercs. Sa méthode de besogneux, de tatillon, de démonstratif est couverte par la voix tonitruante des tribuns et leur lyrisme sur le monde (meilleur) de demain ; lequel contraint à des compromissions maintenant, voire des injustices, des dégâts colatéraux. Jaurès fait l'impasse sur les socialistes anti-dreyfusards, sur les indifférents au massacre des Arméniens ou sur l'épouvantable guerre russo-japonaise. Il a besoin de tout le monde. Péguy n'a besoin de personne. Lui non plus ne veut pas conquérir le pouvoir. Seulement faire entendre la vérité à la Nation.

Alors il résiste, non, s'oppose frontalement à l'envahissement de tout le champ culturel par les « romantiques », nos idéologues. Par le travail, le souci du réel, cette « vérité bête ». Les prétendants à représenter les malheurs du monde, pour en être seulement l'incarnation et les bénéficiaires, ne peuvent pas se jouer de lui. Il y a cent vingt ans, un homme seul opposait son réalisme aux nouvelles lunes qui abolissaient la Nation dans un internationalisme béat et rédempteur, refusait que la défense de la patrie soit abandonnée à la seule droite, et faisait même de son dreyfusisme ardent un argument de fierté nationale, car la France qu'il aimait ne transigeait pas avec la vérité. Toute la vérité.

La confirmation que l'humanité n'a rien gagné et ne gagnera probablement jamais face au retour régulier de la barbarie lui est évidente, avec la Grande Guerre qui se profile. Il faut l'affronter en même temps que les raisonneurs pour lesquels le monde a changé sans retour en arrière. Francis Fukuyama et sa fin de l'histoire ont le vent en poupe au début du siècle dernier. Les prédicateurs de guerre sont des attardés ou des fascistes avant l'heure. Qu'on observe au mieux avec compassion ou traite avec haine le plus souvent.

Il nage à contre-courant au milieu des pacifistes. Péguy enregistre si tôt la menace de l'invasion par l'Allemagne. Car l'histoire a ses logiques. Les guerres, les invasions, un perpétuel recommencement. Face à celle qui met en péril la liberté d'un peuple à disposer de lui-même, il ne sera pas spectateur. Il devient l'une de ces vigies intellectuelles, venues de la gauche, qui réalise sa conversion en faveur de la Nation. Ce ne lui sera jamais pardonné. Il entre dans la catégorie des penseurs qui pensent mal, dont on évoque les eaux troubles, les idées sombres. Depuis un siècle la disqualification de toute pensée patriotique n'a pas changé, les mêmes mots circulent de génération en génération, afin qu'un camp dispose de la supériorité morale.

Pourtant, comme avec la littérature où le singulier conduit à l'universel, le réel, « la vérité bête », conduit Péguy à l'évidence de l'universel de la situation politique, celle des courants de fond. Ses amis politiques observent, eux, le clapotis à la surface de la mer : « l'Internationale » interdira aux socialistes allemands d'entrer en guerre contre les socialistes français. Il assume la logique des conséquences du sentiment national.

Son camp ne peut que répudier ou ignorer un homme tel que lui, le déporter comme aujourd'hui pour les expressions du même type, vers la droite extrême ; il lui fait honte par comparaison.

À l'heure de la vision catastrophique de l'avenir de la planète qui impose aux individus de « changer de comportement » par un matraquage de tous les instants, Péguy plaide pour la modestie face à nos connaissances « qui ne sont rien auprès de la réalité inconnaissable ». Qui avancerait aujourd'hui que l'humanité moderne est la dernière humanité ? Il a intégré le progrès infini qui « inventera tout le temps des graphies et des scopies et des phonies qui ne seront pas moins télé les unes que les autres et l'on pourra faire le tour de la terre en moins de rien. »

Il reconnaît l'efficacité de la science et des techniques, les changements qu'elles apportent à la condition humaine avant Régis Debray qui le théorisera remarquablement : l'amélioration de la vie des hommes doit tout à ceux-là et rien aux idéologies. Mais il sait bien que le sens de la destinée humaine n'est pas affecté dans son essence par ce nouveau pouvoir.

Sauf à imaginer les transformations produites par les prémices de l'intelligence artificielle qu'il décrit déjà : « La nature pensante elle-même pourra être fort agrandie. Une large application des découvertes de la physiologie et du principe de sélection pourrait amener la création d'une race supérieure. » Mais ni elle, ni l'automate domestique d'Amazon ne modifient les fondamentaux de la nature. Ils peuvent juste les aggraver.

Face aux embrasements des certitudes funestes, derrière les prédicateurs de l'apocalypse qui s'enferment dans un monde fini, qu'ils pensent né avec eux, chacun étant devenu le Dieu de soi et des autres selon la formule de Yann Moix, qui se placent au-dessus de la mêlée en étant l'exact répétiteur de celle-ci, Péguy répond et on aurait envie de tout citer : « Il faut s'attendre à tout. Nous sommes devant un spectacle immense dont nous ne connaissons que d'éphémères incidents. Que ce spectacle peut nous réserver toutes les surprises [...] Tout est grand et inépuisable ; que le monde est vaste et encore plus le monde du temps. Que la mère nature est infiniment féconde ; que le monde a de la ressource, plus que nous. Qu'il ne faut pas faire les malins ; que l'infime partie n'est rien auprès du tout ; que nous ne savons rien, ou autant que rien ; qu'il faut travailler modestement [...] et ne pas croire qu'on surprendra, ni qu'on arrêtera le grand événement.»

Il fait la leçon aux Verts sur les conséquences du réchauffement climatique, mais brûle aussi au centre du feu qui ravage le monde des idées. S'agissant du « vivre ensemble », il se trouve dès le début de sa pensée à la fin du raisonnement de nombre de ceux passés d'abord par le stalinisme, le trotskysme, le maoïsme, le soutien au Kampuchéa démocratique, pour en arriver là : l'identité nationale est une réalité ou la Nation n'est plus. Elle est « la liaison intime d'un peuple et d'une idée » (Alain Finkielkraut) ; une civilisation aussi, « ce qui s'agrège autour d'une religion » (André Malraux). Bref, un fait de culture. Il n'est jamais question de nation pure, de nation ethnique, de refus du mélange. Mais de l'impératif de se soumettre à un héritage et de le transmettre. « La patrie c'est la terre des pères. Il y a les pères selon la chair et les pères selon l'esprit » (André Suarès). La Nation, cadre de l'intérêt général, supérieure à la communauté et à l'individu, la religion gaulliste.

Vertigineux de rapprocher le reproche fait à Péguy d'être le précurseur de l'idéologie nazie comme on accuse maintenant les tenants de ces thèses d'en être les continuateurs. Il semble affronter les clercs de 2022, qui voient partout le retour des années 1930 alors que surgit l'expression d'une communauté nationale qui se pense menacée. « Un orage montait que nul ne voyait venir » (*Notre patrie*). Pour se faire entendre il passe à la littérature d'indignation. Ça ne vous dit rien ?

Dans *L'Idéologie française*, Bernard-Henri Lévy l'accuse d'être avec Barrès le fondateur du « national socialisme à la française ». En 2021, le même dénonce chez les nouveaux lanceurs d'alerte la « rage d'embrasser la rhétorique barrèsienne et maurrassienne la plus criminelle ».

À la menace sur la liberté et le progrès, sur notre idée de la civilisation qu'il ressent dans ces années noires, il attend du peuple qu'il change le cours des choses. Qu'il se prépare à faire face à l'invasion allemande programmée. Il s'oppose à la vague dominante des médias, de la Chambre, des salons. Un « populiste » avant l'heure, mais solitaire. Ce qui sourd selon Péguy est « une contagion de vie intérieure, de connaissance intérieure, de reconnaissance, presque de réminiscence platonicienne, de certitude antérieure, non comme une communication verbale ordinaire ; en réalité, c'était en lui-même que chacun de nous trouvait, recevait, retrouvait la connaissance totale, immédiate, prête, sourde, immobile et toute faite de la menace qui était présente ». Le sentiment de déclassement, d'abandon de nos mœurs et de notre histoire n'est-il pas cette « nouvelle venue de l'intérieur de soi » selon Péguy qui jaillit à nouveau ? Comme si, avant chaque épreuve déterminante, des ruisseaux venus de fonds inconnus de nos entendements habituels se frayaient une voie pour retrouver le lit initial d'un fleuve ininterrompu.

Pour lui, le rôle de l'intellectuel est d'être de son peuple. À ses yeux, la France a une mission particulière, porte un universalisme de liberté et de justice qui vaut tous les sacrifices. Le parti intellectuel l'affronte de toutes ses forces et dénonce dans ses thèses « une énorme barbarie ». La bataille idéologique française si brillamment campée par Bernard-Henri Lévy en contre est engagée depuis Péguy. Elle ne cessera plus jamais. À Paroxystique à nouveau alors que le ciel s'assombrit une nouvelle fois.

Elle a été perdue la plupart du temps par les « péguystes ». De Gaulle, pénétré de Péguy et de Maurras qu'il tiendra à distance, dont il fera une synthèse élevée, sera une parenthèse grandiose et inachevée dans cette série d'échecs. Le magistère des idées, de la bien-pensance lui aura toujours été refusé pendant ses dix ans d'exercice du pouvoir. Les anti-péguystes se sont inclinés devant l'autorité de l'État qu'il incarnait avec superbe, poursuivant en parallèle par leur domination médiatique, grâce à ce surplomb moral dont ils usent et abusent, la disqualification des idées nationales que le Général symbolisait.

« Comment ne pas être de notre propre race ? » (*Notre patrie*), ose demander Péguy. Lui qui ne veut pas d'une Nation ethnique. Sa question heurte un des grands impensés du moment , ce sentiment d'appartenance qui fonde seul profondément une vie collective. Dans le discours public, la glorification des civilisations, des nations, des indépendances, des différences exclut notre civilisation, notre nation, notre indépendance, notre différence. Comme si notre vocation était de nous dissoudre dans les autres, de nous laisser absorber, étant présupposé que nous n'avons rien à apporter à l'autre qui ne lui nuirait pas.

Comme une bombe à fragmentation Charles Péguy a lancé tous les ingrédients de nos différends idéologiques. Ciselés sans ménagement avec la lucidité cruelle d'un homme qui ne cherche pas à plaire, mais à convaincre. En cela il rompt aussi avec les postures de son temps. Les Tartuffes qui n'osent pas se séparer de leur camp, déplaire à une clientèle, se réfugient derrière un discours moralisateur et font semblant d'ignorer la réalité qui monte inexorablement. La guerre de civilisation éclatera en 1914. Elle se répétera en 1940. Dans le brouillard de notre mémoire collective les adversaires de Péguy ont réussi à les confondre quasiment à égalité, l'agresseur et l'agressé, en les qualifiant improprement de « nationalismes » ; l'idée se trouve ainsi déshonorée. Peu importe que dans les deux conflits précédents ce soit au contraire la faiblesse de ce sentiment national chez les élites qui ait été la cause, par impréparation, de tant de malheurs exemplaires pour la France et les Français.

Ceux qui défendent la Nation comme rassemblement de citoyens dans un acte libre, comme héritage symbolique, addition d'un passé et d'une volonté, sont aujourd'hui encore rendus responsables par anticipation des affrontements pressentis au XXIe siècle, pourtant dépeints par des penseurs du monde entier comme d'une autre nature. Dans un étonnant raccourci du temps, n'est-ce pas cette méprise dont Péguy veut encore nous prévenir ?

Les Nations, les civilisations sont mortelles, mais le combat pour leur survie tient autant à la défense de leur territoire qu'au maintien vivant de leur âme. Péguy a pointé la déconstruction systématique de toute capacité à permettre le dépassement de l'individu en faveur du citoyen autour d'une fierté collective. L'abolition des hiérarchies en tout, y compris dans le beau, le profond et l'essentiel, est la marque du monde moderne. Philippe Muray n'a pas inventé la société de festivisation, l'*homo festivus* : « un monde non seulement qui fait des blagues, mais qui ne fait que des blagues, et qui fait toutes les blagues, qui fait blague de tout. Et enfin qui ne se demande pas encore anxieusement si c'est grave, mais qui inquiet, vide, se demande déjà si c'est bien amusant », n'est-ce pas le clin d'œil le plus espiègle, le plus jouissif et peut-être le plus profond que Charles Péguy nous adresse par-delà le temps ?

Quelle qu'en soit la motivation profonde, il demeure à la fin ce lieutenant debout offrant sa poitrine comme barrage à la barbarie qu'il entend comme stopper tout seul. Il confirme sa vie en un acte. Ne pas abandonner sa vérité aux autres, à l'air du temps, à la faiblesse, au désir de plaire. Il offre son existence à une cause qui le dépasse et le grandit définitivement. Même cette image si héroïque, laquelle, forçant le respect, a atténué les tentatives de disqualification, n'aura pas suffi à sortir Péguy de la marge dans laquelle sont contenus tous les penseurs auxquels importe que la France soit le pays du peuple français, de son histoire et de ses mœurs. Précurseur et symbole d'une guerre intellectuelle sans merci à nouveau déclarée dans un monde à nouveau menaçant. Mais pour la première fois depuis Péguy, incertaine est l'issue de cette bataille. N'est-ce pas déjà, pour lui, comme une première victoire posthume ?

PASCAL BLANCHARD

CHARLES PÉGUY, FÉLICIEN CHALLAYE ET LA NAISSANCE DE L'ANTICOLONIALISME EN FRANCE

Félicien Challaye est aujourd'hui un nom oublié. Il est pourtant un des « pères » de l'anticolonialisme « à la française ». Et dans ce parcours préfigurateur critique de l'entreprise coloniale, dès l'avant-Première Guerre mondiale, Charles Péguy en a été un « compagnon de route » incontournable. Retour sur une histoire oubliée.

Félicien Challaye est né en 1875, au moment où la France de la IIIe République se lance corps et âme dans l'entreprise coloniale. Celle-ci hérite du Second Empire un embryon d'Empire sur tous les continents, de l'Algérie aux Antilles, de la Nouvelle-Calédonie à ce qui n'est pas encore l'Indochine, de la lointaine Polynésie et des comptoirs des Indes, mais aussi de quelques territoires en Afrique tropicale. À l'apogée de l'Empire, dans les années 1930, cette même IIIe République « coloniale » que dénonçait Félicien Challaye va multiplier par dix la superficie de ce dernier. Cette « plus grande France » est devenue le second domaine colonial au monde après celui des Britanniques. Autant dire que l'engagement militant n'aura guère été efficace... Mais il reste comme un pionnier.

Cet essayiste et polémiste, ancien de l'ENS – de la même promotion que Charles Péguy –, agrégé de philosophie, dreyfusard actif, au ton vif et à l'engagement hors norme, est devenu célèbre à l'âge de trente ans après avoir accompagné la mission de l'explorateur Savorgnan de Brazza au Congo. Celui qui se présente comme un militant pacifiste (futur président de la Ligue internationale des combattants de la paix), activiste social, socialiste engagé, qui sous Vichy basculera dans la collaboration de plume, est alors sans conteste le premier (et le plus virulent) militant anticolonialiste français. Et ce statut, il le doit en partie à son amitié avec Charles Péguy.

Cette amitié est ancienne, elle remonte au temps passé ensemble lors de leurs études. Félicien Challaye rappelle dans un livre paru en 1954 son amitié forte avec Charles Péguy, et le soutien qu'il lui apporte lorsque celui-ci ouvre sa librairie. Félicien Challaye n'est pas qu'un homme de lettres, c'est aussi un « aventurier ». Après deux ans d'études en Allemagne (1897-1898), il se lance dans un tour du monde de deux années (grâce à la fondation Albert Kahn), et se rend notamment en Égypte et dans les Indes britanniques, découvre le Java colonial des Hollandais, le Japon, la Chine, et surtout l'Indochine française.

C'est là-bas que se forge son anticolonialisme militant et ses certitudes sur la perte de valeurs de la République.

Écris-moi ce que tu as vu...

Au retour de ce périple, alors que Charles Péguy vient de fonder les *Cahiers de la Quinzaine*, notre globe-trotter militant demande à son ami s'il serait intéressé par ses souvenirs de voyages. Péguy se montre désireux de publier un récit critique sur le colonialisme français et notamment sur ce qu'a vu Félicien Challaye en Indochine, ce, afin d'« apporter le démenti le plus net aux idées enseignées alors sur les bienfaits de la colonisation française; [car il estimait] qu'il était à la fois possible et urgent d'inaugurer une politique différente[1] ».

Nous sommes en 1901 : Félicien Challaye publie ainsi, dans le septième numéro de la troisième série (janvier 1902) des *Cahiers de la Quinzaine*, un premier article intitulé

« Courrier d'Indochine ». Quelques années plus tard, en 1935, Félicien Challaye reviendra sur ce voyage initiatique et rappellera qu'il avait alors pris conscience que « la colonisation n'est pas une entreprise humanitaire; elle est un régime d'oppression politique ayant pour fin l'exploitation économique des peuples soumis[2] ».

Ce texte fait à l'époque figure d'exception et reste sans aucun doute l'un des premiers pamphlets anticolonialistes dans une France où l'idée coloniale prospère– même si toute l'opinion publique, notamment au sein de la droite nationaliste et monarchiste, n'est pas encore convaincue de son bien fondé. Ici, Félicien Challaye dénonce la violence coloniale, la brutalité de l'administration, l'action néfaste des missions, mais aussi la médiocrité du système, lequel apparaît en totale opposition avec les idées socialistes et les valeurs de la France républicaine.

Un contexte de glorification de l'empire

À cette époque, comme nous l'écrivions dans un ouvrage récent[3], le débat colonial est encore vif, bien que le groupe colonial à la Chambre des députés soit de plus en plus important, comptant plus de deux cents élus. Eugène Étienne, leader du parti colonial[4], insiste pour combattre « l'inertie, l'indifférence de notre grand public vis-à-vis de la colonisation [et] l'ignorance profonde du public français ». La presse coloniale est omniprésente dans cette « propagande », avec par exemple des revues comme *La Quinzaine coloniale*, *Politique coloniale* ou *La Dépêche coloniale*. De nombreuses structures agissent en outre sur l'opinion pour convaincre de l'importance de l'empire, comme l'Union coloniale, la Ligue coloniale de la jeunesse, le Comité Dupleix, la Société de propagande coloniale, l'Africaine, la Ligue coloniale française, l'Action coloniale et maritime, la Société d'expansion coloniale et, depuis 1900, le Comité de l'Asie française... toutes largement relayées par les expositions coloniales de Lyon (1894), Bordeaux (1895), Rouen (1896) ou Paris avec l'Exposition universelle (1900).

Pour autant, beaucoup de Français doutent encore que l'entreprise coloniale représente un atout pour la France hexagonale.

La position de la gauche socialiste n'est pas très claire – ce qui rend le témoignage de Félicien Challaye encore plus précieux –, comme le montre la position de Jean Jaurès, révélatrice du positionnement des socialistes. Ceux-ci condamnaient certes les « excès » de la colonisation mais non l'expansion coloniale en elle-même. Seule la mouvance anarcho-syndicaliste (minoritaire), symbolisée par une revue comme *L'Assiette au beurre*, se montre explicitement anticoloniale.

Pour autant, à cette époque la politique d'expansion atteint son paroxysme[5]. L'Afrique Occidentale Française a été structurée, en juin 1895, avec le Sénégal, le Soudan français, la Guinée puis la Côte d'Ivoire; le ministère des Colonies, est institué à la même date. Traités et conflits se multiplient. En outre, Samory, au terme d'une lutte de dix-sept ans contre la pénétration française en Afrique de l'Ouest, vient tout juste d'être « soumis » (1898), alors, que la même année, la France subit un contrecoup face aux Britanniques à Fachoda et qu'éclate l'année suivante le scandale de la colonne Voulet-Chanoine, un exemple sans précédent de violences et de crimes.

Enfin, à l'heure où Charles Péguy publie l'article dans sa revue, Madagascar est « soumise » aux Français et l'Indochine devient un fleuron de l'Empire. Dans les années qui suivent, la littérature commence à donner quelque écho à cette épopée ultramarine, glorifiant les héros coloniaux. Dans ce contexte, le prix Goncourt est attribué (1905) au roman *Les Civilisés* de Claude Farrère ou encore à *Dingley, l'illustre Africain* des frères Jean et Jérôme Tharaud (1906).

C'est donc à contre-courant des idées du temps que Félicien Challaye et Charles Péguy décident, début 1902, de publier ces « lettres ».

Convaincre l'opinion : la mission Brazza

Devant le succès de son premier « Courrier d'Indochine »,

Charles Péguy décide de publier, quelques mois plus tard, un second volet pour le neuvième cahier de la quatrième série. Félicien Challaye regroupe des lettres qu'il mêle à des souvenirs de son périple. En mars 1903, dans un troisième texte tout aussi critique, il s'attache au colonialisme hollandais, toujours pour les *Cahiers de la Quinzaine*, sous le titre « Impressions sur Java, fragment de journal ». C'est à cette époque que Félicien Challaye commence à essuyer des critiques pour ses écrits et prises de position. Il est contraint d'ailleurs de quitter son poste d'enseignant à Laval (où il avait créé une Université populaire). Il s'installe à Paris où il fréquente les milieux socialistes, mais aussi la haute administration. Tous sont sensibles à ses critiques. Perçu désormais comme un « spécialiste » de la question coloniale, Challaye est repéré par le journaliste Paul Bourde qui le recommande à Pierre Savorgnan de Brazza, lequel prépare une mission d'enquête au Congo.

L'affaire Toqué-Gaud, en Oubangui-Chari (où un « indigène » a été exécuté avec de la dynamite autour du cou, ce qui a choqué l'opinion en France), déclenche une enquête ministérielle (à la demande d'Étienne Clémentel, ministre des Colonies) confiée à Brazza, dont la réputation (après trois voyages en Afrique) est indiscutable. Avec le soutien (et sur la recommandation) de Charles Péguy – qui connaît Pierre Savorgnan de Brazza –, il va être recruté par celui-ci pour la mission en Afrique. Lors de cette dernière, Félicien Challaye va en devenir la « mémoire » et se faire porteur des témoignages collectés sur place, plus tard au cœur du célèbre « rapport Brazza ». Lequel rapport (devenu légendaire) entendait dénoncer les liens entre les grandes compagnies et l'administration coloniale dans l'Afrique française.

Pierre Savorgnan de Brazza ne reviendra jamais en France : il meurt sur la route du retour, à Dakar. Malgré l'activisme de Félicien Challaye, l'Assemblée nationale enterre le rapport et glorifie dans le même temps Brazza (on pense même le panthéoniser, ce que son épouse refuse) afin de mieux étouffer son rapport. Sur sa tombe, on peut lire ces lignes : « Sa mémoire est pure de sang humain. Il succomba le 14 septembre 1905 au cours d'une dernière mission entreprise pour sauvegarder les droits des indigènes et l'honneur de la nation. » De cette expérience, Félicien Challaye gardera la certitude que le système colonial français ne se réformera jamais de l'intérieur. Pour lui, désormais, c'est en convainquant l'opinion qu'il sera possible de faire évoluer les choses.

Face à la censure politique et à l'enterrement du rapport Brazza, Charles Péguy invite son ami à publier dans sa revue un dossier sur son enquête en Afrique. En février 1906, le douzième cahier de la septième série des *Cahiers de la Quinzaine* publie cette enquête sous le titre « Le Congo français », avec cette fois une préface d'un Péguy explicitement engagé alors dans le combat anticolonialiste, dans la veine de ce que l'on peut alors lire dans *L'Assiette au beurre*.

Tous les deux dénoncent les crimes contre les populations locales, la médiocrité de l'administration, l'omniprésence des compagnies concessionnaires, l'aveuglement du ministère à Paris et, surtout, l'incroyable déshumanisation de la situation coloniale. Félicien Challaye devient l'anticolonialiste le plus connu de France, alternant par la suite les postes d'enseignant (Louis-le-Grand, Michelet, Versailles, Janson de Sailly, et même Saint-Cyr) et les missions de secrétaire auprès d'hommes politiques.

À la veille du premier conflit, au regard de leurs avis différents sur la guerre et le pacifisme, les deux amis vont s'éloigner. La disparition de Péguy évitera une opposition frontale et une rupture. Challaye n'abandonnera jamais ses idées – en 1911, il dénonce de nouveau un scandale colonial, celui de la NGoko-Sangha, compagnie concessionnaire du Congo français –, mais son engagement relève désormais du « pacifisme intégral ».

Après la guerre, il repart en mission outre-mer (notamment en Indochine et en Tunisie), avant de redevenir enseignant au lycée Condorcet, tout en restant un activiste prolixe au sein de la Ligue de défense des indigènes (future Ligue contre l'impérialisme et l'oppression coloniale) en tant que représentant de la Ligue des droits de l'homme (LDH). Il prend part à quelques meetings, notamment en 1927 aux côtés de Lamine Senghor et de Jean Zyromski.

En 1931, en pleine Exposition coloniale internationale, fidèle à ses idées, il démissionne de la LDH à cause de désaccords internes sur la question coloniale. En 1934, encore au PCF, il préside le Comité d'amnistie et de défense des Indochinois et peuples colonisés aux côtés de Henri Barbusse, Paul Langevin, Victor Margueritte, Romain Rolland et Francis Jourdain. Il est alors président de la Ligue internationale des combattants de la paix. En 1935, il quitte le Parti communiste et reprend ses souvenirs (ainsi que ses écrit des *Cahiers*) dans un livret militant, *Souvenirs sur la colonisation*. Son radicalisme « pacifiste » le pousse ensuite vers de nouveaux horizons politiques, à l'image de radicaux, de socialistes et de communistes de l'époque.

Il rompt dès 1939 avec ses amis politiques et bascule dans un pacifisme aveugle. Il ne perçoit rien de la montée des extrémismes en Europe. Sous l'Occupation, il s'engage dans la collaboration et signe dans plusieurs journaux collaborationnistes (*Germinal*, *L'Atelier*)[6], ce qui lui vaudra des sanctions administratives à la Libération. Jamais, au cours de ces « années noires », il ne reviendra sur son engagement anticolonial, malgré le régime paternaliste et réactionnaire outre-mer que fut Vichy. Il trahit ainsi le pacte scellé avec Péguy quarante ans plus tôt. À l'heure des indépendances, il soutient ce processus, notamment au Maghreb, retrouvant la cohérence de ses textes de 1902-1906. Charles Péguy et Félicien Challaye ont écrit une des pages majeures de l'anticolonialisme « à la française », une redécouverte nécessaire alors que nous commémorons le soixantième anniversaire de la fin de l'Empire colonial français.

1. Félicien Challaye, *Péguy socialiste*, Paris, Amiot-Dumont, 1954.

2. Félicien Challaye, *Souvenirs sur la colonisation*, Paris, Librairie Picart, 1935.

3. Pascal Blanchard, Nicolas Bancel, Alain Mabanckou, Sandrine Lemaire, Dominic Thomas, *Colonisation & propagande*. Le pouvoir de l'image, Paris, Cherche-Midi, 2022.

4. Raoul Girardet, *L'Idée coloniale en France,* Paris, Hachette, 1972.

5. Jean Meyer, Jean Tarrade, Annie Rey-Goldzeiguer et Jacques Thobie, *Histoire de la France coloniale. Des origines à 1914*, Paris, Armand Colin, 1991.

6. Pascal Ory, *Les Collaborateurs (1940-1945),* Paris, Seuil, 1976.

Péguy en 1897

La génération pour qui nous travaillons ne vaut pas la génération précédente. Sachons le dire – sachons le lui dire.

Vraiment vrai

ULYSSE MANHES

LA MYSTIQUE ET LE SECRET

> Combien nos jeunes gens sont devenus étrangers à tout ce qui fut la pensée même et la mystique républicaine [...] Des pensées, des instincts, des races, des habitudes qui pour nous étaient la nature même, qui allaient de soi, dont on vivait, qui étaient le type même de la vie, à qui par conséquent on ne pensait même pas, qui étaient plus que légitimes, plus qu'indiscutées : irraisonnées, sont devenues ce qu'il y a de pire au monde : des thèses, historiques, des hypothèses, je veux dire ce qu'il y a de moins solide, de plus inexistant. Des dessous de thèses. Quand un régime, d'organique est devenu logique, et de vivant historique, c'est un régime qui est par terre.
> On prouve, on démontre aujourd'hui la République. Quand elle était vivante on ne la prouvait pas. On la vivait. [...] Quand un régime est une thèse, parmi d'autres (parmi tant d'autres), il est par terre. Un régime qui est debout, qui tient, qui est vivant, n'est pas une thèse[1] .

Par ce texte, Charles Péguy livre sa conception de la République. En plaçant la mystique républicaine de *l'autre côté du politique*, il la maintient dans le registre de la mystique en général, c'est-à-dire sur le terrain de l'intériorité, de la sublimation et de sa puissance d'évidence, presque dans le champ de la foi et donc hors la zone de la raison et de la démonstration. La mystique républicaine se passe ainsi d'avocats : elle s'impose d'elle-même, par son autorité supérieure, intériorisée, *organique* (selon le terme de Péguy). Ainsi, aussi obscur soit-il d'emblée, aussi nouveau et incertain dans ses contours, le régime républicain advient dans l'histoire dès ses origines comme une hypothèse de l'avenir déjà dotée d'une morale, unique issue crédible de siècles de droit divin et d'empires autoritaires.

La théorisation multiple dont la République fera ensuite l'objet au cours des siècles suivants apparaît, selon Péguy, comme une déconstruction de sa nature : son examen, son évaluation dans les débats publics – sa défense, sa critique, sa mise à nu – ont fini par la dégrader en une organisation ordinaire. Basculant des rives de la foi vers celles de l'opinion, la République a perdu l'essence sublime de sa vitalité, elle n'est plus qu'une option parmi d'autres.

Dans son *Essai sur la pensée réactionnaire* (replacé dans le recueil d'articles *Exercices d'admiration*), l'écrivain roumain Emil Cioran évoque, au passage d'un court paragraphe, une idée passée plutôt inaperçue sur le secret en politique. Un régime politique, avance-t-il, est comme un jouet en bois que l'on offre aux enfants : la mécanique est cachée à l'intérieur ; il suffit au bambin d'activer un petit levier pour que le jouet s'anime. Dans un mystère soudain et formidable, le train s'active, le soldat marche au pas, la boîte à musique diffuse sa mélodie. Mais il arrive le jour où, de guerre lasse, l'enfant veut comprendre comment fonctionne l'objet, il désire ne plus se laisser berner par ses secrets et percer au plus près les ficelles et les agencements. Il casse son jouet et autopsie son cadavre : il découvre alors, entre ressorts et engrenages, l'ingénierie complexe de son ventre. À ce moment, plus de secret pour lui ni pour sa conscience enchantée : l'enfant a quitté le monde des dupes. Mais voilà aussi qu'il ne peut plus jouer... car l'éblouissement s'est éteint au même instant. Le jouet a été déjoué, il gît en miettes, éventré, vidé de sa magie.

Il en irait de même, pour Cioran, avec les régimes politiques : tant qu'ils demeurent dans le secret de l'opacité, inaccessibles à la compréhension commune, ils restent aussi forts que des divinités faites d'évidences incomprises, de vérités révélées, hypnotiques comme les sirènes de l'*Odyssée* et le droit divin des monarchies. Et plus le régime est opaque, plus il est magnétique sur les esprits. L'adhésion réclame les brumes du mystère. L'homme dupe est un enfant – non-dupe, il devient un acteur, désabusé, ergoteur, paranoïaque.

Ainsi les attributs du politique sont-ils, selon Cioran, aussi machiavéliques qu'anti démocratiques : secret, confidentialité, absence de communication, refus de la transparence... Si un régime commence à se justifier, il garantit sa propre mort. Autrement dit, si un régime *fait de la politique*, il se condamne à la banqueroute : sa condition d'être est celle de la mystique, fascination dépourvue d'explication.

Si Péguy, dans son optimisme lumineux, ne partage pas le cynisme misanthropique de Cioran, l'un et l'autre se rejoignent sur l'essentiel : l'idée d'une nature distincte entre un peuple et le pouvoir qui le gouverne. Conception proprement antimoderne (Cioran a consacré un essai à Joseph de Maistre, le penseur de la contre-Révolution française) qui refuse en bloc toutes les valeurs sacralisées du présent : transparence, communication, inclusion, « festivisme ». La mystique républicaine péguyste n'est pas *corporate* ou *woke* : elle est une promesse d'exigence, d'acceptation irrationnelle, mystérieuse et inaccessible comme le Château de Kafka – dans les hauteurs enneigées et les brumes de la foi. Mystique car *sacrée*, gourmande du *sacrifice* de ses enfants. Péguy s'infligea à lui-même cette discipline : prenant les armes pour défendre l'idée de sa patrie et sa République, il mourra abattu d'une balle dans le front, anonyme, dans un champ de betteraves, le 5 septembre 1914. (« La mystique républicaine, c'est quand on mourait pour la République, la politique républicaine, c'est à présent qu'on en vit. »)

Cioran et Péguy ont pressenti l'un comme l'autre la disparition annoncée de cette rigueur supérieure et le fait que *la modernité se passerait de mystique.* Par le culte de nouvelles valeurs (transparence médiatique, citoyenneté, surveillance, omni-communication), l'homme moderne s'est fixé sur la version terrestre de la politique (c'est-à-dire son intendance, son administration, sa responsabilité), désormais sociale, irréductiblement humaine.

La mystique péguyste nous parle ainsi du présent: dans les relations avec les *grands ensembles*, c'est-à-dire les entités supérieures aux vies individuelles, elle nous dit que toutes les formes de dépassement, de sublimation, d'enchantement, se sont désormais évanouies dans le passé. Probablement parce que ces valeurs étaient des marqueurs de l'*humilité*, de la *soumission consentie*, marqueurs désormais en contradiction avec l'avènement de l'homme nouveau, «autothée» (son propre Dieu), qui exige de régner seul sur sa destinée, dans l'orgueil de son *hybris*. Sans compte à rendre, sans déférence, sans fascination, sans Dieu, sans modestie, sans secret, entouré de ses jouets désossés, de plus en plus terrifié pourtant par l'idée de sa propre mort, dans le seul vacarme de son immanence désenchantée.

1. Charles Péguy, *Notre jeunesse* (1910), Gallimard, coll. « Folio », 1993, p. 106-108.

SALOMON MALKA

COMME UN VIRUS

Il y a, dans *Note conjointe sur M. Descartes*[1], un long passage sur le journal qui s'ouvre par une définition en deux temps. C'est d'abord « la plus grande invention depuis la création du monde, et certainement depuis la création de l'âme, car il touche, il atteint à la constitution de l'âme ».

En même temps, Péguy pointe les menaces inhérentes, ce qu'il appelle la « décréation », l'habitude, la pensée toute faite, l'automatisme, l'adhésion aux réflexes de la « foule » (qui n'a rien à voir, dans son esprit, avec le « peuple »).

Dans ce tournant du siècle où la presse est triomphante, les tirages des journaux sont impressionnants. C'est l'époque où tout le monde est journaliste, Jaurès à *La Petite République*, Clemenceau à *L'Aurore*, Drumont à *La Libre Parole*. Péguy se veut méfiant. « Nos ancêtres étaient du papier blanc et le lin même dont on fera le papier. Les lettrés étaient des livres. Nous, modernes, ne sommes plus que des macules de journaux[2]. »

Il s'en désole. « Je suis convaincu qu'il y a des bons et des mauvais imprimés. Et peut-être beaucoup d'entre-deux. Je suis convaincu qu'il y a une bonne et une mauvaise presse ; et peut-être beaucoup d'entre-deux. Ce qu'il y a de bon, c'est que la bonne presse est quelquefois mauvaise et peut-être souvent, ; et que la mauvaise presse n'est jamais bonne. C'est toujours le même système de l'irréversibilité et de la dégradation continue. On perd toujours. On ne gagne jamais[3]. »

Cette double approche du journalisme, il la partage avec Bernard Lazare, et d'abord avec ses compagnons des *Cahiers de la Quinzaine*. Ces *Cahiers* constituent pour eux un instrument de combat. Combat contre la cléricalisation qui menace toute conviction politique ou religieuse qui ne réfléchirait pas sur elle-même et qui n'adopterait pas une position critique. Combat aussi pour la laïcité, pour la loi de 1905, pour la séparation de l'Église et de l'État. Mais cet idéal, tel qu'il est perçu, n'est pas incompatible avec la foi religieuse. La séparation protège au contraire les religions et leur offre une résistance plus grande à la fois contre leur cléricalisation et contre les tentatives de manipulation politique. Penseur pour temps de crise, Péguy élabore par ailleurs une réflexion sur la mystique et la politique axée sur le refus des compromissions, l'engagement pour une cité harmonieuse, pour l'esprit et contre les structures.

On pourrait résumer son approche de l'événement en évoquant ce qu'il dit des *Nymphéas* de Monet lorsqu'il se pose la question dans *Clio*. Quand les a-t-il peints le mieux ? Dans la dernière esquisse, celle qui pourrait être la plus aboutie ? « Moi je dis, affirme Péguy : la première fois, parce que c'est alors qu'il sait le moins. »

L'événement, pour lui, c'est cela. Quelque chose d'irréductible à une série, qui n'entre pas dans un schéma, qui échappe à un *conatus*, qui déjoue toute tentative de le saisir à pleines mains.

Péguy, comme Lazare sans doute, connaissait déjà les tares qui guettent le journalisme : l'habitude (« Il y a quelque chose de pire que d'avoir une âme perverse. C'est d'avoir une âme habituée »), la meute, la peur du ridicule, l'insensibilité née de la répétition mécanique, le fatalisme... Contre cela précisément, l'événement a cette faculté de garder à l'œil sa fraîcheur, sa vivacité, son émotion première.

Ce qui ressort aussi de *Notre jeunesse*, c'est cette méditation sur la « force singulière » de l'affaire Dreyfus, et ce passage à une réflexion plus globale sur l'événement, sur ce qui arrive, sur le mystère de l'événement. Sur comment certains événements peuvent être élus, sont susceptibles de se voir conférer une dignité particulière. « Aujourd'hui encore, aujourd'hui comme toujours, aujourd'hui plus que jamais on ne peut pas en parler à la légère, on ne peut pas en traiter légèrement, on ne peut pas en parler d'un air détaché. On ne peut pas en parler sans se passionner aussitôt. Aujourd'hui comme jamais, tout propos qui se tient, tout article de revue ou de journal, tout livre, tout cahier qui s'écrit de l'affaire Dreyfus a en lui, porte en lui on ne sait quel virus, quel point de virus qui nous travaille infatigable [4]. »

L'événement a quelque chose d'augural. Il a toujours à voir avec un commencement. Il surgit là où on ne l'attend pas, déjoue toutes les tentatives visant à l'enfermer dans du « déjà-lu » ou du « déjà-vu ». Parallèlement, note Péguy, s'opère une dégradation, une usure, une détérioration de l'événement, « un frottement, un irréversible qui est dans la nature même, dans l'essence même, et dans l'événement, au cœur même de l'événement ». La dégradation de la mystique en politique n'est qu'une illustration de cette déperdition perpétuelle de l'événement.

Cette réflexion de Péguy sur l'affaire Dreyfus comme événement demeure prégnante.

Dans *Temps et récit*, Paul Ricœur évoque l'illusoire idée d'un « passé en soi ». Comme si on pouvait retrouver l'événement dans son jaillissement, dans son imprévu, dans le moment où il est encore indécis. Péguy estimait que les valeurs véhiculées par l'affaire Dreyfus allaient changer la société en profondeur. Il a perçu avant les autres combien cette Affaire serait « immortelle » – c'est ainsi qu'il la qualifie.

Notre jeunesse entreprend de réhabiliter Dreyfus, mais avec un questionnement sur son lendemain. Comment faire pour que la mystique ne se dégrade pas en politique ? Comment passer d'un grand moment historique à la gestion du quotidien ?

L'affaire Dreyfus fut, aux yeux de Péguy, la culmination de trois mystiques : juive, chrétienne, française. Celui qui incarna pour lui cette mystique fut Bernard Lazare.

Des figures amies sont évoquées dans *Notre jeunesse*: Romain Rolland, Georges Sorel. Mais celui qui est décrit comme la figure même de l'amitié, c'est Bernard Lazare. Cinquante pages du livre lui sont consacrées. Péguy passe constamment de l'évocation de la personne au « nous » de l'amitié. C'est le « nous » de la jeunesse commune de Péguy et de Lazare. C'est le « nous » de l'antidreyfusisme. Et c'est le nom du journalisme, leur passion commune. Les pages qui lui sont consacrées dans *Notre jeunesse* figurent parmi les plus belles de la littérature sur l'amitié. Amitié pas seulement conçue comme témoignage affectif, mais amitié politique, affinité élective.

Péguy décrit l'ami, l'inspirateur des *Cahiers*, le confident, le seul à qui il confiait ses secrets. Il raconte combien Lazare eut à vaincre les résistances de son milieu. Il le consacre prophète, « le plus grand de tous », celui qui se lève « en cette grand crise d'Israël et du monde ». Il ajoute, en bon connaisseur de l'histoire juive : « La méconnaissance des prophètes par Israël et pourtant la conduite d'Israël par les prophètes, c'est toute l'histoire d'Israël. »

Il décrit encore son enterrement. Le convoi descendant dans Paris à la fin du mois d'août. La très petite troupe de juifs et de chrétiens mélangés raccompagnant l'écrivain à sa dernière demeure.

Vers la fin de l'année 1902, Bernard Lazare est malade. Il est atteint d'un cancer de l'estomac et souffre presque continuellement. Il est envoyé en cure de repos dans le Midi. Son frère Armand Bernard et sa femme Isabelle s'occuperont de lui avec dévouement. Péguy ne cessera, pendant ces mois de douleur, de lui écrire pour l'informer du sort des *Cahiers,* de la situation politique et des retombées de l'affaire Dreyfus. Lazare trouve encore la force de défendre une manifestation à Paris en faveur des Arméniens. Péguy va lui rendre visite régulièrement rue de Florence. Il est parmi les rares visiteurs des derniers jours.

La mort surviendra le 1er septembre 1903. Bernard Lazare a trente-huit ans. Bredin parle de trois cents à quatre cents personnes présentes aux obsèques. La famille. Les amis fidèles – Péguy, Quillard, Meyerson, Stock –, un ministre, Gaston Doumergue, un groupe d'étudiants juifs, Mathieu Dreyfus. Pas Alfred Dreyfus.

Rien n'a changé depuis Péguy et Bernard Lazare. Les journaux sont bons ou mauvais, le plus souvent bons et mauvais tout à la fois. La sensation est toujours la même. Frisson de la découverte en tournant les pages de nos quotidiens, lassitude devant la répétition et le conformisme. Le journal comme phénoménologie de l'événement, comme processus de création, comme le surgissement d'une nymphe saisie pour la première fois sous un pinceau. Et le journal comme une usure permanente des choses, déjà passées quand elles surviennent, déjà prises dans les filets de l'habitude. Création et décréation mêlées. Irréversibilité et dégradation continue. C'est ainsi que l'un et l'autre voyaient le journal, et c'est à l'intérieur de ce « double ancrage » que leur journal se débattait.

Ah, que les *Cahiers* reviennent donc ! Rendez-nous Péguy et Bernard Lazare !

1. La Pléiade, *Œuvres en prose complètes*, p. 1306.

2. *Ibid.*, p. 1303.

3. *Ibid.*, p.1307.

4. *Notre jeunesse*, « Folio essais » p. 142 et 143.

Péguy en 1913

Le divertissement nous amuse, et nous fait arriver insensiblement à la mort.

Une citation

MICHEL ONFRAY

L'ENCRIER DE BOIS EN FER

ANATOMIE DES SYSTÉMATIQUES

J'aime la colère de Péguy, sa colère mais aussi son humour vachard, sa drôlerie érudite, sa liberté de ton, son style à nul autre pareil reconnaissable à la première phrase. Il génère un flux hypnotique comme une peinture de Sonia Delaunay. J'aime aussi sa clarté et sa limpidité. J'aime plus encore ses idées que je dirais libertaires, issues d'une enfance au contact de la terre et des nuages, des gens simples et bons, modestes et heureux. Lui n'a pas appris la vie dans les livres qui disent la vie mais dans la vie toute simple, fraîche comme au premier matin du monde. J'aime donc aussi sa vérité et sa profondeur, sa justice et sa justesse. J'aime enfin son abus du point-virgule qui est respiration du penseur en apnée, ses digressions infinies qui sont ruse de l'homme qui sait détenir le fil rouge dans le labyrinthe et le déroule quand et comme il veut, son usage sauvage de la ponctuation qui oblige à respirer intellectuellement en suffoquant.

Depuis plus de deux mille ans, une ligne de partage majeure dans l'histoire de la philosophie sépare les penseurs qui croient au réel et ceux qui croient plus aux livres qui disent le réel qu'au réel lui-même.

La religion n'a pas arrangé les choses qui, dans sa formule monothéiste du moins, estime que la multiplicité du monde, l'infinie diversité du réel, l'incroyable polyphonie du tangible, se résument à un seul livre qui les déclasserait tous. L'étymologie de Bible le dit : c'est *le* livre un et unique, celui qui abolit tous les autres. Ce genre de livre bibliophage est moins une bénédiction qu'une malédiction. Il génère la passion du système qui s'avère l'antipode et l'ennemi de ce qu'il veut contenir et ramasser. Autant vouloir enfermer les nuages dans un tonneau – ou faire passer la mer dans un petit trou creusé dans la plage, les augustiniens savent de quoi je veux parler.

L'Esprit de système est un ouvrage philosophique majeur. Voilà pourquoi il est très improbable qu'on l'étudie à l'université. Il enseigne en effet que le roi est nu et que la discipline, tout à son culte du système, passe à côté de la réalité, qu'elle tue même la réalité pour la faire entrer dans ce qui jamais ne la contiendra et qui toujours la débordera. Il enseigne cela mais en plus il l'enseigne avec ironie, humour, drôlerie, persiflage et facétie.

Il y a dans ce Péguy qui attaque Kant et le kantisme un Diogène qui moque Platon car, déjà à cette époque, la fracture oppose deux univers irréconciliables : celui des Idées platoniciennes et du système idéaliste qui l'accompagne à celui des plaisanteries, des jeux de mots, des vannes, des happenings de Diogène. Platon entretient d'Idées qui n'existent nulle part ailleurs que dans son cerveau et celui de ses sectateurs, Diogène déambule dans les rues d'Athènes avec une lanterne à la main en disant qu'il cherche un Homme, car ce qui existe n'est pas l'Homme, l'idée d'Homme, l'Homme avec une majuscule, mais une infinité d'hommes. Ce lumignon philosophique éclaire ce que le philosophe sait ne pas trouver puisque l'Homme n'a pas d'existence réelle.

Mais Péguy ne commence pas tout de suite par régler son compte à l'auteur de la *Critique de la raison pure*. Il part de plus loin et attaque « les systématiques » comme il dit, et Kant n'est rien de plus que l'un d'entre eux. Il y en eut avant lui, il y en a hélas après lui, après Péguy même, aujourd'hui encore ils tiennent le haut du pavé philosophique. Car, il ne l'a jamais su, mais Péguy a écrit contre Sartre et Deleuze, Foucault et Derrida et toutes les smalahs freudiennes, marxistes, scolastiques, structuralistes, postmodernes, déconstructionnistes qui font frétiller la Sorbonne, qui est le nom commun des professeurs de philosophie qui se croient philosophes – comme si un agrégé d'anglais devenait anglais du fait même de son frais diplôme !

Les vingt premières pages de ce texte hilarant proposent une généalogie de *l'Esprit de système* : la réalité l'angoissant, le systématique l'évacue donc, du moins le croit-il, en l'enfermant dans des fers conceptuels, idéalistes, théoriques. Faire avec la réalité ne manquerait pas de le plonger dans un abîme d'inquiétude. Plutôt un système, fût-il faux, qui le sécurise, que la vérité d'un réel qui l'inquiète. Toute bête préfère son terrier à la liberté des champs si sa sécurité s'y trouve assurée. Un philosophe qui construit un système, c'est un rat qui croit que le monde ne va pas au-delà de son nid. Que le monde, d'ailleurs, c'est ce trou et rien d'autre.

Or, la réalité n'est pas une Idée de plus, une idée comme une autre, un concept, une vue de l'imaginaire ou de l'imagination. C'est le donné pur du monde dont il n'est pas besoin de se demander pourquoi il est plutôt que rien – ce qui est la meilleure façon de faire de sa vie réflexive un onanisme permanent.

Le système, c'est « ce qui reste quand un systématique a passé par là ; étant donnée une réalité, immense, naturellement, un système est ce qu'un systématique a pu voir, a pu retenir dans sa courte vue ; ou même, et en dehors de tout cela, ce qu'il a pu fabriquer avec sa courte imaginaire ; appliquez-vous à suivre, autant que vous le pourrez, comme vous le devez, dans toute sa complexion, la réalité même ; respectez autant que vous le pourrez, comme vous le devez, fidèlement, pieusement, la réalité : vous êtes un homme méprisable et votre nom même succombe avant vous ; pourquoi vous retenir, puisque vous vous êtes conformé à la réalité : puisque vous avez dit la même chose que la réalité, ce que vous avez dit, on est sûr par là-même que la réalité l'a dit beaucoup mieux que vous ; vous avez fait une répétition ; vous êtes un répétiteur » – il me faut arrêter là, la phrase galope jusqu'à l'horizon intellectuel et, comme on s'en doute, l'horizon, c'est loin…

J'eus un jour une discussion, disons plus justement : je me fis un jour tancer par la fille agrégée de philosophie d'un défunt président de la République parce que, moi aussi, j'avais eu l'impudence de parler de réalité – « quelle réalité ? de quoi parlez-vous ? La réalité, chacun sait que ça n'est pas si simple ! » Pour elle, peut-être, car c'était une jeune fille désireuse de rejoindre l'étable des systématiques où l'on se protège mutuellement des rudesses du climat et des méchancetés du monde, poils contre poils ; mais pour moi, c'était simple, je connais les étables, je n'aspire pas à y vivre.

La réalité a en effet mauvaise presse chez ceux qui prennent leurs désirs pour la réalité, justement parce qu'ils préfèrent leurs désirs (qui les submergent) à la réalité (dont ils ont peur comme des enfants). Le systématique n'est pas entré dans l'âge adulte. Il vit dans des cartons d'emballage qu'il prend pour des châteaux forts, il habite dans des cabanes au fond du jardin dont il estime que ce sont des citadelles imprenables. Il voit toujours ce qu'il croit ; il ne croit jamais ce qu'il voit.

Le systématique a peur du réel et n'aspire qu'à une seule chose : ajouter le sien à la théorie des systèmes qui se succèdent depuis des millénaires. L'idée qu'on puisse un jour enseigner sa trouvaille entre celle de Machin et celle de Bidule, voilà ce qui le motive à penser ce qu'il pense, à dire ce qu'il dit, à faire ce qu'il fait.

Le réaliste, en revanche, s'efface devant la réalité. Il n'a pas envie de la nier, de la mépriser, de l'ignorer, de la falsifier, de la maltraiter, de lui faire subir des outrages, il a juste envie de la dire, puis de la vivre – de la dire pour la vivre, de la vivre pour la dire. Il n'a aucun désir d'inscrire son nom dans le marbre des grands inventeurs de système. À quoi bon ? Pour quel résultat ? La postérité ? Pour quoi faire ? Quelle vanité...

Du systématique, Péguy dit : « Quand il a raison, c'est lui qui a raison ; et quand il a tort, il a raison d'avoir tort. » N'est-ce pas ce qui explique que le XXe siècle ait préféré avoir tort avec Sartre que raison avec Aron ? C'est dire que ceux-là ont sciemment préféré l'erreur à la vérité, le faux au vrai, l'illusion à la réalité ! Cet aveuglement volontaire a généré le monde dans lequel nous vivons. Il est le produit de cette cécité volontaire. Que le monde périsse, pourvu que le système (marxiste en l'occurrence...) survive ! Mais dans un monde disparu le système meurt lui aussi.

« Suivre la réalité, pieusement », voilà qui ne génère aucune étincelle, aucun feu d'artifice, aucun hourra, aucun bravo ! En revanche « mépriser la réalité », voilà qui vaut à son clown la gloire, la réputation mais aussi et surtout : les postes, les prébendes, la puissance à l'Université.

Mépriser la réalité ne suffit pas pour faire carrière à la Sorbonne. Il faut aussi enseigner que le réel n'a pas eu lieu et qu'en lieu et place de ce réel se trouve une autre réalité, la vraie, du moins une prétendue vraie car, en réalité, c'est bien sûr une fiction ! Les systématiques usent et abusent des productions de leur imagination, de leurs fictions, de leurs fantasmagories. Leur caprice fait la loi. Le monde n'est pas ce qu'il est, il est ce qu'ils disent qu'il est.

Le réel n'a pas d'essence et d'existence propre ; ce qui est n'est pas si le systématique a décidé que tel était le cas ; il peut ajouter qu'en revanche, après avoir dit que ce qui est n'était pas, que ce qui n'est pas, est. C'est à cela d'ailleurs qu'on le reconnaît...

Pour incarner cette ontologie fantasque des philosophes qui enseignent bien au chaud à la Sorbonne, Charles Péguy file longuement une métaphore désopilante : c'est celle de l'encrier en bois dont un systématique a décidé qu'il était en fer... Dis comme ça, c'est drôle ; mais ce qui se trouve ainsi raconté, c'est que des gens qui passent pour sérieux puissent agir ainsi, penser de la sorte, professer pareillement.

En présence d'un encrier en bois, le réaliste se contente de dire qu'il voit... un encrier en bois ! C'est du pur et simple bon sens. Mais, le bon sens n'étant pas la chose du monde la mieux partagée, surtout chez les philosophes, le systématique dit, lui : « Cet encrier, qui est en bois, est en fer ; et comme il aime généraliser, comme généraliser fait sa gloire, il ajoute négligemment : d'ailleurs tous les encriers en bois sont en fer ; aussitôt voilà le monde retourné : il a dit que les encriers en bois étaient en fer ; nul n'y avait pensé encore ; admirable coup de génie ; enfin nous avons un système ; cela fait un système ; quel bonheur ; quelle fortune : un système, de plus : quel enrichissement ; voilà un système qu'il ne faudra point oublier quand nous ferons l'histoire des systèmes ; or nous faisons toujours l'histoire des systèmes ; et nous ne faisons jamais rien que l'histoire des systèmes. » La machine est en marche, il ne reste plus qu'à trouver les gogos pour faire croire que le réel n'a pas eu lieu et qu'il a été remplacé par un autre – plus vrai bien sûr... L'encrier en bois n'est pas en bois, puisqu'il est en fer. Ainsi soit-il, disent les disciples en chœur...

Le réaliste est un solitaire. Le systématique chasse en meute. Il a des disciples qui annoncent et se font thuriféraires – ils balancent l'encens et nimbent leur maître.

Péguy propose une typologie des disciples et distingue deux façons de l'être : « celle de ceux qui garderont pure, comme un trésor sacré, intacte la pensée du maître, celle de ceux qui, faisant eux-mêmes preuve d'initiative et d'originalité, développeront la pensée du maître dans le sens de cette initiative et de cette originalité ; c'est un éternel débat, que de savoir si ce sont les élèves de la première sorte qui sont les meilleurs élèves, ou si ce ne seraient pas les élèves de la deuxième sorte ; la parfaite, totale fidélité des élèves est-elle ou n'est-elle pas la meilleure marque de l'élevage ; ou n'y a-t-il pas plus de fidélité profonde dans une certaine indépendance ; est-ce demeurer fidèle à la pensée du maître que de le répéter servilement dans les siècles des siècles; ou n'est-ce pas y demeurer plus fidèle que de la continuer dans son propre sens, la pousser comme le maître l'eût poussée si le maître avait vécu, comme ce serait justice pour les maîtres, plusieurs âges d'homme; il serait juste que les maîtres vécussent beaucoup plus que nous autres les simples hommes; mais l'ingrate nature a de ces impitoyables surdités; peut-être même la plus fidèle de toutes les fidélités serait-elle de transmettre la pensée du maître, de la transférer, de la traduire, de la transcrire dans un autre langage à mesure que les temps se succèdent et qu'ainsi les langages en viennent à se perfectionner: parler, en un mot, le système du maître dans les langages où lui-même l'eût parlé d'âge en âge, lui-même s'il eût vécu en différents âges d'homme».

On comprend que Péguy n'eût pas souhaité des disciples serviles, répétiteurs de sa propre pensée, des perroquets. Or, l'université fonctionne au psittacisme où le maître devient la plupart du temps un gourou conducteur de secte. Il suffit au chef de meute de proférer une sottise pour que la totalité des chiens la reprennent et aboient des variations à l'infini.

On comprend bien que les premiers passent leur vie à psalmodier que les encriers de bois sont en fer. Ce sont les innocents aux mains pleines qui héritent des chaires léguées par le sorbonagre qui a bien été encensé. Les deuxièmes ne feront rien contre le noyau dur de la pensée de leur maître, de sorte qu'ils continuent d'affirmer que l'encrier de bois est en fer mais ils enseignent que ce fer, c'est de l'acier ou un autre métal. D'autres affirment que c'est de l'acier chromé, ou de l'étain diamanté, ou du plomb, ou de l'aluminium, ou du métal, n'importe quel métal dit l'éclectique disciple de Victor Cousin qui tient à récupérer des postes, pendant que d'autres tiennent pour le fer doux ou le fer aimanté, le fer ouvragé – mais aucun de ces philosophes n'estime que l'encrier de bois est en bois!

Des réunions, des congrès, des séminaires, des colloques, des revues, des livres opposent les «feraimantistes», les

« ferdouséistes », les « ferémantistes-ferdouistses-unis »... Où l'on voit que Péguy moque déjà ceux qui pensent que philosopher c'est créer des concepts... Seconde preuve que Péguy a lu Deleuze quatre-vingt ans avant que ce professeur n'ait écrit son bréviaire post-moderne dans lequel il définit ainsi la philosophie.

Et puis, un jour de congrès – « comme tous les congrès sérieux, il se tint à Paris, ville des amusements et des travaux inédits » –, le concierge qui était « un brave homme », ancien pompier, apporte une écritoire sur laquelle se trouve un encrier en bois... Bien sûr, les tenants du bois en fer le questionnent pour avoir son avis. Plein de bon sens, soucieux de réalité et de vérité, le concierge dit tout de go que cet encrier de bois est en bois... Colère du sachant qui intime l'ordre à l'employé d'aller dire à son maître que cet encrier de bois est en fer ! Comme le maître était le Pierre Bergé de son temps – « on l'aimait beaucoup dans le Parti, parce qu'il payait beaucoup. Il payait pour les élections. Il payait pour les journaux. Il payait pour les congrès. Il avait même fondé un journal à lui tout seul, et on dit que les rédacteurs y étaient payés. Enfin il était le protecteur, je veux dire nommément le soutien du grand parti Eisenholztintenfasziste » –, il a payé son employé pour qu'il dise que l'encrier de bois était en fer. Ainsi, le congrès a pu commencer – avec un peu de retard malgré tout...

Qui dira que nous ne sommes plus dans ce monde ? Péguy avait raison parce que le passé lui donnait raison mais aussi et surtout parce que le futur lui a donné raison et notre présent même valide ses thèses.

Le XXe siècle, et après lui le XXIe siècle commençant, vivent sous le régime de ceux qui affirment haut et clair que les encriers de bois sont en fer. Les philosophes du siècle de Péguy ont promu des encriers marxistes, freudiens, freudo-marxistes, maoïstes, soixante-huitards, structuralistes, lacaniens, althussériens, foucaldiens, deleuziens, puis, ceux-là même ont généré les encriers déconstructionnistes, néo-féministes, intersectionnistes, décolonialistes. Les choses se passent toujours à Paris. Il y a toujours des mécènes pour financer la cause des encriers de bois en fer. La presse est toujours aussi peu soucieuse de réalité.

Mais les concierges qui sont d'anciens pompiers sont de plus en plus nombreux, et c'est heureux. La lecture de Charles Péguy aide à remettre l'église au centre du village : oui les encriers en bois sont bien en bois, et pas du tout en fer... Dans *Notre jeunesse*, Péguy écrit ces phrases devenues célèbres et si souvent, hélas, citées à contre-emploi : « Il faut toujours dire ce que l'on voit. Surtout il faut toujours, ce qui est plus difficile, voir ce que l'on voit. » C'est plus difficile en effet, mais tellement plus exaltant.

VICTOR DUMIOT

TUMULTES DE LA PENSÉE

La pensée constitue-t-elle une forme d'exil, un voyage duquel on ne revient guère, ou alors pas complètement ? Abstraite, la pensée apparaît comme ce mouvement, cette envolée intérieure, impénétrable et fragile lorsqu'elle naît, docile et puissante tandis qu'elle se déploie ; sans doute, à certains égards, la pensée est-elle cette espèce de désir réflexif, souvent décrit, ce vouloir-être du Gai Savoir et de ses fastes horizons, souvent tumultueux, qui nous prend – nous, sujets – comme la houle, et par lequel on se laisse emporter vers de lointains territoires, autant de flux et reflux qui viennent balayer la conscience du philosophe.

Ainsi que Charles Péguy l'affirme, dans son texte satirique *Heureux les systématiques*[1], heureux sont donc ceux qui ont fait vœu de pensée, *heureux* : les réflexifs, les abstraits, les savants, les architectes mentaux ; *heureux*, c'est-à-dire chanceux, sont ceux dont le regard délaisse les vaniteux et périssables paysages du réel, pour n'embrasser que les terres idéelles et autres paradis raisonnés, illusions métaphoriques. Non qu'ils soient plus joyeux, mais bien davantage libres.

Face aux systématiques, que semblent bien bas et bien impuissants les naturalistes-réalistes, tous laudateurs du réel. Prenons Zola : l'écrivain est avant tout l'enquêteur de la nature, des hommes, des sociétés ; sa plume n'est trempée que dans l'encre d'une vérité qu'il s'échine à travailler

– car la vérité du monde, pour être capturée, se travaille: « Orchestrée avec sérieux, l'observation chez Zola prend l'allure d'une véritable méthode d'investigation[2]. » Aussi le naturaliste se rêve-t-il physionomiste de la question sociale: celui qui parviendra à saisir sa forme intérieure, celui qui parviendra à dévoiler les ressorts de son organisation, celui qui parviendra, enfin, à déterminer les causes de sa maladie et à définir quelques remèdes.

Toutefois, ainsi que Péguy le souligne, le naturaliste-réaliste, parce qu'il a trop souvent les mains dans la terre, parce qu'il demeure l'objet, l'englué, d'une réalité qu'il observe et qu'il cherche à saisir, espérant de ne jamais l'abîmer ou, pour le dire autrement, de lui être toujours fidèle, ne peut être « heureux ». Le réaliste, à l'écart des ratiocinations, ne peut que se « contenter » du réel: que l'on se figure son pauvre sort! Ironique, le texte de Péguy constitue une démonstration par l'absurde de la facilité avec laquelle les hommes de pensée échappent aux matérielles réalités. Car l'existence du réaliste demeure un navire incertain, toujours durement manœuvré, en proie aux moindres bourrasques et autres mouvements de la nature. Il en va de son existence comme d'une chose fragile, frêle bicoque soumise aux lois incertaines d'un océan colérique. Davantage esprit d'observation que d'imagination, à jamais le réaliste demeure un grand tributaire – du monde, de ses constatations, etc.

Cependant, ne nous trompons point, Charles Péguy, qui a raté l'agrégation de philosophie avant de quitter les sages rangs de l'école puis de s'engager, politiquement, philosophiquement, épris d'une invincible volonté intellectuelle et morale, se joue en réalité d'un autre mal, mal tout annoncé de la modernité, le mal des systèmes. Car, toujours selon Péguy, si les réalistes ont pour eux une sorte de courage de la vérité, justement du fait de la fragilité de leur position, et la nécessité consécutive de demeurer humbles face aux connaissances qu'ils possèdent, les systématiques s'illustrent davantage par leur mauvaise foi et la vacuité de leur cheminement heuristique. Contre les tenants de la grande Abstraction, le normalien se place davantage du côté des réalistes.

Heureux sont-ils ?

Posons-nous la question : les systématiques sont-ils plus *heureux* ? Sur ce sujet, le texte de Péguy ne laisse que peu de place à l'équivoque. Lui-même savant, c'est-à-dire sage parmi les sages, du haut de ses trente-cinq ans, l'écrivain souhaite démontrer qu'il n'existe guère de pensée qui ne naisse dans le terreau spécifique d'une conscience identifiée ; contre les rêveurs d'objectivité, contre les scientistes de l'idée – les plus radicaux ! –, contre les faiseurs de mondes imaginaires, Péguy prend la plume, comme d'autres prennent les armes, son écriture se forge dans la lave des polémiques. Point d'embrun dans le souffle de colère qu'il rugit contre les hommes de son temps, mais des grosses gouttes brûlantes et chargées d'acrimonie. C'est toute la beauté et la force du texte de Péguy : réquisitoire implacable contre la modernité et ses chimères, contre ses confrères philosophes – kantiens de chapelle, notamment, socialistes grands divisés (ce qui devrait nous évoquer quelque chose) – et autres normaliens, dont les abstraites pensées hantent la rue d'Ulm[3].

La colère de Péguy est nettement dirigée contre les politiciens, les socialistes idéologues insincères, les combistes, – auxquels il reproche d'avoir trahi la cause, foulé du pied la « mystique républicaine[4] » qu'il chérit tant, d'avoir flétri ses chers idéaux – et les sociologues de son temps, rationalistes convaincus dont les pompeuses recherches les font s'écarter irrémédiablement du monde réel. Pour bien comprendre, il faut se remettre à l'heure de l'époque, replonger dans son atmosphère illuminée. Au tournant du siècle, alors que la France se déchire encore autour de l'affaire Dreyfus – en 1905, l'officier est gracié, mais il n'est pas pour autant réhabilité –, que le vent de l'antisémitisme le plus vorace continue de souffler sur les braises et que la méthode scientifique, dans la vérité des preuves qu'elle est supposée produire, est mise en question[5], des officiers de la pensée pèsent de tout leur globe crânien sur le reste du monde. Le positivisme, qui fait tendre toute chose vers la vérité de ses causes, déployant une téléologie de l'explication systématique ; de même, la sociologie, encore naissante, entièrement construite – à peu de choses près – par Émile Durkheim[6].

Contre ces *bienheureux* systématiques, apôtres d'une triste connaissance, Charles Péguy entend donc secouer les confortables systèmes, et mettre au jour ce qu'il y a de supercherie coupable. Incisif comme doit l'être un pamphlet, drolatique comme l'est une bonne satire, le texte de Péguy, convoquant une à une les figures intellectuelles du siècle, s'attachant à brosser le portrait corrosif des retirés du monde, des architectes mentaux, constitue une défense implacable de la pensée réaliste – tout du moins, engagée. Au monde des vaporeuses lumières, des discours savants, à la fois objets et instruments de pouvoir, Péguy réaffirme la nécessité de lutter contre les billevesées, et s'attache à explorer les conditions de possibilité, et la perdition consécutive à celles-ci, des tumultes de nos pensées.

Naissance des systématiques

Point de systématique, sans système. C'est à partir de cette idée simple, mais véridique, que le texte de Charles Péguy se déploie afin de brosser le portrait acide et caustique de ses ennemis, trop heureux, *systématiques*. Mais que sont-ils ? Ils sont tout le contraire des réalistes. Ceux-ci s'abîment dans un état de dépendance excessif au monde et à sa réalité, « comme tout leur vient de la réalité, tout ce qu'ils font retourne aussi à la réalité[7] », rien que des éternels copistes-débiteurs qui travaillent par tâtonnement, par impressions, marionnettes d'un monde ventriloque. Vie de forçat. Les systématiques, eux, sont « heureux ». Car ce sont des sages qui, par trop de sagesse, se couchent sur le doux nuage de leur pensée, déliés du monde auquel ils ne rendent plus de comptes. De l'exactitude des faits avancés, et des observations produites, les systématiques ne se préoccupent point, souverains en leur domaine.

Comment naissent les systématiques ? Si les réalistes tâtonnent, les systématiques imposent. Ils produisent un système, voyez-là comme leur royaume, n'obéissant qu'à leurs lois :

> Un système est une réalité tronquée, vous qui êtes fidèles à toute la réalité, vous n'en serez jamais [...], au contraire, ce monsieur qui, délibérément ou sournoisement, a tronqué, altéré la réalité, il a fait un système [...] ; éliminant automatiquement tout le reste, ce qui le gêne[8].

Ainsi naissent les systèmes : les théoriciens, ne pouvant conserver la totalité du réel, s'évertuent à la réduire et, ce faisant, à la tronquer. Pis, non seulement ils falsifient la réalité, mais ils la nient. Les systématiques adoptent les prémisses pour résultats finaux, les hypothèses pour découvertes, les postulats pour vérités, et autant de ruineuses inversions heuristiques. Ils font de la tentative, que constitue fondamentalement toute recherche de connaissance, une tentation : celle de saisir le monde, non point par le bout, le détail, ou le *plateau* dirait Deleuze, mais par la totalité. Et ainsi fascinent-ils. Car, ne se référant plus qu'à eux-mêmes, qu'à leur architecture mentale, plus ou moins figée, ils disposent du monde. En ce sens, les systématiques, nous dit Péguy, sont pareils à une vaste machine à vapeur, dont les innombrables turbines et pistons produisent à tout instant de vaporeux modèles.

Prenons un exemple, celui des « encriers » :

> Vous avez devant vous votre encrier ; c'est un encrier en bois ; voici monsieur le systématique ; monsieur le systématique ne prononce que quelques mots ; monsieur le systématique a dit : « Cet encrier, qui est en bois, est en fer » ; [...] D'ailleurs, tous les encriers en bois sont en fer » ; aussitôt, voilà le monde retourné[9].

Le systématique « retourne le monde », son système ressemble davantage à un jeu, et son véritable talent n'est autre que celui de faire accroire que cette chose qu'il a produite est réelle. Impérissables, les systèmes produits en surabondance viennent grossir un à un la déjà volumineuse accumulation de concepts, en s'étendant sur la large toile de Vérité qui fait l'histoire de la pensée. C'est aussi le sens du texte de Péguy : faire, sinon l'histoire, l'acide chronique de la philosophie moderne.

Portrait du systématique

À quoi ressemble le systématique ? Outrecuidant, vaniteux, il est constamment animé par l'espoir de demeurer, une fois son œuvre faite. Car voilà un homme qui enfante la pensée, en ce sens qu'il travaille à sa postérité, imprimant par droit de conquête, dans la mémoire de l'humanité, son propre système, sa fiction. Au monde, il impose son égotique cartographie mentale, sa descendance : « Il faudra bien qu'il y mette ce système-là, et à sa date, et à son rang, et à son nom[10]. »

À ce propos, l'on pourrait rajouter que le système se caractérise par une certaine violence, devenant conquête, la pensée prend la forme d'une entreprise de domination. Écoutons un autre philosophe : Emmanuel Levinas. Selon lui, à la saisie du monde par le sujet pensant au sein d'une totalité, *i.e.* sa représentation du réel, répond la volonté de saisir autrui par l'intermédiaire de cette même représentation. Au cœur de ce problème, perce distinctement un enjeu éthique[11] : la brutalité du systématisme. Et l'on comprend mieux Péguy. Précisons toutefois que la critique phénoménologique, dont Levinas est le représentant, ne constitue point une lutte directe contre les systématiques : elle demeure enserrée dans son propre systématisme. Seuls Georges Bataille et Nietzsche avant lui ont trouvé dans la philosophie un langage approprié. Eux seuls ont tiré une balle, non dans le pied de la philosophie, mais en son cœur, au risque d'ailleurs de la faire mourir. Eux seuls ont su réfuter la possibilité de celle-ci, et envisager son impossibilité. Eux seuls ont eu la grandeur philosophique, et morale, non seulement d'accepter et de reconnaître les limites de la philosophie, mais de les revendiquer[12].

La tentation systématique ou les écueils de la pensée

Il y aurait tant à dire sur les ennemis désignés par le texte de Charles Péguy, depuis les philosophes systématiques, jusqu'aux sociologues, rois des sciences humaines, en passant par les politiciens – et en particulier, les socialistes ; car ce texte a davantage une portée globale qu'une cible précise, par l'intermédiaire des systématiques, c'est à la modernité, à ses errements, que l'auteur s'en prend.

Si Péguy s'attaque si vertement aux esprits de son temps, c'est d'abord parce que ces derniers, en délaissant les affaires du monde, ne s'en préoccupent plus, échappant ainsi à leur responsabilité morale et politique. C'est le cas des kantiens qui, du haut de leur suprême morale, justifient tout, y compris l'esclavage, car « ce n'est point de notre faute s'il se trouve à point nommé des hommes, que vous nommez esclaves, pour accomplir ces sortes de travaux[13] ». C'est le cas des « sociopsychophysiomathématiciens thérapeutes[14] » qui, réduisant les phénomènes sociaux à des lois mathématiques, s'amusent et s'éparpillent en divers calculs abstraits, se livrent à une fatale surenchère. Non seulement ils s'amusent, mais ils s'amusent avec sérieux. Car les systèmes ne demeurent jamais longtemps entre les mains de leur créateur et, échappant à tout contrôle, se disséminent rapidement au sein d'un réseau institutionnel : les universités. Dès lors, réappropriés, les systèmes se subdivisent, se contestent, se revendiquent, pour former une chaotique famille. Ce qui n'était qu'un badinage de l'esprit se transforme en une lutte acharnée, guerre du vide.

Cette lutte, que se livrent les systématiques, vise à englober toute vérité systématique concurrente comme partie, et partie seulement, de son propre système : guerre entre les systèmes, guerre au sein des systèmes. Engouffrés dans des enjeux institutionnels – *i.e.*, la défense de leur chaire ! –, les penseurs s'éparpillent, se dispersent, et participent plus généralement du détachement de la société aux affaires réelles et aux impératifs moraux. Le systématique fait croire que le combat se situe ici, dans l'Idée. Alors qu'il se trouve ailleurs, là où les petites gens vivent, dans le réel.

Dernier système

Heureux sont donc les *systématiques*. Toutefois, la satire de Charles Péguy ne doit pas être comprise comme une condamnation unanime de la philosophie et de ses systèmes. L'auteur, à l'avant-garde de la modernité, pratique en réalité, par le biais de la littérature, une philosophie abrasive. Car, c'est bien d'une destruction qu'il s'agit : déconstruire les impostures et renvoyer dans les basses-fosses de la pensée leurs imposteurs-créateurs. Voilà une sorte d'histoire de la philosophie, ou plus exactement, de chronique de la philosophie moderne, avec ce qu'elle suppose de distance critique. Le texte de Péguy constitue bien davantage un appel et une mise en garde : contre la rigidification de la pensée, contre les savants illusionnistes brandissant l'arsenal de lois mathématiques, contre tous ceux qui prétendent détenir la Vérité.

Ce texte confirme combien Charles Péguy est visionnaire : il pressent, à l'aube du XXe siècle, que le danger rôde du côté de la raison qui s'égare et de l'absence d'engagement des intellectuels. Des décennies plus tard, l'appel de Péguy trouvera un écho indirect chez des philosophes tels que Michel Foucault et Gilles Deleuze. Dans un entretien, intitulé « Les intellectuels et le pouvoir[15] », Foucault discute avec son acolyte sur la place du philosophe au sein d'une société qu'anime un profond désir de changement social, et au sein de laquelle la question de la légitimité de la parole, plus exactement de celle du locuteur, est primordiale. Au cours de cette discussion, Foucault tient le propos suivant :

> Le rôle de l'intellectuel n'est plus de se placer un peu en avant ou un peu à côté pour dire la vérité muette de tous; c'est plutôt de lutter contre les formes de pouvoir [...]. C'est en cela que la théorie n'exprimera pas, ne traduira pas, n'appliquera pas une pratique, elle est une pratique. Mais locale, et régionale, comme vous le dites: non totalisatrice[16].

Oui, mais cette révolution, sans doute vertueuse, qui a eu lieu dans le monde de la philosophie, comme dans celui de la sociologie, réduit considérablement les possibilités pour nous autres humains, de poser un regard qui soit, avec ce qu'il a d'arbitraire, de trompeur, englobant. Car s'il est assurément une souffrance pour l'homme, c'est de demeurer sans vision, sans *illusion*, comme le disait le poète Leopardi: «Combattre les illusions en général est le signe le plus certain d'un savoir très imparfait et très insuffisant, et d'une évidente illusion[17].»

Alors, bien malheureux serions-nous en l'absence de systématiques?

1. Charles Péguy, *Œuvres en prose complètes*, Paris, Gallimard, coll. «Bibliothèque de la Pléiade», t. II, 1988. Le texte de Péguy paraît en 1905, au sein des *Cahiers de la Quinzaine*.
2. F. Giraud, «Quand Zola mène l'enquête : le terrain comme caution scientifique», *Ethnologie française*, vol. 43, n° 1, Presses Universitaires de France, 2013, p. 148.
3. L'École normale supérieure sied au 45 de la rue d'Ulm.
4. L'expression est de Péguy, on la retrouve notamment dans son célèbre texte *Notre jeunesse* (1910).
5. Comme le précise Vincent Duclert (*L'affaire Dreyfus*, 2012), Alphonse Bertillon, fondateur du premier laboratoire de police d'identification criminelle, est «l'heureux» inventeur de la graphologie. Cette technologie repose sur la confrontation d'écritures diverses, afin de confondre le coupable – et d'établir sa culpabilité. Pour Dreyfus, la graphologie sera utilisée et même instrumentalisée, par-delà la certitude d'une absence de correspondance entre son écriture et celle retrouvée sur le *bleu*, document qui a déclenché l'Affaire. «L'objectivité scientifique», motivée par une haine antisémite, sert ici à «construire» la culpabilité d'un innocent.
6. Sur ce sujet, et pour mieux comprendre la violence des attaques de Péguy, le lecteur pourra utilement consulter l'ouvrage fondateur de la sociologie moderne que constitue *Les Règles de la méthode sociologique* (E. Durkheim, 1895).
7. *Idem.*, p. 224.
8. Charles Péguy, *op. cit.*, p. 224.

9. On trouve ici une parfaite illustration de la démonstration par l'absurde, au cœur du texte, de la vacuité, et pis, du caractère artificieux, du systématisme. Vacuité, parce que l'urgence pour la pensée n'est pas à savoir si l'encrier qui est en bois est en fer, ou si celui qui est en fer est en réalité en bois. L'audace d'une telle ratiocination n'entend pas transformer la réalité, mais bien exister indépendamment de celle-ci, comme un simulacre : le système constitue un succédané.

10. Charles Péguy, *op. cit.*, p. 230.

11. E. Levinas, *Totalité et infini : essai sur l'extériorité*, Paris, Le Livre de Poche, 1990.

12. Dans « La conjuration sacrée » (1936), Georges Bataille écrit la chose suivante : « Le monde auquel nous avons appartenu ne propose rien à aimer en dehors de chaque insuffisance individuelle : son existence se borne à sa commodité. » Renvoyant dos à dos le philosophe et l'observateur du réel, Bataille déclare la guerre : « ce que nous entreprenons est une guerre », non pas au réel, mais dans le réel.

13. Charles Péguy, *op. cit.*, p. 306.

14. *Idem.*, p. 258.

15. M. Foucault, « Les intellectuels et le pouvoir », *Dits et écrits I*, 1954-1975, Paris, Gallimard, 2001, p. 1174-1184.

16. M. Foucault, *op. cit.*, p. 1176.

17. G. Leopardi, *Zibaldone*, Paris, Allia, 2003, p. 1271.

LAUREN STORCH

PÉGUY POUR UN NUL : MOI !

Je risque de vous étonner mais je n'ai jamais lu une seule ligne de Charles Péguy. I am « Péguy free », comme disent les nutritionnistes anglo-saxons. Je suis donc un candidat idéal pour les allergiques à cet auteur. Je suis passé directement d'Enid Blyton (*Oui-Oui et son taxi jaune*) à Balzac, Zola, Houellebecq et Moix sans jamais passer par la case Péguy. Rien, pas un mot, pas même une citation dans une dissertation de français ou de philosophie. Rien, vous dis-je ! J'ai bien adoré une « Peggy » dans ma jeunesse mais c'était Peggy la cochonne, l'héroïne rose et dodue du « Muppet Show ».

Pourtant, je me suis forcé à lire de « grands » auteurs. À commencer par Proust que je n'ai jamais pu finir, Lamartine que je n'ai jamais pu commencer, Sartre que je n'ai jamais pu aimer. Mais Péguy, je n'ai jamais essayé ! Nul, je suis nul en Charles Péguy.

D'ailleurs, bien qu'il y ait des centaines de collèges et lycées Charles Péguy en France, l'Éducation nationale pardonne de ne pas lire Péguy comme elle pardonne de ne plus lire Chardonne, Morand et tous ces auteurs maudits, voués aux gémonies du Syndicat national des enseignants de second degré-Fédération syndicale unitaire (SNES-FSU). Serait-ce une forme de « cancel culture » avant la lettre ? Possible, puisque le mot est d'origine française. « Canceller » signifie, depuis le Moyen-Âge, annuler une écriture en la croisant par des traits de plume ou en y donnant un coup de canif. Le corps enseignant cancelle depuis fort longtemps certains auteurs à la réputation sulfureuse en les privant de la seule postérité qui vaille et sur laquelle ils règnent : la postérité pédagogique ! Qui lirait encore du Rabelais, du Corneille ou du Racine si ce n'était pas au sacro-saint programme ? Vous, bien sûr, puisque vous lisez *Année Zéro,* mais qui d'autre ?

Par curiosité et goût de la provocation, j'ai lu certains de ces auteurs bannis comme Drieu la Rochelle dans *L'Homme couvert de femmes*. J'ai même lu les pages les plus répugnantes, c'est-à-dire les plus antisémites, de Céline pour me rendre compte par moi-même à quel point c'était à vomir.

Je suis un nul en Charles Péguy et c'est grâce à Yann Moix que je le découvre. Je dois avouer que Charly a eu un beau parcours. Il est aussi méritant de la littérature que de la patrie. Mais alors, pourquoi est-il aussi démodé, pourquoi est-il tombé dans l'oubli littéraire et surtout, pourquoi est-il si sulfureux ? Parce qu'à l'instar de Jésus, mais avec une postérité moins flamboyante, il a été récupéré *post mortem*. Péguy est devenu l'image d'Épinal d'un patriotisme catholique et national récupéré par le régime de Vichy. Et c'est là tout le problème de la récupération posthume : on ne la contrôle pas personnellement. Mieux vaut ne pas être récupéré par n'importe qui après sa mort. Mieux vaut être récupéré par Paul de Tarse en chemin vers Damas que par Philippe Pétain en chemin vers Vichy.

En réalité, Péguy, tout le monde en parle mais personne ne le lit. Quel dommage ! Enfin, ne soyons pas hypocrite : Péguy est difficile à lire. J'ai essayé et je n'y suis pas arrivé. Avouons-le, Péguy ne fait aucun effort de pédagogie. Oserai-je dire, sans être condamné au bûcher, qu'il ne fait aucun effort de style ? Le sien est accumulation, répétition, coq à l'âne, coq au coq et parfois âne à l'âne. En revanche, on sent qu'il prenait du plaisir à écrire au fil de sa pensée dans une sorte d'ivresse des mots que tout auteur a déjà ressentie. Au *Figaro*, il était écrit à l'attention des jeunes journalistes : « Vous pouvez écrire saoul mais vous êtes priés de relire à jeun. » Je pense que Péguy n'écrivait pas saoul et ne se relisait pas du tout.

Pourtant, comme il l'écrit dans *Clio*, il craignait d'être mal lu et mal compris. C'est le risque, lorsque l'on manque de pédagogie et de clarté : sa pensée peut être mal interprétée. Problème classique de communication, d'émetteur et de récepteur. Certains s'écoutent parler, Péguy s'écoute écrire. Les temps ont changé : Péguy aurait eu du mal à exposer ses idées sous forme de PowerPoint et cela me le rend très sympathique bien que pas plus intelligible pour autant. En choisissant de commenter *Clio*, j'étais confiant : j'adore l'histoire, j'aime cette divinité grecque. Cette lecture s'annonçait comme une promenade de santé. J'ai déchanté dès la troisième page car je ne comprenais rien. Je relisais et je ne comprenais toujours rien. Humilié, l'idée m'est venue de lire en diagonale, façon lecture rapide… Toujours rien compris mais au moins, je perdais moins de temps. Et puis tout à coup, le flash ! C'est en lisant *Clio* que j'ai compris le génie de Renault. Péguy, Vichy, Renault, tout s'éclairait, le lien politique était évident mais le lien stylistique aussi. Péguy écrit en mouvement. Il avance, il roule, il fonce, il trace sa route sans jamais revenir en arrière. Tant pis si ses passagers, ses lecteurs, ont la nausée ou une envie pressante. Il ne s'arrêtera pas. Avec Péguy, il s'agit de prendre ses précautions avant de partir. Il faut suivre sa logorrhée diabolique, ses répétitions, ses allitérations et ses jeux de mots.

Ne voulant pas rester sur une défaite intellectuelle, j'ai tenté de lire la triologie la plus triviale de Péguy, intitulé *De la grippe, Encore de la grippe, Toujours de la grippe* (toujours cette manie de répéter les mots). Eh bien, je n'ai pas compris grand-chose non plus, malgré une forme dialoguée qui m'a beaucoup rassuré dans un premier temps. Même affaibli par la grippe, Péguy et sa puissance intellectuelle dépassent largement ma capacité de compréhension alors que je suis en parfaite possession de mes moyens puisque je me vaccine contre la grippe.

Je risque donc de vous étonner autant qu'au début de ce texte mais, à l'issue de cette double tentative, je n'ai toujours pas compris *une seule* ligne de Charles Péguy. Qu'importe ! Cette fois, au moins, j'ai essayé de le lire.

Charles Péguy : deux, moi : zéro. Je reste toujours aussi nul en Charles Péguy !

DIANE DELBECQ

PÉGUY OU L'ÉCRITURE ROUGE

La prose de Péguy se reconnaît à sa colère, à sa couleur. Probablement est-il un de ceux, sinon le premier, à avoir inventé ce que l'on pourrait nommer une *écriture rouge*. Rouge, sa prose est loin de toute tiédeur, loin de tout glacis. Rouge, sa prose est fiévreuse, colérique, bouillonnante. Non que Péguy soit l'unique écrivain enragé mais son style tonne et détonne comme s'il avait ce truc, ce *tips*, ce secret, ce « quelque chose » d'un peu fougueux, d'un peu mystérieux que peu de ses prédécesseurs (pour ne pas dire aucun) ne possédaient. Plus que sa prose, c'est au niveau de la phrase elle-même, que se sent et s'entend ce *rougeoiement de l'écriture*. De quoi cette phrase est-elle le nom ? Pourquoi cette impression d'un soleil qui brûle ? On ne sort pas indemne d'une lecture de Péguy (ceux qui disent le contraire ne l'ont pas lu) : on en sort remué.

Piétinons, butinons. On serait d'abord tenté de définir sa phrase par la négative (technique, il faut le dire, très péguyste). Elle ne naît pas d'une fureur romantique. Nulle grandiloquence, nulle emphase, nulle enflure. C'est tout le contraire. Ce serait même commettre une grave erreur que de croire qu'il y aurait chez Péguy quelques reliquats de ce romantisme finissant, lui qui s'est attelé, inlassablement, à brûler ces vieux mythes éculés, à les détruire un à un. Péguy ne prenait la plume que dans l'inquiétude, le tremblement, le vacillement – autant de mots qui feraient frémir ces romantiques, eux qui étaient plutôt de l'autre bord, du genre orgueilleux, demi-dieux : « Je ne m'attaque jamais à une œuvre nouvelle que dans le tremblement. Je vis dans le tremblement d'écrire. Et plus on va, je crois, plus on a peur [*les romantiques, eux, c'est plutôt du genre, terre plein, pente ascendante*]. J'admire cette grande assurance de nos intellectuels [...] qui du fond de leur moleskine mènent la réalité à coup de bâtons [*qu'est-ce qu'un romantique si ce n'est la version aristocratique ou précieuse de l'intellectuel* ?]. » Péguy ne renie nullement ces mains tremblantes, ces muscles échauffés. Loin s'en faut. Les étapes journalières de l'écrivain à sa table, il nous les décrit, là sans détour. À quoi ressemble l'écrivain au travail ? Disons qu'il a ou bien le corps brûlé du combattant (« Les pieds vous font mal, vous cuisent, vous brûlent, toute la peau est excoriée ») ou bien le corps endolori du vieillard (« Je serai un vieux cassé, un vieux courbé, un vieux noueux. Je serai un vieux retors »). En somme, à pas grand chose, un tronc, une écorce. Péguy est si raide qu'il dit ne pouvoir s'asseoir dans un fauteuil (on s'y enfonce, on s'y endort) ; il préfère une modeste chaise, un tabouret. À la dure.

Sa phrase ne naît pas non plus d'un spontanéisme poétique. Ce serait là un étrange contresens, lui, qui comparait sa « méthode » à celle du travailleur de bois : « Je suis né de parents occupés aux menus travaux de bois. De là vient, je pense, mon système de travail intellectuel [*nulle place au travail quand seule l'intuition immédiate est reine*]. Je procède par petites touches lentes, mesurées, peu profondes et je recommence patiemment les mêmes entailles [*lenteur, patience et ressassement, un triptyque étranger à tout laisser-aller impulsif*]. » Lecteurs, sachez éviter les pièges ! Péguy est malicieux, espiègle. On croirait que sa plume court sur le papier – et sa phrase, comme expulsée, cœur vibrant, tambour battant, de ses tripes – mais ce n'est là qu'un effet d'optique. Bien souvent, Péguy prend son temps quand il écrit. À la vitesse aveuglante (l'homme sans chaise), à la lenteur paresseuse (l'homme-fauteuil), il oppose une lenteur active et créatrice (l'homme-tabouret) qui redonne à l'aventure de la pensée et au cheminement de l'écriture, toute sa place. Moduler, hésiter, tâtonner, errer, autant de verbes qui ne sont plus porteurs d'un sens négatif mais sont retravaillés positivement comme la preuve d'un amour envers le mot et d'une sensibilité à la substance du monde. La phrase péguyenne est donc charpentée, travaillée, creusée (c'est le mot de Yann Moix). Oui, Péguy creuse sa phrase, creuse les mots à la façon d'une taupe (c'est le mot de Francis Ponge) – lentement mais sûrement, c'est la stratégie des petits pas. Double exigence envers le mot. Négativement d'abord parce qu'il refuse de se laisser berner par eux – ainsi part-il à la chasse aux coquilles comme il va à la traque des formules vides (le cliché, le stéréotype) ou ampoulées (les métaphores, les figures). Positivement ensuite, parce qu'il recherche, inlassablement, le mot juste. À cet égard, Péguy ne pouvait qu'être champion dans l'art du portrait (disons, un champion un peu rebelle, un peu filou). En une phrase, voilà donc Marcel Mauss ressuscité sous nos yeux :

> Ce fin du fin, ce fin profil, ce regard noble, assuré, nullement voyou, ce langage fleuri, ces lèvres amènes, ce veston démocratique mais fin, démocratique mais sobre, démocratique mais sévère, cette barbe bouclée, ardente, blonde, flavescente, ardescente, flavescente ardente rouge, bien taillée quadrangulaire descendante, diminuée descendante, secrètement rutilante, cette moustache non pas précisément, non pas vulgairement, non pas grossièrement conquérante, mais triomphante royale, presque de même couleur, ce long pantalon sociologue, ces manchettes républicaines, ce fin pli vertical du pantalon si également, si équitablement rémunérateur, ce fin parler haut allemand, ce teint de lys et de roses, il y faut renoncer.

Phrase grandiose ! Son écriture serait plutôt de l'ordre du jaillissement – geste premier suivi par une écriture de la retouche ou de la reprise comme pour calmer le jeu, comme pour pondérer un emportement trop impétueux. La phrase péguyenne se construit toujours sur un sol un peu *touchy*, oscillation constante entre jaillissement et justesse de l'expression, fièvre et calme, ordre et désordre. Un *bordel organisé* que la phrase de Péguy.

Cherchons encore. Ce *rougeoiement de l'écriture*, on voit qu'il naît finalement de pas grand chose, d'un rien, d'un presque rien. C'est que sa phrase, réflexions faites, est simple, si mystérieusement simple, si viscéralement simple. Entendons-nous sur le sens de ce mot. On peut vite se laisser abuser par les mots – ceux que l'on aime et que pourtant l'on entache, salit ou malmène (rougissez, nous y participons tous). Ainsi, le mot « simple » est-il à entendre *littéralement*, en son sens originel, étymologique, vidé de toute coloration péjorative. « Simple », ici, ne signifie nullement que sa phrase soit minimaliste (loin s'en faut : elle est souvent longue et enchâssée), ni même qu'elle soit pauvre (loin s'en faut : elle est dense, monstrueusement dense, par ses bonds rythmiques, ses effets de saturation sémantique). Pas plus qu'elle ne soit calme, au contraire, sa phrase donne le *mal de mer*. Là encore, ce n'est ni une image, ni une coquetterie. Pour cause, elle sort de la bouche de Clio : « Ça me tourne la tête ; ça me tourne le cœur ; ça me reste sur le cœur ; ça m'embrouille tout ; je suis comme disaient ces bonnes gens, je trouve que ça mouve trop, ça me donne le mal de mer ». Sommes-nous, lecteurs, nous aussi condamnés à ne plus rien comprendre et à devenir blêmes ? Pour ceux qui n'auraient pas le pied marin, nous aurons prévenus, la phrase péguyenne donne effectivement le mal de mer avec ces circonvolutions, ces piétinements hypnotiques, ces répétitions à n'en plus finir. Cela donne le tournis, on croirait ne jamais en sortir. Sa phrase est tournoyante. Aïe ! J'entends déjà quelques obsédés de la mesure se dandiner sur leur chaise, qui, tout bas, appellent à découper, à fragmenter, à disséquer, à saucissonner pour mieux espérer saisir sa phrase. Quelle idée ! Ce serait la défigurer, la démembrer, la rendre méconnaissable. Disons-le franchement, c'est peine perdue. Sa phrase est cossue, sa phrase est coquine : d'abord parce qu'elle ne semble pouvoir se lire que d'une traite, d'un souffle ; ensuite, parce que loin d'être bouclée sur elle-même, la phrase péguyenne est une étape dans un parcours, un seuil, un saut que la suivante s'attachera à poursuivre et ainsi de suite, dans une boucle enivrante, addictive. Chacune d'elle se fait appel ou amuse-bouche tandis que les mots eux, s'attirent et se frottent (au sens quasi-sexuel). Péguy nous embarque et nous drague comme si, par avance, il savait ce qu'était le « plaisir du texte». Péguy et Barthes se seraient adorés. Ce dernier n'affirmait-t-il pas que le désir dans le texte se trouve dans ces « mots suffisamment découpés, suffisamment brillants, triomphants, pour se faire aimer à la façon de fétiches[1] » ? L'air de rien, Péguy invente en acte, un nouveau *pacte de lecture*, une lecture contrainte (mais non contraignante) : non pas que nous soyons ensevelis ou étouffés par sa prose (ce serait là le signe d'un style indigeste) mais emportés et enchaînés à elle. La messe est dite : Péguy nous force à le lire jusqu'au bout. Sans « mais » cette fois, ni contrepartie. Voilà qui est dit.

Si sa phrase donne le mal de mer, elle n'est pourtant pas maritime (voyez la nuance). Là est sa simplicité : sa phrase est pure, brute, rugueuse, franchement *terre-à-terre* (ceci n'est pas une métaphore). C'est qu'elle naît de là. De la terre, des écorces et des vignes. Du corps, des mains et des cuisses, muscles tendus. N'est-ce pas ainsi que Péguy concevait l'activité scripturale ? C'est un homme de la terre, un artisan, un laborieux quand l'écriture, elle, est une affaire de mains, une sorte de pression musculaire, de chaleur viscérale qui par impulsions successives, remue le corps tout entier. L'écriture redevient une affaire humaine tandis que le lieu de création descend d'un étage passant du spirituel au corporel – faire intervenir le corps dans la langue, n'est-ce pas affirmer en creux que celle-ci ne se résout pas dans une démarche purement intellectualiste ou métaphysique ? faire intervenir le corps dans la langue, n'est-ce pas encore réintégrer les mots dans flux de la vie et leur état d'ébullition ? Ainsi, Péguy se compare-t-il au paysan, un manuel lui aussi, le corps lourd et massif, les mains ensanglantées, quelques outils bien modestes dans sa caisse (une pelle, une plume). Comme le peuple laborieux, l'écrivain se trouve dans cette lutte inlassable pour ne pas renoncer, se laisser griser, ensevelir, engloutir, bref se murer dans le silence (à quoi bon écrire, se demande-t-il sans cesse ?). Péguy le sait : c'est une besogne difficile que d'écrire, cela exige beaucoup et cela rétribue très peu ; c'est un sacrifice, sinon une souffrance que d'écrire, cela grignote le corps, cela fait grimacer. Ainsi Péguy s'échauffe-t-il (pour ne pas dire s'enrage) contre la philosophie kantienne et son formalisme abstrait : « Le kantisme a les mains pures, MAIS IL N'A PAS DE MAINS. Et nous, nos mains calleuses, nos mains noueuses, nos mains pécheresses, nous avons quelquefois les mains pleines. » Qu'est-ce qu'un homme, quand il n'est plus soumis aux passions, quand il n'est plus sensible à la terre ? Rien. Qu'est-ce que l'écriture quand la plume cesse de gratter le papier ? Plus grand chose. Elle se désincarne, s'absente ; la réalité concrète et charnelle s'éloigne. C'est le retour au ciel des Idées.

Rien de marin, chez Péguy. D'ailleurs, il n'aimait guère les navigateurs (il le dit implicitement). Le navigateur, c'est un peu « l'homme aux pieds légers », celui qui se laisse bercer par les flots, se la coule douce, ne veut pas se mouiller, joue à l'aventurier mais secrètement se prélasse, ne participe aux évènements que par petites touches, délicatement. De la réalité concrète et charnelle, il connaît si peu ; aussi se ment-il à lui-même, le voilà déjà au large, au loin, minuscule point à l'horizon. Et puis, la fluidité est un langage, celui du *style coulant*, agréable aux papilles peut-être, mais qui ne prend pas (ou si peu), qui file entre les doigts, qui s'oublie vite, mousse évanescente. Et puis, l'eau, à tout moment, ça redevient tiède. Ça bouillonne un temps, et ça retombe. Pour s'incarner, il fallait que la phrase soit une marche autant qu'un martèlement, qu'elle soit aussi embrasée que la main de son créateur, qu'elle soit de nature terreuse, fiévreuse, toute mêlée de sang, toute emmêlée de terre fraîche, de terre chaude, brûlante. Qu'elle soit une impulsion vitale. C'est non sans raison que Péguy définissait sa pensée comme celle de *l'explosion*, de *l'éruption*, de *l'éclosion* (il parle même d'une *pensée de poussée*) par opposition à une pensée de *l'endurcissement*, de *l'engourdissement*, de *l'enlisement*. Comme la pensée, la langue est vivante, terre d'ensemencement, de germination constantes. À la vision fixiste et abstraite de la langue, Péguy oppose une vision concrète et buissonnière: les mots, il faut savoir les « tailler, sarcler, biner, choyer, désherber, cajoler, regarder, (regarder croître, regarder pousser, regarder mûrir, encourager ; pousser du regard), (faire réellement pousser du regard) » tandis que la phrase, il faut savoir la nourrir, l'engraisser, l'arroser, l'exposer au soleil pour qu'elle luise, reluise, perle sur la chaussée.

Il faudrait explorer, fouiller, ruminer encore. De quoi la phrase péguyenne est-elle le nom ? Quelque chose encore nous échappe. Tant mieux. Laissons la question ouverte quand d'autres s'exhorteraient (misère de notre époque) à la fermer bien vite, à briser le mystère, à combler les béances. Ce serait trahir Péguy que de vouloir réduire sa phrase à une recette de cuisine – avec nos vieux outils théoriques, nos vieux réflexes herméneutiques. Ce qui est sûr (là sera notre seule certitude), c'est que sa phrase naît d'une certaine « rage de l'expression », pour reprendre l'expression de Francis Ponge. Cette rage est d'abord une réponse, sinon un geste de rébellion, de résistance à tous ceux qui auraient tenté de tiédir sa phrase, de la lisser, de la faire rentrer bien sagement dans un moule. Malheur aux castrateurs ! Péguy aura subi maintes tentatives de castration durant son existence. Au moins trois.

La première, c'est Péguy encore enfant. Sa découverte inaugurale de l'écriture est moins vécue comme une jouissance que comme une souffrance. C'est l'expérience du dressage, de la

« pénible obéissance » ainsi qu'il l'écrit dans *Pierre commencement d'une vie bourgeoise* : « J'étais douloureusement vexé qu'on me tint les doigts quand j'écrivais : j'étais douloureusement malheureux quand, sur mon ardoise noire les corrections du maître soulignaient, aggravaient, compliquaient la saleté blanche et poussiéreuse de mes bafouillages. » Il faut savoir courber l'échine devant celui qui est moins un maître qu'un père castrateur : « Alors je pris une résolution suprême : je résolue un jour de faire si bien ma page d'écriture que le maître n'y trouvât rien à redire et ne fit aucune correction sur ma page propre ; je m'appliquai de toutes mes forces, de tout mon savoir, de toute ma respiration, tirant la langue, les yeux ridés. » Et pourtant, le jeune Péguy échoue : il ne saura jamais bien les faire, ces petits bâtons. Ils demeurent malgré l'effort un peu tordus, un peu bancals, un peu trop vivants.

La deuxième castration, c'est Péguy étudiant, qui croit enfin se libérer du joug du maître : liberté dûment promise quoique vite déçue. Moins tambours battants, c'est plutôt la cloche des morts qui résonne dans les couloirs de l'École Normale Supérieure. Le voilà à nouveau emmailloté (vite ! que le dressage reprenne), emmitouflé (vite ! que l'ardeur juvénile cesse) par une poignée d'universitaires grisonnants. Il fallait lutter pour ne pas s'endormir. Devant cette monotonie ambiante, Péguy aurait pu se taire (cela aurait été une sage posture) ou se contenter de crier de l'intérieur. Péguy n'était pas du bois dont on fait les tièdes ; il prendra la tangente. Ainsi naît sa thèse ou plutôt son projet de thèse dont le sujet est plutôt audacieux : « De la situation faite à l'histoire dans la philosophie générale du monde moderne ». Ça annonce la couleur ! Pour cause, celle-ci sera une véritable provocation. D'abord, parce qu'il refuse de lui donner une forme (là est le scandale) ; ce sera donc une anti-forme, une anti-thèse[2] où se mêlent notes, esquisses, amoncellement d'idées sans transition aucune. Ensuite, parce qu'il saisit cette occasion (on ne fait censément qu'une thèse dans sa vie) pour attaquer autant l'Institution de la Sorbonne et sa méthode académique que l'écriture universitaire et surtout la manière dont l'histoire est enseignée et transmise par les historiens *en vogue* – dans son viseur figurent Langlois et Lavisse – imbibés de leurs méthodes scientifiques et de leurs obsessions pour le détail, les dates, l'archive. Sa thèse fut davantage qu'une thèse : un *fatras organique* – on croirait qu'il l'écrit en rouge tant il semble rugir à nos oreilles.

Sa troisième frustration, ou déception langagière, est celle qu'il observe une fois devenu adulte. En un sens, rien n'a changé. La société moderne, c'est le *tropisme du gris*. Du gris, encore du gris, toujours du gris. Grippe hautement contagieuse que ce capitalisme naissant, qui partout s'étale et se propage. Entre ciel et terre, voilà des tours et du béton ; au milieu, une lignée d'hommes gris, minés par l'argent ; dans ses marges, une langue – ou plutôt faudrait-il dire des langages qui s'affrontent et s'invectivent – elle aussi, toute couverte de grisaille. Ainsi, la langue est-elle ou bien dressée (c'est le discours de l'autorité qui, prenant le relais du maître, oblige à dire), ou bien manipulée (c'est le discours du traître qui malmène les mots à des fins électorales) ou bien encore lissée (c'est le discours du lâche qui parle à mots couverts). Toujours, le résultat demeure le même : langue de pierre, débris et poussières. Peu réjouissant, n'est-ce pas ?

Péguy fut un de ces traumatisés du langage (comme plus tard le sera toute une génération d'écrivains). Pour lui, l'écriture devait servir de rébellion, de dé-castration tandis que la phrase devait se défaire de ses chaînes, se faire volcanique. Il faudra non seulement assumer cette ardeur juvénile (« la chaude et ardente adolescence ») mais aussi l'ériger en principe stylistique (qui est simultanément un contre-principe stylistique, puisque sa phrase – c'est là sa valeur – échappe aux académismes rigides). Il faudra réinventer la discipline historique, la repenser en réintégrant tout ce qui fut injustement exclu de son champ d'étude (le sensoriel, le corporel, le charnel) ; enfanter une nouvelle « mythologie de la chair[3] » dans les pas de Michelet en s'intéressant à tout ce qui se passe dans l'arrière d'une « petite boutique » – les micro-évènements, les aventures du corps humain, les existences individuelles avec ce qu'elles comportent de précaire et d'incertain – avec cette plume qui gratte, gratte, grattera toujours. Il fallait se trouver de nouveaux modèles, de nouveaux maîtres qui n'en seront jamais vraiment, des *hussards rouges* : Michelet, Hugo, Corneille, Bernard Lazare, Gabriel Monod aussi (cet « historien, passant par dessus un historien, par dessus les épaules d'un historien, rompant toutes les méthodes, rompant toutes les méthodes positivistes, rompant toutes les disciplines modernes et tous les sociologies nous voyions passer les au-delà de l'histoire »). Bref, il fallait opposer aux écritures grises et aux êtres de tiédeur (pour ne pas dire le lâche, l'insensible, le nonchalant, le paresseux, le somnolent, le soliveau, le mièvre, le flasque, le mielleux, le moelleux, le sans-conviction, le sans-complexion, l'être-éponge), une certaine fougue, rage, ardeur. *Exit* les phrases trop corsetées, trop endimanchées. *Exit* les draperies officielles ou rhétoriques. Paradoxalement, Péguy, toujours obsédé par son âge (il ne pensait qu'à ça) sera-t-il resté tout au long de sa vie l'écrivain le plus fougueux, intempestif, immature, gamin. La gaminerie, cette revanche la plus « redoutable » au monde des Grands (ce « triste État des adultes ») et leur esprit de sérieux, leurs mondanités, leurs radotages. N'est-ce pas d'ailleurs cette qualité qu'il aimait tant chez Bernard Lazare ? « Il était resté gamin, d'une gaminerie invincible, de cette gaminerie noble, de cette gaminerie aisée qui est la marque de l'aisance dans la grandeur. »

1. R. Barthes, *Le gros orteil ; Les sorties du texte*, Verdier-Farrago, Paris, 2006, p.65.

2. D'autres écrivains (allergiques eux aussi à la rigidité académique) s'nspireront plus tard, de la rébellion de Péguy. Sur cette question, voir le formidable essai de Charles Coustille, *Antithèses. Mallarmé, Péguy, Paulhan, Céline, Barthes*, publié aux Éditions Gallimard en 2018.

3. Voir. R. Barthes, « Michelet, l'histoire et la mort » dans revue *Esprit*, n°178, Paris, 1951.

OLIVIER BARROT

UNE POSTÉRITÉ INATTENDUE

A-t-on assez relevé les ombres du purgatoire descendues sur tel ou tel écrivain (ou peintre, ou cinéaste, ou architecte), ou, pire encore, regretté l'oubli toujours injuste les accablant ? À cet égard, je reprends le volume « XXe siècle » du manuel de Lagarde et Michard, près de 900 pages dominées par cinq figures largement traitées et nées dans les mêmes années : Claudel, Proust, Gide, Valéry. Et Péguy. Des cinq, il semble le moins attendu en cette année 2022, mais sa présence dans un ouvrage apparu en 1962 donne la mesure de sa souveraineté d'alors. Elle a décliné depuis, avant que de regagner de l'influence de nos jours, un sort que ne partagent guère bien des auteurs étudiés dans la même anthologie critique : ainsi serait-on bien en peine de gloser aujourd'hui sur l'œuvre de dramaturges – le théâtre, genre éminemment périssable – tels que Hervieu, Porto-Riche, Curel, Passeur, Lenormand, de romanciers comme Estaunié ou Chamson, de poètes comme Jean-Claude Renard et La Tour du Pin. Péguy, lui, survit, retrouve lecteurs et thuriféraires (Alain Finkielkraut), attire vivement par la cohérence entre ses convictions et ses actes, par son héroïque pureté, par son inspiration lyrique et son sens de l'absolu.

Je dois en convenir, la poésie de Péguy m'est longtemps apparue aussi décourageante que les élans mystiques de Claudel. Je ne voyais là que boursouflure sulpicienne et lassitude assurée. Le contraire même de son œuvre en prose, forte de l'entreprise démesurée des *Cahiers de la Quinzaine*, de son combat pour le capitaine Dreyfus, de ses engagements socialistes, de son patriotisme sourcilleux et fatal. Il est vrai que mon initiation à la poétique péguyste s'était déroulée sous la bannière de la parodie : je me suis de tout temps enchanté des pastiches proposés par Paul Reboux et Charles Muller dans leurs recueils *À la manière de...*, publiés chez Grasset peu avant la Grande Guerre.

Certains de ces textes, proprement tordants, se posent en modèles d'un genre qui s'apparente aussi à l'hommage admiratif : les imitations de Tolstoï, Racine, Loti, Baudelaire, bien d'autres encore, offrent tant de justesse qu'on pourrait presque penser que ces derniers en sont bel et bien les auteurs. Jean-Claude Fasquelle, qui appréciait fort l'esprit de Reboux et Muller, me fit l'amitié de me confier la présentation d'une sélection de leurs travaux pour sa collection de poche « Cahiers rouges ». Je retins évidemment leur irrésistible salut à Péguy.

C'est le Péguy mystique qui requiert leurs soins, le chantre de Jeanne d'Arc, le rénovateur des mystères médiévaux et le créateur des « Tapisseries », lamentos répétitifs qu'il faut proférer à haute voix, incantations sonores en alexandrins, pour la plupart d'abord parus dans les *Cahiers de la Quinzaine.*

Les armes de Jésus c'est la paille et l'étable
Et la table et le vin et la nappe et la table,
Et le plus malheureux, voilà son connétable ;

Les armes de Satan c'est la supercherie,
Un aplomb infernal, une aigre drôlerie,
Le savoir des savants et la cafarderie.

Reboux et Muller répliquent avec une « Deuxième Subdivision de la Trente-Septième Série préparatoire du Cinquième des *Cahiers* de la Neuvaine », « écrit spécialement en intention de Saint Frusquin », et qui décline les « Litanies de Sainte Barbe » :

[...] Sainte Barbe m'a dit : fais de moi ta chandelle,
Et je te blanchirai comme une eau de Javel,
Et je te soutiendrai de toute ma ficelle.

[...] Sainte Barbe m'a dit : fais de moi ta femelle,
Sainte Barbe m'a dit : fais de moi ta chamelle,
Sainte Barbe m'a dit : mange dans ma gamelle.

[...] Sainte Barbe m'a dit : tourne la manivelle
Pour mélanger l'orgeat avec le caramel
Le miel de la mystique avec le miel du zèle.

Sainte Barbe m'a dit : sois celui qui emmielle.

Rire avec Péguy ? Il ne protesta pas à la publication de ces vers.

MARIE GIL

PÉGUY, OU LA CONVERSION DE LA PHILOSOPHIE EN LITTÉRATURE

Péguy est un écrivain qui a étudié la philosophie. Pourtant, lorsqu'on le lit, lorsque Deleuze en parle, c'est toujours en tant qu'écrivain. Sans doute à cause de son style répétitif et unique – comme si la philosophie ne s'écrivait pas.

Ce serait par ailleurs une erreur de considérer qu'il est, alternativement, philosophe dans ses essais et écrivain dans sa poésie. En effet, son style, dans ses essais et ses poèmes, est le même.

Pourtant, Péguy est aussi philosophe, et peut-être justement l'est-il en tant qu'il est écrivain, en tant que « logothète » – ou fondateur de langage, comme disait Barthes. On pourrait aller jusqu'à dire qu'il est l'un par l'autre : il est philosophe à travers l'invention d'une nouvelle langue et écrivain parce qu'il est philosophe. Or, du point de vue du discours, il s'inscrit contre la philosophie. Il développe une philosophie antirationaliste, antisystématique, qui est bien l'équivalent conceptuel de son style. Il est donc philosophe par la dimension polémique, voire choquante, de ses répétitions, et lorsqu'il «anti-rationalise», il se fait littérateur. C'est cette double pénétration de la philosophie et de la littérature l'une par l'autre, et la supériorité de la littérature dans cette union, qui est aussi un combat, qui va m'intéresser ici.

Péguy répète, « bégaie la langue », comme l'écrit Deleuze

de Bartleby et sa formule « *I would prefer not to*[1] ». Ce qu'il me dit alors, c'est que la lecture n'est pas un cheminement intellectuel : il faut revenir à la lettre pour voir la langue. Mais Péguy ne se contente pas d'écrire la lettre par la répétition. Il en fait aussi une apologie, dans son discours, et une apologie polémique. Car l'apologie de la lettre, c'est au fond celle de l'idiotie contre la philosophie.

Contre le sens

Péguy propose une approche des textes littéraires rejetant toute interprétation et fondant le sens uniquement sur la forme. Il anticipe là les écoles anglo-saxonnes du « *close reading* », qui prônent l'éradication de tout savoir en amont de la lecture. Il se plaint parfois de l'impossibilité de pouvoir échapper au commentaire, et de ne pouvoir se contenter de citer : « J'ai voulu citer tout en son long ce morceau de Pascal. Je suis contraint de m'en faire le commentateur. C'est un vilain métier, peu recommandable, un métier louche, un métier double, un métier faux, un métier de biais et de bas étage ». Le texte seul doit parler, et l'idéal est la citation exhaustive, contre la citation tronquée : « Ne poursuivez pas, docteur, vos citations insaisissables. Nous ne pouvons pas critiquer cela ainsi. C'est proprement un charme. Il faudrait le rompre. Il faudrait lire du commencement à la fin, mot par mot, puis phrase à phrase, puis dialogue à dialogue, puis d'ensemble, et à tous les degrés on commenterait et on critiquerait cet admirable texte comme un texte ancien. » La citation permet l'arrêt de la pensée sur le mot, comme la répétition : c'est une régression vers l'idée du texte *littéral*.

Péguy utilise souvent un mot en le détachant de tout contexte. Le texte se « creuse » alors, sous l'effet de la mémoire et de sa capacité à fonder des analogies : « Vous pouvez, vous, saisir dans un vers d'Homère, dans un mot, une révélation sur les plus augustes *profondeurs* du monde antique [...] mais c'est que vous procédez par une méthode d'art. Vous procédez par

[…] saisie, étreinte. […] *Recreusement*». Apparaît une dimension géologique du texte, il la conçoit dans ses commentaires critiques à travers un jeu typographique qui relève d'une mise au jour des strates textuelles. «De tous les noms hébreux que Hugo pouvait choisir pour couronner un vers […] il n'y en avait certainement aucun qui rendît comme Jérimadeth», […] par sa graphie, qui était une vraie *géo*-graphie; cette *h* notamment qu'il avait à la fin, les deux jambages, les deux tours de Notre-Dame, et qui déjà inaugurait si solennellement le nom même de Hugo.». On ne pouvait pas ne pas s'intéresser à la finale, puisque «Jérimadeth» dit phonétiquement l'importance de la rime («J'ai rime à dait»). Voir le texte comme un terrain ouvre à tous les formalismes, y compris au cratylisme – selon la définition de Cratyle-Hermogène, chez Platon, qui affirme que «les mots ont la forme de ce qu'ils signifient[2]». Il use de la métaphore géologique pour mieux détruire toute métaphore lexicalisée, pour ramener la métaphore au *terre à terre*, au métier de la lecture, qui décompose strate à strate le texte, qui plonge dans l'«humus» comme un géologue: éloge du bas, contre la métaphore ornementale. Cette décomposition critique l'amène à une *représentation* du sens du poème par la typographie dans une condensation exemplaire, dans la simple *récriture suffisante* de celui-ci. Les lettres seules, par leur forme physique, forment le commentaire:

Tout reposait dans Ur et dans Jérimadeth;
Les astres émaillaient le ciel profond et sombre;
Le croissant fin et clair parmi ces fleurs de l'ombre
Brillait à l'occident, et Ruth se demandait,

Immobile, ouvrant l'œil à moitié sous ses voiles,
Quel dieu, quel moissonneur de l'éternel été
Avait, en s'en allant, négligemment jeté

Un temps.

Cette faucille d'or dans le champ des étoiles.

Nous aussi, à défaut de couleurs, nous avons nos hachures. Mais il nous en manque. Il nous faudrait notamment un degré plus fort pour le dernier vers.

L'attention que Péguy porte à la typographie parodie l'obsession des philologues pour le détail. Il réclame « une saisie directe » de la lettre, expression bergsonienne qui suppose l'existence d'une lecture pure. Ce qui importe est qu'il révèle l'essence même des *choses* dans la lettre d'imprimerie ; c'est Hugo en personne qu'il voit en transparence dans la présence, ou l'absence, d'une *H* capitale. Ailleurs, il nous oriente vers ce que l'érudit pourrait tirer d'une « coquille », sous une forme *potache* qui est la patte de l'antiphilosophe. Il soulève ainsi la question de la réalisation matérielle, sur la page, de la lecture.

Lire Péguy, c'est recomposer les lettres des palimpsestes et calembours qui émaillent le texte. Lire « à ras », au ras du texte, c'est en saisir un sens jugé essentiel.

Une langue étrangère dans la langue

L'exhibition de la lettre nue, coupant court à toute interprétation et érigée contre la métaphore et l'interprétation, n'est pas sans fondement métaphysique. Il n'y a pas plus métaphysique que le sens littéral. Pas plus complexe dans ses significations que la nécessité de la surface. C'est la logique même du pli, qui s'impose pour trouver une issue lorsque l'on a le nez collé au mur de la lettre.

La seule tâche véritable, dit donc Péguy, la seule difficile aussi, c'est la transmission du sens littéral. Une métaphore est à la portée de tout esprit, mais transmettre ce que la seule lecture ne suffit pas à transmettre est plus ardu. « Si nous prenions les textes comme il faut prendre (aussi) (tous) les textes classiques, écrit-il, dans leur plein, dans leur large, dans toute leur crudité, dans tout ce qu'ils ont (saisi), dans tout ce qu'ils rapportent de la réalité même, si nous ne laissions pas, si nous n'admettions pas qu'il y ait entre eux et nous l'interception de l'habitude et de l'hébétement de l'habitude, nous serions, mon ami, nous serions épouvantés de ce texte». Et il précise plus loin que «celui qui comprend le mieux *Le Cid*, c'est celui qui prend *Le Cid* au ras du texte». Au contraire, la métaphore limite l'ouverture de la pensée associative du lecteur, elle le force à voir une image – c'est ce que Barthes voulait dire lorsqu'il énonçait que «la langue est fasciste». Elle limite l'imagination. Le sens littéral n'est pas uniquement le sens propre, mais un en-deçà du partage entre le propre et le figuré. Il faut retrouver l'intensité particulière à chaque mot, et l'intensité de leurs connexions.

Il s'agit, pour Péguy comme pour tous les littéralistes, de déshabituer la langue. Péguy le fait d'une manière particulièrement massive, il ne se contente pas de l'exemple par le style, ou par la fable comme Bartleby. Il convoque une artillerie lourde: discours sur la lettre, sur la typographie, exhibition des citations, traductions littérales... et surtout répétitions. La répétition, c'est «le fond même de sa pensée», ce qui est essentiel dans l'esprit se répète, ce qui est inessentiel passe. La répétition, outrée, est dans l'œuvre ce «bégaiement» dont Deleuze dit dans *Critique et clinique* qu'il fait «pousser la langue par le milieu, comme de l'herbe». Les reprises de Péguy donnent aux mots une épaisseur verticale qui leur fait perpétuellement recommencer l'«irrecommençable[3]». Péguy, à travers la dérivation des termes par capillarité, l'évolution de la phrase par association de sens, d'images, de sonorités, tend vers une agrammaticalité. Les mots, les syntagmes et les phrases arrêtent le sens et agissent, assènent des coups comme une formule. La lettre est une aspérité qui empêche le sens de couler naturellement, brise l'ordre transitif des mots, et lorsque Péguy récapitule, lorsqu'il freine la folle progression du bégaiement à son tour, c'est pour mieux égarer, pour mieux digresser encore contre la linéarité de la pensée. Et les parenthèses s'ouvrent à l'infini, sans se refermer. Péguy invente une écriture verticale, par le retour des motifs, des isotopies ou des sons, faisant dialoguer entre eux des énoncés distants sur la page, créant pour ainsi dire des colonnes signifiantes au sein de l'énoncé, le tout formant une raison seconde superposée à la première. Cette raison est celle-là même que Deleuze nomme événement : verticale, créative, révolutionnaire dans la langue. Elle se substitue à la lecture métaphorique ou figurative.

Déshabituer la langue, c'est chercher à créer une langue contre le monde, afin de recueillir un sens qui ne soit pas sens seul (sans la forme) ni formule vide (comme la métaphore). Il faut créer une lettre plus forte que l'habitude, capable de frapper fort comme une formule bouleversante, notamment en choquant par l'agrammaticalité. La répétition crée chez Péguy cet effet de « formule ». L'étrangeté de la répétition est sa force, comme réciproquement sa capacité destructrice, qui réduit tout autour d'elle, le langage et même le référent – c'est là qu'on atteint la limite du « sens propre ». Cette répétition est de plus contagieuse, elle s'insinue dans le langage des autres, elle déborde sur tous les discours représentés dans l'œuvre, notamment ceux des philosophes ! Elle englue le kantisme dans son paradoxe, salit cette philosophie aux mains pures et révèle son manque d'humanité, comme elle contamine la parole du docteur révolutionnaire de *De la grippe*, et celle des théologiens, de Hugo et de Descartes : elle bourgeonne et prolifère. « Vous avez attrapé le mot, vous aussi ! », le « mot » étant ici un processus, celui du bégaiement. Descartes et Kant se mettent à bégayer.

La formule pas plus que la répétition n'est mécanique, elle apparaît à chaque fois comme un événement, comme si c'était la première fois. Elle ne peut devenir « la langue », elle reste à jamais une langue étrangère dans la langue. Le style de Péguy permet de faire tenir la totalité de la langue dans un mot, de ressusciter la totalité de la langue dans une profération. La répétition, comme la profération de ses cinq mots, « I would prefer not », par Bartleby, réduit les autres au silence, atteint un en-deçà du sens. Comme les agrammaticalités de

Cummings et les lettristes américains du XXe siècle, elle crée un procédé qui emporte tout le langage, qui comme une formule magique « confronte tout le langage au silence, le fait basculer dans le silence ». Elle rappelle que le langage est rescapé du rien. Les mots ne se distinguent plus les uns des autres et ne signifient plus individuellement.

Le sens littéral de Péguy va vers l'impersonnel, mais pour mieux détruire toute direction univoque. La répétition définit un langage « auroral », où l'on procède par différenciations minimes pour engendrer une sorte d'espace intérieur au mot. La répétition touche à la mort, elle procède d'une conception du langage comme organisme vivant et elle est retour à un pré-langage archaïque. Elle est folie grandiose. Contrairement à la métaphore qui nous mène vers un sens unique, le littéral crée une ligne de fuite irrésistible où le sujet perd sa texture au profit d'un nouveau manteau en patchwork, qui prolifère à l'infini. L'œuvre croît *par le centre*, à travers une phrase expansive qui se développe par cercles concentriques à partir de mots qui se déplacent, de mots répétés. Cette phrase accompagne un sens qui n'a pas de centre, d'envers et d'endroit, « comme si des traits d'expression s'échappaient de la forme, telles les lignes abstraites d'une écriture inconnue », écrit Deleuze. Par la répétition, le sens littéral du discours se transforme en événement. Ce style est le symptôme d'une véritable rupture, de l'abolition définitive du passé au profit d'une radicale nouveauté. Écrire est un acte en prise avec la vie. Cette ligne est celle de la liberté d'une création révolutionnaire qui porte la nécessité de la liberté de la pensée, l'impossibilité du rattachement à une école, un programme ou une quelconque servitude, qui est une servitude dans le style et une dissolution de l'homme dans le général. C'est une véritable philosophie.

Le « reflux » des mots répétés, pour reprendre l'expression de Bruno Latour[4], le reflux des couches de sens crée une trace, par impression répétée dans l'esprit, un sens *essentiel* ou essentialiste qui est celui même de la création. Non seulement une *création* verbale, en ce que la formule de la répétition crée un nouveau style qui fait éclater la notion même de style en celui de « langue », mais surtout une langue qui permet l'élaboration d'un sens en lignes de fuite, d'un sens-événement. C'est une parole qui désigne la réalité sans en parler nommément, et qui par là réussit à embrasser sa vérité fluctuante, à saisir l'égalité qui existe entre les choses et que le langage détruit – parce qu'il est partial et définitionnel.

La philosophie de l'idiotie, ou l'antiphilosophie

Dans la rupture de la linéarité linguistique, comme dans la destruction de la métaphore abêtissante, dans l'élaboration de cette nouvelle métaphysique de la lettre, il s'agit de déshabituer la pensée, de faire penser à nouveau, de détruire la « pente pensée ». Cela fait de l'essayiste un pur exclu. La langue étrangère dans la langue annonce la lignée des *fous littéraires*, le rêve de l'outlandish de Melville dans *Moby Dick*, une expérience de l'extranéité[5] proche de la langue schizophrénique, nommée la « langue de la baleine », ou celle des « grenouilles » de Brisset dans *La Grammaire nouvelle*. « Empêcher l'homme, déshabituer, désentraver l'homme de descendre certaines pentes mentales, si seulement on y réussissait, rêve la *Note sur M. Bergson*, certaines pentes pensées, soyons convaincus qu'il y aurait là, qu'il y avait là matière, objet à une très grande logique, à une très grande morale, à une très grande métaphysique. » C'est le programme d'*Heureux les systématiques*, dans lequel Péguy attaque aussi bien les kantiens que les sociologues et les socialistes, déjà visés dans *De la grippe*, dont il met au jour la haine de la vie. La philosophie de la lettre est antisystématique – « Je compte, Halévy, que vous ne réglerez point ces débats par les méthodes kantiennes, par la philosophie kantienne, par la morale kantienne. Le kantisme a les mains pures, mais il n'a pas de main. Et nous, avec nos mains calleuses, nos mains noueuses, nos mains pécheresses nous avons quelque fois les mains pleines. » Les mains calleuses restituent l'humanité contre la pensée de l'abstrait. La pensée de la lettre est vie, création, parce qu'elle est basse, elle a les mains calleuses, elle est celle de l'écrivain *grippé*, elle est *quotidienne*, et même *cratylienne*. Péguy annonce en ouverture de *Clio* la couleur de son essai : il ne faudra attendre aucune finesse de sa part, la grossièreté représente pour lui un état de vérité, un état d'être charnel au monde présenté comme un idéal. Et le lecteur rêvé, c'est l'homme « terre à terre ». Mieux, c'est celui qui ne sait pas lire. Au fond, l'homme suffisamment grossier pour avoir la légitimité de lire le texte est celui qui, n'ayant pas appris à lire, n'aurait pollué sa mémoire d'aucun autre texte. Le texte est illisible parce qu'il est parfait : « Dans ces temps les plus bas, dans ces temps ingrossiers je ne vous conseille pas, mon ami [...] de vous *reporter au texte*. Non, mon ami, n'ouvrez pas, n'ouvrez jamais. Ne lisez jamais ce texte, ne connaissez, ne reconnaissez jamais cette *histoire*. » Dans *De la grippe*, le même ethos est affirmé : l'écrivain terrassé par la grippe, les ciseaux (du citateur) en main, est interrompu dans son activité de découpage de *La Petite République* par le docteur révolutionnaire, informé de sa maladie par le neveu du boulanger qui « l'avait dit au garçon boucher » et « celui-ci l'avait refait à la nièce de la marchande de volailles ». Ne sont-ce pas des allusions, des ciseaux aux colporteurs grossiers, à la pratique de citation ? Un dialogue « philosophique » s'enclenche, qu'on croirait un pastiche de dialogue du XVIIIe siècle, mettant face à face l'homme ordinaire qui « a eu la grippe ces temps derniers », et le « moraliste » qui « n'a jamais la grippe » – « à condition bien entendu qu'il règle ponctuellement sa conduite sur les enseignements de sa morale ». Mais ce n'est pas d'un pastiche de la tradition ironique qu'il s'agit, mais d'une parodie de Renan, introduit quelques pages plus loin – après le récit littéral de la maladie qui occupe plus de quatre pages bien qu'elle soit « peu intéressante, citoyen ». Ce qui est peu intéressant est essentiel. La maladie apparaît *comme état philosophique*, état idéal de celui qui, comme le lecteur sans alphabet de *Clio*, « a laissé tous les livres de côté », qui « délire », et qui pourtant voit « extraordinairement clair dans certaines idées saines ». Le parlementarisme est alors traité comme une maladie non pas au sens d'une métaphore, mais justement comme une métaphore refusée. Le malade philosophe a des éclairs de lucidité, il *voit* que les habitudes de pensées inversent la vérité des choses, que ce qui est grossier, ce n'est pas l'écrivain laborieux, mais c'est le « Romantique » – « Ne croyez pas, docteur, que je cherche des mots non grossiers pour qualifier une influence grossière. [...] les Romantiques s'asseyaient à une table, sur une chaise, comme tout le monde, excepté celui qui travaille debout. Et ils travaillaient, comme tout le monde. [...] plus je vais [...] moins je crois à l'efficacité des soudaines illuminations [...] des conversions extraordinaires soudaines et merveilleuses [...] et plus je crois à l'efficacité du travail modeste, lent, moléculaire, définitif. ». La leçon vaut pour la pensée révolutionnaire, et pour la pensée philosophique... Celle de Renan est la première visée, « ce cours de philosophie austère et doux » qui s'interroge sur l'immortalité de l'âme. La pensée philosophique positiviste, c'est ce qui amène inéluctablement une « lapalissade » – quoi de plus diamétralement opposé au littéral que la lapalissade, qui ne répète pas la forme, mais le sens.

Dans le littéralisme, le « non » de Péguy s'érige finalement contre toute la philosophie : c'est le non de l'isolé, du fou qui s'efface derrière les infinies répétitions des *Notes*, qui écrit mille pages pour répondre à la plaquette d'un inconnu (M. Fernand Laudet), qui s'oppose au *système* kantien. Le « grippé » fonde une pensée sur un état grossier, indégrossi, « sans particularité ». Mais par là, il atteint le nouveau. De Melville à Musil, l'homme sans qualités est le nouveau philosophe – rappelons la formule complémentaire de *I would prefer not to* : « *I am not particular*. » C'est ainsi que Clément Rosset définit l'idiotie, au sens premier du terme : « l'existence en tant que fait singulier, sans reflet ni double » – de ἴδιος, « particulier ».

« Je ne suis pas idiot », signifie la phrase de Bartleby. Mais sa phrase est nécessaire justement parce que *a priori* et littéralement, la formule éclate comme singularité. Or, aucune idiotie ne tient sans se généraliser. C'est le paradoxe même de toute chose au monde selon Rosset, et le travail de la philosophie de s'y confronter : il n'est pas de généralité qui ne débouche sur une singularité, et réciproquement, « indétermination totale et détermination totale sont à jamais confondues l'une avec l'autre ». Rosset dans *Le Réel et son double* nomme « insignifiance du réel » cette propriété inhérente à toute réalité d'être toujours indistinctement fortuite et déterminée. L'extrême singularité de Péguy dans la citation est bien un *état banal* de la langue. L'ivrogne, comme le grippé, « voit simple », et non double : il voit littéral, il voit une fleur, c'est une chose toute *simple*, c'est-à-dire saisie comme singularité stupéfiante, comme émergence insolite dans le champ de l'existence.

C'est le travail de la philosophie de s'y confronter. Mais la philosophie ne s'y confronte pas, la philosophie ne prend pas en charge la folie, comme le déplorait Deleuze dans *Différence et répétition.*

Péguy nous a montré la voie : l'écrivain doit prendre son relais.

1. Gilles Deleuze, *Critique et clinique*, Éditions de Minuit, 1993, « Bégaya-t-il... », p. 140 : sur *Bartleby* d'Herman Melville.

2. Platon, *Cratyle*, 388a.

3. Deleuze, *Critique et clinique*, *op. cit.*, p. 140-141.

4. Dans un article intitulé « Pourquoi Péguy se répète-t-il ? », qui est le premier texte du philosophe.

5. Extranéité, chez Deleuze, signifie « extérieur à soi-même », « extérieur à sa propre identité ».

© Martine de Rabaudy

Louis-Martin Chauffier, Jean Schlumberger et Pierre Hamp à Cerisy-la-Salle en 1960.

© Martine de Rabaudy

Pierre Hamp, chez lui, en 1960.

MARTINE DE RABAUDY

CHARLES PÉGUY – PIERRE HAMP : UNE AMITIÉ FRACASSÉE

Tout pour Henri Bourrillon bascule à l'âge de vingt-trois ans. Sa voie semblait toute tracée jusqu'à ce qu'il découvre un article dans *L'Écho de Paris* annonçant pour le 5 novembre 1899 l'inauguration de la Fondation universitaire de Belleville. Il prend deux journées de congé et file au 19 rue de Belleville à Paris. Pas question de laisser s'échapper cette occasion de reprendre une scolarité abandonnée à douze ans, à la fin des classes primaires, pour devenir ouvrier-pâtissier.

À ce moment-là, il est chef cuisinier au Metropole, le plus grand hôtel de Brighton, et gagne très bien sa vie. Depuis cinq années il est installé en Angleterre où son père, lui-même cuisinier de maisons royales dont celle à Séville de la duchesse de Montpensier, l'a expédié à Londres, à dix-huit ans, à l'hôtel Savoy. Il intégrera la brigade du célèbre Auguste Escoffier, surnommé l'empereur des cuisiniers, afin d'apprendre le métier à hauteur d'excellence.

Un régime à la dure : journées interminables et nuits écourtées, celles d'un lecteur affamé qui engloutit en autodidacte, Montaigne (*Les Essais*, jusqu'au terme de sa vie, restera son livre de chevet), Pascal, Descartes, Molière, Shakespeare, La Fontaine.. Son énergie doublée d'une volonté hors normes le laisse infatigable. Il commence à écrire et apprend seul le latin. Bien qu'expatrié, il suit la situation sociale et politique de la France déchirée par l'affaire Dreyfus. Afin de canaliser en lui une violence qu'il sent nocive, il prend des cours de boxe – sport qu'il pratiquera toute sa vie. De cette construction physique et mentale ressort un être en rébellion dont l'unique religion est celle du travail. Il lui consacrera sa vie et son œuvre littéraire sous le titre générique de *La Peine des hommes*, une quarantaine d'ouvrages, tous consacrés aux métiers ouvriers et à la protection des travailleurs. Traduits en sept ou huit langues, certains publiés par Gallimard, ils sont tirés à trois cent mille exemplaires. Et deux de ses romans seront portés à l'écran, dont *Le Rail,* sous le titre *La Roue,* réalisé par Abel Gance.

L'Université populaire de Belleville aura donc été sa seconde naissance. Le comité de l'université l'accepte en résidence, le loge et le charge de la bibliothèque et de l'accueil des visiteurs. Il consulte les quatre mille volumes, suit en auditeur libre des cours à la Sorbonne et au Collège de France, visite le Louvre et la Bibliothèque nationale, intègre le milieu anarchiste. Actif, il crée au sein de l'université une session sportive où il enseigne la boxe. Si elle n'offre pas un réel programme d'études, l'Université populaire organise néanmoins des rencontres avec des intellectuels de premier plan comme André Siegfried, Henry Pereire, mécène de la Fondation, et le philosophe Daniel Halévy. Il se lie d'amitié avec un étudiant alsacien, Henri Baulig, en licence d'histoire et de géographie à la Sorbonne, qui fera plus tard une brillante carrière à Harvard et à l'Université de Strasbourg. C'est lui qui va l'introduire auprès de Charles Péguy, le fondateur et directeur des *Cahiers de la Quinzaine.* Parvenu à un point où ses ressources maigrissent, il se trouve dans l'obligation de chercher un nouveau métier. Recommandé par Henry Pereire, il entre, grâce à sa connaissance de l'anglais, au service international des Chemins de fer du Nord. Une activité qui lui laisse le temps d'écrire ses premiers textes. Lors d'une grève de cheminots à Armentières, il découvre le développement industriel d'une cité et l'enrichissement de ses dirigeants en opposition avec la pauvreté de la population ouvrière. Elle lui fournit le sujet de son récit qu'il soumet à Henry Pereire qui le fera publier le 12 juin 1904 dans le journal *Les Débats*. Pour la première fois il se voit imprimé.

En 1905, il s'abonne aux *Cahiers de la Quinzaine* de Charles Péguy, dont il partage les idées socialistes. Au cours de l'été, il écrit des contes qu'il montre à son ami Baulig.Celui-ci en parle à Péguy et lui conseille de les lui faire parvenir. Envoi accompagné d'une lettre aussi touchante que maladroite, datée du 31 décembre : « Je vous fournis cet essai, dont vous voudrez bien, si vous vous en servez, me dire comment il aurait pu être meilleur, et si vous ne vous en servez pas, me dire pourquoi. Un bon conseil est la meilleure aventure qui puisse m'arriver et je l'attends de vous. » Plus loin : « Cette petite correspondance m'est une occasion de vous témoigner toute la sympathie que j'ai pour votre caractère, et je pense que vous songerez peut-être, malgré vos occupations, au bienfait que me seraient des relations cordiales de vous à moi. »

Péguy néglige de répondre. Promu sous-chef de gare à la gare internationale Calais Maritime en janvier 1906, Henri Bourrillon informe Péguy de son changement d'adresse et lui rappelle la remise de son manuscrit, *Écrit dans le Nord*. Péguy annote le courrier d'un *Vu*. Répondre. Les mois s'écoulent. Déçu par ce silence, en dépit de tout, l'opiniâtre recrute pour *Les Cahiers* de nouveaux abonnés malgré la difficulté de la démarche. Il en fait part à Péguy : « On ne place pas facilement *Les Cahiers*. Les gens les lisent avec avidité, vous les rendent esquintés mais rechignent à débourser d'un seul coup 20 francs, c'est trop. » Son sens pratique lui souffle une idée : « Il y aurait un grand intérêt de propagande à couper l'abonnement en quatre versements de cent sous. » Péguy, qui depuis a lu son manuscrit, décide de le publier. Les deux hommes se rencontrent et se comprennent. Péguy lui fait part de ses problèmes financiers et Bourrillon, avec pugnacité, consacre une partie de son temps et de ses efforts à l'augmentation des abonnements. *Écrit dans le Nord* par Henri Bourrillon devient *Dix contes écrits dans le Nord* sous le nom de Pierre Hamp, publié dans le deuxième *Cahier* de la dixième série. Par la suite, ce sera *Marée fraîche* dans le troisième *Cahier* de la dixième série, enfin, en 1908, *Vin de champagne* dans le quatrième *Cahier*. Péguy décide alors de soutenir la candidature de Pierre Hamp au prix Goncourt. Il lui échappe d'une voix. Il est maintenant lancé et il le doit en toute reconnaissance à Péguy d'abord, mais aussi à Paul Desjardins, qu'il considère comme son maître en lecture et en écriture, un normalien comme Péguy, professeur agrégé de lettres et fondateur des Décades de Pontigny. Dans le décor de cette abbaye cistercienne, à partir de 1910, Pierre Hamp, l'ancien ouvrier, fréquente l'aristocratie de la littérature européenne, rejoint le groupe de la *NRF* et commence une carrière d'écrivain tout en étant reçu quatrième sur cent onze candidats au Concours de l'inspection du travail. Soudain, en 1913, avec la brutalité de son tempérament, Pierre Hamp rompt l'affectueuse amitié qui le lie à Péguy par ce mot sec : « J'ai l'honneur de vous prier de bien vouloir faire cesser mon abonnement aux *Cahiers de la Quinzaine.* » Que s'est-il passé entre ces deux-là, de même origine, l'un, Péguy, fils d'une rempailleuse, l'autre, Pierre Hamp, fils d'une couturière, militants socialistes, partageant « le bel honneur du métier », unis dans leur détestation de la bourgeoisie, défenseurs acharnés du capitaine Dreyfus, pour provoquer une rupture si radicale ? La rupture porte un nom : celui de Jaurès.

Péguy vient d'écrire dans *L'Argent* : « L'homme qui représente en France la politique impériale allemande est tombé au-dessous du mépris qui puisse s'adresser le plus bas. Ce représentant en France de la politique impérialiste allemande, capitaliste allemande, et particulièrement coloniale allemande est tombé dans un mépris universel. Ce traître par essence a pu trahir une première fois le socialisme au profit des partis bourgeois. Il a pu trahir une deuxième fois le dreyfusisme au profit de la raison d'État. Et à quelques autres profits. Il a pu trahir ces deux mystiques au profit de ces deux politiques [...] Je demande pardon au lecteur de prononcer ici le nom de M. Jaurès. C'est un nom qui est devenu si bassement ordurier que quand on l'écrit pour l'envoyer aux imprimeurs on a l'impression que l'on peut tomber sous le coup d'on ne sait quelles lois pénales. » Suivent plusieurs pages de ce tonneau dans le quatorzième *Cahier*. Au regard de Pierre Hamp, membre du parti socialiste et collaborateur à *L'Humanité*, le journal de Jaurès, Péguy a franchi la ligne rouge. Il juge ce torrent d'insultes inacceptable et donc impardonnable. Jaurès espérait une entente avec les socialistes allemands afin d'éviter la guerre qui l'épouvantait et tentait au Parlement de convaincre les députés socialistes.

L'histoire de Charles Péguy et de Pierre Hamp, ces deux fortes têtes, s'arrête là, rattrapée par l'Histoire officielle. Sanglante.

Le 31 juillet 1914, Jean Jaurès est assassiné. L'Allemagne déclare la guerre à la France le 3 août. Charles Péguy meurt au champ d'honneur le 5 septembre.

En tant que petite-fille de Pierre Hamp, j'aurais aimé connaître de la bouche de mon grand-père sa réaction face à ces tragédies. Hélas, il est mort (certes après une longue existence...) alors que j'étais encore adolescente. Trop jeune donc pour lui poser des questions, elles resteront à jamais sans réponse.

Les documents qui auraient peut-être pu répondre à mes interrogations n'existent plus depuis août 1914. Alors qu'il s'était engagé volontaire au 2e régiment du génie à Montpellier, son domicile à Lille fut pillé par les troupes allemandes qui brûlèrent ses manuscrits, ses notes et sa correspondance, laissant place nette au silence.

ARIEL TOLEDANO

PÉGUY ET LA MYSTIQUE JUIVE

« Le Juif est lettré depuis toujours, le protestant depuis Calvin, le catholique depuis Ferry. Ou si l'on veut le Juif est alphabet depuis toujours », écrit Péguy[1]. L'histoire juive est celle d'une lecture et d'un devoir interprétatif collectif des textes, ainsi que l'explique Rachi, le grand commentateur de la Bible et du Talmud, à travers cette formule qui augure son commentaire de la Torah : « Ce texte ne demande qu'à être interprété[2]. »

La lecture juive des textes de la Bible se fait autour de quatre niveaux dénommés en hébreu « Pardes », qui signifie le verger. Ce terme est l'acronyme formé des lettres initiales des appellations hébraïques des quatre niveaux. Le *pshat* ou sens littéral, *remez* ou sens allusif, le *drash* ou sens sollicité, et enfin le *sod* ou sens caché, voilé. C'est ce quatrième niveau qui correspond aux textes de la Kabbale que l'on qualifie habituellement de « mystique juive », mais cette dénomination est plutôt réductrice car elle occulte une part conséquente d'inspirations philosophiques des textes de la Kabbale.

Malgré cette remarque préliminaire, j'emploie le mot de « mystique juive » à propos de Péguy car ce terme revêt une signification profonde chez lui. Il ne relève pas pour autant de l'ascétisme antique ou encore de la perception mystique de nombreuses traditions, y compris celles liées à la chrétienté, mais bien de l'idée, chez Péguy, de faire émerger un idéal de vie où l'action est toujours rattachée à la source qui l'a fait naître.

Cette approche de Péguy rejoint la Kabbale théosophique dont l'essence est liée à la raison et se distingue de la Kabbale extatique, qui fait état d'expériences mystiques en tout genre. Gershom Scholem[3], l'un des plus grands chercheurs universitaires des textes de la Kabbale, a rendu un vibrant hommage à Péguy, au cours d'une conférence prononcée le 2 août 1966 à Bruxelles, dans laquelle il affirmait que ce dernier avait pénétré la condition juive dans une mesure qui avait été rarement atteinte.

Comment expliquer les propos de Scholem ? Sont-ils simplement en lien avec la manière dont Péguy a dépeint Bernard Lazare en le présentant comme « un véritable prophète d'Israël – et cela à une époque où les Juifs français eux-mêmes n'ont rien su faire que de traiter par le silence, un silence de mort, un de leurs plus grands hommes[4] » ? À moins que Scholem ait perçu aussi dans l'œuvre de Péguy une approche philosophique qui évoque, à bien des égards, des concepts de la Kabbale théosophique ? Selon le quotidien *L'Intransigeant* daté du 23 mai 1911, Péguy a lu la traduction du *Zohar* en français, l'œuvre maîtresse de la Kabbale, entreprise par Jean de Pauly et publiée par Émile Lafuma-Giraud entre 1906 et 1911. Certes, cette traduction est contestée par Scholem lui-même, mais sa lecture par Péguy prouve l'intérêt qu'il accorde aux textes de la Kabbale et, plus généralement, à ceux de la sagesse juive. Charles Péguy appréhende le monde à travers un sens dans lequel le peuple juif est celui qui a fait émerger des prophètes dans l'histoire des hommes et qui poursuit encore cette tâche au cours des siècles. Cela l'amène à attribuer le titre de prophète d'Israël à Bernard Lazare.

La tradition rabbinique considère quant à elle que la prophétie a cessé après la destruction du temple de Jérusalem avec le prophète Malachie. Mais elle part du principe que les sages ont remplacé les prophètes avec, pour certains d'entre eux, la présence de vestiges de la prophétie à laquelle ils accèdent à travers le développement d'une faculté imaginative particulière.

Moïse Maïmonide, l'un des plus grands penseurs du judaïsme, définit l'accès à la prophétie dans son *Guide des égarés* par l'adoption de trois conditions : la perfection de la faculté rationnelle par le biais de l'étude, celle de la faculté imaginative dans sa formation primitive, et l'accession à la majorité des dispositions morales.

Il y a chez Péguy le besoin de comprendre la nature des événements vécus à la lumière de ce qu'ils révèlent des origines de l'essence du monde. Il écrit dans *Notre jeunesse* que « toute la mystique d'Israël est qu'Israël poursuive dans le monde sa retentissante et douloureuse mission ». Vocation mystique d'un peuple qui, selon Péguy, pourrait s'apparenter à un long apprentissage de la douleur et de l'exil. Il le décrit dans sa *Note conjointe sur M. Descartes et la philosophie cartésienne* où Juif est toujours orthographié avec un « J » majuscule, comme une marque de respect à l'égard de ce peuple avec lequel il entretient une mystique de l'amitié.

« Le Juif trouve naturel d'être malade. Fils et pour ainsi dire cellule et fibre élémentaire d'une race qui souffre dans les siècles des siècles et qui vaincra l'univers à force d'avoir été malade plus longtemps que les autres, il dit, il sait que le travail spirituel se paye par une sorte de fatigue inexpiable. Il trouve même que c'est juste. Il trouve même que c'est encore très bien comme ça. Il compte les jours où il va bien. Il les admire. Il trouve qu'on a encore bien de la chance. (Au fond, il ne le dit pas, mais il est un vieux Juif, et il trouve que le Seigneur est encore bien bon comme ça, de ne pas être pire.) Il compte les jours où il a pu travailler. En somme, il y en a beaucoup. » Ces lignes évoquent l'espérance du peuple juif selon Péguy. Elle reste vive malgré les tragédies qui jalonnent son histoire. Sa lecture des textes de la Bible et leurs interprétations lui permettent de croire en sa destinée, à la réalisation des promesses faites à leurs ancêtres. « Le Juif est d'une race où l'on trouve toujours quelqu'un qui sait lire. Et non seulement cela, mais lire pour eux ce n'est pas lire un livre. C'est lire le Livre. C'est lire le Livre et la Loi. Lire, c'est lire la parole de Dieu. Les inscriptions mêmes de Dieu sur les tables et dans le livre. Dans tout cet immense appareil sacré le plus antique de tous, lire est l'opération sacrée comme elle est l'opération antique. Tous les Juifs sont lecteurs, tous les Juifs sont liseurs, tous les Juifs sont récitants. C'est pour cela que tous les Juifs sont visuels, et visionnaires. » Une interprétation de Péguy qui lui a été probablement inspirée par l'expression étonnante de l'Exode 2014, laquelle évoque un peuple qui « voit des voix » lors de la révélation sinaïtique, alors qu'on s'attendrait à ce que le texte énonce « entend des voix ». Cette formulation du récit de l'Exode vise à insister sur cette capacité visuelle particulière de ce peuple qui lui permet d'appréhender la révélation comme un système de signes à interpréter, un appel à l'exégèse, à la recherche de sens. Tout l'enjeu de la Kabbale, c'est de parvenir à cet objectif de connaissance à travers une grille de lecture des textes, projetée sur les expériences intérieures des hommes et leur rapport au monde.

1. Charles Péguy, *Note conjointe sur M. Descartes et la philosophie cartésienne*, 1914.
2. Rachi, Genèse 11.
3. Gershom Scholem (1897-1982), « Juifs et allemands », dans *Fidélité et utopie. Essais sur le judaïsme contemporain*, Paris, Calmann-Lévy, 1994.
4. *Ibidem*.

Photographie inédite de Blanche Raphaël, date indéterminée. Sans doute prise dans les années 1920.

WLADIMIR RABI

CHARLES PÉGUY ET BLANCHE RAPHAËL

Ce texte a paru pour la première fois à l'automne 1970 dans le n°22 des Nouveaux Cahiers, *une revue d'étude alors dirigée par Gérard Israël.*

Qui était Blanche Raphaël (1878-1960)? Tentons tout d'abord de la situer par son milieu familier. Son père, Félix Raphaël, était professeur d'allemand au lycée de Clermont-Ferrand. Sa mère, éprouvée par des troubles psychiques, dût être internée, en 1907, dans une maison de santé. Trois enfants naquirent au foyer: Gaston, agrégé d'allemand; Blanche, agrégée d'anglais et Valentine « brave fille un peu Cendrillon, qui tenait le ménage de son père[1] ».

Gaston Raphaël, sujet brillant figure parmi les premiers amis de Péguy[2], apparaît parmi les abonnés de la première série; et les *Cahiers de la Quinzaine* publient de lui le Rhin allemand (mai 1903), ainsi que, notamment des textes et documents concernant le Congrès de Dresde en 1903 (mai 1904); Péguy l'appréciait à cause de tout ce que le germaniste lui apportait quant à la connaissance de l'Allemagne et de la social-démocratie allemande. Par son mariage avec une demoiselle Cahen, d'Épinal, Gaston Raphaël était le neveu d'Émile Durkeim et le cousin germain de Marcel Mauss, tous deux sociologues[3]. Quant à Blanche Raphaël, elle enseigne notamment au Collège Sévigné, dont la fondatrice était cette Mathilde Salomon qui traduisit et communiqua, à Péguy, le célèbre Chad Gadya d'Israël Zangwill que les *Cahiers* publièrent en octobre 1904. Blanche épousa, le 30 juillet 1910, Marcel Bernard, qui était le neveu de Mathilde Salomon. Elle donna naissance à une fille le 11 septembre 1911. `

À quel moment fit-elle la connaissance de Péguy? Il semble[4] que ce fut en 1899, au cours d'une réunion amicale qui se tint chez Jean Tharaud, rue des Fossés Saint-Jacques, et où elle accompagnait Henri Boivin (ou son propre frère). Jusqu'en 1909, les relations furent régulières et amicales entre Péguy, d'une part, la famille Raphaël, d'autre part[5]. Le milieu Raphaël était naturellement dreyfusard, républicain, socialiste; ajoutons que, d'après tout ce que nous savons, il était également, apparemment, assez détaché du judaïsme (dans sa forme religieuse). Au surplus, de tous les intellectuels juifs qui entouraient Péguy, seuls étaient religieux Edmond-Maurice Lévy, que Péguy appelait son « chapelain hébraïque » et, plus tard, Edmond Fleg, peut-être aussi Eddy Marix[6].

Puis, soudainement, en 1909, l'amitié de Péguy pour Blanche prend un tour plus passionné[7]. Sur la nature de l'affection que Péguy éprouva pour Blanche dès cette époque, les témoins ne concordent pas. Selon Simone, ce fut un « trouble romanesque »; selon Raïssa Maritain « une jeune amitié précieuse », mais Madame Favre parle d'un « terrible ouragan ». Mêmes contradictions, avec parfois passablement de malveillance, quant à la personne même de Blanche. Simone la voit « brune, grasse, belle » (alors que sa fille la décrit « maigre, rousse, les yeux verts »). René Johannet la présente comme « intelligente, cultivée, fort au courant des réalités de l'existence », et Jules Riby l'appelle « la Dalila ». En se basant sur des sources qu'il ne mentionne pas, Jean Delaporte en fait un portrait non flatteur: désireuse avant tout de réussir, ambitieuse et intrigante, « en cet homme vulnérable et lassé de solitude, Blanche trouva une proie facile et aveuglée ». Dans quelle mesure un certain sentiment de jalousie, teinté d'antisémitisme, a marqué ces divers jugements, je laisse, pour l'instant, la question en suspens.

Il est certain, en tout cas, selon Pie Duployé, que de 1910 à 1914, la communauté humaine réelle qui entourait l'auteur de tant d'ouvrages chrétiens « ne fut pas une communauté de catholiques, mais de juifs ». Tout cela est confirmé, sous des formes diverses, et avec des arrières pensées diverses, par les contemporains. Ainsi, Romain Rolland note dans son journal, en décembre 1913 : « Ce catholique intransigeant n'est plus guère entouré que de collaborateurs et d'abonnés juifs... ». René Johannet écrit : « Il aimait les juifs (y compris les juives...). Il vivait pratiquement sous leur coupe...C'est spontanément, ou quasi-spontanément, afin de ne pas mécontenter sa clientèle juive que Péguy a fait ou n'a pas fait ceci ou cela ». Georges Sorel prolonge l'attaque : « Péguy a une clientèle de trois cents juifs qu'il ne peut pas trop froisser ». Et Daniel Halévy donne une forme cohérente à cet ensemble de griefs : « En réalité, le philosémitisme de Péguy avait deux sources : l'une, très pure, exprimée avec une entière sincérité dans ses pages sur Bernard Lazare...L'autre, toute pratique : sans les abonnés juifs, ses Cahiers, base et appui unique de sa vie, auraient sombré[8]. »

Or, au cours de l'année 1970, trois faits sont venus apporter à l'événement une lumière singulière. Aidé par le hasard, qui est le grand maître des chercheurs, j'ai pu découvrir l'existence de trente-cinq lettres, généralement inédites, de Péguy à Blanche Raphaël[9]. Par ailleurs, j'ai pu recueillir les propos d'une dame qui avait bien connu Blanche Raphaël à partir des années 1920. Enfin, une thèse sur les *Quatrains* de Péguy a été présentée, le 6 juin, à la Faculté des Lettres d'Aix-en-Provence par Mademoiselle Julie Sabiani, devant un jury constitué du doyen Guyon, du cardinal Daniélou et de Jacques Viard. Ces *Quatrains,* qui ne furent publiés qu'après la mort de leur auteur, posaient un problème sérieux quant au développement de l'œuvre de Péguy et quant à sa biographie elle-même. Dans son introduction[10] aux *Œuvres poétiques complètes*, François Porché, le mari de Simone, qui manifestement, en savait plus qu'il ne consentait à dire écrivait que ces *Quatrains* présentaient « un profond intérêt psychologique, voire psychiatrique et psychanalytique en ce qui touche la connaissance de l'être intime, de la vie familière et secrète », dans la mesure où ils révélaient « un caractère de confidence individuelle, d'abandon, d'aveu, de confession qu'on ne trouve nulle part ailleurs ». Ils furent rédigés apparemment entre le mois d'octobre 1911 et avril 1912, puis Péguy, les abandonna « inorganisés, dans une boîte », selon Marcel Péguy. L'entreprise de Julie Sabiani fut d'éclairer ces Quatrains, de les classer dans leur ordre logique, et de montrer, enfin, à travers cette confidence sourde, comment Péguy est parvenu à surmonter cette épreuve par un travail fécond et par une surabondance de spiritualité. Il suffit de noter, en effet, pour mesurer l'impact de Blanche Raphaël, ces deux lettres que nous connaissons déjà écrites, l'une et l'autre, le 31 juillet 1910, le lendemain du mariage de Blanche Raphaël, l'une à Charles Lucas de Peslouan : « Cette nuit redoutable est passée », et l'autre à Madame Favre, avec cette unique citation : « Songe, songe, Céphise, à cette nuit cruelle[11]. »

Parmi ces trente-cinq lettres figurent deux documents de grande importance. Le premier, daté du 17 décembre 1911, comporte sept quatrains, la première lettre de chacun d'eux reconstituant en acrostiche le prénom de Blanche. Certes, ces quatrains étaient déjà connus (p. 1385 des *Œuvres poétiques complètes*). Mais dans la mesure où ce texte était daté, signé, et ainsi personnalisé, il éclaire singulièrement la genèse d'un poète et révèle le début d'un processus.

Dans une des premières lettres, celle du 16 août 1914, citée pour la première fois, intégralement et, à ce titre, inédite, Péguy, pressentait sa mort (il est mort trois semaines après le 5 septembre 1914 au front), demande, à cette juive agnostique, de réciter, chaque jour, en latin, trois prières dont il lui

communique le texte: le Pater, l'Ave Maria et le Salve Regina; enfin, d'aller « une fois par an à Chartres pour moi ». Et il conclut (passage qui avait été retranché dans les précédentes citations): « quoiqu'il y ait une fidélité, éternelle mais une fidélité sans deuil. Dieu m'a déjà tant donné[12]. »
Toute cette introduction était nécessaire pour comprendre les propos que me tint récemment celle que nous appellerons Madame X..., puisqu'elle refusa que son nom soit cité.

Entretien avec Madame X...

Depuis longtemps, je m'intéresse à Bernard Lazare. L'homme et l'œuvre m'ont toujours paru exceptionnels. Le nombre de travaux le concernant qui sont menés actuellement en France et à l'étranger révèle, à la fois l'impact qu'il a exercé sur son époque et l'intérêt que ses recherches ont pour notre époque. C'est pourquoi, étant de passage à Nîmes, sa ville natale, je m'enquis de témoins qui auraient conservé quelque souvenir de lui et de sa famille. On m'indiqua Madame X... Je l'interrogeai. Elle me rapporta son récit d'une manière fort alterne malgré ses quatre-vingt dix ans. Puis, à la fin de l'entretien, elle ajouta: « Mais, j'ai aussi connu Blanche Raphaël ». Nous convîmes d'un second rendez-vous. Toutefois, lors du second entretien, elle apparut plus réservée. Un Monsieur Z...était présent, qu'elle consultait de temps à autre sur le point de savoir si elle pouvait aller plus avant. J'ai donc enregistré ses propos, tels qu'ils me furent tenus, et selon que j'ai pu les reconstituer de mes notes

Vous savez, c'est délicat. Nos relations ont commencé vers 1920. Blanche venait me voir trois à quatre fois par semaine. Après la rupture, qu'elle avait décidée avec tous les compagnons de Péguy, j'ai été son unique confidente. Ce qu'elle m'a dit, elle ne l'a dit qu'à moi-même. Cela signifierait qu'elle voulait le taire aux autres. Vous comprenez donc que je ne peux rien dire. Cependant, après accord avec M. Z..., elle consent à me donner quelques détails, à la condition que je ne livre pas son nom.

– Lorsque Péguy est mort, Blanche a rompu avec tous les compagnons de Péguy, Tharaud, Halévy, Barrès...Tous, ils voulaient des informations... Elle a rompu avec tous car elle voulait garder pour elle-même ce qui était à elle. Ainsi, elle avait des lettres de Péguy et beaucoup de documents. Elle disait, à sa fille, qu'elle la chargerait de déposer tous ces documents à la Nationale, après sa mort. Mais, sa fille lui a dit : si tu en as l'intention, ce n'est pas la peine d'attendre, fais-le tout de suite toi-même... C'est pourquoi, j'avais le sentiment que Blanche avait tout déposé à la nationale. M. Z... intervient. Il s'est informé auprès de M. Thomas, à la Nationale ; on n'a rien trouvé. Mais, peut-être, le paquet se trouve-t-il dans une autre bibliothèque parisienne, à Doucet ou à l'Arsenal. Nous reprenons. Je lui rapporte le propos de Simone, selon qui Blanche était « brune, grasse, belle ».

– Méfiez-vous de ce que dit Simone. Elle était jalouse. Au contraire, quand j'ai connu Blanche, elle était plutôt maigre, pas particulièrement belle, un peu laide même, mais les yeux verts et le visage éclatant d'intelligence. Comment se sont-ils connus ? Le père de Blanche était professeur à Clermont-Ferrand. Il avait trois enfant, dont Gaston et Blanche. Gaston était à l'École Normale en même temps que Tharaud, Baudouin, Péguy. Un jour, où il y avait une réunion chez Tharaud, Gaston est venu avec sa sœur. Péguy était là. Blanche ignorait tout de lui. Ce jour-là, cependant, il eut quelque chose entre eux deux. Un éclair. À la fin de la réunion, Péguy lui dit : Vous venez ? Elle a répondu : oui...Elle m'a dit : j'aurais pu aller avec lui jusqu'au bout de monde...Mais Péguy était déjà marié. Il avait épousé Charlotte Baudouin, parce qu'il se sentait responsable de la mort de son ami Baudouin. En effet, Baudouin hésitait à faire son service militaire en cours d'études. Péguy lui conseilla, de le faire sans attendre. Or, Baudouin est mort au cours même de son service. Péguy s'en est senti coupable. C'est pourquoi, il a voulu se racheter en épousant Charlotte, sa sœur. C'est, tout au moins, ainsi que

Photographie inédite de Blanche Raphaël, date indéterminée. Sans doute prise dans les années 1930.

Blanche m'a expliqué...Le dernier jour, avant son départ au front, Péguy l'a passé avec Blanche. Toute la journée, ils ont marché, faisant des kilomètres. Elle m'a dit : ce jour-là, il portait la mort sur le visage... Pendant des années, presque tous les jours, ils ont fait une promenade dans Paris. Un jour, elle lui a dit : je n'ai rien fait pour vous. Il a répondu ; si, vous avez fait un poète... Blanche me disait que Péguy avait toujours sur lui un tout petit livre de rimes. Elle me l'a prêté un jour, puis je le lui ai rendu. Elle me disait qu'il le gardait toujours dans sa poche...

Elle se tourne vers M.Z..., pour avoir son approbation, puis :

– Une autre chose encore que je peux vous dire...Vous savez qu'il n'y jamais rien eu entre eux. Blanche me l'a expliqué ainsi : je n'y suis pour rien ; moi, je suis une femme à deux tiroirs... Qu'est-ce que cela voulait dire ? Cela voulait dire, que si l'esprit de Péguy l'attirait, par contre, l'homme ne lui inspirait aucun désir physique...D'ailleurs, Péguy n'était pas beau. Les portraits qu'on a faits de lui l'ont embelli. Il y avait des moments où Péguy n'en pouvait plus, où il éclatait. C'est pourquoi, il est allé à Chartres, à pieds. C'est pourquoi, il a poussé Blanche à se marier...Elle avait alors trente-deux ans. Elle a épousé un homme qui était physiquement beau. Il admirait Péguy et était au courant des relations entre lui et Blanche. Il est mort au cours de la dernière guerre...C'est vrai, elle a reçu de Péguy des lettres alors qu'il était au front. Quand elle m'en a parlé elle était effondrée. A-t-elle répondu ? Je ne peux plus rien vous dire de plus. Voilà comment Blanche a appris la mort de Péguy. Elle se trouvait avec sa fille dans une station au bord de la mer, en Bretagne, je crois. Sa fille, désirant une balle, elle la lui a achetée, et cette balle était enveloppée dans une feuille de journal. C'est par cette feuille de journal qu'elle a appris la nouvelle concernant la mort de Péguy. Au début de la dernière guerre, Blanche a passé trois mois à Nîmes...Elle est décédée en 1960. Dans les derniers temps, elle vivait d'une manière ascétique.

Puis, elle se lève ; prend dans sa bibliothèque, le petit livre :

les Tapisseries (collection « Poésie », Gallimard 1968) qui comporte une préface de Stanislas Fumet :

– Vous voyez, celui qui a le mieux compris et le plus exactement compris, c'est Fumet. Voici ce qu'il dit à propos des « Quatrains » : « Dans les quatre prières qui ont paru d'abord, nous voyons Charles Péguy exposer l'état de son cœur, mais avec un « nous » qui associe Blanche Raphaël, mariée depuis 1910 et le poète. Le consentement au sacrifice y est développée dans toutes ses dimensions sans restriction, et l'apaisement s'y fait jour dès le début »... C'est exactement cela[13].

L'œuvre finalement

Depuis un demi-siècle, la critique littéraire s'oriente dans des voies singulières. On ne s'arrête plus à l'œuvre, on entend aller au-delà, plus loin. On interroge le moindre billet, et la vie privée ne présente plus la moindre protection. Jusqu'où n'ira-t-on pas au nom de la liberté ? L'ennui est que ce qui, à la première génération, est commérage et bavardage, devient histoire à la seconde. C'est pourquoi, il faut veiller et redresser le fait, pendant qu'il est encore temps, malgré la malveillance des uns et la réticence des autres.

La communication de ces trente-cinq lettres (qui en annoncent certaines d'autres) était impérieuse. L'entretien ci-dessus rapporté, constitue un autre élément précieux de connaissance.

En 1910, Péguy avait trente-sept ans, et il se croyait fait et bâti, invulnérable. L'irruption de cet amour, qu'il maîtrisa péniblement, constitua un bouleversement. Drame typiquement chrétien, plus que judéo-chrétien, dont on retrouve un parallèle dans l'œuvre dramatique de Claudel. Que dit Dona Prouhèze ? « Un tel désir m'a-t-il été donné comme le mal ? Une chose si fondamentale, comment peut-elle être mauvaise ? ». Mais, finalement, c'est elle-même qui conclut : « O, Rodrigue, il est vrai, cette distance qui me sépare, il est impossible, par nos seules forces, de la franchir ». Très exactement, lors de la soutenance de thèse à Aix, le cardinal Daniélou, après avoir noté combien l'épisode de Blanche fut capital pour Péguy, et combien la révélation de ce conflit l'humanise et le rend plus proche de nous, ajouta : « En 1910, Péguy se croyait fait. Blanche fut la faille. Elle ne fut ni Béatrice, ni inspiratrice.

Elle fut la révélatrice d'un cœur qui aime. À travers cette crise, Péguy a redécouvert le spirituel ». Il faut donc en revenir à l'œuvre. À ce sujet, Henri Guillemin a écrit justement : « Nous prenons seulement conscience de ceci : qu'exception faite de la première Jeanne d'Arc, en 1897, toute l'œuvre poétique de Péguy (1909-1914), les trois Mystères, les deux Tapisseries, Eve, tout cela a été écrit par un homme en proie à un impossible amour ». Et, non seulement, son œuvre poétique mais également les textes majeurs de son œuvre en prose : Clio, Notre Jeunesse, Victor-Marie, comte Hugo, Un nouveau théologien, l'Argent, l'Argent (suite), et, enfin, l'ultime Note conjointe : « Quand on a ses principaux amis, monseigneur, comme je les ai, chez les protestants et chez les juifs... ».

1. Information communiquée par M. Edmond-Maurice Lévy.

2. Par lettre du 29 décembre 1899. Péguy annonce à Gaston Raphaël l'envoi « d'une revue que nous allons publier » (Archives Lambert).

3. Communication de M. Edmond-Maurice Lévy, qui ajoute : « Il m'a semblé intéressant de vous mettre au courant de toutes ces parentés, qui constituent un réseau souterrain de relations entre les différents groupes ennemis ». Blanche et Gaston Raphaël étaient également cousins germains d'Albert Lévy, un autre condisciple de Péguy, à Normale.

4. Communication de M. Auguste Martin.

5. Au Centre-Péguy d'Orléans figurent un certain nombre de lettres de Félix, Gaston et Blanche Raphaël. Toutes traduisent des relations régulières de confiance et d'amitié, avec parfois, des appels d'aide, notamment à partir de 1907, quand la mère dut être internée.

6. Communication de M. Jacques Viard.

7. Voir Henri Guillemin : « Péguy et le sixième commandement », *Les Temps modernes*, octobre-novembre 1960, où sont cités les textes connus à cette date.

8. Sur tous ces points : Jean Delaporte, *Péguy dans son temps et dans le nôtre*, « 10/18 », 1960, p. 294 et s. ; Pie Duployé, *La Religion de Péguy*, Klinscksieck, 1965, p. 378, 444, 472 ; Romain Rolland, *Charles Péguy*, tome II, p.115 ; René Johannet, *Vie et mort de Péguy*, p. 399 et s. ; Daniel Halévy, *Péguy et les*

Cahiers de la Quinzaine, p.298.

9. Ces lettres ont été communiquées par M. et Mme Jean Lambert. Elles seront publiées dans les *Feuillets de l'amitié Charles Péguy* sous peu. La correspondance commence en 1910, après le mariage, couvre les années 1911 et 1912, puis le mois d'août 1914. Il y en a certainement d'autres qui se trouvent, peut-être, dans le fonds Pierre Marcel, déposé à la Nationale, qui ne sera accessible qu'en 1973. Selon J.-H Bornecque, Blanche Raphaël aurait vendu quelques textes publiés à un marchand d'autographes peu après la Seconde Guerre mondiale (*Les Nouvelles littéraires*, 19 mai 1966).

10. *Œuvres poétiques complètes*, introduction de François Porché, chronologie de Pierre Péguy, notes par Marcel Péguy (N.R.F., Pléiade, 1957).

11. Maurice Reclus : *Le Péguy que j'ai connu*, p. 145 et s.

12. Dans la revue *Les Études* (juillet 1970), je publie cette lettre et m'explique sur le sens de cette demande.

13. Dans la suite, j'ai tenté d'avoir des précisions supplémentaires, mais en vain. On me répondit : « De toutes façons, je n'ai rien à ajouter à ce que je vous ai dit au sujet de Blanche ». M. Z... me l'a dit confirmé ainsi : « J'ai revu Mme X... Elle ne peut aller au-delà de ce qu'elle vous a déjà confié. Mais, telles qu'elles ont été et que nous les avons, vous et moi, reçues, ces confidences ont établi, de façon la plus expresse, la pleine « pureté » d'une affection qui est demeurée essentiellement sur le plan spirituel, idées et sentiment ».

JONATHAN HAYOUN

CHARLES PÉGUY ET JULES ISAAC : UNE AMITIÉ JUDÉO-CHRÉTIENNE

C'est l'une des dernières apparitions télévisées de Jules Isaac. Nous sommes en 1959, l'historien a quatre-vingt-un ans. Le journaliste Pierre Desgraupes le reçoit dans son émission « Lectures pour tous » pour parler de son livre *Expériences de ma vie: Péguy.*

Isaac raconte en détail sa relation avec Charles Péguy initiée soixante-ans plus tôt. « Je n'ai que des souvenirs visuels de ma rencontre avec Péguy », confesse-t-il avant de rappeler une scène marquante de leur compagnonnage. C'était au tournant du siècle. Ils défendaient ensemble, armes à la main, la librairie de Péguy assiégée par des antidreyfusards. « Nous étions en rang devant la librairie, canne à la main, pendant que Péguy sortait de son tiroir un revolver d'ordonnance, mais nos gestes suffisaient », se souvient-il. Au soir de sa vie, Isaac dédie l'un de ses derniers livres à son ami d'enfance, démarrant par ces mots :

> Péguy a qui j'ai tant donné de moi-même, de ma vie, de qui j'ai tant reçu.
> Péguy plus vivant que mort. Ce livre t'est dédié.
> Témoignage d'une fidélité digne de toi,
> Droite, non servile, en droite ligne,
> Portant, retenant en elle,
> Au plus profond d'elle,

Ce brûlant amour de la vérité
Dont par toi ma jeune âme fut enflammée,
D'une flamme qui ne s'éteindra qu'avec moi.

Charles Péguy a donc enseigné le goût de la vérité à Jules Isaac. Cette même passion a conduit les deux hommes à devenir dreyfusards. Ils vont chacun à leur manière attaquer les préjugés antisémites. Isaac par l'écriture d'une genèse de la haine des juifs, de l'Antiquité à nos jours. Péguy à travers son talent littéraire. Les deux déconstruisent l'association juif-argent. Le premier en éclairant l'apparition du phénomène au XIIe siècle sous l'influence des souverains chrétiens, le second en démontrant l'inanité du préjugé. « LES ANTISÉMITES NE CONNAISSENT POINT LES JUIFS. Ils en parlent *mais ils ne les connaissent point.* Ils en souffrent évidemment beaucoup, mais ils ne les connaissent point. Les antisémites riches connaissent peut-être les Juifs riches. Les antisémites capitalistes connaissent peut-être les Juifs capitalistes. Pour la même raison je ne connais guère que des Juifs pauvres et des Juifs misérables. Il y en a. Il y en a tant que l'on n'en sait pas le nombre. J'en vois partout [1] », écrit Charles Péguy.

Il ne s'agit pas du seul mythe antijuif auquel les deux hommes décident de faire un sort. Isaac rappelle dans ses livres que l'accusation de traîtrise s'est transmise de siècle en siècle à travers l'image de Judas. Péguy démonte lui la charge par l'absurde en s'adressant à un jeune antisémite dans *Notre jeunesse.* « *C'est pas facile d'être Juif. Avec vous. Et même sans vous.* Quand ils demeurent insensibles aux appels de leurs frères, aux cris des persécutés, aux plaintes, aux lamentations de leurs frères meurtris dans tout le monde vous dites : *C'est des mauvais Juifs.* Et s'ils ouvrent seulement l'oreille aux lamentations qui montent du Danube et du Dniepr vous dites : *Ils nous trahissent. C'est des mauvais Français* », écrit-il[2].

Durant l'affaire Dreyfus, Péguy rencontre un autre Isaac dont il salue le courage. Jacob Isaac est un écrivain, sous le pseudonyme de Jacques Delespiniere. Alors que l'on commençait à crier «Mort aux juifs!» dans les rues parisiennes, Jacob Isaac se ravisa. «Sans demander conseil à personne il rétablit sur son livre, au lieu du pseudonyme, son nom d'homme et de citoyen: Jacob Isaac, en assez grosses lettres», témoigne Péguy[3]. Dans un autre écrit, il écrira l'admiration qu'il a pour d'autres juifs qui ont mené le combat pour Dreyfus et Zola. «Dans l'état-major du dreyfusisme et de l'affaire Dreyfus, il est fort notable que ce sont les Juifs, les grands Juifs qui ont encore le moins faibli» se souvient-il dans *Notre jeunesse*[4].

Dans le même souci de vérité, Péguy n'hésita pas à évoquer le comportement indigne de certains juifs tout au long de l'affaire Dreyfus. «Fort différent du jeune Isaac, le second Juif du Comité général était antisémite, comme le sont devenus les trois quarts de la haute bourgeoisie juive.[...] Un instinct profond lui avait enseigné de bonne heure que les persécutés doivent se concilier leurs ennemis, puisqu'ils n'ont rien à redouter de leurs amis[5].», écrit Péguy. Ses mots sont durs et résonnent avec le livre publié plus tard par le philosophe Theodor Lessing sur la haine de soi juive[6]. Péguy évoquera ce phénomène dans plusieurs textes. Comme Lessing, il cherche à mettre en lumière la complexité du reniement quand on est affilié à une identité minoritaire et opprimée. Comment se débarrasser de l'opprobre et s'intégrer pleinement enfin? Jusqu'où le besoin d'être accepté autant que la volonté de se soustraire au danger peuvent-ils mener? Il se trouve que les juifs antisémites vont particulièrement se multiplier durant l'affaire Dreyfus. L'histoire d'Arthur Meyer est à cet égard intéressante puisqu'elle est l'incarnation même de cet antisémitisme juif. Petit-fils de rabbin, il va jusqu'à prendre la direction du journal antidreyfusard *Le Gaulois*. Malgré les gages de son engagement nationaliste et sa conversion au catholicisme, il est la cible de nombreuses attaques antisémites. Il provoque Édouard Drumont en duel, non pas pour ses saillies haineuses compilées dans son best-seller *La France juive*, mais parce celui-ci rappelle ses origines juives. Tous deux survivent avec quelques blessures.

Dans *Notre jeunesse*, Péguy rédige des mots poignants sur la fraternité d'armes tissée avec des compatriotes juifs et fiers de l'être, à l'instar du journaliste Bernard Lazare.

« Il ne sera pas dit qu'un chrétien n'aura pas porté témoignage pour eux. Il ne sera pas dit que je n'aurai pas témoigné pour eux. [...] Depuis vingt ans je les ai éprouvés, nous nous sommes éprouvés mutuellement. Je les ai trouvés toujours solides au poste, autant que personne, affectueux, solides, d'une tendresse propre, autant que personne, d'un attachement, d'un dévouement, d'une piété inébranlable, d'une fidélité, à toute épreuve, d'une amitié réellement mystique, d'un attachement, d'une fidélité inébranlable à la mystique de l'amitié[7]. »

Parmi ses amitiés, la plus longue et la plus importante est bien celle construite avec Jules Isaac. Charles Péguy lui aura enseigné le goût de la vérité. Cette passion commune a probablement permis à Isaac d'influencer l'histoire du christianisme sur un point : les juifs. Si Péguy ne lui avait pas transmis « ce brûlant amour de la vérité » à l'historien, ce dernier n'aurait jamais réussi à convaincre le pape d'intégrer la question juive au concile Vatican II. Une proposition historique puisqu'elle permettra de mettre fin à dix-huit siècles d'accusations de déicide et d'enseignement du mépris. Cette proposition, Jules Isaac l'élabore durant la guerre, alors qu'il s'était caché pour échapper à la traque nazie[8]. Il était alors connu comme le co-auteur du manuel scolaire d'Histoire le plus utilisé dans les écoles de France[9]. Il occupe le temps de sa clandestinité à écrire un livre, *Jésus et Israël*, dédié à sa femme et sa fille tuées à Auschwitz parce que juives. Dans son texte, il demande « des comptes à la chrétienté », pour reprendre la formule de François Mauriac[10]. L'Église aurait développé depuis des siècles « un enseignement du mépris » inacceptable. L'ouvrage se termine par quatre pages intitulées « Le redressement nécessaire de l'enseignement chrétien ». Celles-ci comprennent dix-huit propositions et la mise en place d'une amitié judéo-chrétienne.

À la suite de cette publication, Jules Isaac rencontre le pape Pie XII[11] à qui il demande la révision de la prière universelle du vendredi saint accusant les juifs du déicide et les qualifiant par le terme « perfides ». « Il est indispensable qu'une voix, au sommet de la hiérarchie – la voix de la tête de l'Église – indique à tous la bonne direction et condamne solenellement "l'enseignement du mépris" dans son essence anti-chrétienne » écrit Jules Isaac lui-même[12]. Le pape Pie XII n'accède pas à sa demande. L'historien va continuer à consacrer recherches et livres pour attester des origines chrétiennes de l'antisémitisme et mettre l'Eglise face à ses responsabilités. En juin 1960, il obtient une nouvelle audience au Vatican et en fait le récit. « Le pape [Jean XXIII qui succède à Pie XII] nous reçoit devant la porte ouverte. Je m'incline et il me tend simplement la main. Je me présente comme un non-chrétien, promoteur des Amitiés judéo-chrétiennes, ainsi que comme un vieil homme très sourd. [...] Comme prévu c'est lui qui engage la conversation, vivement, parlant de son culte pour l'Ancien Testament, les Psaumes, les Prophètes, le Livre de la Sagesse [...] J'expose ma requête concernant l'enseignement, et d'abord sa base historique [...] Je présente alors ma *note* conclusive et la suggestion de créer une sous-commission chargée d'étudier la question[13]. » Le pape répond immédiatement : « Depuis le début de notre conversation, je pensais exactement à cela » et ajoute : « vous avez le droit à plus que de l'espoir. » Cette rencontre aura un impact mondial sur la perception des juifs. « Il est vrai que jusqu'à ce jour-là, Jean XXIII n'avait pas pensé que le Concile eût également à s'occuper de la question juive et de l'antisémitisme. Mais depuis ce jour-là, il ne cessa de s'en occuper », confiera le secrétaire privé du pape[14]. Deux ans plus tard, lors du concile Vatican II, le chef spirituel de l'Église catholique demande qu'on révise le rapport au judaïsme dans la liturgie et le catéchisme.

Au soir de sa vie, Jules Isaac souhaite se remémorer ses échanges avec Charles Péguy dans un livre, *Expériences de ma vie*. Son texte répond au premier dialogue mis par écrit entre un juif et un chrétien : *Dialogue avec Tryphon*. En 125, le philosophe chrétien Justin met en scène une rencontre entre lui et un juif imaginaire. L'échange est cordial mais conduit à une discorde sans retour. Justin explique que Dieu a abandonné les juifs et que désormais les chrétiens ont vocation à prendre leur place. C'est, aussi et surtout, dans ce texte que l'on trouve trace du premier mythe négatif de la chrétienté à l'égard des juifs : le déicide.

Mille huit cents ans plus tard, Jules Isaac transforme ce face-à-face dans son texte en un dialogue entre Péguy et lui. À la date de publication du livre, l'intellectuel catholique Jacques Madaule écrit dans *Le Monde* daté du 7 juillet 1959 : « La plus haute valeur de ce témoignage tient, il me semble, à une profonde et secrète affinité entre les deux hommes. C'est le plus beau dialogue que je connaisse entre un juif et un chrétien. »

1. Charles Péguy, *Notre jeunesse* (*Cahiers*, XI-12, p. 134).
2. *Ibid.* (*Cahiers*, XI-12, p. 137).
3. Charles Péguy, *Cahiers*, I-13 (16.11.1900), p. 609.
4. Charles Péguy, *Notre jeunesse* (*Cahiers*, XI-12), p. 139.
5. Charles Péguy, *Cahiers*, I-13 (16.11.1900), p. 609.
6. Theodor Lessing, *La Haine de soi. Le refus d'être juif*, Paris, Pocket, coll. « Agora », 2011.
7. Charles Péguy, *Notre jeunesse* (*Cahiers*, XI-12, p. 135).
8. Dans un village du Berry.
9. Il s'agit du fameux *Malet et Isaac* écrit en 1914. Encore en usage dans les années 1950, une archive de l'INA datant de 1959 montre un micro-trottoir à la sortie des écoles où à l'évocation du nom de Jules Isaac, les collégiens font référence à ce livre d'Histoire.
10. Il s'agit d'une phrase écrite par François Mauriac à propos du livre *Le Dernier des justes* : « André Schwartz-Bart prend la relève de Jules Isaac pour demander des comptes à la chrétienté », *L'Express*, 8 octobre 1959.
11. En octobre 1949.
12. Cité dans : « Ce "petit juif" qui a fait bouger le Vatican », Haïm Musicant, 5 décembre 2005, crif.org.
13. *Note sur huit jours à Rome* (juin 1960), *Cahier de l'Association des Amis de Jules Isaac*, n° 2, Aix-en-Provence, 1974.
14. Archives privées du Vatican, de Mgr Loris Capovilla, secrétaire privé du pape Jean XXIII, citées dans : Norman C. Tobias, La conscience juive de l'Église, éditions Salvator, 2018.

© Emma Henry

Buste de Péguy par Paul Niclause au square Charles Péguy d'Orléans.

ANNE-CLAIRE ONILLON

UNE BALLE AU FRONT

J'imagine qu'il faisait beau. Un soleil radieux, insolent, écrasait d'une lumière de fin d'été ce samedi 5 septembre 1914. On imagine toujours les soldats dans la boue, battus par la pluie et le feu noir des projectiles ; or, cet après-midi de septembre, un bleu céleste habillait tout l'horizon des environs de Meaux. Le lieutenant du 276ᵉ régiment d'infanterie, Charles Péguy, est en avance d'un jour sur l'historique bataille de la Marne, comme s'il avait voulu assister à la générale, être aux premières loges, ne rien rater de ce qui précipitera sa fin. Il mène son unité à Villeroy, en soutien d'une attaque de tirailleurs marocains.

Sous un soleil éblouissant, la troupe s'enfonce dans les herbes sèches vers l'ennemi et des poussières volent dans cet air de combat, faisant plisser les yeux des soldats. Ils avancent, héroïques, ne se doutant pas que, face à l'arrière-garde de la 1ère armée du général von Kluck, le manque de préparation transformera cette attaque en mission sacrifice. Ils se jettent dans la gueule du loup mais ne le savent pas. Ils sont là, prêts à l'affrontement, fiers de leur patrie ; ils plaisantent même et rigolent entre eux. Et puis ce ciel donnerait à n'importe quel événement des allures de fête.

Le lieutenant Péguy marche en tête, résolu et heureux. Il ne connaît plus la peur. La veille, il priait avec ferveur, non pour demander grâce mais pour se vêtir du courage nécessaire à sa fonction. Il marche vers une mort certaine, entraînant avec lui tous ses hommes, mais cette marche n'a rien de funèbre, cette marche est portée par un élan de noblesse et la certitude d'une mort glorieuse. La mort n'a pas toujours la chance de revêtir un sens aussi profond. Péguy le sait.

Soudain, des sifflements de balles déchirent l'air et le ciel rougeoie, des déflagrations percutent les tympans, les premiers uniformes feldgrau apparaissent à l'horizon. La troupe se disperse, l'imminence du combat en galvanise certains et en fait fuir d'autres. On n'a plus le temps de penser, ni à sa mère ni à sa femme, les détonations s'intensifient et se rapprochent, se mêlant aux hurlements des soldats touchés. Péguy est debout, encore ; il marche lentement au milieu des obus puis, brandissant en guerrier son pistolet automatique, il se met subitement à courir vers l'armée allemande. Il ne saurait attendre la mort, aussi s'élance-t-il à sa rencontre. Le bleu du ciel disparaît sous les fumées et l'explosion des boulets de canon, le soleil s'est multiplié en dix mille étoiles, le lieutenant Péguy, déterminé et libre comme jamais, est prêt à serrer son destin. Celui-ci s'accomplira face à un fusil Gewehr *98* qui le vise et le percute au front d'une balle Spitzgeschoss. La tête est entraînée vers l'arrière, le képi vole, le cou s'étire sur toute sa hauteur. Il retombe sur le dos, mort sur le coup. Le havresac amorti légèrement le choc et le corps tressaille une dernière fois.

Il a fallu que la balle pointue le touche là précisément, au front, siège de la pensée et des sentiments, à un endroit qui ne permet pas la blessure. Une seule balle et c'en est fini, de façon nette, propre, oserais-je dire. Une économie de moyens. Une balle en pleine face de celui qui regarde la mort, non la mitraille au dos du fuyard. La balle unique de l'assassin. Péguy a quarante-et-un ans. Son corps sera enterré avec 132 soldats dans ce qui deviendra la Grande Tombe de Villeroy.

Seize ans plus tard, le comité des amis de Charles Péguy propose d'ériger à Orléans un monument en son hommage. Un buste en bronze est implanté à l'entrée du faubourg

Bourgogne où Péguy passa son enfance. Le destin – parce qu'il ne peut s'agir là du hasard – parachève cette œuvre lors de la Seconde Guerre mondiale: un éclat d'obus allemand perce le bronze à l'endroit précis où Péguy fut touché en 1914, destinant ce buste à devenir pour l'éternité le portrait tué et non vivant du poète.

© Centre Péguy, Orléans

Péguy en 1913

Une connaissance intellectuelle du monde n'est rien. Elle est à la fois zéro monde et zéro du monde. Une autre connaissance, une connaissance réelle du monde ne peut être que de l'action, de la vie et de l'être du monde.

Un poète l'a dit

BRUNO DE STABENRATH

ÉCRIRE, MOURIR, SE SOUVENIR

La Grande Guerre de 14-18... Souvenez-vous, lorsque vous traversez les villages, sur la place de l'église : on y découvre un calvaire et, gravé dans la pierre, un poilu casqué, les traits défigurés par une grimace alliant le courage et la peur ; il tient un fusil à baïonnette dans une main et dans l'autre le drapeau français. Sur la stèle, en hommage mémoriel, des dizaines de noms d'un autre temps, classés par ordre alphabétique : Clément, Émile, Félix, Gaston, Lucien, Raoul... Ainsi, 1 315 000 jeunes Français sont morts pour la patrie, au champ « d'horreur ».

La guerre est au cœur de mon histoire familiale. Le premier Stabenrath est arrivé de Silésie orientale à la cour de Louis XIV ; officier des artilleries impériales, il épousa une baronne et leur premier fils rejoignit, à seize ans, la Compagnie des Mousquetaires. Dans ma génération, mes trois frères, officiers de Légion étrangère, ont combattu en opérations extérieures, sur tous les fronts, depuis trente ans (sans être blessés mais souffrant du syndrome post-trauma) : Afghanistan, Mali, Liban, Côte d'Ivoire, Irak, Centrafrique, Sahel, Kosovo, ex-Yougoslavie, etc.

Pour ma part, à la différence de ce cher Péguy, je suis devenu l'écrivain blessé dans un champ de betteraves de la départementale 119, tombé un après-midi, du côté de Melun. L'ennemi était également allemand, il s'appelait Mercedes 250 SE. Mes frères font la guerre mais c'est moi, l'ancien combattant, l'invalide, rescapé de la bataille de la route, ex-caporal-chef de mes deux, qui morflait dans mon corps, dans ma chair et dans sa tête. Alouette…

Pour en finir avec la généalogie, mon enfance fut marquée par les récits de ma grand-mère paternelle, Alix. Elle racontait souvent, en fin de repas, comment elle avait pressenti la mort de son fils Alain (mon oncle), lieutenant de légion du 1er BEP (1er bataillon étranger de parachutistes), tombé en Indochine à vingt-huit ans, lors du siège de Diên Biên Phu pendant l'assaut final des troupes Viêt-Minh. Alix s'était réveillée dans la nuit, comme si une voix étouffée venait de lui chuchoter à l'oreille ou de l'appeler à l'aide. C'était quelques heures avant l'aube, en ce terrible matin du 8 mai 1954 où l'on attendait la déclaration officielle de la radio nationale, annonçant la chute du camp retranché. Ma grand-mère savait que son enfant venait de mourir, là-bas, au pays du Tonkin et des jonques blanches. « Stab » s'était envolé discrètement au paradis des héros et de ceux qui ne s'attardent pas sur la terre. Une promotion de l'École spéciale militaire de Saint-Cyr porte son nom et lui rend hommage pour l'éternité.

Les terribles batailles des tranchées de 14-18 furent un hachoir cruel et définitif pour la littérature française. Parmi nos soldats, 560 écrivains et associés à l'univers des livres et de la presse, soit des éditeurs, des journalistes, des chroniqueurs, des universitaires ; devant ce mausolée tragique où les pages blanches s'imprègnent du sang des martyrs, telles des œuvres posthumes sacrifiées qu'on ne lira jamais, il s'égrène en *lamento* funèbre, le nom des disparus : Charles Péguy, bien sûr, mais aussi Guillaume Apollinaire, Alain-Fournier, Louis Pergaud ; ils côtoient des auteurs moins connus, tels que René Dalize, Paul Acker ou encore Alan Seeger.

Il serait juste d'évoquer aussi ceux qui sont revenus de cet enfer : les survivants, les fracassés, les gazés, les gueules cassées, les traumatisés ; rapatriés, sains et presque saufs des tranchées meurtrières, ils seront marqués à jamais du sceau du désespoir, tel ce cher médecin-chef, 1ère classe, Victor Segalen, qui s'en ira au fond d'un bois se tirer une balle dans la tête, espérant chasser les fantômes de ses hallucinations et de ses insomnies.

Aujourd'hui, il n'est jamais vain de réveiller la mémoire et de rappeler aux jeunes générations le courage de ceux qui témoignent de la guerre et la racontent (Saint-Exupéry, Dalton Trumbo, Churchill, de Gaulle, Hemingway, Schoendoerffer, Pierre Sergent, Erwan Bergot, etc.). Pourtant la guerre a fait des progrès. Au chapitre des pertes humaines, si l'on compare l'Afghanistan et la Grande Guerre par exemple : en douze ans de combat, face aux Talibans, l'armée française a perdu 90 hommes ; en 14-18, vous prenez le même nombre de soldats, mais ces 90 morts correspondent à vingt minutes de guerre !

Le pauvre Charles Péguy n'écrira jamais la sienne. Il est mort, à quarante-et-un ans, fauché aux premiers jours du conflit. Fut-il un héros, un martyr, un kamikaze, un officier zélé mais imprudent face au danger puisqu'il entraîna avec lui, dans la mort, une trentaine d'hommes du 276ᵉ RI ?

Voilà pour moi l'enjeu : raconter le livre que Péguy n'a jamais écrit. D'ailleurs, comment l'aurait-il titré : *Mémoire de boue et du sang*, *Si loin des miens*, *L'Appel sous les bombes*, *Lieutenant de guerre* ?

Pourtant, lorsque la mobilisation de 1914 sonne le tocsin, appelant tous les hommes valides à défendre la mère patrie, c'est presque une aubaine pour le lieutenant de réserve Péguy : Charles est au bout de sa vie… C'est un homme épuisé, déboussolé, un quadragénaire amer et ombrageux. Sa carrière est au point zéro ; les milieux académiques le snobent et le fustigent, tandis que ses confrères brillent par leurs critiques acerbes à son égard ; Péguy se désespère. À tel point que son écriture oscille entre l'imploration et les visions sanglantes – sont-ce des pages prémonitoires ?

Quand il se décide à partir à la guerre, Péguy est comme délivré. Sa vie, désormais, ne lui appartient plus, elle est l'otage glorieuse et dévote de la nation !

Finies, les bassesses du milieu littéraire et le parisianisme insupportable, finies les pressions de l'épouse mortifiée et des enfants implorants, fini le grand labeur quotidien de l'écriture. Il part enfin au grand air, sanglé, chamarré dans son bel uniforme d'officier, rejoindre l'aventure, ses chers soldats (qui eux, au moins le respectent). Charles le bienheureux va bourrer sa pipe au coin du feu de camp, tandis que son ordonnance, le caporal Séraphin Berliet, réchauffera son café et sa ration de corned-beef. Plus tard, au carré des officiers, il parlera musique symphonique et poésie avec son colonel.

Voilà, c'est le sursaut inespéré dont il avait tant besoin pour se renouveler. Au bivouac, Péguy retrouve auprès de ces âmes simples et pures, ces enfants de France, une seconde jeunesse : redynamiser sa vie, oxygéner son moral et sa santé, c'est assurer enfin la pérennité de son œuvre. À son retour, plus tard, lorsque le conflit cessera, il racontera, dans un livre puissant, la majesté et le courage de ces hommes, face à l'horreur, aux canons et aux barbelés.

Pauvre Charles. Il est loin d'imaginer que dans quelques jours, quelques heures, il affrontera ce que l'humanité a de pire à offrir.

Au moins, jusqu'à l'heure fatale, le lieutenant Péguy devient presque un héros, aimé, admiré, porté par la confiance de ses hommes ; il se tient droit devant, le premier du peloton, fier, et les entraîne, sabre au clair, képi au vent. Péguy montre l'exemple. Une rafale... Il meurt debout, fauché dans une ivresse à la fois résolue, terrifiée et jubilatoire : – Hardi ! Sus à l'ennemi ! Ne jamais reculer ! Que vive la France ! Ce seront ses derniers mots.

Repose en paix, Charles Péguy. Ton sacrifice vaut bien tous les honneurs, les médailles et les prix littéraires.

CAHIER CRITIQUE

Péguy dessiné par Egon Schiele sur la couverture de la revue « Die Aktion » parue en 1914.

LETTRE DU PROVINCIAL (1900)

« Irons-nous souffler sur des flammes de cierge au seuil des interdits ? »

Titre ironique qui laisserait sous-entendre, au prétexte que Péguy n'habite plus Orléans, qu'il aurait cessé d'être un « Provincial ». Cette « lettre » lui est adressée par un correspondant fictif, dites-vous ? Nenni : puisque cette lettre, il se l'envoie à lui-même. Péguy, ici, est à la fois, est en même temps, est simultanément le « Provincial » et le « Parisien ». L'écolier studieux du faubourg Bourgogne (Orléans) correspond avec l'enfant terrible de la rue de la Sorbonne (Paris). Il se moque de lui en tant que l'un et se ridiculise en tant que l'autre – ubiquité et burlesque, « beau sujet de thèse », comme il se serait plu à le faire remarquer, ajoutant l'un de ses fameux : « si un jour nous avons le temps... »

Dès la toute première phrase de ce très beau premier livre, Péguy écrit – j'allais dire : « prononce » – le nom de Dreyfus. C'est dire s'il s'agit de lire ces pages comme on lirait une profession de foi. Elles contiennent le fameux passage, sorte de « tube » dans la bibliographie péguyenne, sur la vérité, aussi célèbre chez Proust que la madeleine trempée dans le thé : « Dire la vérité, toute la vérité, rien que la vérité, dire bêtement la vérité bête, ennuyeusement la vérité ennuyeuse, tristement la vérité triste. »

D'emblée s'impose un style qui, tel un boa, s'enveloppe autour de sa proie, sans jamais la lâcher (c'est un point commun avec Proust que possède Péguy d'épuiser jusqu'à l'ultime goutte un sujet, une situation, un concept, un événement) : « Si la vérité blesse une organisation, taira-t-on la vérité ? Si le mensonge favorise une organisation, dira-t-on le mensonge ? Vraiment à la vérité blessante on fera l'honneur de ne pas la traiter plus mal que le mensonge blessant ? Mais, taire la vérité, n'est-ce pas déjà mentir ? »

Détail qui n'est pas un détail : on se réjouira, aimant Péguy comme nous l'aimons, qu'au seuil de son œuvre à venir, il morde d'ores et déjà au mollet la racaille antisémite. De basses âmes ont insinué que le « philosémitisme » de Péguy – qui eût détesté ce mot et ce concept autant que moi-même en ceci qu'il est doté d'étranges allures d'antisémitisme inversé – s'expliquait par l'aide financière apportée au gérant des *Cahiers* par des « amis juifs » dont Eddy Marix : nous refusons avec la plus grande fermeté d'accréditer cette thèse. Retenons que ce petit livre, premier d'une très longue série, contient toute la ferveur, l'esprit de justice, la soif d'intégrité, le courage intellectuel et l'honnêteté foncière de Péguy. Le reste n'a strictement aucune espèce d'importance.

YANN MOIX

Lu dans l'édition originale, *Cahiers de la Quinzaine*, I-1, Paris, 1900.

LE «TRIOMPHE DE LA RÉPUBLIQUE» (1900)

« Les rimes en on avaient l'avantage d'être particulièrement nombreuses. Mais elles avaient le désavantage de n'être pas toutes convenables. »

Le *Triomphe de la République*, signé du sculpteur Dalou, est un monument que les Parisiens connaissent bien ; il prospère toujours, dans l'évidence de sa belle pureté surannée, place de la Nation où il sert de rond-point – comme si, par une ironie toute trouvée du symbole, la République elle-même nous avertissait qu'elle tournait en rond. Le rond-point est par ailleurs, depuis quelque temps, devenu plus propice à la représenter que la statue qui en clame la réjouissante vigueur : une femme de bronze installée dans l'air cru, avec à ses pieds des fauves et de gros poissons. Les gilets jaunes sont les statuaires d'aujourd'hui ; on a les totems qu'on peut. Je ne me risquerai pas à deviner si Péguy eût soutenu ce mouvement devenu mouvance – ses énervements, toujours spectaculaires, sont imprévisibles et il est des causes qu'on l'aurait cru défendre qu'il a *in fine* pourfendues (non sans raison, du reste). Péguy : *l'homme qui ne tombe pas dans le panneau.*

Dans ce texte joyeux, Péguy décrit, avec force détail et amusement, le cortège du peuple descendu dans les rues de la capitale pour rendre hommage à la Marianne de Dalou : tout est là, flicaille comprise, foule et boulevards, liesse et cris, anciens communards et ouvriers, réactionnaires et bourgeois.

Le spectacle, pour Péguy si agréable à dire, relève d'un grossier malentendu. Personne n'est venu célébrer la même chose; comme s'il existait une République par quartier, par faction, par syndicat, par groupement politique, par association – par individu.

Et toujours cet humour, sur lequel il s'agit d'insister aux fins de redresser la statue, non de la République cette fois, mais de Péguy: « Sans doute on ne pouvait se mettre à la fenêtre pour se regarder passer dans la rue, cela étant défendu par les traités de psychologie les plus recommandés. Mais on s'amusait à quitter le cortège pour aller, au bord du trottoir, voir passer les camarades. » Péguy reste l'homme des bords de la Loire: il regarde depuis la berge le fleuve couler, ce fleuve fût-il le peuple français réuni dans la célébration unanime de ses institutions: « Il fallait que le fleuve du peuple coulât. »

C'est Loubet qui procède à l'inauguration. Le peuple est à l'unisson dans ses attitudes et ses exclamations. Il y a des incidents. Mais la police n'est pas provoquée. Après la cérémonie? « Tout le faubourg descendait dans la nuit, en une poussée formidable sans haine. » Nous sommes en face du Péguy reporter, celui qui descend voir, qui, dans une prose riche et prompte, allègre et proche des *Choses vues* de son idole, va à la rencontre de l'événement – un Péguy qui se raréfiera peu à peu, laissant place à celui qui lit plutôt que de se déplacer. Celui qui, pour mieux voir l'événement, préférera ne pas y assister.

YANN MOIX

Lu dans l'édition originale, *Cahiers de la Quinzaine*, I-1, Paris, 1900.

L'AFFAIRE LIEBKNECHT (1900)

« Il est immoral de traiter les sujets que l'on ne connaît pas. »

Qui était Liebknecht ? Un sinistre imbécile ? Un homme égaré ? Un socialiste parmi d'autres socialistes ? Un penseur honnête ? Nous parlons ici de Wilhelm (1826-1900), le père, et non du fils, Karl (1871-1919), mort assassiné à Berlin. Allemand, Wilhelm Liebknecht est un « journaliste révolutionnaire », genre ou spécialité qui a – faut-il s'en plaindre, s'en réjouir ? – complètement disparu. Diplômé de philosophie et de théologie, il vient en observateur à Paris pour assister à la révolution de février 1848. Ce qui lui donne l'élan de participer aux soulèvements, quelques mois plus tard, du pays de Bade (Bade-Wurtemberg), sur le Haut-Rhin. Inquiété, il part se cacher en Suisse où il fait la connaissance de Friedrich Engels. Un peu plus tard, passé par Londres, il devient « officiellement » communiste et rencontre Marx, qui ne cessera de lui reprocher son manque de rigueur philosophique et son approche trop approximative, trop « touristique » de sa doctrine. Liebknecht, toute sa vie, se fichera comme d'une guigne de la morgue austère de ces deux géants de la pensée, Marx et Engels, préférant répandre des idées propices à l'action qu'une idéologie rassise. Pour lui, un bon concept doit immédiatement se traduire par une décision, laquelle se doit d'être incarnée tout aussi immédiatement par sa manifestation pratique dans la réalité.

À Leipzig, où il s'installe après avoir vécu à Berlin, Liebknecht adhère au mouvement ouvrier d'August Bebel, à qui il enseigne le b.a. ba du marxisme. Radicalement hostile à la dictature prussienne, le duo, chantre du progressisme et défenseur des valeurs démocratiques, s'oppose à l'unification allemande, même et surtout lorsque leurs efforts sont récompensés par leur élection au Reichstag comme députés du Parti populaire saxon.

Avec Wilhelm Bracke (1842-1880), ils fondent ensuite le marxisant Parti social-démocrate des travailleurs allemands. Liebknecht en dirige le journal officiel, *Der Volkstaat*. En 1870, lors du conflit franco-allemand, toujours député, il s'oppose à l'annexion de l'Alsace-Lorraine et refuse de voter les crédits permettant la continuation de la guerre. Il est condamné, comme son acolyte Bebel, à deux années d'emprisonnement. En 1879, il fonde avec quelques-uns, de manière clandestine – le socialisme ayant été mis hors la loi –, un parti dont, toujours soucieux de diffuser la doctrine marxiste au sein des milieux ouvriers, il dirige là encore l'organe de presse.

Bien que nous méfiant comme de la peste des comparaisons, nous pouvons risquer de faire de Liebknecht une sorte de Jaurès allemand : son génie oratoire, paraît-il spectaculaire, son sens de la polémique, sa science du soulèvement de foule et de la provocation sentie, toujours accompagnés d'une scansion magnifique, rappellent sans mal l'enfant de Castres. Et puis, il y a le journalisme, aussi. L'encre et les dépêches, les saillies éditoriales, les coups de gueule imprimés à l'aube. Enfin, ce désintéressement personnel constant. Bref, une grande voix tournée tout entière vers les petits, les misérables, les pauvres et les laborieux.

De même, on pourrait établir un lien entre les figures de Péguy et Karl Kraus. Karl Kraus (1874-1936) est – à un an près – du même âge que l'auteur de *L'Argent*. Comme Péguy, mais en Autriche, Kraus est journaliste, écrivain, penseur, poète, dramaturge. Surtout, comme Péguy, il est « pamphlétaire », même si nous n'aimons pas tellement ce mot. Car ni Péguy ni Kraus ne se sont jamais dit : « Tiens, je vais faire, je vais écrire, je vais produire, je vais composer un *pamphlet.* » Non : ils ont écrit ce qu'ils avaient à écrire, point. Leur nature a fait le reste. Kraus, comme Péguy, est gérant – ou directeur, qu'importe – d'une revue : *Die Fackel. Die Fackel* se traduit tantôt par *Le Flambeau*, tantôt par *La Torche*. Péguy, qui connaissait l'existence de cette publication, et par parenthèse était (un bon) germaniste, avait opté pour *La Torche*. Il est même intéressant de noter que *Die Fackel* est citée dès le tout premier numéro des *Cahiers* (page 56). Sauf que.

Sauf que Kraus, dans une série d'articles signés Liebknecht, s'éloigne radicalement de Péguy sur le cas de Dreyfus. *Die Fackel*, dans ses numéros 18, 19 et 21 (1899, un an avant la première série des *Cahiers*), convaincue de la culpabilité du capitaine, s'en prend sans ambages aux dreyfusards. Dans *L'Affaire Liebknecht*, Péguy, afin que son lecteur puisse juger « sur pièces » (son obsession), fait traduire la prose indigne de Liebknecht. « Tout d'abord, ose ce dernier à la date du 25 septembre 1899, une déclaration qui me donnera une attitude nette aux yeux du lecteur : *Je ne crois pas à l'innocence du capitaine français Dreyfus.* » Déjà auteur d'un brûlot baptisé *Eine Krone für Zion* (« Une couronne pour Sion »), Kraus, il s'agit de le noter, voue aux thèses sionistes de Herzl une haine débordante[1]. En janvier 1898, quelques mois avant la prime livraison de sa Fackel, Kraus n'hésitait pas, au surplus, à qualifier dans le journal *Die Wage* la France de « pays du traître Zola. »[2]

Campant sur une inversion sophistique malheureusement très répandue dans la France de 2022, l'antidreyfusisme n'est pas pour Kraus un antisémitisme ; c'est pour lui l'anti-antisémitisme exacerbé des dreyfusards qui est responsable de l'explosion de l'antisémitisme laquelle est venue compliquer « l'Affaire »[3] : « Le mouvement antisémite, assène en effet Liebknecht, était très faible en France en 1894 ; ses promoteurs passaient pour des gens ridicules. Depuis lors il est devenu plus fort, mais c'est essentiellement par suite de la *campagne.* »

Liebknecht, encore, tout en se vantant d'avoir eu dans sa geôle tout loisir d'étudier scrupuleusement l'affaire Dreyfus (« En prison, on lit de près »), écrit : « L'intérêt de l'état-major ne pouvait être que de trouver le coupable et de mettre la main sur lui. Quant à supposer que c'est uniquement par haine des Juifs que le Juif Dreyfus a été envoyé à l'île du Diable, c'est ce que refusent d'accepter toute psychologie et tout bon sens. » S'ensuit une démonstration piteuse et spécieuse à la logique fascinante de bêtise : Liebknecht penche pour la culpabilité de Dreyfus au prétexte que, s'il était innocent, les autorités ne lui auraient pas fait subir ce qu'il a subi ! « Est-il vraisemblable, est-il admissible qu'un officier français, dont la famille et les parents sont très influents, puisse être condamné pour un crime de haute trahison qu'il n'a pas commis, et demeurer sous les verrous cinq années durant ? Est-il vraisemblable, est-il admissible que le gouvernement en faveur duquel on prétend que la trahison a été commise puisse souffrir qu'un innocent demeure en prison, cinq années durant, de ce chef, et soit traité comme Dreyfus a été traité ? » On croit rêver. Il ne peut pas ne pas être coupable : voyez comme il est puni !

Mais le lecteur intéressé par les arguties de ce pauvre Liebknecht n'est pas au bout de ses surprises : « Je ne veux pas m'occuper des détails du procès [je croyais pourtant qu'en prison on lisait de près !]. Je veux seulement produire que l'attitude de l'accusé a produit, même sur ses défenseurs, une *impression extrêmement défavorable.* » Il ne vient pas un seul instant à l'esprit de ce pauvre Liebknecht que si l'attitude de Dreyfus semble aussi « étrange » pour un coupable, c'est peut-être justement parce qu'il est innocent ! Pour le socialiste allemand, Dreyfus, au lieu que d'être un innocent parfait, est ainsi un mauvais coupable, un accusé qui ne joue pas le jeu. On comprend qu'Engels et Marx aient jugé inapte à la pensée celui qui fut un temps leur protégé.

Las ! Le festival d'inepties n'est pas totalement achevé. L'abjection se multiplie joyeusement par elle-même. Exemple (4 octobre 1899) : « Ce qui ne peut laisser aucun doute, c'est que l'acceptation immédiate de la grâce par Dreyfus ne montre pas qu'il ait été lui-même bien convaincu de son innocence. » Je demande au lecteur de relire cette phrase trois fois : il n'a point rêvé.

Mais Liebknecht n'est pas qu'un imbécile fieffé. C'est également (cela va généralement de pair) un cuistre suffisant doublé d'un crâneur et d'un vaniteux : « Je me souviens que dans l'automne de 1897 je proposai à quelques amis d'opinions ardemment dreyfusistes – et j'y engageais ma réputation politique – de venir à Paris et d'établir dans l'espace de huit jours si, oui ou non, il s'était produit au procès de 1894 des vices de forme ou des erreurs judiciaires rendant possible la révision. » Si le ridicule tuait... Et de poursuivre, misérable, par ces mots : « Je parie, aujourd'hui encore, que j'aurais établi la vérité. »

Notre auteur, bien sûr, ne saurait s'en prendre au seul Dreyfus, qui mord au mollet les dreyfusards avec une violence bien dans l'air du temps : « Pourtant, ce qu'il y a de plus laid, de plus repoussant dans l'*Affaire* et dans le truquage de l'*Affaire, c'est l'insincérité fondamentale, la mensongère apparence de sainteté donnée à cette comédie d'indignation, à la plus mensongère de toutes les comédies d'indignation.* »

Le 5 décembre 1899, Jules Guesde (1845-1922), lors d'un congrès, monte, « regard de croyant », à la tribune. Péguy ne l'aime pas, loin s'en faut. Tandis qu'il parle, un homme, dans l'assemblée, lance un : « À bas Liebknecht ! » Péguy sursaute, comme il l'écrit, « tant cela était imprévu ». Cette exclamation indigne la foule, qui demande qu'on expulse l'anonyme provocateur. Puis : « "C'est Joindy qui a crié cela... Laissez-le... Il doit savoir ce qu'il dit... Laissez-le s'expliquer..." » Péguy ne pense pas que ces mots proviennent dudit Joindy. Mais si, c'est bien lui : c'est bien Joindy qui a fait ce qui généralement ne se fait pas lors de pareilles réunions – provoquer le désordre, lancer une invective. Joindy, le « coupable », ne se fait pas prier et monte à son tour à la tribune : il prévient l'assistance de ce que Liebknecht a choisi une attitude qui n'est pas compatible avec les valeurs « socialistes ». Que s'il est bien un provocateur, c'est lui, Liebknecht, et lui seul, dont les articles doivent être combattus avec la dernière vigueur : « J'affirme que le plus grand danger, à mon point de vue, c'était, en France, la réaction alliée à l'antisémitisme. » Couvert par les cris de protestation, on l'entend à peine prononcer les mots « sentiments haineux de Liebknecht ». Guesde, qui ne perd pas un mot des paroles de Joindy, est « pris de tremblements » : « À aucun moment de cette scène, je n'eus l'impression qu'il jouait la comédie. J'avoue que je ne sais pas même s'il jouait la tragédie. » L'expulsion de Joindy n'est pas, il s'en faut de beaucoup, votée à l'unanimité. Mais il est mis dehors et Guesde peut reprendre son discours comme si de rien n'était.

À propos de Liebknecht, Péguy se lâche et se fâche : « Comment pourrons-nous empêcher, comment pourra-t-il empêcher les antisémites professionnels de l'acclamer à la gare ou dans la rue, de faire à ses dépens une manifestation de sympathie respectueuse ? » *L'Affaire Liebknecht*, œuvre mal connue, montre avec éclat que la question de l'antisémitisme devient très vite centrale chez le gérant des *Cahiers* – et qu'elle est indissociable d'une recherche inconditionnelle de la vérité. Vérité qui n'est rien tant qu'elle n'est pas traduite par les mots qu'il faut. Ce sont ces mots que Péguy, toute sa vie, trouvera comme personne ; les mots ne sonnent, ne sont, qu'accompagnés, que livrés par une voix.

YANN MOIX

Lu dans l'édition originale, *Cahiers de la Quinzaine*, I-1, Paris, 1900.

1. Voir la passionnante étude de Jacques Le Rider, « Karl Kraus und die Dreyfus-Affäre », *Études Germaniques*, n° 283, Klincksieck, 2016, p. 329 à 357. « In Kraus' Augen, écrit Le Rider, ist die Dreyfus-Affaire das Lieblingsthema der *Neuen Freien Presse*, die er hasst, und Theodor Herzls, dem er den Krieg erklärt hat. Also spürt er gegen die dreyfusards eine regelrechte Allergie und neigt zu einer trotzigen Parteinahme für die *antidreyfusards*. »

2. Jacques Le Rider, *op.cit.*

3. Jacques Le Rider, *op.cit.*

DU SECOND PROVINCIAL (1900)

« À quoi riment ces attaques ? »

Très étrangement, ce texte a été omis dans les *Œuvres en prose complètes* de la Pléiade – alors que sa « réponse », *Réponse provisoire*, y figure. Allez comprendre. Dans ces quelques pages, Péguy, déguisé en lecteur de province pour la seconde fois, donc, incarne un pauvre bougre de Nyons qui lui annonce qu'il ne jouit pas des moyens financiers permettant de s'abonner aux *Cahiers de la Quinzaine* : « J'ai juste cent sous par jour pour vivre. » Ceux-là à qui il s'adresse en priorité, veut nous dire Péguy, sont hélas ceux-là mêmes qui ne peuvent s'offrir ses prestations. Mais le « lecteur » va plus loin : il reproche déjà à Péguy, à peine né « littérairement », son ton polémique et surtout – comme si le gérant des *Cahiers* s'octroyait une manière de blanc-seing pour les numéros et les années à venir – sa tendance à pratiquer les attaques *ad hominem*, jeu que Péguy adorait et qu'il allait pratiquer comme personne. On appelait cela, à l'époque, « faire des personnalités ». Surtout, se plaint le lecteur imaginaire, Péguy franchit la ligne rouge en s'acharnant sur des camarades socialistes : « Je condamne cela », dit-il, avant de regretter, un peu plus loin, les « insinuations », les « assauts furieux » et les « coups d'épingle » à l'encontre de Guesde et de son parti lus dans l'historique première livraison des *Cahiers*.

Très intelligemment, très drôlement, ce petit texte annonce la couleur des *Cahiers* futurs (de l'œuvre de Péguy tout entière, à vrai dire) sous l'originale forme du reproche. Nous savons bien qu'une revue – c'est mon vieil ami Jean-Claude Fasquelle qui, avant sa mort, lorsque je lui parlais de mon envie de fonder *Année Zéro*, me le répétait sans cesse – doit être incarnée par son fondateur, autrement dit lui ressembler. Mais l'inconnu de Nyons (sous-préfecture de la Drôme), dans son courrier daté du samedi 13 janvier 1900, reproche à Péguy, outre qu'il trouve les *Cahiers* « trop longs » à son goût, de s'accaparer toute la revue : « Il est toujours intéressant et utile de savoir ce que pense un camarade, qui a le loisir et la faculté de penser beaucoup. Il importe aussi qu'une publication périodique ne contienne pas exclusivement les idées d'un seul camarade. » Et l'insatisfait grincheux d'ajouter, sans pitié : « Surtout quand il a les tendances mauvaises de tes cahiers. »

Ce dialogue avec lui-même, dès les premiers textes de Péguy écrivain publiés par Péguy gérant, est émouvant : cette méthode va prendre de plus en plus d'importance avec le temps, jusqu'à ce que s'abolisse la méthode dialogique elle-même. Péguy va continuer doucement, puis totalement à se parler à lui-même, à se répondre à lui-même, à s'entretenir avec lui-même sans éprouver le besoin, ni se donner la peine, de placer en face de lui un contradicteur imaginaire inventé pour la seule nécessité de mettre un peu de relief dans le texte. Péguy, chemin faisant, parlera de plus en plus à Péguy : solitaire et multiple (multiplié par lui-même), éclaté et réuni, il sera bientôt le seul témoin de sa prose – à cause, bien sûr, de la sensation de n'être lu par personne (on sait aujourd'hui, des études l'ont montré, que les abonnés ne lisaient pas les *Cahiers* signés de sa main, lui préférant les autres plumes de la maison). À moins qu'il ait voulu se choisir – telle est ici notre hypothèse – comme interlocuteur, comme ami, comme abonné « idéal » le lecteur de demain, celui d'après sa mort, celui que nous sommes tous aujourd'hui et maintenant. Toujours est-il que Péguy, celui que nous connaissons, que nous aimons, dont nous ne pouvons plus nous passer, celui de la postérité, celui qui n'a pas fini ni de nous éblouir, ni de nous étonner, s'installe lui-même en janvier 1900 sur une bien modeste mais très prodigieuse rampe de lancement.

YANN MOIX

Lu dans l'édition originale, *Cahiers de la Quinzaine*, I-2, Paris, 1900.

LA PRÉPARATION DU CONGRÈS SOCIALISTE NATIONAL (1900)

« Je suis beaucoup trop malheureux pour avoir aucun orgueil. »

Ayant la chance de posséder les 229 exemplaires originaux des *Cahiers de la Quinzaine*, j'ai sous les yeux le n° 2, daté du samedi 20 janvier 1900. C'est dans ce cahier qu'est publié pour la première fois *La Préparation du congrès socialiste national. La Préparation du congrès socialiste national* est un texte important pour comprendre la psychologie de Péguy. Il pose, clairement, la question des attaques personnelles (les fameuses « personnalités »). S'entretenant avec un médecin « rouge » imaginaire, l'auteur se demande si cela se fait que de s'en prendre nommément à ses adversaires. Ne vaudrait-il pas mieux de placer la lutte au seul plan des idées, oubliant les personnes qui se cachent derrière ? Il a tant de chiens à lâcher, notre Péguy, qu'il est tiraillé entre l'envie de laisser libre cours à leur furie et la crainte de commettre une erreur morale. « On m'a dès longtemps et fort pertinemment enseigné à négliger les personnalités; nous sommes les soldats d'une armée universelle : nous travaillons et nous combattons pour un idéal universel; nous préparons la révolution sociale universelle : nous n'avons à considérer ni les spécialités, ni les particularités, ni les individualités, ni même les personnalités, mais seulement les généralités et les universalités : ainsi me l'enseignaient jadis les maîtres que j'avais. Je présentai mes scrupules au docteur. »

Lequel docteur les balaye aussitôt, ces soi-disant scrupules, exposés ici en réalité pour la frime : « “N’ayez aucun remords extraordinaire, citoyen, d’avoir laissé envahir tout un cahier par ces personnalités, car elles ont commis bien des envahissements beaucoup plus pernicieux.” » Péguy ainsi, se signant un blanc-seing, invente son propre talion. Les politiciens tuent par décret ? Je tuerai par cahiers. Ils assassinent avec des décisions ? J’assassinerai avec des mots. À leur morgue, à leur incurie, à leur cynisme, je répondrai par mon style, par ma pensée, par mon œuvre. C’est une manière, après tout loyale, de rectifier le préjudice social. Je vais défaire ceux qui défont. Je vais démolir ce qui nous démolissent. « “La réalité même, citoyen, achève le docteur, a été dangereusement envahie par ces personnalités.” » Ils nous feront toujours plus de mal, ces politicards, se dit Péguy, que tout le mal que je pourrais leur faire. Alors allons-y. Adieu, hésitations. Adieu, remords. À l’attaque ! Œil pour œil, dent pour dent. Surtout, ne plus se soucier de cette « morale », dont tout le monde se réclame et qui, dans ce bourbier à tribuns, n’est plus qu’un mot creux. « Il m’apparaissait, grimace d’abord Péguy – pour de rire –, que j’étais laid en comparaison d’eux ; ils étaient évidemment, franchement bons. » Cet atermoiement dure peu : « Mais cette constatation ne me suffisait pas, car je savais par une expérience douloureuse qu’il ne suffit pas qu’une action ait une apparence ou même une évidence première belle pour qu’elle soit morale ; souvent une action belle emporte avec soi des corollaires ou des conséquences inaperçues, mais inséparables, et immorales. » Et là, c’est le coup de grâce. C’est Péguy s’autorisant, pour toute la suite de son œuvre, à faire montre de toute la violence dont son caractère entier et sa redoutable intelligence sont capables (Péguy est, sans calembour aucun, une véritable, une formidable machine de guerre) : « Inversement j’avais connu qu’il y a des actions apparemment laides qui non seulement sont morales mais qui sont rigoureusement commandées par la loi morale. » Voilà notre Péguy transformé en pamphlétaire kantien ! Qu'on se le dise : ça va saigner.

YANN MOIX

Lu dans l'édition originale, *Cahiers de la Quinzaine*, I-2, Paris, 1900.

DE LA GRIPPE (1900)

« Vous n'avez point pensé que c'étaient les événements qui avaient tort et l'hypothèse qui avait quand même raison ? »

Péguy s'effondre. Épuisement ? Surmenage ? C'est un « grippé » qui se met au lit. La fièvre monte, comme souvent avec lui. La meilleure définition qu'on puisse donner de Péguy, comme individu et comme écrivain : un homme fiévreux. Il a fini, comme tout un chacun, par tomber malade – du jamais vu chez ce robuste descendant de paysans de la Loire. Chez les Péguy, la maladie est un luxe réservé à ceux qui en ont le temps et les moyens. Il déteste cette sensation de ne pas pouvoir dompter son corps, commander à son énergie, décider de sa fougue. « J'étais sérieusement vexé parce que j'avais toujours vécu sur cette idée que je ne serais jamais malade. »

La position allongée n'est faite que pour les morts – il en saura quelque chose. Au pied de la lettre, encore, puisque nous voudrions tellement percer son caractère, on peut dire que Péguy est l'homme qui ne se couche pas. Ni devant les puissants, ni devant le pouvoir, ni devant la Sorbonne – qu'il narguera toute sa vie depuis sa petite boutique des *Cahiers* qui font face à la baleine –, ni devant l'argent, ni devant l'ennemi, ni devant la mort. C'est un homme debout et c'est un homme qui marche. La santé n'a pas de prix : c'est elle qui permet de tenir la plume et autorise les excès de colère, les sommets de l'énervement, la promptitude des volées de bois vert. Péguy engueule tout le monde : son époque, les bourgeois, les journalistes, les historiens, les sociologues, les socialistes, les philosophes, les spécialistes, les exégètes, les catholiques, les athées, les pacifistes et j'en passe. Il engueule tout le monde sauf ses enfants. D'abord parce qu'il n'avait point suffisamment d'autorité domestique pour cela ; ensuite parce qu'il n'en avait nulle envie.

Péguy grippé, ce n'est pas simplement, on le voit, un homme en proie au virus éponyme. C'est, au sens le plus strict, une machine qui est grippée – un moteur qui tousse et ne peut plus carburer. Péguy immobile ? Ce n'est plus Péguy. Le lit, c'est le domaine, c'est le royaume de Proust. Il s'agirait, pour s'amuser un peu, de faire la liste des génies ayant créé couché et celle de ceux qui ont produit leurs chefs-d'œuvre assis, debout, ou en marchant. Péguy marchait beaucoup. Une fois rentré, il mettait si j'ose dire ses longues marches sur le papier. Restituant ses pas. Conservant les montées. Se souvenant des dénivelés. Mettant en mots les plaines, en phrases les chemins, en chapitres les routes. Péguy *allait*. Or, quand on a la grippe, on ne *va plus*.

Péguy, comme dans *La Préparation du congrès socialiste national*, fait ici de nouveau intervenir son fameux avatar médecin, qui lui permet de se donner à lui-même la réplique. Ils recommencent d'ailleurs à s'interroger sur le bienfait des attaques personnelles. On retiendra surtout, quand « résumer » une œuvre de Péguy ne fait jamais grand sens, de belles fulgurances sur la mort : « Souvent, toutes nos forces ne déplacent pas un grain de sable, et parfois nous n'avons pas besoin de toutes nos forces pour tuer un homme » ; ou encore : « Quand un homme se meurt, il ne meurt pas seulement de la maladie qu'il a. Il meurt de toute sa vie. » C'est dit : la mort n'est qu'un cliché final de la vie, elle est la photographie, récapitulative de la manière que nous avons eue *d'utiliser* la vie. Elle est la facture, l'addition de la vie. On pense aux fractales : la mort, motif d'ensemble, a la même silhouette, à la dentelure près, que tous les infinitésimaux tracés qui mis bout à bout la dessinent.

On peut, comme l'a fait par ailleurs notre camarade Éric Thiers, voir dans *De la grippe* une occasion pour penser la crise sanitaire qui secoue actuellement nos sociétés. On peut toutefois y puiser, là encore par éparses saillies, des intuitions utiles pour réfléchir au terrorisme qui secoue le monde contemporain. La manière dont Péguy, par exemple, fustige la foi chez Pascal, malgré « l'admiration » qu'il dit lui vouer, comporte en filigrane la critique du dogme et, partant, de toute usine à radicalisation : « cette foi passionnément géométrique, géométriquement passionnée, si absolument cxactc, si absolument propre, si absolument ponctuelle, si parfaite, si infiniment finie, si bien faite, si bien close et régulièrement douloureuse et consolée, enfin si utilement fidèle et si pratiquement confiante, si étrangère à nous. » On peut relire ces lignes à l'infini, terme à terme : tout est là de la radicalité. La passion, la géométrie, l'absolu, la pureté, la perfection, l'effondrement de l'infini en fini (autrement dit de la parole en discours – ce qui est le propre du déclenchement du mode opératoire terroristique), l'efficacité (« si bien faite »), la cohérence interne et l'impossibilité de sortir de la logique qui y est inhérente (« si bien close »). On notera le « si étrangère à nous » final qui montre la méfiance (euphémisme) que ressent Péguy envers tous les systèmes : si foi il devait y avoir, ce serait celle du doute, non celle d'une perfection affirmative autant qu'affirmatrice. La foi ne saurait être cousue de fil blanc. Elle n'est pas censée mener quelque part. Toute foi qui mène *quelque part* ne mène nulle part ; elle tourne en rond. Elle s'oriente vers le pire.

Si nous opérons un « montage » entre ce passage et celui qui va suivre immédiatement, nous sommes convaincus que Péguy saura nous aider à traduire le malaise qui nous concerne et les malheurs qui nous cernent : « Quand certains hommes ont prophétisé du mal à une institution ou à des individus, ils deviennent redoutables à cette institution et à ces individus. Il faudrait que des prophètes fussent extraordinairement forts et justes pour ne pas prêter les mains à l'accomplissement de leurs prophéties. » Osera-t-on, pour résumer les dysfonctionnements du corps et les accidents du monde, citer cette phrase de *De la grippe* qui convoque, en une seule formule géniale, toutes les spéculations qui dansent et bondissent à chaque page de ce génial petit texte ? « Il n'y a pas de maladies, il n'y a que des malades. »

YANN MOIX

Lu dans l'édition originale, *Cahiers de la Quinzaine*, I-4, Paris, 1900.

ENCORE DE LA GRIPPE (1900)

« Nous étions durs. Nous disions hardiment que l'immortalité de l'âme, c'était de la métaphysique. Depuis je me suis aperçu que la mortalité de l'âme était aussi de la métaphysique. »

Péguy est *encore* grippé, donc. Le « citoyen docteur socialiste » est toujours à son chevet[1]. Ce texte, qui ne paye pas de mine, est d'une extrême richesse par les thèmes qu'il aborde (le devoir, le savoir, la douleur, le mal, la mort, la métaphysique, Renan, le prolétariat et son rapport à la science, les Universités populaires, l'agonie de Pascal, etc.) mais se montre également précieux parce que l'auteur, pour la première fois, aborde la question de son style – son style si fameux, si particulier, semblable à aucun autre dans la littérature non seulement française, mais mondiale (ces « répétitions » qui ont rebuté, rebutent et rebuteront encore de nombreux lecteurs). C'est un style empreint d'oralité, bien sûr – comme c'est le cas, par exemple, chez Louis-Ferdinand Céline (qui connaît bien, très bien son Péguy). Mais cela ne signifie pas pour autant, loin s'en faut, que cette prose, malgré son caractère improvisé, malgré ses allures d'amicale – et moins amicale – conversation n'est pas le fruit d'un véritable *travail* (je n'ai pas dit « labeur » : j'ai dit « travail »). « Je ne sais pas ce que sait, nous renseigne ici Péguy, qu'un style qui n'est pas travaillé, qui n'est pas voulu. Ou plutôt je crois savoir ce que n'est pas un style. On se moquerait beaucoup d'un sculpteur qui taillerait un Balzac sans s'en apercevoir. Pourquoi veut-on que l'écrivain taille et découpe sans l'avoir voulu ? Laissons ces plaisanteries. Je ne prétends pas que le travail puisse rien tirer du néant, du moins le travail humain, et c'est le seul que je connaisse. Mais je n'ai jamais rien vu de sérieux que l'auteur n'eût pas travaillé. Les romantiques encore nous ont abrutis là-dessus. »

Ce en quoi ne croit pas Péguy, c'est au miracle – c'est à l'inspiration. Il réserve ces deux registres à Dieu, dont il s'éloigne au profit d'une mystique toute socialiste : la cité idéale n'est pas, comme chez Augustin, sise dans les cieux ; elle est ici, sur terre. Le paradis sera socialiste ou ne sera pas. Ce en quoi croit Péguy, en bon fils de sa mère, en bon petit-fils de sa grand-mère (des brutes de travail ; artisanes à Orléans, chefs de leur petite entreprise de réfection de chaises), c'est à l'effort. Un effort, encore un effort, toujours un effort. Ce, malgré la maladie personnelle et les maladies du siècle qui vient (l'antisémitisme, le scientisme, le capitalisme, le parlementarisme, le dogmatisme, le dilettantisme – bientôt, le pacifisme).

Il enfonce d'ailleurs le clou (Péguy est un marteau, un marteau-pilon, mais qui *chante*) : il confesse, devant le médecin, que les romantiques, chantres d'une facilité venue de leurs muses, sont ses « ennemis personnels » en ce que, lâche-t-il, « ils ont puissamment contribué, avec toute leur littérature, à déconsidérer le travail ». C'est évidemment Hugo qui est visé. Faisant référence au « Mazeppa » des *Orientales* (« Ainsi, quand Mazeppa, qui rugit et qui pleure, /A vu ses bras, ses pieds, ses pieds qu'un sabre effleure, / Tous ses membres liés / Sur un fougueux cheval, nourri d'herbes marines [...] »), Péguy se lâche/fâche comme il aime à se lâcher/fâcher : « Quand ils voulaient faire des vers, je persiste à croire qu'ils ne se faisaient pas attacher sur un fougueux cheval nourri d'herbes marines : ils avaient encrier, plume et porte-plume, et papier, comme tout le monde. Et ils s'asseyaient à leur table sur une chaise, comme tout le monde, excepté celui qui travaille debout. Et ils travaillaient, comme tout le monde. Et le génie exige la patience à travailler, docteur, et plus je vais, citoyen, moins je crois à l'efficacité des soudaines illuminations qui ne seraient pas accompagnées ou soutenues par un travail sérieux, moins je crois à l'efficacité des conversions soudaines et merveilleuses, à l'efficacité des passions soudaines, – et plus je crois à l'efficacité du travail modeste, lent, moléculaire, définitif. »

Péguy ne trahit-il pas là, en même temps, sinon une envie, une fascination pour les génies littéraires (parmi lesquels il a l'humilité de ne pas se voir rangé un jour) ? Hugo, Renan, Kant, Malebranche, Pascal sont les véritables héros de ces pages – Péguy voudrait bien percer leur mystère. Il les aime, les hait, les jalouse, les plaint, les bouscule et les célèbre. Il faut qu'il en fasse *quelque chose*. Il les admire. Mais chez Péguy, l'admiration est parfois contraire à la louange – il lui arrive d'adorer à l'envers, de conspuer pour mieux célébrer. Ses crachats, tantôt, ont valeur d'encens. Attention : pas toujours. Les Orléanais ont le goût sûr. Qu'on me pardonne mais j'en sais quelque chose.

YANN MOIX

Lu dans l'édition originale, *Cahiers de la Quinzaine*, I-6, Paris, 1900.

1. Ce même médecin est également l'interlocuteur imaginaire de Péguy dans La *Préparation du congrès socialiste national.*

TOUJOURS DE LA GRIPPE (1900)

« Un bon souvenir ne vaut pas un bon texte. »

Péguy est *toujours* grippé. Et le médecin socialiste révolutionnaire est toujours à son chevet. Cette maladie lui sied à merveille : elle lui fait accoucher de paroles miraculeuses, qui resteront dans la littérature des siècles. De belles paroles – de merveilleux dégagements. Sur la littérature – entre autres. Pour Péguy, il existe un ennemi : celui qui, ne sachant lire, enseigne mal. La littérature est abîmée, maltraitée, assassinée par ces terriblement mauvais lecteurs que sont les cuistres, les professeurs hâtifs, les spécialistes bornés, les universitaires asséchés, les exégètes pointilleux. Le texte se meurt tous les jours sous les coups de boutoir des gloses, des explications, des interprétations. Les œuvres « classiques » sont galvaudées en ce qu'elles ne valent plus pour elles-mêmes mais sont réduites à des objets d'examens, à des prétextes à concours. C'est là les rabaisser, c'est là les humilier. Péguy n'accepte pas le sort qu'on leur réserve. Cette lutte permanente pour redonner leur dignité aux grands chefs-d'œuvre lacérés par les institutions du savoir est une lutte à mort. Il sait qu'un motif littéraire qui s'étiole c'est un morceau de civilisation qui tombe. Il a trop lu, et précisément les auteurs antiques, grecs et romains, pour n'oublier pas que les trésors ont tôt fait de s'engloutir dans la vase de la « modernité » (sa bête noire) et que les grandes civilisations, comme l'écrira demain Valéry, ne sont pas éternelles.

Pascal étudié cesse d'être Pascal – un peu comme l'arc-en-ciel, lorsqu'on s'approche, cesse d'être un arc-en-ciel ou que ce même arc-en-ciel, appréhendé par les lois de l'optique, se déleste de ses chimères. « Les concours et les examens que nous devons subir et où nous contribuons à envenimer l'antique émulation, peste Péguy, toutes les rivalités d'enfance, toutes les compétitions scolaires où nous nous faisons les complices de la vieille concurrence donnent malgré nous à tout le travail que nous faisons pour les préparer non seulement un caractère superficiel, mais je ne sais quoi d'hostile et d'étranger, de pernicieux, de mauvais, de malin, de malsain. Les auteurs ne sont plus les mêmes, et il y a toujours quelque hésitation quand Blaise Pascal est un auteur du programme. Cette incommunication est aussi un empêchement grave à tout enseignement, primaire, secondaire, ou supérieur. » Communiquer : étape essentielle de la transmission. (Si, ce que j'espère, nous réalisons un jour un numéro d'*Année Zéro* sur lui, nous pourrons aisément montrer que « l'expérience intérieure » qu'évoque Bataille se doit d'être, aux fins d'être transmise au lecteur, *communicable*.) Cette parenthèse refermée (Péguy ne referme pratiquement jamais – typographiquement – les parenthèses qu'il ouvre, au prétexte que refermer une parenthèse ne « l'intéresse pas » !) : « Je me rappelle fort bien que tout au long de mes études je me suis réservé la plupart de mes auteurs pour quand je pourrais les lire d'homme à homme, sincèrement. »

Le lecteur n'a pas que des droits – il a des devoirs, ainsi que d'immenses responsabilités. C'est à lui que les temps successifs ont cédé la puissance de faire vivre un texte ancien ; il jouit d'un pouvoir de vie ou de mort sur ces textes. Il peut les réveiller ou contribuer à les enfouir chaque jour davantage. En est-il seulement conscient ? Le « mal lire » est une malédiction : il emporte avec lui, tel un ouragan, des existences et des paysages, des idées et des philosophies, des événements et des rires, des destins et des questionnements qui ne ressortiront peut-être, pour cause d'amateurisme, de légèreté ou d'incurie, jamais plus de leur néant. Attention: l'esprit de sérieux, la fièvre analytique, la frénésie scolaire, la morbidité professorale, tous les scalpels de toutes les maniaques Sorbonnes sont susceptibles de nuire à un texte, de le dévitaliser, ainsi que l'esprit d'approximation, de paresse ou de *tourisme littéraire*. Tout peut blesser un classique; les œuvres immémoriales sont puissantes, mais fragiles. Puissantes mais fragiles comme un Péguy encore et toujours grippé.

Toujours de la grippe ne saurait scolairement se borner au thème que je viens de dire – disons que, dans cet entrelacs de fulgurances tous azimuts, fruit de son talmudique et foisonnant esprit d'escalier, j'ai choisi de me focaliser sur celui-ci. Un autre lecteur aurait opté pour un *Toujours de la grippe* axé sur la foi, sur le christianisme, sur l'Église, sur Pascal, sur les poètes antiques, sur le travail manuel et les ouvriers – j'en passe. Lisant Péguy «d'homme à homme», j'en retiens ce qui me plaît, me parle, ainsi que dans une conversation que j'aurais avec un camarade, un ami – un frère. Le fils unique que je suis retournera dans *Toujours de la grippe* encore et encore, toujours et toujours, pour le lire encore autrement, toujours différemment, comme on ferait infiniment le tour d'une maisonnée un tout petit peu plus vaste que l'univers.

YANN MOIX

Lu dans l'édition originale, *Cahiers de la Quinzaine*, I-7, Paris, 1900.

ENTRE DEUX TRAINS (1900)

« Tu as redouté le ridicule, qui n'existe pas, et qui n'est qu'une imagination sociale ; toi qui n'es pas un peureux, tu as redouté le ridicule, et pourtant le ridicule n'est qu'une imagination des peureux. »

« Entre deux trains », un certain René Lardenois (de Bayonne, soi-disant) rend visite à Péguy. Nous comprenons immédiatement que Lardenois va devenir un bavard interlocuteur propice à l'explosion de la verve péguyenne. Péguy discute toujours avec quelqu'un, même et surtout quand il est seul : « Parfois il est extraordinairement sage, et souvent je me demande s'il n'est pas un peu fou. Croit-il toujours que l'on ne peut parler aux hommes sinon en instituant des dialogues. »

Bientôt, il ne s'embarrassera même plus de ces visiteurs fictifs. Il occupera seul tout l'espace disponible sur la page et sur les pages. Il est essentiellement question, ici, de l'Exposition universelle de 1900 – la cinquième après 1855 (16 hectares, 5,1 millions de visiteurs), 1867 (60,8 hectares, 11 millions de visiteurs, invention notable : l'ascenseur), 1878 (75 hectares, 16 millions de visiteurs, bâtiment notable : le palais du Trocadéro) et 1889 (96 hectares, 32,3 millions de visiteurs, bâtiment notable : la tour Eiffel). Celle de 1900 bat tous les records : 216 hectares et 50,8 millions de visiteurs. On peut y pratiquer le célèbre « trottoir roulant » que le lecteur aura peut-être pu admirer dans quelques documents d'archives fascinants. Le pont de l'Alma et le pont Alexandre-III sont conçus à cette occasion.

Péguy semble dans ce texte, comme souvent, très enclin à la facétie : « Il y a le congrès de *l'Acétylène* avec le congrès *des Actuaires*, le Congrès *de l'Alimentation rationnelle du bétail*, le Congrès *d'Aquiculture et de pêche*. Tu connais l'aquiculture ? » demande Lardenois à son ami parisien. Qui lui répond du tac au tac : « Non seulement je la connais, mais je la pratique : j'ai dans mon bassin deux poissons rouges et un brun-vert. » Puis cela part inopinément sur Descartes, qui réprouvait les congrès ainsi que la « fréquentation mutuelle des philosophes » et sur *Le Discours de la méthode* dont Péguy ausculte quelque passage à la loupe. Le tout enveloppé de burlesque : « Il y a le congrès du *Repos du dimanche*, le congrès *des Sapeurs-pompiers* (des officiers et sous-officiers), celui de *Sociologie coloniale*, celui *des Spécialités pharmaceutiques*. Je pense que des sténographes sténographieront le congrès de *Sténographie* : on n'est jamais si bien servi que par soi-même. » Péguy, on l'aura deviné, fustige et conspue la spécialisation, la mise en tranches du réel en catégories factices ou qui, coupées de leur écosystème, deviennent littéralement *débiles*.

La conversation continue : à travers la figure d'un ami commun, un dénommé Gaston Desbois, on parle métaphysique : « Un soir, [Desbois] avait osé dire au peuple que l'hypothèse de Dieu n'était pas plus intéressante que l'hypothèse du droit de propriété. » Sans crier gare, c'est au tour de Duchêne d'être enfin convoqué dans la conversation. Les deux ont enseigné : « Ils étaient aussi profondément, aussi sincèrement, aussi professionnellement universitaires l'un que l'autre, Desbois avec ses excès de finesse, et Duchêne avec ses excès de simplicité rugueuse. » Ils ont enseigné et cela, pour Péguy, est la plus belle chose qui soit. Surtout lorsqu'on prend sur ses soirées pour enseigner non plus à l'élite mais au peuple. Par ce biais d'abord : les universités populaires. Péguy évoque donc ici la rencontre entre les classes populaires et « l'élite » – celle qui, depuis l'affaire Dreyfus, s'intitule désormais (elle a détourné ce terme infâmant remis à la mode par les antidreyfusards Barrès et Brunetière pour en faire une dénomination positive) «les intellectuels». Riches de près de cinquante mille adhérents, les Universités populaires (je conserve le «U» majuscule que Péguy a choisi), dont la première vit le jour en 1898, ont joui d'un beau succès alentour de 1900 à Paris, d'abord, puis en province. En 1901, on en comptait pas moins de 230 à travers le pays. Le rêve de notre ami Michel Onfray réalisé. Les ouvriers (anarchistes, syndicalistes, socialistes, révolutionnaires) ont soif de savoir, de connaissance et de culture; eux aussi ont le droit d'être et de se sentir «intelligents». Cela tombe bien : l'affaire Dreyfus a importé un tel vent de justice dans l'Hexagone que les connaissants, les sachants, les intelligents officiels, portés par ce souffle, s'enthousiasment pour un enseignement universel, gratuit, démocratique – *adapté*. Le lieu de la fraternité (concept si flou, si brumeux, si peu incarné, si décoratif, si pompeux, si vaseux), avant même celui de l'égalité, n'est-il pas finalement celui-là ? Les enseignants « bourgeois » eux-mêmes, les mandarins de la République laïque, se montrent intéressés par l'entreprise et n'ont de cesse que de vouloir se lancer dans l'aventure. D'autant que c'est une opportunité inespérée pour faire la nique au magistère de l'Église, si prompte à récupérer intellectuellement les démunis.

C'est là, justement, que le bât va blesser: Georges Deherme (1867-1937), initiateur de cette entreprise d'éducation parallèle aux établissements scolaires, commet l'erreur d'inviter un ecclésiastique, l'abbé Denis, pour un cycle de conférences. D'autres motifs de discorde apparaissent toutefois: les républicains pur jus commencent de s'effrayer quelque peu des idées subversives qui éclosent au cœur de ces Universités. Enfin, et c'est là à quoi *Entre deux trains* fait allusion, Jules Guesde et ses partisans socialistes, pour qui l'affaire Dreyfus ne regarde, ne concerne ni n'intéresse les prolétaires dont ils se veulent les chantres, conspuent ces officines parallèles de la connaissance et du savoir au motif que, loin d'émanciper la classe ouvrière, elles l'intoxiquent en l'éloignant de son destin : réaliser la révolution sociale. Aussi Guesde n'a-t-il pas de mots assez durs pour ces intellectuels qui professent à ses ouailles de séditieuses utopies qui sournoisement les détournent de leur véritable mission : ces professeurs émérites qui prennent sur leurs loisirs pour enseigner dans lesdites Universités populaires, il les qualifie de « petits teigneux. »[1]

Parmi les arguments hostiles qui reviennent face à celles-ci : l'enseignement prodigué n'est suivi que par les ouvriers les moins démunis, les plus « aisés », lesquels, au demeurant, finissent par sécher de plus en plus des cours qui semblent ne pas les passionner beaucoup. Francis Delaisi (1873-1947), fondateur en France de la Ligue des droits de l'homme et syndicaliste, ironisant sur le fait que les travailleurs se voient proposer des séminaires de métaphysique et de kantisme quand ils voudraient simplement comprendre le fonctionnement de cette société qui les aliène, émettra ce jugement terrible sur ces établissements informels : « Comme d'ordinaire le peuple demandait du pain, comme d'habitude on lui a offert de la brioche. »

Quelle solution apporter ? Les reproches de Delaisi ne sont pas infondés. Faut-il fondre ces Universités-qui-n'en-sont-pas dans l'Université, la seule, l'unique, la vraie ? Dick May (1859-1925), de son vraie nom Jeanne Weill, fondatrice de l'École des hautes études sociales, amie de Péguy, et Lucien Febvre (1878-1956), alors tout jeune professeur d'histoire en province, s'intéresseront de près au sujet. Ce qu'il s'agirait de proposer ? Des matières plus « utiles », plus propices à concerner la vie pratique : les langues, l'enseignement technique et professionnel, mais aussi l'histoire économique et sociale. Enfin, pour répondre à la pénible condition ouvrière, il faudrait envisager d'accorder de la place à une version moins scolaire de la culture : cinéma, lecture, concerts, théâtre, clubs de loisirs, etc. Ce qu'il s'agit de développer, c'est une forme encore inédite de lien social. Les Universités populaires, en cela, malgré leurs défaillances certaines, auront permis de tenter une expérience qui ne saurait être décrite sans malhonnêteté comme un échec total. Toujours est-il qu'à force de dissensions et de crises internes, celles-ci ont fini par péricliter. En 1910, le nombre de leurs adhérents n'étaient plus que d'une dizaine de milliers.

À propos du lui-aussi-fictif Desbois : « Il a déménagé ? [demande Péguy à Lardenois] – Oui, on l'a déménagé. – Comment ça ? il était en rhétorique à Bordeaux ? – Oui, on lui a donné de l'avancement. On l'a envoyé en troisième au lycée de Vesoul. Pour le récompenser d'avoir travaillé aux Universités populaires. – Ah oui, *aux petits teigneux* ? Il était aussi des *petits teigneux* ? – Comment, des petits teigneux ? Quels petits teigneux ? – Tu n'as donc pas lu l'interview de Guesde, que lui a prise un rédacteur du *Temps*. » Plus loin, Lardenois : « En province, on ne s'appelle plus que *les petits teigneux* : "*Bonjour, teigneux, bonjour. – Comment va la teigne ? – Allons, au revoir, teigneux.*" Ce n'est pas spirituel spirituel. C'est comme toutes les plaisanteries scolaires, militaires, célibataires et régimentaires. Mais il faut nous pardonner cela. – Ainsi ce vieux Desbois est devenu teigneux. Écoute, ça me fait plaisir. Quand il était en Sorbonne, il esthétisait un peu. Mais ça devait se passer, parce que c'était un bon garçon, très sincère. Je suis content qu'il en soit. Quand tu le verras, tu lui donneras le bonjour pour moi. On n'aurait pas dit, dans le temps, qu'il serait des premiers à trinquer. – Oui, et sérieusement. Il avait un recteur qui n'était pas assez teigneux. Un soir il avait osé dire au peuple que l'hypothèse de Dieu n'était pas plus intéressante que l'hypothèse du droit de propriété. »

Desbois, Duchêne, deux utopistes sacrifiés pour des nèfles ? « Ils ont enseigné. Ils ont surenseigné. Ils continueront. Et quand un jour, sous le prochain ministère Méline-Ribot-Barthou-Poincaré-Leygues-Charles-Dupuy-Deschanel-Sarrien-Léon-Bourgeois-Mesureur-Lockroy-Peytral-Zévaès – car ce ministère espéré finira bien par nous tomber sur le dos –, quand un jour le hasard des persécutions gouvernementales antiteigneuses les aura tous les deux assemblés en quelque trou perdu de province, où ils crèveront communément de faim, tous les deux, l'ancien esthète et l'ancien brutal pourront se donner une poignée de main solide. Et quand sera venu le Jour du Jugement dernier, qui est une hypothèse, quand Dieu, qui est une hypothèse, pèsera dans sa balance hypothétique les actions non hypothétiques des hommes, il se trouvera que ces deux professeurs, l'ancien esthète et l'ancien brutal, auront plus fait pour préparer ce que nous nommons indivisiblement la révolution sociale et la révolution morale que tout le Comité général ensemble. » Etc.

YANN MOIX

Lu dans l'édition originale, *Cahiers de la Quinzaine,* I-9, Paris, 1900.

1. « Les universités populaires, elles ont autant d'importance que l'œuvre des petits teigneux. C'est avec de pareilles inventions qu'on amuse le peuple » (*Le Temps*, jeudi 12 avril 1900).

COMMUNICATIONS (1900)

« Les juifs sont des hommes comme nous. Ils sont des citoyens français comme nous. Nous devons, jusqu'à ce que mort s'ensuive, les garder contre l'injustice personnelle. »

Communications se compose, comme annoncé par son titre, de lettres de lecteurs des *Cahiers de la Quinzaine*. La première est une rectification, datée du « 18 mai 1900 », envoyée par le révolutionnaire d'origine russe Ilya Rubanovitch (1859-1920), fondateur cette année-là de la Ligue socialiste agraire. La lettre suivante est due à un certain « Raymond Lardoisier ». Ladite missive est très vraisemblablement une fausse, rédigée par Péguy lui-même. D'abord, les précédentes lettres de province, *Lettre du Provincial* et *Du second Provincial*, étaient sans contestation possible de Péguy : pourquoi cette troisième ne le serait-elle pas ? Ensuite, je laisse à quiconque possède ne serait-ce qu'une infinitésimale fibre littéraire et aurait lu dans sa vie dix lignes de Péguy le soin de juger par l'exemple : « Rien de bien intéressant à te conter. Navrement des élections municipales, de Paris, qui n'ont pas été une surprise pour moi, mais la réalisation de craintes que me faisaient concevoir les renseignements [mot récurrent, pis : obsessionnel chez Péguy : « je te prie de m'envoyer des cahiers de renseignement », demande d'entrée de jeu le « premier » Provincial dans le *Cahier de la Quinzaine* I-1] que j'avais et l'état d'esprit des gens que j'avais vus à Pâques, si peu que j'aie pu en voir. Ici nous restons dans le plus vil mélinisme[1] ; les quelques radicaux du conseil sortant se sont *concentrés* avec les sortants mélinistes et ont passé en queue de liste, laissant les radicaux *qui n'en étaient pas* [comment ne pas reconnaître ici la patte, la griffe de Péguy ?] former avec les socialistes, au premier tour, une liste de défense républicaine qui a recueilli un tiers des voix, et lâcher les socialistes au second tour, sans récolter d'ailleurs une voix de plus. » Enfin, les patronymes inventés sont, chez Péguy, souvent fabriqués à partir de professions artisanales ou ouvrières : ici Raymond *Lardoisier*, mais plus loin dans le texte, il publie le courrier d'un certain Marc *Meunier*.

Suivent une missive, assez courte, d'un dénommé « Raphaël Mairet » et une autre, immédiatement à la suite, d'un soi-disant « Pierre Le Febvre », sans nul doute, là encore, un avatar de Péguy – faisant au surplus référence à un troisième avatar, lui parfaitement identifié comme un pseudonyme officiel de l'auteur, Pierre Baudouin : « Mon cher Charles, je viens de relire ton dernier cahier : j'y trouve bien des puérilités [Péguy n'aime rien tant que se faire l'avocat de son propre diable] ; sauf quelques bonnes pensées de Pierre Baudouin, je crains que tes cahiers continués dans ces conditions ne répondent pas aux promesses. »

Le masochisme burlesque de Péguy semble le divertir et divertir en même temps son lecteur (son « abonné ») : « Mon cher Péguy, tu es bien l'autoritaire que nous avons toujours connu. Mais il serait équitable d'exercer ton autorité sur toi-même. » La lettre est cette fois de la main de « René Lardenois », le « héros » de *Entre deux trains*[4]. Lardenois fait ici du mauvais esprit : connaissant la maniaquerie maladive de Péguy quant à la tenue non seulement intellectuelle mais *typographique* des œuvres publiées sous sa responsabilité, il taquine son ami (devenu) parisien sur des broutilles qui, pour le gérant des *Cahiers*, n'en sont nullement : « Dans ton cahier neuvième, page 32, il est question du samedi 21 juillet 1896. Or il suffit de consulter le calendrier perpétuel de l'almanach Hachette pour s'apercevoir qu'en 1896 le 21 juillet tombait un mardi et que le samedi était le 25 [je viens de vérifier sur le Net

– c'est exact]. Lequel des deux doit-on lire ? » Voici le genre d'erreur, d'imprécision, de bévue, qui pouvait empêcher notre ami de dormir. Péguy est l'homme de la rigueur. Surtout, l'approximation typographique, l'erreur de casse, la lettre mal mise le rendent fou. Il est connu pour avoir à Suresnes, auprès de son imprimeur, piqué de volubiles colères. Là-bas, on le craint. On le respecte, et on le craint. Non sans sadisme, Lardenois enfonce le clou : « À la même page [page maudite, décidément], la ligne au-dessus, il y a un *s* à l'envers. Cela fait mauvais effet. On sent venir la négligence, et l'indifférence à la suite. Si c'est que tu es fatigué, soigne-toi, comme on dit. » Je ne trouve pas, pour être immédiatement allé vérifier dans mon exemplaire des *Cahiers de la Quinzaine* I-9, le fameux *s* à l'envers – l'erreur typographique dont on peut s'aviser est, au demeurant, un espace irrégulier dans une ligne de dialogue.

L'erreur de date, toutefois, n'est pas une bévue comme les autres ni une gaffe anonyme. Au vrai, elle tombe bien mal. Le 21 juillet 1896 correspond au jour de la disparition du meilleur ami de Péguy, Marcel Baudouin, prématurément emporté par une fièvre typhoïde pendant son service militaire. Meilleur ami à tel point que Péguy, qui signera de leurs deux noms sa *Jeanne d'Arc* de 1896, le considéra comme un frère : la *Jeanne d'Arc* en question se présente aux lecteurs (ou plutôt au *lecteur* – un seul exemplaire, sur les mille imprimés, fut vendu à l'époque) comme l'ouvrage de « Marcel et Pierre Baudouin ». C'est dire le respect que Péguy voue à Baudouin dont, par fidélité, il épousera la sœur, Charlotte (il passera une bonne partie de son existence à le regretter), qui lui donnera quatre enfants, Marcel (1898) (le prénom n'est pas choisi au hasard), Germaine (1901), Pierre (1903) et Charles-Pierre, enfant posthume (1915). Si, hélas, nous ne possédons aujourd'hui plus cette vision des choses, à l'époque, un ouvrage était indissociable de sa typographie – ils allaient ensemble ; un peu comme regarder, de nos jours, un film non seulement en version originale mais en salle. Péguy pensait que, lorsque les lecteurs du futur le découvrirait, ce serait dans ces belles éditions, à l'infini soin, des *Cahiers de la Quinzaine*. D'où, aussi, cet entêtement qu'il mettait à choisir le papier le plus épais possible, afin qu'il résistât aux années, aux décennies – aux siècles (Péguy croyait en la postérité, sinon de son œuvre personnelle, du moins de son entreprise « collective » qui n'avait du reste de collectif que le nom puisqu'il est avéré qu'il faisait quasiment tout *tout seul*).

Mais *Communications* n'aurait qu'un plaisant intérêt s'il ne contenait un bref passage, mais des plus puissants, des plus émouvants qui soient. C'est toujours la bonne surprise, quand on se décide à lire *vraiment* Péguy : soudain, au beau milieu d'un texte qui semble ne pas tout à fait savoir lui-même où il va, surgit un éclair. *Communications* contient une de ces imprévisibles déflagrations. Péguy, sous le nom d'emprunt de Marc Meunier, donc, livre ici son premier grand texte sur les juifs et l'antisémitisme. Son œuvre tout entière est guidée par cette question – un absolu chez lui. Il ne variera jamais sur le sujet. Il est avec les juifs, à côté d'eux, prêt au combat ; la haine qu'ils inspirent, Péguy la prendra à bras-le-corps, et ses *Cahiers* seront un des bastions de la riposte. Lui qui possède tant d'humour, sur ce dossier n'en a pas. N'en aura jamais. Et s'il faut se battre physiquement, on se battra physiquement. Et s'il faut prendre les armes, on prendra les armes.

Écoutons « Marc Meunier » : « Comme officier de réserve – sous-lieutenant d'infanterie – j'ai chez moi un revolver d'ordonnance, modèle 1892, arme admirable, et un sabre éminemment français. Au plus fort de l'affaire [Dreyfus] j'ai acheté deux revolvers américains Smith et Wesson : ce sont de bien belles armes, étrangères, sans doute, mais qu'un noble usage fera, s'il est permis de parler ainsi, toutes françaises. Nous ne manquons point de cartouches. Nos hôtes apporteront leurs armes respectives. Enfin je me suis procuré à prix d'or, et par des amis communs, les meilleures Winchester enlevées aux mémorables assiégés après une capitulation honorable. Nous taillerons des créneaux dans mes murs au dommage de mes tuiles et nous percerons des meurtrières au dommage des moellons. Nous ferons des épaulements derrière mes vieux abricotiers. Nous creuserons des tranchées-abris dans mes artichauts. Puis nous guetterons l'ennemi. Et si l'ennemi antisémitique tarde à nous attaquer, nous gagnerons du pain, nous enrichirons le service commun de nos subsistances par le bienheureux travail de la terre. Cela changera quelque peu nos hôtes. Et si l'ennemi antisémitique nous attaque nous ferons la défense, ainsi qu'elle est prescrite ou recommandée au *service en campagne*, aussi longtemps que nous pourrons tenir. Et comme il plaît à Zeus hospitalier, je défendrai mes hôtes juifs jusqu'à la mort. » Je décrète que tout est dit.

YANN MOIX

Lu dans l'édition originale, *Cahiers de la Quinzaine*, I-10, Paris, 1900.

1. Adjectif fondé à partir du patronyme du « Républicain modéré » Jules Méline (1838-1925), celui-là même qui lança le samedi 4 décembre 1897, tandis qu'il était président du Conseil des ministres français : « Il n'y a pas d'affaire Dreyfus. Il n'y a pas en ce moment, il ne peut y avoir d'affaire Dreyfus », ralliant ainsi le camp des antidreyfusards et marquant son opposition à la révision du capitaine injustement accusé d'avoir livré des informations militaires à l'Allemagne.

RÉPONSE BRÈVE À JAURÈS (1900)

« C'est de votre faute aussi à vous autres journalistes si nous sommes aussi embarrassés. Par lâcheté ou paresse, vous ne dites jamais rien de ce qu'il faut dire. »

Il y aurait des centaines, des milliers de pages à consacrer au tumultueux commerce Péguy-Jaurès. Si le Péguy « de la fin » eut à l'encontre du leader socialiste des mots d'une violence inouïe, allant presque jusqu'à souhaiter sa mort, le Péguy « du début », lui, a été l'un des grands admirateurs du fondateur de *L'Humanité*. Quand, au mitan des années 1890 et jusqu'à la dernière année du siècle, on avait prononcé le simple et beau nom de « Jaurès » devant Péguy, on avait tout dit. Le jeune normalien ne jurait que par le vieux normalien. Dans ses premières œuvres, Péguy pare Jaurès de toutes les qualités du monde. C'est son idole; c'est sa référence. Puis les choses se délitent. À partir de 1900, douloureusement, Péguy décide de s'éloigner: le « isme » du mot « socialisme » commence à lui déplaire. Il récuse l'idée selon laquelle, par exemple, un « art socialiste » resterait de l'art; idem pour l'histoire. « Soyons socialistes, et, si nous sommes historiens, faisons de l'histoire. Soyons socialistes, et, si nous sommes artistes, faisons des œuvres d'art. Ne soyons pas artistes socialistes », proclame-t-il. D'où il ressort que l'utopie d'une « cité harmonieuse », aurait eu du mal à épouser les extravagances de la future URSS: « Dans ma république, on laissera les gens le plus tranquilles que l'on pourra. Je bâtis la cité de la tranquillité. » Cela rassure les lecteurs que nous sommes, impressionnés par tant de prescience et de maturité ; cela inquiète les contemporains dogmatiques encartés, qui voient en Péguy – comme cela sera le cas parmi les catholiques – un insupportable et bavard apostat. Cela n'empêche nullement le jeune pamphlétaire, qui n'est pour l'instant qu'un énervé sortant du lot, d'aggraver son cas : « La révolution sociale nous donnera la libération de l'art. Elle nous donnera un art libre, mais non pas un art socialiste. » Péguy montre que, d'une part, il a davantage confiance dans le socialisme que les socialistes agréés eux-mêmes et que, d'autre part, le socialisme ne pourra se dérouler qu'en dehors des chapelles qui s'en réclament – comme il montrera que la foi se meurt, s'assèche, se ment, lorsqu'elle franchit le portail d'une cathédrale ou le seuil d'une église. Ce qui se joue à l'intérieur d'une doctrine finit toujours en dogme ; la vérité habite au dehors des chapelles. « Malheureux ceux qui vont chercher dans la vie militante ce qu'elle n'est pas faite pour donner, pour nous donner. » On ne peut être jaurésien qu'en s'éloignant de Jaurès. Le plus vite sera le mieux.

YANN MOIX

Lu dans l'édition originale, *Cahiers de la Quinzaine,* I-11, Paris, 1900.

DEUXIÈME SÉRIE AU PROVINCIAL (1900)

« Ce serait une erreur de s'imaginer que l'on ne doit pas nous payer parce que nous sommes socialistes. »

Péguy possède – au moins – une autre obsession que celle de la vérité. C'est la liberté. Il exprime ici (en même temps que celui que chaque abonné s'acquitte de son abonnement) son souci, orgueilleux, d'apporter à ses auteurs, à tous ceux qu'il publie méticuleusement dans ses *Cahiers*, la garantie qu'ils seront parfaitement libres de leurs propos. Chaque livraison appartient à celui qui en est le rédacteur. C'est la seule propriété privée qui agrée le gérant. Que « l'auteur soit vraiment libre dans son cahier libre », chante Péguy. Et d'ajouter, gaiement, sincèrement, joliment : « Tout le cahier, texte et couverture, lui appartiendra. » Nous aurions adoré être publié dans cette incroyable collection. Péguy, aidé souvent de sa femme Charlotte qui veillait ligne à ligne aux coquilles, y apportait un soin si infini qu'il manqua plus d'une fois d'y laisser sa santé – et d'ailleurs, considérons qu'il la laissa. « La liberté typographique de l'écrivain représentera la liberté morale de l'auteur. » Aujourd'hui, plus personne ne saisit de quoi il retourne exactement. Le souci de la typographie, comme la nuance, est décédé. Or, tout est là : les mots ne peuvent, en littérature, ne se présenter devant le lecteur qu'habillés. Ce n'est pas vrai que de dire qu'un texte en Garamond est le même qu'en Time, qu'en Baskerville ou en Gabriola. Je suis désolé.

Il y avait à l'époque cette formidable intuition selon laquelle chaque livre possède, de manière inextricable, indémêlable, son style littéraire et sa manière typographique. Un peu comme un film qu'on regarderait en version originale. C'est que tout était pensé en même temps : l'auteur et l'imprimeur étaient un duo, presque un couple. Nous l'acceptons encore, au vingt et unième siècle, d'un compositeur et d'un interprète. Mais nous ne comprenons plus ce qui liait le typographe et l'écrivain. On s'en rend facilement compte, feuilletant les ouvrages dans telle librairie : les auteurs, seulement anxieux de la grosseur de leur patronyme sur la couverture, se moquent comme d'une guigne des caractères d'imprimerie dans lesquels, pourtant, se dit leur prose. Un détail ? Je ne le crois pas. Il s'agit, même secondaire, d'une tragédie : le texte se prostitue doucement à la laideur, et tout le monde s'en fiche. L'éditeur s'en fiche, et l'auteur, et le lecteur encore plus. Moi pas. Péguy non plus, pour qui le typographe était un Dieu total. Pas de beauté de la parole sans beauté de son incrustation sur la page. Entre là-dedans, évidemment, quelque chose de mystique. Comprenne qui pourra.

YANN MOIX

Lu dans l'édition originale, *Cahiers de la Quinzaine*, I-12, Paris, 1900.

NOUVELLES COMMUNICATIONS (1900)

« Je suis né rageur. Je suis devenu rageur. Je suis rageur. Si j'avais un mètre quatre-vingt-quinze et les muscles que j'ai toujours vainement souhaités, je ragerais moins. Mais je n'ai, ajouté au mètre habituel, que soixante centimètres. Avec cela coléreux et, disent mes amis, violemment autoritaire. Donc je rage perpétuellement. »

Péguy œuvre toujours dans l'art du faux courrier. Avec une géniale perversité, il fait dire à ses soi-disant correspondants, qui ne manquent jamais de l'invectiver, des horreurs que lui-même, quand bien même son style immédiatement le trahit, n'a pas voulu signer de son nom. Procédé cruel, mais irrésistible : chez lui l'humour sauve tout. L'exemple le plus expéditif concerne *Le Journal d'une femme de chambre* de Mirbeau, que Péguy a dans le collimateur. C'était une époque où la violence critique ne se dissimulait pas, craintive des conséquences, sous les insinuations. On y allait franchement, avec une verve qui aujourd'hui vaudrait procès puisque tout aujourd'hui vaut procès. C'est une véritable raclée que prend ici Mirbeau ; un passage à tabac littéraire. Péguy use d'abord du personnage, inventé pour les nécessités de sa colère, de « Jean Leterrier ». Lequel fulmine : « Quand on a fait un livre de cochonneries, on a au moins le courage de dire qu'on a fait un livre de cochonneries, et on ne dit pas ou du moins on ne fait pas ou on ne laisse pas imprimer que c'est un roman social. Pourquoi pas de la sociologie ? » À quoi reconnaît-on que c'est Péguy en soi-même qui s'exprime ? Par le style, d'accord, mais, dans la fin de la lettre, *par le style du style*, par le *style à l'intérieur du style*, par le fait que Péguy fait du Péguy *au carré*, du méta-Péguy : « Au revoir. Je pars en vacances. Tu me pardonneras si j'en ai oublié. Je ne suis pas infatigable. »

Émouvantes ces premières œuvres où le gérant des *Cahiers*, sentant le poids de la solitude et d'un écrasant travail, crée de toutes pièces ces personnages récréatifs qui drôlement l'arrachent à sa mélancolie. Il cherche, sinon à s'amuser, du moins à se distraire – à se désennuyer. Cette burlesque galaxie de lecteurs mécontents, qui sont des Péguys jaillis de toutes les régions de France comme autant de diables surgissant de leur boîte, donne à ces *Cahiers* des débuts un charme particulier : celui d'un petit théâtre égotique plus énervé que fielleux, plus énergique que méchant. *Running gags*. On en redemande et Péguy s'en redemande à lui-même.

Un « Jacques Roudier » très hypothétique, installé à « Perrusquier, par Vesoul (Haute-Loire) » prend le relais. « Mon cher Péguy, nous nous demandons ici [tout est dans le « ici » !] à quoi peuvent bien servir tes cahiers. Ils sont déjà passablement rasants. Toutes les petites histoires que tu te complais à nous conter me sont personnellement fort égales. Nous avions espéré au commencement qu'au moins ils serviraient à dire la vérité. Il n'en est rien. Tu fais comme les autres. Tu ne dis que les vérités que tu veux bien dire. » Alors que nous pensions qu'un autre sujet allait être abordé, voilà ce qui attend le lecteur (c'est extraordinaire) : « Voilà plus de six mois que Mirbeau a commencé dans *La Revue blanche* à publier son immonde *Journal d'une femme de chambre*, et tu n'as pas encore publié que c'était immonde [on notera que Péguy, par « Jean Leterrier » interposé, vient précisément de le faire !]. Jamais tu ne me feras croire que c'est parce que tu n'as pas eu le temps. Seulement tu fais comme tout le monde. » Mirbeau n'est pas épargné malgré sa position de dreyfusiste. Si être antidreyfusiste revient à s'exposer immédiatement aux foudres péguystes, être dreyfusiste n'équivaut pas strictement à les éviter : « Je ne croyais pas que le dreyfusisme aboutirait à instituer une sale camaraderie dreyfusiste. » S'il ne peut y avoir d'amis parmi les ennemis, il peut en revanche y avoir des ennemis parmi les amis. Le soi-disant Roudier, Jacques, continue : « Je suis allé à Paris la quinzaine dernière. Je ne suis pas allé te voir, parce que tout le monde n'est pas assez riche pour y passer la semaine entière et t'y attendre jusqu'au jeudi [Péguy recevait le jeudi en sa boutique des *Cahiers*]. Et puis je manque un peu de patience et il ne me plaît pas qu'on me fasse poser. » Puis : « Octave Mirbeau doit mépriser tous ces journaleux qui ont réussi à être encore un peu plus dégoûtants que lui, par camaraderie et platitude professionnelle. On ne sait pas si vous êtes plus lâches que tartuffes ou plus tartuffes que lâches. Continuez. Serviteurs. »

Un autre lecteur fâché, « Joséphin Souvestre » de « Saint-Pierre-la-Tourbe », fondateur d'une université populaire intitulé « la Tourbière », va venir porter le coup de grâce à Mirbeau et son ouvrage. Ce « Péguy III », ceinture noire d'anathèmes, n'est pas ce qu'on appelle un plaisantin : « Et voilà qu'à la première occasion sérieuse mon premier mouvement, un mouvement profond, irrésistible, est d'envoyer le livre au fond de la cheminée accompagné de mes invectives. Comment sommes-nous faits ? Je suis profondément, invinciblement décidé à n'accepter pas que nos élèves lisent les ignominies de ce roman. Il faut donc *brûler* ! il faut brûler ce roman. Je brûlerai. Je ne sais pas bien pourquoi j'y suis décidé. Mais j'y suis décidé. Ma décision est irrévocable. Pour n'avoir pas à brûler la suite, nous nous désabonnerons de *La Revue blanche*, au moins momentanément. Que de violences ! Que d'embarras de conscience. Que d'exercices d'autorités. Je suis encombré comme dans un embarras de voitures. Pourquoi faut-il qu'il y ait des cochons. Tout serait si simple si tout le monde était propre. » À la ligne, et tac ! nouvelle cible : « C'est de votre faute aussi à vous journalistes si nous sommes aussi embarrassés. Par lâcheté ou paresse, vous ne dites jamais rien de ce qu'il faut dire. Enfin je ne t'en veux pas trop. C'est le métier qui déteint sur toi. » Léon Bloy peut aller se rhabiller, fût-ce de ses magnifiques guenilles. *Amen*.

YANN MOIX

Lu dans l'édition originale, *Cahiers de la Quinzaine*, I-12, Paris, 1900.

CASSE-COU (1900)

> *« Le moins que l'on puisse dire de la Révolution française est qu'elle n'a pas réussi, puisque nous avons à la recommencer tous les jours. »*

Péguy reproduit ici, pour prendre son élan, un article signé Jean Jaurès et publié dans *La Petite République* : « La philosophie de Vaillant ». Favorable à la collectivisation des moyens de production, défenseur intransigeant des forces de travail, Édouard Vaillant (1840-1915) était alors le chantre de ce qu'on appellerait plus tard la « dictature du prolétariat ». Bien qu'opposé à Vaillant sur les réformes à entreprendre, Jaurès prend contre toute attente la défense de ce dernier, vantant les mérites de son monisme philosophique, visant à unifier les idées du socialisme en un corpus aisément assimilable. Péguy pressent aussitôt dans cette approche un danger : celui de l'idéologie. Une « encyclopédie socialiste » serait plus qu'une erreur : une faute. Une faute non seulement contre le socialisme lui-même, mais contre l'esprit humain, ici insulté. Il ne saurait y avoir de « savoir » prolétarien ; il y a un seul savoir, auquel le prolétariat doit avoir accès. La connaissance n'a pas à descendre vers l'usine ; c'est à l'usine, quand les moyens lui en sont donnés, de s'élever vers la connaissance. La philosophie de Vaillant, contrairement à ce qu'affirme le grand Jaurès, est tout sauf « profonde et subtile » : elle est démagogique et lamentable. Lequel Vaillant se voit en l'occurrence réduit en miettes par un Péguy ulcéré : « Étant grossier, il voit grossièrement. » Il ne supporte pas même, outre le fait que

Jaurès fasse montre de faiblesse en reconnaissant des vertus intellectuelles et morales à un adversaire politique sans pitié (« ayant beaucoup tapé sur vous, il sait qu'au fond vous êtes un faible, un bon faible, c'est-à-dire quelqu'un qui cède à la peur de déplaire à ses ennemis, à la peur de leur faire de la peine, et un peu, à la peur de leur autorité »), qu'on puisse même user du terme « philosophie » concernant ce centralien doublé d'un ancien communard (ou l'inverse) : « Je laisse pour aujourd'hui la politique, lance Péguy à Jaurès, et m'en tiens à ce que vous nommez la *philosophie de Vaillant*. Je ne puis croire que vous n'ayez pas au moins soupçonné ce que c'est. Demi-ingénieur et demi-médecin, empileur de lectures et compilateur de textes, Vaillant est l'inépuisable bafouilleur tiède. Nous l'avons entendu dans les congrès et dans les réunions. Quand vous l'intitulez philosophe, puisque vous le connaissez comme il est, ou bien vous oubliez ce que c'est qu'un philosophe, ou bien vous vous moquez de nous, pauvres pécheurs, pour la plus grande gloire de l'unité socialiste. »

Le monde, de par sa complexité, est l'ennemi du monisme, et sa réalité ne se laisse jamais arraisonner par nul modèle – qu'il soit sociologique, métaphysique, économique, historique ou mathématique. Le monisme rate toujours sa cible puisqu'aucune cible, dans la réalité réelle, n'existe jamais. Cibler est déjà une ineptie ; vouloir atteindre une cible imaginaire relève dès lors de la forfanterie, de l'imposture, et ouvre la porte à tous les abus politiques. « *Cette philosophie politique et sociale du citoyen Vaillant se rattache à sa philosophie générale de l'univers et de la vie.* Êtes-vous fou ? Nommer *philosophie politique et sociale du citoyen Vaillant* le ramassis d'inanités par quoi il maintient son autorité soupçonneuse. Mais *sa philosophie générale de l'univers et de la vie* ! Les mots me manquent. Je voulais vous demander raison. Mais les mots me manquent. » Le « matérialisme athée », qu'on se le dise, ne passera pas par la petite boutique du 8, rue de la Sorbonne : « Beaucoup de gens aimeraient que tout fût réduit à la matière. Ils ne savent pas ce que ça veut dire, mais ça leur ferait plaisir tout de même. On ne sait pas pourquoi, mais ils aimeraient ça. »

YANN MOIX

Lu dans l'édition originale, *Cahiers de la Quinzaine*, II-7, Paris, 1901.

COMPTE RENDU DE LA MANIFESTATION DU 19 NOVEMBRE 1899 (1900)

« L'explosion de la fête était supérieure et même rebelle à tout calcul »

J'ai découvert Charles Péguy grâce à Michel Winock, dont le magistral *Siècle des intellectuels* a guidé mes années d'étudiant. Je l'ai toujours vu comme un intellectuel engagé, à la trajectoire pour le moins originale, ayant commencé militant socialiste libertaire, anticlérical et dreyfusard, avant de se rapprocher du nationalisme et du catholicisme.

C'est le jeune Charles Péguy qui m'intéresse ici, celui qui, profondément révolté par l'antisémitisme, signe toutes les pétitions publiées dans *L'Aurore* pour demander la révision du procès Dreyfus, alors même que, élève à l'École normale supérieure, il prépare l'agrégation de philosophie. Celui qui consacre le premier numéro des *Cahiers de la Quinzaine*, publié en janvier 1900, au compte rendu d'une manifestation ayant eu lieu le dimanche 19 novembre 1899.

Ce jour-là, le président de la République, Émile Loubet, doit inaugurer, place de la Nation, le *Triomphe de la République*, un monumental bronze, imaginé par le sculpteur Jules Dalou. On peut y admirer, debout sur un char tiré par deux lions, la République, incarnée par une Marianne au sein nu, coiffée d'un bonnet phrygien et prenant appui sur un faisceau, entourée des allégories du Travail, de la Justice et de la Paix.

Cette inauguration est l'occasion d'une grande fête républicaine, la première depuis l'enterrement de Victor Hugo en 1885, que Péguy nous conte en détail, depuis la rue Réaumur où il rejoint un groupe de manifestants – « Deux ou trois cents personnes attendaient joyeusement au clair soleil sur les trottoirs » – quand midi sonne. La manifestation commence en retard, sans Jaurès malheureusement, « retenu dans l'Ain et dans le Jura par les soins de la propagande », « non pas seulement parce que ses camarades l'aiment familièrement, mais aussi parce qu'il manquait vraiment à cette fête, qui lui ressemblait, énormément puissante, et débordante ». Le cortège se forme vers midi trente, passe par l'Hôtel de Ville, la rue de Turbigo, le boulevard Richard Lenoir... La joie semble partout, le peuple « immense et gai » chante, se réjouit.

On lance un « Vive Jaurès ! » repris avec chaleur, on ose un « Vive Zola ! » qui a « un écho immédiat et puissant dans le cortège » et, enfin, un « Vive Dreyfus ! » emporte l'enthousiasme et la plume de Péguy : « Aucun cri, aucun chant, aucune musique n'était chargée de révolte enfin libre comme ce vive Dreyfus ! »

Les manifestants, toujours plus nombreux, finissent par arriver place de la Nation, et continuent à chanter et à crier « Vive la République », qui n'est pas alors selon Péguy un « vive la République amorphe et officielle, mais vive la République vivante, vive la République triomphante, vive la République parfaite, vive la République sociale, vive cette République de Dalou qui montait claire et dorée dans le ciel bleu clair, éclairée du soleil descendant ».

Charles Péguy est au comble de l'émerveillement, on sent sa plume vibrer sous l'émotion quand il loue le désintéressement des manifestants – « L'explosion de la fête était supérieure et même rebelle à tout calcul » ou quand il rend hommage aux manifestants, « ces gamins de Paris devenus hommes de Paris qui, en immense majorité, composaient le cortège ».

Plus d'un siècle plus tard, cet enthousiasme presque

béat pourrait nous surprendre, ou même nous faire sourire. Ce serait oublier que la République s'est imposée dans la douleur à la fin du XIXe siècle, que les républicains, comme les dreyfusards, n'ont pas toujours été majoritaires, et qu'ils ont dû se battre – souvent au sens propre du terme – pour s'opposer à ceux qui souhaitaient le retour de la monarchie ou étaient prêts à céder à la tentation autoritaire et démagogique du boulangisme. Au crépuscule du XIXe siècle, ils ont su tenir bon et faire triompher leur volonté de construire une République dans laquelle l'humanité ne se divise pas, et où la loi comme la justice sont les mêmes pour tous.

GASPARD GANTZER

Lu dans l'édition des *Œuvres en prose complètes,*
t. III de la Pléiade, Paris, 1992.

DE LA RAISON (1901)

« La raison ne se fait pas de clientèle. »

Je n'eus pas sur les bancs du lycée la chance de découvrir Charles Péguy. Cette chance, je ne l'eus que plus tard, à l'automne de ma vie. Je compris alors ce qu'était Charles Péguy, lui, cet auteur orléanais, qui sans choisir, fût tout à la fois philosophe, poète, essayiste, polémiste, militant socialiste, catholique, libertaire. Je découvris la puissance d'un style, la profondeur d'une pensée. 5 septembre 1914: mort trop tôt, mort trop jeune; mort droit dans ses bottes; mort au champ d'honneur, foudroyé d'une balle dans le front – ce front qu'Alain Fournier, son éternel ami, décrivait déjà ainsi, « myope et affairé, il a le front têtu d'un boutiquier paysan. Ce sont des idées qu'il vend dans sa boutique, des idées qui l'enfièvrent, l'usent et le ruinent[1] ». Oui, c'est cela. Péguy toujours, aura gardé le *front têtu*. Ce *front têtu*, c'est autant celui de l'artiste – qui besogne à sa table – que du militaire – qui lutte sur le champ de bataille. Ce *front têtu*, Péguy le portait déjà fièrement, dans son premier ouvrage, *Pierre, commencement d'une vie bour*geoise, consacré à son enfance. Nous sommes en 1895 et déjà tout y est. Ce qu'on entend, c'est d'abord une voix, enfiévrée, passionnée, enthousiaste. Ce qu'on voit, c'est le front têtu du besogneux: « J'aimais travailler, j'aimais travailler bien; j'aimais travailler vite; j'aimais travailler beaucoup[2]. » Car le travail est chez Péguy –il ne cessera de le rappeler, plus tard dans ses écrits – est exalté en tant qu'il est une valeur, une éthique, une modestie.

Ainsi vient, son texte *De la raison*, publié en 1901 (il a alors vingt-huit ans). C'est un texte polémique, un texte colérique, un texte au front têtu. En somme, un texte péguyste – qui reflète à lui seul, « l'essence » des *Cahiers de la Quinzaine* et son mot d'ordre (on ne le répètera jamais assez !), « dire la vérité, toute la vérité, dire bêtement la vérité bête, ennuyeusement la vérité ennuyeuse, tristement la vérité triste ». Clarté oblige ! Le titre est explicite : une ode à la Raison. L'ambition de Péguy est tout aussi limpide : préparer (au sens performatif) une humanité libérée des carcans dans lesquels le système politique, social et économique l'a bâillonnée pour enfin accéder à une « liberté nouvelle ». Le système qu'il dénonce, est celui érigé par les bourgeois intellectuels – corrompus, malsains, pourris – qui, se targuant d'être socialistes n'ont fait qu'abattre l'idéal dont ils se faisaient (faussement) les défenseurs : une société d'amour et d'égalité entre les hommes. Bourgeoisie, reine de tous les maux. Bourgeoisie, responsable du sabotage et de la désertion. Bourgeoisie qui sacrifie et déshumanise les êtres (le monde ouvrier en première ligne). Bourgeoisie qui instrumentalise le travail. Bourgeoisie qui tonne en cadence les mêmes mots d'ordre : productivité, rentabilité, performance...Tels sont les effets d'un socialisme errant qui s'embourgeoise et vampirise le Peuple à des fins lucratives. Bâtir une « cité harmonieuse » tel est en un sens le vœu de Péguy. N'allez pour autant croire que Péguy entend remplacer une humanité par l'autre ! Là serait l'écueil, l'ineptie ainsi qu'il l'écrit : « Attirer l'humanité vers sa libération pour la précipiter dans un système [...] c'est commettre le crime le plus grave pour un socialiste. » De la naît toute sa méfiance envers Jaurès. Ils seront amis un temps. Bientôt, leur amitié ne sera plus. Jaurès. Jaurès, le bourgeois ampoulé, relais du système, faux ami du Peuple : « Que peut-il y avoir de commun entre cet homme et le peuple, entre ce gros bourgeois parvenu, ventru, aux bras de poussah, et un homme qui travaille [...]. Et n'est-ce pas la plus grande misère de ce temps que ce soit un tel homme qui parle pour le peuple, qui parle dans le peuple, qui parle du peuple[3]. » Jaurès, le tribun plein de suffisance: «Nous sommes avant tout modestes. Un socialisme orgueilleux serait une aberration» clame Péguy. Jaurès, porte-drapeau d'une politique politicienne, manipulatrice et complaisante qui ne travaille qu'à trahir ses idéaux socialistes. En somme, Jaurès boude la Raison, il en est son ennemi, son faux-ami, lui qui prône un socialisme pur – nécessairement systématique, mensonger, autoritaire – quand Péguy en appelle à la modération: «Le socialisme est avant le seuil. Il n'est pas la fin de l'humanité, il n'en est pas même le commencement.»

Défendre la Raison contre tous ceux qui tenteraient de l'asservir, de l'instrumentaliser, tel est le parti-pris de Péguy. Un parti-pris qui est aussi et simultanément un défi «en un temps où la raison a presque autant que jamais des ennemis, qui sont dangereux, où elle a plus que jamais des faux amis qui sont dangereux». Notez d'ailleurs que la Raison ne sera jamais définie que par la négative, par ce qu'elle n'est pas, par ce qui ne sont que ses masques et ses fards. Telle sera la phrase matricielle qui, reprise en cascade, en cadence, donnera le ton: «La raison ne procède pas par la voie de l'autorité. La raison ne procède pas de l'autorité religieuse [...] de l'autorité parlementaire [...] de l'autorité démagogique [...] de l'autorité manuelle [...] de l'autorité socialiste [...] de l'autorité révolutionnaire [...] des armées militaires.» Brillant stratagème pour déconstruire les diverses autorités qui asservissent la Raison plutôt qu'elles ne la servent. La Raison, nous dit-il, exige nulle Église, nul autel, nulles prières, nuls prêtres ou prêtresses: «C'est trahir le plus gravement la raison, c'est faire déraisonner le plus gravement la raison que de la déguiser en déesse, en cabotinage et musique; c'est la trahir que de lui fabriquer des fêtes religieuses, des imitations en simili-culte, avec tout ce qu'il faut». Si la Raison est *souveraine* – il faudrait dire doublement souveraine, puisqu'elle détermine d'une part, le thème, d'autre part, le tempo du texte – il s'agit pour Péguy de la défendre sans ambages, sans abus, sans dogmes, sans déclamations. En bref, libérer la raison ! Pour ce faire, Péguy prône une liberté de pensée, loin de ces autorités sangsues. Répétons-les car elles sont nombreuses : l'autorité gouvernementale, parlementaire, militaire, cléricale, manuelle, intellectuelle, révolutionnaire, historique, paternelle. Deux de ces instances retiennent particulièrement son attention : la presse d'une part, la pédagogie d'autre part. Les journalistes n'ont qu'à bien se tenir. Péguy s'adresse à eux, vantards impudents, scélérats malveillants, obnubilés par la gloire et la popularité. Eux, ennemis de la raison (« la raison ne sait pas de clientèle »), toujours duplices, hypocrites, opportunistes. Le journaliste, le véritable, doit savoir choisir son camp, garder le cap, assumer ses responsabilités, ne plus céder aux larmes (« venir pleurnicher » quand la vindicte officielle ne lui sied pas), ne plus endosser (fallacieusement) le statut de victime (il ne peut être à la fois Dr Jekyll et Mr Hyde). Le journaliste, le véritable, se doit d'être intègre et responsable. Le *journalisme éthique* que prône Péguy, repose sur quelques principes fondamentaux : être au service de la vérité (sans démagogie aucune) et du peuple, assurer la transparence (l'opinion se doit d'être indépendant). Pourtant, la question mérite de se poser. De telles exigences sont-elles viables ? Sont-elles seulement réalistes ? Car Péguy le sait autant que nous. S'il existe encore (ô grand Dieu merci) une certaine presse éthique et libertaire, celle-ci se voit minée par les conséquences de la modernité et de ses impératifs mercantiles et financiers. Nous y sommes plus que jamais dans ce règne là : multiplication des titres, émergence des plateformes médiatiques, dérives informationnelles avec tout ce qu'elles comportent de subjectif et de manœuvres suspectes...Flux interrompu et mortifère que Péguy, dans *L'Argent suite* – publié douze ans après *De la raison* – pressentait déjà. L'Argent est roi. L'Argent a pris la Raison en tenaille. L'Argent a tué la Raison (« jamais l'argent n'a été à ce point le seul maître et le Dieu[4] »). La pédagogie non plus n'échappe pas à la démagogie. Là encore, il sonne l'alarme, lève le drapeau, appelle au silence. « Il ne faut pas que la pédagogie soit de la démagogie » tonne-t-il et pourtant, la politique politicienne s'attaque même à l'École, là discrètement, si bien que les programmes scolaires (désormais indigestes) ne fournissent jamais qu'un demi-savoir, lequel n'est toujours qu'un « faux savoir ». Seule la Raison peut et doit être, reine sur le terrain éducatif. Seule la Raison peut aiguiller la pédagogie dans le bon sens. Péguy, des airs de Rabelais, de Montaigne ? Probablement. Le premier critiquait déjà la mauvaise éducation d'alors ; quand le second assénait qu'« une tête bien faite vaut mieux qu'une tête bien pleine »... Si la Raison a tant d'ennemis ou de faux amis, c'est qu'elle est une Éthique, une Exigence. La Raison s'apprend, s'inculque, se médite. Le contraire serait hérésie, démence, mensonge. La Raison est sœur de la modestie intellectuelle, ennemie de l'orgueil.

De la Raison, c'est aussi une voix, un rythme, un style. La prose de Péguy est *maritime* : son texte, une mer agitée faite de flux et de reflux ; ses phrases, des vagues qui viennent et reviennent et se répètent. Le rythme est *musical* : tantôt, il s'accélère, tantôt il ralentit. Puis vient le crescendo. Le texte se façonne telle une composition musicale, où la mélodie et le tempo gagnent progressivement en puissance, en ampleur. Cette analogie, c'est Péguy lui-même, qui nous invite à la filer, quand il évoque sa prose musicale : « Ne trouvez-vous que ce thème a de l'insistance ? Je m'en vais essayer le redire un bon nombre de fois [...] en graduant de mon mieux mon orchestre » écrit-il, un jour à son ami. *De l'insistance.* Sans conteste, Péguy aurait pu être, aussi, un merveilleux compositeur de musique. Ses textes souvent se déploient selon un double mouvement. D'une part, il *met en place* un raisonnement – ici, une ode à la Raison. D'autre part, ce raisonnement, il le *met en scène*, sans platitude aucune, dans un style percutant, étonnant, remarquable. Là réside tout le génie de Péguy. Ai-je convaincu les circonspects ? Je l'ignore. Tout lecteur ne sera pas sensible à cette prose si particulière, singulière. Certains sortiront convaincus quand d'autres, le front baissé, méfiants ou hostiles. Qu'importe! Les textes de Péguy interdisent tout au moins l'indifférence. Son don, celui de nous réveiller, de nous remuer, de nous renverser, de nous décarcasser, bref de nous *déniaiser* (selon la belle formule de Compagnon) comme d'autres, avant lui, ont tenté de le faire. On songe à ces philosophes de l'Antiquité qui savaient mettre le doigt où ça fait mal, qui savaient aussi combien les vérités sont fragiles, qui déjà savaient ô combien fragiles sont les vérités. N'est-ce pas Péguy lui-même qui évoque le *miracle grec ?* Lui, helléniste de formation, passionné des dialogues socratiques, fervent lecteur d'Homère et d'Hésiode, d'Eschyle et de Sophocle. Autant de lectures familières et de souvenirs enfantins qui nourrissent sa pensée, cristallisent ses espérances, embaument son âme quand la société moderne, devant lui, s'essouffle.

Péguy, l'homme au front têtu. Péguy, le joueur d'échecs. Lire Péguy, c'est cela: arpenter des chemins de traverse où chaque phrase nous mène et nous emmène vers une direction nouvelle, inconnue. Son texte est un pèlerinage jalonné de portes. Si Péguy avait survécu qu'en serait-il? S'il avait survécu à cette hécatombe, à cette boucherie que fût la Grande Guerre, probablement qu'il nous aurait livré un diagnostic de la France d'après-guerre. S'il avait vu le krach financier de 1929, probablement qu'il aurait poursuivi sa diatribe contre un système économique, brutal et mortifère, qui tel un torrent déchaîné, emporte et avale toutes les valeurs humanistes. S'il avait assisté à la montée des totalitarismes, à la déconfiture de Blum, ami socialiste de la première heure, probablement qu'il aurait rappelé que la mystique à nouveau s'est vue emportée par la politique...

Péguy, au front têtu. Péguy, l'éternel. Péguy, le solitaire. Jusqu'à son dernier souffle, Péguy lutta inlassablement, monta au créneau, épingla ses détracteurs, laissant derrière lui une œuvre – façonnée sans relâche dix-huit ans de sa vie. Une œuvre riche, variée, réfléchie, provocatrice aussi, une œuvre qui mérite plus que jamais d'être réhabilitée, appréciée à sa juste valeur, incorporée (qui sait ?) à l'ADN de l'Éducation.

KARIM TABET

Lu dans l'édition originale, *Cahiers de la Quinzaine* IV-3, Paris, 1901.

1. Daniel Rondeau, « La Cathédrale Péguy », *Le nouvel Observateur*, 15 juillet 1993, p. 82.
2. Charles Péguy, *Pierre, commencement d'une vie bourgeoise, Cahiers de la Quinzaine*, 1931, p. 51.
3. Péguy, *L'Argent*, Paris, 1913, p. 39-40.
4. Péguy, *L'Argent suite, Cahiers de la Quinzaine*, 9ème Cahier, Paris, 1913, p.170.

LA CHANSON DU ROI DAGOBERT (1903)

« Voici le premier traité où je mets mon système du monde. Les vingt premiers couplets sont les couplets traditionnels, que nous chantons le soir pour endormir nos enfants. Je me suis permis de faire les couplets suivants. »

On a longtemps hésité à identifier le personnage du roi Dagobert dans cette potacherie, ou supposée telle, signée « Pierre Baudouin », c'est-à-dire Péguy soi-même, apparue sans crier gare, en hapax, dans la collection des *Cahiers*. On aurait pu croire, comme le rappelle Robert Burac dans sa présentation de l'édition de 1996 parue chez Honoré Champion, que le fameux roi de la populaire comptine était le compagnon prématurément décédé de Péguy, ce mystérieux Marcel Baudouin, brillant élève, rencontré à Sainte-Barbe et que Jules Riby, dans une lettre adressée le jeudi 3 août 1950 à Auguste Martin, fondateur de l'Amitié Charles Péguy, décrivait comme « un esprit tranchant et sec comme un couperet, péremptoire et s'imaginant que le monde doit obéir à nos formules ». Pour des raisons qui n'entrent pas dans le cadre, réduit, de notre revue, Burac élimine la piste Baudouin. Il envisage ensuite celle de Péguy en personne – pour s'apercevoir qu'elle non plus ne tient pas la route. Alors il se souvient qu'en octobre 1967, dans le n° 135 des *Feuillets de l'Amitié Charles Péguy*, André Robinet publia un court article intitulé « Le bon roi Dagobert est-il Jaurès ? ». « L'hypothèse est fort solide », note Burac. Et le fidèle Éloi, qui est-il ? Cette fois, « on est bien forcé de reconnaître ce Péguy qui eût tant aimé rester ou devenir le conseiller, sinon la conscience du tribun ».

Jaurès, que Péguy a appris à désaimer de toutes ses forces, s'en donne à cœur joie (on imagine le plaisir qu'il eut à « compléter » cette chansonnette) : « main de velours et gant de vers », « Et vos sens balourds / Et vos pensers gourds », « Bafouillez tous jours / De jour et de nuit / Me baillez ennui » ; « Le bon roi Dagobert / voulait prêcher dans le désert / Comme le Baptiste ». Surtout, Péguy est obsédé par la mort de Jaurès : « La mort capitale, / À tout corps fatale, / Aux vivants vitale, / Un jour vous prendra ; / La mort prévôtale, / Expérimentale, / Fondamentale, / Tous jours vous tiendra ; / La monumentale / Mort vous aura ; / Notre mort dotale / Noces fera ; / Mort sacerdotale / Messe dira ; / Au doigt, digitale, / Anneau passera ; / Cette mort frontale / Au front touchera. » On lira d'ailleurs ce dernier vers avec quelque frisson dans l'échine – c'est ainsi que Péguy périra, tué à l'ennemi.

YANN MOIX

Lu dans l'édition critique commentée par Robert Burac, Honoré Champion, Paris, 1996.

« CAHIERS DE LA QUINZAINE » (1904)

« Il y a des événements sans contenu ; il y a des contenus sans événement. »

Le texte commence, comme souvent chez Péguy, par des considérations de boutique : celle en l'occurrence des *Cahiers*, la seule qui l'occupe, l'occupera toute sa vie. À son grand dam. Encore que : s'il aime s'en plaindre, il sait que ce travail d'une vie, cet inlassable labeur d'une existence tout entière, s'inscrit d'ores et déjà dans la postérité. Son entreprise est particulière : sculptée dans l'éphémère (« l'actualité »), elle est tournée vers la littérature – elle entend durer. C'est que nul, sinon Péguy, ne sait apercevoir dans l'écume des choses l'événement historique. Lui possède la science de l'importance. Il pressent, dès leurs primes balbutiements, les changements, les bouleversements qui engageront son siècle, feront basculer peut-être l'humanité. Sa force de pénétration, intense, lui permet non seulement de voir mieux, mais de voir avant. Il est souvent bien seul dans ses prémonitions. D'aucuns ont pris l'habitude de le moquer. Nul, du vivant de Péguy, pour saisir l'importance qui sera la sienne ; c'est un énervé, peut-être un illuminé, un fou. Laissons-le dans sa boutique, tenons-le à distance : cela vaudra mieux pour tout le monde. Il faut toujours se méfier des Orléanais, surtout lorsqu'ils arpentent les rues de Paris.

Péguy s'en prend ici aux commentaires de texte, qu'il a en horreur. Le commentaire, non seulement n'apporte rien à l'œuvre, mais le contamine de sa cuistrerie, qui se veut plus intelligente que lui. Le commentaire fait le malin. Il rend illisible ce que nous voulions lire tranquillement. « Les textes valent par eux-mêmes et passent avant les commentaires, écrit le gérant des *Cahiers*. Nous devons réduire nos commentaires autant que la publication de nos textes nous le demande ; nous savons lire des textes ; et nous nous passons aisément de commentaires. » « Lisez Voltaire ! » répondait Guitry lorsqu'on lui demandait quel livre *sur* Voltaire consulter.

Pour le reste, il est surtout question de Clemenceau ; qu'importe : c'est un petit traité politique qui s'offre dans ces pages, dont on soulignera les intemporelles fulgurances – c'est-à-dire actuelles. La corruption, la bassesse politique, les manœuvres, les magouilles gangrènent la République – alors Péguy mord aux jarrets. Les *Cahiers* sont une mâchoire de dogue. Ils ne sont pas lus ? Ils sont craints. C'est l'essentiel. Pour Péguy, la politique est toujours dégénérescence – pour ne pas dire métastase. Le socialisme, cette idée magnifique, cette utopie remplaçant tous les ciels, n'aura pas su garder sa mystique intacte face à la vermine politicarde, qui s'en sert au lieu que de la servir. Même un grand homme, puisque Clemenceau est de ceux-là, n'aura pas su servir de gardien à ce trésor corrompu. La République était une promesse, un absolu. Voici ce qu'elle est devenue, abîmée par les démagogies successives et concurrentes : le lieu de débauche verbale et des actes qui souillent. Elle n'est plus que le ressassement d'une théorie, avec ses fonctionnaires qui pullulent, ses mesquineries partout, ses incommensurables petitesses. Nous vivons dans une contrefaçon de République – ce qui est bien pire que de vivre dans une dictature qui dirait son nom.

En vérité la République – du moins la Troisième, ennemie personnelle de Péguy – n'est pas à la hauteur de l'Histoire, ni même de son histoire. Le radicalisme, et avec lui le parlementarisme, qu'il conspue dès qu'il le peut, aura la peau des héritages formidables de la Révolution. Péguy va loin, lâchant le mot qui fâche et tue : « prostitution » : « Ce nom même de radicaux, prostitué aujourd'hui à toutes les aventures de politique et d'argent ». D'où viendra la lumière ? Ni des romans ni des gazettes : « Les écrivains écrivent comme des journalistes, et les journalistes comme des savates. »

YANN MOIX

Lu dans l'édition originale, *Cahiers de la Quinzaine,* V-12, Paris, 1904.

NOTRE PATRIE (1905)

« Il faut que je suive les événements, excellent exercice pour achever de se convaincre que vraiment les événements ne nous suivent pas. »

Péguy pressent tôt la menace d'une guerre franco-allemande. Dès 1905, il croit le conflit imminent. Il faut s'y préparer sans plus tarder, ne pas lésiner sur les moyens. Dans *Les Suppliants parallèles*, parus en décembre de la même année, on lit : « Toute la force militaire allemande est menace, promesse, préparation, offensive et offense ; toute la force militaire française au contraire est menacée, défensive et défense ; demandons seulement qu'elle aussi elle soit toute préparatoire. »

En janvier, Péguy avait acheté au Bon Marché, accompagné de sa femme Charlotte, une paire de chaussettes et du linge « de qualité » pour partir au front. C'est dire s'il y croit. *Notre patrie* est un écho, sinon une réponse, à *Leur patrie* de Gustave Hervé (1871-1944), bible du pacifisme intégral et de l'antimilitarisme forcené. Hervé y défend la position, têtue, selon laquelle le socialiste qu'il est n'ira pas se faire trouer la peau pour « la patrie capitaliste ». Péguy voit les choses autrement. Dans ce livre étrange, où il se balade dans Paris et commente Hugo, il décrit les monuments de la capitale et revisite les années Combes, il s'obsède tout seul pour la menace et prédit, criant dans le désert, l'invasion de Paris par l'Allemagne. Ce texte, relu en juin 1940, dut en faire tressaillir plus d'un.

Il serait malhonnête de faire de Péguy un chantre du nationalisme à tout crin, tel que son indécrottable légende semble l'exiger – nul n'est responsable d'être mal compris, hâtivement feuilleté, ignominieusement récupéré (son fils Marcel souillera la postérité de son père en l'inscrivant au forceps dans la galerie des proto-fascistes). Péguy, tout simplement, veut défendre son pays : les valeurs qui lui sont attachées, la culture qui lui est propre. Péguy n'est pas chauvin : il est humain. Humaniste et humain. Il croit aux Droits de l'homme, si galvaudés aujourd'hui au prétexte qu'ils sont source de toutes les déviances, de tous les aveuglements, de tous les débords d'une générosité davantage tournée vers le lointain que vers le prochain.

Rédigeant cette fiche de lecture le 9 mars 2022, en pleine invasion de l'Ukraine par l'armée de Poutine, je ne puis que recopier la fin de *Notre patrie* et laisser le lecteur apprécier la pénétrante force de frappe intellectuelle de notre homme, à peu près sans pareille en son siècle, et qui ne laisse pas de fasciner ses admirateurs, semble-t-il de plus en plus nombreux. Écoutons-le. Écoutons-le en octobre 1905 nous parler de 1914, de 1940 et de 2022 (auquel cas nous remplacerons « invasion allemande » par « invasion russe ») : « La vie de celui qui ne veut pas dominer est généralement de toile bise. »

« Tout le monde, ainsi compté, tout le monde en même temps connut que la menace d'une invasion allemande est présente, qu'elle était là, que l'imminence était réelle.

Ce n'était pas une nouvelle qui se communiquât de bouche en bouche, que l'on se communiquât, latéralement, comme les nouvelles ordinaires ; ce que les gens qui se rencontraient se communiquaient, ce n'était pas la nouvelle, ce n'était que la confirmation, pour chacun d'eux, d'une nouvelle venue de l'intérieur ; la connaissance de cette réalité se répandait bien de proche en proche ; mais elle se répandait de l'un à l'autre comme une contagion de vie intérieure, de connaissance intérieure, de reconnaissance, presque de réminiscence platonicienne, de certitude antérieure, non comme une communication verbale ordinaire ; en réalité c'était en lui-même que chacun de nous trouvait, recevait, retrouvait la connaissance totale, immédiate, prête, sourde, immobile et toute faite de la menace qui était présente. »

« L'élargissement, l'épanouissement de cette connaissance qui gagnait de proche en proche n'était point le disséminement poussiéreux discontinu des nouvelles ordinaires par communications verbales ; c'était plutôt une commune reconnaissance intérieure, une connaissance sourde, profonde, un retentissement commun d'un même son ; au premier déclenchement, à la première intonation, tout homme entendait en lui, retrouvait, écoutait, comme familière et connue, cette résonance profonde, cette voix qui n'était pas une voix du dehors, cette voix de mémoire engloutie là et comme amoncelée on ne savait depuis quand ni pour quoi. » 1905. 22 octobre 1905, précisément. Un dimanche, c'était.

YANN MOIX

Lu dans l'édition originale, *Cahiers de la Quinzaine,* VII-3, Paris, 1905.

NOUS SOMMES DES VAINCUS (1909)

« Où sont nos martyrs, où sont nos héros ? Où sont seulement nos victimes ? »

« À nos abonnés. » Cela commence comme une annonce paroissiale pour la petite communauté des *Cahiers*, cela se termine par ce si poétique « Et c'est vraiment ici qu'une nuit de Paris ne répare rien du tout ».

Par ce texte foisonnant, Péguy nous ouvre son âme et son corps fatigués, il nous entraîne dans des dissertations sur la philosophie, l'histoire, l'amitié, il nous offre de magnifiques pages poétiques, avec ce style qui, par la répétition, porte à l'incandescence. Ainsi en est-il de cette description de la Commune, « cette semaine rouge, les rues rouges, la rue rouge, cette semaine pourpre, cette semaine admirable, cette semaine pourprée, cette semaine sanglante, rouge comme une rose pourpre ». C'est personnel, c'est universel. C'est vibrant. Cela m'a fait vibrer sans que je m'aperçoive quel fut le point de bascule dans ce texte qui n'en finit plus de prendre de nouvelles directions.

Péguy est celui qui voit, qui entend, qui sait, qui doit dire, qui ne sait s'il en a la force, si les mots portent encore, celui qui est dans « un grand épuisement d'espérance », qui fait le deuil difficile de ses idéaux, et pourtant celui qui proclame sans relâche.

« J'en ai par-dessus la tête. Je suis harassé. » Péguy n'est pas compassé, il n'a pas peur de confier en termes crus sa fatigue, mais aussi ses doutes dans cette entreprise que sont les

Cahiers. « Dans cette barbarie, dans cette inculture croissante, dans ce désarroi des esprits et des mœurs, dans ce désastre de la culture, plus nos cahiers seront bons, moins ils auront accès auprès du grand public. » C'est un sacrifice total.

Mais quel est le sens de ce sacrifice pour une génération désenchantée ? Pour cette génération sur laquelle « le silence règnera, le silence pèsera, le silence se fera sur nous. Ou plutôt il n'aura même pas à se faire. Il se fera, il sera fait tout seul, de soi-même. Nous ne serons jamais grands ». Seule la langue de Péguy peut traduire à ce point ce poids difficile à nommer et pourtant si lourd qui pèse sur cette génération.

Oui, c'est une génération de vaincus, une génération marquée par la défaite de 1870, qui ne voit que l'Histoire qui bégaie dans ce début de siècle, une génération pourtant, mais qui le sait alors, qui va retrouver la mystique perdue, celle de l'affaire Dreyfus pour Péguy – et au-delà celle de toute Révolution, Commune, engagement collectif –, dans cette Guerre mondiale qui fut fatale à l'auteur, et qui apporta une réponse à cette question lancinante, « Où sont nos martyrs, où sont nos héros ? Où sont seulement nos victimes ? »

« Chacun ouvre Péguy seul », écrivait Bruno Latour[1] . Aucun guide n'est possible dans ce foisonnant « À nos amis. À nos abonnés ». Il n'y a qu'à se laisser prendre dans ce flux bergsonien, qui, loin de toute démonstration, par la force de l'intuition, nous parle de nos détresses morales, de la Patrie, du socialisme, de l'Église... Toute l'étendue de Péguy, toutes ses contradictions aussi sont dans ce texte. Il n'y a pas le choix. Épouser le cours sinueux et tumultueux de ce texte. Et se laisser insidieusement prendre par cette question : sommes-nous, nous aussi, des vaincus ?

JEAN SPIRI

Lu dans l'édition originale, *Cahiers de la Quinzaine*, X-13, Paris, 1909.

1. Bruno Latour, « Nous sommes des vaincus », pour le volume du centenaire préparé par Camille Riquier, *Cahiers d'histoire de la philosophie*, Paris, Le Cerf, 2014.

« Rien n'est plus, tout ce où nous avons mis notre coeur, les principes, les lois, les mœurs, tout se vend tout est avili. »

Charles Péguy constate : « Vaincus dans notre peuple [...]. Nous avons été vaincus dans ces *Cahiers* mêmes. » Nous sommes donc des vaincus. Nous tous qui sommes, nous sommes vaincus. Nous ? C'est-à-dire la France, le peuple français, la société française et sa cohorte d'intellectuels, de politiciens, plus ou moins systématiques, plus ou moins idéalistes, plus ou moins sûrs d'eux, plus ou moins socialistes, plus ou moins dreyfusistes, plus ou moins... La sentence tombe et avec elle quelque chose comme le désespoir – un espoir qui serait revenu de lui-même, un espoir mort.

Le texte de Péguy constitue une sorte de cénotaphe de la « fin du siècle », du monde moderne – dont le philosophe abhorre, non pas le monde, non pas le monde en tant que tel, mais ses glissements, glissements que la modernité engendre avec passion. Cette fin du siècle est vue par l'œil noir et accablant de l'auteur, car elle court vers l'abîme. Il en pressent les tremblements, lui qui, depuis la « fin » de l'Affaire – tout du moins les prémices de sa résolution –, n'a de cesse de chroniquer, d'enregistrer – en sismographe – les secousses, les dérives, les déboires, les infortunes et les compromissions.

La France moderne est croulante. Voilà qui devrait ravir les déclinistes, les décadentistes, les splengleriens, les houellebecquiens... Assurément, la France moderne ainsi que tout son système politico-républicain, qui s'est figé en pratique (en politique) au prix d'anéantir sa mystique : ce ne sont rien que des morts errants. Oui, déjà, il y a de cela un siècle, nous étions des vaincus ! La modernité s'est avortée tôt, son processus émancipateur, ses idéaux, tous se sont fait la malle. Adieu France.

En réalité, *Nous sommes des vaincus* correspond à une période particulière de la vie et de l'œuvre de Charles Péguy. Revenu de toutes les batailles, et notamment de l'affaire Dreyfus qui a marqué l'âge d'or – relatif – de ses *Cahiers*, alors qu'approche la prochaine lutte – une Grande Guerre dont il croyait naïvement qu'elle ne durerait que trois mois –, il s'exprime en homme de misère et constate l'échec général de son entreprise intellectuelle.

Bien que leur directeur, Péguy, soit connu et célébré en Europe, les *Cahiers de la Quinzaine* ne comptent, en 1910, que 1400 abonnés. Ils n'en compteront guère plus les années suivantes. Péguy vit dans l'angoisse matérielle, cherchant à faire vivre et sa famille et ses *Cahiers*. Il travaille en forcené, s'épuise le corps autant que l'esprit.

Nous sommes des vaincus constitue donc le récit, et l'analyse, d'une triple défaite : défaite politique, défaite morale, défaite intellectuelle et artistique. L'époque, avec ce qu'elle suppose de lois propres, avec son esprit de petits marchands, avec son inébranlable capitalisme d'acier, avec ses foules de petits égoïstes naviguant à vue, est en crise. C'est l'œuvre d'un homme mourant, que l'espoir ne peut plus sauver : « Rien n'est plus, tout ce où nous avons mis notre coeur, les principes, les lois, les mœurs, tout se vend, tout est avili. » Témoin et victime de l'écroulement, Péguy s'emploie à faire l'autopsie des vices de la modernité – ou, plus exactement, à expliquer en quoi la modernité, non pas le progrès, mais bien la modernité, ne peut que ruiner toute entreprise vertueuse (et les hommes qui les soutiennent).

Un spectre menace le système politique et le corrompt de l'intérieur : celui de la démagogie. Et cette démagogie, à la manière d'un cancer, métastasie, ravage tout, impressionne de sa morbide vitalité, laquelle lui permet de se diffuser à travers toutes les strates et facettes de la société. Pour mieux la désigner, Péguy en dresse l'inventaire. Écoutons-le: « Il y aurait un beau catalogue analytique sommaire des démagogies que nous avons traversées depuis quinze ans [...]. La démagogie politique et politicienne; dedans la démagogie parlementaire; enfin la démagogie électorale; d'autre part la démagogie primaire; d'autre part la démagogie scientifique, de la science; d'autre part la démagogie prolétarienne; au commencement la démagogie nationaliste; au commencement et pour ainsi dire toujours la démagogie antisémitique [...]. »

En décrivant les couches successives qui se répercutent, se croisent, se tissent et se complètent – formant ce que l'on appelle un système – et cette prolifération de la démagogie dans tous les domaines de la vie humaine, Péguy désigne un mal que l'on pourrait qualifier de parlementarisme bourgeois, à la fois autoritaire et matérialiste – mal dont, un siècle plus tard, on conçoit encore les dégâts. Un mal qui règne sur la cité et qui fait courir le risque d'un asservissement des hommes à l'État. Ce mal est aussi moral: il s'agit de la ruine du politique, en tant que vertu, transformé en commerce de petites idées, de petits projets et surtout de bulletins de vote. Péguy s'en prend à Émile Combes, ce tyran à pattes courtes, ce rejeton silencieux du boulangisme, et à son anticléricalisme féroce[1]. Amer, déplorant l'absence de riposte citoyenne et intellectuelle contre le combisme, l'auteur fait du peuple français un peuple veule, alourdi de son peu de volonté, qui semble céder si facilement aux tentations autoritaires. Il y voit le symptôme d'une ruine générale des esprits.

Aussi un mal plus grand règne en ce début du XXe siècle, une corruption plus globale, plus spirituelle. Les entreprises nobles ne peuvent connaître de succès, vouées à l'échec, elles ne sont que des suicides plus ou moins individuels. Quelle est la cause de ce mal ? Péguy l'identifie clairement: c'est le triomphe d'une loi économique perverse, qui fait qu'un « honnête homme trouve très difficilement de l'argent pour une honnête entreprise ». Le matérialisme bourgeois a fait tomber à ses pieds la morale. *Nous sommes des vaincus* s'ouvre sur une réflexion plus générale, durant laquelle Péguy déplore les difficultés matérielles que son entreprise littéraire rencontre. Il écrit avec rage.

« Depuis quinze ans nous avons vu des sommes qu'il faut dire énormes, des centaines de milliers et des millions de francs s'engloutir, pourvu que ce fût dans le désordre et le gaspillage. » L'argent est tout, car le capitalisme est un saint Pape, la grande Église moderne : c'est un ordre du monde, un ordonnancement des choses, une structure inaltérable. Dès lors, toute entreprise non rentable ne peut être que non assimilée ; toute entreprise inutile ne peut être que rejetée. Non sans fatalisme, Péguy nous dit que c'est la fin. Tout est fichu. Pour ce qui le concerne personnellement, la logique économique du profit provoque la stagnation du monde des lettres, voire gangrène ce monde : publier du nouveau, ce que font les *Cahiers*, suppose une prise de risque économique majeure. Faire naître un homme, donner naissance à une œuvre, c'est la ruine assurée. Comme le note Péguy : « Dans l'état présent du marché, celui qui publie rend toujours service à celui qui est publié, et celui qui est publié ne rend jamais service à celui qui publie. » Dans cette perspective, la revue – pardon Yann – ne peut être qu'une entreprise de desperado, elle est désuète, anachronique : à quoi bon ! Il faut être fou pour se jeter ainsi, volontairement, dans l'effort d'une écriture que rien – aucun euro, pas même un dollar – ne viendra jamais rembourser. La revue est une entreprise à perte, un grand gaspillage. Heureusement, demeure une communauté, plus ou moins avouée, de batailliens qui connaissent la nécessité de la dépense et les vertus d'une entreprise à perte... Reprenons-nous.

Charles Péguy, qui croit en la vertu de la revue, parce qu'elle fait exister la pensée dans les interstices d'un monde en ruines, d'un monde appauvri, et qui croit en ses *Cahiers*, dont il porte à bout de bras la charge, affirme : « Nous sommes un foyer de résistance à la démoralisation croissante. Nous donnons au dehors ce que nous faisons au dedans. » La revue, sa revue, est consacrée en tant qu'entreprise morale, c'est ainsi qu'il la défend : elle est un combat, une lutte que mènent contributeurs et abonnés, ensemble. Chaque numéro est une victoire. Tout cela rappelle combien l'œuvre du philosophe est indissociable d'en engagement éthique et d'une politique, sous le porche desquels elle s'abrite et trouve raison de demeurer – quitte à aller à rebours de son époque. Il y a, là-dedans, quelque chose de la quichotterie, tendrement belle, car vaine : « C'est nous qui tenons une héroïque, une détestable, une imbécile, une insoutenable gageure. »

Ce qui fait souffrir l'auteur c'est, au fond, de constater que si son combat politique et littéraire trouve des partisans, des relais, sa revue n'est point soutenue, elle ne l'est point suffisamment, elle ne l'est plus suffisamment. Soutenir sans contribuer, voilà l'hypocrite position des « adeptes ». Autrement dit, si Péguy était aussi riche en abonnés qu'en amis, il serait bien heureux, car ses *Cahiers* vivraient.

Au-delà de l'appel aux abonnements que le texte peut constituer, *Nous sommes des vaincus* précise l'entreprise des hommes de lettres, des hommes dont les idées ne sont point encore des marchandises – des hommes sérieux, en somme –, afin de mieux souligner les difficultés dans lesquelles le monde moderne les plonge : « Je suis un ouvrier attaché à un certain service. » Péguy se présente en tant qu'ouvrier de l'intérêt général. La littérature à ses yeux est une chose commune, une chose que l'on a en partage et qui grandit un peuple et une nation ; il rappelle combien une société s'asphyxie et se meurt dès lors qu'elle délaisse les « choses » de la pensée, combien dès lors elle perd sa vitalité, se referme et se fane –on ne peut que souscrire à l'actualité d'une telle affirmation. Il tisse la métaphore : « Eh bien je dis que le patronat ainsi constitué traite l'ouvrier ainsi investi, que le patron que vous êtes traite l'ouvrier que je suis devenu avec une dureté dont on trouverait aujourd'hui peu d'exemples dans l'industrie ordinaire. » L'homme de lettres est un forçat. N'étant point reconnu, il subit l'exploitation de tout un système marchand. Sa force de travail – son esprit – ne produit que trop peu, elle n'est point quantifiable. Si peu inactuelle, la verve de Péguy rappelle, s'il le fallait, combien la considération ne suffit guère à mettre sur la table quelque mets que ce soit ! L'homme de lettres n'est point un pur esprit et, faiblement considéré, matériellement peu rémunéré, on le contraint à vivre une vie de misère. Si l'on se plaît souvent à consommer les fruits de son travail, son œuvre, on est rarement prêt à en payer le prix juste. L'on pourrait ajouter que cette situation conduit à encourager ceux qui ont déjà tout, et qui peuvent se permettre de vivre d'un rien, à embrasser la vie de littérateur, au contraire de ceux que les impératifs matériels dominent encore. Pour Péguy, qui appartient à la deuxième catégorie, la situation est donc intenable, car au-delà des *Cahiers*, c'est l'homme qu'elle tue : « Je m'y suis ruiné trois fois, j'y ai ruiné ma femme et mes enfants – je m'y suis ruiné tellement du peu que j'avais. »

La misère dont le philosophe-directeur des *Cahiers* dresse le portrait est christique, c'est une misère sacrificielle, car menée au nom d'une entreprise bonne. Une misère nue. Sur cette misère, Péguy a des mots justes : elle n'est pas qu'un simple fait, qu'une simple situation, au sens sartrien du terme, elle est bien davantage une sorte de maladie, un mal qui rampe et s'agrippe aux os, qui nous suit partout. C'est une condition de l'existence, une prison, c'est un état général, c'est une « insécurité qui se meut perpétuellement et fébrilement au-dessous de cette limite, au-dessous de cette barre, au-dessous de ce mur ». Dans la misère, le suicide, l'auto-suppression ne sont plus qu'une simple gourmandise, qu'un possible envisagé : c'est la vie même. Regardez l'homme de misère : il marche et, à chaque pas, sent la corde se tendre autour du cou.

À ce sujet, le philosophe établit une différence fondamentale entre le misérable et le miséreux : deux humanités cohabitent, deux humanités substantiellement distinctes et qu'aucune intelligence commune ne peut rapprocher. Ce qui différencie le fonctionnaire, le bourgeois nanti et le miséreux, du misérable et du bourgeois-dilapidateur (un homme de jeux par exemple), c'est bien le risque. Le risque comme une peine capitale, toujours prête à s'abattre. Ce qui sépare l'homme de l'homme, c'est le risque ; risque que l'on trouve à la racine de l'existence de l'un, contre le repos, ou le confort, quoique relatif, à la racine de l'existence de l'autre : « Je commence à croire qu'il faut renoncer à faire comprendre à des intellectuels, au peuple des intellectuels, ce que c'est que les réalités, les difficultés, les impossibilités, les misères économiques. » De ce fait, il y a dans la condition du misérable quelque chose d'indicible. Péguy, qui a consacré son œuvre, toute son entreprise philosophique, à désigner, à dire, à saisir, sous toutes les facettes, au travers d'une écriture répétitive, inlassablement relancée, le réel et la réalité, ne peut l'affirmer qu'à regret. Il est difficile d'être soi lorsque l'on a faim sans cesse.

Alors que faire ? Serait-ce la fin des lettres ? À qui voudrait tenter sa chance, marcher sur le sinueux chemin des hommes de lettres et d'esprit, toujours pavé de bonnes intentions – pas si bonnes parfois –, voilà ce que conseille Péguy : abandonner, tout du moins remettre à plus tard. D'abord, se faire une situation : au choix, ouvrir un commerce, espérer qu'il fleurisse, gagner son or, puis fonder une famille – ou tout cela en même temps. Autrement dit, s'embourgeoiser. Cela doit être la priorité d'une vie, pour celui qui ne souhaite pas être un misérable, un rebut, un débris – et personne ne peut souhaiter une telle chose. Véridique ou non, le philosophe rapporte une discussion qu'il a tenue un jour, dans la petite boutique aux murs verts des *Cahiers*, rue de la Sorbonne, avec un jeune homme un peu poupard, fermement décidé à « entrer » dans le monde des lettres. Péguy, gêné, ne sait pas quoi répondre à cette belle âme, belle comme on en trouve mille dans le Quartier latin, sans doute talentueuse – et peu importe. Mais en homme fatigué, sans espérance, s'appuyant sur sa propre expérience, il prononce les paroles fatales : « Je suis complètement ignoré, et je prends le chemin de l'être jusqu'à ma mort. Voilà. C'est comme ça que moi je fais mon chemin dans les lettres. » Il y a mille autres choses à faire que de s'enterrer vivant. Péguy reprend : « Monsieur, permettez-moi de vous demander. Votre famille vient-elle de se ruiner subitement ? Que vous voulez vous jeter dans un métier aussi abandonné, prendre une résolution aussi désespérée ? » Se joue un dialogue entre un mort-suicidé, et un vivant approchant du suicide, en caressant la possibilité d'écrire un jour : danger qui guette.

Finalement, Péguy parvient à dissuader le jeune homme, à lui faire rebrousser chemin, marche arrière toute ! Il rapporte que celui-ci a préféré se marier et, en conséquence, se désabonner des *Cahiers*. Le philosophe conclut et en tire sa morale : « C'est l'homme du monde à qui j'ai rendu le plus grand service de ma vie. » Hélas !

On revient du texte de Charles Péguy un peu vaincu. On mesure l'aridité, l'âpreté, les affres qui ont accablé l'auteur jusqu'à la fin de sa brève, mais féconde entreprise philosophico-littéraire. Pour nous, lecteurs et littérateurs aspirants, il rappelle l'humilité qu'il faudra conserver toujours en écrivant, ce que René Daumal appelait la poésie blanche ; l'entreprise littéraire suppose ainsi ce que l'on pourrait appeler une générosité sacrificielle. En tant que risque, elle doit être un don, une mise en jeu perpétuelle.

S'agissant de Péguy, contre le crime de désabonnement commis au passé, il y a de cela un siècle, contre les injures, les parjures, commis à son encontre – lui le « non-philosophe », l'homme d'un langage jugé puéril, hermétique et paresseux –, il reste à entreprendre de lire, de commenter, d'éclairer, d'agrandir et de poursuivre son Œuvre. *Année Zéro*, et même si c'est à perte, fait vivre celui dont Deleuze a dit qu'il sut « porter la puissance pathologique du langage à un niveau artistique supérieur [2] » . Ainsi soit-il !

VICTOR DUMIOT

Lu dans l'édition de la Pléiade, *Œuvres en prose complètes*, t. II, Gallimard, Paris, 1988.

1. Émile Combes est le grand séparateur de l'Église et de l'État. S'il incarne aux yeux de Péguy une dérive autoritaire du système parlementaire français, du système politique et, plus largement, un dévoiement de la République - en tant que mystique -, il témoigne de la division des dreyfusistes en deux camps : les modérés (dont fait partie Péguy) et les anticléricaux radicaux tels que Combes. Il reproche à Combes, tout comme à Jaurès, l'irrationalité de la politique antireligieuse menée et la volonté d'asservir la société à l'État (compris en tant qu'administration). Sur ce sujet, on pourra consulter : Arnaud Teyssier, *Charles Péguy : une humanité française*, « Le combisme », Paris, Perrin, 2014, p. 193-209.

2 Gilles Deleuze, *Différence et répétition*, Paris, Presses universitaires de France, 1972, p. 34.

NOTRE JEUNESSE (1910)

« Nous sommes les derniers. Presque les après-derniers. Aussitôt après nous commence un autre âge, un tout autre monde, le monde de ceux qui ne croient plus à rien, qui s'en font gloire et orgueil. »

Tous les corps ensemble et tous les esprits ensemble et toutes leurs productions ne valent pas le moindre mouvement de charité. Cela est d'un ordre infiniment plus élevé.

Pascal

C'était au printemps 1993. La gauche venait d'être battue aux élections législatives. Et Pierre Bérégovoy, Premier ministre défait, au cabinet duquel j'appartenais, m'avait demandé de l'accompagner au Comité directeur du Parti socialiste. Il y allait le cœur lourd. C'était, je crois, dans les sous-sols de l'Assemblée nationale. Nous sommes entrés dans cette grande salle bruyante. Tous les hiérarques et leurs séides de moindre importance étaient là. J'avais vu beaucoup d'entre eux faire leur cour au Premier ministre il y a encore quelques semaines.

Et là, spectacle de bassesse, ils se détournaient de lui. Tout entiers à leurs brigues, ils passaient à côté de lui sans le voir. Pas pestiféré, non, simplement transparent. Les plus aimables lui faisaient, à la dérobée, un petit signe de la tête presque imperceptible. À un moment, il prit la parole, dans un brouhaha obscène. On se parlait, on s'apostrophait d'une travée à une autre, on riait, on négociait comme aux comices. *Vae victis.*

En sortant, je marchai longuement dans Paris ensoleillé. Ce printemps joyeux contrastait avec mon écœurement. Je gagnai les bords de la Seine et les longeai. Je m'étais engagé à l'âge de treize ans pour la Justice et pour la Vérité comme dit Péguy, d'abord à l'extrême gauche et puis au Parti socialiste.

J'en avais vingt de plus. Je compris ce jour-là que tout était fini. Les masques étaient tombés. J'avais vu non pas les militants d'une grande cause mais les professionnels d'un petit métier. Point de compassion, point de fraternité. Mais qu'est-ce donc que le socialisme si ce n'est pas d'abord un cri primal d'humanité ?

Sur les quais, vers Notre-Dame, dans la boîte d'un bouquiniste, je tombai sur une édition de 1910, originale mais défraîchie, de *Notre jeunesse* aux *Cahiers de la Quinzaine*, « périodique paraissant tous les deux dimanches ». De Péguy, je connaissais les poésies et les mystères, que j'aimais beaucoup d'ailleurs et récitais souvent – « Étoile de la mer voici la lourde nappe »... Mais les écrits politiques, pas du tout.

Je me mis à parcourir ce « douzième cahier de la onzième série ». Éblouissement. Je ne m'arrêtai plus. Je rentrai chez moi et le lus d'un trait. Et le relus même. Immense consolation.

« Nous sommes les derniers. Presque les après-derniers. Aussitôt après commence un autre âge, un tout autre monde, le monde de ceux qui ne croient plus à rien, qui s'en font gloire et orgueil. » Le monde de ceux « qui n'ont pas de mystique ». Il parle de la mystique républicaine, mais, au fond, c'est la mystique révolutionnaire, c'est la mystique socialiste.

Et cette idée de la dégénérescence de la mystique en politique – de la mystique chrétienne en politique cléricale, de la mystique républicaine en politique radicale, fut une révélation.

Je voyais, sous mes yeux, la mystique socialiste s'abîmer en politique du PS. « Tout parti vit de sa mystique et meurt de sa politique. » La formule est célèbre. En la lisant pour la première fois, je compris que le PS était mort, certainement pour moi et sans doute pour lui-même.

Il y a plusieurs lignes mélodiques dans *Notre jeunesse*, toutes magnifiques d'ailleurs.

Il y a le tombeau pour une famille républicaine, les Milliet. Péguy, anti-Plutarque, écrit une « vie des hommes modestes ». Continuateur de Michelet, préfigurateur de Marc Bloch et des *Annales*, il s'attache à l'histoire des humbles.

Il y a une historiographie de l'ordre et du désordre, de la révolution et de la restauration, une relecture des événements du XIXe et de leur sens, en opposant non pas l'Ancien Régime et la Révolution, mais le monde authentique, le monde ancien au sein duquel prend place la Révolution, et le monde moderne qui fait fi des croyances et des valeurs. Il y a le monde de la culture et celui de la barbarie. Contrairement aux apparences, il ne s'agit pas d'un discours réactionnaire car ce que veut conserver Péguy, c'est l'élan authentique de la Révolution, trahi par ceux qui s'en réclament en en oubliant l'essentiel.

Il y a la disputation avec Daniel Halévy (qui tournera plus tard au maurrassisme), composant une généalogie remarquable de l'affaire Dreyfus qui fut une crise dans l'histoire du peuple juif, dans l'histoire de France et dans celle de la chrétienté. Les notables israélites tournèrent le dos à la vocation prophétique du peuple juif, les prétendus patriotes aux valeurs de la France et l'Église aux enseignements du Christ.

Il y a l'*Apologie pour Bernard-Lazare*, le Juste et le prophète, victime d'une ingratitude qui non seulement ne l'affectait pas mais nourrissait, au contraire, sa bonté. Car il était un saint.

Il y a un mémoire en défense des Juifs qui est d'un courage, d'une sensibilité et d'une justesse inouïs, au temps où le préjugé antisémite, même sans méchanceté, même sans intention de nuire, était si commun. Cette défense est d'autant plus remarquable qu'elle n'est même pas du point de vue chrétien. Péguy ne sauve pas les Juifs parce qu'ils sont la préfiguration et la matrice du Nouveau Testament, de Jésus et des apôtres.

Non, il les sauve pour eux-mêmes en tant qu'ils appartiennent à l'humanité. L'intelligence et la sensibilité de Péguy sont proprement incroyables au point que Gershom Scholem dira de lui qu'il a « pénétré la condition juive dans une mesure qui a rarement été atteinte et n'a jamais été surpassée par les non-juifs ».

Il y a la prophétie inouïe sur les effets dévastateurs de la « dérépublicanisation » et de la « déchristianisation». Péguy, visionnaire, pressent l'avènement d'une société individualiste, mercantile, de consommation qui ruinera le monde ancien des héros et des saints.

Il y a le portrait vindicatif de Jaurès. Et à travers cette charge, le bréviaire du patriotisme de gauche. Les adversaires et les partisans de Dreyfus ne s'opposent pas sur l'amour de la patrie ou son désaveu. En vérité, ce sont deux manières de concevoir « le salut éternel de la France ». Pour les anti-dreyfusards, on ne doit pas déshonorer la patrie par souci du sort, fût-il injuste, d'un seul homme. Pour les dreyfusards, on ne peut sacrifier la justice, fût-ce pour un seul homme, sans déshonorer la patrie. Créon contre Antigone.

Je pourrais continuer l'énumération des entrées et des genres de ce livre si profond, si singulier, si bouleversant. Mais je voudrais m'arrêter sur ce qui, en 1993, il y a presque trente ans, fut décisif pour moi. L'éloge de la liberté, de la justice, de la vérité, indissolublement unies dans une même grandeur, la conscience. Magnifique exemple de cet absolu de la conscience : Bernard Lazare qui, libre-penseur, s'opposera à la persécution des congrégations et à Combes, lui qui avait souffert pourtant des violentes hostilités du parti clérical. « Il ne voulait pas qu'on fît aux autres ce que les autres vous avaient fait, mais qu'on ne voulait pas qu'ils vous fissent. »

C'est dans cette idée du primat de la conscience que j'ai trouvé ce jour-là l'autorisation et le moyen de sublimer mon dégoût. Au cœur de la religion dreyfusiste, il y avait, indissolublement mêlées, la charité et la liberté, la justice et la vérité. Or l'esprit de parti compromettait la justice au nom des petits arrangements et il se détournait de la vérité en vertu des disciplines militantes. Il valait mieux demeurer fidèle à soi-même que loyal au parti. Plus jamais depuis lors je n'ai professé une croyance par discipline ni renoncé à défendre une idée qui me paraissait juste au motif qu'elle n'était pas de mon « camp ».

« Rien ne compte que d'être libre. Rien n'est pur que la liberté intérieure. Rien n'est fécond comme le risque où la liberté nous engage. Et se rendre libre est la seule morale. Être libre à ses risques et périls, voilà un homme », a écrit Suarès (personnage oublié et pourtant passionnant) à propos de Péguy.

Ce jour de printemps 1993, je suis entré dans l'âge où l'on se décide à penser par soi-même. Et à défendre ses idées, à qui que cela déplaise. Grâce à la lecture passionnée de *Notre jeunesse*, je suis entré dans l'âge d'homme.

DENIS OLIVENNES

Lu dans les *Cahiers de la Quinzaine*, XI-12,
Paris, 1910.

« Tout fait croire que les deux mystiques vont refleurir à la fois. La républicaine et la chrétienne. »

A priori, je ne devais jamais me frotter à Péguy. Un écrivain oublié, comme il y a des légumes oubliés. C'est vrai que mon prof de français de première – M. Péru –, un chauve érudit en manteau de loden, évoquait son nom de temps en temps. Mais il agaçait aussi en répétant que nous étions bien trop jeunes pour ressentir la poésie de Baudelaire dans ce qu'elle avait de tellurique. Bon, comme c'était au programme du bac, il consentait à nous faire grâce de son cours. C'était un émerveillement.

Péguy, lui, n'était pas au programme du bac. Et je ne devais donc pas en savoir plus sur *Notre jeunesse*, ni sur aucun autre texte de cet écrivain qu'évoquait parfois tel ou tel homme politique un peu lettré. C'était aussi un autre temps.

Et pourtant, le jeune Français juif, fils de réfugié, tourmenté par l'antisémitisme encore prégnant de la France giscardienne, aurait pu puiser dans ce précis sur la nation française un grand réconfort moral.

Parce que nul mieux que Péguy ne dézingue mieux les vieilles antiennes antisémites. Mais aussi par ce qu'il dit de l'affaire Dreyfus : qu'elle est une affaire « élue », comme il y a un peuple élu. Comprenez, une affaire qui « ne finira jamais », une affaire qui s'élève bien au-dessus de son époque, et de tous ses protagonistes (à commencer par le premier intéressé) pour que puisse se rencontrer trois mystiques : « la mystique française, la mystique juive et la mystique chrétienne». Combien j'aurais aimé lire cela à dix-huit ans!

Parce que, enfin, je découvre que Péguy est l'auteur de cette maxime qui est depuis longtemps un de mes mantras: «Il faut toujours dire ce que l'on voit. Surtout il faut toujours, ce qui est plus difficile, voir ce que l'on voit.»

Il aura donc fallu ce que les médias appelèrent «la crise du modèle républicain» (on ne parlait pas du tout de cela dans les années 1980), pour que je me penche finalement sur cet écrivain mort, sur les champs de bataille de la Marne, alors que commençait précisément le XXe siècle.

On est donc avant la Grande Guerre, avant la boucherie qu'elle a été, avant le fascisme, le nazisme, avant les camps, avant Vichy et avant la résurrection gaulliste, avant les Trente Glorieuses, et bien sûr avant la société de consommation, la société de la bagnole, des voyages en avion, avant le numérique et, enfin, avant les réseaux sociaux. On est avant les tragédies et les avancées héroïques du XXe siècle. Et pourtant, on pourrait écrire aujourd'hui, au mot près, ce qu'écrit Charles Péguy, à défaut d'écrire comme lui.

Péguy, lorsqu'il veut comprendre «comment est tissé, comment est tissu» ce peuple français (un échantillon de son style), est bien notre contemporain, notre frère.

Ce socialiste fraîchement converti au catholicisme, nous dit, en 1910, que «le mouvement de dérépublicanisation est profondément le même mouvement que le mouvement de sa déchristianisation» (triple répétition, là encore style typiquement péguyste). Il nous dit aussi que l'affaire Dreyfus aura été «le soubresaut suprême de la mystique républicaine» et qu'elle a disparu (provisoirement, dit-il) lorsque les dreyfusistes, avec lesquels il est brouillé, en ont fait une politique pour régler son compte au pouvoir des curés.

On peut d'ailleurs extrapoler et appliquer, par exemple, le même distinguo entre mystique gaulliste et politique gaulliste. De Péguy à de Gaulle, une même idée de la France.

Péguy réconforte aussi ceux qui sont désespérés par la médiocrité des débats actuels. Quand il rompt des lances avec tout le monde « politique » : avec Maurras et l'Action française, avec Jaurès, avec les radicaux « combistes », avec les politiciens dreyfusistes, avec le dreyfusisme gouvernemental (celui de Combes) qui retourne l'Affaire à son avantage contre le christianisme et avec Dreyfus lui-même, auquel il reproche de ne pas être à la hauteur de son mythe. Ici, Péguy me paraît un peu illuminé, presque possédé quand il dit méchamment de Dreyfus qu'il aurait fait un « bon homme d'affaires », parce qu'il n'est pas allé jusqu'au sacrifice de sa personne pour le salut de la France.

En somme, nous vivons peut-être, comme Péguy en 1910, une simple « période », un entre-deux, et non une « époque ». Il aura fallu deux guerres mondiales, la défaite de 1940 et la collaboration dans laquelle la France est tombée, avant de se relever, grâce au général de Gaulle. Lire *Notre jeunesse* nous aide à nous poser cette question : jusqu'où pousser la comparaison avec les années 2020 ?

SYLVAIN ATTAL
Lu dans l'édition numérique FV, 2017.

VICTOR-MARIE, COMTE HUGO (1910)

> « *Quarante ans est un âge terrible. Car il ne nous trompe plus. Quarante ans est un âge implacable. Il ne se laisse plus tromper. Car c'est l'âge où nous devenons ce que nous sommes.* »

Personne n'est à l'abri de se fâcher avec de vieux amis. Avec les plus proches d'entre eux, les blessures sont parfois plus longues à cicatriser. En effet, ce sont souvent ceux qui perçoivent le mieux le décalage entre notre nature profonde et le visage trompeur que nous offrons au monde dans un moment de faiblesse. Mais chacun sait-il vraiment de quel bois il est fait ?

Entre Charles Péguy et son ami Daniel Halévy, il n'est nullement question d'une querelle pour une femme ou pour une dette. Non, tout se cristallise autour du point de discorde le plus éminent de l'époque : l'affaire Dreyfus. Le directeur des *Cahiers de la Quinzaine*, farouche défenseur du capitaine, reproche à son ami Halévy l'écriture d'un texte où il ne prend pas assez franchement parti à son goût, même si dans le fond, il est dreyfusard lui aussi. Une contribution qu'il avait prévue de publier dans sa revue, au printemps 1910. Le ton monte par textes interposés, tel un clash dans le rap game, et le duel est proche. Mais Péguy finit par calmer le jeu et écrit un nouveau texte, *Solvuntur objecta*, qui deviendra plus tard le livre *Victor-Marie, Comte Hugo*, édité à l'automne de la même année.

Il y présente des excuses à son vieil ami, et tente d'analyser les conditions sous-jacentes, presque inconscientes, de leurs divergences. Toutefois, il dévie rapidement du sujet initial pour se muer en critique littéraire, évoquant notamment Racine, Corneille et Victor Hugo, donc.

Pour autant, il y a, dans les propos liminaires de l'auteur, une fantastique analyse du passage à l'âge adulte, qui mérite qu'on s'y attarde.

Péguy explique à son ami qu'il est un enfant du peuple et de la campagne, tandis que lui reste et restera toujours un « bourgeois bourgeoisant » prêt à remuer le couteau dans la plèbe. Leur dispute serait donc de nature quasi bourdieusienne : les deux amis n'entendent pas et ne comprennent plus le monde de la même façon. Et cela ne peut aller en s'arrangeant puisqu'à mesure que les années passent, Péguy embrasse pleinement sa nature de paysan dont il avait, par moments, abandonné les oripeaux. La spirale du temps ne l'effraie pas, au contraire. Il s'imagine bien en vieillard courbé, une canne à la main, réjoui par une « inclinaison commençante générale vers la terre nourricière ». Il a trente-sept ans et écrit : « Quarante ans est un âge terrible. Car il ne nous trompe plus. Quarante ans est un âge implacable. Il ne se laisse plus tromper. Il ne nous en conte plus. Il ne cache rien. On ne lui cache rien. Il ne nous cache plus rien. Tout se dévoile ; tout se révèle. Tout se trahit. [...] Car c'est l'âge où nous devenons ce que nous sommes. »

Ce que nous dit Péguy, c'est que l'horizon de la quarantaine l'aide à renouer avec les racines profondes de son être paysan. À embrasser une nature authentique qui fut muselée par les combats idéologiques, politiques, littéraires, aussi nobles soient-ils. Il ne peut plus échapper à sa nature profonde, il doit apprendre à se connaître lui-même. Et surtout, il en a enfin l'opportunité.

L'auteur de ces lignes se prépare à rencontrer le démon de midi avec embarras et embonpoint, mais on comprend à travers les mots de Péguy que la crise de la quarantaine n'est pas un châtiment, plutôt une chance formidable de devenir enfin soi-même. L'enfant est une projection parentale, « ce monstre que les adultes fabriquent avec leurs regrets », comme l'écrivait Jean-Paul Sartre. L'adolescent est une projection fantasmatique, où je est toujours un autre. Quant au jeune adulte, il est une projection sociale, un je de société.

Avoir quarante ans, ce n'est ni renier le passé, ni vivre avec la nostalgie du futur. C'est prendre place sur un fauteuil confortable, avec sa boisson préférée, pour une rétroprojection sur un mur vierge, prêt à accueillir les images d'un avenir et non d'un destin.

NICOLAS TORJMAN

Lu dans la collection Blanche, Gallimard, Paris, 1934.

PORTRAITS D'HOMMES (1911)

« Vous, Péguy, vous avez un vice. Vous vous représentez, vous avez la manie d'imaginer la vie de tout un monde autrement que les titulaires n'en disposent. Et d'en disposer à leur place, pour eux. »

Portraits d'hommes! Un recueil de textes incontournable pour cerner la pensée et le tempérament de Charles Péguy, lui qui en homme droit et franc, exigeait des autres une même exemplarité. Voilà une galerie de portraits au fil desquels nous découvrons des hommes (six au total) mais aussi (et surtout) Péguy lui-même, Péguy en personne – de son rapport à l'Autre à sa vision sur la société de son temps. Double découverte: *Péguy et les autres*; *Les autres par Péguy*. Verve et puissance d'expression; sincérité non feinte et acuité à cerner l'Humain dans ses travers et ses compromissions, voilà autant de qualités (ô combien manquantes aujourd'hui) qui font de ce texte (et de Charles Péguy), un incontournable, un intemporel. Ces portraits sont rédigés entre 1900 et 1910 – il traverse alors la trentaine. Quoique d'une jeune maturité (les faiseurs de *Portraits* se lancent traditionnellement plus tard dans une telle entreprise), Péguy, passionné et énergique, nous livre un tableau, sans concession aucune, de quelques figures historiques qui eurent tantôt, son admiration, tantôt sa méfiance. Car, Péguy est loin d'être qu'un simple louangeur (vérité oblige!).

Il y a Dreyfus. Dreyfus l'homme. Dreyfus de l'Affaire. Dreyfus, l'homme coupé en deux, en quatre, en mille morceaux. Dreyfus, figure publique à son corps défendant, vedette malgré lui, héros non consentant, résistant cerné par l'ennemi. Dreyfus, l'homme jeté aux chiens antisémites, puis vidé lentement, discrètement, sournoisement de toute vie privée, de toute intimité psychique. Dreyfus, dépouillé, dévalisé, déshabillé, déchaussé, dépiauté, déplumé, désossé. La vérité lui est interdite. La tragédie lui est imposée. De lui, tout est scruté, inspecté, déformé, manipulé, exploité, puis utilisé à charge par des procureurs-tricoteurs, inspecteurs-détrousseurs, avides de chair juive, affamés de scandales. L'antisémitisme, ce vieux démon français, tare pluriséculaire non encore exorcisée, purgée, anéantie... Et puis, derrière ou devant, devant ou derrière, il y a Monod, le cher ami, le *jusqu'au-boutiste* qui veille sur celui dont la vie n'est plus que tragédie (« On dirait qu'il y a une fatalité. On dirait que c'est un homme qui est marqué d'une fatalité. Il ne sort point constamment du malheur »). Et puis, Zola. Le grand Zola, celui dont le « J'Accuse » est aujourd'hui encore, un universel pour tout combattant de la vérité; celui qui reste, pour la postérité, l'homme de l'Affaire Dreyfus. Son journal, *L'Aurore*, ouvert aux engouements, « rebelle aux enrouements », aux enrôlements, nous rappelle (non sans nostalgie), le pouvoir qu'avait alors la presse écrite avec ses journalistes en place, en piste, libres. Péguy nous fait redécouvrir Zola. Ou plutôt, Zola au pluriel. Le Zola nostalgique de son Paris. Le Zola vieilli aux traits tirés, trônant dans sa maison bourgeoise : paysan, trapu et fatigué, et pourtant robuste et solide. Le Zola spectateur, révolté par les abus des uns, les mesquineries des autres – actes d'autant plus nuisibles qu'ils sont sournois, les méchants s'activant toujours en coulisses. Il y a Jaurès. L'homme public, le tribun, capable d'entraîner derrière lui toute une foule. L'homme déjà auréolé de son vivant, symbole de la gloire socialiste. Un homme bon, disait-on, volubile et dynamique ; un grand marcheur, disait-on, aimant le grand air et les commencements de l'automne, aimant Paris et ses décors industriels. Derrière ce premier Jaurès, il y a aussi le second. L'autre, le faux-ami du peuple, le vendu qui capitule. C'est celui dont Péguy déplore les hésitations politiques au début de l'Affaire Dreyfus. C'est celui encore dont Péguy singe les tendances démagogiques : « Sa complicité dans la démagogie combiste avait achevé de consommer leur séparation dont le point d'origine se perdait dans les établissements de nos plus anciennes relations. » Rupture entamée, amitié brisée dont Péguy nous fait par ailleurs le récit. Lors de leur dernière entrevue, il décrit un homme (étranger désormais), le Jaurès en fin de course, lassé, voûté, ravagé, le Jaurès à l'optimisme envolé : « C'est une grande pitié quand deux hommes, qui ont vécu ensemble d'une certaine vie, après une longue et définitive interruption d'eux-mêmes se remettent ou par les évènements sont remis dans les conditions extérieures de cette ancienne vie. » Et puis Renan : historien de renom et pourtant renié, rogné par la mémoire collective. Lui, pourtant moderne, épris de vérité ; lui, breton et catholique, vite instrumentalisé par les anticléricaux mais vite respecté par l'Eglise ; lui encore, qui joue au mondain du XVIIe siècle pour mieux dissimuler sa nature mélancolique. Lui, homme fin, méditatif, métaphysicien dont les textes quoiqu'ardus (sévère reproche !) contiennent une étonnante finesse. Et puis, il y a Clémenceau, l'emblématique, l'incontournable. Celui dont Péguy loue les vertus (féroce mais droit, sévère mais adepte de mots d'esprit), fouille le tempérament (authentique et féroce), exalte les qualités oratoires (que de verve, de verbe !). Car Clémenceau sait changer ses défauts en qualités. Ou plutôt, il est, de ces politiciens restés hommes… Enfin, Bernard Lazare, l'écrivain, le critique, le journaliste, l'anarchiste (il est un peu de tout cela). Lazare est un esprit libre, épris de justice et d'égalité. Premier dreyfusard, né juif mais « très sincèrement athée », Lazare s'investit très tôt pour la cause juive. Jusqu'à sa mort, il portera la souffrance du peuple juif : « Toute une race, tout un monde sur les épaules, une race, un monde de cinquante siècles sur les épaules voûtées ; sur les épaules rondes, sur les épaules lourdes ; un cœur dévoré de feu, du feu de sa race, consumé du feu de son peuple ; le feu au cœur, une tête ardente, *et le charbon ardent sur la lèvre prophète.* »

Voici des noms, des visages, des corps, des voix. Au fond, c'est d'abord la voix de Péguy que l'on entend. Ne nous y trompons pas ! Derrière ces portraits qui progressivement se dessinent et se précisent, c'est Péguy que l'on voit, oui Péguy en personne. *Charles Péguy par Charles Péguy* ; *Autoportrait de Péguy vu par lui-même au seuil de la quarantaine.* Péguy se déshabille (en acte), là face à nous, le voilà déjà nu : pêle-mêle, il évoque ses origines (paysannes et analphabètes), ses espoirs défunts (son rêve d'honorabilité universitaires), ses refus (celui de « faire peuple »). En un sens, Péguy *capitule* – pas la capitulation à la Jaurès. Il capitule, positivement, glorieusement, s'exposant plus que jamais, tel qu'il est. En 1910, il se projette déjà vieillard : « Je finirai comme le général [...] Je serai un vieux cassé, un vieux courbé, un vieux noueux. Je serai un vieux retors. Je serai peut-être un vieux battu (des évènements de cette gueuse d'existence). Je serai un vieux rompu, un vieux tordu, un vieux moulu, un vieux tortu, toutes les rimes (populaires) en u, sauf deux (ou trois) dont l'une est que je ne serai certainement pas un vieux cossu. » Il meurt, quatre ans plus tard d'une balle au front. Le corps touché.

MAXIME LESOUR

Lu dans l'édition *Œuvres choisies 1900-1910*, Grasset, Paris, 2014.

LE PORCHE DU MYSTÈRE DE LA DEUXIÈME VERTU (1911)

« Il y a dans ce qui commence une source, une race qui ne revient pas.
Un départ, une enfance que l'on ne retrouve, qui ne se retrouve jamais plus.
Or la petite espérance
Est celle qui toujours commence. »

Je suis entrée dans Péguy par sa poésie, donc par sa voix la plus intime. C'est en outre par la poésie qu'on devrait entrer dans la littérature, en empruntant la voie la plus élevée. L'ambition d'atteindre les cimes, si elle demande effort et engagement, se trouve largement récompensée par le plaisir de boire, *comme une pure et divine liqueur, le feu clair qui remplit les espaces limpides*. La parole poétique, par sa singularité, creuse le langage de chemins inexplorés et le réinvente. Les mots – tout de justesse et de concision – ne débordent ni ne se répandent, chacun possédant sa parfaite place. Nul bavardage ou phrase inutile. J'ai découvert en Péguy une voix poétique puissante et originale.

Le Porche du mystère de la deuxième vertu est devenu, après quelques pages seulement, le livre que j'ai envie d'offrir. Je suis pourtant une michulssienne convaincue et rien jamais n'avait pu détrôner mon Henri. *Le Porche du mystère de la deuxième vertu* l'a fait. Ce long poème – un chant, une prière inspirée, une incantation, une fulgurance – m'évoque Claudel et me rappelle l'*Antigone* d'Anouilh. Il y a de la poésie mise en scène dans ce Péguy, et je ne serais pas surprise qu'un metteur en scène de la dimension de Claude Régy – malheureusement disparu – s'en empare pour le porter sur les planches.

Péguy est chrétien, certes, mais il n'est ici question de religiosité. Il s'affranchit de toute bigoterie, de tout fanatisme religieux à l'aspect souvent mortifère pour atteindre, avec une grâce éblouissante, ce vers quoi la prière devrait nous conduire : une porte vers le Sacré. Sa parole, construite par phrases courtes – flèches droites et affûtées, au vocabulaire empreint d'humilité et aux multiples répétitions incantatoires –, nous touche par sa ferveur et sa simplicité. S'en dégage un élan et une joie enfantine, une certaine innocence, loin de toute figure martyre ou de crucifixion douloureuse. Pour Péguy, le miracle de la foi est chose heureuse. Elle l'est d'autant plus qu'elle n'est jamais acquise ; ce n'est qu'en 1908 que Péguy confesse à son ami Joseph Lotte : « Je ne t'ai pas tout dit... J'ai retrouvé ma foi... Je suis catholique. » C'est donc à travers une foi retrouvée, renouvelée – une foi qui a transcendé le malheur et les désillusions – que Péguy compose ce *Mystère*. On comprendra aisément l'importance de l'espérance dans cette spiritualité reconquise, son rôle essentiel.

Parmi les trois vertus théologales, l'espérance est, pour Péguy, « la plus difficile et la plus agréable à Dieu ». L'espérance, symbolisée par une petite fille, guide les deux autres vertus : la foi et la charité. Elle possède toutes les qualités de l'enfance : la force de l'enthousiasme, la relation directe à l'absolu et le désir de croître. Ce texte, qui s'adresse à l'âme d'enfant qu'une poignée d'êtres défendent et sauvegardent, n'est pas sans rappeler « la petite voie » de la jeune Thérèse de Lisieux. Croire en la bonté de Dieu, en ses multiples grâces. Péguy nous parle ici avec un cœur d'enfant, empli de pureté mais sans niaiserie aucune. Tous les enfants sont voyants, donc poètes. Péguy le poète écrit cette œuvre en 1911 ; Péguy le voyant pressent-il les tragédies à venir ?

Dans une époque de confusion, de crises et de perte de sens, où Dieu est un lointain souvenir nous ayant abandonné à toutes sortes de spiritualités douteuses, il devient urgent – nécessaire – de lire ce chant d'espérance. « Les plus *espérés* sont les chants les plus beaux et j'en sais d'immortels qui sont de purs *joyaux.* »

Immortel et intemporel, tel apparaît ce *Mystère de la deuxième vertu*. Ces lignes, datées d'aucune époque, existent au-delà de tout contexte : elles auraient pu être écrites il y a mille ans ou la semaine dernière. À travers ce texte touché par la grâce, Péguy nous rappelle aussi le rôle exigeant de la poésie : l'expérience d'un temps qui ne trace plus d'horizontale mais qui s'élève, droit, vers l'infini d'un ciel où règnent le chant des anges, les visions du poète et la voix immuable de la littérature.

ANNE-CLAIRE ONILLON

Lu dans l'édition Poésie Gallimard, Paris, 2019.

L'ARGENT (1913)

« Il ne faudrait pas dire les grands mots, mais enfin le modernisme est un système de lâcheté. La liberté est un système de courage. »

Tout le monde est devenu bourgeois. C'est à ce constat grave et solennel qu'est parvenu Charles Péguy dans *L'Argent* en 1913, faisant face à l'effondrement d'un monde, le sien. Mais s'il n'en est pas question dans ce texte de chrématistique aristotélicienne, il n'en demeure pas moins que Péguy nomme clairement l'ennemi : la bourgeoisie. Plus qu'un portefeuille, elle est une pensée, une culture, une religion et son influence pernicieuse étend continuellement son empire depuis que le progrès est devenu sa nouvelle idole. Lire *L'Argent*, c'est ouvrir une capsule temporelle pour comprendre l'époque, la sienne et la nôtre en miroir, et surtout le fléau qui gangrène le cœur des hommes. Plus d'un siècle après la parution de ce texte, on constate avec horreur que Péguy était bel et bien prophète et qu'à défaut d'observer ses mises en garde, nous avons érigé le veau d'or comme symbole universel.

Alors que nos villes deviennent des nécropoles dont les tours cyclopéennes surveillent les processions honteuses de ces masses sacrifiées sur l'autel du productivisme, on chante encore à tue-tête les louanges du progrès. Pourtant, ce monde désenchanté, désincarné, ce monde qui ne compose plus que par des calculs froids, ce monde-là s'est imposé comme une évidence par le culte du progrès. Lorsque l'on réalise cela, on ne peut que penser que Péguy est, comme Nietzsche, né posthume. En pointant les nuages noirs qui se profilaient hier, il nous permet de comprendre les rouages du déluge présent. Ainsi, en aimant sa nation, ses traditions, son peuple, Péguy aimait l'humanité tout entière, non pas pour son utilité, sa valeur marchande, mais pour ce qu'elle est. Peut-être est-ce cela que peinent à comprendre ces nouveaux croisés qui cherchent à raviver des feux qui n'ont jamais brûlé. Péguy n'était pas réactionnaire, il était révolté. Mais plutôt que de poursuivre des chimères, des faux prophètes aux mots sanglants, il sait que le monde qu'il a connu enfant ne renaîtra plus et il en mesure tout le tragique. Ceux-là mêmes qui appellent aujourd'hui à faire marche arrière n'ont-ils donc jamais lu Péguy ?

Si *L'Argent* est un cri de révolte, il doit désormais trouver de l'écho dans nos consciences. Comme Péguy l'écrivait déjà trois années auparavant dans *Notre jeunesse* : « Il faut toujours dire ce que l'on voit. Surtout il faut toujours, ce qui est plus difficile, voir ce que l'on voit. » Depuis trop longtemps nous nous réfugions dans des mots qui ont perdu toute leur substance. Les discours littéraires dont les paroles creuses n'invoquent plus aucune action n'ont pour seul effet que de cristalliser les frustrations. Hier comme aujourd'hui, l'heure est à la rupture. Oui, rupture avec cette religion du progrès pour le progrès dont la poursuite effrénée en quête d'un arrière-monde toujours plus loin, toujours plus flou, mène désespérément au nihilisme. Si ceux qui nous ont précédé ont choisi d'ignorer la vision de Péguy, il nous incombe de nous replonger dans ses œuvres pour en saisir toute l'urgence.

À l'ère de l'agora mondiale, *L'Argent* nous offre la possibilité de recomposer avec notre humanité, de nous extraire d'un présent suffoquant en dissociant le progrès d'un lendemain forcément meilleur et le passé de vieilles reliques archaïques. Plutôt que d'appeler au retour en arrière, il nous invite à regarder le chemin parcouru pour ne pas nous perdre sur des chemins obscurs. Charles Péguy, ce grand éclaireur.

CHARLES SEBAG
Lu dans l'édition FV, 2017.

LA TAPISSERIE DE NOTRE DAME (1913)

« Ce qui partout ailleurs est un accablement
N'est ici que l'effet de pauvre obéissance.
Ce qui partout ailleurs est un grand parlement
N'est ici que l'effet de la seule audience.»

Un pèlerinage est un long poème ambulant, une incantation silencieuse où chaque pas cherche la rime avec le précédent. Celui que Péguy entreprend à Chartres en 1912 a pour origine une muette douleur : la maladie de son fils. Craignant pour la vie de celui-ci, le directeur surmené des *Cahiers de la Quinzaine* décide d'accomplir en trois jours et trois étapes près de 200 kilomètres depuis Paris pour confier le salut de son enfant à la Vierge Marie. Itinéraire qui débute au pied de Notre-Dame avant d'emprunter les routes poudreuses de la Beauce à travers une mer d'épis blonds. De fermes et de bois. Péguy écrit comme il marche, d'un même rythme buté, récurrent, infatigable. Usant et abusant de répétitions. Anaphores et épiphores, symploques et anadiploses. Comme s'il tournait toujours et encore dans sa tête le même vers. La même phrase. La même idée obsédante. Ainsi, lorsqu'il voit s'élever la flèche de la cathédrale de Chartres au-dessus du moutonnement des blés, s'écrie-t-il, foudroyé :

Voici la nudité, le reste est vêtement.
Voici le vêtement, tout le reste est parure.
Voici la pureté, tout le reste est souillure.
Voici la pauvreté, le reste est ornement.

Voici la seule force et le reste est faiblesse.
Voici l'arête unique et le reste est bavure.
Et la seule noblesse et le reste est ordure.
Et la seule grandeur et le reste est bassesse.

Voici la seule foi qui ne soit point parjure.
Voici le seul élan qui sache un peu monter.
Voici le seul instant qui vaille de compter.
Voici le seul propos qui s'achève et qui dure.

Tout est là. La nudité. La pauvreté. La grandeur de la foi. Seule réponse possible au drame qui menace au même instant la quiétude de son foyer. Si Péguy a célébré, dans ses poèmes précédents, le mystère de la charité ou celui de l'espérance, ici c'est l'humilité qui est reine. Péguy a choisi de quitter Paris et « sa liberté décevante et totale » pour s'en remettre à plus grand que lui. D'oublier sa « boutique », grandes ambitions et petites mesquineries, vains calculs et dures débâcles pour s'avancer seul sous le regard de Notre-Dame. En réalité, il n'avance même pas sur cette route ; il recule à l'intérieur de lui-même. Il n'enchaîne pas les alexandrins ; il se déleste de tous ses mots. Son style est une ascèse. Écrire, comme marcher, est une manière de s'épuiser. De voyager pour parvenir en son centre. Et le centre de l'univers pour Péguy sera à jamais ce vaste vaisseau de pierre posé aux confins de la Beauce.

Voici le lieu du monde où tout rentre et se tait,
Et le silence et l'ombre et la charnelle absence,
Et le commencement d'éternelle présence,
Le seul réduit où l'âme est tout ce qu'elle était.

C'est là-bas, dans la nef de l'auguste cathédrale gothique, qu'il dépose son ultime prière à Notre Dame. Prière d'un père. Prière d'un poète. Prière d'un saint homme. Prière qui comme toute véritable prière ne demande rien. N'attend rien. Un feu ardent dont les paroles sont les dernières cendres. Et Notre Dame l'entendra. Et Notre Dame l'exaucera. Son fils survivra.

THIBAULT DE MONTAIGU

Lu dans l'édition de la Pléiade, *Œuvres poétiques complètes*, Paris, 1957.

ÈVE (1913)

« Heureux ceux qui sont morts pour quatre coins de terre. »

Charles Péguy était un homme minutieux. Je n'en ai pas la preuve formelle, mais je le suppute. Il aurait donc approuvé ma requête à l'endroit du directeur de cette revue. Je voudrais que les vers que je m'apprête à commenter ne soient pas égarés dans un encadré, si fleuri soit-il, à côté de ma prose. J'aurais trop peur que le lecteur, avide de me lire, en oublie de déguster ces vers admirables. Aussi souhaité-je enfermer ce trésor dans le corps de mon texte, afin que nul, sauf à être un tricheur récidiviste, ne puisse se dispenser de le lire ou le relire. Il s'agit de 28 vers sublimes tirés des 7 644 que compte le poème *Ève*, écrit par Péguy un an avant sa mort, en 1913.

Heureux ceux qui sont morts pour la terre charnelle,
Mais pourvu que ce fût dans une juste guerre.
Heureux ceux qui sont morts pour quatre coins de terre.
Heureux ceux qui sont morts d'une mort solennelle.

Heureux ceux qui sont morts dans les grandes batailles,
Couchés dessus le sol à la face de Dieu.
Heureux ceux qui sont morts sur un dernier haut lieu,
Parmi tout l'appareil des grandes funérailles.

Heureux ceux qui sont morts pour des cités charnelles.
Car elles sont le corps de la cité de Dieu.
Heureux ceux qui sont morts pour leur âtre et leur feu,
Et les pauvres honneurs des maisons paternelles.
Car elles sont l'image et le commencement

Et le corps et l'essai de la maison de Dieu.
Heureux ceux qui sont morts dans cet embrassement,
Dans l'étreinte d'honneur et le terrestre aveu.

Car cet aveu d'honneur est le commencement
Et le premier essai d'un éternel aveu.
Heureux ceux qui sont morts dans cet écrasement,
Dans l'accomplissement de ce terrestre vœu.

Car ce vœu de la terre est le commencement
Et le premier essai d'une fidélité.
Heureux ceux qui sont morts dans ce couronnement
Et cette obéissance et cette humilité.

Heureux ceux qui sont morts, car ils sont retournés
Dans la première argile et la première terre.
Heureux ceux qui sont morts dans une juste guerre.
Heureux les épis mûrs et les blés moissonnés.

Commençons, pour mieux s'en débarrasser, par un commentaire technique. Construits sur le mode de l'anaphore, ces 28 vers fourmillent de subtils et judicieux tropes. Métonymies, synecdoques, syllepses de métonymie et syllepses de synecdoque, personnification, allégorie, subjectification, et autres métaphores, auxquelles s'ajoutent de classiques figures de style, comparaison, imitation, réversion, enthymémisme, ou conglobation.

Je suppute, puisque c'est le jour des supputations, que Péguy était un adorateur du « Fontanier » – c'est ainsi que les membres de la secte nomment l'ouvrage de référence, *Les Figures du discours*, écrit par le grammairien Pierre Fontanier entre 1820 et 1830.

Commentaire biographique et factuel, ensuite. Si l'on en croit, et pourquoi ne pas la croire, l'encyclopédie Wikipédia, la fin de Charles Péguy se raconte ainsi : « Lieutenant de réserve, il part en campagne dès la mobilisation en août 1914, dans la 19e compagnie du 276e régiment d'infanterie. Il meurt le 5 septembre, en Goële, près de Meaux, lieu essentiel des combats de la bataille de l'Ourcq à la veille de la première bataille de la Marne, tué d'une balle au front, alors qu'il exhortait sa compagnie à ne pas céder un pouce de terre française à l'ennemi. Il serait mort, selon l'un de ses camarades de combat présents à ses côtés, en disant : "Oh mon Dieu, mes enfants..."

Selon le maréchal Juin, le 5e bataillon du 276e RI, dans lequel se trouvait Charles Péguy, est venu en soutien sur le flanc gauche de l'attaque de Penchard, menée par une brigade marocaine, pour une mission de sacrifice sur un terrain à découvert. L'attaque échoua faute d'une préparation d'artillerie. »

En relisant les vers visionnaires écrits par Péguy quatre saisons plus tôt, les poils se dressent. Tout y est : les quatre coins de terre charnelle, la juste guerre (l'épithète « juste » n'engage que son auteur, mais c'est bel et bien la conviction de Péguy), les grandes batailles, l'embrasement, la mort solennelle, l'obéissance, l'humilité, l'âtre de la maison paternelle en toile de fond comme une raison de faire, et puis l'œuvre littéraire aboutie et léguée en mourant aux générations à venir, avec la sublime métaphore des épis mûrs et des blés moissonnés.

Si Péguy était mort « par accident », on parlerait de vers prémonitoires. Mais lorsqu'on connaît la suite, c'est plutôt l'idée de testament qui surgit, l'idée d'une profession de foi et d'une conduite à tenir. Charles Péguy est mort trait pour trait de la mort noble, glorieuse, de la mort qui vous fait « heureux » devant l'Éternel, qu'il avait chantée dans *Ève*. Il donne le sentiment d'avoir accompli son destin.

On pense alors à Guillaume Apollinaire, mort en 1918 des suites de la même guerre et qui portait en lui comme Péguy le mythe d'un destin accompli, écrivant dans *Marizibill* en 1913, la même année que Péguy écrivait *Ève*, l'épitaphe qui siérait le plus mal à Péguy, l'oraison funèbre qui raconte tout ce que Péguy n'était pas.

Je connais gens de toutes sortes
Ils n'égalent pas leurs destins
Indécis comme feuilles mortes

Leurs yeux sont des feux mal éteints
Leurs cœurs bougent comme leurs portes.

Et pour finir, ne reculant devant aucune audace, un commentaire esthétique. Vite expédié, car je ne saurai que redire l'insondable et éternel mystère du « beau ». Ces vers sont beaux, je le sais, mais je ne peux ni vous en convaincre ni le démontrer.

La *Nuit étoilée sur le Rhône* de Vincent Van Gogh, c'est beau, il faudra me passer sur le corps pour que je dise le contraire. Mais si vous me dites que ce tableau ne vous touche pas, je ne peux rien pour vous. C'est tout juste si je ne vous tiens pas pour un menteur.

Le *Trio en mi bémol majeur* de Franz Schubert, c'est beau, j'en ai l'intime certitude. Mais si vous me dites que cette musique vous casse les oreilles, je ne sais que vous plaindre.

La Grande Mosquée de Cordoue, c'est beau. Le désert du Kalahari, c'est beau. Les ciels de Camille Corot, c'est beau, les ciels de Palerme et de Cracovie, c'est beau.

La vie, c'est beau. Heureux ceux qui le sentent ainsi.

La poésie de Péguy, c'est beau.

Je n'ai rien à ajouter.

FRANÇOIS ROLLIN
Lu dans l'édition numérique Alicia, Paris, 2018.

NOTE SUR M. BERGSON ET LA PHILOSOPHIE BERGSONIENNE (1914)

« C'est une des plus grandes sources de sophisme et d'erreurs, cette négligence qui consiste à ne pas considérer, à négliger de considérer que du tout neuf n'est pas forcément du tout nouveau. »

Nul n'ignore, ou si peu, que Charles Péguy fut et demeura un bergsonien – tout du moins, après cette phrase. Affirmons-le : Péguy fut et demeura, durant sa vie courte de philosophe, de poète, d'écrivain, d'intellectuel, de directeur des *Cahiers*, un bergsonien. Pas un bergsonien radical, encore moins un bergsonien d'occasion, pas vraiment un bergsonien spécialiste, pas non plus un bergsonien commentateur, mais un *bergsonisateur*, assurément. Péguy fut bergsonien à sa façon, à sa manière, comme il l'entendait, comme il entendait toujours tout. Péguy fut bergsonien d'intelligence et de sensibilité.

C'est à l'École normale supérieure, élève, que le jeune Charles se bergsonisa, profitant durant deux ans de l'enseignement du maître, de celui qui resta son maître, y compris après son départ de l'école, *i.e.* Henri Bergson (1859-1941). À vrai dire, on ne sait pas bien si Péguy fit l'objet d'une bergsonisation, comme cela arrive parfois, ou s'il trouva dans la pensée de Bergson, pensée vitaliste, pensée du mouvement, pensée de la durée, pensée de l'intériorité, pensée libératrice, pensée du *se faisant* et non du *déjà fait* (nous y reviendrons), ce dont il avait toujours eu le sentiment et l'intuition intérieurement.

Entre le bergsonisme et Péguy, il y a donc compatibilité, c'est un *match* garanti. Enfin, presque garanti. Car cette concordance n'implique pas que le péguysme soit un bergsonisme, qu'il ne soit rien d'autre qu'une modalité de cette philosophie. Péguy n'est pas thuriféraire. Le péguysme, c'est du péguysme – et pas moins. Si les deux partagent un certain nombre d'intuitions, leurs conclusions s'opposent. Résolument pessimiste, la pensée de Charles s'écarta de celle d'Henri. Si Henri considérait, faisant confiance à la spontanéité créatrice, l'advenue du meilleur et du mieux comme inévitables, Charles, lui, ne put s'empêcher de penser le progrès en termes de dégradation, de déchéance, de déclin. Pour Charles, le monde moderne se meurt, s'agonise, s'enferme dans le médiocre d'une pensée déterministe, ayant aboli Dieu au profit de lois toutes mathématisantes, toutes sociologisantes, toutes systématisantes, toutes *trompeusifisantes* (sur ce point, voir *Heureux les systématiques*). Toujours selon Péguy, la modernité consacre le règne de ce que l'on pourrait nommer une *métaphysique arriérée,* voire une *métaphysique postiche*.

N'importe, Charles doit à Henri et il le reconnut. Toute son œuvre, sa stylistique, les élans de sa prose, ses circonvolutions, sa grandiloquence, ses répétitions, ses mille trajectoires ouvertes pour un seul chemin suivi, le démontrent. La pensée de Péguy s'imprégna du bergsonisme, pour le prolonger, pour le contredire, pour le trahir, pour l'approfondir, pour l'exemplifier, mais aussi pour le soumettre. Ce furent quelques idées simples (l'intuition, la durée, l'élan vital...) que Charles poursuivit, et qui proliférèrent au sein de son œuvre. Bergson put fleurir dans le jardin de Péguy.

Ainsi, ce texte, *Note sur M. Bergson*, l'un des derniers du directeur des *Cahiers* (1914), est consacré à tout, sauf à Bergson, à tout sauf au bergsonisme en soi : ce n'est point une simple exégèse, ce n'est point l'œuvre d'un universitaire. Ici,

Péguy ne s'improvise point en professeur qu'il ne fut jamais. Il le précise clairement : « Je ne veux point dans cette simple note entrer dans le fond du débat bergsonien[1]. » Bergson est un cas. Descartes est un cas. Et tous deux servent la défense péguyenne d'un intellectualisme véritable, d'une philosophie profonde, sincère, d'un intellectualisme qui ne trompe point son monde – qui ne fait pas semblant.

De quoi est faite une grande philosophie ? À quoi la remarque-t-on ? Existe-t-il des critères, des traits distinctifs permettant de distinguer une pensée profonde d'une pensée creuse, une pensée nouvelle d'une pensée qui se répète ? Telles sont les questions posées par Péguy dans cette *Note*. Pas moins. Et il y répond, à sa manière, en défendant le bergsonisme, ce qu'il considère être la grandeur du bergsonisme, puis en discourant sur la nature d'une pensée profonde, au travers d'exemples littéraires et philosophiques.

Péguy s'attaque aux contempteurs de la philosophie bergsonienne. Il attaque tous ceux qui considèrent que le bergsonisme s'en prend à ces monolithes coriaces, à ces royaumes indépassables, à ces mondes quasi célestes que seraient, pour la philosophie, la sagesse, la raison et la logique. Selon lui, le bergsonisme n'est pas un antirationalisme, ce n'est pas une subversion de l'esprit, pas plus qu'une régression, il ne vise pas à anéantir ces ordres, ni à les remplacer, mais à en renouveler l'approche. La pensée bergsonienne n'est pas une pensée de l'extérieur, une pensée phagocytante ou virale, qui viendrait subsumer l'ordre établi, c'est une pensée de l'intérieur, une pensée qui se déploie depuis les ordres eux-mêmes. Comme il l'écrit, elle est « une organique. Et même une réorganique. Et c'est une dynamique[2] ». Certes, concède Charles Péguy, le bergsonisme est une pensée de l'émotion, c'est une pensée de l'affectivité, une pensée *pathétique*, mais c'est avant tout une pensée qui invite à puiser en soi, au fond de soi, à exploiter ce gisement qu'est l'intuition. Peu importe comment elle le fait, ce qui compte c'est ce qu'elle fait, ce qu'elle produit.

En effet, *pathétique*, *logique*, *rationalité*, ne sont pour Péguy que des *domaines* et, en tant que tels, des lieux qui coexistent, et qu'il situe sur sa propre mappemonde intellectuelle, ce sont des *règnes* qui vivent ensemble et non les uns contre les autres : ils ne sont pas concurrents, ils sont parallèles, sans rapport de subordination, ils forment des continents, des ordres spatiaux, idéels, qui se déploient suivant leur propre essence.

Précisément, la pensée de Bergson « n'est point une géographie, c'est une géologie[3] ». Elle se met en œuvre par le dessous, elle constitue la sous-couche, la couche fondamentale, la couche première, sur laquelle ces ordres sont bâtis. Elle est non pas l'écorce, non pas l'apparence de l'idée, non pas sa forme, mais son essence : c'est une pensée profondément *eidétique*. Parce qu'elle puise dans la singularité du sujet, dans sa singularité vitale, le bergsonisme révoque tout intellectualisme universel, toute pensée déjà prête, toute rationalité paresseuse pour inviter le sujet à creuser en lui, dans la pensée, à creuser de la pensée, à découvrir en lui de la pensée. En cela, le bergsonisme est une grande philosophie, parce qu'il entend délivrer l'homme de ses prisons mentales – le *déjà fait*[4]. Selon Péguy, « la philosophie bergsonienne veut que l'on pense sur mesure[5] », elle encourage le se faisant qui, en tant que mouvement, que dynamique, que processus, n'est jamais, ne saurait être, du déjà fait. Elle libère l'homme en l'empêchant de sombrer par cécité mentale, par ruine intellectuelle, et de « descendre certaines pentes[6] » qui « étant des scléroses, des raidissements, des ankyloses, étaient littéralement des amortissements de la raison[7] ». Ces pentes, ce sont bien évidemment celles de métaphysiques grossières, de métaphysiques imbéciles, de métaphysiques idiotes – enfin, de toutes les métaphysiques dont le monde moderne, avec son scientisme, a pu se charger. C'est contre ces pentes que la pensée, que toute pensée intègre, doit agir.

Ainsi, ce qui fait l'intérêt d'une philosophie, d'une œuvre, ce n'est pas tant le domaine, ce n'est pas tant le territoire qu'elles investissent, qu'elles renouvellent (raison, émotion...), que la *méthode* qu'elles transmettent. Ce n'est pas la forme de la méthode, c'est l'application concrète de cette méthode qui compte. En somme, tout dépend de la façon dont on saura prendre les choses. C'est pourquoi la logique et le pathétique ne sont pas, l'un vis-à-vis de l'autre, inférieurs. Ils le deviennent, lorsqu'ils sont mauvais. Cette intuition, Péguy la développe à partir de différents exemples, à partir de tous ceux qui *s'encasifient*, qui se catégorisent, qui se définissent non pas au travers de ce qu'ils font – espèrent faire, prétendent faire – mais de ce qu'ils pensent être – les romanciers, les philosophes, les dramaturges, etc.

Prenons le romancier : ce dernier croit, il croit fermement, que c'est l'émotion, l'émotion qu'il tient, qu'il fige à l'encre dans le papier, qui le fera être profond – aller profondément. Mais le romancier se trompe : « Non mes enfants, ironise Péguy, il faut, en outre, être des romanciers profonds[8]. » Ce n'est pas en faisant du « tout neuf [9] », en cherchant à faire du tout neuf que l'on devient profond – digne d'intérêt. Les romantiques, qui ont prétendu tremper leur plume dans le cœur d'une vérité nouvellement révélée, ne se sont-ils pas complu à répéter, finalement, du tout fait ? Du déjà fait ? Péguy insiste : les romantiques ont gribouillé, ils ont saboté, sabordé leur entreprise. Ils ont sciemment obscurci le sens de leurs écrits, afin de mimer la complexité et la profondeur. Ruineux simulacre. Ces mages ont démérité en cela qu'ils ont trahi la raison même de leur entreprise, laquelle devait être non seulement une révolte littéraire, mais une libération de l'humanité.

L'argumentaire de Péguy s'appuie sur la conception bergsonienne du temps : ce qu'il souhaite démontrer c'est que la nouveauté n'est pas liée au futur, car elle n'est pas chronologique. Elle est a-chronique, car a-temporelle. Le nouveau, ce n'est pas nécessairement l'après, cela peut très bien être l'avant. On connaît des vers, on connaît des œuvres, qui semblent bien plus actuels que ceux de nos contemporains et qui, pourtant, ont été faits il y a de cela plusieurs siècles. L'inactuel a son actualité impérissable : « Quand Hugo suivait sa nature, son génie classique, il était profond et clair[10]. » Uniquement lorsqu'il était classique. Comme d'ordinaire, le travail intellectuel du directeur des *Cahiers* est un travail de déminage : en surplomb, sa contre-pensée contrevient aux supercheries, elle débusque, en embuscade, cette « tourbe d'hommes qui sentent par sentiments *tout faits*[11] » et qui, de même, ne pensent que par du tout fait.

Car voilà au fond la nature d'une grande philosophie. Il ne s'agit pas d'imposer au monde un système, on se fiche des systèmes. Il s'agit moins de longues idées complexes que de grandes idées fortes et puissantes. Il s'agit de proposer une méthode, de constituer une pratique, qui soit en même temps un mouvement, une mise en question, une action – un acte.

De là, le parallèle que Péguy dresse entre le cartésianisme et le bergsonisme : le premier ayant été un effort « pour conduire la raison à la recherche de la vérité dans les sciences[12] », le second pour « conduire la raison à l'étreinte de la réalité[13] ». La pensée ne doit pas se contenter de caresser le réel, elle ne doit pas non plus le recouvrir, elle doit le mettre en branle, elle doit participer au réel, elle doit s'engager dans le réel, *batailler*.

De là, également, la préférence péguyenne pour les morales souples, les morales ouvertes, qui « épuisent les sinuosités des défaillances[14] » : plus proches de la réalité, elles l'étreignent, voyant large, elles se disséminent en elle. Au contraire, si les morales raides n'en finissent pas de moraliser, si elles moralisent à tout bout de champ, si elles sont intransigeantes, si ce sont de vraies dures, elles ne voient qu'elles, elles sont tellement resserrées, tellement rabougries, qu'elles ne visent rien d'autre que leur petit royaume, que leur petit domaine et, en cela, n'impliquent point réellement d'effort, point de questionnement, point d'attention. Il suffit d'obéir – et cela au risque de sombrer dans une banalité du mal. La raideur est infidèle au réel, la souplesse lui voue fidélité, elle le colle.

Au fond, parlant de Bergson, c'est de lui-même que Péguy discute, de sa propre entreprise intellectuelle. Comment ne pas voir l'ouvrier-philosophe derrière cette définition de l'honnête homme : « celui qui reste à sa place, travaille, souffre, se tait[15] ». Toute l'œuvre de Péguy tend à lutter contre les contre-faiseurs de vérité, contre les impostures, les hautes convictions, les encore plus hautes certitudes. Sa contre-philosophie, à l'instar du bergsonisme, féconde l'érosion – pour ne pas dire, féconde l'*érosion féconde*.

VICTOR DUMIOT

Lu dans l'édition de la Pléiade, *Œuvres en prose complètes*, t. III, Gallimard, Paris, 1988.

1. Charles Péguy, *Œuvres en prose complètes*, t. III, Paris, Gallimard, « bibliothèque de la Pléiade », 1988, p. 1245.
2. *Ibid.*, p. 1246.
3. *Ibid.*, p. 1247.
4. Péguy a principalement en tête la conception bergsonienne de la durée. Contre la conception classique, chronologique du temps, Bergson a démontré que le temps qui passe est une conservation du passé dans le présent. La durée n'est ni plus ni moins que le passé progressant, dévorant le futur, le poussant. Dans cette perspective, le passé dispose d'une essence radicalement différente.
5. *Ibid.*, p. 1255.
6. *Ibid.*, p. 1253.
7. *Ibid.*, p. 1274.
8. *Ibid.*, p. 1249.
9. Le tout neuf, ou le tout fait, c'est du tout ancien se faisant passer pour du tout nouveau. Aux yeux de Péguy, l'essentiel des œuvres produites, en particulier depuis la modernité, en est composé. Point de nouveauté, rien que des resucées, rien que le fruit d'une pensée itérative, engoncée, encastrée, sclérosée.
10. *Ibid.*, p. 1250.
11. *Ibid.*, p. 1253.
12. *Ibid.*, p. 1274.
13. *Idem.*
14. *Ibid.*, p. 1276.
15. *Ibid.*, p. 1277.

NOTE CONJOINTE SUR M. DESCARTES ET LA PHILOSOPHIE CARTÉSIENNE (1914)

« Tout l'avilissement du monde moderne, c'est-à-dire toute la mise à bas prix du monde moderne, tout l'abaissement du prix vient de ce que le monde moderne a considéré comme négociables des valeurs que le monde antique et le monde chrétien considéraient comme non négociables. »

Voici les dernières paroles de Charles Péguy. Voici son dernier acte, la dernière pièce de son théâtre intellectuel. Celui qui a été l'homme de toutes les luttes s'engage en août 1914 : le poète plonge au combat, arme à la main, et s'effondre un 5 septembre, à Villeroy, sur la terre aimée, laissant derrière lui ses *Cahiers*, son manuscrit, sa famille. Quelques semaines plus tôt, Péguy a justifié ainsi sa décision : « Je vais assister à de tels événements que ce que j'écrirai, au retour, dépassera tout ce que j'ai fait jusqu'ici[1]. »

Par un jeu de relecture rétrospective, on serait tenté de nommer la présente *Note* un *testament. Le testament de Charles Péguy*. En effet, il y aborde ses principales obsessions, parmi lesquelles : sa foi chrétienne, son anti-modernisme et la révolution bergsonienne. Cependant, affirmons-le : il s'agit moins d'une œuvre testamentaire que de l'aboutissement, que de l'accomplissement, d'une trajectoire intellectuelle et spirituelle – la sienne – à un instant donné. Cette *Note* concentre, rassemble, coagule le Péguy de l'après-*Notre jeunesse*, le Péguy converti. Elle le révèle. Par ailleurs, pensée en complémentarité de la précédente, il ne s'agit point d'une note en plus, d'une note *de plus*, mais bien d'une continuation, d'une poursuite et d'un approfondissement, de la première. Ce que la *Note* sur Bergson tenait en puissance, Péguy le déploie en acte dans la *Note* sur Descartes. Les dernières paroles du poète poursuivent et multiplient les mille directions ouvertes par son précédent texte. Nous en retiendrons deux.

D'une part, il y a les révolutions philosophiques : ces idées qui ne prennent corps qu'une fois seulement, créant un précédent dans l'existence humaine, ouvrent l'existence humaine à la nouveauté. Non pas des *systèmes*, non pas des vues concurrentes de l'esprit, non pas simplement de la philosophie pour *en-philosopher*, mais bien des *méthodes*, des actes pour rénover le réel. Parmi ces révolutions, on trouve le cartésianisme, dont quelques *idées simples* (l'expression est de Péguy) ont suffi à transformer le monde : « ce qui a marqué le monde, c'est cette résolution de tenir un ordre[2] ». *Tenir un ordre*, contre le désordre, ni plus ni moins.

Vient ensuite le bergsonisme, dont Péguy déclare qu'il a détruit « l'immense barre droite de notre servitude[3] ». La révolution bergsonienne[4] est tournée contre la modernité, contre ses lois anticipatrices, contre ses sujétions, contre l'avilissement du sujet. Elle offre à Péguy les moyens de fustiger la modernité honnie, entièrement gagnée par l'argent, dépossédée de ses vertus, contaminée par une pensée déterministe et mécaniste. Contre le monde moderne, le directeur des *Cahiers* n'a pas de mots assez durs : il vomit le matérialisme et la réduction des affaires humaines à une poignée de sous. Le progrès lui apparaît comme une régression, un déclin, une catastrophe : tandis que régnait, chez les Anciens, l'*ordre héroïque*, et chez les moins anciens l'*ordre chevaleresque*, ne règne maintenant plus que l'*ordre de l'argent*, devenu partout « maître du public comme il est le maître du privé[5]». Tout s'y monnaye, tout y est *ultra-monnayable*: l'existence, les vertus, l'engagement – intellectuel, politique. Aussi la philosophie bergsonienne représente-t-elle, pour Péguy, la liberté d'un *temps-présent*, redécouvert comme disponible et, dès lors, non sacrifié au profit d'anticipations à venir, d'un temps arraché au projet, d'un temps prodigue, temps de la pure instantanéité – d'un temps de la dépense[6]. Ce que résume parfaitement le précepte suivant: «Ne pas sacrifier aujourd'hui et la liberté et la fécondité d'aujourd'hui à la tranquillité de demain[7]», autrement dit ne pas attendre: car attendre, c'est mourir.

D'autre part, on trouve dans cette *Note* les confessions de Péguy. Celui qui a pris le parti de la vie, celui qui en suit les contradictions, qui en épouse les mouvements et les humeurs, exprime sous la forme d'une mise en garde le rapport complexe qu'il entretient avec son entreprise littéraire, intellectuelle et poétique. Sur plus de cent pages, il dit le danger, tout bergsonien, guettant chaque écriture, et plus largement chaque homme: celui de l'engourdissement, de l'endurcissement, de la rigidification, de la cristallisation, de la fixation. Toute raison se soumet au risque de la répétition du même. L'habitude, c'est le risque ultime. Il y a, chez tous ceux qui ont pris le parti d'écrire, comme une tentation fatale, celle de l'autosatisfaction ou bien de l'assurance. Risque de se complaire – de se plaire. Du trop *se savoir*, du trop *se satisfaire*. Si écrire devient facile, si cela se fait sans douleur, alors écrire n'est plus rien. Ne vaut rien. Voilà l'exigence péguyenne, son *ethos*. La pensée doit demeurer un travail laborieux, tout comme le rempaillage des chaises, tout comme la récolte dans les champs. Il faut qu'elle use. Il faut écrire en ouvrier, ou encore «que la ligne vînt après la ligne et le vers après le vers comme le cordon venait après le cordon[8]».

Cette exigence apparaît également comme le symptôme d'une culpabilité plus vive. Péguy le sait, il l'a répété: écrire est une activité bourgeoise, c'est un luxe. Ce qui ne disqualifie pas, pour autant, l'écriture : car de ce luxe, peut naître une responsabilité, laquelle suppose de s'en montrer digne toujours, d'en éviter les pièges et de ne jamais oublier l'infinie *précarité*, l'infinie *fragilité* de la pensée. Sinon, ce serait le suicide – ou la mort ; la disgrâce, la traîtrise vis-à-vis de sa race paysanne. Heureux sont donc les moments de souffrance : « Les jours où ça va mal, il se rappelle qu'écrire et faire imprimer sont les premiers durcissements et vieillissements de la mort[9] », confesse-t-il. Défense du dolorisme péguyen.

Au détour de certains feuillets, le directeur des *Cahiers* exprime davantage d'amertume : tout procède comme si son entreprise, malgré l'effort acharné, malgré sa lutte contre le durcissement, contre l'habitude, demeurait indigne – et condamnée d'avance. Péguy est un homme qui doute, comme si l'écriture était en soi viciée : « Il sait, il ne veut pas savoir, il se ment, (il le sait), il ne veut pas savoir qu'il y a dans la plume un venin, un mystère, une réprobation, un épuisement, qu'il n'y a point dans la charrue et la herse[10]. » Vice de l'écriture auquel l'auteur se soumet, pourtant, comme pour le conjurer, et qui éclaire le caractère obsessionnel, circonvolutionnel, litanique, polémique de son écriture. Son chaos. Péguy écrit à se rendre fou, afin de sauver sa raison des ruines. Dans ce monde-là, il sait son combat déjà perdu, fatalement vaincu. Mais, précise-t-il, « mieux vaut celui qui est bien lui dans l'ordre le plus bas que celui qui n'est pas lui dans un ordre censément plus élevé ». Avec la vertu, demeurent dans ce monde-là, dans ce monde décrépit, flétri, *soi* et Dieu – c'est-à-dire l'espérance. Dernier horizon.

VICTOR DUMIOT

Lu dans l'édition de la Pléiade, *Œuvres en prose complètes*, t. III, Gallimard, Paris, 1988.

1. Charles Péguy, *Œuvres en prose complètes*, t. III, Paris, Gallimard, « bibliothèque de la Pléiade », 1988, p. 1791.

2. *Ibid.*, p. 1280.

3. *Ibid.*, p. 1421.

4. Bergson considère le temps subjectif et a montré que l'on peut penser le temps pur, à savoir un temps nommé durée, en dehors de tout schème spatialisant. Ce qui est spatial étant homogène et discontinu, le temps pur s'impose comme un temps hétérogène et continu. Présent, passé, futur ne forment plus un même ensemble spatialement disjoint, mais trois unités essentiellement distinctes. La durée empêche ainsi de penser le temps de manière quantitative, et donc toute intellectualisation du temps (projection, prévision, anticipation) qui supposerait une spatialisation de ce dernier. Selon Péguy, le monde moderne a souhaité saisir la réalité présente, échappant du fait de sa complexité au regard, en la convertissant en passé. Elle a fait du présent une histoire. Dans cette perspective, le présent n'est plus rien en soi : il n'est que le moment d'anticipation du futur (ce qui advient), temps instrumental, ou bien le moment qui s'appréhende à partir de l'advenu, un temps figé et disparu. Le monde moderne passéifiant le présent, l'a enfermé dans une absence. En rupture avec cette conception, le bergsonisme cherche à rendre à l'homme la pleine possession du temps présent.

5. Charles Péguy, *Œuvres en prose complètes*, t. III, *op. cit.* p. 1357.

6. Péguy ne se fait cependant point d'illusion : ce que le bergsonisme a gagné, contre le matérialisme, il ne l'a gagné que dans la pensée ; sa victoire n'est qu'en pensée, pas en fait. Malgré Bergson, le monde moderne demeure, ainsi que ses réflexes, que ses tares, que ses perversions, que son « universel désastre », inchangé.

7. Charles Péguy, *Œuvres en prose complètes*, t. III, *op. cit.* p. 1422.

8. *Ibid.*, p. 1291.

9. *Ibid.*, p. 1302.

10. *Ibid.*, p. 1292.

PIERRE, COMMENCEMENT D'UNE VIE BOURGEOISE (1931)

« D'une manière générale, d'ailleurs, on est toujours récompensé quand on est bon, et on est puni quand on est mauvais : le bon Dieu ne punit pas seulement les enfants désobéissants ; il punit aussi les hommes qui sont mauvais. »

Comment devient-on un bourgeois ?

S'il n'existe, hélas, point de recette officielle, on sait trouver quelques témoignages, on connaît – car on en fréquente – quelques embourgeoisés et on a vu, on a observé de ses propres yeux, la métamorphose opérer chez certains, parfois des amis proches. Du reste, la littérature nous offre une abondante sémiologie du bourgeois, avec Proust par exemple ; à qui sait lire, nul mystère.

La présente œuvre de Péguy ne constitue pas entièrement, pas complètement, un discours de la méthode du *devenir-bourgeois*. Il s'agit d'un texte autobiographique, ou d'une « confession », et non d'une autobiographie au sens propre. *Pierre* sert ici de masque à Charles, *Pierre* est le nom donné par Charles adulte au Charles enfant (et accessoirement, le deuxième prénom de Charles selon son état civil). Le regard de Péguy adulte sur Charles enfant est empreint des préoccupations intellectuelles et des combats philosophico-politiques du directeur des *Cahiers de la Quinzaine*. Il opère donc une reconstruction rétrospective des années de jeunesse à la lumière de sa pensée actuelle. C'est un récit initiatique qui enracine le destin familial des Péguy dans une histoire nationale et sociale, celle du peuple de l'ancienne France, peuple auquel Charles Péguy voue une admiration certaine, et celle de la République – la Troisième. Récit des origines familiales, *Pierre* délivre de son ombre le foyer péguyien : « Ma grand-mère me conta l'histoire de son enfance, et de sa jeunesse, et pour la première fois de ma vie, je fus bien heureux, parce que cette histoire était lointaine, et parce qu'elle était vraie mieux que toutes les histoires que ma grand-mère m'avait contées jusqu'à ce temps-là. » Ce récit vient graver dans le dur de la page ce qui ne fut, à l'origine, qu'une transmission orale – histoire personnelle – des temps immémoriaux, et participe à tisser la mythologie personnelle de l'auteur.

Décrivant ses jeunes années, et plus particulièrement sa rencontre – qui, sans être amoureuse, est assurément passionnelle – avec l'école républicaine et ses figures, les « hussards noirs », ces augustes enseignants, Péguy s'intéresse à sa double condition : né dans une famille paysanne et laborieuse, né d'une mère qui rempaille – avec un talent reconnu –, mais vite remarqué pour ses facultés intellectuelles et envoyé à l'École normale primaire, puis supérieure, son itinéraire est celui d'une déviation.

Le *commencement* d'une vie bourgeoise s'appréhende donc, selon le philosophe, à travers la découverte d'activités non-manuelles (l'écriture en demeurant une) et le commencement de la pensée en tant qu'activité autonome se suffisant à elle-même. Lire/penser forment le point de départ d'un itinéraire bourgeois, que la scolarité coordonne, accompagne et assure. Une déviation, certes, mais jamais un arrachement : car Péguy porte en son cœur ses origines sociales. Il ne les a jamais reniées mais toujours, et orgueilleusement, revendiquées. Selon le philosophe, le travail de l'esprit trouve sa complétude en s'accompagnant du travail de la main, qui pour ainsi dire protège l'intellectuel du risque d'une incarcération dans les prisons mentales et autres cellules de l'esprit, dans un confort proprement bourgeois.

Si Péguy s'est embourgeoisé, il n'est point devenu bourgeois – au sens fort, au sens radical même. Il meurt à 41 ans sans fortune. Son œuvre est celle d'un laborieux, sa plume ressemble à la fourche du paysan : c'est un grand ouvrier de l'écriture dont les productions s'apparentent souvent à de longs soliloques. À jamais homme de travail, Péguy fait la lumière sur sa nature profonde et son destin social. Ses paroles, il les adresse à lui-même, à Dieu et au reste des hommes.

« Tout est joué avant que nous ayons douze ans », écrit Péguy dans *L'Argent*.

En lisant *Pierre, commencement d'une vie bourgeoise*, il n'est pas si aisé de s'identifier aux premières années de Péguy, à ses « premières éducations », qu'il considère comme étant fondamentales, décisives et déterminantes.

Charles/Pierre naît d'une rempailleuse de chaises et d'un père, bon menuisier mais faible homme mort alors qu'il n'a que dix mois. Il est élevé par deux femmes fortes (mère, grand-mère), qui ont dans le sang le goût du travail et sa nécessité (matérielle comme morale), goût dont Péguy hérite. Aux yeux de l'enfant, ces deux femmes sont de quasi-surhommes. Il les vénère. Elles forment l'autel de son culte du travail. Remarquons toutefois que, dans le portrait que Péguy dresse de cette famille d'ouvrières, il y a quelque chose de l'ordre de la fable qui, par contamination, s'étend à l'ensemble du monde et à son fonctionnement interne. Dans cette société rurale qui le voit grandir, tout est affaire de tendresse et de beauté : « Ma grand-mère, quand elle était toute petite, faisait la soupe pour son grand-père qui était bûcheron, et qui abattait de beaux arbres. » De même, lorsque Péguy rapporte comment sa grand-mère, toute petite et alors qu'il « gelait très dur », emmenant une vache boire dans un étang glacé, s'est retrouvée seule avec la bête blessée et incapable de rentrer chez elle, c'est un paysan du coin qui, par bonté, l'aide à briser la glace puis à retrouver son chemin. Chez Péguy, les hommes du peuple sont valeureux et aidants. Au fond, la campagne de Péguy est celle d'une dialectique immuable de la force et de la douceur, de la rudesse et de la générosité, dialectique du courage et de la bonté. La pauvreté dont se souvient Péguy est une douce pauvreté, c'est une pauvreté pastorale, qui permet le triomphe des valeurs auxquelles il arrimera par la suite l'ensemble de son œuvre ; c'est une pauvreté qui, du fait de sa nudité, autorise la sincérité de ceux qui l'habitent et la vivent – parfois la subissent ; c'est, davantage qu'une pauvreté, une simplicité. Simplicité qui définit et colore le quotidien des Péguy, partagé entre les bêtes, le travail à la ferme, ou bien dans l'atelier, et les dimanches passés à la messe.

Faut-il en déduire que les souvenirs de Péguy sont idéalisés ? Nul ne peut l'affirmer. Mais il y a eu travail de réécriture, voire de *mise en fiction*. Ce travail peut être troublant : tout se passe comme si l'on vivait dans un monde de la pauvreté fabuleuse, bien que perce, ci et là, les souvenirs noirs d'une misère qui marque les corps, ainsi lorsqu'il repense à sa grand-mère : « Elle se tenait la mâchoire à pleine main, et même elle criait et pleurait, et pourtant c'était une dure femme ; j'avais peur quand elle criait et quand elle pleurait, parce que je m'étais toujours imaginé qu'il n'y avait que les enfants qui crient et qui pleurent [...] ». Tout n'est donc pas si rose au pays de Péguy, loin de là.

Si son expérience demeure troublante, elle me semble lointaine, à distance de la mienne, qui pourtant n'était pas si différente, d'un siècle à l'autre. Ma misère est celle de la faim, celle que j'ai connue, celle dont je me souviens. Elle est celle des angoisses qui traversent le jour et écorchent les heures, bien souvent incomprises par mon regard d'enfant, celle, aussi, d'un travail qui étouffe et accentue le misérable dans la misère. C'est le souvenir des disputes familiales du dimanche, qu'aucune quiétude religieuse ne savait troubler, des gifles parentales et de l'envie pressante de disparaître. C'est, enfin, le souvenir d'un temps long, temps de solitude, passé à pleurer dans le grenier pour ne pas être vu – et, parfois, à découvrir sa sensualité.

Sans doute que le peuple dont parle Péguy a disparu, que le visage de cette France s'en est allé, ou bien qu'il parle d'un peuple particulier, son peuple à lui, et après tout, à chacun ses expériences, à chacun son peuple. Il n'en demeure pas moins que le peuple de Péguy est esthétiquement plaisant.

Charles/Pierre se décrit comme un garçon maladroit, « j'apprenais mal à marcher et j'apprenais mal à parler », qui, s'il n'a pas de difficultés de lecture, rencontre de grandes difficultés pour écrire – ce qui peut faire rire, lorsque l'on sait avec quelle facilité, plus tard, il noircira des centaines et des centaines de pages : « Aussitôt qu'on me mettait une plume entre les doigts, je me barbouillais d'encre et je faisais passer la plume au travers du papier. »

Le jeune Péguy est un anti-écrivain, il contre-écrit, il détruit son instrument de travail, il lutte avec sa plume – ou contre elle. C'est une lutte physique, acharnée, avec son propre corps et l'on comprend pourquoi son œuvre liera, par la suite, si intimement l'écriture et l'engagement du corps – défi perpétuel de l'écrivain ouvrier. On s'identifie cette fois plus facilement à cette vie d'efforts : nous sommes né bègue, et il nous a fallu longuement lutter contre les répétitions de la parole et son articulation compliquée. Chez certains, le commencement de la vie, la naissance, non pas au sens biologique mais au sens existentiel du terme, s'apparente à un chemin d'obstacles ; tout fait résistance, longue grève intérieure, comme s'il restait dans ce corps animé une part d'inorganique qui souhaitait demeurer bien installée. Et souvent de désespoir, contre ces choses-là, on flambe en silence dans la nuit.

Mais Péguy n'abandonne pas. Il est de ceux qui travaillent ardemment, de ceux pour qui le travail est tout, un absolu. Jouer ? « Cela n'est pas utile et même n'est guère amusant. »

Le temps du jeune Charles est un temps employé à l'utile : « Je commençai de bonne heure à travailler, et cela me faisait un très grand plaisir ; j'aidais ma grand-mère à faire le ménage et à faire la cuisine ; je balayais, ce qui était assez difficile, car il y avait beaucoup de paille à la maison, j'essuyais les vieux meubles luisants et j'étais heureux quand les belles surfaces de bois planes luisaient ; quand les moulures luisaient comme un trait j'en avais un plaisir entier : c'est de ce temps lointain que je connais et que j'aime le ménage bien fait ; ou bien j'épluchais les pommes de terre qui devenaient ensuite claires, pommes de terre frites ; j'écossais les pois verts. » Un temps rythmé par la vie domestique, vie de l'entraide, de la débrouillardise et de la satisfaction primaire.

De cette existence besogneuse, le philosophe puise son orgueil : s'il travaille, c'est toujours pour travailler mieux que les autres – ou davantage. C'est toujours pour faire plus, qu'il *fait*, pour faire davantage, pour surexcéder le fait de l'autre. Ainsi agit-il en compétiteur domestique. En aucune occasion, en parfait enfant, il ne se laisse impressionner par rien, car il se sent meilleur. La vertu péguyenne, ou plus exactement ce que les Anciens appelaient la *virtu*, est indissociable du travail. C'est par l'œuvre, dont la nature (intellectuelle ou manuelle) importe peu, que l'homme démontre sa bonne composition. Travailleur courageux.

Charles Péguy a des mots, des mots d'enfant, sur le *bon ouvrier*, sur ce qui pourrait former une morale du bon travailleur : est bon celui qui travaille plus, ne boit pas, ne dévie jamais de sa trajectoire, celui qui ne trouve récompense qu'à travers l'abnégation personnelle et le désir forcé d'aller toujours plus loin : « Les bons ouvriers sont ceux qui travaillent bien, qui travaillent vite, qui travaillent beaucoup, qui sont actifs, intelligents, qui ne sont pas bêtes, qui sont patients, qui ont du courage, qui ne sont pas paresseux, ont pas peur de leur peine, qui ne sont pas mauvaises têtes [...] ». On sait que Péguy se comparera lui-même, et comparera l'entreprise intellectuelle que constituent les *Cahiers*, à un ouvrier (voir *Nous sommes des vaincus*). Cela fait sens. S'il fait l'éloge de la discipline laborieuse, sans doute est-ce également pour démontrer qu'il existe, entre le Péguy fils d'ouvrier et le Péguy philosophe, une continuité véritable. Une persistance de son être. Il n'a pas trahi.

C'est sans doute ce que l'on retient le plus, ce que la postérité a voulu retenir : la dernière partie de *Pierre, commencement d'une vie bourgeoise* s'attarde sur la première rentrée du jeune Charles à l'annexe de l'École normale primaire d'Orléans. Le mythe se cristallise. Si Péguy est envoyé à l'école, à l'âge de sept ans, c'est, semble-t-il, parce qu'il souffre de grandes difficultés d'écriture. L'école doit parfaire, et corriger, l'éducation qu'il a reçue de sa mère et de sa grand-mère.

Pour Charles Péguy, l'entrée à l'école constitue une pleine révélation. Elle marque le commencement de la vie bourgeoise, car il se retrouve pris en charge par une institution, car il est amené à produire de ces choses que l'on ne trouve ni dans les champs, ni dans les ateliers, choses qui n'habitent que la conscience. Il découvre une nouvelle espèce de travail.

C'est en ce lieu, l'école, que la philosophie de Péguy s'enracine. C'est un mythe incarné, mythe de pierres, mythe de craies, mythe d'ardoises. Épiphanie républicaine. L'école est d'abord, pour le jeune Pierre/Charles, un espace de curiosité et de fascination, une drôlerie habillant le paysage rural. C'est un grand bâtiment dans le village, du genre bien construit et bien tenu, dans lequel pénètre une cohorte d'écoliers que l'uniforme rigide et noir singularise, et duquel, identique cohorte, elle échappe au milieu de l'après-midi : « J'avais vu passer les gars de l'école qui s'en revenaient, la classe finie, à onze heures et à quatre heures ; ils marchaient en rang dans le faubourg, deux à deux, conduits par un maître. » Une fois encore, c'est la discipline qui séduit Charles Péguy, il contemple l'effet que l'institution produit sur les corps, la République est maître d'œuvre, ou d'orchestre, d'un défilé étrange mais fascinant, parade d'écoliers sur les marches du savoir. Sans nécessairement enfiler l'œil de Michel Foucault – ou bien son col roulé –, il est amusant de noter que Charles dresse un parallèle direct entre l'école et l'armée, cœurs de la nation, dont il admire dans les deux cas l'obéissance et l'ordre que ces institutions font régner : « qui marchaient si régulièrement et si gentiment, alignés comme des petits soldats [...] ». Péguy est immédiatement séduit par ce triomphe en acte du symbole fondant l'autorité. De même, lorsqu'il observe ses camarades jouer dans la cour, il s'étonne de voir tout ce monde, l'instant d'avant bien agité, se mettre en rang au premier claquement de mains. L'ordonnancement ritualisé des corps, sous les appels des instituteurs, le fascine. La mystique est un jeu de mise en scène, un jeu disciplinaire. Il le comprend immédiatement.

Ainsi la découverte de l'école marque-t-elle l'entrée dans un monde cérémoniel, dans un monde du symbole ou, pour reprendre la terminologie péguyenne, un monde de la « mystique » républicaine. On se permettra, à nouveau, de faire un parallèle entre Charles et nous, modestement nous. Qui se souvient encore de la rentrée des classes à cette aune symbolique ? Il y a certes de la gravité, depuis l'achat des fournitures scolaires à la fin des vacances d'été dans des supermarchés bondés, au milieu des promotions et des stylos à moitié prix, il y a certes de la gravité lorsque l'on franchit pour la première fois le portail d'une école primaire. Mais est-ce la même gravité ? Peut-être quelques mémoires anciennes, quelques survivants d'anciens temps, qui nous semblent si reculés que l'on douterait qu'ils aient un jour existé, s'associent aux souvenirs de Péguy. Cependant, pour nous l'école, ce fut bien davantage la découverte brutale de l'altérité, la confirmation de sa propre différence et la certitude de confrontations à venir. La rentrée des classes, moins que le rituel qu'elle pouvait inspirer, nous laissait craindre la pluie de coups que l'on ne manquerait de se prendre, par de plus forts, et de plus mauvais – sans doute – camarades. Nous allions à l'école comme la bête se rend à l'abattoir. Une chose est bien certaine, mais cela Charles Péguy le savait déjà, et il le savait y compris en écrivant *Pierre, commencement d'une vie bourgeoise* : la mystique est morte depuis.

L'école rêvée de Péguy a presque un caractère magique : elle opère la métamorphose, entraîne le basculement dans un nouvel ordre ainsi que dans une nouvelle temporalité. Comme un rite de passage à l'âge adule, l'école fait devenir homme : « Tout au long du très court trajet de la maison à l'école, je me redressais comme un homme, et au fond de moi, j'avais peur. »

Dans les souvenirs de Péguy, une figure s'impose : celle de l'instituteur. À l'instar des paysans rêvés et de leur dialectique, le « hussard noir » apparaît comme un doux savant, sa science est douceur, sa générosité est telle qu'il sait accorder à chacun des écoliers, comme à l'ensemble de la classe, une attention particulière. On retrouve, si l'on pardonne nos obsessions, la figure foucaldienne du berger, dont le pouvoir s'applique à la fois sur la masse et sur chaque membre du troupeau. Le berger cherche toujours le bien-être de son troupeau, tout comme l'instituteur, bien qu'il sache également faire preuve de fermeté : « Je remarquais qu'il était aussi sérieusement aimable avec tout le monde et qu'il était aussi encourageant pour tous les nouveaux qui étaient là. »

Ce pouvoir de bienveillance est aussi contraignant, parfois difficile à supporter. Pour le Péguy orgueilleux, ravi d'obéir et de se montrer plus obéissant que quiconque, l'expérience d'une obéissance à un ordre nouveau, l'ordre républicain, qui attend de lui davantage, toujours davantage, s'avère parfois douloureuse, elle le met en difficulté : « Pour la première fois de ma vie je connus l'arrière-goût amèrement bon de l'obéissance pénible voulue. » La cité appelle à d'autres obligations. L'obéissance de Péguy est d'autant plus douloureuse qu'elle est vexée, quelque chose en lui continue de faire résistance. Difficilement, il parvient à tenir la plume et à écrire : « Mes doigts paraissaient vouloir me refuser la même obéissance que je rendais. » Péguy se révèle dans sa singularité, se sentant « douloureusement vexé qu'on [lui] tînt les doigts quand [il] écrivai[t] » : son entrée dans la vie bourgeoise cristallise une dialectique que son œuvre poursuivra, entre l'acceptation de contraintes normatives (académiques, politiques, artistiques...) et la persistance d'un regard personnel, si singulier qu'il sera tantôt moqué, tantôt décrié, tantôt adoré. L'école demande une acceptation de la contrainte, acceptation parfois douloureuse, qui nous construit autant qu'elle peut nous détériorer – tout dépend de l'âge auquel la contrainte sévit. Péguy a affronté l'épreuve, et ce fils d'une rempailleuse, petit-fils d'une dame qui ne sut jamais écrire, a fait son œuvre grandiose.

Que reste-t-il des hussards (et des hussardes, devrions-nous dire) de la République ? On se souvient peu de leur figure d'autorité. Certains nous reviennent en mémoire, mais pour d'autres raisons, parce qu'ils ont été plus justes, un jour, parce qu'ils nous ont défendu, parce qu'ils nous donné goût à l'écriture, parce qu'ils nous ont encouragé, parce qu'ils nous ont fait rire. Oui, c'est en ce lieu que tout commence, que tout peut commencer, mais pas de la même façon que chez Péguy. Est-ce le berger ou bien le troupeau qui a changé de nature ? Sans doute un peu des deux.

Quoi qu'il en soit, pour Pierre/Charles, l'embourgeoisement commence à sept ans : parce qu'il mesure le privilège que constitue la possibilité d'aller à l'école, remarquant que « Maman n'alla plus à l'école, bien entendu, car il ne s'agit pas d'aller à l'école, quand il n'y a pas un morceau de pain à la maison ». Sept ans. Et il se poursuit ensuite. L'École normale supérieure le poussant à son faîte. Nous pouvons en témoigner : il y a du tragique dans la normalisation, l'embourgeoisement est irréversible, il change à jamais le cours de notre généalogie en y apposant son sceau. Bourgeois : si descendants il y a, ensuite, ils seront fils de. Tragique, pour ceux qui ont cru, qui croient encore, au mérite. Faut-il alors faire son Rousseau, et décider, comme par devoir moral, d'abandonner les fils ? Peut-être.

Dans le cas de Péguy, s'il y a embourgeoisement, ce dernier ne s'effectuera jamais contre les origines. Son œuvre est un entier témoignage de son humilité, du souvenir gardé de ses origines ouvrières. S'il travaille en forcené, toujours, au risque d'en mourir, c'est aussi sans doute pour dire qu'il n'a rien renié, qu'il est comme à l'usine, le bon laborieux.

VICTOR DUMIOT

Lu dans l'édition Desclée de Brouwer & Cie, Paris, 1931.

PENSÉES (1934)

« Je désobéirai si la justice et la vérité le veut. »

« Dire la vérité, toute la vérité, rien que la vérité, dire bêtement la vérité bête, ennuyeusement la vérité ennuyeuse, tristement la vérité triste. » C'est par cette si justement célèbre citation, extraite de la *Lettre du Provincial*, que s'ouvre le recueil *Pensées*, publié en 1934 par Pierre Péguy, le fils de Charles.

Accoler les deux mots « pensées » et « provincial », voilà qui fait immédiatement, et à dessein, songer à Pascal : souterraine et subtile, certes, mais la parenté existe entre ces deux chrétiens farouches, deux apologistes, deux polémistes, deux moralistes, unis dans le même combat, contre les maîtres révérés de la fausseté et de l'hypocrisie.

L'exigence de vérité : voilà qui résume hautement toute l'ambition de l'auteur d'*Ève*. Ce qui fait le charme puissant de ce court volume, dont tous les mots sont de Péguy mais dont l'ordonnancement est l'œuvre de son fils, c'est la constance vertueuse, patiente, appliquée, de cet artisan de la vérité à creuser son sillon, à semer son bon grain, à espérer la récolte, à vouloir avidement que les fruits passent enfin la promesse des fleurs.

Pensées est un bréviaire, unissant la brièveté et la foi : sorties de toute son œuvre, ces formules, se découpant sur le blanc de la page, font une mosaïque étincelante, impressionnante. Pierre a rompu le long fil pérégrinant de la prose de son père, il a défait l'enroulement méthodique des paragraphes charnus, et il est allé au nerf, au tendu du trait, à l'étincelle giclant du brasier. Trahison ? Au contraire : hommage impeccable du bref au dilaté, du concis au déployé.

Un bréviaire, oui, un viatique aussi, pour choisir un mot où communient secrètement la mystique et la marche, le repas et le soutien. La lecture des *Pensées* est limpide, rafraîchissante : des apophtegmes qui vous prennent au collet, et vous exhaussent vers ce qu'il y a de plus élevé, de plus ardu. Contre les assis, les avachis, les culs de plomb, Péguy est cet homme qui marche.

Religion et politique mêlées : ce chrétien est un républicain, qui montre nues la banalité et la médiocrité bourgeoises, celle des socialistes pansus, repus, qui sont autant de tartuffes sous le regard d'Alceste. « Ce n'est plus la barricade qui sépare en deux le bon peuple de France... C'est un beaucoup plus petit appareil, mais infiniment plus répandu, surtout aujourd'hui, qu'on nomme le guichet. » Contre leur inanité, leur crasse ignorance, leur appétit au rien, Péguy assène sa « force de travail » et sa « force d'inquiétude » : il faut faire barrage à cette vague qui monte, à l'orée du siècle, et ne rien céder. « Sachons procéder par élaboration laborieusement lente » : l'obstination du laboureur, la ténacité butée de celui qui se réclame de « la dernière des générations qui ont la mystique républicaine ».

Le réquisitoire est implacable, contre ceux qui laissent se défaire la charité et la fraternité, qui ne se savent aucun héritage et n'envisagent d'autre horizon que la pérennité du petit et du vide. Malheureux les démunis, abandonnés de toute vision et de toute espérance. Car « les crises de l'enseignement ne sont pas des crises de l'enseignement ; elles sont des crises de vie ». Et Péguy d'ajouter : « Une société qui n'enseigne pas est une société qui ne s'aime pas ; qui ne s'estime pas ; et tel est précisément le cas de la société moderne. »

Religieux, Péguy l'est de se vouloir un homme relié : à Dieu, aux autres, à l'Histoire, inlassablement. Son écriture, en vagues ressassées, est tout ensemble la marée et la digue, tout ensemble déferlement d'une volonté intransigeante, et rempart contre la nuit qui marche, au pas silencieux de l'assassin. « Le monde moderne avilit », tel est le constat, à partir duquel il faut commencer à ne pas désespérer. Il faut écrire, se faire écrivain, c'est-à-dire vouloir avec des mots éveiller le sens profond du monde, et le comprendre, et l'embrasser. « Un mot n'est pas le même dans un écrivain et dans un autre. L'un se l'arrache du ventre. L'autre le tire de la poche de son pardessus. » Voici venu le temps des Monsieur Homais, des « démagogues et des radicaux », et, comble de la grimace, « de ces grands intellectuels qui du fond de leur moleskine mènent la réalité à coups de bâton ».

« Homère est nouveau ce matin » : à lire ce bouquet de *Pensées*, on se prend à songer que Péguy, lui aussi, est nouveau ce matin. Quand nous gagnent l'abandon et la résignation, Péguy est ce maître de confiance et de vaillance. Péguy est un professeur de vertu, faisant se souvenir que *virtus* est une force, une pensée qui se fait action. Que penser est un verbe d'action, et même de combat. Étonnant comme les phrases de l'auteur du *Porche de la deuxième vertu* entrent en résonance avec le monde d'aujourd'hui : « L'enseignement secondaire, tout démantelé qu'il soit, est encore la citadelle, le réduit de la culture en France. » Ou encore : « Quand on voit ce que la politique cléricale a fait de la mystique chrétienne, comment s'étonner de ce que la politique radicale a fait de la mystique républicaine. » Ou bien ces mots si drus, si peu prononçables aujourd'hui : « Pourquoi nous demande-t-on de nous émouvoir pour tous les peuples opprimés, excepté pour un seul, qui est comme par hasard un peuple français. »

Il faut lire, et relire, ces *Pensées* comme un manuel de survie. Je veux dire : de sur-vie. C'est un levain que ce texte, c'est un ferment. Entendons en écho ces paroles de Bernanos, qui définissait la « civilisation moderne » comme « une conspiration universelle contre toute espèce de vie intérieure ».

Oui, lire est, évidemment, un verbe d'action — c'est-à-dire tout le contraire d'un verbe d'agitation. Péguy invite à lire, de manière attentive, critique. Pour lui, « la lecture est l'opération commune du lisant et du lu ». Il faut lire Péguy avec la pleine lenteur que son écriture requiert. « Que le lecteur sache lire et tout est sauvé », affirme-t-il comme en un manifeste.

Ces pensées sont un discours en archipel : la longue et lourde pâte péguyenne n'y fait défaut qu'en apparence. Ce sont des pépites qu'on a collectées en toute fidélité. C'est une parolse éclatée, qui n'en est que plus éclatante. Comme une lumière. Comme une bombe. Ces fragments détachés trouvent leur unité dans une coalescence invisible.

Voyez, poussière minérale, ces infinis cristaux de roche, minuscules, juxtaposés et distincts ; voyez, fouillis d'étoiles, ces mille points incandescents, qui pétillent dans la nuit : ne sont-ils pas disjoints, détachés, dessoudés ?

Et pourtant, le sable. Et pourtant, le ciel.

FRANK LANOT

Lu dans l'édition Gallimard, Paris, 1998.

CORRESPONDANCE AVEC HENRI BERGSON, 1902-1914 (1970)

« Vous n'avez jamais soupçonné le mal que vous m'avez fait le jour où vous m'avez dit que vous n'aviez plus le temps de me lire. »

Dès ses premiers *Cahiers*, Péguy évoque la figure de Bergson, aussi imposant intellectuellement qu'il l'était peu physiquement. Le normalien est impressionné, lui si peu impressionnable, par ce maître de conférences à la pensée originale, neuve – sûre – dont il suit avec assiduité les cours au Collège de France (« J'avais commencé de concevoir pour vous cette grande amitié féconde que quinze ans de commerce ont mûrie »). Il lui donne dans cette correspondance du « mon maître ». L'œuvre de Péguy regorge d'allusions à la philosophie bergsonienne, ce, jusqu'à ses ultimes écrits (*M. Bergson et la philosophie bergsonienne*, huitième cahier de la quinzième série, soit l'antépénultième livraison, mais sa *Note conjointe sur M. Descartes*, qui lui succède, revient fort souvent sur Bergson). À tel point que les spécialistes de l'auteur de *La Pensée et le mouvant* se voient tôt ou tard contraints (il est des contraintes plus désagréables) de se tourner vers celui de *L'Argent* – Bergson a écrit que Péguy conférait, par la lecture qu'il en faisait, une « troisième dimension » à son œuvre (y aurait-il plus beau compliment que celui-là ?). Péguy s'avère un excellent introducteur à l'univers de ce penseur qui, chaque fois, réfute les plus grands de ses prédécesseurs avec l'air de ne pas y toucher. C'est ce qui épate Péguy : cette économie de moyens pour produire et répandre tant de puissance et de nouveauté. Les deux hommes pourtant diffèrent : si Bergson semble imperméable aux événements, à l'actualité, aux saisons, à la politique, Péguy lui est une éponge, tenant compte de tout ce qui se déroule dans le monde, ainsi que des commentaires qui accompagnent les soubresauts de l'histoire. « Je me suis fait une religion, écrit Péguy à son "maître" à la date du samedi 21 avril 1906, cette année particulièrement, de ne point troubler votre retraite, et, préférant vivre avec vous en pensée, de ne point y porter les agitations du dehors. »

Ce qui réchauffe ici le cœur, c'est de constater que Bergson aime *vraiment* l'homme Péguy. Et non seulement il l'aime, mais il l'aime pour les bonnes raisons. Il s'intéresse au sort des *Cahiers de la Quinzaine*, attitude qui pour Péguy vaut mille fois mieux que n'importe quel compliment. Bergson intercède même auprès d'un de ses amis pour gonfler le rang des abonnés. Mais Péguy est présent lui aussi quand les cercles antisémites attaquent la pensée de Bergson au prétexte qu'empreinte de judéité, elle serait toxique pour la jeunesse. L'Action française, par exemple, s'opposera avec violence, via Maurras, à l'entrée du grand philosophe à l'Académie française – en vain, puisque l'Institution ne se laissera pas intimider par l'odieuse campagne.

L'acmé de ces échanges est la lettre du lundi 2 mars 1914, signée de Péguy : « Moi seul ai la plume assez dure pour réduire un Maurras. Moi seul ai la poigne assez lourde pour refouler à la fois les antisémites et les fanatiques. » Et puis ce télégramme à André Bourgeois daté du lundi 21 septembre 1914, soit seize jours après la mort de Péguy, dont la lecture nous étreint d'émotion comme si venions nous-même d'apprendre la triste nouvelle : « Douleur profonde. Journaux annoncent depuis deux jours Péguy tué à l'ennemi. Bergson. »

YANN MOIX

Lu dans l'édition originale, tirage à part hors commerce (soixante-dix exemplaires, sur registre sélection blanc) édité par l'Amitié Charles Péguy et le Centre Charles Péguy, 1970.

CORRESPONDANCE AVEC ALAIN-FOURNIER, 1910-1914 (1973)

« J'ouvre **Le Grand Meaulnes** *et déjà j'ai peur de ce qu'il va y avoir. »*

Les deux hommes s'adorent. Péguy a pris le jeune Henri Fournier sous son aile. Un peu comme un fils (« je suis votre affectueusement dévoué », termine-t-il ses lettres avant de lui donner du « mon petit »). Contre toute attente, Péguy, qui lisait peu de romans contemporains (il préférait lire *Polyeucte* pour la cinquantième fois plutôt que de découvrir un auteur fraîchement apparu sur la scène littéraire), fut fortement impressionné par *Le Grand Meaulnes* : « Que c'est beau Fournier. » Réciproquement, la prose de Péguy envoûtait Fournier : « Je veux employer ma dernière heure de vacances, à vous dire simplement combien j'aime vos livres. Mais ce que j'aime en vous surtout, c'est que vous n'êtes pas seulement un professeur, qui se grise à expliquer les choses, mais vous les montrez, vous les faites voir, et pour cela vous devenez poète et visionnaire. »

Péguy adorait ceux qui l'adoraient : ils étaient si peu nombreux. Alain-Fournier tente à l'époque sa chance à Paris comme journaliste – pour être franc, il court la pige. Il n'est pas exclu que, dans les débuts de cette relation, de cette amitié, Péguy ait été un brin intéressé : désireux de faire connaître enfin son œuvre en cette année 1910 (année de leur rencontre) et notamment de faire le maximum de bruit dans le landernau littéraire avec son *Mystère de la charité de Jeanne d'Arc*, il mise sur l'entregent supposé de son cadet ou, du moins, tente de s'en faire un allié susceptible d'aller prêcher la bonne parole au sein des rédactions. C'est de bonne guerre : Péguy n'a pour l'instant écrit que dans le quasi-anonymat, retranché dans sa petite boutique, criant ses vérités dans un désert total. Il a envie d'exister un peu. Vient un moment où, quand bien même on déteste les concessions, on aspire à quelque rai de lumière, aussi modeste soit-il. Comme éditeur, Péguy a tout donné aux autres : son temps, son expérience, son souci de bien faire – sa méticuleuse obsession de livrer à la postérité des *Cahiers* parfaits dont leurs auteurs soient fiers jusqu'à leur mort. C'est chose faite. À présent, il entend s'occuper de lui et qu'on s'occupe de lui. Dans sa tranche d'âge et au-delà, c'est râpé ; il s'est fait trop d'ennemis. Il puisera donc dans la jeune génération, celle-ci fût-elle représentée par un seul.

Très vite, Péguy s'aperçoit que Fournier est davantage qu'un journaliste. Il capte sa profondeur, s'émeut, lui l'Orléanais, de son amour de la Sologne. Surtout, les deux hommes vouent à leur grand-mère un prodigieux culte. Ça les rapproche encore. Enfin, puisque l'époque est aux soucis : ils discutent de leur foi, veulent se comprendre eux-mêmes en sondant l'âme de l'autre. Chacun se cherche en trouvant l'autre ; chacun se trouve en cherchant l'autre. Savent-ils qu'ils sont déjà deux morts jumeaux, deux tombés pour la France, deux destins parallèles ?

YANN MOIX

Lu dans l'édition originale,
Feuillets de l'Amitié Charles Péguy n° 174, janvier 1972.

« Vous irez loin Fournier, vous vous souviendrez que c'est moi qui vous l'ai dit. »

Nous vivons dans une époque où rédiger une lettre, décacheter une enveloppe sont devenus ringards, gestes désormais désuets quand les SMS, les mails et les tweets font loi. Le virtuel, cet étrange rouleau compresseur où la communication n'est plus – du moins plus vraiment. Le virtuel, cette étrange machine où les êtres ne sont plus que des écrans, des surfaces, ombres indolores. Quel bonheur pourtant que de se replonger dans une correspondance. On se remet alors à rêver. Ou plutôt à fantasmer. Écrivains grattant le papier, plumes enfiévrées, lignes serpentines, calligraphies tout en boucle, tout en courbe – denses, fluides, fines, hautes, légères, serrées, classiques, élégantes. Écrivains qui se confient, s'oublient, se déshabillent sur la page; sans sujet imposé, ils nous livrent çà et là anecdotes, confessions, observations, réflexions. En somme, un mille-feuille délicieux. Lire une œuvre épistolaire est toujours une affaire d'appétit, de plaisir, de jubilation. On y entre comme dans un nid conjugal...

Il y a quelque chose de cet ordre dans la correspondance de Charles Péguy et Alain Fournier. Savoureuse est cette amitié épistolaire qui dura quatre ans avant d'être brutalement et tragiquement interrompue par leur disparition en 1914 sur le champ de bataille, à deux semaines d'intervalle. Morts pour la France. Tous les deux. Leurs admirateurs se trouvèrent orphelins ainsi que l'écrit tristement Jacques Rivière: « Jamais je n'ai senti plus forte sur moi l'action de Péguy et d'Henri que depuis que je les ai perdus. La communion des morts et des vivants. La communion des saints. » Nous sommes tous un peu des Jacques Rivière. Du moins essayons de l'être car lire une correspondance, c'est toujours d'une certaine façon communier. S'ils n'avaient été fauchés par la mitraille ennemie, nul doute que leur correspondance se serait poursuivie, là au fil du temps, et de leurs pensées, et de leurs émotions, et de leurs expériences. Morts ils sont, et pourtant résolument vivants, vibrants. En 1914, l'un et l'autre s'activaient encore. Péguy avait des angoisses à exprimer, des discours à propager, des batailles à mener ; tandis que Fournier, quoique de treize ans son cadet laissait derrière lui, à la fleur de l'âge (il meurt à vingt-sept ans), tant d'œuvres inaccomplies – on songe à ses projets de romans, de pièces, *Colombe Blanchet*, *La Maison dans la forêt,* laissés en suspens. De cette correspondance émane une triste saveur, celle de l'inachevé, de l'interrompu, du fragmentaire. On en veut encore, on en redemande... Gourmands, insatiables lecteurs.

Fournier, alors chroniqueur à Paris-Match et auteur de petits écrits parus dans diverses revues, découvre Péguy en 1910 – il a alors vingt-quatre ans. Promptement, il fait savoir la nouvelle à sa sœur : « Je vais écrire à ce bonhomme. » Chose promise, chose due. Le 28 septembre de la même année, il lui adresse donc sa première lettre – enthousiaste, il le qualifie de visionnaire, lui confesse son admiration, célèbre ses livres notamment *Le Mystère de la charité de Jeanne d'Arc* dont il loue sa « manière d'évoquer (l'Évangile), présent, vivant, humain ». Une missive laissée sans réponse. Un silence qui ne décourage nullement l'énergique Fournier, qui déjà relance Péguy de trois nouvelles lettres dans lesquelles il lui raconte, ça et là, les dernières actualités littéraires, lui témoigne à nouveau son admiration (Fournier le surnomme déjà son « frère aîné beaucoup aimé »), l'invite à lire sa récente nouvelle, *Le Miracle et La Fermière.* Leur première rencontre a finalement lieu en avril 1911. Péguy l'encourage alors à lui transmettre, sept nouveaux articles (rappelons qu'ils sont au départ, de simples collaborateurs) qu'il entend publier dans ses *Cahiers.* Tel est le point de départ d'une amitié qui dès lors, ne cessera jamais. Une amitié, a priori improbable pour ces deux êtres que tout semble opposer. Ils se trouvent pourtant des affinités communes. Une naissance : l'un naît à Orléans, l'autre tout près à la Chapelle d'Angillon dans le Cher. Une enfance : l'un et l'autre grandissent au contact de la Nature, l'un et l'autre sont pénétrés d'un même amour pour leur grand-mère maternelle. Une jeunesse : l'un et l'autre fréquentent le lycée Lakanal (avant que Fournier rejoigne le lycée Louis le Grand) alors que tous deux préparent le concours d'entrée à l'École Normale Supérieure (Péguy est reçu, Fournier échouera à l'oral). Et puis, il y a la foi. Tous deux la découvrent ou plutôt la retrouvent, partageant une même conception de la religion : « J'aime surtout votre façon d'aimer l'Évangile. Votre façon de lui faire reprendre terre[1] », lui écrit Fournier.

L'année 1911 marque « officiellement » le commencement de leur amitié – dont on ne voyait jusqu'alors que les prémisses. Péguy, habituellement austère, réservé, avare en compliments, s'adoucit, gagne en bienveillance : « Vous irez loin Fournier, vous vous souviendrez que c'est moi qui vous l'ai dit[2]. » Une déclaration qui dit déjà tout de l'estime que Péguy porte au jeune homme – il se dit subjugué par son charme, convaincu de son talent littéraire, de sa plume. Fournier n'est pas encore l'homme du *Grand Meaulnes* (il ne sera publié qu'en 1913) mais déjà, Péguy visionnaire perçoit son succès futur. Quant à Fournier, dans une lettre adressée à son ami le 1er janvier 1912, il renouvelle ses éloges pour les *Cahiers* qu'il compare à la saveur du vin de France : « Du vin qui donne de la joie, de la gravité, de l'attendrissement. Du vin sacré aussi. » Foire aux compliments donc, dont chacun tendrement relance la partie. De cette amitié naissent aussi des confessions. Fournier est conscient des problèmes auxquels est confronté Péguy à l'aube de l'année 1912 – une situation financière difficile (les *Cahiers* ne lui assurent guère de stabilité), une désillusion politique (le dreyfusisme est alors en décomposition), un non-couronnement au prix de l'Académie (*Le Mystère de la Charité de Jeanne d'Arc* ne convainc guère la critique), des tourments amoureux... Penser les plaies, panser les plaies. Telle est la trace du dévouement que Fournier voue à son ami, lequel en retour – sensible à sa mansuétude – lui témoigne son affection, l'exhortant d'abandonner les traditionnelles formalités : « Péguy tout court quand vous m'écrivez. Je vous assure que je l'ai bien mérité[3]. » Un geste qui vient inaugurer un nouveau chapitre de leur correspondance.

L'année 1912 est résolument la plus riche – on ne décompte pas moins de 37 lettres sur un total de 74. Les deux hommes s'entraident, échangent des conseils, se prennent d'affection, partagent quelques moments de grâce. Quand Fournier se trouve devant un Péguy déçu et abattu par l'échec du *Mystère des saints innocents* (seuls sept exemplaires sont vendus au moment où il lui écrit), il lui promet qu'une « belle note de quelqu'un que vous aimez et qui n'est pas à moi » paraîtra dans la *Nouvelle Revue Française* (NRF) et corrigera le tir. Quand Fournier découvre le désarroi de son ami devant la maladie de son fils, celui-ci lui transmet dans une série de lettres, les cures et régimes alimentaires nécessaires[5]. Quand Péguy le sollicite au sujet de ses écrits, *Véronique,* le *Dialogue de l'histoire et de l'âme charnelle* – puis au cours de l'été, pour son sonnet « L'Épave » – le jeune écrivain lui transmet, avec zèle, ses corrections et suggestions. Quelques semaines plus tard, Péguy lui transmet « L'Urne », puis le 1er août, la troisième version corrigée de son poème, « L'Aveugle » accompagnée de cette note : « Être exigeant, voici un troisième état. Vous y verrez que je suis docile[6]. » Confiance, reconnaissance, respect, tels sont peut-être les mots d'ordre de leur amitié. D'ailleurs, Péguy n'hésite pas à dégoter pour son condisciple, un nouvel emploi suite au rachat de Paris-Journal. Ça se bataille, ça se démène jusqu'à ce qu'il lui trouve finalement une place de secrétaire auprès de Claude Casimir-Perier – le même qui durant la Grande Guerre, sera capitaine dans le même régime d'infanterie que Péguy et avec qui il échangera de nombreuses lettres. Leur amitié se façonnera au gré des tumultes, des évènements. Rares sont les disputes, les discordes, les haussements de ton. C'est la relation d'un père à son fils, d'un fils à son père – débarrassée de ce qu'elle peut avoir de vicié, de vicieux: « Cette admiration parfaite et cette absolue confiance, comme du fils à son père, lorsque je vous lisais l'autre soir [...] il faudra bien que nous arrivions à vous faire lire par tout le monde[4]. » Au fil de leur correspondance, leur discours se libère, s'allège. Ainsi, il en va des formules de politesse – un détail qui n'en est jamais un dans l'étude des Correspondances. Péguy, lui qui achève ses lettres sobrement (« Je suis votre affectueusement dévoué ») se montre progressivement plus proche (« Votre fidèlement dévoué »), plus tendre (« Je vous embrasse bien affectueusement »), plus paternel (« Mon petit », « Mon enfant »). Quant à Fournier, s'il exprime dès le début son enthousiasme pour son nouveau maître à penser (« Soyez assurée de ma très grande et respectueuse sympathie), il ne lâche jamais la bride. Toujours, il lui témoigne de son affection (« Permettez-moi de me dire votre jeune ami »), de son amour fraternel (« Je vous aime bien et vous serre fraternellement la main » ; « Nous parlons toujours de toi comme d'un frère »).

Probablement, l'image la plus saisissante, la plus spectaculaire, la plus symbolique même, de l'intimité qui les unit, se donne à voir dans le pèlerinage qu'ils effectuent ensemble à Chartes – c'est le premier de Péguy depuis son retour à la foi, quatre ans plus tôt. Les voilà, tout de chair, les mains liées: « Nous avancions déjà comme deux bons apôtres ». Glorieuse mais triste marche que celle-ci. Péguy espère y trouver la grâce – surtout pour la guérison de son fils mais aussi pour ses difficultés matérielles (les Cahiers là encore, ne lui garantissent guère une vie confortable) et ses déboires amoureux (il lui faut combattre une passion, celle qu'il porte pour Blanche Raphaël, par fidélité pour sa femme et ses enfants).

L'année 1913. Année de fermentation, de consolidation, de fortification. D'abord, il y a un voyage : celui de Péguy qui de nouveau se rend à Chartes, seul désormais, apaisant son ami qui n'a pu l'accompagner : « J'y suis allé pour vous autant que moi ». Ensuite, il y a une confession : celle de Péguy, qui en réponse à une requête du jeune auteur, se dit incapable de le conseiller quant à sa relation avec Simone, actrice mariée et mère de famille. Désaveu, abandon ? Nullement. Pour tout dire, frappant est la pudeur de cette lettre : on y entend une voix, celle d'un un ami, celle de Péguy, désormais plein d'inquiétude et de pudeur, à l'idée de perdre l'amitié de Fournier. Le froisser, le chagriner, jamais : « J'ai une terreur panique de commettre avec vous une maladresse ou d'exercer un atome[7]. » Ce dernier, peu rancunier, ne lui tiendra guère rigueur pour ce désengagement. Au contraire, il reste fidèle au poste et compte parmi ses plus fidèles lecteurs – tout de zèle, il évoque sa lecture de la *Présentation de la Beauce à Notre-Dame de Chartres* qu'il érige au rang de chef d'œuvre : « C'est plus émouvant et plus grand que tout le reste[8]. » Péguy, lui-même se fait lecteur de Fournier. Voilà ce qu'il écrit (de façon surprenante) au sujet du *Grand Meaulnes* : « J'ouvre le Grand Meaulnes et déjà j'ai peur de ce qu'il va s'y trouver[9] ». Ne soyons pas dupes ! Dans cette œuvre, Péguy se retrouve : la détresse, le bonheur refusé, l'espérance – voilà autant de thèmes topiques qui lui sont chers. Cette œuvre, il la comprend – c'est une grande aventure poétique, c'est une tragédie intime aurait-il tonné et non un conte de fées simpliste (comme la critique souvent la réduit) – et l'exalte (« *Le Grand Meaulnes* est très beau et fout tout par terre[10] » écrit-il à son ami Pierre Marcel). La messe est dite. Péguy fait tout pour que le roman décroche le Prix Goncourt. Certes, son engagement véhément reste sans succès (après onze ans de scrutin) mais qu'importe ! Péguy avait vu juste. Publié d'abord dans la NRF, puis en volume chez Émile Paul, le roman connaît un succès fulgurant.

L'année 1914 est plus maigre. Leur correspondance se limite à cinq courtes lettres échelonnées sur deux mois (février/mars) : on y apprend peu de choses, on reste sur notre faim. C'est qu'on aurait surtout aimé que se poursuivre cette correspondance, que jamais elle ne cesse. Gourmands et insatiables lecteurs...Tandis que résonnent au loin les tambours de la guerre, Péguy se mêle toujours aux affaires : pêle-mêle, il approuve la loi qui entend porter le service militaire à trois ans, réprouve le cléricalisme niais (« si le Bon Dieu était seulement servi par ses curés comme il est servi par ses écrivains »), pourfend ses détracteurs (on l'accuse – non sans culot – d'avoir écrit son poème « Ève » pour rivaliser avec *Le Grand Meaulnes).* Comme toujours, son cher ami Fournier rejette ces propos nauséeux et prend sa défense. Nous ne saurions affirmer si le samedi 28 février 1914 constitue leur dernière et ultime rencontre. Ce que nous savons, c'est que durant les six mois qui suivirent, Fournier travaillait activement sur un nouveau roman (*Colombe Blanchet*) et sur une pièce (*La Maison dans la forêt*) et que, encore plein de vie, il accompagna deux mois durant Claude Casimir-Perrier dans sa compagne électorale dans l'Hérault. Quant à Péguy, tout laisse également à penser que ses *Cahiers* continuèrent de l'occuper jusqu'à ce qu'il rejoigne en août son régiment d'infanterie. L'expérience de la guerre ne lui laisse que peu d'espoir. Voilà ce qu'il écrit André Bourgeois dans une lettre – à la saveur tristement prémonitoire : « Si je ne reviens pas, vous me garderez une fidélité sans deuil. Je vis dans cet enchantement d'avoir quitté Paris les mains pures. Vingt ans d'écume et de barbouillage ont été lavés instantanément[11]. » Le 5 septembre 1914, Charles Péguy tombe au champ d'honneur à Villeroy. Le lendemain Fournier – ignorant la triste nouvelle – écrit au pasteur Maury : « Je ne sais pas où est Dieu, dans cette guerre parce qu'on ne peut pas expliquer du monde, mais je sais bien que je ne serai frappé que quand il voudra, comme il voudra, là où il voudra[12]. » Le 22 septembre, son ami, éternel ami, disparaît à son tour dans le bois de Saint-Rémy sur les Hauts de Meuse.

KARIM TABET

Lu dans l'édition Fayard, Yves Rey-Herme, *Charles Péguy, Alain-Fournier, Correspondance, Paysages d'une amitié*, Paris, 1973.

1. Lettre du 28 septembre 1910.
2. Lettre du 8 septembre 1911, *ibid.*, p. 76.
3. Lettre du 3 janvier 1912, *ibid.*, p. 93.
4. Lettre du 6 mai 1912, *ibid.*, p. 103-104.
5. Lettres des 23 et 24 août 1912, *ibid.*, p. 141-147.
6. Lettre du 1er août 1912, *ibid.*, p. 136.
7. Lettre du 22 août 1913, *ibid.*, p. 185-187.
8. *Ibid.*, p. 160.
9. Lettre du 4 juillet 1913, *ibid.*, p. 175.
10. Lettre du 6 octobre 1913, *ibid.*, p. 198.
11. Lettre du 17 août 1914, *ibid.*, p. 246-247.
12. *Ibid.*, p. 249.

CORRESPONDANCE AVEC SA MÈRE, 1890-1914 (1999)

« Nous n'avons jamais été aussi près de la guerre que ce matin. »

Bien qu'anecdotique, la correspondance entre Péguy et sa mère est tout sauf anecdotique. Je m'explique : il ne s'y passe rien, à part l'essentiel. L'amour d'une mère pour son fils, et un amour rude, mais inconditionnel. Cécile Péguy n'a pas vu « Charles » grandir – ce sont des missives à un fiston, pour ne pas dire à un garnement. Un détail, qui fend le cœur : Cécile a fait une enveloppe spéciale pour les « lettres de guerre » de son fils unique. Elle avait un mauvais pressentiment, comme toutes les mères avec des enfants au front – elles pouvaient, puisque le pire y fut constamment une certitude. Voici ce qu'elle avait inscrit sur ladite enveloppe : « lettres que mon pauvre charles ma ma [sic] écri pendant cette guerre modite qui ma la tué conserve presieusement je l'ai tant aimé mon enfant cheri. » Oui, telle était son humanité et telle était son orthographe. À l'époque, on savait ce que le mérite républicain signifiait : mère sans grammaire, fils normalien ; mère du faubourg Bourgogne d'Orléans, fils de la rue d'Ulm. Un fils qui, bien qu'appartenant à l'élite, ne cesse, dans son courrier, de suivre les aventures des faubouriens de son enfance. Aucun changement d'échoppe, aucune grippe d'aucun autochtone ne lui échappe. Il se soucie de ces petites gens qui sont, qui restent ses gens à lui. Si l'univers intellectuel de Péguy est infini, son environnement mental restera toujours le même : forclos dans une géographie ligurienne, pavée, provinciale.

Il est beaucoup question d'horaires de trains, de surmenage, d'argent et de santé dans ces lettres. Le quotidien d'alors. On s'inquiète sans cesse des petites choses – elles s'aggravent vite quand on n'a pas le sou. Jusqu'à devenir fatales. Une bonne, mal soignée, meurt par exemple à vingt-deux ans. C'est ainsi. Au suivant. Depuis Lakanal, où il prépare l'ENS, Péguy demande des souliers neufs à sa mère ; ou qu'elle lui envoie les cravates noires qu'il a oubliées à Orléans. Cécile, dans presque chaque lettre, se plaint d'être oubliée (ce qui est très exagéré) et ne craint pas, non parfois sans quelque perversion, de culpabiliser son brillantissime rejeton : « Mon charles, voilà longtemps que tu ma pas donner de tes nouvelles quand tu sais que mennuie toujours tu mavais écri que tu vaindrai pendant les maneuvres si tu pouvais je tai attandu 2 dimanche tu es pas venue » (lettre du jeudi 25 octobre 1900).

On apprend aussi que, quelques semaines avant sa mort, Péguy vit fort mal l'échec de son aîné, Marcel, au bachot : « J'en suis malade », confie-t-il. C'est que le fils est devenu un père. C'est ce qui fait la force de ces lettres : le fils parle à sa mère en tant que fils jusqu'au jour où le fils parle à sa mère en tant que père d'un fils. Puis d'un fils et d'une fille. Puis d'un fils, d'une fille et d'un autre fils. Se dessine alors un Péguy, sinon familier, du moins familial, qui adoucit la caricature du solitaire en transe, du colérique isolé, du misanthrope soupe au lait. À sa mère, Péguy dévoile le père qu'il est : celui qui éduque ses enfants lui-même, au lieu que de les envoyer à l'école, celui qui marche pour congédier les dangers, celui qui n'a peur que pour les siens, celui, aussi, qui n'a jamais de grand mot fulgurant, de licence poétique ou de dégoulinante gélatine pour dire à sa mère qu'il l'aime, mais qui le dit quand même, en négatif, dans le relief même de sa tendre rudesse et, surtout, dans la façon dont, concrètement, techniquement, il s'occupe, il se soucie d'elle. Péguy soucieux, nous le connaissions – mais voici Péguy, voici « Charles », soucieux de la femme à qui il doit d'être « Charles Péguy ». Ce qui n'est tout de même pas rien.

YANN MOIX

Lu dans l'édition originale,
Bulletin de l'Amitié Charles Péguy n° 85, janvier-mars 1999.

LETTRES À CAMILLE BIDAULT, 1890-1897 (2005)

« Il s'agit que tu sois avec moi, – avec nous –, ou contre nous. »

Moche histoire. Elle commençait si bien. Elle avait débuté lorsque Péguy avait 17 ans, du temps du lycée d'Orléans. Futur vétérinaire, Camille Bidault, boursier lui aussi, brillant lui aussi, d'origine modeste lui aussi, était l'ami sincère et dévoué, franc. On appelle cela, je crois, une « amitié d'élection ». Le fameux « parce que c'était lui, etc. ». Mais la politique, avec laquelle Péguy ne plaisantait jamais – et Dieu sait si, contrairement à la sinistre réputation que lui ont faite, lui font et lui feront hélas encore ceux qui ne l'ont pas *lu*, Dieu sait, disais-je, que Péguy était facétieux, drôle, *plaisant* –, est venue tout gâcher. Pas n'importe quelle politique, bien sûr : celle qui touche à l'Affaire. Bidault, en tant que jeune militaire, refuse « logiquement » de s'engager dans la lutte visant à innocenter le capitaine. N'oublions jamais que pour l'athée Péguy des années 1890, Dieu est laïc : c'est Dreyfus. Dreyfus en tant que symbole, Dreyfus en tant qu'entité – pour Dreyfus en tant qu'homme, c'est plus compliqué. Il y aurait toute une étude à faire sur ce thème : Péguy « contre » Dreyfus. Péguy dreyfusard mais, au fond, très peu dreyfusien.

Péguy, comme il l'indique dans sa *Lettre du Provincial*[1], est prêt à sacrifier des liens remontant à l'enfance sur l'autel de l'Affaire. Il faut dire que c'est le combat de sa vie et le futur gérant des *Cahiers* s'illustre déjà volontiers par une intransigeance chimiquement pure. La vérité seule lui importe : c'est pour elle, d'abord, qu'il fonde ses utopiques *Cahiers*. L'antisémitisme ne passera jamais par lui, qu'on se le dise – que ses camarades, même les plus anciens, même les plus fiables, se le disent. Ils ne comprennent pas de quoi il retourne, ou, pis, font mine de ne pas comprendre ? Alors tant pis. Adieu. « Cette amputation, écrit Péguy dans les toutes premières pages du tout premier *Cahier*, était nécessaire », car « ces honnêtes jeunes gens contribuaient à maintenir la plus grande infamie du siècle ». Et d'ajouter, sans ambages ni regrets : « Ce fut notre force, que cette facilité douloureuse au retranchement, à la solitude, à l'exil intérieur. » Péguy ne transige pas. Sera-t-il, ici, allé un peu trop loin, forçant un intime à soutenir une cause qu'en tant qu'engagé sous les drapeaux, ce dernier ne pouvait en rien embrasser ? Doit-on transformer un droit de réserve corporatiste en antidreyfusisme ? Péguy, *in fine*, n'a-t-il pas eu la main un peu lourde dans sa volonté de se fâcher avec le pauvre Bidault ? À ceux qui, de temps en temps, s'amusent à se demander quelle attitude eût adoptée Péguy sous l'Occupation (même si nous détestons nous livrer à ce genre de stupide récréation), on aimerait faire lire et relire (et relire encore) ces quelques phrases – sans doute, elles les éclaireront.

Comme le souligne Julie Sabiani dans sa belle introduction à cette correspondance, le Péguy que nous découvrons ici est un jeune homme heureux. Il est énergique, enthousiaste, curieux de tout ; il aime la vie. Un ami comme on en rêve, en somme. Il fréquente le théâtre et court facilement au Louvre, dont il aime à arpenter les galeries. Rien n'est plus agréable, il est vrai, que ce Péguy camarade et familier, et qui semble le nôtre, précisément, de camarade : « Je t'ai oublié, pardonne-moi, c'est de la faute au bachot. Je n'ai piqué que la mention assez-bien. Cela fait deux fours en comptant celui du concours général. Je n'ai pas de veine. » Un Péguy qui, futur penseur que l'on sait, se méfie déjà de la philosophie: «La philo me laisse absolument froid. Encore une fois, on n'y prouve rien et c'est surtout une querelle de mots, à cette heure qui devrait être tout à l'action» (Orléans, 1er janvier 1891). Ou encore: «Je m'entraîne aussi pour le bachot, mais tu as eu bien raison de ne pas aimer la philo l'an dernier» (Orléans, 14 juin 1891).

Un Péguy qui n'est pas encore normalien, et qui, on le sent dans ses lettres, n'est pas certain de le devenir. À propos de «l'École», il a compris une chose fondamentale (que je n'ai pas comprise pour ma part quand j'ai préparé HEC mais que j'ai saisie en revanche pour Sciences-Po): lire les rapports de jury est au moins aussi important, sinon plus, que de potasser les matières du concours. Il a mesuré la part dc bidouille des prépas et la manigance qui s'ensuit, le bachotage vain que cela représente, les réflexes à faire siens pour se donner toutes les chances d'intégrer. « Tout cela est une vaste fumisterie, confie-t-il à son ami, toujours depuis Orléans, à la date du 1er avril 1891. L'examen d'entrée se compose pour une bonne part de tuyaux, de trucs, de ficelles, additionnés de piston. Tout cela est bien écœurant et je ne sais vraiment pas si j'aurai jamais le courage (?) de me soumettre à un pareil régime.» Surtout, se dessine là, en germe, dans cet étudiant pas dupe, le futur démissionnaire de «Normale».

On y rencontre enfin, en vrac, un Péguy «effaré» par *La Walkyrie* et amoureux (en silence, bien sûr) de la comédienne Julia Bartet: «J'ai rencontré Bartet rue de Rivoli et je l'ai regardée marcher avec un sentiment harmonieux d'art parfait que je ne dis pas aux Barbares. Il faut aller au Louvre pour trouver pareille démarche». En vrac, tout également, sous la plume d'un jeune homme de 20 ans, de merveilleuses formules dont je suis très jaloux: «La vie aussi s'avance: il paraît que c'est déjà de la vie, que les amis soient dispersés» – on pense aux premières phrases de *Mort à crédit*: «Nous voici encore seuls. Tout cela est si lent, si lourd, si triste... Bientôt je serai vieux. Et ce sera enfin fini. Il est venu tant de monde dans ma chambre. Ils ont dit des choses. Ils ne m'ont pas dit grand-chose. Ils sont partis. Ils sont devenus vieux, misérables et lents chacun dans un coin du monde. » On y rencontre, toujours dans le même vrac, un Péguy témoin d'un duel entre deux condisciples ; on y rencontre un Péguy amoureux de ses amis (« en communion » avec eux, dit-il) – plus exactement : amoureux de l'amitié. Oui, il y a des amoureux de l'amitié comme il y a des amoureux de l'amour. C'est quelque chose, mais de manière plus formidable, qu'on retrouve beaucoup chez son très contemporain Proust (de deux ans plus âgé que lui). On y rencontre même, début 1895, un Péguy qui fait des maths.

Un Péguy, plus attendu, aussi, qui possède l'intuition – avec quelle maturité, avec quelle prescience – que Paris est la ville où l'on peut tout sauf habiter : « Je sens déjà venir l'état d'esprit qui me permettra de quitter un jour et pour assez longtemps Paris sans regrets. Je me vois déjà travaillant tranquille dans la province lointaine » – un rêve, pour ce qui me concerne (qu'attends-je, grands dieux, pour le mettre à exécution ?). Et il ajoute, qui me rend tout également jaloux : « Les souvenirs d'art me sont déjà plus doux que les œuvres d'art présentes. » Il a fait ses provisions, il a de quoi intérieurement tenir. Ses émotions sont faites ; il peut commencer son œuvre. Un Péguy prenant des cours, entre deux représentations théâtrales, sur le système nerveux.

Un Péguy qui nous rappelle qu'un bond de cent trente ans en arrière est un bond vers la préhistoire : « Il y a des banquises à Sully. » Le réchauffement climatique ? Inimaginable, inimaginé. Il n'eût pas aimé notre époque, lui qui trouvait déjà la sienne envahie par la technique, souillée par la science, dominée par le cynisme et pourrie par l'argent. Prier pour Péguy n'est peut-être pas une bonne idée ; le lire, assurément, est ce qui pourrait arriver de mieux. Passons : on voudrait arriver à cette fameuse brouille. Nous sommes un peu voyeurs. Les prémices s'y lisent dans une lettre écrite rue d'Ulm à la date du 9 janvier 1897. Péguy n'y va pas de main morte: « Comment veux-tu que je sois content de toi ? Tu es le "seul" de mes amis qui m'ait laissé en route et qui ne soit pas socialiste et tu es cause que je pense à toi surtout aux heures de découragement – ce dont je ne suis ni fier ni pour toi ni pour moi. » On ne va pas se raconter d'histoires: cela s'appelle du chantage affectif. Insupportable injonction. Le début de la lettre n'était pas de bon présage, de toute façon: « Quand on a les mêmes idées on n'est jamais loin les uns des autres parce qu'on sait qu'on a tous les jours les mêmes sentiments et les mêmes pensées. » Dans sa présentation, Julie Sabiani a raison de rappeler les propos que Péguy rapporte de Jaurès à son sujet: « Vous vous représentez, vous avez la manie d'imaginer la vie de tout le monde autrement que les titulaires eux-mêmes n'en disposent. Et d'en disposer à leur place pour eux. » En guise de conclusion à cette lettre intolérante (ne pas s'engager pour Dreyfus n'est *en rien* synonyme d'antisémitisme et nul n'est sommé de choisir son camp), Péguy, terrorisme intellectuel oblige, enfonce le clou: « J'ai connu un temps où tu admirais passionnément les grands Français de la Révolution. Ces hommes-là doivent aimer mieux qu'on les imite et qu'on les continue. Méfie-toi. J'ai peur que ta vie, si bien commencée, ne finisse mal, et n'ait bientôt plus aucun sens, et je ne te dirais pas tout cela si je n'étais ton ami. »

On imagine que Bidault, à bon droit, se défend. Ses lettres manquent mais on s'en doute – il suffit de jeter un coup d'œil sur la réponse du 27 février 1897: « Il ne s'agit pas de "faire de la politique". Le socialisme [que Péguy a toujours systématiquement tenu pour équivalent au dreyfusisme] est une vie nouvelle et non point seulement une politique. » Puis: « Il ne s'agit point que tu fasses de la politique derrière moi. Il s'agit que tu sois avec moi, – avec nous –, ou contre nous. Quand tu seras avec nous, tu feras ce que tu voudras, si peu que tu veuilles ou que tu croies pouvoir, mais au moins tu ne seras pas contre nous. » Lettre qui s'achève par: « Moi aussi je suis toujours ton vieil ami, mais je voudrais bien être ton ami nouveau, en un sens. » Est-ce là une secte que dirige Péguy, ou bien ?

Ça continue de plus belle le 5 décembre 1898, où Péguy dépasse très largement les bornes : « J'ai eu un petit garçon il y a trois mois, et je n'ai pas eu le courage de te l'annoncer, parce que je n'étais pas sûr que tu fusses resté toi-même. » Déplorant que l'Affaire laisse son vieux copain de marbre, il assène ce qui suit, allant à la ligne : « Je t'écris aujourd'hui pour la dernière fois. Je te prie de considérer ceci comme une lettre d'adieu. » Il craque trois jours plus tard : « Tu es le seul qui m'ait refusé, au moment décisif, la décisive preuve d'amitié. Moralement, il importe que tu sympathises avec les justes ou avec les injustes. Pourquoi discuter tous deux ? Si tu le crois utile tu reviendras me voir quand tu repasseras par Paris ; sinon adieu. » Sans réponse, Péguy assène le coup de grâce à cette amitié : « Je te prie de vouloir bien me renvoyer les exemplaires que je t'avais donnés de la *Jeanne d'Arc* et de *Marcel*. Il me serait particulièrement douloureux que ces deux livres, que j'aime, fussent, par un abus de confiance, aux mains de l'ennemi. » La cause que défend Péguy est magnifique. La manière dont ici il la défend est dégueulasse.

YANN MOIX

Lu dans l'édition originale,
Bulletin de l'Amitié Charles Péguy n° 109, janvier-mars 2005.

DE LA GRIPPE, ENCORE DE LA GRIPPE, TOUJOURS DE LA GRIPPE (1900)

« la joie et le bonheur travaillent au rétablissement »

Péguy, Charles Péguy : comme pour l'essentiel de ma génération, ce nom m'est aussi inconnu que familier. Péguy est un totem, associé à la figure tutélaire de la IIIe République qu'est le « hussard noir », au pèlerinage de Chartres, mais aussi aux valeurs socialistes et chrétiennes. Mes maîtres d'école m'ont certainement fait lire des extraits de son œuvre, mais impossible de citer un ouvrage précis. Ainsi, quand la rédaction d'*Année Zéro* m'a demandé mon concours, je ne pus que me précipiter dans ma librairie préférée et y constater que la rareté des titres disponibles était un miroir de l'absence de l'auteur dans ma bibliothèque personnelle. Mais *De la grippe, encore de la grippe, toujours de la grippe* m'attendait, après plus d'une année de pandémie ; un appel irrésistible !

Et le plaisir de la lecture fut à la hauteur de ma méconnaissance de l'auteur. Je m'attendais à l'écriture sérieuse et guindée d'un maître d'école. J'y ai découvert un auteur cabotin abordant dans un style léger des sujets profonds – privilège sans doute de ces écrivains morts jeunes, dont le succès et la gloire n'ont pas eu le temps de scléroser la plume. J'y ai surtout rencontré un contemporain à la plume aiguisée.

« L'homme ordinaire a eu la grippe ces temps derniers » : nul besoin d'être un spécialiste, un exégète de Péguy pour apprécier le triptyque. Lecteur, qui que tu sois, tu trouveras du plaisir à lire *De la grippe, encore de la grippe, toujours de la grippe*. Après, tu seras même en meilleure santé mentale!

L'ouvrage est d'abord furieusement d'actualité et plein d'humour. Le parallèle avec la pandémie de la Covid est immédiat. Nous serions en guerre contre la Covid, Péguy mobiliserait son génie contre un « régiment de microbes ennemis ». Mais confronté à un péril grave, comme l'est aujourd'hui l'humanité, il ne s'abandonne pas au désespoir. Il se plonge dans la réflexion, élève sa pensée, philosophe sur Pascal. Il arrive à surpasser le risque mortel en l'acceptant: « je me réjouissais dans mon cœur: insensé qui se réjouit avant l'heure de sa mort! »

Même cloué au lit, le citoyen engagé n'est jamais loin! Il pousse plus loin les anathèmes et appelle à « défendre la République contre tous ces étranges libéraux qui ne réclament de liberté que contre la liberté », sérieuse mise en garde contre moralisateurs de tous bords... Profitant du piédestal que l'agonie offre au malade, il nous met en garde contre nous-mêmes: « En leur longue enfance, les peuples ont été asservis aux fantômes de la peur qu'ils avaient eux-mêmes créés. »

À un siècle de distance, son regard sur le fonctionnement de la société française peut être perçu comme d'une étrange actualité, certes au prix d'anachronismes assumés. Il nous dévoile les faiblesses de notre démocratie: « le boulangisme a d'abord été une maladie épidémique à rechutes à peu près régulières: mais il tend à devenir une maladie endémique redoutable. » Sans concession ni indulgence, il n'hésite pas à railler ses premières amours politiques: « Beaucoup de socialistes s'imaginent que la Révolution sociale consistera sûrement à remplacer le patronat capitaliste par un certain patronat de fonctionnaires socialistes ».

Tissant dans son dialogue avec son médecin une analogie entre sa maladie et celles des partis politiques – toute coïncidence avec la recomposition politique en marche depuis cinq ans dans notre pays n'étant bien sûr pas fortuite –, il prête au praticien une longue série de néologismes tous aussi bricolés que lucides et cinglants sur les mœurs politiques. Les médecins pourraient ainsi « diagnostiquer les ambitions personnelles aiguës, la boulangite, la parlementarite, la concurrencite, l'autoritarite, l'unitarite, l'électorolâtrie, mieux nommée ainsi : électoroculture ». Un beau programme électoral en perspective !

Pour autant, nulle morale dans son discours, hormis peut-être contre ses propres faiblesses. Aussi est-il « devenu avare après plusieurs déceptions financières ». Devant ses truismes, il rabroue son docteur : « Mieux vaut proclamer une lapalissade que d'insinuer une erreur », et prévient par avance tous les hypocondriaques : « Il n'y a pas de maladie, il n'y a que des malades. » Évidemment, même plein d'humour au deuxième degré, ces sentences proverbiales ne sont jamais loin de la réflexion philosophique : « Pour l'immortalité, je suis devenu collectiviste ».

L'auteur s'abandonne parfois à la mélancolie, écho sans doute de la mort prématurée de son ami Marcel Baudouin, et nous entraîne dans de longues discussions sur l'agonie de Pascal. Mais son sens inné de la formule, « étrange mutualité de l'incontestable et de l'indéfendable », tire notre regard vers un horizon résolument optimiste. Péguy nous invite à refuser l'abandon : « Et quand on se fonde sur l'immensité de l'espérance éternelle pour me consoler de la prochaine épouvante, je refuse. » Au terme du triptyque, son personnage nous assène la meilleure des potions : « La tristesse, l'ennui, la gêne, le désespoir collaborent à la périclitation comme la joie et le bonheur travaillent au rétablissement. »

La narration de la mort au combat de Péguy, lue et relue enfant dans la bibliothèque familiale, se refermait sur cette oraison : « Le parfait officier de réserve, au sommet de sa vocation troisième, socialiste, chrétien, officier. » Lourd drap de louanges à porter qui vous transforme immédiatement en saint bientôt réduit à son image de carte postale. Mais non, Péguy n'est pas rendu inaccessible par les strates de poussière déposées par le temps. Son style vif, son regard tout à la fois puissant et bienveillant sur ses semblables lui assurent une jeunesse éternelle.

Et en ces temps de doute et d'opposition souvent destructrice, comme un vieux sage qu'il n'a jamais eu le temps de devenir, Péguy nous rappelle qu'il ne faut pas se laisser « effrayer par les mots ». « Joie » et « bonheur », Péguy, à consommer sans modération dans toutes les circonstances sans ordonnance et contre toute forme de dépression, de doute existentiel, de découragement.

XAVIER MAZAURIC
Lu dans l'édition Bartillat, Paris, 2020.

Portrait de Péguy par Jean-Pierre Laurens en 1908. Acheté en 1959 par le Centre Pompidou, Musée national d'art moderne-Centre de création industrielle, Paris. En dépôt au Centre Charles Péguy depuis 1962.

CAHIER BAYROU

FRANÇOIS BAYROU

LE MENSONGE N'EST PAS UN LANGAGE PÉGUY

ENTRETIEN AVEC YANN MOIX ET ÉRIC THIERS

Yann Moix: Quand et comment avez-vous découvert Charles Péguy?

François Bayrou: Péguy, c'est l'une des rencontres de ma vie. Des plus marquantes, des plus précieuses. J'avais quinze ans, et c'était quelques pages de *Notre jeunesse*. Notre professeur était improbable, un immense puits de science, qui serait plus tard l'auteur de quelque quarante livres, dont le premier était un voyage poétique au mont Athos, et le second la biographie de René Daumal dans la collection «Poètes d'aujourd'hui» chez Seghers. Il était génial et fortement chahuté, et il nous ouvrait des horizons inconnus du petit coin des Pyrénées où nous vivions loin de tout, province de la province de la province! J'ai été ami avec lui toute sa vie jusqu'à une fin trop tragique. Il s'appelait Jean Biès. Que sa mémoire soit honorée! Il était donc notre professeur de lettres au lycée – aujourd'hui on dirait le collège – de Nay, chef-lieu de canton au pied des Pyrénées. C'était l'époque où on pouvait avoir comme professeur de lettres, dans les petites classes, quelqu'un qui était docteur d'État ès lettres et l'un des plus grands spécialistes français de la pensée hindoue. On a étudié une page de Péguy en cours, ça m'a hypnotisé...

YM : C'était de la prose ?

FB : Oui, c'était de la prose. D'ailleurs, je n'ai jamais été profondément touché par la poésie de Péguy. Pourtant, chaque fois qu'on me demande de faire un essai de voix à la radio ou à la télé, je dis : « Le long du coteau courbe et des nobles vallées. / Les châteaux sont semés comme des reposoirs / Et dans la majesté des matins et des soirs / La Loire et ses vassaux s'en vont par ces allées. » Mais je n'ai jamais été aussi ému par la poésie de Péguy que par sa prose, excepté la *Présentation de la Beauce à Notre-Dame :* « Mais vingt siècles de peuple et vingt siècles de roi, *Et* toute leur séquelle et toute leur volaille, *Et* leurs chapeaux à plume avec leur valetaille, *Ont* appris ce que c'est que d'être familiers, *Et* comme on peut marcher les pieds dans ses souliers Vers un dernier carré le soir d'une bataille. » Les autres textes, même la *Ballade du cœur qui a tant battu*, ont souvent eu pour moi un caractère un peu mécanique.

Un de mes oncles, dont je vérifie des décennies après sa mort qu'il avait un goût littéraire incroyablement sûr, m'a lui aussi fait lire Péguy. Il m'a fait lire *Victor-Marie, comte Hugo*, comme il a fait lire aussi à l'adolescent que j'étais Soljenitsyne, Kipling... c'est-à-dire les héros de ma vie littéraire. Cette fascination, c'était d'abord la langue. Je suis entré dans ces pages à quinze ans et je n'en suis plus jamais sorti. Il y avait un Péguy dans la collection « Idées Gallimard », je l'ai aussitôt acheté chez un bouquiniste, et j'ai commencé cette aventure qui n'a plus jamais cessé. Je n'ai jamais passé quinze jours sans lire des pages de Péguy. Je ne sais pourquoi, cet homme a un rythme, une pénétration intellectuelle et sensible que je ressens comme une part de moi-même.

YM : Qu'est-ce qui vous a touché ? Est-ce la manière dont il pense, c'est-à-dire une manière qui n'est jamais dogmatique ? Il est capable, un peu comme dans le Talmud, d'oublier lui-même son point de départ pour arriver là où il n'avait pas prévu d'aller.

Est-ce cette manière de penser, fort peu cartésienne, qui vous a touché ?

FB : Mais je vous ai parlé de mon premier contact avec Péguy, il faut que je parle de Péguy avec mon regard d'aujourd'hui. Péguy est né en 1873, j'ai connu dans ma jeunesse des gens nés en 1873. Ils étaient presque centenaires certes, mais ils étaient vivants, je leur parlais et les embrassais. Ils avaient donc à quelques semaines près le même âge qu'aurait eu Péguy – « je suis née le 8 juillet 73 », répétait l'une d'entre elles en roulant les *r* – ; Péguy était né le 7 janvier de la même année. J'ai toujours été fasciné par cette similitude : j'aurais pu le connaître, ce presque contemporain ! Aujourd'hui, c'est une autre question qui me taraude : comment ce garçon, qui a donc trente ans en 1903 – comment a-t-il ce don de visionnaire, cette incroyable pénétration de voir en un instant, alors que tout est à peine en germe, alors que ce siècle avait *trois ans*, comment en un regard embrasse-t-il l'inflammation de la décadence qui vient ? Personne dans ces jours ne sait comment les choses vont se développer, ni quel sera le destin du siècle. À partir de choses qui peuvent paraître banales et anodines, comment voit-il, par exemple, que la sociologie va créer un tremblement de terre dans la vision de notre temps, dans l'appréhension de notre histoire ? Comment le voit-il ? Quelle incroyable extra-lucidité ! Et comment le devine-t-il, le discerne-t-il, alors qu'il est seul de son temps à le faire, à contre-courant de tous les courants !

YM : Oui, alors que la société moderne est balbutiante ; elle est en train de naître.

FB : On est dans les premiers pas de la sociologie. Comment voit-il cela ?

YM : Vous savez que même en science, en épistémologie, il voit des choses qui sont tout à fait admises aujourd'hui, que des spécialistes de la mécanique quantique développent, notamment sur la notion de réel : comment est-ce qu'on peut envelopper le réel, le fait qu'on ne peut jamais vraiment l'approcher, etc. C'est sidérant ! Même en science il a des prémonitions et des fulgurances.

FB : Et il se fait coller à l'agrégation ! Péguy rejeté de l'agrégation de philosophie… Qui le soupçonnerait !

YM : Il a intégré Normale Sup au bout de la troisième fois. La première fois il a raté l'admission à un demi-point, la deuxième, il a raté l'admissibilité à un quart de point, et la troisième fois, il l'a intégrée, au rang de 6e sur 24. Enfin, ce sont des détails.

Éric Thiers : Il renonce à repasser l'agrégation et il explique d'ailleurs pourquoi quelques années plus tard. Il aurait pu avoir cette vie confortable de professeur de lycée en province - la voie toute tracée du normalien à l'époque - mais il y a renoncé pour rester dans l'axe de détresse, face au monde tel qu'il est et poursuivre la lutte contre l'injustice.

YM : Il invente même une Sorbonne clandestine en face de la Sorbonne, comme un coquillage sur un rocher, pour faire la nique à la Sorbonne toute sa vie.

FB : Une autre chose m'a fasciné, aussi, c'est son humour dévastateur, son rire de démolition. Quelques années plus tard, j'ai déposé un sujet de thèse, thèse d'État à l'époque, *Le Rire de Péguy, humour, ironie, sarcasme*. Le rire comme arme de guerre. Et je sais bien qu'il est des esprits distingués qui ne comprennent même pas qu'on imagine que Péguy est un auteur gai, drôle, désopilant quand il s'y met !

YM : Je suis heureux que vous évoquiez ce point. Et comment pourriez-vous expliquer la mécanique humoristique de Péguy ? Est-ce seulement le comique de répétition ?

FB : Le mécanisme de l'humour comme arme de guerre est présent dès les premières pages, c'est *De la grippe*, et très tôt dans le titre lui-même, *Encore de la grippe*. Et son *Un Nouveau théologien, M. Fernand Laudet*, c'est un char d'assaut de sarcasme, un bulldozer de démolition méthodique. Dans ce Péguy si nostalgique – encore un trait que j'aime chez lui –, il y a le rire homérique, l'éclair au coin de l'œil, et l'ironie comme une cognée...

YM : Est-ce quelque chose que vous aimez, chez lui, quand il prend une victime et qu'il ne la lâche plus ? Ses victimes peuvent être un professeur de la Sorbonne, un philosophe...

FB : Il faut mesurer les choses. D'abord, ils ne le lâchaient pas beaucoup eux non plus. Ensuite, il n'y a rien dedans que l'on considérerait offensant aujourd'hui. Il ne s'en prend pas à la vie privée. Il ne s'en prend pas au physique.

YM : Il souhaite quand même la mort physique de Jaurès.

FB : « Et la politique de la Convention Nationale, c'est Jaurès dans une charrette et un roulement de tambour pour couvrir cette grande voix. » Oui, je sais bien, passer de l'amitié et de l'admiration de disciple à maître, à cette immense colère, à ce réquisitoire public...

YM : Dans votre vie politique, est-ce que Péguy vous a aidé à prendre des décisions, à réfléchir, à penser ?

FB : Je vais essayer de dire les choses le plus exactement possible. Dans l'engagement, il y a une forme d'harmonique. Vous vous engagez parce que vous avez comme une musique intérieure qui vous porte. Vous croyez des choses qui sont en résonance avec votre être, qui sont une part de votre histoire, de votre enfance. Et Péguy c'est cela. Il n'y a jamais dans Péguy de rupture entre ce qu'il pense et ce qu'il est. C'est l'expérience modeste qui est la mienne. Et comme lui, je n'ai jamais cessé, au cours de ma vie, de croire aux mêmes choses. Alors on les développe, bien sûr, mais le fil est tracé.

ET : Dans ce que vous dites, je vois apparaître l'idée qui me semble très présente chez Péguy qu'il existe une continuité entre ce que l'on est et le monde qui nous entoure, comme une porosité. À la fois on s'en nourrit, on est dans ce monde, on est ce monde. On peut le changer en s'élevant soi-même.

FB : Et on peut le comprendre sans même avoir fait les études qui vous assurent l'illusion de l'expertise. Je suis très profondément en phase avec Péguy dans sa condamnation de la méthode réputée scientifique, qu'il appelle la méthode du « chemin de fer de grande ceinture ». Désormais, on tient pour acquis que vous ne pouvez comprendre Montaigne, ou Pascal ou Aristote, que si vous avez dépouillé toute une bibliothèque sur la manière dont on commerçait, voyageait, contractait, au temps d'Aristote, dont on se mariait, dont les bibliothèques se constituaient au temps de Montaigne ou de Pascal. Lui, Péguy, il se donne le droit de comprendre d'immédiate intuition les siècles et les événements, les tremblements de terre et les ouragans de l'histoire et de l'histoire de la pensée. Il revendique le droit d'aller droit au centre des choses de l'histoire, droit à l'intime et immédiate compréhension d'un auteur qu'il admire. Vous me demandez s'il m'a influencé : il se trouve que d'instinct, je vis exactement de cette façon les sujets techniques qui abondent en politique, même et surtout les sujets si complexes qu'on traite au Commissariat au Plan. Ces sujets sont vitaux pour la nation : on n'a pas le droit de se perdre dans des centaines d'études préalables, mais on essaie d'aller droit à la problématique essentielle du sujet.

YM : Il apparaît chez vous, comme chez Péguy, que la République, contrairement à une idée reçue, n'est pas une plaisanterie, n'est pas quelque chose de *cool*, de *soft*, de flasque, mais,, quelque chose d'extrêmement strict avec des règles fortes, que ce n'est pas du tout un régime plaisant. Et ça Péguy le rappelle sans cesse. Vous, j'ai l'impression que vous le rappelez sans cesse aussi, que la

République n'est pas une cour de récréation mais quelque chose de contraignant. Êtes-vous d'accord avec ça ?

FB : République et démocratie ont un facteur commun qui est la responsabilité du citoyen ; tu ne peux pas dire que c'est la faute des autres ! La démocratie est la revendication et l'organisation de cette démarche de responsabilité. Elle est la revendication et l'organisation du pluralisme par exemple. Le concert démocratique permet que les affrontements qui devraient finir en guerre civile se traitent avec des mots peut-être violents, mais sans violence physique dans l'arène parlementaire. Mais la République, c'est un projet politique, une architecture de valeurs, extrêmement sérieuse, qui dépassent le concert démocratique qui en est le cadre. C'est une philosophie en actes. Très souvent dans des discussions je parle des quatre vertus romaines : *gravitas, dignitas, virtus* et *pietas*, la gravité, la dignité, le courage et le sens du sacré, le sens de ce qui nous dépasse. Sans ces quatre vertus-là, il peut y avoir démocratie mais il ne peut y avoir République. La République c'est une charpente osseuse avec de la chair par-dessus. Et moi j'aime les deux, j'aime la République et j'aime la démocratie. J'ai toujours refusé de les séparer ; les deux concepts ne sont pas séparables. C'est comme ça que je le ressens.

ET : Pour Péguy la République c'est aussi la continuité historique, entre l'Ancien Régime et la Révolution. C'est tout autant cette articulation entre la communauté politique et l'émancipation individuelle. Il pense toujours ensemble la personne et la communauté dans laquelle elle s'insère. Et les *Cahiers de la Quinzaine*, c'est justement ça. Il veut créer une cité, une amitié, une république. Et ce sera sa revue peuplée d'idées, de mots et de personnes. Ce qui est passionnant chez lui, c'est qu'il arrive à penser la capacité de chacun à se développer tout en prenant part au collectif, en construisant le collectif.

FB : Ce qui me fascine, c'est qu'il est sculpté par son histoire.

Il entre à l'École normale à vingt-et-un ans, il vient d'où il vient, et il entre dans un univers de concepts dans lequel il est à l'aise intellectuellement, toutefois, il ne se laisse pas entraîner par ce courant parce qu'il y a sa mère. Sa mère apparaît comme une corde de rappel à son enfance. Il est perpétuellement arrimé, rappelé au réel de son enfance qui est un réel social. Ce que tout le monde oublie.

YM : Une partie de vous aussi ?

FB : Sans aucun doute, ce refus d'être sans mémoire, c'est une partie de moi aussi. J'ai toujours refusé de considérer que la lutte des classes était finie. Plusieurs fois pendant les campagnes présidentielles, j'ai été accusé de ce point de vue-là par un certain nombre de mes amis. Quand on lit Péguy, on ne peut pas oublier cette dimension d'humiliation, y compris face à la Sorbonne…

YM : Exact, « humiliation », c'est le mot-clef de son existence.

FB : Donc il a cette revendication d'orgueil, pas seulement dans la dimension personnelle du mot, mais dans la dimension intellectuelle. Je ne plierai mon genou devant aucune de vos intimidations intellectuelles. Cela le met dans une situation de rebelle.

ET : Vous évoquiez ce refus d'être sans mémoire. Péguy aborde sans cesse la question de la mémoire dans presque tous ses grands textes, notamment dans *Clio*. Mais dans l'un de ses premiers écrits - *Marcel, premier dialogue de la cité harmonieuse* -, une grande utopie, il pose comme postulat qu'il n'y aura plus alors de mémoire. On aura oublié tous les efforts et la ténacité qui auront été nécessaires aux hommes pour fonder cette cité d'harmonie. Peut-être faut-il oublier pour être heureux ?

FB : C'est absolument fascinant, parce que lorsqu'il écrit *Marcel* il est très jeune, il a vingt-cinq ans. Pour moi je vois très bien cela, je vois tout à fait l'espèce d'ivresse à être sous la coupe de Lucien Herr, dans le monde des *in*. Ceux-là ce sont des *in*, le top des *in* si je puis dire. Ceux qui vont gouverner la société sans que ça ne se voie, simplement parce qu'ils ont le patrimoine commun d'idéologie et d'idéal.

YM : Je vous imagine, François, comme Péguy, refuser de vous engager à cause d'un mot, un mot qui cloche dans un texte. Dire : « Voilà, si vous n'enlevez pas ce mot, ce sera sans moi. » Péguy est comme ça. On en a mille preuves, même quand il était étudiant : si un mot lui déplaisait, il ne s'engageait pas.

FB : Sans vouloir faire de mimétisme excessif, je sais bien à quoi vous faites allusion : je ne signe jamais de pétition ou de texte que je n'ai pas écrit moi-même. Tout cela est extrêmement lié : le réflexe spontanément rebelle, la fierté de celui qui regimbe et regimbera toujours face à l'univers des puissants, au nom des siens, de ceux dont il vient, et qui sont restés *là-bas*. C'est une manière de concevoir sa place dans l'histoire sans compromis.

YM : J'ai l'impression que vous êtes, avec l'Élysée, exactement comme Péguy avec les *Cahiers de la Quinzaine* en face de la Sorbonne.

FB : En tout cas, je n'accepte pas de relever d'une légitimité moindre. Pourquoi, parce que je ne suis pas à mon compte dans cette affaire. Je suis au compte des dix générations qui m'ont précédé et qui étaient réellement des humiliés, des sans-voix, des gens qui n'avaient rien, quoiqu'ils fussent pleins de dons, intelligents, brillants, cultivés... Et au bout du compte, aucune reconnaissance ! Enfin, on a tous la même histoire, nous qui sommes là.

YM : Plus ou moins. Il y en a qui ont la même histoire que nous trois mais qui se sont empressés de l'oublier. C'est ça aussi la trahison, c'est oublier ça.

FB : Ils ont besoin d'être conformes. Ce qui est d'ailleurs un mal du temps. Le mal du temps, en France, c'est le conformisme. Il n'y a plus personne qui pense qu'on peut changer le monde. Depuis que la gauche est entrée dans le libéralisme, dans cette fatalité-là, et en raison de la sélection et de la formation des élites en France, nous sommes entrés dans un monde où le ressort profond est la reproduction. Donc jamais personne ne prend le crayon de l'architecte pour redessiner le monde, même sur de petites choses. Or, ce sont très souvent sur les petites choses qu'il faudrait changer le monde.

ET : La reproduction des idées et des comportements ! Il faut dire ce que l'on voit, et, ce qui est plus difficile, voir ce que l'on voit, écrit Péguy. Parce qu'aujourd'hui non seulement on ne dit plus ce que l'on voit, mais on ne voit plus rien. La vérité est devenue un scandale. On n'ose plus la regarder en face. Nos contemporains se paient de mots et reproduisent à la photocopieuse les idées les unes après les autres.

FB : C'est très frappant dans tous les documents ou études qu'on peut lire. Dans la préface d'*Henri IV*, écrite il y a presque trente ans, j'ai écrit : « Les experts sont toujours les experts du monde au passé. » C'est à mourir de rire, par exemple, chez les communicants des campagnes électorales. Ils vont toujours chercher le schéma antérieur. Il paraît que c'est vrai aussi chez les stratèges militaires : préparer toujours pour l'avenir la précédente guerre. C'est vrai chez les communicants politiques : ils essaient toujours de refaire les campagnes gagnantes du passé ! Tout cela est évidemment dérisoire face à la responsabilité que nous devrions exercer : avoir le courage de voir ce qu'on voit dans le monde où l'on est. Ce n'est pas très facile, certes, il faut aussi avoir confiance dans le fait qu'on peut changer ce monde. Si vous avez la puissance poétique, au sens étymologique – la création à partir de rien –, à ce moment-là vous pouvez changer un certain nombre de choses. Par exemple, faire marcher une administration, penser des méthodes pédagogiques, des ressorts pédagogiques – si l'on pense à l'Éducation nationale. Ces sujets-là sont pour moi exactement la dénonciation de cette dérive à laquelle nous font assister ceux qui veulent être comme il faut. Les conformistes. Ceux qui veulent être du côté de la puissante et bien-pensante Sorbonne...

YM : Ne vous trouvez-vous pas dans un certain état de solitude, comme l'était Péguy ? N'avez-vous d'ailleurs pas la sensation d'être seul depuis toujours, d'une certaine manière ?

FB : Je l'ai été pendant longtemps, mais j'avais la chance d'avoir un petit commando... une « amitié et une cité ». C'est exactement ça. Et c'est ce qu'on a établi pendant trente ans avec Marielle de Sarnez, par exemple, mon alter ego, qui vient de nous quitter.

YM : Il y a bien un parallèle avec Péguy... François petite structure, qui vient toujours un peu déranger les choses mais qui reste, malgré tout, dans un combat idéaliste. Ne ressentez-vous pas, comme Péguy, une grande sensation de solitude ?

FB : Il y a entre lui et moi une différence de taille, moi j'ai une grande joie de vivre. Lui, il avait l'exultation du combat, mais sa joie de vivre était souvent assombrie par une certaine amertume, un certain sentiment d'humiliation et l'âpreté de l'absence de reconnaissance.

YM : En fait il l'a eue, mais sa joie de vivre a périclité avec les ans, pour mille raisons. Péguy a connu des moments de joie, notamment auprès de ses enfants. Mais il a souvent souffert de problèmes conjugaux et professionnels qui l'ont esquinté.

FB : Je n'ai pas ça. J'ai la chance d'être content quand je me lève le matin. Lui, il se levait par devoir. Enfin, j'en ai l'impression.

YM : Et en colère.

FB: Oui, c'est vrai. C'est exactement ça. Mais il est hors norme par la pénétration de son intuition. Comprendre les mouvements d'un siècle, d'une société, alors qu'ils sont à peine en germe, et réussir à projeter dans le temps les immenses dérives que tout cela va apporter – y compris la politique parlementaire, sentir ce que vont être les remises en cause et les bouleversements illégitimes provoqués par la sociologie qui est en train de naître, et qui veut se présenter comme une science –, il faut être génial pour comprendre ça...

ET: Il voit venir les totalitarismes, il voit venir la bureaucratie. Quand il écrit: « Ce n'est plus la barricade aujourd'hui qui discerne, qui sépare en deux le bon peuple de France, les populations du royaume. C'est un beaucoup plus petit appareil, mais infiniment plus répandu, surtout aujourd'hui, qu'on nomme le guichet», c'est quand même très impressionnant. Et il écrit cela en 1907 avant Max Weber, avant tous les sociologues de la bureaucratie. Et lorsqu'il écrit en 1910: « Prendre son billet au départ, dans un parti, dans une faction, et ne plus jamais regarder comment le train roule et surtout sur quoi le train roule, c'est, pour un homme, se placer résolument dans les meilleures conditions pour se faire criminel.» La métaphore du train est terriblement visionnaire.

YM: Et même sur l'islam! Ce virage de la mystique sur la politique, on y assiste absolument tous les jours avec une politisation de l'islam.

FB: Ce virage, c'est l'instant où dans le combat d'idéal s'introduit la notion d'utilité. Et cette notion d'utilité vous met devant une question de détermination absolue qui est: Est-ce que je choisis l'idéal au détriment de l'utilité ou l'utilité au détriment de l'idéal? Et quand il dit mystique, il ne parle pas de mystique religieuse, il parle de mystique politique.

YM: D'abord, il dit que dès qu'il y a un *isme* à un mot il faut se méfier, avec l'islamisme, synonyme de politisation de l'islam, c'est cela que je voulais dire. Autre chose, vous dites quelque chose qui est vrai et à mon avis sujet à caution. J'ai la sensation qu'au début la politique était pour lui une mystique, *De la cité socialiste* par exemple, c'était vraiment une utopie, un paradis inaccessible ; là, on est donc dans une mystique démocratique, presque une religion de la laïcité et de la République. J'ai l'impression qu'ensuite, il cherche toute sa vie une transcendance républicaine, quelque chose qui est au-dessus du simple utilitarisme dont on parle. Il est déçu de voir sempiternellement les grands idéologues politiques devenir des politicards - il inclut Jaurès dedans, de manière injuste à mon avis - et il pense que la parole se tue elle-même en discours. La parole devient un discours, et le discours est un formatage.

FB : C'est exactement ce que l'on vit aujourd'hui.

YM : Péguy n'en peut plus de cet usage de la parole qui se détériore en discours et là, il connaît une nouvelle crise mystique, vers 1909, où il recouvre la foi. Il se dit : « étant donné que ma mystique politique est un leurre car tout devient *politicarisation*, autant y aller une bonne fois pour toutes dans la véritable transcendance. » C'est comme ça que je vois, à grands traits et à grands à-coups, la pensée de Péguy évoluer. Un besoin de transcendance qu'il ne retrouve jamais dans la parole politique, qui se transforme toujours en discours, tous les mêmes, c'est-à-dire en démagogie. La parole qui se change en discours, c'est la mystique qui dérive en politique. Le seul endroit où il n'entrevoit pas de discours mais uniquement de la parole, c'est la parole de la foi. D'ailleurs, s'il ne rentre pas dans l'Église c'est précisément pour les mêmes raisons. Qui dit institution dit discours : l'Église va encore me servir des discours, donc je reste au seuil.

ET : Il parle de la dégradation de la mystique en politique aussi bien pour le dreyfusisme que pour le christianisme et le catholicisme. Et ce qui me frappe encore une fois, par rapport à la grande distinction établie par Max Weber, c'est qu'il anticipe déjà éthique de la conviction et éthique de la responsabilité. Il les distingue très nettement, mais à certains moments il essaie de les faire jouer ensemble. S'il dit que la mystique se dégrade inéluctablement en politique, il dit aussi qu'il ne faut pas s'arrêter là. Selon lui, la mystique doit toujours essayer de renouveler la politique, ce n'est pas un combat perdu d'avance, il faut sans cesse remonter la pente. Il y a en quelque sorte chez lui un côté Sisyphe. Son passage au christianisme est lié aussi à une étape dans sa vie, l'avancée en âge. C'est le moment où il approche la quarantaine, l'âge terrible où l'on devient ce que l'on est, pour reprendre ses mots. La politique ne suffit plus à combler ce désir de transcendance, ni tout simplement ce besoin de survivre face aux difficultés d'être.

YM : Je voudrais qu'on aborde un sujet grave : la mort de Péguy. J'ai discuté longuement avec Géraldi Leroy – j'ai eu cette chance – en 2014. Il était tout sauf un homme excessif, il était sans ostentation, c'était un homme très discret ; il ne supportait pas qu'on fasse dire des choses à Péguy qu'il n'avait pas dites. Il détestait la ventriloquie péguyenne. J'ai risqué de poser la question de savoir si Péguy était parti pour mourir en 14. Géraldi Leroy m'a répondu en ces termes : « Je ne dirai pas que Péguy s'est suicidé, mais je crois qu'il avait de bonnes raisons de se quitter lui-même. » Voilà ce qu'il m'a dit.

FB : Moi je ne ressens pas ça. J'ai toujours été fasciné par cette fin. Mais je ne crois pas du tout qu'il avait décidé de mourir. Dans ses dernières lettres, il avait l'allégresse du soldat, du lieutenant à la tête de sa section. La vie était pour lui devenue simple, Dieu sait qu'avant elle ne l'était pas tous les jours. Ils vivaient dans le campement, ensemble, et il y avait une allégresse. Les soldats de la section le racontent aussi. Là je crois qu'il avait une joie de vivre, là les choses avaient cessé de peser. Il n'avait plus de lourd sur ses épaules que son havresac, rien d'autre. Mais finis les soucis de faire les fins de mois des *Cahiers*, les soucis des tensions familiales ou des tensions avec les amis perdus. Il s'était réconcilié avec tout le monde, il s'était réconcilié avec Bergson…

YM : Un peu comme s'il avait envisagé de ne pas revenir, tout de même.

FB : On ne peut pas partir à la guerre sans envisager de ne pas revenir, surtout Péguy.

YM : Il avait communié la veille, dans une chapelle.

ET : Je crois qu'il était prêt à accomplir ce qu'il devait accomplir, son destin.

YM : Il n'avait donc pas peur de mourir du tout.

FB : Pas du tout. Mais à mon avis, il n'avait pas non plus l'envie de mourir.

ET : Pas l'envie, mais prêt à faire ce qu'il fallait faire, pour quelque chose qui le dépassait, pour la paix selon les derniers témoignages.

FB : Mais quand même, les seuls textes où je lui ai ressenti de la joie de vivre, c'est à ce moment-là. Ce sont les premiers textes écrits au début de la campagne ; le combat, dormir à la dure, l'armement, les brodequins...

YM : Et le groupe, la camaraderie !

FB : Et la camaraderie d'un groupe dont il est, de plus, responsable.

YM : Et à propos de son histoire d'amour avec Blanche Raphaël ? Personne n'en parle jamais.

FB : Je pense qu'elle n'était pas à la hauteur de cette histoire, c'est lui qui s'est imaginé des choses.

ET : *Ballade du cœur qui a tant battu*, c'est très beau. Il parvient à montrer ce que c'est qu'un cœur qui bat, diastole, systole... et en même temps, c'est tellement adolescent.

FB : Mais c'est mécanique. Il aurait pu continuer comme ça sur cinquante pages.

ET : Mais parce que le cœur ne cesse jamais de battre, plus encore quand il est amoureux... Ce n'est pas mécanique mais organique.

YM : Ça me fait penser à Apollinaire qui part à la guerre et rencontre une femme dans le train, une certaine Madeleine Pagès. Il lui enverra trois cents lettres, elle, elle en enverra deux. Il a juste un réceptacle sentimental en tête et il bombarde cette pauvre inconnue qui devient le réceptacle de ses obus sentimentaux. En revanche, Péguy et Blanche passent de bons moments ensemble avant qu'il ne parte au front. Il y a des témoignages disant qu'ils serpentaient dans les rues de Paris la nuit, etc. Il y avait quand même quelque chose.

FB : Je n'ai pas creusé la question, qui était exactement cette femme ?

YM : Blanche Raphaël avait travaillé aux *Cahiers de la Quinzaine* comme – dirait-on aujourd'hui – stagiaire. Et il était tellement amoureux d'elle qu'il s'est empressé de la mettre dans les bras de l'un de ses meilleurs amis, un peintre du nom de Marcel Bernard. Et il souffrait le martyre. Certains vont jusqu'à dire – j'en fais partie – que tous les pèlerinages qu'il a faits à Chartres seraient pour elle...

FB : Je ne crois pas, il explique plutôt les pèlerinages à Chartres par son jeune ami qui est mort d'une overdose.

ET : Et puis, au début, pour son fils qui est malade.

YM : J'aurais une question sur la famille. Diriez-vous comme Péguy que les pères de famille sont les derniers aventuriers des temps modernes, que c'est la chose la plus difficile au monde ? Et autre question, justement sur la foi, où vous situez-vous par rapport à la foi ?

FB : Je suis chrétien.

YM : Au seuil de l'église, comme Péguy, ou dedans ?

FB : Dedans. Mais je n'assiste jamais à la messe ailleurs qu'au dernier rang. Au fin fond de l'église.

YM : Pas loin de la porte.

FB : Ce n'est pas ça. Vous savez bien : « Nous ne demandons rien, refuge du pécheur / Que la dernière place en votre Purgatoire / Pour pleurer longuement notre tragique histoire / Et contempler de loin votre jeune splendeur. » Je ne suis pas un chrétien d'exhibition, je ne suis d'ailleurs pas très clérical pour dire la vérité. Mais c'est un tic chez moi, quand je représente la ville ou le gouvernement, jamais je ne communie ni ne m'agenouille. C'est d'ailleurs la règle de De Gaulle. Quand on représente la communauté, on est comme les autres, on a les mêmes gestes de respect. Sinon, oui, je vais à la messe et j'aime bien ça, mais au dernier siège du dernier rang.

YM : Et à propos du père de famille ? C'est un rôle qui a posé beaucoup de problèmes à Péguy, pour le meilleur et pour le pire ; il avait notamment beaucoup de mal à se faire respecter par ses enfants.

FB : Vous savez que j'ai pas mal d'enfants…

YM : Il en avait beaucoup aussi.

FB : Oui, quatre pour lui, six pour moi. Donc oui, comme lui, je pense que nous sommes des *aventuriers* dans le monde moderne, mais j'ai eu dans l'aventure beaucoup de chance. D'abord parce que ma femme a pris en charge la plus grande part de l'éducation des enfants, ensuite et surtout parce que nos enfants sont formidables, et plus que ça encore ! Je parle à mes enfants tous les jours. Je leur téléphone tous les jours, et souvent à tous les six, à la file ! Spécialement lorsqu'ils traversent des moments plus ou moins difficiles. Je les suis tous. Je n'ai pas eu de mal avec l'aventure paternelle, j'ai vécu ça facilement. Il y a un vers d'Éluard que j'aime beaucoup qui dit : « J'ai la beauté facile et c'est heureux. » J'ai eu, je ne vais pas dire une paternité facile, parce qu'on rencontre toujours des problèmes qui paraissent sur l'instant des drames dont on ne sortira pas, mais j'ai toujours eu – ou l'impression d'avoir eu – des relations faciles avec mes enfants. Des relations confiantes et rigolotes. On parle, et on a toujours parlé. Cela ne veut pas dire que je ne suis pas passé parfois à côté. Ce lien-là, cette responsabilité-là, cet investissement-là, cette aventure-là, a été plutôt facile pour moi. Je ne suis jamais passé par les affres de Péguy, sauf, c'est le pire, quand ils étaient malades. J'ai toujours dit que c'était là ma seule inquiétude.

YM : Si vous deviez conseiller un livre de Péguy, lequel serait-ce ?

FB : D'abord c'est impossible, parce que je ne me souviens jamais des titres. Et puis UN livre de Péguy ça n'existe pas... *Notre jeunesse*, *Victor-Marie, comte Hugo*... mais il n'y a pas UN livre de Péguy. J'ai fait mon mémoire de maîtrise sur une étude comparée des deux *Jeanne d'Arc*.

ET : Vous l'avez encore ?

YM : Ce serait intéressant de le publier.

FB : Je l'ai encore, et c'est un miracle que je l'aie encore ! Mon prof m'a fait des reproches cruels parce que dans mon mémoire j'avais écrit cette phrase : « Mais le mensonge n'est pas un langage Péguy. » Il m'a dit : « Mais c'est une faute de français, vous vous rendez compte ? Le langage Péguy ça n'existe pas, c'est le langage de Péguy ! » Il n'a rien compris, rien compris du tout ! Donc il ne m'a mis que mention bien. J'étais très fâché parce que je trouvais qu'il n'y avait pas de raison. J'ai donc refusé de déposer le mémoire. Mais lui a déposé son exemplaire, et moi j'en ai gardé un. Ce mémoire parlait de l'évolution mystique de la première *Jeanne d'Arc* à la *Jeanne d'Arc* de 1911.

YM : Vous est-il arrivé de vous sentir humilié par vos racines dans le monde parisien, politique ? Des humiliations insidieuses, pas forcément des humiliations publiques ?

FB : Tous les jours. Au début, tous les jours. Je ne savais pas m'habiller, je ne connaissais aucun des codes, je ne connaissais personne. D'ailleurs, je ne connais toujours personne, et je suis encore vivant parce que j'ai été préservé de les connaître au sens mondain du terme. Jamais de dîner en ville, je ne les connais pas. La force de Macron, par exemple, c'est qu'il n'est prisonnier de personne. Il n'a aucune tendance à aimer les puissants, cependant il les connaît tous. Il a une mémoire fabuleuse de ce point de vue-là.

ET : Ce que je trouve intéressant dans cette situation, c'est qu'il faut apprendre à se jouer de cette comédie en conservant un regard extérieur et toujours neuf. Et je trouve que Péguy, c'est un viatique contre ça. Dans les métiers que l'on fait, on vous sert du Monsieur le président, Monsieur le directeur, etc., et je ne sais quoi d'autre. Et quand on lit tous les jours une page de Péguy comme je le fais, on se dit, quelle comédie quand même !

YM : Oui, il permet de non pas être fier, mais de ne pas avoir honte de venir d'Orléans, du Béarn, etc... Et ça c'est très fort.

FB : Et encore une fois, ce qu'a Péguy et que nous avons je crois, c'est que nous ne sommes pas là en notre nom propre. Nous sommes là avec la théorie, au sens grec du terme, des générations avant la nôtre, les paysans, les vignerons... On les représente tous. C'est pour cela que nous n'avons pas le droit de baisser les yeux.

ET : Dans l'Amitié Charles Péguy, notre association qui a été créée dans la clandestinité en 1942, on attache beaucoup d'importance à la cérémonie de Villeroy, là où Péguy est tombé le 5 septembre 1914, ce qui pourrait apparaître comme une chose un peu surannée pour certains. Mais nous venons faire mémoire d'un sacrifice, remercier ces jeunes gens de vingt ans, ces hommes de trente ou quarante ans comme Péguy pour ce qu'ils ont fait.

FB : Mon village, le village où je suis né et où j'habite toujours aujourd'hui, comptait trois cent habitants en 14, et sur le monument aux morts, il y a trente noms. Vous enlevez les femmes, les moins de vingt ans et les plus de quarante, cela donne un mort sur deux garçons partis à la guerre. Et il y a aussi les blessés, les gazés, etc. Mais avant qu'on se sépare, je voudrais revenir sur autre chose, à savoir le plaisir de lecture que représente Péguy. On ressent ça comme ennuyeux alors que c'est délectable et à se tordre de rire.

YM : J'adore entendre ça ! Et que pensez-vous de cette récupération aux extrêmes ? Par exemple, Edwy Plenel se pense le seul péguyste cohérent, Finkielkraut pense que Péguy n'a écrit que pour lui... Ça ne vous exaspère pas un peu, cette récupération ?

FB : Pas du tout, parce que je me dis – aussi étrange que cela paraisse – que cela crée un lien avec chacun d'entre eux. Certes, ils sont singuliers tous les deux, « barjots » et moi aussi sans doute, et nous aussi, ça aussi c'est une amitié ou une cité, aussi étrange que ça paraisse. Finkielkraut, j'aime bien son titre, *Le Mécontemporain*, c'est un titre magnifique.

YM : C'est un livre clair, une bonne introduction, pourrait-on dire. Toutefois, il rate complètement l'aspect que vous aimez tant et que j'aime tant, l'aspect humoristique. Plenel aussi. Ils ont raté complètement le côté burlesque de Péguy.

FB : Ils ne savent pas lire parce que c'est à toutes les pages !

YM : Je suis d'accord avec vous. Et ça, c'est un grand mystère, cet esprit de sérieux que l'on trouve chez beaucoup de péguystes, même dans l'Amitié Charles Péguy. Il y a un esprit de sérieux qui est le symétrique opposé de la légèreté totale, de la déconnade, qui est aussi l'œuvre de Péguy.

ET : Et pour résumer, de la vie. Péguy c'est la vie. Je trouve que ce côté « barjot », anticonformiste, on laisse la vie venir et on la vit, avec ce qui est difficile, avec ce qui est amusant… Tout cela c'est aussi Péguy.

FB : Ceux qui ouvrent un livre de Péguy ne vont pas s'embêter, alors que tout le monde pense le contraire, peut-être à cause des pastiches…

YM : Oui, les pastiches ont fait du mal.

ET : L'iconographie aussi a fait du mal. L'image de Péguy, c'est cette photo à barbiche et lorgnons qui est austère, et que je n'aime pas du tout. Ce qui est très beau en revanche, ce sont ces portraits où il a 25 ans, où l'on peut voir son côté pétillant.

YM : Cette question de photo m'obsède. J'ai souvent rêvé qu'on trouvait – comme on l'a fait pour Roussel avec des œuvres complètes, des milliers de pages de Raymond Roussel – j'ai souvent rêvé qu'une malle renfermait des photos inédites de Péguy. J'en ai vraiment rêvé ! Des photos où on le voit faire le clown, jouer au rugby, au foot… Il écoutait beaucoup de musique, il aimait regarder des films, notamment un film muet sur Jeanne d'Arc, les « Charlot ».Les Chaplin de 1912, 13 et 14, il les a vus. Un dimanche, un projecteur a été apporté chez lui et il a regardé des films avec ses enfants. Tout ça, on ne l'imagine pas ! L'été, il écrivait avec un chapeau de paille sur un fauteuil en rotin, détendu dans son jardin, on ne l'imagine pas comme ça !

FB : Bon, il n'a pas dû rester cool longtemps, ce n'était pas une nature cool, Péguy.

YM : Il savait toutefois profiter de ses enfants. J'ai eu la chance de parler au téléphone à son fils, Charles, avant qu'il meure. Lui avait des souvenirs très vagues, mais on lui a raconté que son père faisait souvent l'imbécile, beaucoup de blagues. Il y a des témoignages qui racontent – et cela était frappant pour tout le monde – que lorsqu'il jouait avec ses enfants, il était lui-même un enfant. Beaucoup d'adultes, lorsqu'ils jouent avec des enfants, les laissent gagner par exemple, mais lui, jamais !

ET : Ce qui me frappe chez Péguy quand on parle de sa paternité, c'est cette chose très puissante chez lui qui est la tendresse. Il y a toujours de la tendresse, d'une manière ou d'une autre. Et même quand il parle des gens qui sont dans la misère, il y a ce flot de tendresse qui coule et qui explique aussi, d'une certaine manière, son retour au christianisme.

FB : Dans *Un nouveau théologien*, la défense et l'illustration, la promotion de la foi du charbonnier, c'est magnifique. « Ceux qui croient et ne savent pas », c'est absolument superbe.

YM : Comme est superbe sa distinction entre la pauvreté et la misère.

FB : On le vérifie à toutes les pages, et tout au long des jours et des nuits, c'est la vérité de Péguy : c'était comme ça et il était comme ça.

Entretien réalisé à Paris, le mercredi 19 janvier 2022.

CAHIER SUEUR

JEAN-PIERRE SUEUR

PÉGUY D'HOMME À HOMME

ENTRETIEN AVEC YANN MOIX

La première question que j'aimerais vous poser est biographique. À quelle occasion - à quel âge, dans quelles circonstances - avez-vous fait la connaissance de Péguy? Quelle est la première fois où son nom est apparu dans votre vie?

Il y a un premier Péguy lié à mon engagement dans la Jeunesse étudiante chrétienne, un mouvement d'action catholique qui a connu plusieurs crises et qui a été, à plusieurs reprises, en conflit avec l'Église officielle. Dans ce cadre-là, j'ai participé à de nombreux camps de vacances, à des rencontres, à des sessions, où il était souvent question de Péguy. C'était le Péguy catholique. J'ai commencé par les *Mystères*. Et puis il y a eu les Lagarde et Michard: « Adieu, Meuse endormeuse ». Cela fut une première étape. Je possédais le recueil des textes choisis de Péguy publiés par Daniel Rops dans le Livre de poche chrétien. C'était une première approche et une première vision de Péguy.

Ensuite, c'est une histoire qui commence à Carthage. J'avais été élève à l'École normale supérieure de Saint-Cloud après avoir fait mes classes préparatoires à Lille. J'ai effectué ensuite ce qu'on appelait alors une coopération militaire, et je me suis retrouvé professeur dans un lycée à Carthage. J'en garde un très bon souvenir. Là, j'ai rencontré Géraldi Leroy, lui aussi issu de la même ENS. Il m'a fait signe dès que je suis arrivé. Nous avons sympathisé. J'ai conservé une très grande amitié pour lui. Géraldi, qui est trop tôt disparu, était un universitaire extrêmement rigoureux, qui détestait la frime. Il travaillait à une thèse sur les idées politiques et sociales de Charles Péguy. Géraldi cherchait absolument à revenir à Orléans parce qu'il voulait être près du Centre Péguy, où sont réunis tous les manuscrits de Péguy et de nombreuses publications sur son œuvre. Lui-même était issu d'une famille très modeste du sud de la Sologne, du Berry, et il avait réussi grâce à l'école républicaine à entrer à l'ENS de Saint-Cloud, puis à devenir universitaire. Il se rendait à des colloques sur Péguy, et lors de l'un de ces colloques, il a rencontré Julie Sabiani. Julie, qui travaillait aussi sur Péguy, lui a dit qu'il n'y avait pas de poste vacant en littérature française à l'Université d'Orléans, mais qu'il y avait un poste d'assistant en linguistique française. Géraldi me dit alors : « Tu devrais envoyer ta candidature. » J'étais déjà recruté comme assistant à Metz et à Lille – je suis du Nord. J'envoie donc une lettre, comme on envoie une bouteille à la mer. Et dans la commission de spécialistes – je l'ai appris depuis – il y avait deux candidats en lice, un candidat plutôt du style philologie classique et une autre, œuvrant dans le cadre de la grammaire générative. La commission se met finalement d'accord sur l'agrégé que j'étais, qui faisait par ailleurs une thèse de linguistique sur les modalités en grammaire dans le cadre de la grammaire transformationnelle. J'ai rédigé près de quatre-cents pages sur *Devoir et Pouvoir*, et ça m'a passionné. Lorsqu'on dit *certainement*, c'est parce que ce n'est pas certain. Si vous dites *sans doute*, c'est parce qu'il y a un doute. Pourquoi la langue est-elle si mal foutue ou si bien fichue ? Pourquoi un mot comme *devoir* signifie-t-il deux choses contraires ? Bref, je suis donc recruté et je débarque à Orléans, où je ne connais personne. Puis je fais mon chemin, au PSU et au PS. Je contribue à la création de l'Union des consommateurs d'Orléans. Je contribue aussi à la création de l'Association des habitants d'Orléans-La Source, où j'habite toujours. Et je me dis que j'ai une dette à l'égard de Péguy, parce que sans Péguy, je ne serais pas venu à Orléans. Si je n'avais pas rencontré Géraldi, je n'aurais jamais envoyé cette bouteille à la mer, et sans cette bouteille à la mer, peut-être n'y aurait-il pas de tramway aujourd'hui à Orléans, ni de médiathèque, ni la salle Jean-Louis Barrault, ni le pont de l'Europe – superbe, sur la Loire –, ni le Zénith... Comme quoi, la vie est faite indissociablement de ce que l'on veut et de ce qui arrive. Et il arrive des choses comme celles-ci, étranges. Tout tient à un hasard, à une rencontre, au fil des choses et du temps. Ce qui, pour moi, ne disqualifie en rien la volonté, le désir, le dessein, le projet...

Je me mets donc à travailler à la faculté des lettres où je donne des cours de linguistique, de syntaxe mais aussi de poétique. Je suis passionné par les rythmes, la versification et l'écriture. Je découvre le livre de Roger Secrétain sur Charles Péguy, où il n'est pas tendre avec ce grand poème qu'est *Ève* qui, pour lui, compte nombre de « poncifs » et de « vers impardonnables ». C'est pourtant, pour moi, une œuvre majeure, un authentique chef-d'œuvre. Je me mets donc, à ce moment-là, à travailler sur *Ève*, parce que j'y vois des qualités formelles qui m'intéressent beaucoup. Et puis j'approfondis, et je découvre l'extraordinaire richesse et aussi la singularité de l'écriture de ce véritable flot de poésie. J'écris un article, que je présente à un colloque sur Péguy à Orléans, et qui paraîtra dans l'*Amitié* intitulé : « Les rythmes d'Ève ». Et de fil en aiguille, je rédige d'autres articles sur la poétique chez Péguy à partir, en particulier, de *Victor-Marie, Comte Hugo,* un livre incroyable qui est censé être un livre sur Victor Hugo mais qui, en fait, parle surtout de Péguy. Péguy a une définition de la rime en vertu de laquelle la rime embrasse le lexique, la syntaxe, la rime, le rythme... C'est une écriture qui est verticale autant qu'horizontale, paradigmatique autant que syntagmatique.

Pour moi, le concept essentiel de l'écriture de Péguy, c'est la

« tapisserie ». Il y a une lecture linéaire et une lecture verticale. Et elles se combinent. L'écriture est, substantiellement, au croisement de l'une et de l'autre. Il y a la poutre maîtresse – Péguy dit cela à propos de Victor Hugo –, et également tout ce qui se décline à partir d'elle, dans la première *Jeanne d'Arc* comme dans *Ève*. Le texte est constitué de telle sorte qu'aux mêmes places syntaxiques et rythmiques, des mots se répondent. De même que quand vous faites rimer deux mots, vous produisez du sens, lorsque dans le même patron syntaxique et rythmique dix, quinze, vingt mots apparaissent aux mêmes places, tous ces mots se répondent. Cela constitue une syntaxe verticale. Tant qu'on ne comprend pas cela, on pense que Péguy fait des répétitions. Mais ce n'est pas du tout de cela qu'il s'agit. Péguy écrit lui-même : « Dans mon œuvre, il n'y a aucune répétition. »

On devrait d'ailleurs parler de *recommencement* plutôt que de *répétition*. Dans le recommencement il y a quelque chose de profond, de philosophique. Dans la répétition il y a quelque chose de puéril.

Dans cet extrait tiré du commentaire incroyable sur *Ève* écrit par Péguy et signé du pseudonyme de J. Durel, il définit ainsi son art poétique : « Comme dans une tapisserie, les fils passent, disparaissent, reparaissent et les fils ici ce ne sont pas seulement les rimes au sens que l'on a toujours donné à ce mot dans la technique du vers, mais ce sont d'innombrables rimes intérieures, assonances, rythmes et articulations de consonnes, tout un immense appareil aussi parfaitement docile que l'appareil du tisserand. Le métier ne déborde jamais, mais il est toujours là, pas plus qu'au Moyen Âge, l'artiste ou l'artisan ne se distingue de l'ouvrier. » Et puis, il y a tout ce qu'il dit sur Hugo !

Il revient sans cesse à Hugo. C'est son obsession, Hugo. Il le vénère, il l'aime et le déteste. En revanche, les autres poètes de son temps ne l'intéressent pas du tout.

Péguy pense que chez Hugo il y a souvent une sorte de « remplissage ». Mais, précise-t-il, un remplissage « de lui ». Et donc un remplissage supérieur. Mais ce remplissage est nécessaire car il permet qu'à un moment, tout se cristallise. Vient alors par exemple : « Fleurir le chardon bleu des sables ». Tout à coup advient quelque chose qui est le fruit de l'écriture quand vous écrivez beaucoup. À force d'écrire, même des banalités, il y a tout à coup quelque chose de fort qui surgit, comme lorsque Péguy fait la description du jardin du Luxembourg dans un texte qui malheureusement est mal connu – il figure dans une œuvre posthume publiée sous le titre : *Situations* –, un texte remarquable et où, au milieu de la narration apparaît soudain une étrange et sublime citation de ce ferrailleur d'Agrippa d'Aubigné : « Une rose d'automne est plus qu'une autre exquise ». L'écriture de Péguy, c'est exactement cela : à force de travail sur le verbe, sur les mots, il y a des choses qui peu à peu se cristallisent. Péguy est d'ailleurs complètement rétif à l'idée de brouillon, même s'il lui arrive aussi de raturer ses textes. Comme beaucoup d'autres, quand j'écris une ligne, je regarde cette ligne et je la barre. J'en écris une deuxième et je la barre. Et j'en écris une troisième et je la barre. Puis la quatrième me paraît potable et je la garde. Péguy fait la même chose sauf qu'il ne barre rien. Il nous présente constamment l'écriture en train de s'écrire.

Il écrit par rectifications permanentes.

La rectification fait partie pour lui de l'acte d'écrire. C'est une écriture performative. L'écriture de Péguy, c'est l'épiphanie de l'inchoatif, c'est-à-dire du mouvement en train de se constituer en mouvement.

C'est pourquoi je mets toujours Péguy et Heidegger en parallèle. Heidegger fait strictement la même chose. « *Keine Werke sondern Wege* », pas d'œuvre mais des chemins. On va, on marche, on se trompe, on erre...

C'est pourquoi Péguy affirme qu'on ne corrige un livre qu'en en écrivant un autre. Vous connaissez ça !

Je connais ça...

Pour lui, il ne faut jamais faire une nouvelle édition du livre qui est écrit. De plus, l'écriture de Péguy est un flux. Si vous étudiez la structure de *Notre jeunesse*, cela commence en parlant d'autre chose, puis d'encore autre chose, avant d'arriver au cœur du sujet. Il y a aussi ce texte, *Entre deux trains*, où Péguy écrit, en substance, parlant de lui : « C'est un garçon extraordinaire. Croit-il toujours qu'on ait le droit de lancer dans la circulation un livre de 752 pages, d'ailleurs non foliotées, pesant 1 kilo ». Et il ajoute : « Un seul exemplaire fut vendu commercialement, et encore l'auteur est-il autorisé à considérer cet achat comme un témoignage de cordialité personnelle. » Son œuvre s'ouvre donc avec un échec absolu, et s'achève, du moins pour ce qui est des livres publiés de son vivant, par un autre échec, *Ève* – ce pour quoi, il se sent obligé d'écrire le *Durel*.

De même, il est un anticlérical croyant – et ce n'est pas un oxymore. Il est croyant par période, par éclipse, mais structurellement croyant, même quand il cesse de croire. De la même manière, il est socialiste, mais ne se reconnaît pas dans l'appareil socialiste ni dans la politique parlementaire.

Comment est-ce que vous pouvez aimer Péguy à ce point alors qu'il était viscéralement antiparlementariste et que cela l'a malheureusement associé – dans des mauvais esprits qui se sont complus à le faire – à des chantres d'extrême droite, des mauvais écrivains ?

Comme Péguy était inclassable et qu'il avait décidé de dire la vérité, toute la vérité, bêtement la vérité bête, tristement la vérité triste, etc, l'une de ses spécialités est de se mettre tout le monde à dos en une ou deux phrases. Par exemple, quand il écrit dans *Notre jeunesse* : « Quand on voit ce que la politique cléricale a fait de la mystique chrétienne, comment s'étonner de voir ce que la politique radicale a fait de la mystique républicaine », il parvient en une seule phrase à se mettre à dos tous les catholiques traditionalistes, mais aussi les radicaux – ce qui à l'époque n'est pas rien !

Il détestait les radicaux. C'étaient ses ennemis, notamment à cause de l'affaire Dreyfus. Dreyfus était un peu son Christ, son Christ laïc. Et puis Bernard Lazare. D'ailleurs il écrit « Bernard-Lazare » avec un tiret comme Jésus-Christ. Dreyfus c'est Dieu et Bernard-Lazare c'est le Christ.

Oui, il vilipende : « Le monde qui fait le malin, [...] le monde de ceux à qui on n'en fait pas accroire, le monde de ceux qui ne croient à rien, pas même à l'athéisme ».

« Faire le malin », pour Péguy, relève quasiment de la mystique. Pour lui, « faire le malin » a véritablement un rapport avec le Mal. Le malin, c'est l'étoile qui veut briller la première, c'est celui qui veut être vu et se placer avant les autres. C'est ça le Mal pour lui. C'est le bavard, c'est le tribun, le démagogue.

Il écrit aussi : « Ce qui a pu donner le change, c'est que toutes les forces *politiques* de l'Église étaient contre le dreyfusisme, mais toutes les forces politiques de l'église ont toujours été contre la mystique. Notamment contre la mystique chrétienne. Il prend ses distances avec le Parti socialiste au congrès de 1899 quand il est décidé qu'on ne pourra écrire dans *La Revue socialiste* que la doctrine socialiste telle qu'elle sera estampillée par l'appareil du parti. Alors il dit en substance : « Je m'en vais, c'est insupportable, ils ont supprimé la liberté de tribune. » Et il continue sa route, il crée les *Cahiers de la Quinzaine* pauvrement – d'ailleurs, il a toujours été pauvre.

Pas tant que ça. Il a exagéré. Ce n'est pas Léon Bloy ! Il avait quand même une bonne qui venait faire le ménage, il habitait des maisons

bourgeoises. Il n'était pas aisé, mais ses conditions de vie étaient franchement plus proches de la petite bourgeoisie que de la misère.

Il avait la dot de sa femme. Sa femme avait de l'argent, je crois.

Et puis sa mère était finalement beaucoup moins pauvre que la légende n'aime à le dire. Elle a fait des affaires à Orléans, elle a commencé à racheter des commerces. Péguy a exagéré sa pauvreté.

Qui s'abonne, au départ, aux *Cahiers de la Quinzaine*? Des instituteurs socialistes et des militants socialistes, en gros. Et au bout d'un moment les abonnés reçoivent *Le Mystère de la charité* de *Jeanne d'Arc*, *Le Porche du mystère de la deuxième vertu*, *Le Mystère des saints innocents* et, le comble, *Ève*, 7644 vers! Alors, que font ces gens? Ils se désabonnent. Péguy écrit quelque part qu'une bonne revue est une revue à laquelle un tiers des abonnés se désabonnent à chaque numéro. L'important, c'est qu'il ne faut pas que ce soit toujours les mêmes! ajoute-t-il. Il est aux abois, parce que, de même que le premier livre ne s'est pas vendu, le dernier livre paru de son vivant, *Ève*, ne se vend pas beaucoup non plus. Il fait appel à son ami Joseph Lotte, qui dirige la *Revue des universitaires catholiques* et lui demande de l'aide. Lotte va donc s'occuper de la revue de presse, et Péguy lui dit: « N'oublie pas les académiciens et les évêques! » – preuve que, quelque part, il aurait bien aimé faire partie de l'Académie. Et puis sort ce *Durel* – qui est donc un texte ahurissant – qui commence par: « Polyeucte excepté, que Péguy nous a enseigné à mettre au-dessus de tout, tout permet de penser que cette *Ève* est l'œuvre la plus considérable qui ait été produite en chrétienté depuis trois siècles. » C'est extraordinaire! Là, il explique véritablement son œuvre. Je rappelle qu'un seul ouvrage a été consacré à cette œuvre immense, c'est le livre d'Albert Béguin: *L'Ève de Charles Péguy* – aux éditions La Bergerie. Avec *Ève*, Péguy a conçu une œuvre stellaire, en étoile: l'œuvre ne suit aucune chronologie, le Calvaire est avant la Crèche, par exemple, et le poème culmine sur les Béatitudes en son milieu. Il s'étoile dans tous les *climats*, terme par lequel Péguy désigne chacune des parties ou des périodes du texte. Oui, c'est une œuvre stellaire où dans chaque *climat*, il y a des références aux quinze autres *climats*. C'est quelque chose d'unique dans la littérature. Aux antipodes de Roger Secrétain, Albert Béguin, lui, publie un livre sur *Ève* dans lequel il commente et célèbre chacun des *climats* – ou presque. Et Péguy est habité de l'écriture, comme vous par ailleurs : il ne peut pas ne pas écrire. Donc il écrit, il écrit, il écrit... et alors qu'*Ève* est parti chez l'imprimeur, il continue à écrire, et cela donne ce texte paradoxal – un texte très beau, très poétique, avec un aspect romantique intitulé, dans la première édition de la Pléiade, *Suite d'Ève*.

J'ai donc vécu une sorte de fraternité péguyste avec Géraldi Leroy et Julie Sabiani. Julie a été directrice du Centre Péguy d'Orléans, de même que Géraldi. Je suis heureux que les mairies successives aient toujours maintenu le Centre Péguy, parce que certaines personnes ont pu penser que les coûts de fonctionnement étaient non négligables.

Le Centre a été menacé quand même.

Pas vraiment. Les maires qui m'ont succédé ont veillé à ce qu'il subsiste et poursuive sa mission. Toujours est-il que j'avais beaucoup de fraternité et d'amitié pour Julie et Géraldi. Julie a décidé, deux ans ou trois ans avant sa mort, de rompre avec le monde – un peu comme la princesse de Clèves –, y compris avec ses amis proches, dont je faisais partie, puisque j'ai écrit des textes avec elle, notamment sur Péguy et le totalitarisme ou Péguy et la Révolution. Péguy défend une idée très particulière de la Révolution. Pour lui, la Révolution doit aboutir à un approfondissement de l'état antérieur, une sorte de synthèse, de syncrétisme.

Bref, Julie a décidé de se retirer du monde. À ce moment-là, je lui ai envoyé une carte où j'ai écrit : « Quand nous reverrons-nous? et nous reverrons-nous?» C'était une citation de Péguy. Comme elle avait pris sa retraite, son successeur avait décidé – ce qui se fait dans le monde universitaire – de publier un livre de mélanges pour elle. J'y ai publié un texte que j'aime beaucoup. Il traite du monde moderne. Je montre qu'on se fait une fausse idée de la partie d'*Ève* consacrée au monde moderne, parce que dans cette partie d'*Ève* se réfractent les quinze autres *climats* et que le monde moderne lui-même se réfracte dans chacun de ces *climats*. Autrement dit, ce n'est en rien une boursouflure comme le pensait Albert Béguin qui semble nous dire «quel dommage qu'il n'ait pas mis à la place de cette satanée partie –1916 vers! – sur le monde moderne les vers romantiques de la supposée suite d'*Ève*»! Je ne partage pas ce sentiment, ce climat sur le monde moderne, c'est vraiment une partie intrinsèque à l'œuvre. L'œuvre est intrinsèquement lyrique et polémique. D'ailleurs, toutes les œuvres de Péguy sont polémiques, et toutes les œuvres de Péguy sont poétiques!

Ce qui va dans votre sens, c'est que Péguy a choisi de les publier dans le cadre des *Cahiers de la Quinzaine*. Personnellement j'ai toujours regretté - cela corrobore ce que vous dites - que l'édition de la Pléiade sépare la prose de la poésie. J'aurais préféré qu'on édite les *Cahiers* selon une continuité chronologique et mathématique puisque c'est ainsi qu'il l'avait voulu. Péguy avait les moyens de produire de la poésie chez d'autres éditeurs, il avait l'embarras du choix. S'il ne l'a pas fait, c'est qu'il tenait à cette continuité. Et c'est cela que je regrette beaucoup dans les éditions de la Pléiade.

Péguy était absolument intransigeant, il ne se laissait enfermer dans aucun système, qu'il s'agisse du socialisme ou qu'il s'agisse du catholicisme. Il pouvait être très critique à l'égard de l'Église et, en même temps, il était – ou il pouvait être – profondément croyant; il est à la fois l'homme des certitudes et des incertitudes. Cela explique les différences entre la première *Jeanne d'Arc* et la seconde. La principale différence entre les deux réside dans ce personnage, Guillaume Evrard, présent dans la première et absent dans la seconde. Guillaume Evrard, c'est la théologie traditionnelle. Il y a deux pages qui sont des pages d'hyperexpressionnisme, où Péguy exhibe toutes les horreurs du châtiment promis aux damnés avec des hyper-allitérations comme: «le forgeron fort forge». C'est à peine dicible. En revanche, ce qui est commun aux deux *Jeanne d'Arc*, c'est le discours de Jeanne sur le Mal, qui évoque une contradiction, qui à mon avis, est absolument fondatrice dans la pensée de Péguy. Ce que Péguy n'a jamais accepté, c'est l'existence du Mal. L'existence de la damnation. Jeanne dit: «S'il faut donc, pour sauver de la flamme éternelle / Les corps des morts damnés s'affolant de souffrance, / Laisser longtemps mon corps à la souffrance humaine, / Mon Dieu, gardez mon corps à la souffrance humaine.» Madame Gervaise lui répond: «Taisez-vous ma sœur: vous avez blasphémé. / Car si le fils de l'homme, à son heure suprême, / Cria plus qu'un damné l'épouvantable angoisse, / Clameur qui sonna faux comme un divin blasphème / C'est que le fils de Dieu savait.» Il savait que la souffrance «Du fils de l'homme est vaine à sauver les damnés, / Et s'affolant plus qu'eux de la désespérance, / Jésus mourant pleura sur les abandonnés».

La question du Mal est chez Péguy fondamentale. Ne croyez-vous pas qu'il développe dans toute son œuvre cette intuition selon laquelle, dès que le bien est institutionnalisé, mis dans un bocal, il devient d'une certaine manière le Mal? Par exemple, la *Cité socialiste* – écrite avec Marcel Baudouin – c'est quasiment le paradis céleste. Mais dès que les institutions la prennent en main, elle dégénère en quelque chose qui produit du Mal. Le monde moderne produit du Mal, qui peut être incarné par l'argent par exemple. De même avec l'Église: si la foi, la belle foi du petit Enfant Jésus est institutionnalisée, alors ça dégénère. J'ai l'impression que le Mal chez Péguy survient dès que quelque chose fait consensus et crée institution. Vous avez lu le *De Jean Coste*, j'imagine. On y trouve cette

idée qu'être pauvre c'est une vertu presque chrétienne, mais être misérable c'est abîmer la notion de pauvreté. L'argent peut rendre vertueux par la pauvreté, en revanche l'argent force à la misère. C'est comme si même la pauvreté pouvait dégénérer en quelque chose qui serait la misère; et donc le Mal c'est la misère, et la pauvreté c'est le bien.

De même, lorsqu'il dit que les ouvriers se sont embourgeoisés. Sa pensée est toujours paradoxale. Et c'est pourquoi il a une conception très négative de ce qu'on peut appeler aujourd'hui la politique politicienne. En 2014 j'ai organisé un colloque sur le centenaire de la mort de Péguy au Sénat – avec François Bayrou, Alain Finkielkraut, René Dosière et bien d'autres. Naturellement, j'ai commencé par souligner le paradoxe dont je viens de parler. Je l'ai organisé au Sénat parce que j'étais au Sénat. Or dans l'œuvre de Péguy le mot « parlementaire » est toujours péjoratif. Quand c'est *parlementaire* c'est, pour lui, de la politique dégradée. C'est très injuste, et j'ai toujours dit que j'étais en désaccord avec cela. J'ai beaucoup écrit sur l'écriture de la loi. J'en ai une haute idée. Et c'est pourquoi je suis hostile au fait que, pratiquement, tous les projets de loi sont aujourd'hui examinés selon la procédure dite accélérée. Dans la Constitution, il est prévu que la procédure normale donne lieu à deux lectures dans chaque Assemblée, puis à une commission mixte paritaire – sept sénateurs, sept députés –, puis aux lectures définitives. Mais Emmanuel Macron, comme avait commencé à le faire François Hollande avant lui, a décidé de généraliser le recours à la procédure accélérée, ce qui se traduit par la suppression de deux lectures sur quatre. Ainsi donc, comme cela s'est produit pour la récente loi des collectivités locales, on aboutit à deux textes différents, et les deux rapporteurs font une espèce de mixte final qui selon moi est complexe, confus. L'écriture parlementaire, c'est, pour moi, une écriture qui doit se peaufiner à travers une pluralité de lectures. Pourquoi ? Parce que c'est une écriture plurielle. On fait la loi avec 577 députés et 348 sénateurs. Et dans le travail parlementaire, ce qui est très important, ce sont les amendements que vous apportez au texte. Chacun va les rédiger selon ses convictions. Mais les amendements, c'est un peu comme du scotch : vous allez supprimer trois mots, dix mots, ajouter une phrase, ou trois, etc., et dans un premier temps ça devient peu lisible. La syntaxe se complexifie. Les navettes parlementaires ont justement pour objet de peaufiner le texte, de le rendre lisible, qu'il soit clair, qu'il ne soit pas contradictoire, etc. Et je crains que cette éthique de l'écriture de la loi qui demande du temps soit en train de disparaître parce que comme l'ont dit Nicolas Sarkozy, François Hollande et Emmanuel Macron, « la procédure parlementaire est trop longue ». Or, pour moi, la procédure parlementaire est une sorte d'artisanat qui consiste à bien écrire – à plusieurs – des textes. Cet artisanat, Péguy ne le comprend pas vraiment. Ce n'est pas son sujet. Pour lui, tout cela, c'est de la politique politicienne et c'est pourquoi, d'une certaine façon, et pour simplifier, il ne comprend pas Jaurès, et que l'amour qu'il a pour Jaurès se transforme en son contraire. Je reste inconsolable qu'après la mort de Jaurès, Péguy n'ait pas écrit dix lignes sur ce grand homme qu'il a tant aimé, avant de prendre ses distances avec lui. Mais il paraît qu'il en a parlé.

Vous savez, ce qu'on dit là de la politique, Péguy le pensait aussi du réel et de la science physique. Il pensait que l'institutionnalisation du réel par des équations était encore là une manière d'altérer la réalité. La haine qu'il a du parlementarisme, il a la même pour le positivisme parce que pour lui le positivisme c'est du parlementarisme scientifique. Ce sont des scientifiques qui font un consensus sur ce que doit être le réel, alors que le réel n'est pas ça. On retrouve là l'idée que quelque chose nous échappe. La foi échappe à l'Église, le socialisme échappe au parlementarisme, la réalité échappe à la physique, aux équations et aux mathématiques. Il y a toujours quelque chose qui glisse. Le réel est toujours ailleurs que là où il y a consensus. Et je vais même plus loin : on a l'impression que,

dès qu'il y a plus de dix personnes qui sont d'accord sur quelque chose, Péguy prend ses jambes de pèlerin à son cou. Ce n'est pas un hasard si la petite boutique des *Cahiers de la Quinzaine* ne pouvait accueillir plus de dix chaises. Ça en dit long ! Même lorsque Péguy nous explique que parfois la majorité peut avoir raison, il le dit parce qu'il veut expliquer que c'est souvent la minorité qui a raison. Mais qu'un type se mette en face de la Sorbonne, avec si peu d'espace, cela signifie tout de même : « c'est ici qu'on a raison, et c'est en face qu'on a tort ». À la Sorbonne on essaie d'arraisonner le réel, politiquement, économiquement ou scientifiquement, or ici, aux *Cahiers de la Quinzaine*, c'est le lieu où on vous dit la vérité, mais la vérité vous échappe, on ne peut jamais l'appréhender.

Ce qui est étonnant, c'est que cette boutique existe toujours ! Elle est occupée par les éditions de la Sorbonne Nouvelle et on m'a dit qu'ils n'ont dans leur stock pas un seul livre de Péguy.

Ça veut dire qu'il a gagné, qu'ils lui en veulent encore !

Entretien réalisé à Paris, le jeudi 10 février 2022.

CAHIER MAUVE

76eme régiment d'infanterie
1ère Compagnie

Coulommiers, mardi matin 28 août 1900

Ma chère femme

Je n'ai pas reçu votre lettre ce matin, mais je pense que je l'aurai tout à l'heure.

J'étais arrivé fatigué un peu; cet admirable métier d'officier m'a remis en un jour. La décision que j'ai prise en arrivant de ne pas penser même aux cahiers pendant quatre semaines, selon l'idée que j'avais eue d'abord, me sera tout à fait avantageuse. Le métier va bien, parce que je le sais. Les relations personnelles sont excellentes, parce que je suis tombé sur Lardenois et plusieurs bons camarades sortis du rang. La cuisine officieuse du mess est excellente. J'ai loué pour 20 francs une chambre où je suis très bien.

L'imagination débarrassée une bonne fois des soucis intellectuels, je suis plus libre pour penser à vous que je n'ai jamais été. Je suis avec vous en pensée beaucoup plus que je ne l'ai été, souvent, en présence.

Je t'embrasse. Embrasse Marcel

Pierre

LETTRE DE PÉGUY À SA FEMME (1900)

76e régiment d'infanterie, 1ère compagnie,

Coulommiers,
Mardi matin, 28 août 1900

Ma chère femme,

Je n'ai pas reçu votre lettre ce matin, mais je pense que je l'aurai tout à l'heure.

J'étais arrivé fatigué un peu; cet abominable métier d'officier m'a remis en un jour. La décision que j'ai prise en arrivant de ne pas penser même aux cahiers pendant quatre semaines, selon l'idée que j'avais eue d'abord, me sera tout à fait avantageuse. Le métier va bien, parce que je le sais. Les relations personnelles sont excellentes, parce que je suis tombé sur Lardenois et plusieurs bons camarades sortis du rang. La cuisine officieuse du mess est excellente. J'ai loué pour 20 francs une chambre où je suis très bien. L'imagination débarrassée une bonne fois des soucis intellectuels, je suis plus libre pour penser à vous que je n'ai jamais été. Je suis avec vous en pensée beaucoup plus que je ne l'ai été, souvent, en présence.

Je t'embrasse. Embrasse Marcel.

Pierre

NOTE DE PÉGUY (1902)

13 mai 1902, 8 rue de la Sorbonne, Paris.

Acheter et envoyer lundi à Madame Spire au 107 rue Saint-Georges (Nomey ?) les quatre volumes du théâtre et les trois volumes de la *Légende des Siècles* reliés demi-chagrin sans couverture. Facturer 6,90 le volume à André Spire.

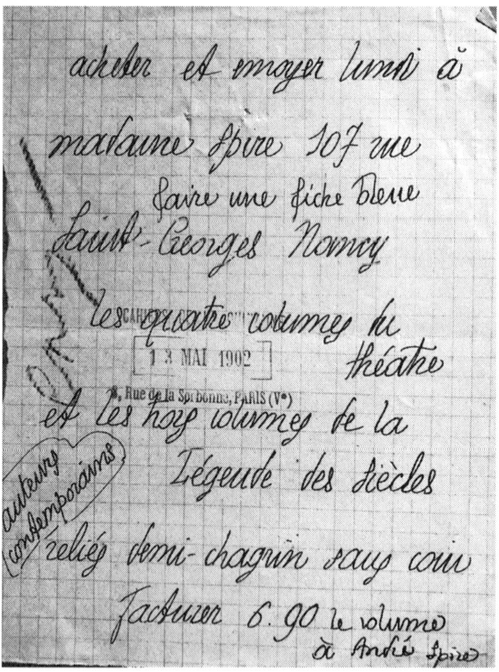
acheter et envoyer lundi à
madame Spire 107 rue
faire une fiche bleue
Saint-Georges Nomey
les quatre volumes du
13 MAI 1902
théâtre
8, Rue de la Sorbonne, PARIS (V°)
et les trois volumes de la
Légende des Siècles
auteurs contemporains
reliés demi-chagrin sans cou
facturer 6.90 le volume
à André Spire

Collection personnelle de Yann Moix.

NOTE À ANDRÉ BOURGEOIS (1903)

À André Bourgeois,
Samedi 7 mars 1903, 8 rue Franklin.

À combien d'exemplaires le tome IV, 1, fut-il envoyé aux abonnés ?
1460.

Combien d'exemplaires en restait-il à la date d'hier ?
2527.

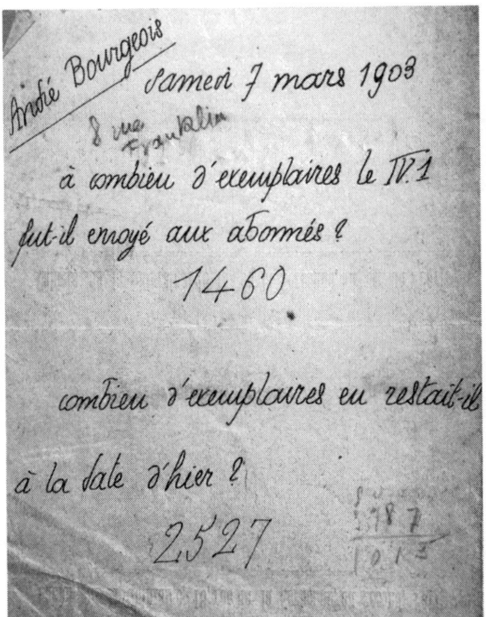
André Bourgeois
Samedi 7 mars 1903
8 rue Franklin
à combien d'exemplaires le IV.1
fut-il envoyé aux abonnés ?
1460
combien d'exemplaires en restait-il
à la date d'hier ?
2527

Collection personnelle de Yann Moix.

NOTE DE PÉGUY (1904)

À Meyerson,
2 rue Pasquier, Paris.

Abonné à la cinquième série, son beau-frère le docteur Braumann. Chateaurenard, Loiret.

À qui faudra-t-il dans la suite réclamer l'abonnement ? À qui faut-il envoyer le présent réservé, à quel nom faut-il l'établir ? Est-ce un cadeau de Meyerson (Émile) à Braumann ?

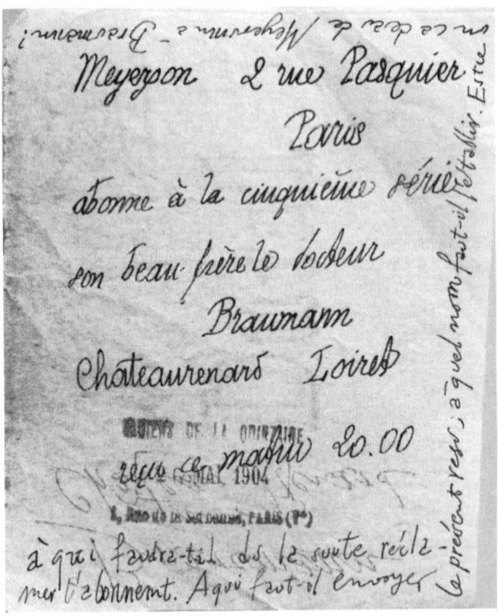
Meyerson 2 rue Pasquier
Paris
abonné à la cinquième série
son beau-frère le docteur
Braumann
Chateaurenard Loiret
20.00
1904
à qui faudra-t-il ds la suite récla-
mer l'abonnemt. A qui faut-il envoyer
le présent resv., à quel nom faut-il l'établir. Est-ce
un cadeau de Meyerson - Braumann ?

Collection personnelle de Yann Moix.

NOTE DE SERVICE DE PÉGUY (1907)

Cahiers de la Quinzaine
14 novembre 1907,
8 rue de La Sorbonne, Paris Vème
Boullière et fils. Rue Franchefeuille.

Y a t-il eu préparation d'une nouvelle édition d'Albert Besson : *Technique microbiologique et bérothérapique* ?

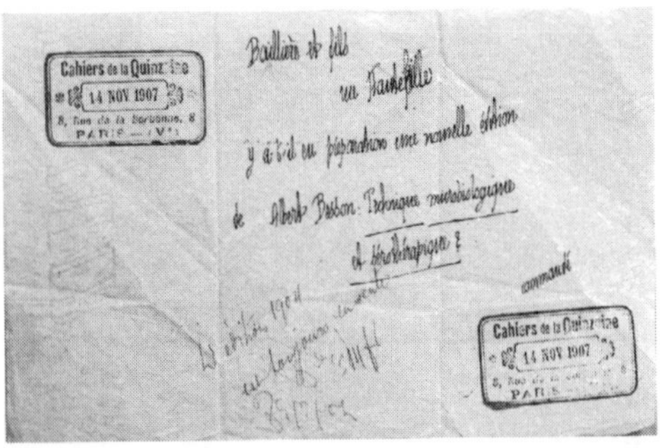
Cahiers de la Quinzaine
14 NOV 1907
8, rue de la Sorbonne, 8
PARIS — (Ve)

Abonnement sur whatman ..... deux cents francs / 500 après corrections

Ceci en un petit paquet en haut à gauche en 5 et en noir

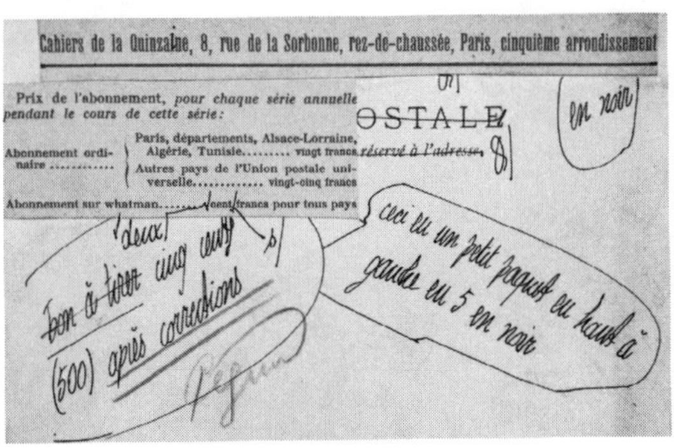
Cahiers de la Quinzaine, 8, rue de la Sorbonne, rez-de-chaussée, Paris, cinquième arrondissement

Prix de l'abonnement, *pour chaque série annuelle pendant le cours de cette série :*

Abonnement ordinaire .... Paris, départements, Alsace-Lorraine, Algérie, Tunisie .... vingt francs
Autres pays de l'Union postale universelle .... vingt-cinq francs

Abonnement sur whatman .... cent francs pour tous pays

OSTALE
réservé à l'adresse

Collections personnelles de Yann Moix.

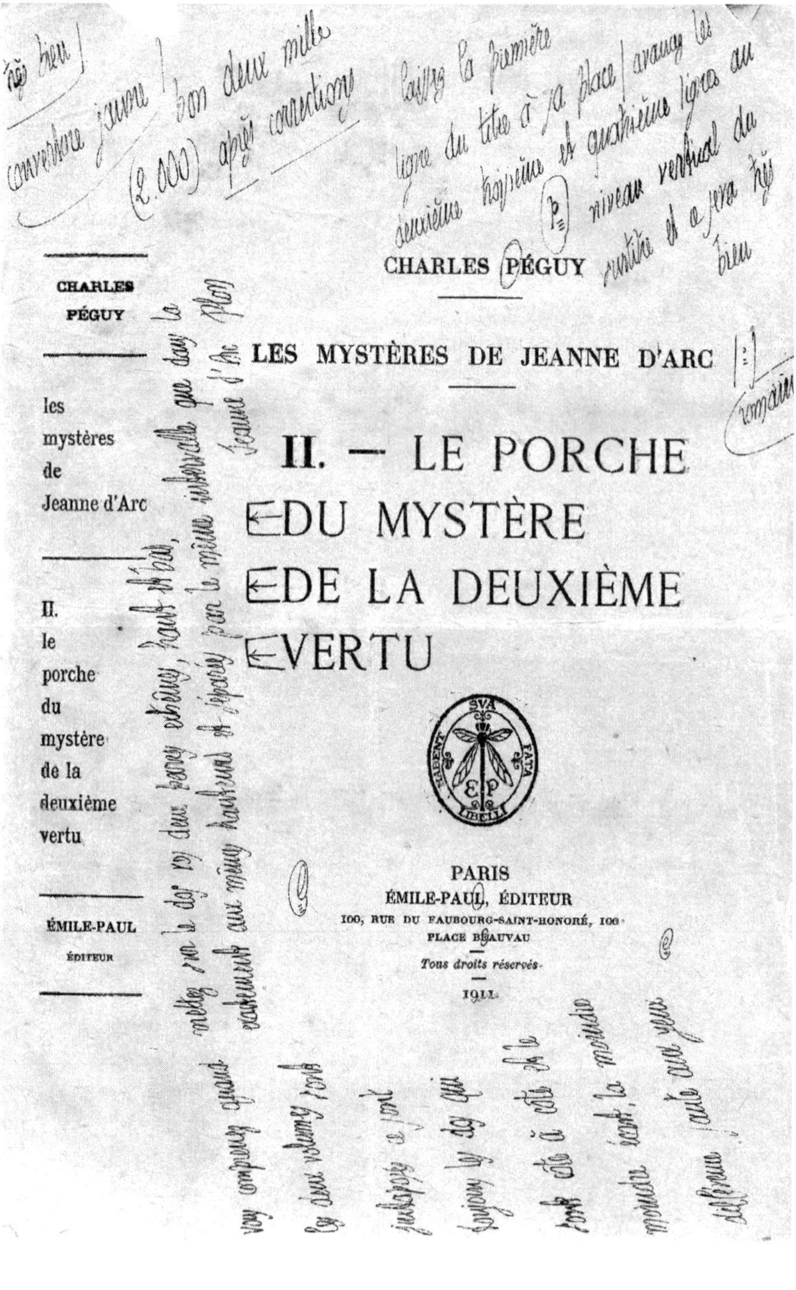
CHARLES PÉGUY

LES MYSTÈRES DE JEANNE D'ARC

II. — LE PORCHE
DU MYSTÈRE
DE LA DEUXIÈME
VERTU

PARIS
ÉMILE-PAUL, ÉDITEUR
100, RUE DU FAUBOURG-SAINT-HONORÉ, 100
PLACE BEAUVAU

Tous droits réservés

1911

CHARLES PÉGUY

les mystères de Jeanne d'Arc

II. le porche du mystère de la deuxième vertu

ÉMILE-PAUL
ÉDITEUR

ÉPREUVES CORRIGÉES PAR PÉGUY À DESTINATION DE SON ÉDITEUR (1911)

Très bien couverture jaune.
Bon deux mille (2000) après corrections.

Laissez la première ligne du titre à sa place / avancer les deuxièmes, troisièmes, et quatrièmes lignes au niveau vertical du surtitre et ce sera très bien.

Mettez sur le dos deux barres extrêmes, haut et bas, exactement avec même hauteur et séparées par le même intervalle que dans Jeanne d'Arc.

Vous comprenez, quand les deux volumes sont juxtaposés, ce sont toujours les dos qui sont côte à côte et le moindre écart, la moindre différence saute aux yeux.

ÉPREUVES CORRIGÉES PAR PÉGUY À DESTINATION DE SON ÉDITEUR (1911)

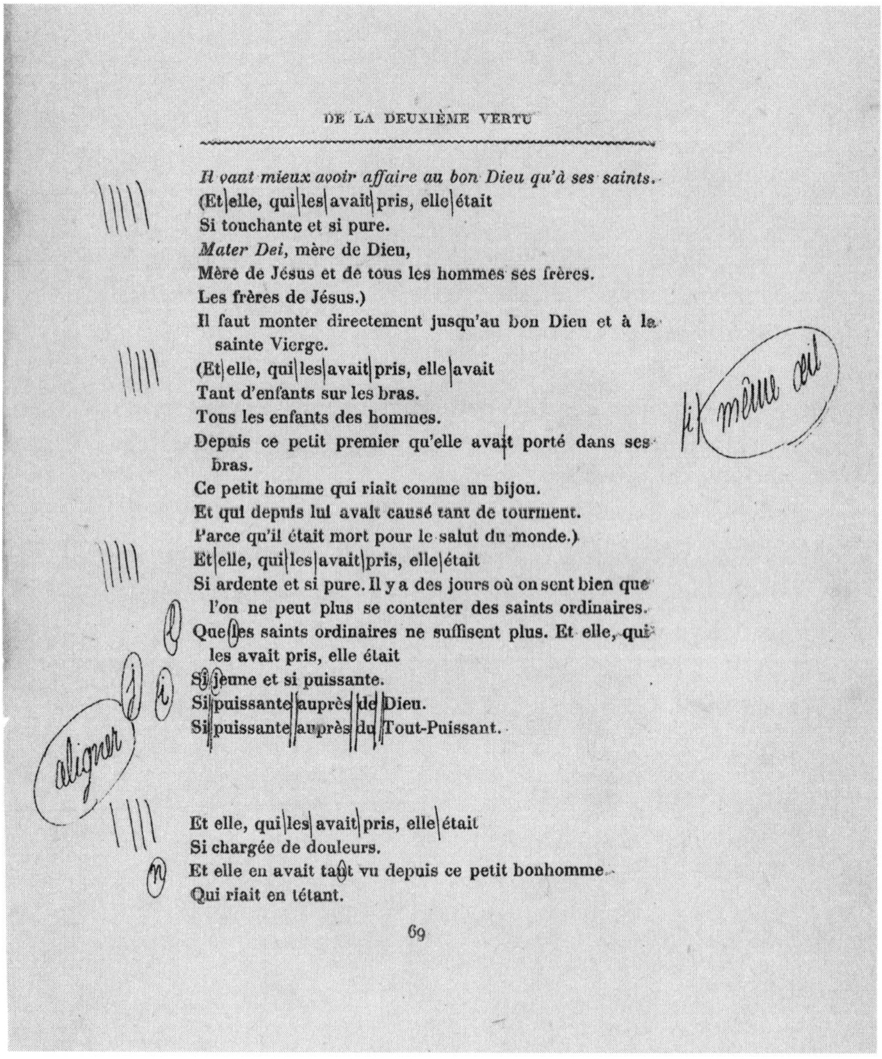

DE LA DEUXIÈME VERTU

Il vaut mieux avoir affaire au bon Dieu qu'à ses saints.
(Et elle, qui les avait pris, elle était
Si touchante et si pure.
Mater Dei, mère de Dieu,
Mère de Jésus et de tous les hommes ses frères.
Les frères de Jésus.)
Il faut monter directement jusqu'au bon Dieu et à la sainte Vierge.
(Et elle, qui les avait pris, elle avait
Tant d'enfants sur les bras.
Tous les enfants des hommes.
Depuis ce petit premier qu'elle avait porté dans ses bras.
Ce petit homme qui riait comme un bijou.
Et qui depuis lui avait causé tant de tourment.
Parce qu'il était mort pour le salut du monde.)
Et elle, qui les avait pris, elle était
Si ardente et si pure. Il y a des jours où on sent bien que l'on ne peut plus se contenter des saints ordinaires.
Que les saints ordinaires ne suffisent plus. Et elle, qui les avait pris, elle était
Si jeune et si puissante.
Si puissante auprès de Dieu.
Si puissante auprès du Tout-Puissant.

Et elle, qui les avait pris, elle était
Si chargée de douleurs.
Et elle en avait tant vu depuis ce petit bonhomme
Qui riait en tétant.

69

NOTE DE SERVICE DE PÉGUY (1911)

Deux exemplaires de la *Revue hebdomadaire*. Numéro 32, du 12 août 1911, un *Matin* d'aujourd'hui.

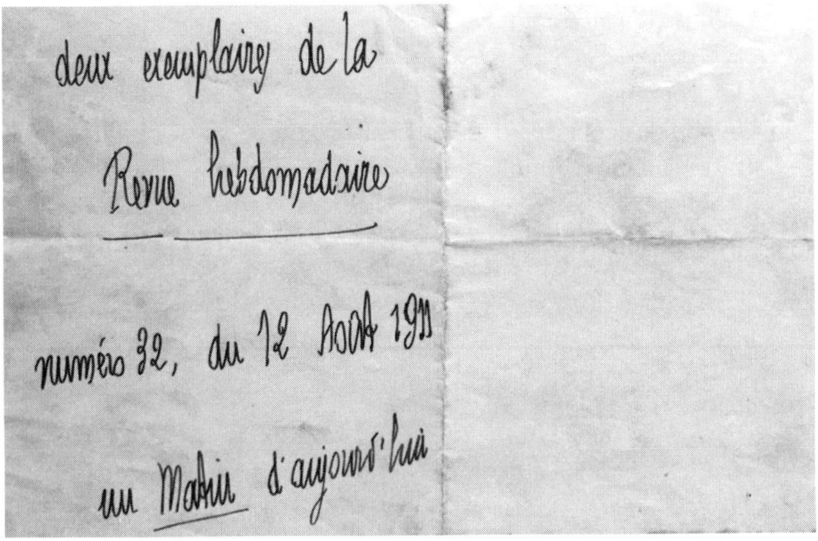

deux exemplaires de la
Revue hebdomadaire
numéro 32, du 12 Août 1911
un Matin d'aujourd'hui

Collection personnelle de Yann Moix.

ÉTAT DES COMPTES DES *CAHIERS DE LA QUINZAINE* (1911)

Probablement établis par André Bourgeois.

Situation au 6 août.

Doit comptage :

Un bon de dépôt du 10 juillet 1911 à 30 mois.	1000,..
100 obligations communales 3% 1912 non libérées	5545, %
50 obligations Fouirères 3% 1909 libérées	12 823, %
10 obligations Ville de Paris 2% 1898	3 815, %
à vue	2 454, 25
	25 638, 65

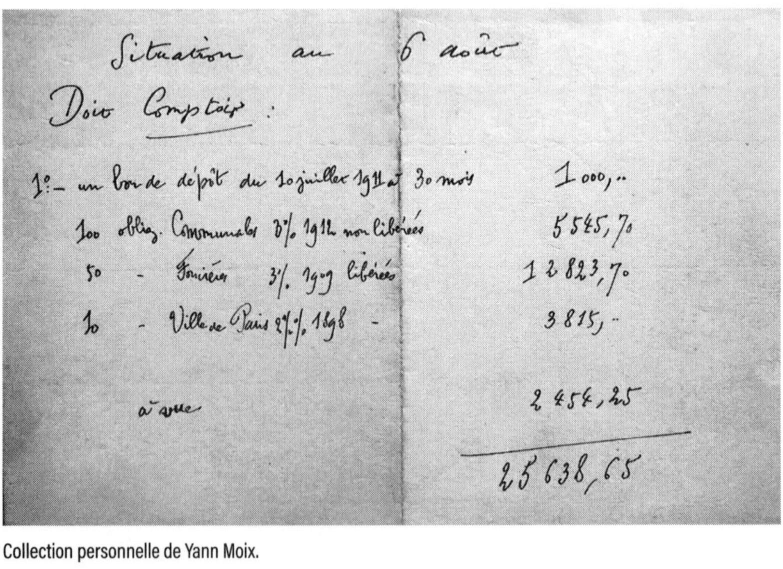
Situation au 6 août

Doit Comptoir :

1°.– un bon de dépôt du 10 juillet 1911 à 30 mois	1 000,..
100 oblig. Communales 3% 1912 non libérées	5 545,70
50 – Fouirères 3% 1909 libérées	12 823,70
10 – Ville de Paris 2% 1898 –	3 815,–
à vue	2 454,25
	25 638,65

Collection personnelle de Yann Moix.

LETTRE DE PÉGUY À UN AMI (1914)

Samedi 30 mai 1914

Cher vieux, je vais faire dans le cahier de cette semaine un encadrage pour ton cahier de Halévy. Le recto de l'encadrage sera consacré à ce cahier et je le libellerai moi-même. Le verso de l'encadrage sera consacré aux Cahiers Nivernais. Veux-tu me l'envoyer immédiatement le libellé ? tu verras bien toi-même la longueur du reste. Veux-tu m'écrire 7 andré Theuriet Bourg la Reine Seine.

M. Bourgeois t'a demandé pour le 8 rue de la Sorbonne Paris vingt exemplaires du dit [document] en sommes très payées.

Très affectueusement et fidèlement,

Péguy

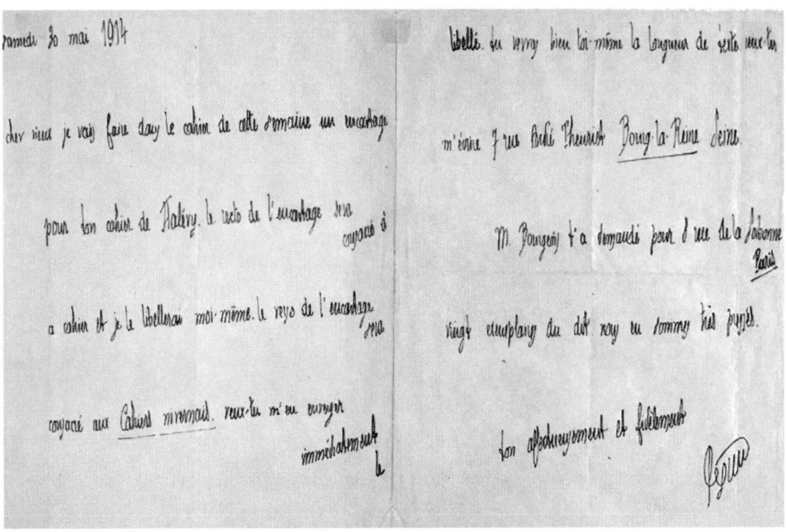

Collection personnelle de Yann Moix.

LETTRE DE PÉGUY À SA FEMME (1914)

Lundi 17 août 1914

Avant de quitter notre première garnison j'ai signé un papier par lequel je vous délègue la moitié de ma solde, cent heure ou cinquante francs par mois, je ne sais plus. C'est le maximum de ce que je pouvais déléguer.

Quand vous m'écrivez, voulez-vous mettre dans votre lettre une ou deux enveloppes, toutes écrites à votre nom. Les enveloppes est ce qu'il manque le plus.

Embrassez Mathilde. A-t-elle des nouvelles de Robert ? Toutes les fois où je vais au lagon, je pense à lui.

Je ne commande plus ma compagnie. Le capitaine, un jeune homme de trente ans, gravement blessé au Maroc, a fait un effort surhumain et marche quand même. Il m'a pris en grande affection. C'est un grand jeune homme élancé, maigre, une forte jeux militaire et un homme très bien élevé. Il fait les routes en s'appuyant sur une canne noire.

Puissiez-vous êtes heureux, je vous embrasse pleinement,

Péguy

Frachise militaire
Madame Péguy
7 rue André Theuriet
Bourg-la-Reine

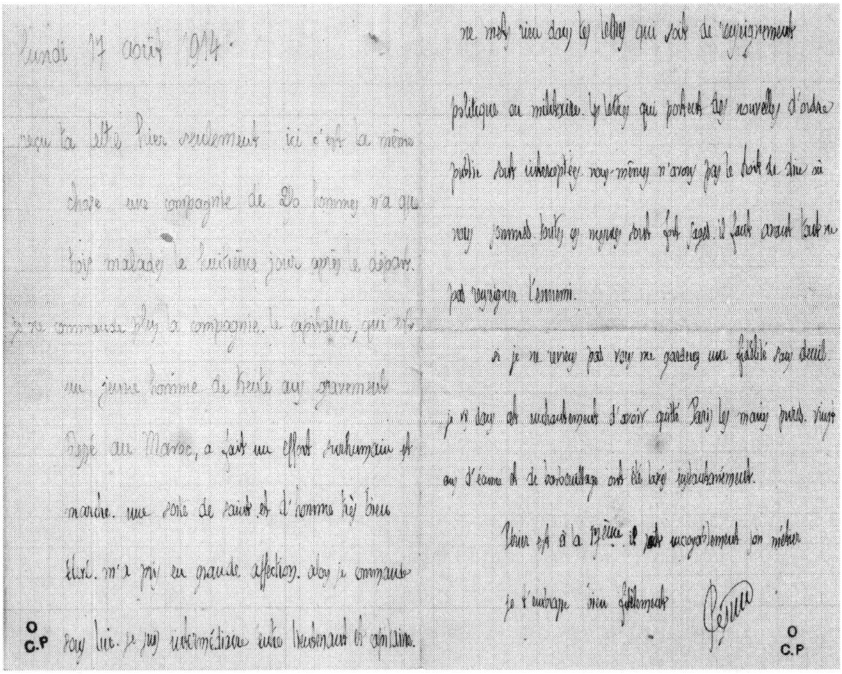
Lundi 17 août 1914.

reçu ta lettre hier seulement. ici c'est la même chose. une compagnie de 250 hommes n'a que trois malades le huitième jour après le départ.

je ne commande plus la compagnie. le capitaine, qui est un jeune homme de trente ans gravement blessé au Maroc, a fait un effort surhumain et marche. une sorte de saint et d'homme très bien élevé. m'a pris en grande affection. alors je commande sous lui. je suis intermédiaire entre lieutenant et capitaine.

ne mets rien dans les lettres qui soit de renseignement politique ou militaire. les lettres qui portent des nouvelles d'ordre public sont interceptées. nous-mêmes n'avons pas le droit de dire où nous sommes. toutes ces mesures sont fort sages. il faut avant tout ne pas renseigner l'ennemi.

si je ne reviens pas vous me garderez une fidélité sans deuil.

je suis dans un enchantement d'avoir quitté Paris les mains pures. vingt ans d'écœurement et de barbouillage ont été lavés instantanément.

Tout est à la guerre. il fait incroyablement son métier

je t'embrasse bien fidèlement Péguy

O C.P

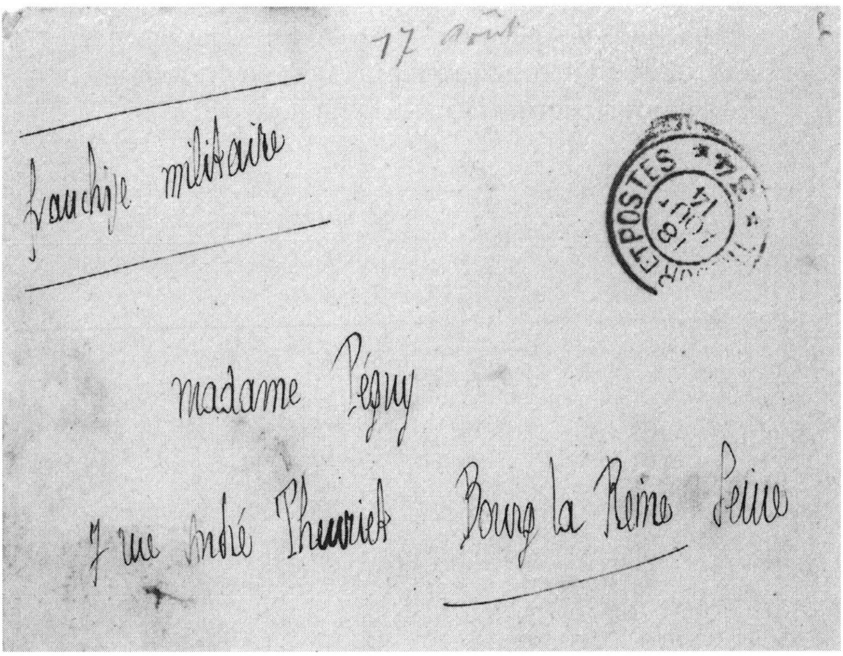
17 août

franchise militaire

madame Péguy

7 rue André Theuriet Bourg la Reine Seine

LETTRE DE PÉGUY À MME BERNARD (1914)

Samedi 22 août 1914

Mon enfant, depuis trois semaines j'ai eu des lettres de tout le monde excepté de vous. Mon adresse est M. Péguy lieutenant à la 19e compagnie au 276e régiment d'infanterie. Rien de plus. Envoyez-moi dans vos lettres du papier blanc et des enveloppes. Nous en manquons totalement.

Pendant tout une semaine nous avons entendu des canonnades intermittentes, rien depuis vingt-quatre heures. Nous avons l'impression que l'ennemi recule. Envoyez-moi des nouvelles de votre fille et des nouvelles de ce grand frère d'armes que nous avons dans le quatrième corps.

Santé parfaite, j'ai retrouvé mes jambes de vingt ans. Une immense paix. Ce seul souci qu'au départ vous étiez moins appareillée que les autres jours, ce qui allait se payer.

Votre fidèle,

Péguy

samedi 22 août 1914

mon enfant depuis trois semaines j'ai eu des lettres de tout le monde excepté de vous.

mon adresse est M. Péguy lieutenant à la 19ème compagnie au 276ème régiment d'infanterie. rien de plus.

envoyez-moi dans vos lettres du papier blanc et des enveloppes. nous en manquons totalement.

pendant toute une semaine nous avons entendu des canonnades intermittentes. rien depuis vingt-quatre heures. nous avons l'impression que l'ennemi recule.

envoyez-moi des nouvelles de votre fille et des nouvelles de ce grand frère d'armes que nous avons dans le quatrième corps.

santé parfaite. j'ai retrouvé mes jambes de vingt ans. une immense paix.

ce seul souci qu'au départ vous étiez moins appareillée que les autres pour ce qui allait se passer.

votre fidèle

Péguy

LETTRE DE PÉGUY À MME BERNARD (1914)

Dimanche 23 août 1914,

Depuis mardi une immense paix dans une grande ferme abandonnée. J'y commande en chef du peloton de 12 hommes. Nous sommes en grand garde au milieu des bois.

Depuis une semaine canonnades intermittentes à vingt/
vingt-cinq kilomètres. mais aucune nouvelles. Je reçois des lettres de tout le monde excepté les vôtres.

Je suis votre fidèle,

Péguy

dimanche 23 août 1914

depuis mardi une immense paix dans une grande ferme abandonnée. j'y commande en chef un peloton de 120 hommes. nous sommes en grand garde au milieu des bois.

O
C.P

depuis une semaine canonnades intermittentes. à vingt vingt-cinq kilomètres mais aucunes nouvelles. je reçois des lettres de tout le monde excepté les vôtres.

je suis votre fidèle

Péguy

LETTRE DE PÉGUY À SA FEMME (1914)

Cette carte doit être remise au vaguemestre. Elle ne doit porter aucune indication du lieu d'envoi ni aucun renseignement sur les opérations militaires passées ou futures. S'il en était autrement, elle ne serait pas transmise.

Aujourd'hui 27 août rien de nouveau. Santé parfaite. Ne manquez pas d'écrire régulièrement à ma mère.

Je vous embrasse fidèlement,

Votre Péguy

Correspondance des armées de la République

Expéditeur :
Nom : Péguy
Grade : Lieutenant
Régiment : 176e régiment d'infanterie
Compagnie, escadron ou bataillon : 19e compagnie

Adressé à :
Madame Péguy
7 rue André Theuriet,
Bourg-la-Reine
Seine

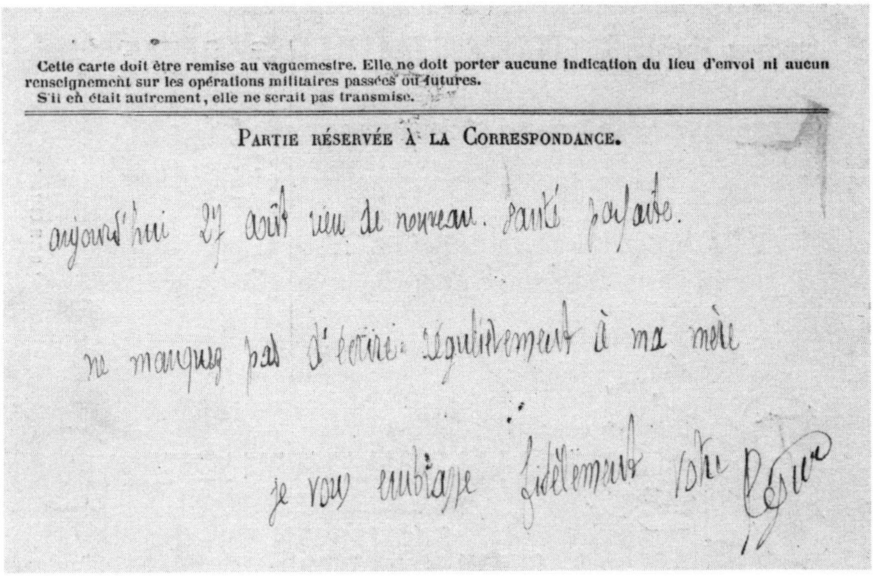

Cette carte doit être remise au vaguemestre. Elle ne doit porter aucune indication du lieu d'envoi ni aucun renseignement sur les opérations militaires passées ou futures.
S'il en était autrement, elle ne serait pas transmise.

PARTIE RÉSERVÉE À LA CORRESPONDANCE.

aujourd'hui 27 août rien de nouveau. santé parfaite.

ne manquez pas d'écrire régulièrement à ma mère

je vous embrasse fidèlement votre Péguy

CORRESPONDANCE DES ARMÉES
DE LA RÉPUBLIQUE

CARTE EN FRANCHISE

ST MIHIEL 9 28 -8 14 MEUSE

STERN. Gr

EXPÉDITEUR :
Nom : M Péguy
Grade : lieutenant
Régiment : 276ème régiment d'infanterie
Compie, Escadron ou Bataillon : 19ème Compagnie
(Les indications ci-dessus sont à reproduire dans l'adresse de la réponse.)

Adresse :

Madame Péguy
7 rue André Theuriet
Bourg la Reine
Seine

D.M. ORLÉANS

Mod. A. — IMPR. NAT.

ABONNÉS DES « CAHIERS DE LA QUINZAINE »

Extrait du fichier des abonnés des *Cahiers de la Quinzaine*, probablement de la main d'André Bourgeois. Non daté.

Monsieur Gaston Gallimard
74 rue Saint-Lazare
Paris 9e

Monsieur Gallouédec
2 rue Dante
Paris 5e

Monsieur Henri Gans
47 avenue d'Iéna
Paris 14e

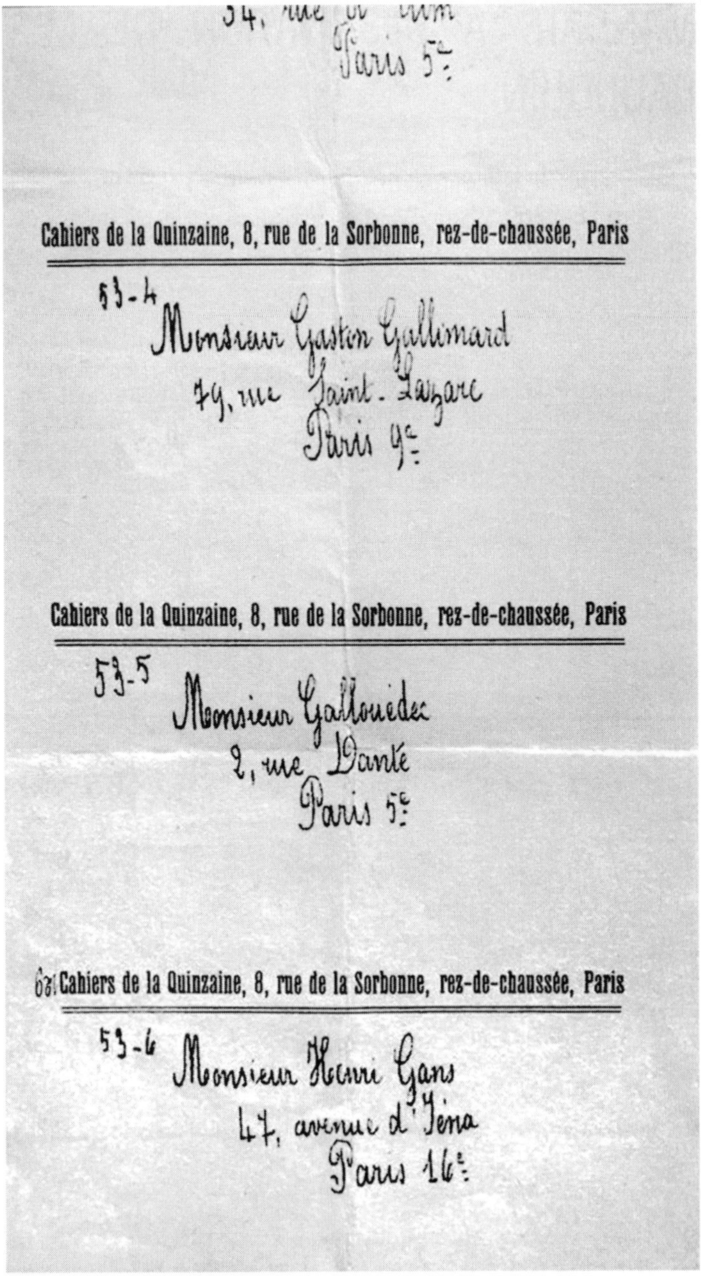
54, rue d'Ulm
Paris 5e

Cahiers de la Quinzaine, 8, rue de la Sorbonne, rez-de-chaussée, Paris

53-4 Monsieur Gaston Gallimard
79, rue Saint-Lazare
Paris 9e

Cahiers de la Quinzaine, 8, rue de la Sorbonne, rez-de-chaussée, Paris

53-5 Monsieur Gallouédec
2, rue Dante
Paris 5e

63 Cahiers de la Quinzaine, 8, rue de la Sorbonne, rez-de-chaussée, Paris

53-6 Monsieur Henri Gans
47, avenue d'Iéna
Paris 16e

Collection personnelle de Yann Moix.

MANDATS À DESTINATION DE MME BAUDOUIN

Mandats envoyés à Madame Beaudoin, belle-mère de Charles Péguy.

Collection personnelle de Yann Moix.

TIMBRE PÉGUY (1950)

Collection personnelle de Yann Moix.

LA PHOTO DE NÉO

Péguy au collège Sainte-Barbe, 1894.

NICOLAS D'ESTIENNE D'ORVES

LA KHÂGNE DU COLLÈGE SAINTE-BARBE, PROMOTION 1893-1894

DE GAUCHE À DROITE, EN PARTANT DU DERNIER RANG

3e RANG

1- **Jean-Michel Chauvier** (1874-1963) Après avoir raté trois fois le concours d'entrée à l'ENS, il décide d'explorer sa voie intérieure et part étudier l'ornithologie au Ladakh. Une chute de ski l'immobilise pendant onze ans sur un rocher très coupant. Il est le premier Européen à subir une greffe de fesse au CHU de Spituk. Malgré des résultats prometteurs, le corps rejette la greffe et Jean-Michel Chauvier se reconvertit dans le commerce des abricots. Son mariage tardif avec Gula, une chamelle de Bactriane, fait de lui le père d'une famille de vingt-sept enfants, dont huits jumeaux et deux triplés. Il meurt de peur à quatre-vingt-neuf ans.

2 – **Soup'Khuy** (1873-1895) Fils d'un père annamite et d'une mère berrichonne, il découvre très tôt les joies du toton et du whist; il expose ses stratégies en 1885, dans une série de huit volumes, publiés à compte d'auteur. Dès son entrée à l'ENS, il devient le protégé de Jules Clévenot (du club La Libellule de Paris), qui l'entraîne personnellement pour les championnats de natation. Un plongeoir trop glissant aura raison de ses

ambitions. Depuis 1956, une piscine porte son nom à Limeil-Brévannes (Val-de-Marne).

3 – Micheline Brouda (1872-1971) Avec sa chevelure étincelante, son teint de pêche tiède et sa voix de bronze coulée, elle monte sur les planches du music-hall dès l'âge de 11 ans. Elle sera incomparable dans *La Cocarde de Mimi Pinson*. Dans ses mémoires posthumes (Michel Lafon, 1986), elle renoncera à dresser la liste de ses amants, parmi lesquels huit présidents et deux papes. Lors d'un concile à Orvieto, Paul VI confiera le secret de ses charmes : « Micheline a le vagin coudé. » Elle meurt aux Tuileries, d'un accident de chasse à courre.

2e RANG

4 – Laurent Stein (1880-1944) Neveu du père Stein, le concierge du collège Sainte-Barbe, il remplace au pied levé (et à la demande du photographe) l'élève Vincent Labouret, immobilisé par un panaris.

5 – Claude Josse (1873-1916) Né à Colomb-Béchar, il descend en ligne directe de Sidi M'hammed Ben Bouziane, de Hildegarde von Bingen, de Paracelse, d'Aristide Boucicaut, d'Adolphe Thiers, de la chanteuse Jacqueline François et du fantaisiste Robert Rocca. Il enseignera pendant cinquante-sept ans la littérature espagnole au lycée Gaston Fébus, à Orthez.

6 – Cyril Gourp (1873-1876) Ayant contracté une blennorragie à l'âge de 2 ans, il meurt un an plus tard dans d'atroces souffrances mais entouré de ses proches.

7 – Michel Saillard (1874) Il sera connu à la fin des années 70 par le duo comique *Pit et Rik*, qu'il formait avec le Belge

Frédéric Bodson (1948-2018). *La Cicrane et la froumi* (1981) se vendra à près de deux millions de disques. Michel Saillard est aujourd'hui professeur de théâtre à Montpellier.

8 – Giovanni Shaw (1874-1923) D'ascendance italo-écossaise, il renonce à passer le concours de l'ENS et se passionne pour la géographie. Il décède du paludisme à Niort, pendant la conquête des Deux-Sèvres.

1ER RANG

9 – Baldur von Strunt (1874-1961) Véritable Fregoli vocal, il sera pendant près d'un demi-siècle la voix de Satanas, du Petit Lion, de Roquet belles oreilles, de Razibus Zouzou et des actualités régionales à Mayotte. Ses mémoires, publiés chez Bayard, seront interdits par Pierre Joxe.

10 – Marcel Baudouin (1873-1896) Être timide et renfermé (selon Tharaud), Marcel Baudouin marchait de biais. Le 7 juin 1896, il ira retrouver Péguy à Orléans alors qu'il travaillait sur sa *Jeanne d'Arc*. Ensemble, ils auront une conversation sur la *Cité harmonieuse*. Il meurt le 25 juillet suivant, durant son service militaire. Péguy soupçonnera le sergent-chef, mais il s'agissait de la typhoïde.

11 – Charles Péguy (1873-1914) voir infra et supra.

12 – Maurice Oscar Cochon (1874-1932) À la suite d'une peine de cœur, il délaisse les études de lettres et se passionne pour la chimie. En 1880, il met au point un célèbre baume contre les verrues, la pommade M.O. Cochon. Elle est basée sur le principe de l'action kératolytique de l'acide contenu dans la feuille de saule : l'acide salicylique.

13 – Walter d'Isigny (1873-1966) Malgré de fiers résultats au concours de l'ENS, il émigrera en 1897 aux États-Unis pour devenir le fer de lance de la bande dessinée puis du dessin animé, en créant le personnage de la « Souris Michel ».

14 – Gino Marini (1873-1984) Après une vie discrète, il connaîtra une renommée tardive en donnant la réplique à Jean Raymond, Harold Kay et Christine Fabréga, sur le plateau des « Jeux de 20 heures », l'émission de FR3. Gino Marini était oncle par alliance de Maurice Favières.

15 – Bruno Poupouniou (1873-1974) À la suite d'un accident de patache, il change de sexe. Toute sa vie est consacrée à la lutte contre la photosynthèse.

Absent de la photographie : Guillaume Bressoud (1874-1917) élève parmi les plus brillants de sa promotion, il ne quittera jamais les études. Ses nombreuses thèses de doctorat (« Christianisme et puberté », 1902; « Fascisme et reggae », 1907; « Pamplemousse et encornets », 1911; « Oui, monsieur Bugat » (inachevée), 1917) sont désormais publiées avec un appareil critique de François Diwo. On les trouve également sur Gallica. Il meurt d'une forme de proto-V.I.H. à Ambert (Puy-de-Dôme).

BIBLIOGRAPHIE

Œuvres de Péguy :
-*Œuvres poétiques complètes et dramatiques*, édition établie par Claire Daudin, « Bibliothèque de la Pléiade », Gallimard, 2014.
-*Œuvres en prose complètes*, I, II, III. Édition présentée, établie et annotée par Robert Burac, Paris, « Bibliothèque de la Pléiade », Gallimard, 1987, 1988, 1992.

Éditions critiques :
-*De Jean Coste*, édition critique par Anne Roche avec le roman d'Antonin Lavergne, Klincksieck, 1975.
-Julie Sabiani, *La Ballade du cœur*, poème inédit de Charles Péguy, Klincksieck, 1973.
-*Le mystère de la charité de Jeanne d'Arc*, édition établie d'après les manuscrits par Albert Béguin, Le Club du meilleur livre, 1956.
-*La Chanson du roi Dagobert*, édition critique commentée par Robert Burac, Paris, Honoré Champion, 1996.

Correspondances :
On trouve dans les *Cahiers*, les *Feuillets* et le *Bulletin de l'amitié Charles Péguy* des correspondances annotées avec Alain Fournier, Barrès, Bergson, Challaye, Jules Isaac, Bernard Lazare, Maritain, Millerand, Sorel, Suarès, etc.
On peut citer l'excellente édition de Julie Sabiani des lettres entre Péguy et Pierre Marcel, Geneviève Favre et Camille Bidault, *Cahiers de l'Amitié Charles Péguy*, Paris, 1980, ainsi que et des correspondances de guerre. Le *Cahier Romain*

Rolland rassemble quant à lui les échanges entre Péguy et Romain Rolland dans son n°22, Paris, Albin Michel, 1973.

AVEC

SYLVAIN ATTAL

Rédacteur en chef de neo (neo.tv), qui existe depuis un an et demi. Média optimiste et emphatique, il produit des contenus vidéo pour les réseaux sociaux sur la France des territoires. Ancien directeur adjoint de France 24 en charge des environnements numériques, il a été journaliste dans de nombreux médias audiovisuels, notamment Europe 1, RMC, LCI et France 2. Il est l'auteur de deux livres sur la France contemporaine : *La Plaie, enquête sur le nouvel antisémitisme* (2004) et *La France du piston* (1991).

OLIVIER BARROT

Journaliste et écrivain. Son dernier livre, *Les Voyages de Feininger,* a été publié chez Gallimard en 2021.

FRANÇOIS BAYROU

Agrégé des lettres. Il a été ministre de l'Éducation nationale, de l'Enseignement supérieur, de la Recherche et de l'Insertion professionnelle (1993-1997) puis garde des Sceaux (2017). Maire de Pau, il est également président du Mouvement démocrate (MoDem) et haut-commissaire au Plan.

PASCAL BLANCHARD

Historien, chercheur associé au CRHIM à l'UNIL (Lausanne), codirecteur du Groupe de recherche Achac (Paris), il est spécialiste en histoire contemporaine (colonisation, immigration, imaginaires) et auteur d'une soixantaine de livres. Ses derniers ouvrages parus sont *Colonisation & propagande* (coédition) et *Le Pouvoir de l'image* au Cherche-Midi. Il vient de présider la mission pour la présidence de la République pour le recueil *Portraits de France*, actuellement exposition itinérante en France.

ALAIN CARIGNON

Ancien ministre, ancien président du département de l'Isère. Ancien maire de Grenoble. Actuellement président du Groupe d'opposition du Conseil municipal de cette ville. Auteur d'*Une saison dans la nuit* paru chez Grasset.

DIANE DELBECQ

Directice éditoriale de la revue *Année Zéro*. Diplomée de l'ENS et de l'Université de Paris IV-Sorbonne en Littérature française.

VICTOR DUMIOT

A grandi aux îles Marquises où il se passionne pour la littérature et la philosophie. Après une classe préparatoire à Tours, il réussit en 2018 le concours de l'École normale supérieure. Depuis, il fait des œuvres de Georges Bataille et de Michel Foucault le cœur de sa réflexion, aussi bien académique que personnelle. Auteur, il se consacre à l'écriture d'articles, de poésies et de textes romanesques.

NICOLAS D'ESTIENNE D'ORVES

Écrivain et critique d'opéra. Il a publié une trentaine de livres, dont *Les Fidélités successives* et *Les Orphelins du Mal*. Passionné de Paris, il lui a consacré un *Dictionnaire amoureux*. Son dernier livre, *Ce que l'on sait de Max Toppard*, est paru chez Albin Michel en 2022.

MARIA DE FRANÇA

Rédactrice en chef de la revue *La Règle du jeu*.

GASPARD GANTZER

Enseignant à Sciences-Po et HEC Paris, consultant indépendant en stratégie et chroniqueur à la télévision. Diplômé de Sciences-Po, ancien élève de l'École nationale d'administration, il a été auparavant conseiller de Bertrand Delanoë, maire de Paris, Laurent Fabius, ministre des Affaires étrangères, et François Hollande, président de la République. Il est l'auteur de *La politique est un sport de combat*, publié en 2017 chez Fayard.

MARIE GIL

Agrégée de lettres modernes et docteur habilité de littérature comparée, Marie Gil est l'auteur d'un essai sur Péguy (*Péguy au pied de la lettre*, Cerf, 2011), ainsi que de différents ouvrages sur Proust, Barthes, la théorie du récit et les rapports entre philosophie et littérature. Elle est également spécialiste de cinéma, auteur de plusieurs fictions et dirige l'équipe « Roland Barthes » de l'ENS.

SERGE GROUARD

Maire d'Orléans et actuel président d'Orléans Métropole. Il a été député de la 2e circonscription du Loiret avec un fort engagement pour la défense de l'environnement et la lutte contre le dérèglement climatique, en tant que rapporteur du Grenelle de l'Environnement, puis en tant que président de la Commission du développement durable et de l'aménagement du territoire. Ancien administrateur civil au sein du ministère de la Défense, il a publié plusieurs essais et articles, dont *La Guerre en orbite: essai de politique et de stratégie spatiales* (Economica, 1994), *Stratégies européennes et espace militaire* (FEDN, 1989). Il a enseigné les relations internationales et le droit international public à Sciences-Po et dans le cycle préparatoire à l'ENA.

JONATHAN HAYOUN

Réalisateur et documentariste. Il a réalisé une série documentaire sur l'histoire de l'antisémitisme, diffusée sur Arte et produite par Effervescence. Il a également écrit, avec Judith Cohen Solal : *La Main du diable* (Grasset, 2019) et *Les Adieux au Général* (Robert Laffont, 2020).

DOMINIQUE JAMET

Journaliste et écrivain. Il est l'auteur, entre autres, d'*Un petit Parisien*, *Notre après-guerre*, *Un traître.*

DAVID LANASPA

Graphiste et illustrateur autodidacte depuis 1998, vit dans le sud-ouest de la France. Après avoir été directeur artistique de la marque de street-wear française *Triiad*, il créé sa propre marque *Cell Dvsn* et devient directeur artistique de la marque *Otaku*, tee-shirts inspirés de l'univers des jeux videos.

FRANK LANOT

Professeur de lettres. Son dernier ouvrage, *Petits Éloges du double*, est paru aux éditions de l'Observatoire en 2021.

SALOMON MALKA
Journaliste, essayiste. Auteur d'essais biographiques sur Emmanuel Levinas, Franz Rosenzweig, Vassili Grossman... A dirigé *Le Dictionnaire Péguy* paru en 2018 chez Albin Michel. Dernier ouvrage paru : *Elena Ferrante, à la recherche de l'Amie prodigieuse* (Écriture, 2022).

MAXIME LESOUR
Commercial et conseiller en communication. Il a également œuvré en politique, notamment en matière environnementale.

ULYSSE MANHES
Étudiant en master philosophie à l'École normale supérieure Paris Sciences et Lettres (PSL), il contribue à des revues littéraires et journalistiques (*La Revue des Deux Mondes, Atlantico*...).

PIERRE MASSON
Professeur émérite de littérature à l'université de Nantes, président de l'Association des amis d'André Gide, auteur d'une dizaine de livres sur Gide, éditeur des quatre derniers volumes de Gide dans la Pléiade et d'une douzaine de ses correspondances.

XAVIER MAZAURIC
Brestois d'adoption, il est aujourd'hui ingénieur dans l'industrie navale après une première carrière d'officier de marine.

THIBAULT DE MONTAIGU
Écrivain et éditeur. Son dernier ouvrage, *La Grâce,* paru aux éditions Plon, a obtenu le prix de Flore en 2020.

DENIS OLIVENNES

Essayiste et chef d'entreprise. Dernier ouvrage paru: *Un étrange renoncement*, Albin Michel, 2021.

MICHEL ONFRAY

Philosophe, essayiste et polémiste français. Il est l'auteur de plus de 115 ouvrages, dont certains ont connu un grand succès, y compris à l'étranger, où il est traduit en 28 langues. À la suite de l'accession de Jean-Marie Le Pen (Front national) au second tour de l'élection présidentielle française de 2002, il quitte sa carrière d'enseignant pour créer l'université populaire de Caen où il délivre pendant treize ans le cours «Contre-histoire de la philosophie» qui est retransmis sur France Culture. Il intervient régulièrement à la radio et à la télévision sur des sujets politiques et sociaux.

ANNE-CLAIRE ONILLON

Est directrice artistique, diplomée des Arts décoratifs de Paris. Elle a été rédactrice en chef du premier numéro d'*Année Zéro*, consacré à André Gide.

MARTINE DE RABAUDY

Journaliste et essayiste. Elle a publié *Profession journaliste,* des conversations avec Françoise Giroud, des en-têtes avec Jean Daniel, un essai sur l'écrivain Bernard Frank, un ouvrage autobiographique, *Électrochocs,* et *À l'Absente,* dédié à son amie Florence Malraux.

WLADIMIR RABI

Né en 1906 à Vilnius en Lituanie et mort à Paris en 1981 dans un accident de la route après une vive altercation avec André Neher, Wladimir Rabinovitch (connu sous le pseudonyme de Rabi) fût écrivain, polémiste et critique littéraire. Immigré à Paris à partir de 1910, il exerce également la profession d'avocat puis de magistrat à Briançon jusqu'en 1978. Historien du judaïsme, il collabore à de nombreuses revues (*Les Temps Modernes*, *Le Monde Juif*, *Études*) et est l'auteur d'une Anatomie du judaïsme français, publié aux Éditions de Minuit en 1962, ainsi qu'un *Journal de l'Occupation* (en trois tomes) publié à titre posthume en 2008 aux Éditions Transhumances et préfacé par André Spire.

FRANÇOIS ROLLIN

Acteur, humoriste et scénariste. Il est notamment connu pour son personnage du « Professeur Rollin », créé en 1988 pour la série *Palace*, ainsi que pour son rôle du roi Loth dans la série *Kaamelott*. En parallèle de son activité de comédien, il est aussi metteur en scène, journaliste et chroniqueur radio s'exprimant dans de nombreux médias (RTL, France Inter, France Culture, Europe 1, Europe 2 ou encore *Le Monde*). Son humour absurde, parfois proche du non-sens, relève d'un jeu autour de la langue française.

CHARLES SEBAG

Étudiant en philosophie à la Sorbonne Paris 4 après avoir intégré brièvement une classe préparatoire hypokhâgne au lycée Condorcet.

JEAN SPIRI

Normalien, géographe, actuellement secrétaire général d'Editis.

BRUNO DE STABENRATH

Acteur, scénariste, chanteur, sa vie bascule en 1996, quand

il est victime d'un accident de la route qui le laisse tétraplégique. L'écriture devient alors sa planche de salut. Son premier roman, *Cavalcade* (2001), connaît un franc succès avec plus de 80 000 exemplaires vendus. Il publie ensuite *Le Châtiment de Narcisse* (2005) et *Je n'ai pas de rôle pour vous* (2011). Il revient à sa passion de la musique à travers *Les Destins brisés du rock* (2004), *Qu'est-ce que tu me chantes ? Histoires secrètes des cinquante plus grands tubes de la chanson française* (2006) et *Un ticket pour l'éternité: Vie et mort des stars trop tôt disparues* (2018). Chroniqueur dès 2008 dans le magazine culturel de France 2 « Vendredi, si ça me dit », il anime en 2017 « Rocking Chair » sur la chaîne Numéro 23 (aujourd'hui RMC Story).
Son dernier roman, *L'Ami impossible* (2020, Gallimard), témoigne de sa relation avec Xavier Dupont de Ligonnès, ami proche depuis 1977.

LAURENT STORCH

Diplômé de Sciences-Po Paris, d'HEC et titulaire d'un DEA d'histoire de l'EHESS, il commence sa carrière chez Procter & Gamble puis occupe des fonctions de direction chez Universal Music avant de rejoindre TF1. Il est nommé directeur des programmes de TF1 en 2008 puis, en 2011, directeur de toutes les productions du groupe. En 2013, il se lance dans la production avec Dany Boon et remporte d'importants succès. Laurent Storch est cofondateur de deux sociétés : Théaomai et L'Académie du Grand Oral. Il est aussi auteur de livres, de films et de conférences.

JEAN-PIERRE SUEUR

Ancien élève de l'École normale supérieure de Saint-Cloud, agrégé de l'Université, il a soutenu une thèse en linguistique française sur les modalités en grammaire. Il a enseigné la linguistique et la poétique à l'Université d'Orléans. Député du Loiret de 1981 à 1991, il a été secrétaire d'État aux collectivités locales (1991-1993) et maire d'Orléans (1989-2001). Il est depuis 2001 sénateur du Loiret. Il a présidé la Commission des lois du Sénat et est depuis 2020 questeur du Sénat. Son dernier ouvrage, *Charles Péguy ou les vertiges de l'écriture*, est paru en 2021 aux éditions du Cerf.

KARIM TABET

Historien d'origine libanaise, il obtient une maîtrise en histoire politique et sociale de l'Université d'Oxford (Royaume-Uni). Il fait carrière pendant trente-cinq ans dans le marketing et la communication avant de se lancer dans l'écriture. Polyglotte et passionné de moto, il est l'auteur à ce jour de trois romans historiques: *Les Mûriers de la tourmente* (2014), *Fleur de lys, feuille d'érable* (2017), *De rivage en rivage* (2020) et d'un recueil de fables satiriques, *La Jungle où je suis né* (2021).
Ses ouvrages peuvent être consultés sur son site web/blog karim-tabet.com

ÉRIC THIERS

Président de l'Amitié Charles Péguy. Il a notamment codirigé *La Pensée politique de Charles Péguy. Notre République* aux éditions Privat en 2016.

ARIEL TOLEDANO

Médecin vasculaire. Enseigne l'Histoire de la médecine à l'Université Paris Descartes (Paris V). Auteur d'une vingtaine d'ouvrages parmi lesquels *Médecine et sagesse juive* (In Press, 2017), un triptyque sur la sagesse juive qui réunit *La Médecine du Talmud* (In Press, 2014), *Médecine et Kabbale* (In Press, 2015) et *Médecine et Bible* (In Press, 2017). Il est également l'auteur de *La médecine de Maïmonide* (In Press, 2018), *Réparer les corps, réparer le monde* (In Press, 2019), *La médecine de Rachi, Pour une approche humaniste du soin* (In Press, 2020) et *Réflexions talmudiques par temps d'épidémie* (In Press, 2020). Il a également traduit et commenté le *Traité des Huit Chapitres* de Maïmonide (In Press, 2021). *Le Livre de l'Harmonie, Introduction à la Kabbale* vient de paraître aux éditions In Press.

NICOLAS TORJMAN

Journaliste depuis 2005. Après avoir été diplômé de Sciences-Po Paris, il fait ses armes à la télévision auprès de Thierry Ardisson, gravissant tous les échelons, de stagiaire à rédacteur en chef. poste qu'il occupe ensuite dans plusieurs émissions de France 2 et Canal+. En 2015, il crée, avec deux camarades de télé, Vox Populi Prod, sa propre société de production. Vox Populi assure des missions de rédaction en chef et production artistique sur France 2, Canal+ et M6. La société développe également des formats de flux, des documentaires et bientôt de la fiction.

***Année Zéro* tient à signaler à ses aimables lecteurs l'existence de ces deux antennes péguystes :**

1. L'Amitié Charles Péguy, fondée en 1942 dans la clandestinité par Auguste Martin, Camille-Théodore Quoniam et Jean-Pierre Dubois-Dumée, dont l'ambition était alors de défendre l'œuvre de Péguy, loin de toute récupération partisane. Depuis lors, l'association publie une vingtaine de *Cahiers* jusque dans les années 1960, ainsi que quelques 216 *Feuillets d'information* à partir de 1948, précieuse source pour la connaissance de la vie et de l'œuvre de Péguy, avant d'être remplacée en 1978 par le bulletin l'*Amitié Charles Péguy,* à parution trimestrielle.

Pour contacter l'association, joindre M. Éric Thiers, président de l'association, 58, rue Lecourbe, 75015 Paris (contact@charlespeguy.fr).

Site internet : www.charlespeguy.fr

2. Le Centre Charles Péguy d'Orléans, qui rassemble de façon quasi exhaustive 320 manuscrits, plus de 1200 lettres et autographes, 8000 études et thèses sur cet écrivain natif d'Orléans, ainsi que 12000 ouvrages et documents sur ses contemporains, consultables sur place, à la bibliothèque (sur demande pour le fonds Péguy).

Pour contacter le Centre, écrire à l'adresse : centre-peguy@ville-orleans.fr.

REMERCIEMENTS

Nous remercions chaleureusement pour leur soutien Caroline Mangez, *Paris Match*; Pascal Praud, *CNews*; Laurent Ruquier et Léa Salamé, *France 2*; Isabelle Morizet, *Europe 1*; Bruno Corty, *Le Figaro littéraire*; Frédéric Beigbeder, *Le Figaro magazine;* Jérôme Garcin, *France Inter;* Marie Sorbier, *France Culture;* Bernard Quiriny, *L'Opinion*, Éric Naulleau, *C8*; Ophélie Colomb, fondation Catherine Gide; le Centre Charles Péguy d'Orléans, ainsi que tous les libraires qui ont mis en valeur notre revue.

CRÉDITS

Centre Charles Péguy d'Orléans: photographies p. 10, 18, 115, 132, 154, 184, 194, 274, 280, 482-505

David Lanaspa, agence Marie Bastille: photographie p. 6

Martine de Rabaudy : photographies p. 242

Emma Henry : photographies p. 47, 99, 259

MIXTE
Papier issu de sources responsables
FSC® C003309

L'éditeur de cet ouvrage s'engage dans une démarche de certification FSC® qui contribue à la préservation des forêts pour les générations futures.

Pour en savoir plus :
www.editis.com/engagement-rse/

Cet ouvrage a été achevé d'imprimer en novembre 2022
sur les presses de Normandie Roto Impression s.a.s.
61250 Lonrai (Orne)
N° d'édition : 65058/01 - N° d'impression : 2205475

Imprimé en France